ハヤカワ・ミステリ

SCOTT TUROW & OTTO PENZLER

ベスト・アメリカン・ミステリ
クラック・コカイン・ダイエット

THE BEST AMERICAN
MYSTERY STORIES 2006

スコット・トゥロー&オットー・ペンズラー編
加賀山卓朗・他訳

TOKYO
HAYAKAWA
BOOKS

A HAYAKAWA
POCKET MYSTERY BOOK

THE BEST AMERICAN MYSTERY STORIES 2006
Edited and with an Introduction by
SCOTT TUROW
OTTO PENZLER, SERIES EDITOR

Translated by
TAKURO KAGAYAMA and others
First published 2007 in Japan by
HAYAKAWA PUBLISHING, INC.
This book is published in Japan by
arrangement with
HOUGHTON MIFFLIN COMPANY
c/o SOBEL WEBER ASSOCIATES, INC.
through TUTTLE-MORI AGENCY, INC., TOKYO.

目次

装幀／勝呂　忠

まえがき

『ベスト・アメリカン・ミステリ』が十周年を迎えたので、一度振り返って、過去九回で書いたまえがきを読んでみようと思った。今回初めて言うことが何かあるか確かめるためだった（あれば私にとってつねに大勝利だ）が、まあ、なかった。しかしわかったのは、十年間でいかに多くが変わり、いかに多くが変わっていないかだ。

変わったことのひとつとして、最初の数冊を編んだときには（愚かにも）コンピューターを持っていないことを自慢していた。いまや持っており、コンピューターなしには生きられない。筋金入りの技術嫌い（ラダイト）であり、壁に鉛筆協会の認定証も飾っている私だが、コンピューターがよりよい連絡手段となり、よりすぐれた調査能力を与えてくれることにもっと早く気づくべきだった。

最初の本で五百作品を検討したと書いてあるのを読むと、奇異な感じすら受ける。私のかけがえのない同僚のミシェル・スラングは、現在、千五百もの短篇ミステリと、その倍の数のフィクションに眼を通して、特定ジャンルのこの本の候補作となりうるかどうかを判断している。それをどうこなしているのか、私に訊かないでほしい。彼女がどうしてそれほど早く読め、あれほど立派な判断を下し、常人の域を越えて記憶していられるのか、私にはわかったためしがないのだ。

作品数が劇的に増えた原因には、電子雑誌（またの呼び名をeジン）の急増と、規模の小さな文芸出版物へのアクセス拡大がある。

文芸雑誌の定期刊行は、この惑星上でもっとも報われない仕事のひとつだ。もっとも楽天的でもある。そのほとんどはボランティア活動か、昔の零細小作農も侮辱されたと立腹しそうな、雀の涙ほどの賃金で運営されている。発行わずか数百部の雑誌もざらにあり、スタッフはきれいな装幀の本を作るのと同じくらいの時間を資金集めに費やしている。

十年前、そういう雑誌を探すのは至難の業だった。そもそもどこを探せばいいのかわからず、誰が発行しているのかも、どうすれば掲載作品を読めるのかもわからなかった。しかも、こちらが望むほど関係者全員が協力的ではなかった、と認めざるをえない。雑誌を一部入手したいと問い合わせると、たいていミステリは扱っておりませんという返事が返ってきた（便箋から冷笑が聞こえる気がしたものだ）。いまやそうした状況は大きく変わり、毎回このシリーズは、数えきれないほどの価値ある出版物から多くの短篇を拾って紹介している。《ストーリー・クォータリー》《ハーヴァード・レヴュー》《オンタリオ・レヴュー》《ボルティモア・レヴュー》《マクスウィーニーズ》《トライクォータリー》《ゲティスバーグ・レヴュー》《プラウシェアーズ》《チャタフーチー・レヴュー》《グリマー・トレイン》《エポック》《ユーレカ・リテラリー・マガジン》《プエルト・デル・ソル》《ワシントン・スクウェア》《ジョージア・レヴュー》などは、短篇ミステリを重視する雑誌のほんの一部だ。編集者の皆さんの助力と献身に心から感謝の意を表する。

時がたつにつれ、『ベスト・アメリカン・ミステリ』の各巻の出版はますます共同作業の色合いを増した。世界最高のエージェントであるナット・ソーベルは、とりわけ文芸誌を好んで読むが、彼が送ってくれる作品は候補作の山のいちばん上にのる。読めば本物の作家がわかる人だからだ。私がよもや重要な作品を見逃すことがないようにと、国じゅうの友人が電話や電子メールで連絡してきたり、作品を送ってくれたりする。ホートン・ミフリン社の編集者たちは夢の集団だ。これまでただの一度も、ベストセラー作家の作品をもっと入れるべきだとか、分野別の割合を変えるべきだと言ったことがない。より若い、またはより年配の読者、東海岸、南部、またはカリフォルニアの読者、男性、女性、知識人、はたまた愛らしい猫の探偵ものが好きな読者に訴える作品を増やすべきだなどと、仄めかしたことすらない。アメリカでもっとも称えられ、成功しているアンソロジー『アメリカ短編小説傑作選』を九十年以上にわたって出版してきたことから、彼らは選考基準が作品のすばらしさであり、ほかに重要なことなどないのを理解している。そのすばらしさこそ、本シリーズのゲスト・エディターと私が伝えようとしてきたことでもある。

人の話をするなら、一流の作家たちの貢献を決して過小評価してはならない。あなた自身が著名人でないかぎり、著名作家に対する依頼の多さは想像もつかないだろう。作家の集まり、学校、資金集めのパーティ、出版社のイベントでおこなうスピーチ。ブックツアー参加に、ラジオ、テレビ、新聞、雑誌のインタビュー。加えて書店チェーンでのサイン会。自営の書店もお忘れなく。この本を読んで表紙の宣伝文句をお願いします。私のアンソロジーに短篇を書いてもらえませんか。私の本の序文を書いてください。もっと早く書けませんか、毎年一冊出してますので。それからイギリス、フランス、ドイツ、オーストラリアへのブックツアー。ところでどうしてまだゲラを読み終えてないんですか？　愉しそうに聞こえ、実際に愉しいこともよくあるが、忙しいことこのうえない。人気作家であることは、小さな農家、鉄鋼労働者、消防士よりつらいなどと言うつもりはないけれど、途方もなく時間を奪われるのはたしかだ。もちろん、輪をかけて気の毒なのは、本シリーズのゲスト・エディターを引き受けた作家がそろいもそろっていい人だということだ。お世辞ではない。ほんとうにすばらしい人たちなのだ。とにかくノーと言うのが嫌いで、気がつくと、彼らほど有能でなければ沈んでしまうほどの要求の水たまりに、眼のあたりまで浸かっている。

よってこの場で、最初のゲスト・エディターだったロバート・B・パーカー、そのあとに続いた大切な友人たち——スー・グラフトン、エド・マクベイン（悲しくも昨年他界した私の親友、エヴァン・ハンターのペンネーム）、ドナルド・E・ウェストレイク、ローレンス・ブロック、ジェイムズ・エルロイ、マイクル・コナリー、ネルソン・デミル、ジョイス・キャロル・オーツ、そしてもちろん、私が知り合ったなかで最高の紳士のひとりであるスコット・トゥロー——に、あらんかぎりの畏敬と感謝の念を捧げる。

ここでひとつ告白しなければならないことがある。じつにばつが悪いのだが、告白せずにはいられない。明敏な読者（この本を蔵書に加える識見の持ち主も全員含まれる）は、ここに収められた（二十一篇中）五篇が一冊の本から採用されていることに気づくだろう。嘆かわしいことに、その本 *Dangerous Women* はたまたま、えー、私が編集したものなのだ。編集者としての私の使命は、できるだけ多くの優秀な作家に、アンソロジー向けにぜひ魔性の女（ファム・ファタル）にまつわる話を書いてもらいたいと説得してまわることだった。どうやらそれがうまくいきすぎたようだ。トゥロー氏がこの五篇を選んだ際、私は異議を唱えた。私も利益の対立がわからないほど底なしの愚か者ではないからだ。しかし彼は、誰が作家に依頼したのであれ、この年の最高の短篇を集めるべきだと主張し、反論の余地はあまりなかった。そのうち二篇、アンドリュー・クラヴァンの「彼女のご主人さま」と、ジェフリー・ディーヴァーの「生まれついての悪人」はエドガー賞候補になったし、エルモア・レナード、エド・マクベイン、ウォルター・モズリイの作品を読んで価値がないと感じる人はいないと思う。したがって、ここで公式に表明しておくが、選別に問題ありとあなたが思ったとしたら、責めはすばらしい作品を書きすぎた作家諸氏にある。

脇目もふらず働いてはいるけれど、私が作品を見落とす可能性はつねにある。あなたが作家、編集者、出版社、または関心のある読者なら、私宛てにどうか自由に推薦作品を送っていただきたい。ここで（ほぼ）完全に暴露してしまうが、二〇〇五年の秋、二十八年間同じ場所にあった私の書店が引っ越した関係で、どさくさにまぎれて一冊のアンソロジーを見落としてしまった（名は挙げないでおく。斧を持った編集者に追いまわされるといけないので。それは極端かもしれないが、気持ちはわからないでもない）。そのなかの数篇が本書の有力な選考対象となったことはまちがいなく、私はいまも心を痛めている。だから、どこであれすぐれた短篇ミステリに出会ったときには、知らせていただけるとありがたい。

ガイドラインは次のとおり——二〇〇六年中に、アメリカまたはカナダで最初に出版されたミステリ（犯罪または犯罪の予兆が、テーマまたはプロットに欠かせないあらゆるフィクション、と定義する）の短篇が対象となる。提出は、完全な雑誌、アンソロジー、または出版社か編集者の住所と名前のついた切り取りページのかたちで。初出が電子フォーマットの場合には、掲載された電子雑誌の号数と連絡先を添えて、ハードコピーで提出していただきたい。出版されていない作品は対象外とする。

最後に、締め切りは十二月三十一日必着とする。四月に出版された作品を人がなぜクリスマスに提出しようと思うのか、私にはいまだに計り知れない謎だ。冗談抜きで、昨年はクリスマスと新年のあいだに八十以上の提出物が郵便受けに届いた。十二月二十八日か二十九日に詫び状つきで送られ、新年以降に届いたものも少なからずあった。この本には締め切りがあるので、それらは読むのをあきらめざるをえなかった。すぐれた作品を書く人全員にこのシリーズに取り上げられる公平な機会を与えたいと思うが、正直なところ、クリスマスイヴに開封したものについては、ワン・ストライクから始まる。出版されたらできるだけ早く送られたし。そのほうがあなたも忘れないし、私もぶつぶつ悪態をつく代わりに作品を愛したいという気持ちで読み進められる。一年を通して細かくメモをとっているので、早く出すと無視される、忘れられるといった心配は無用だ。提出物は返却しない。郵便局がしかるべき役割——郵便物を配達すること——を果たしていないと信じておられる場合には、返信用のハガキを同封していただければ、受領が確認できる。なお、作品の批評を求めないでいただきたい——それはあなたの編集者の仕事だ。

提出物はすべて次の住所まで。Otto Penzler, The Mysterious Bookshop, 58 Warren Street, New York, NY 10007（新しい住所であることをお忘れなきよう）

——オットー・ペンズラー

（加賀山卓朗／訳）

序文

まず、告白を。私は本書のゲスト・エディターにふさわしくない。あらゆる種類の短篇をつねに読み、愉しませてもらっているが、私自身はめったに短篇を書かない。私が短篇を書く比率は、地質学で使われる比率に近く、せいぜい十年に一度だ。先任者の顔ぶれを見ると、皆さんこの分野の卓越した実践者である。私はちがう。言い換えれば、ここで表明する意見は、内情通の長期にわたる経験に裏打ちされたものではない。が、弁護士の世界でよくあるように、資格不足だからといって私の発言が止められることはない。

そこでまず、このシリーズの伝統的なタイトル『ベスト・アメリカン・ミステリ』について考察したい。たしかに、本書の何篇か――たとえば、ウォルター・モズリイの「探偵人生」――は、意匠を凝らしたミステリの小品だ。ミステリを、難解な事件の調査にまつわる話、という伝統的な意味でとらえればだが。ミステリの特徴として、犯罪の実行者を探りあてること、さらに広く言えば、謎めいた犯罪が起きた理由を発見する（または解明する）ことに焦点が当てられる。アンドリュー・クラヴァンの「彼女のご主人さま」はその第二の意味で、ミステリである。

しかし、本書のほかの多くの作品はこういった問題を扱わない。むしろ、オットー・ペンズラーと私が選んだ作品が共通に持っているのは、主題である。それらはすべて、犯罪――その実行、結果、不安、人格に及ぼす影響――に係わっている。本書のタイトルは『ベスト・アメリカン・クライム・ストーリーズ』のほうが適切だとは言わないまでも、これも同じくらい妥当であろう。

実際、ほかのどんなテーマにも増してこれらの作品は、犯罪の起きる過程――悪質な行為が避けられなくなる状況の進展――を、皮肉から悲惨に至るさまざまな筆致で描き出している。スコット・ウォルヴンの「密告者」やジェフ・サマーズの「釣り銭稼業」は、そういう多くの作品のなかのふたつで、どちらも荒々しく有無を言わさぬ迫力がある。全体を見れば、収録作品の半分以上のクライマックスで、ある不法行為が犯される。興趣をそがぬようその行為が何かは伏せておくが、結末で登場人物全員が生きている話を好むのなら、本書はあなた向きの本ではないかもしれない。

それでも、あえて言えば、犯罪だけがこれらの作品の交点ではない。本書の作品を姉妹シリーズの『アメリカ短編小説傑作選』の諸作と比較すれば、どこかちがうと感じることが多いだろう。そのちがいは、一部の批評家が言い立てるような作風の洗練の度合いではない――R・T・スミスの「アイリッシュ・クリーク縁起」のように、本書の多くの作品も高度な技法を用いている。人間心理に対する洞察の深さでもない――アラン・ヒースコックの「平和を守る」は、個人と共同体の相互依存をつぶさにとらえて心を打つ。声や映像のユニークさでもない。アメリカにエルモア・レナードほど確固たるスタイルを持った作家はめったにいない。「ルーリーとプリティ・ボーイ」でも、いつもの大道手品のような芸を披露している。要するに、ちがいはこれらの作品のほとんどが、文学の授業で教えられるような〝主流〟現代小説における、短篇はかくあるべしという考え方とは別の前提で書かれていることなのだ。

本書の作品の大多数に引き継がれている文学的遺産を探すとすれば、十九世紀、アメリカのホーソーンやポー、フランスのモーパッサンらが完成した（そしてチェーホフが崇高なまでに極めた）典型的な小説形式にさかのぼらなければならない。古典的な短篇小説は、識字能力の飛躍的な向上と、今日のことばで言えば、コンテンツに飢えた新聞や雑誌の急速な普及のひとつの結果として、盛んに書かれるようになった。当時の短篇小説は、逸話のようなものから進化して、結末で強烈な印象を残すことを狙うようになり、そのために、われわれの一部が小中学校で教わった伝統的な形態を整えた。すなわち、導入、中間、結末だ。対立、説明、解決が与えられるということだ。便宜上、これを三幕小説と呼ぼう。ミステリは古典的な三幕小説であり、そう考えると、本シリーズを『ベスト・アメリカン・ミステリ』と名づけるのも的確だということになる。

ここに収められた作品のほとんどは、少なくとも大まかに見てこの枠組みにはまっている。読者が、登場人物と同じくらい状況について知りたくなる物語であり、そこでは伝統的なサスペンスの疑問——次に何が起きる？——がもっとも重要となる。ローラ・リップマンの「クラック・コカイン・ダイエット」や、マイク・マクリーンの「マクヘンリーの贈り物」はその好例で、私はどちらの結末にも驚かされ、ゆえに喜びを覚えた。この種の小説ではしばしば、主人公の心理と同じくらい問題解決の過程が気になる。エド・マクベインの「即興」はこの輝かしいケースで、そのことは〝「誰かを殺すっていうのはどう？」と女は提案した。〟の冒頭から想像がつくとおりだ。ジェーン・ハッダムの「エーデルワイス」も同じテーマを発展させ、好奇心をかき立てつつ同種の解決に至る。これらの作品が人間心理をおろそかにしているとか、扱っていないと言うのではない。そうではなく、対立の解決が登場人物の心理をうかがう決定的な窓の役割を果たし、それによってプロットと人物が相互に作用し合っているのだ。ウェンディ・ホーンズビーの「砂嵐の追跡」と、ウイリアム・ハリスンの「テキサス・ヒート」は、この戦略を用いて抜群の効果をあげている。

二十世紀の初め、ジェイムズ・ジョイスの『ダブリンの市民』が、伝統的な短篇小説の三幕形式を打ち壊した。ジョイスの新時代の短篇は近代詩の物語ふうのアプローチをとり、まず読者に、次いでたびたび登場人物に、事物の本質が立ち現われる瞬間――ジョイスの用いたことばでは、エピファニー――が訪れる。エミリー・ラボトーの短い逸品「スマイル」は、このアプローチのすぐれた実例だ。物語はその瞬間を得るのに必要な分だけ進展する。登場人物の状況について尋ねるなら――住んでいる場所、毎日していること――多くの場合、ほとんど変わらない。「話のなかで何が起きる?」と訊かれれば、少なくとも表向きの答えは「大したことは起きない」になるかもしれない。カレン・ベンダーの完成度の高い「船旅」は、この形式を見事に生かしたものだ。

見てのとおり私は両種類の愛読者なので、本書には両方が含まれている。さらにひとつ確実なことを言えば、私が示した両者の区別はそれほど明確ではない。アメリカ文学に四十年前には存在した、文化の高低のわりあい厳密な境界線は、長い年月をかけて消滅の一途をたどってきた。過去のいくつかの作品が、本シリーズと『アメリカ短編小説傑作選』の両方に収められていることは、何も異常な事態ではない。ジョイス・キャロル・オーツの「ぜったいほんとなんだから」は、私の言う境界線の双方にまたがる。数十年にわたって世界で愛されてきた彼女の作品群の典型だ。R・T・スミスの「アイリッシュ・クリーク縁起」にはすべてが少しずつ含まれている。私がここで定義したミステリであり、個人の心理の探究であり、導入、中間、結末が――それも複数――ある。と同時に、堂々たる文芸作品でもある。本書の作品のいくつかは、まさに両者混合だ。ジョイスは断固として、たとえば犯罪がまれに個人にもたらす大変動ではなく、ありふれた日常の縦糸横糸から意味を引き出そうとしている。これらはすべて犯罪小説だから、純粋なジョイスの王国からの逃亡者ではあるが、それでもスー・パイクの「彼女のお宝」や、エモリー・ホルムズ二世の「別名モーゼ・ロッカフェラ」は、避けようのない真実とともに落ちていく人間の心理を描いた胸を打つ作品だ。

昔ながらの形式とはそういうものだ。それ自体に魔法があるわけではなく、読者が作品を理解する可能性を広げるにすぎない。われわれがより単純な読み方を放棄して、代わりに期待を詰めこんでいく箱だ。私はある種類の小説がほかの種類より〝すぐれている〟と仮定することだけには我慢がならない。短篇小説を学ぶ学生は一世紀近くジョイスの神殿を拝してきたが、アメリカの物語を支配しているのはいまだに三幕小説だ。この形式はテレビ、映画、長篇小説で嫌というほどくり返されてきた——冷水装置の横の世間話は言うに及ばず。「ヘルスクラブに男がいてね」と同僚が話しはじめれば、あなたが次に知りたいのは、次に何が起きたかだ。

より重要なことを言えば、作品がどんな形式から生まれるにしろ、傑作かどうかを見る最終的な目安は、オリジナリティにある。ことば（ラボトー、スミス）、発想（眼がくらむほど巧い、ジェフリー・ディーヴァーの「生まれついての悪人」など）、スタイル（レナード）、または登場人物のオリジナリティだ。最後の点について、C・J・ボックスの「パイレーツ・オブ・イエローストーン」に出てくる、チェコからの若い移民を考えてほしい。われわれがたちまち興味を惹かれるのは、彼らのような人間に一度も会ったことがないからだ。これはたいへんな皮肉だ——形式の究極の役割は、読者に条件つきの一連の期待を抱かせることだが、最上の作品はその期待を超越し、否定して、われわれを新しい地平へと導く。ジェイムズ・リー・バークの「バグジー・シーゲルがぼくの友だちになったわけ」は一見、三幕小説だが、巧みに別の方向へと進む。本書に収められた作品はそれぞれ推奨に足るユニークな点を持ち、われわれをリアルで説得力のある想像の世界に放りこむ。その世界から戻ってきたとき、われわれは人間たることの条件について、なんらかの意味で蒙を啓かれている。

——スコット・トゥロー

（加賀山卓朗／訳）

ベスト・アメリカン・ミステリ

クラック・コカイン・ダイエット

船旅
Theft

カレン・E・ベンダー　遠藤真弓訳

二〇〇〇年に発表された長篇小説 *Like Normal People* の著者カレン・E・ベンダー（Karen E. Bender）は、《ニューヨーカー》《ゾエトロープ》《ハーヴァード・レヴュー》などの雑誌に短篇作品を発表し、高い評価を受けている。創作活動と同時に、ノース・カロライナ大学で教鞭をとり、またアンソロジストとしても活動、二〇〇七年にはその成果としてアンソロジー *Choice* を刊行した。本作は《ハーヴァード・レヴュー》に掲載された作品。

ジンジャー・クラインは全財産九百三十四ドル二十七セントの入った封筒が納まっている、赤いベルベットのハンドバッグを握りしめた。アラスカへ向かう船旅での最初の食事が始まろうとしていた。席へ案内されるのを待つ人々の列に並んだ彼女は、紙幣の確かな重みを指に感じていた。ダイニングルームを兼ねたダンスホールは広いだけで、何の面白みもない部屋だったが、麻のテーブルクロスの上に並んだ銀製の食器類、にぎやかに壁を飾る蝶結びにした金箔のリボン、腐りかけの水に活けられて束の間だけ花を咲かせる白い薔薇で優雅さを演出しようとしていた。室内はきらびやかなスパンコールのついた服に身を包み、楽しい時間を過ごそうと心に決めている人たち——カップルや友だち連れ、ツアー客——で賑わっていた。互いにあいさつをする人々の声でざわめき、シャンデリアが醸し出す銀色のもやで彼らの顔は輝いていた。そんな人々を眺めながら、彼女はハンドバッグをしっかりと握りしめ、どこに座ろうかと考えていた。

　ほんの数カ月前まで、ジンジャーはヴァンナイズ大通りにある、くすんだピンク色のワンルームマンションで暮らし、冷蔵庫の中のマーガリン容器に現金を蓄えていた。彼女は八十二歳。これまでの六十年間、今よりも良いところに住んだこともあれば、ひどいところに住んだこともあったが、最後に手に入れたのがここだった。調子の良い日には、コーヒーとロサンゼルス市の電話帳を用意してイスに座り、見知らぬ人たちに電話をかけては、〈消防士の舞踏会〉や〈キリスト教児童基金〉、〈退役軍人基金〉とやらへの募金を呼びかけた。イギリス風の発音は彼女が得意とすることのひとつだった。カノガ・パークやウッドランド・ヒルズ、カラバサスで電話を受けた人たちを煙に巻き続けることができたのは、そのお陰だった。彼女は「あなた様がわたくしどもの活動をお手伝いいただける方であることを、心からお喜び申し上げます」と言い、自分自身の心の広さにご満悦となった人々の声に耳を傾けた。サンフェルナンド・ヴァレー周辺には、小切手をすぐに現金にしてくれる店がいくつもあった。彼女は山のようにある偽の身分証明書の一枚を提示しながら、あちこちの店で小切手を現金に換えた。

ある日のこと、彼女は家に帰ろうとして間違ったバスに乗ってしまった。最初は窓の外を眺めていたが、やがて、それまで見たことのない海辺の景色に眼を凝らした。きらめく水面には、しわの寄った青いアルミホイルのようなさざ波が立っていた。サーファーたちは藍色の鏡のような波に乗ろうとしていた。ほかの乗客たちはここをただのビーチだと信じているようだったが、ジンジャーは心臓が冷たくなっていくのを感じた。六十五年間も詐欺師としてうまくやってこられたのは、どのバスに乗るべきか、いつでもわかっていたからだ。

もし、あのときの知らせが良いものだったら、彼女は本当に医師に金を払うつもりだった。医師からいくつか質問をされ、次に一組のペンチを見せられたが、彼女にはそれが何かわからなかった。その後も二度通院し、何人もの小生意気で、険しい表情の医師の診察を受けた。診断結果は愕然とするものだった。医師に結果を告げられると、彼女はほかの人々と同じような反応をした——手で顔を覆って、すすり泣いたのだ。それはジンジャーのこれまでの人生で数えるほどしかないことだった。

「今後のことを考える必要があります」と医師は言った。「面倒を見てくれる親戚はいますか？」

「いいえ」と彼女は答えた。

「お子さんは？」

「いません」

「ご友人は？」

医師の痛ましそうな表情が癪に障った。同時に気の毒にもなり、「友だちならたくさんいます」と答えてしまっていた。

最期はどうなるのか、友だちにどんなことをしてもらわなくてはならないのか、といったことを医師は詳しく説明し、彼女はそれに耳を傾けていた。が、そうしているうちにジンジャーは話を遮らないではいられなくなった。医師の秘書に小切手帳を車に置いてきてしまったと告げると、支払いをしないまま診察室を去った。

将来の介護費用をまかなえるような、壮大な計画を考え出そうとしたが、彼女の思いつきは筋道が通っているとは言い難かった。そして日々何かを失っていった。たとえば、レモンという単語や彼女が暮らす通りの名前を。街灯の明かりがアパートメントの陰鬱な暗がりを照らすのを窓からじっと眺めながら、近所の人の誰か一人と友だちだったらと思った。しかしまわりは気まぐれな大学中退者ばかりだった。働く時間は不規則な上に留守がちで、彼女に関心など持ってはいなかった。ジンジャーは病院や施設で最期を迎えたくはなかった。しかし、このアパートメントで死ぬということは、何日も発見してもらえないということを意味していた。彼女の肉体が命を失うこと、さらに悪いことに、自分ではそれをどうにもできないことが耐えられなかった。

ある日の夕方、テレビを見ているとカリブ海クルーズのコマーシャルが流れた。何年も前のことだが、彼女は空港のバーで一人の男と隣り合わせたことがあった。三十六歳だった妻に逃げられた男は、豪華客船の船室で自殺することについて、冗談めかして語って聞かせた。三杯目のバーボンを飲みながら、「誰かが見つけてくれるさ」と彼は言った。「客室係かほかの乗船客が。あっという間に。その方が同じ死ぬのでも尊厳があるだろう。腐ってしまうこともないし」

男はカリブ海に向かう途中だった。南国の鳥が花綱を形作っているイラストが描かれた、バカンスにぴったりな真っ赤なシャツを着て、必死でお祭り気分を出そうとしていた。「おもしろい考えね」そろそろポーカーの時間だと思いながら、彼女は軽い口調で言った。そして細工をしておいたトランプを取り出した。二時間後に彼がよろめきながら出て行ったとき、彼女は百五十ドル分、金持ちになっていた。そして、絶対にあんな絶望的な人になんかならない、と思ったのだった。しかし、今では彼の計画が役に立ちそうな気がしていた。

船旅に出る前に、有り金をすべて入れておけるような美しいハンドバッグを買いたいと思った。ガソリン臭い高速道路を轟音と共に走る公共バスを三本乗り継いで、サックス・フィフス・アヴェニューの服飾雑貨売り場を訪れた。カウンターの上には、燃えるような光を放っている赤いハンドバッグが置かれていた。ラインストーンの留め金以外には何の飾りもない、深紅のハンドバッグだった。彼女はそれを見たとき、喉で息が凍りつくような気がした。女性店員がそれはほかの客の取り置きの品だと告げた。

「わたしのよ」ガラスのカウンターに、色が白く変わるほど強く指を押しつけながら、ジンジャーは言った。

彼女のしわがれた声のせいか、老女を哀れに思ったのか、女性店員はそのハンドバッグを売ってくれた。ジンジャーはその中に現金と睡眠薬を二瓶入れた。この時期のカリブ海クルーズは売り切れていたので、残った金の大半をアラスカへの船旅代に費やすことになった。

船上で迎えた最初の朝、彼女は早くに目が覚めた。眠りに戻れないまま、知っていることをすべて思い出そうとした。これまでの人生で起こったさまざまなことが頭の中を駆け巡った。ホテルのレストランの名前、テキサスとジョージアで食べ比べたバーベキューの味、一九七五年のカクテルパーティーで着た水色のシフォンのドレス。彼女はテーブルにつくと、便箋に書き連ねた。ハリウッド大通り、フェイクファー、一九五六年、曇り、希少なブルーハイエナで作ったアラスカ製の青い毛皮の帽子、ニューヨークの西三十七丁目にあるカフェテリアのレモンメレンゲパイ、明け方、誰もいないサンタモニカ・ビーチを飛ぶカモメ、一年で稼いだ額、一九八七年、チャムロン博士から三万七千ドル――

ロサンゼルスのモクレン、と書いたところで、姉のイヴリンと一緒にロサンゼルスで電車を降りたときに嗅いだ、モクレンの花の香りを思い出した。ジンジャーが十五歳のときのことだった。まだ十七歳だった姉のイヴリンの歩き方、詐欺師として初めて成功した、あのときの歩き方が脳裏によみがえった。彼女はしっかりと足を踏みしめ、肩をいからせていた。あの歩き方を見て、イヴリンは何をすべきかちゃんとわかっている、そうジンジャーは信じ込んでしまったのだった。一九二一年のことだった。二人は電車を降り、ロサンゼルスの街を歩いていた。少女二人きりで。一度も会ったことのない叔母の住所を頼りにして。

とうとう手が痛くなり、ジンジャーはペンを置いた。部屋番号を殴り書きした紙をハンドバッグに入れると、食事に出かけた。オレンジ・ポンチの入ったボウルの近くには、溶けかかってダビデだかヴィーナスだか判別できなくなった氷の裸像がそびえ立っていた。彼女はその横を注意深く通り過ぎた。十六番のテーブルが空いていたのでそこに座ると、銀の深皿が流れるように差し出された。

サーモンを食べていると、若い女性がすっと向かいの席に座った。長く伸ばした髪はまっすぐで豊かだったが、胸に秘めた想いが熱いせいなのか、しっとりとしているように見えた。

「ダーリーン・ホロウィッツです」ジンジャーに握手の手を差し出しながら、そう名乗った。若いお嬢さんだった。とんでもなく若かった。肌はつやつやとしていて、しみひとつなく、まるで赤ん坊のようだった。「船旅は初めてなんです」

「ジンジャー・クラインよ」

「両親にここに送りこまれちゃって」とダーリーンは言った。「嘆き悲しんでいるわたしにうんざりしたんでしょうね」そう言うと、ジンジャーを見つめた。「わたしは――いえ、終わったことです。情けないわ。前にも船旅をしたことはありますか？　楽しいですか？」

「昔ね」とジンジャーは答えた。

若い女は膝の上にナプキンを広げた。「もう退職されたんですか？　前はどんなお仕事を？」と尋ねた。

ジンジャーはテーブルに身を乗り出すと、ダーリーンにささやいた。「わたしがやっていたのはこういうことよ。

人には夢があって、誰もが夢の一部になりたいと思っている。だから、わたしはこう言うの。かなえてあげるって。ある殿方はイタリアでジェラートを食べてみたいって言ったわ。だからわたしが代わりにやってあげたのよ。彼のお金で。その人は広告業界の人だった。彼が会社の席に座っているところや、家から持ってきたお弁当を食べ、ほんの少し汗をかいているところを想像したわ。そして思ったの。彼の代わりにジェラートを食べてあげれば、彼は感謝してくれるって」

これは実のところ、イヴリンの哲学だった。詐欺師は優しいと彼女は信じていた。騙されやすい人たちに、ひとときの夢を見せてあげるのだからと。ジンジャーは椅子を少し後ろに引き、ナプキンを膝の上に広げた。

「よくわからないんですけど」とダーリーンが言った。

ジンジャーは咳払いをした。そしてゆっくりと言った。

「わたしは詐欺師よ」

「まあ」と声をあげたダーリーンは両手で顔をこすり、やがて笑い出した。「お財布を隠さないといけないかしら？誰かのお金を盗むつもりなんですか？」

「いいえ」とジンジャーは答えた。「もう必要ないもの」

ダーリーンはもっと自分に馴染みのあることに話を持っていきたいようだった。「ご家族はお仕事のことをどう思っていらっしゃるんですか？」彼女は丁寧に尋ねた。

「家族とは六十年間、話をしたことがないのよ」とジンジャーは答えた。姉妹は突然、両親を失ったのだった。母は病気で、父は色欲のせいで——結核で母が死ぬと、父はルイジアナのストリッパーを追いかけてブルックリンを出て行った。いくらかの電車賃とロサンゼルスのオレンジ・ヒルズに住む叔母の住所を残して。

姉妹はロサンゼルスの通りで最初に見つけた公衆電話から電話をかけた。繋がらなかった。別な電話でも試してみた。四つ目の公衆電話で二人は気がついた。そこはオレンジ・ヒルズの近くでもなければ、叔母もいないことに。そのときの二人の所持金は四十三ドルだった。

「わたしがここにいる理由を聞いてもらえますか？」とダーリーンは尋ねた。まるでたった今、何かが爆発するところを目撃してしまったかのように、呆然とした表情を浮かべていた。「ウォーレンというのが彼の名前です。一分でお互いに言いたいことを言うと、次の一分で彼は荷物をまとめて出て行きました。わたしはまだ二十二歳だけど、でも、もう二度と運命の人に出会えないんじゃないかって心配で」

ウエイターが火をつけたベイクド・アラスカを持って出てきた。デザートの上の炎が小さくなり、かすかに焦げ臭いにおいがあたりに漂った。

「わたしは両親のもとに戻ったんだけど」とダーリーンが続けた。「大間違い。楽しんでらっしゃいって、氷河に送り込まれちゃったんだから――」

ジンジャーはこれからの一週間のうち、たとえ一秒だって、誰かを慰めるために使いたくはなかった。ナプキンを畳んで立ち上がると、「それじゃあ」と言った。「素敵な時間を過ごせるといいわね」彼女は背を向けると、ダイニングルームを横切って出て行った。船は最初の氷河に近づきつつあった。山から滑り落ちた氷塊が音を立てて海に落ち、やがて完全な静寂が訪れた。水面を漂う薄青色をした氷河の氷は、ばらばらになった巨人の骨のように見えた。彼女は近くに浮かんでいる青白い氷の骨を眺めながら、わたしはいつ自分の名前を忘れてしまうのだろうと思った。

彼女の素晴らしい才能のひとつは、物事を見極める力にあった。孤独に苛まれている人々に会うのに最適な時間帯、自分をもっとも無邪気に見せる髪形、人々が望んでいることをそれとなく示すときの眉の上げ方、そして、もちろん、ある人の持っているものが、いつ自分のものになるかを見極める瞬間。かつては線路をガタゴトと進む電車の席に座って、腰に巻いている丸めた札束の存在を肌で感じたものだった。ときには、自由というのはどんな感じなのかを想像しようとした。それは誰かほかの人と繋がっていたいという、居ても立ってもいられないほど危険な衝動の裏返しだった。彼女は自分がなりすましている人、例えば行方不明のいとこ、秘密の叔母、高校の同級生、遥か遠くにいるかつての恋人になりきった詐欺師を目指した。誰かのふりをしているときには、その人ならこう感じるに違いないと彼女が信じている感情を思い浮かべた。一方、おめでたい人たちが表わす感謝の念を満喫してもいた。彼らは彼女の中の善良な部分を見ていた。そして彼女は夜更けの真っ暗な車窓に彼らの影が、鏡の中にはみじめで薄汚れた亡霊が映っている、そう思うこともあった。

朝の十時にドアをノックする音がした。食事のときに相席した若い女だった。「わたしを覚えていますか?」とジンジャーに尋ねた。「食事をご一緒しましたよね。じつは、チョコレート・ビュッフェに行きたいなと思って」彼女は両手をぎゅっと握り締めていた。「でも、誰が一人でチョコレートをむしゃむしゃ食べたいと思います?」

それは普通の人々による自虐的な行為であると同時に、世間一般の人たちが自分の命に活力を与えるための試みでもあった。朝の十時に甘いものを口いっぱい頬張ろうと急いでいる、ほかの乗船客の慌しい足音が聞こえてきた。若い女にどうしてもとせがまれ、ジンジャーは気がつくと、くねくねと曲がる長い列についていた。乗船客のすべてが、このために起きてきたかのようだった。暴動を避けるために、ウエイターは集まった人々の中を歩き回り、喉から手が出るほど食べたがっている人たちに銀のトングでミルクチョコレートを配った。別なウエイターはアラスカヒグマの着ぐるみを着て、ラム酒を入れたホット・チョコレートを配っていた。ほとんどの人がめかしこんでいた——だぶだぶのトレーニングウェアやゆったりとしたスカートで——間もなく始まる暴飲暴食の宴を祝うために。あたりは嬉々とした興奮に包まれていた。

ダーリーンは話好きだった。「これが終わったらダイエットするわ」と言った。「本格的なやつ。セロリと水で何週間も——」

ジンジャーは突然、彼女自身は二度とダイエットをすることがない、ということに気がついた。自分の体が狂おしいほど愛おしく感じられ、両手で頬に、唇に触れた。チョコレートをすべて、すべて食べたい、と激しく思った。トリュフ、チョコレートをかけたポテトチップス、マカロン、チョコレートトルテ、ムース、ファッジを次から次へと素早く皿に取っていった。胃が痛くなるほど空腹だった。

　席につくと若い女を見つめた。自分のことを何でもいいから彼女にわかってもらいたい、ダーリーンの耳元でまくしたてたいと思った。

「これよりもおいしいものを食べたことがあるわ」と彼女は言った。「一九六八年のことよ。〈シェラトン・ホテル〉でやったアカデミー賞のパーティーだった。あちこちにトリュフがあったわ。わたしはウエイトレスだって言ったの。空いている時間には、モンゴメリー・クリフトの母親、癌で死に掛かっている彼女のお世話をしているんだって。みんな喜んで癌研究基金に寄付してくれて――」彼女は言葉を切った。「いい人の集まりだった。心が広くて。人って本当に素晴らしいものだって思えたわ――」

「腹を立てる人はいなかったんですか？」とダーリーンが訊いた。

「腹を立てる？」とジンジャーは繰り返した。

「あなたがお金をだまし取ったってわかったら――」

　ジンジャーは半分、腰を浮かせた。「どうしてわたしが気にする必要があるの？」と尋ねた。「いい？　決まった仕事があれば、みんなは価値のある人間だって言ってくれるでしょう。ウォーレンはどう？　あなたは彼を愛していたけど、彼に逃げられて、自分は価値がないと思ってる。でも、わたしは自分の価値をほかの人には話さないのよ」

　ダーリーンはうつむいた。彼とよりを戻したいと強く願っている彼女の顔は、恋の痛手を負いながらも光り輝いていた。

「彼の何がそんなに良かったの？」とジンジャーは尋ねた。

「わたしの眼がかわいいって言ってくれたわ」とダーリーンが答えた。「彼も〈チェリー・トーンズ〉を聴くのが好きだった。わたしの髪を撫でるのが好きで――」

　ジンジャーは思った。愛にはこれが不可欠なのだろうか？　「じゃあ、彼をだまして惚れさせなさい」

「どうやって？」ダーリーンは寂しそうにチョコレートケーキを見つめた。そのケーキはあまりにもつやがあり過ぎて、セラミックのようだった。

「彼の望みは何？　彼のなりたい人にあなたがなったふり

をすればいいのよ」

「大金持ちになること」

「じゃあ、宝くじに当たったって言いなさい」とジンジャーは言い、トリュフをかじった。

「でも当たっていないわ」

「あなたに教えられて初めて、人は何を望んでいたのかを知るのよ」

ダーリーンの顔が紅潮した。感情が昂ぶっているようだった。「でも、彼には本当のわたしを愛してほしい——」

「誰が、本当の自分を知ってるの？」とジンジャーは言った。「誰も知らないわ。わたしたち、みんなそう。わたしがしているのはそういうことよ。自分が何者でもないことに気がつきなさい——」

「わたしは何者でもなくはないわ」ダーリーンは不機嫌そうに言った。「サン・ディエゴの閑静な郊外の出身で、父は小児科医として成功していて——」

「だから？　そんなものはみんな一時的なことよ」とジンジャーは言った。「何者でもない、それがあなたよ」


彼女は今まで一度も人に弱みを見せたことがなかった。もちろん話したこともない。列車がスピードを落とし、新しい街に足を踏み入れていくときの気分はどんな感じか、どうやって新しい名前を選ぶのかを。誰もがそばを駆け抜け、うまくいかなかった愛のせいで苦しみ、うなり、磨り減っていったが、彼女はそういったこととは無縁であり、いつでもまっさらだった。駅のトイレで顔を洗って出てきたときには、もう秘密を消し去っていた。真実は、彼女が男にしたことはすべてまやかしだったということだ。彼女が喜びを感じる唯一の方法は、自分自身に真実を与えることだった。例えば、医者に看てもらう余裕がなかったために、骨折した右腕が治ったときには曲がっていたという事実。祝日にひとりきりで食事をすることが多いという事実。感謝祭の日に、客のいないコーヒーショップで皿の上の料理を見ていたときに、世界が彼女に差し出すものに対して、それまで感じたことのない、燃えるような愛を知ったこともあった。嘘偽りのない、驚くような愛を、何度も、何度も。

救世軍から借りた部屋に落ち着くと、イヴリンは涙を流して嘆きはじめた。硬く、しみのついたマットレスの上で丸くなり、叫んでいるのかと思うほど激しく泣いた。ジンジャーは傍らに座って姉の肩に手を置いていた。ときどき、笑いだしたい衝動に駆られながら。イヴリンの喉に手をまわし、絞め殺すことができたらと思う瞬間もあった。胸の奥に秘められた剝きだしの感情に我ながらぎくりとした。彼女に慰めてもらっている、そうイヴリンが信じているらしいという事実にも。

二人は日中、ハリウッド大通りを歩きまわり、これからどうするかを決めようとした。彼女たちの吐く息は暗く、バナナの匂いがした。日の光の中でイヴリンは早口に話した。そうすることで、彼女の声に耳を傾けているジンジャーだけでなく、イヴリン自身も希望が持てた。

「タバコ売りになるわよ」ある日の午後、イヴリンはそう告げた。

十六軒目の酒場でやっと、二人一緒に雇ってくれるところが見つかった。黒いストッキングに脚を包み、ラインストーンのついたローファーを履いた二人は毎晩、深い悲しみを抱えているような顔をした、酒臭い息を吐く男たちにタバコを売って歩いた。

あるとき、一日に五分間は何も怖れないようにする、とイヴリンが言いだした。いつ自分が怖気づいているか、イヴリンにはちゃんとわかっている、ということにジンジャーは感心した。なぜなら、彼女にとって怖れというのは、皮膚の外側を雲のように漂っているだけだったし、重くしびれたような感覚しか経験したことがなかったからだ。ジンジャーは姉をじっと見つめた。何も怖れていない、この貴重な五分間を見逃さないために。五分間を積み重ねていくうちに、イヴリンは何やら謎めいたものを身にまとうようになった。ジンジャーは姉の手に入れたものが欲しくてたまらなかった。

家にいると、イヴリンの悲しみは、深く愛されている人や親がいる人たちへの凄まじいほどの妬みに変わった。そういった人たちが持っている高価な物、宝石をちりばめたブローチや羽根飾りのついた帽子を欲しがった。

ある晩、彼女はベルベットのジャケットを着た男に体を寄せ、今まで聞いたことのないようなハスキーな声でこう言った。「家に赤ん坊がいるんです」

トレイを持って近くを歩いていたジンジャーは足を止めた。

「息子は病気で」とイヴリンは言った。「胃が悪くて、手術をしなくちゃいけないんです。ほら、この子です」彼女は見知らぬ赤ちゃんが写っている、しわくちゃの写真を取り出した。男は痛ましそうな顔をした。「十ドルでいいんです――この子は食べられなくて――」

「わかった」男はポケットを探り、十ドル札を手渡した。その表情には憐れみと尊大さが入り混じっていた。ジンジャーは二人の様子を畏敬の念を抱きながら見つめていた。

仕事の帰りに、イヴリンはジンジャーと一緒に歩道を歩きながら、十ドル札のしわを伸ばした。彼女の手の中にあるその紙幣は、緑色のベルベットのようだった。「家に赤ん坊がいるんです」イヴリンは笑いながら言った。歩きながら、道を行き交う大勢の人を見て両手を挙げると、「おばかさん」とほとんどささやくような声で言った。

翌朝、ジンジャーは船室で、持参した九枚の写真を見ていた。素敵な出来事が詰まった、思い出の品だった。写真は厚紙でできた額に収まっていたが、その額はあまりにも古く、フランネルのような手触りになっていた。ずっと持ち続けていたのは、まるで本当に楽しんでいるかのように写っている、写真の中の自分が好きだったからだ。

ドアをノックする音が聞こえた。あの若いお嬢さんだった。「話し相手が欲しいんじゃないかと思って。入ってもいいですか？」と尋ねた。

ダーリーンは金持ちを真似た服装をしていた。ジンジャーが船のみやげ物屋で見たものに違いない、スパンコールで飾ったカシミヤのセーターに真珠のネックレスを合わせ、ピンク色のベルベットのブレザーを着ていた。ダーリーンは肩をぐいと引いて、胸を張り、気取ったポーズを取った。身なりから彼女のまじめな性格が伝わってきた。まるで電球の輝きがランプシェードを通して伝わってくるように。

「どちら様かしら？」とジンジャーが訊いた。

「彼の夢になったの」

「駄目よ」とジンジャー。「やり過ぎないの。いつも着ている服に、高価なアクセサリーをひとつ足しなさい。彼にどうしたんだろうって思わせるのよ」

ダーリーンはブレザーを脱ぎ、まるで絶対に買ってもらおうとしている店員のように、固い決意をうかがわせて前に進み出た。

「ロールス・ロイスを買ってあげる」と、とても明るい声で言った。

「駄目、駄目！　ただ、旅行――パリに行ってきたってほのめかすの。四つ星のホテルのシーツは最高だって。彼には何もわからないのだから」とジンジャーは言った。

ダーリーンは並べられた写真を見た。

「この人たちは誰ですか？　教えてください」

ジンジャーは立ち上がると、一枚の写真を手に取った。

「これがわたし。一九六五年の大晦日よ」と言った。「ロスの〈センチュリー・プラザ・ホテル〉のプレジデンシャル・スイートだったわ」氷の上に乗った、薄紅色のシュリンプが今でも眼に浮かんだ。それはまるで、真新しい雪の中を泳いでいるようだった。「フランク・シナトラのタバコに火を点けてあげたのよ」とジンジャーは言った。「マリリン・モンローには口紅を貸したわ」スパンコールのついたドレスの重み、笑いさざめく人々の声がよみがえった。

「幸せそうでしょ？」

「わたしも幸せになる」とダーリーンが言った。

ジンジャーの心が頭蓋骨の中に移動したかと思うと、今度は両足がばらばらになるような気がした。椅子をぎゅっと握って、しがみついた。

「まあ！　大丈夫？」

ジンジャーはダーリーンの手を握りしめた。ベッドへ向かう体が重くなったように感じた。

「どうしたの？　医者を呼びましょうか？」

「いいえ」ジンジャーはぴしゃりと言った。「大丈夫よ」

ダーリーンはジンジャーの両足をベッドに乗せると、座る位置を整えてくれた。ジンジャーは病人のようにされるがままになり、両手両足を投げ出した。そしてダーリーンがくんできてくれた水を一口飲んだ。甘い味がした。

「ありがとう」とジンジャーは礼を言った。

ダーリーンも腰を下ろした。ジンジャーは別な写真を取り上げた。「これはMGMの副社長に会ったとき。わたしはベルギー出身の公爵夫人だって、彼に信じこませて——」

ダーリーンが眉をひそめた。さっき説明したのと同じ写真だったことに、ジンジャーも気がついた。「みんな、そのパーティーにいたのよ」と慌てて言った。「シナトラもマリリンも公爵夫人も。あれはマイアミだった。いえ、ブラジルよ。月がとても白くて、青く見えるほど——」

ダーリーンが彼女を見つめた。「わたしもそこにいられれば良かったのに」そう言うと、手を伸ばしてジンジャーの手にそっと触れた。

下を向いたジンジャーの眼に入ったのは、自分の手の上に置かれたダーリーンの手だった。彼女の心遣いに驚くあまり、手の彫刻を見ているような気がした。が、すぐにダーリーンを見ることができなくなった。ジンジャーの眼には涙が浮かんでいた。

イヴリンとジンジャーが嘘をつき始めると、世界は粉々に壊れ、中からこの世のものとは思えない、美しいものが姿を現わした。二人は大袈裟で悲しい身の上話から始めた。たとえば、身体の不自由な赤ん坊、殺された夫、不治の病といった類だ。禿げた人のために「毛生え帽」と称して、内側に薄い金属板をつけたヤムルカ帽を作ったこともあった。日の当たるところでかぶっていると頭が熱くなり、髪の毛が生えてくると考えたのだった。また、衣装屋で修道服を買い、新しい教会を建てるために寄付を募っていると騙ったこともあった。

ジンジャーの記憶に特に残っているペテンがあった。彼女はだだっ広いロサンゼルス駅の中を、「助けて。言葉が不自由。半盲」と書かれた厚紙を持ってさまよった。誰かが近寄ってくると、黒板にひもで繋げたチョークでこう書いた。「外に姉がいます。探すのを手伝ってください」彼女はその人に、たいていは年配の女性だったが、ハンドバッグを、それも口の開いたカゴバッグを持ってもらった。外まで案内させたところでわざと転んだ。バッグの中の封筒が外に落ちるように、注意深く。ジンジャーはそれを拾わなかった。そこに「バイオレット！」と叫びながら、イヴリンが駆け寄ってくるのだった。

イヴリンはバッグの中を見て言った。「お金はどこ？」

「バッグの中」とジンジャーは書いた。

二人は彼女のバッグを持っている、親切な女性を見た。

「目の不自由な妹のお金を盗ったのね？」とイヴリンが叫んだ。それがジンジャーの泣きだす合図だった。

「盗ってないわよ」不運な見知らぬ人はそう言い張ったものだった。しかし、その場にいて、手にはバッグがあり、すぐそばには涙を流している、口のきけない盲人がいた。

二人は十ドル、二十ドル、ときには三十ドルをせしめることができた。かもが立ち去ると、イヴリンはジンジャーを曲がり角まで歩かせてから抱き締めた。

「よくやったわ、バイオレット」

「ありがとう」ジンジャーはそう言うと眼を閉じ、姉にしっかりと抱き締められているのを感じながら、安堵のため息をついた。

昼寝から目覚めたジンジャーは、自分がどこにいるのかわからなかった。午後の弱々しい光がミントブルーのカーテン越しに射しこんでいた。彼女はぞっとして立ち上がった。荒々しく引き出しを開け、ヒントを探した。部屋が動いているような気がした。ルームサービスがあるということは、船に乗っていることを示していた。彼女は思った。でも、どこへ向かっているのだろう？　カーテンをさっと開けると、氷に覆われた山々が眼に入った。彼女の記憶は紙を丸めて作ったボールのようにスカスカだった。ジンジャーは唐突に背筋を伸ばした。そうすれば頭が整理できるとでもいうように。そのとき、電話が鳴った。

「気分はどうですか？　今晩、食事はできそうですか？」

質問の自然な感じ、そして電話の相手はジンジャーがこの会話を続けると信じていることが、気持ちを落ち着かせた。アラスカへ向かう船旅をしていることを、ようやく思い出した。電話の相手が何か優しい言葉をかけてくれたことも。

ダンスホールは乗船客にぜいたくな旅行をしていると信じさせ、いい気分にさせるための装飾がほどこされていた。金色に塗られ、薔薇の花束をいくつも冠した、古代ローマ様式風はりぼての円柱が何本も建っていた。ウエイターが着ている上着にはラインストーンで、ALASKAの文字が踊っていた。若い女が言ったこと――ジンジャーが出席したパーティーに自分もいたかったという言葉――が頭から離れなかった。これまでの人生で楽しかったことを、彼女にもっと話して聞かせたいと思った。大きなガラス窓の外では、水と空、暗闇ときらめきが、船を包み込んでいた。

その日の晩、ダーリーンのメタリックブロンドの髪は頭の高い位置でポニーテールに結われ、光の中でまばゆく輝いていた。まぶたは不自然なほど青くきらめいていた。

「ご機嫌はいかが?」とジンジャーが尋ねた。

「言っておきたかったの……わたしはちょっとした人物なのよって」とダーリーンは言った。どこかぼんやりしているようだった。「情報伝達学部を、平均成績Bで卒業する予定なんだもの」彼女は席につくと「じつは」と言って眼を閉じた。「彼の留守番電話に伝言を残したの。わたしはどんなことでもするわ。見てて。わたしは変わるのって」

「なんですって?」とジンジャーは驚いて言った。

「あなたが言ったことをやろうとしたのよ」とダーリーンが答えた。「どうやって彼をだませばいいかわかったから。これからも電話をするつもり。あなたが言ったみたいな人に、心の広い人になろうと思って。あなたの言う通り、わたしは自分勝手で――」

「違う」とジンジャーが言った。「わたしが言ったのは、そういうことじゃなくて――」

若い女性は険しい眼つきで彼女をにらんだ。「じゃあ、どうしろっていうの?」声がかすれていた。「教えてよ、どうすればいいのか」

ステージの近くに集まったバンドの奏でる音楽が鳴り響

いた。観客から拍手が沸き起こった。「みなさんがどこからいらっしゃったのか、いっせいに答えてもらいましょう！」このクルーズのパーティーで司会を務める男が叫んだ。何百人もの声が部屋に鳴り響いた。ロサンゼルス。パーム・スプリングス。オタワ。デンバー。オーランド。ニューヨーク。「ご乗船ありがとうございます！」と司会者が大声で言った。「さあ、ここからは寛いでいただきますよ。そのお洒落なお洋服を脱いでいただきましょう。わたくしどもは、みなさんと取引がしたいと思っています。ズボンが一本、必要なのですが、どなたかズボンを脱いでいただけませんか！　脱いだ方には五十ドル差し上げます！　さあ、ここにいる人たちとは、二度と会うことはありませんよ！」

ジンジャーは何と声をかけていいのかわからなかった。ダーリーンの眼に浮かぶ悲しみにうろたえながらステージに視線を移した。昔は人の集まるところが、人々のざわめきがひとつになり、音の固まりになる様が好きだった。しかし今初めて、すべての人々が弱々しく見えた。いつの間にか乗船客が舞台に立って、いろいろな芸を見せていた。《ゴッド・ブレス・アメリカ》を歌う人、ジャグリングに挑戦する人、ルンバを踊る人。何人もの人が大勢の前でズボンを脱いだり、生まれ故郷の名前を叫びたがっていた。が、故郷について訊かれるとトンチンカンな受け答えをし、ふるさとの恥だと言われて喜んでいた。彼らはあらゆる点で彼女と共通していた。

ステージ上の人たちはみな、喜んでそこにいるようだった。短い時間とはいえ、ライトを浴びることに幸せを感じているのだろう。激励の声に笑顔を見せ、ともかく認められたいという顔をしていた。ジンジャーはダーリーンに何と声をかけたらいいかわからずにいたが、突然、ステージの人たちがうらやましくなった。あの人たちの仲間に入りたかった。何か才能が欲しかった。澄み切った、白いライトの中にただ立ちたかった。

ジンジャーは手を挙げた。司会者に招かれ、ステージへと向かった。彼女の眼に、まばゆいばかりに輝く照明が白く映った。ハンドバッグを握りしめながら、中に入っている金の重さを感じた。「みなさん」と彼女は言った。人々は自分の将来を見せられた、哀れな兵士のように突っ立っていた。

「わたしの名前はジンジャー・クラインです。これから、みなさんをお金持ちにします。まずはわたしに一ドル恵んでください」と言った。「みなさん、一ドルですよ」

人々はポケットの中を探り、何人かが一ドル紙幣を出した。みんなが彼女の言う通りにするのを見るのは楽しかった。しかし、次はどうしたらいいのだろう？

「拾いなさい」と彼女は叫んだ。

ハンドバッグに手を突っ込むと、紙幣をひとつかみ取り出した。そして、きらめく暗闇の中に撒き散らした。信じられないという叫び声、嬌声が巻き起こった。ハンドバッグに手を入れ、さらに多くの金をばらまいた。乗船客は椅子から飛び上がると、金をめがけて突進した。みな混乱し、興奮し、生き生きとしていた。人々の歓喜の叫びが彼女の中で花開いた。ハンドバッグはどんどん軽くなっていった。

しばらくすると、司会者が大股で彼女に歩み寄り、そっとステージの端に連れて行くと大声で言った。「ありがとう、ジンジャー・クライン！　今夜一番の出し物でしたね」彼女はひと息ついた。もっと何か言いたいと思ったが、何を言ったらいいのかわからなかった。胸の中で大きな拍手が鳴り響いていた。ともかく、彼女は成功したのだ。ダーリーンを探しながら、ゆっくりと階段をおりた。「ダーリーン」と彼女は言った。最初はそっと、やがて大きな声で。「わたしはここよ」

ダーリーンは見あたらなかった。ジンジャーは、この週の終わりに若いお嬢さんが一人、気楽な様子で船をおりるところを想像した。ダーリーンは海辺に押し寄せてきている生活に戻っていくことだろう。おみやげに買ったアイボリーのペンギンとエスキモーの人形をしっかりと持って、将来の恋人、家や芝生、スポーツクラブ、読書会、ゴルフに行く生活へと。「ダーリーン」と彼女は言った。彼女と一緒に船を降りたかった。まばゆい日の光を遮るために片手を顔にかざし、もう一方の手でダーリーンの腕をつかみながら。

ジンジャーは、イヴリンが眠ったまま声をたてて笑うのを聞くことがあった。笑い声は耳障りで、途切れ途切れだった。彼女は姉の肩に手を置くと夢の中で心ゆくまで味わっているであろう喜びを、自分も感じようとした。イヴリンは昼間、普通の人たちのことを、愛し、愛されている人たちのことを、ひどく蔑みながら話した。ジンジャーには、姉がそういう人たちのような人生を歩みたがっていることがわかっていた。自分と縁を切りたがっていることも。

ある晩、イヴリンは映画業界で働いているという男と酒場で話をしていた。男の両手は小刻みに動き続け、自信のなさを露呈していた。彼はイヴリンをじっと見つめた。まるで彼女の中に貴い光が見えるかのように。そして彼に見つめられたイヴリンが肩を震わせ、喜んでいる姿をジンジャーは見ていた。イヴリンはすぐさま、自分には身寄りがないと告げた。男は身を乗り出し、彼女の手を取った。

「私が面倒を見てあげよう」

その晩、イヴリンは男を伴って帰宅した。そして翌日、ジンジャーと顔を合わせると、こう言った。「彼と一緒に暮らすことにしたわ。わたしのことを愛してるって言うの。それに家族がいないところが気に入ったんですって」彼女はいったん言葉を切り、ほっとしたような表情を浮かべた。「あなたのことは、内緒にしておかなくちゃいけないの」

ジンジャーはイヴリンの眼をのぞきこんだ。そこには、これまでの人生でもっとも真摯な決意が見てとれた。一方、ジンジャーの返事はこれまでの人生でもっとも嘘にまみれたものだった。彼女は頷くと「わかったわ」と言った。

イヴリンはスーツケースに荷物を詰めると出て行った。薔薇色の口紅を一本だけ残して。ジンジャーは待った。毎朝、新しい衣装を着て、イヴリンの口紅をつけ、見知らぬ人たちに繰り返し偽りの哀願をささやいた。イヴリンがいない方が稼ぎが良かった。人々はこれまでに見たことのないような、ジンジャーの虚ろな眼差しを見て心を動かされるのだった。二週間が経ち、ジンジャーはちょっとだけイヴリンを探してみようと思った。映画の撮影所の塀の外に立ち、あの男に会おうと待ち構えた。イヴリンが行きたがりそうな場所を思い浮かべ、そういった場所も並行して探した。高級なレストランの外で待った。洒落たナイトクラブをさまよった。しかし、混雑したテーブルのそばを駆け抜けた先にあるのは、ぎょっとして顔を上げた、見知らぬ客の姿だった。

サンタモニカ・ビーチを見下ろす絶壁でイヴリンに再会したのは、三週間後のことだった。イヴリンは奇妙なほど軽い足取りで、ジンジャーの方に歩いてきた。手で口元を隠して笑うようになっていた。何かを言うたびに、手を軽く振った。まるで自分が言ったことを、払いのけるかのように。

「わたしの髪が好きなんですって」とイヴリンが言った。

「わたしの笑い声に惚れてるって言うのよ」

聞いているうちに、ジンジャーは体が冷たくなるのを感じた。まっすぐ立っているのが難しかった。地面がゆっくり、大きくうねっていた。

「元気そうで良かった。じゃあ、もう行かなくちゃ」イヴリンはそう言うと、まるでジンジャーにしがみつかれるのを恐れているかのように後ずさった。が、立ち止まると、ポケットから小さな赤い財布を出し、「これ」と言って突き出した。「二百ドル入ってるわ」

「いらない」と言いながら、ジンジャーは後ろに下がった。財布が手に押しつけられ、無理矢理握らされるのを感じた。「いいから取っておきなさいよ。ほら」

イヴリンはそそくさとバス停に向かって走って行った。もう二度と姉に会うことはないだろうとジンジャーは思った。引越しをすることも、引越し先を姉に告げないことも、彼女次第だった。バスが走り去っても、しばらくのあいだ、その場に座り眼を閉じていた。眼を開けたときには、広々とした青空も、灰色の巨大なヤシの木も消え失せているかもしれないと思いながら。しかし、再び眼を開けたときにも、世界はまだそこにあった。ジンジャーはベンチに財布を残したまま歩き出した。

次の日の朝、彼女は眼を覚ましたが、前の晩のことを何も覚えていなかった。どうして人々にもみくちゃにされることになったのかも、どうやって栗色の制服を着た男性を見つけ、部屋まで連れて来てもらったのかも。しかし、とても長い距離を歩いたかのように、脚に力が入らなかった。ダーリーンの名前を叫んでいたせいで、口はカラカラに渇いていた。

死ぬほどお腹が空いているときのように、体が小刻みに震えていた。それでも、やりたいことはわかっていた。ダーリーンにプレゼントを買いたかった。やりたいのはこの、とても簡単なことだった。お店に行って、贈り物を選び、そして買う。ただそれだけだった。ジンジャーはベッドから出ると、かすかに煙草とお酒のにおいがする、前の晩と同じ服を着て、みやげ物屋へゆっくりと歩いて行った。

商品に囲まれ、彼女はじっと立っていた。きらきらと輝くビーズで蝶が刺繍してあるブラウス、気高い野生動物を模した陶器の置物、エスキモーがかぶっているのとまったく同じように作られた毛皮の帽子、氷河と同じ青色の氷砂糖が入った瓶詰め。

「何かお探しですか?」陳列台のところにいた女性店員が声をかけてきた。

ジンジャーは雪の結晶をかたどった金色のケースに入っている、大きなオパールのブローチを選んだ。三百ドルだった。

「お眼がお高いですわ」と店員が言った。

「ちょっと」と声がした。ダーリーンだった。「あちこち探したのよ」

若い女性がそばに立っていた。ジンジャーはブローチを戻した。

「大丈夫?」とダーリーンが言った。「それは誰のために?」ブローチを見つめながら、そう尋ねた。

ジンジャーは彼女を見た。「あなたによ」

「こちらは三百十五ドル七十三セントでございます」と女性店員。

ジンジャーは赤いベルベットのハンドバッグに手を入れた。シルクの裏地が手に触れるだけで、ほかには何もなかった。ハンドバッグを振ると、一ドル三十七セント出てきた。

「お金がないの」と小声で言った。

「お部屋ですか？」と店員が尋ねた。

「これで全部」

ハンドバッグの中を隅々まで探ったが、手に触れるものは何もなかった。小銭が床に落ちた。「何も買ってくれなくていいのよ」とダーリーンが言った。

照明が煌々と輝き、まるで誰かが一斉に明かりを点けたかのようだった。

「買いたいのよ」とジンジャーが言った。「わからないの？　買ってあげたいの」

ジンジャーは足元を少しふらつかせながら、ダーリーンはわたしの優しさをわかってくれない、と腹を立てていた。ダーリーンは眼を細めて、そんなジンジャーを見つめた。まるで彼女の姿が見えなくなり始めているかのように。

「何を見ているの？」とジンジャーが尋ねた。「何を？」

ダーリーンの方に体が傾いだ。

「ちょっとごめんなさい」とダーリーンは店員を見ながら言った。「すぐに戻りますから」彼女は後ずさり、そして慌てて廊下を走って行った。

「彼女はどこに行ったの？」と尋ねながら、ジンジャーは店の出入口へ向かった。そして廊下に出ると、ダーリーンの後を追いかけ始めた。


老夫婦がジンジャーの方にゆっくりと歩いてきた。妻はつばの広い、白い日よけ帽をかぶり、夫は首からカメラをぶら下げていた。「泥棒」とジンジャーはつぶやいた。しわくちゃのシーツを腕いっぱい抱えたメイドとすれ違った。「泥棒」と彼女は言った。メイドが振り返った。ジンジャーはデッキに向かって歩を進めた。陽射しはまぶしかったが、腕は冷たかった。淡い色のトレーニングウェアを着た人々の中によろよろと入って行くと、「泥棒！」と叫んだ。体の片側が重くなったような気がした。心臓が喉元で激しく脈打っていた。叫ぶ声は大きかったが、抑揚はなかった。彼女は人々のグラスの中の氷が鳴るのを聞いた。「わたしのお金！」と叫んだ。しわがれた声が自分のものだとは思えなかった。「お金を返して！」

若い女が駆け寄って来た。

「泥棒！」

女は面食らい、「何ですって？」と聞き返した。

「泥棒」ともう一度言った。何度も何度も言いたかった。

顔が火照ってきた。言いがかりをつけるという行為に気分が浮き立った。その若い女の名前は忘れてしまった。彼女の中から、あっさり消え失せていた。「あなたが誰か知ってるわ」膝から力が抜けた。若い女が彼女の腕をつかんだ。

「医者を呼んで！　早く」とその女が叫んだ。

海がすごい勢いで動き始めた。輝く水面をまばたきもせずに見つめているうちに、ジンジャーはデッキから海を見ているのか、海の中から光を見ているのかわからなくなった。

若い女が腕をしっかりつかんでくれているお陰で、少し気持ちが落ち着いた。まだ彼女の名前は思い出せなかった。この友だちが誰かわからなかった。誰が彼女を愛していたのかも、誰を彼女が愛していたのかも。水であり、氷であり、空でもある、まばゆく光る青い世界の方へ体が傾いだ
ジンジャーは、自分がその一部になったかのように感じた。

「あなたは自分で言っているような人じゃない」と若い女がささやいた。「信じないから。あなたは詐欺師なんかじゃないもの。あなたは素敵なおばあちゃんよ。全部、冗談だった、でしょ――」

ジンジャーはゆっくりと呼吸をしながら、若い女の腕をつかんだ。あらゆるものが彼女の眼に映った。水色の空に向かって葉を繁らせている海岸の木々、白い雲の中できらめく海、雨に変わる乗船客の吐息。彼女は喉の奥で船のエンジンの振動を感じた。やがて体を起こすと、ほかの乗船客と一緒に見つめた。冷たく澄んだ水を切り裂いて、船が北へ進んでいくのを。

パイレーツ・オブ・イエローストーン

Pirates of Yellowstone

C・J・ボックス　高山真由美訳

C・J・ボックス（C.J.Box）は、ワイオミング州猟区管理官ジョー・ピケットのシリーズで知られる。現在までに、邦訳紹介された『沈黙の森』（二〇〇一年）、『凍える森』（二〇〇三年／共に講談社文庫）をふくめて七冊の長篇作品を発表し、アンソニー賞やバリー賞を受賞するなど高い評価を得ている。二〇〇八年には単発作品 *Blue Heaven* が刊行を予定され、いっそうの飛躍が期待できる。ワイオミング州在住。本作は歌手ブルース・スプリングスティーンに触発された作品を集めたアンソロジー *Meeting Across the River* に収録され、《ミステリマガジン》二〇〇七年三月号に「イエローストーンの鼠賊」のタイトルで訳載された。

六月初旬のイエローストーン国立公園は寒かった。木立のあいだで舌の形に解け残った汚れた雪が、月光で青白く光っていた。バンのタイヤが音を立てて道路を擦る。

「見ろよ」窓の外の草地に現われたぼんやりとした影を指しながら、ヴラディがエディに言った。「ヘラジカたちだ」

「毎晩見るよ」と運転手が言った。「やつらはヤナギを食うのが好きなんだ。ところで、〝ヘラジカたち〟とは言わない。たくさんいても〝ヘラジカ〟だ。〝ヘラジカの群れ〟みたいに言うんだよ」

「失礼」とヴラディは恥ずかしそうに言った。

バンの運転手は公園北部のマンモス・ホット・スプリングズから、公園の東の玄関口であるワイオミング州コディに向かうところだった。早朝にコディの空港で何人か拾って観光牧場に送り届けるんだ、と運転手はふたりに話していた。この男はよくいる中年のアメリカ人――服装も行動も一九六八年なみ――だな、とヴラディは思った。

運転手は運転手で、自分のことをかっこいいと思っていた。見るからに寒そうで場ちがいな様子のヴラディとエディを乗せてやるなんて。ふたりの持ち物といったら、金属製の分厚いブリーフケースだけ。運転手はカールした長いもみあげと灰色になりかかった口ひげを生やしていた。手を振るふたりを見つけて車を道路の端に止め、乗せてやることにしたのだった。彼は運転しながらマリファナ煙草に火をつけてふたりに勧めた。エディは受け取り、ヴラディは断わった。巨大な国立公園を横切ってトンネルを抜け、川を渡ったときに起こるはずのことに備えて、ヴラディは頭をすっきりさせておきたかった。ヴラディはまだアメリカで取引をしたことはなかったが、ビジネスとなるとアメリカ人は容赦のない、手強い相手になりうると知っていた。そもそもヴラディはそういうところにも惹かれたのだ。

「あまりハイになるなよ」ヴラディはエディにチェコ語で言った。

「ならないさ」とエディは言い返した。「おまえは平気かもしれないけど、おれはちょっとびびってるんだよ。これでましになる」

「その帽子はないほうがいいんだが」とヴラディは言った。「プロらしく見えない」

「マーシャル・マザーズみたいだろ。スリム・シェイディだよ（どちらもヒップホップ・ミュージシャンのエミネムのこと）」とエディは言い、目深にかぶった毛編みの帽子に触れた。少し傷ついたような声だった。

「おい、おまえさんたち」運転手が後部座席のふたりに向かって肩越しに呼びかけた。「英語で話してくれ。さもないと道端に落っことすぞ。いいか？」

「もちろん」とヴラディは言った。「それでかまわない」

「ブリーフケースの中身を教えてくれる気はあるか？」と運転手は尋ねた。脅しているわけではないというしるしに笑みを浮かべながら。

「いや、言わないほうがいいと思う」とヴラディは言った。

ヴラディミールとエデュアートを〝ヴラディ〟と〝エディ〟と呼んだのは、モンタナ州ガーディナーにあるイエローストーンの人事管理部門の男だった。ふたりが三週間前に仕事を求めて訪れ、空きがないと言われたときのことだ。何か手ちがいか誤解があったにちがいない、とヴラディは説明した。プラハの代理人は、公式に公園の管理を任されている会社に夏から秋口にかけてふたりとも受け入れてもらえると請け合ったのだから、と。六カ月の就労ビザを取ったときの書類も見せた。

イエローストーンはアメリカの縮図のような驚異の場所だ。ベッド・メイクや皿洗い、移動用の馬の手入れなど、アメリカ人がやりたがらない仕事、必要としない仕事をこなす東欧の人間を求めている。ヴラディとエディの知り合いのチェコ人も大勢ここに来ていた。留まる者もいた。すばらしい場所――ヴラディのことばで言えば〝夢のような大自然の舞台〟――でのいい仕事だった。だが人事管理部門の男は、申しわけないけれど人員過剰なので、誰かが辞めて空きができるまで自分にはどうすることもできない、と言った。そのうえもし空きができても、きみたちより先に待っている人々のリストがある、とも言った。

ヴラディはほぼ完璧な英語で――自分ではほぼ完璧だと思っている英語で――自分とエディには帰国する金がないと説明した。実際、空きを待つあいだの部屋代もない、と訴えた。所持品は身につけているものだけだった。ひび割れた黒い革のジャケット、サイズの合っていない服、スニーカー。エディはエミネムのファンなので毛編みの帽子をかぶっていたが、ヴラディのほうは後ろに流した髪を見せるのが好きだった。いずれにせよふたりとも、街角やこの事務所にいる同年代のほかの若者たちとは比べるべくもないありさまだった。

「連絡を絶やさないように」と雇用担当者はヴラディに言った。「数日おきに確認しに来るように」

「煙草も買えない」とヴラディは嘆いてみせた。

男はふたりをかわいそうに思い、自分の財布から二十ドル札を出して渡した。

「だからデトロイトにしておけばよかったのに」とエディはヴラディにチェコ語で言った。

車が進むあいだ、ヴラディはバンの冷たい窓ガラスに額を押しつけていた。金属製のブリーフケースは脚のあいだに置いてあった。

ここに来てからまだ公園全体を見ていなかった。とても見たかった。この地については幼いころから本で読んだり、ドキュメンタリーで見たりしてきた。地熱による大地の活動が三種類あることも知っていた。間欠泉、泥温泉、蒸気温泉。地殻の薄い部分からマグマが噴き出る場所が一万ヵ所以上あることも知っていた。野牛やヘラジカ、オオツノヒツジ、それに多様な魚が生息していることも知っていた。世界中の人々がここにやってきてそれを見学し、そのにおいを嗅ぎ、それに触れる。だがヴラディはまだ外側にいて、外から覗き込んでいた。イエローストーン国立公園は眼のまえにあるのではなく、いまもテレビのなかにあるように見えた。ヴラディは自分がこの場所の一部になることを、まだ自分に許していなかった。それはもっとあとだ。

エディは運転手としゃべっていた。しゃべりすぎだ、とヴラディは思った。エディはとても英語が下手だった。聞いていて恥ずかしいほどだ。エディは運転手にプラハの話、プラハの美女たちの話をしていた。プラハにはずっと行ってみたかったんだ、と運転手は言った。エディは建物の説明をしようとしたが、うまくいかなかった。

「建物なんかどうでもいい」と運転手は言った。「女の話をしてくれ」

彼女――チェリーは最初は腹を立てるだろう。ヴラディにはわかっていた。その日、彼女がモーテルで働いているあいだに、ヴラディは彼女のDVDとステレオのセットを百十五ドルで質屋に売ってしまったのだ。質屋には銃がたくさん置いてあり、ヴラディは九十ドルたらずでグリップの壊れた二二口径の銃を買った。なぜこんなことをしたかがわかれば彼女も機嫌を直すはずだ、とヴラディは確信していた。そもそもこれは全部彼女のアイディアなのだから。

ヴラディとエディは非雇用担当者と会ったあと、不幸な第一日目をモンタナ州ガーディナーの〈K・バー・ピッツァ〉という店で過ごした。ふたりは丸テーブルについて座った。人事管理部門の建物のすぐそばで、〈K・バー〉のドアが開くと外にその建物が見えるほどだった。ヴラディはもらった二十ドル札をテーブルに置き、生ビールを二杯注文した。すごくうまい、ということで意見が一致した。次にバドワイザーを注文した。チェコスロヴァキア産バドワイザーには遠く及ばない代物だと言ってふたりで笑った。チェリーはそこのウェイトレスだった。カンサスか、どこかそのあたりの出身だった。彼女が自分自身に、自分の容姿に満足していないことがヴラディにもわかった。少々太り気味で、顔が歪んでいたから。離婚して、子供がいて、収入を補うために〈K・バー〉で働いているの、と彼女はヴラディに言った。彼女はモーテルでも働いていた。ルーム・サービスの仕事だ。ぼくが注目するのを彼女は喜んでいる、とヴラディは見て取った。革のジャケットも、髪も、笑顔も、アクセントも、彼女を喜ばせている。ときどき女がこういう反応を示すことがあり、ヴラディはそれをきちんと認識していた。アメリカで自分のルックスが役に立つかどうかはわからなかったし、いまもわからない。だがとりあえずモンタナ州ガーディナーでは役に立った。二十ドルを使い果たしても彼女は注文を取りつづけ、自分のシフトが終わる時間までふたりを追い払おうとしなかったのだから。ヴラディは友人を見つけたと思った。

チェリーはふたりの先に立って急な坂を下り、渓谷と背中あわせに建った古い建物に着くまで、ひび割れた歩道と路地を歩いた。ヴラディはついていきながらあたりを見まわした。ガーディナーという町が理解できなかった。どの方向を見ても空間ばかり。山やむきだしの山腹、北へと続くからっぽの渓谷、そのうえには見たこともないほど大きな空。そのわりに町はぎゅうぎゅう詰めだった。家と家は触れあいそうなほどで、窓を開ければすぐに隣家の窓だ。ほかに何もない海に浮かぶ小さな島のようだった。このことはまたあとで考えよう、とヴラディは決めた。

チェリーはふたりを玄関で待たせ、幼い息子がきちんと寝ているかどうか確認しにいった。それから、ふたつある寝室のうちの表側の部屋にふたりを泊めた。その最初の晩、ヴラディはエディがいびきをかきはじめるまで待ってから、裸足でリノリウムの床をそっと歩き、チェリーの寝室のドアを開けた。彼女は眠っているふりをした。ヴラディは何も言わず、下着姿でただそこに立っていた。

「なんの用？」とチェリーが眠そうな声で尋ねた。

「きみを愉しませたいと思って」とヴラディは囁いた。

「明かりをつけないで」と彼女は言った。「わたしのことを見てほしくないから」

その後、暗がりのなか、ヴラディは下の渓谷を流れる荒れ狂う川に耳を傾けた。荒々しい音だった。怒れる若い川が、大きくなったら何になりたいかを探しあぐねているようだった。

毎朝エディと一緒に非雇用担当者のところに確認しにいくかたわら、ヴラディは家事の手伝いをしようとした。部屋代を払う金がないからだった。水の滴る蛇口をなおそうとしたが、アパートメントには古いペンチと、ジャガイモをスライスするものらしい安っぽい道具しか見あたらなかった。ヴラディは床にモップをかけ、窓を洗い流した。水の漏るトイレをペンチで修理した。ヴラディがそうしているあいだ、エディはソファでテレビを見ていた。たいていMTVだった。チェリーの子供のトニーもエディと一緒にテレビを見ていた。ヴラディが着替えろと言わなければ、子供はパジャマから服に着替えようともしなかった。

ヴラディが初めてチェリーの隣人を見かけたのは、外の大型容器にごみを運んでいたときだった。あとで知ったところによれば、男の名前はボブだった。〝ボブ〟のような一音節の名前があまりにもアメリカ的でおかしいと思い、ヴラディは内心笑ってしまった。

ボブはどっしりとした黒い四駆の自動車で建物に近づいてきた。たいして古そうにも見えないのに、車には泥がはね、こすった跡やへこみがあった。大きな車だった。ヴラディにはサバーバンだとわかった。車から降りるボブを見ると、気の短そうなきつい表情をしていた。汚れたジーンズを穿き、トレーナーにフリースのベストを着て、野球帽をかぶっている。ガーディナーのほかの住人となんら変わらなかった。

ボブはサバーバンの後部を離れ、ドアをふたつとも閉めてリモコンでロックした。ヴラディが初めて金属製のブリーフケースを目にしたのはこのときだった。ボブがサバーバンの後部から取り出したのだ。

それを持って、ボブは建物に入った。

その晩、エディとトニーが食料品店のデリに夕食のフライドチキンを買いに出かけたあと、ヴラディは隣人のボブについてチェリーに尋ねた。金属製のブリーフケースのことも言った。

「わたしなら彼には近づかない」とチェリーは言った。

「ボブはちょっと疑わしい人だと思う」

ヴラディにはどういう意味かわからなかった。

「〈K・バー〉で噂を聞くの」とチェリーは言った。「何回かひとりで店にいるところを見たこともある。いままで会ったなかでいちばん親しみやすい人、というわけではないわね」

「ぼくとはちがうってことか」と言いながらヴラディはテーブルの向かいに手を伸ばして、チェリーの眼にかかった髪をかきあげた。

チェリーは椅子に座り直し、ヴラディをじっと見て言った。「そうね、あなたとはちがう」


チェリーを愉しませたあと、彼女が眠りにつくのを待ってから、ヴラディはエディが眠っている表側の暗い部屋をこっそり歩きまわった。そしてキッチンの引き出しで懐中電灯を見つけ、玄関からすべるように外に出た。ヴラディは下着姿のまま階段を降りて外に出ると、サバーバンの後部に近づいた。

懐中電灯をつけると、しわくちゃになった服、地図、トレッキング・シューズ、そしてダイヤルと計器類のついた電動の機器が見えた。ヴラディは四角く敷物が見えているスペースに気づいた。ボブが持ち出さなければ金属製のブリーフケースがあったはずの場所だ。ボブはある種のエンジニアか科学者ではないだろうか、とヴラディは思った。毎日どこに仕事をしにいっているのだろう。金属製のブリーフケースに何を入れているのだろう。ほかの持ち物と一緒に置いておけないとは。

ヴラディは地質学と地学と化学を学んでいた。成績もよかった。もしかしたらボブには手伝いが要るのではないか、とヴラディは思った。助手に雇ってもらえないだろうか。少なくとも国立公園の仕事に空きができるまで。


チェリーは〈K・バー〉での仕事のあと、ジャック・ダニエルズを二本持ち帰ってふたりを驚かせた。それをオン・ザ・ロックで飲みながら、夕食には低脂肪の冷凍食品を食べた。三人は食事のあとも飲みつづけた。ヴラディは、チェリーがカウンターのうしろから酒を盗んできたのではないかと疑っていたが、何も言わなかった。自分も愉しんでいたし、ボブのことを訊きたいとも思っていたからだった。エディはかなり酔ってしまい、チェコの笑い話をしていた。チェリーとトニーには理解できなかったが、エディの話し方がおかしかったので皆で笑った。ぼくも飲みたい、とトニーが言い出し、エディが注ぎはじめたところをヴラディが止めた。エディはふてくされて自分の飲み物をソファに運び、おれの夜が台無しになっちまった、と言った。

「チェリー」とヴラディが言った。「部屋代を払えなくて悪いと思ってる」

チェリーは手を振って受け流した。「部屋代なら別の方法でもらってるわ」と言って笑った。「床と窓はいままでになくきれいだし。もちろんあなたのもうひとつの……サービスもある」

ヴラディは肩越しに振り返って、トニーに母親のことばが聞こえなかったかどうか確認した。

「真面目な話だ」とヴラディは言い、チェリーと視線を合わせようとした。「ぼくは真面目な人間なんだ。まだ働いていないから、仕事がほしい。もしかしたら、隣のボブに助手が要るようなことはないかな。ボブの代わりに汚れ仕事をやるような人間は要らないだろうか」

チェリーは笑みを浮かべながら首を横に振った。そしてなかなか答えなかった。彼女は何かを求めてヴラディの顔を探った。ヴラディはその何かが自分の顔にあればいいが、と思った。やっと口を開いたとき、彼女はそれまでとはちがう低い声で話した。彼女は身を乗りだしてヴラディのほうに頭を近づけた。

「ボブについては〈K・バー〉で噂を聞いたことがあるって言ったでしょ」とチェリーは小声で言った。「ボブはバイオ・パイレーツだって聞いたわ。犯罪者なのよ」

「そのバイオ・パイレーツっていうのは？」

チェリーの息はウイスキーのにおいがしたが、ヴラディはさらに身を乗りだした。「イエローストーンにあるいくつかの温泉や間欠泉からは、ここでしか見つからない珍しい微生物が何種類か採れるの。政府がそれを合法的に研究してる。癌の治療薬にならないかとか、もしかしたら生物兵器の開発とか、そんなようなことね。そういう菌類を公園から持ち出すのは違法なんだけど、噂によればそれを盗んで売りさばいてる人たちがいるらしい。それがバイオ・パイレーツ」

ヴラディは少しのあいだ椅子にもたれて考えた。チェリーがいままでとはまったくちがう、焼けつくような視線を送ってくる。もちろんウイスキーのせいだ。が、ほかにも何かあった。

「金属製のブリーフケース」とヴラディは囁いた。「彼はそこに微生物を入れているんだね」

チェリーは熱意を込めてうなずいた。「いったいいくらの価値があると思う？　もっと言えば、取り戻して口を封じるためなら、彼はいくら払うかしら？」

ヴラディはふたつの寒気を感じた。興奮からくるものと、恐れからくるものと。このチェリーという女、たったいま思いついたわけではないいな、と彼は思った。しばらく胸の内で温めていたにちがいない。

「こんど彼が〈K・バー〉に来たら電話するわ」と彼女は言った。「店にはブリーフケースを持ってこないの。夜出かけるときには隣に、彼のアパートメントに置いてある。わたしが電話するときにもそこにあるはず」

「ねえ」とトニーがソファから呼びかけてきた。「そっちで何をこそこそ話してるの？」

「密通についてだ」とエディが言い、その不明瞭な発音がトニーを笑わせたが、ヴラディが知るかぎり、エディがきちんとした英語の文章を言ったのはこれが初めてだった。

ヴラディが大好きな——世界じゅうでいちばん殺菌力が高いと思っている——リステリンを使ってカウンターを拭いていると、電話が鳴った。背骨に電撃がはしった。ヴラディはまわりを見た。エディとトニーはテレビを見ている。

電話はチェリーだった。「彼が〈K・バー〉に来てる。ひとりなのにピッチャーを注文したわ。しばらく腰を落ち着けるつもりよ」

「腰がなんだって？」ヴラディは理解できずに聞き返した。

「もう」と彼女は言った。「しばらくここにいるってことよ。つまりブリーフケースはアパートメントにあるってこと。しっかりしてよ、ヴラディ」

「わかった」とヴラディは言った。

「頑張って」とチェリー。「愛してるわ」

そのことはヴラディも考えたことがあった。実のところ、彼はチェリーを愛しているわけではなかった。好きではある。親切には感謝している。恩義を感じてもいる。だが愛してはいなかった。だから食料品店で聞いたことのある言いまわしで返事をした。

「もちろん(ユー・ベット)」

電話を切ると、トニーと一緒に食料品店でアイスクリームを買ってきてくれないか、とエディに頼んだ。エディは出かけるときにヴラディに向かってウインクをした。バイオ・パイレーツの話はエディにもしてあった。

金属製のブリーフケースは苦もなく見つかった。家探しをするよりもむしろ、すり減ったスニーカーで窓の外の二インチ幅のレンガの突起を伝っていくことのほうがはるかにむずかしかった。何しろ暗い下のほうから怒れる川の轟きが聞こえてくるのだ。ボブの部屋の窓が簡単に開いたのはありがたかった。ヴラディは開いた窓からキッチンの流しへと入り、汚れた皿を踵で踏んで割ってしまった。

やはりと言うべきか、金属製のケースは冷蔵庫のなかの専用の大きな棚に収まっていた。ヴラディは冷たくなった取っ手を握ってそれを引き出した。

チェリーのアパートメントに戻っても彼はまだ震えていた。外の気温のせいばかりではなかった。それでもヴラディはキッチン・テーブルのうえでブリーフケースを開けてみた。泥水の入ったガラス瓶がいくつも入っていた。チェリーは正しかったのだ。ブリーフケースの内側のてっぺんに名刺が貼りつけてあり、ボブの名前と携帯電話の番号が刷られていた。

チェリーが盗んできたジャック・ダニエルズの残りをコップに注ぎ、ヴラディはほぼひと息で飲みほした。そしてけた。

焼けるような感覚が喉に広がるのを待ってから、電話をかけた。

「もしもし?」ボブが出た。ヴラディはボブが〈K・バー〉のテーブルについて座っているところを思い描いた。チェリーは見ているだろうかと思った。

「重要なブリーフケースを預かっている。水溶液のサンプルが詰まっているものだ」とヴラディは言った。努めて低い声を出し、抑揚をつけずに話した。「あんたの部屋で見つけた」

「いったい誰だ? どうしておれの番号がわかった?」

ヴラディは家で見たアメリカ映画に出てくる台詞を思いだして言った。「ぼくはきみにとって最悪の悪夢だよ」これを声に出して言うのは気分がよかった。

「おかしなしゃべりかただな、どこから来た?」とボブは尋ねた。「いったいどうやっておれのアパートメントに入りやがったんだ?」

ヴラディは答えなかった。なんと言ったらいいかわからなかった。

「くそっ」とボブは言った。「目的はなんだ?」

ヴラディは深く息をついて気を静めようとした。「ブリーフケースと引き換えに二千ドルほしい。そうすれば他言しない」

「二千だって?」とボブは言った。その蔑むような言いかたを聞いてヴラディは即座に後悔した。一万ドル、いや、二万ドルと言えばよかった。「そんなに現金を持ち歩いていない。明日コディの銀行まで行って取ってこないと」

「それはかまわない」とヴラディは言った。

沈黙があり、考える間があった。うしろのほうから何かの音が聞こえてきた。おそらくカウンターのうえのテレビの音か。

「オーケイ」とボブが言った。「明日の夜十一時に、バッファロー・ビル・ダムのうえ、トンネルを抜けた先の分岐点で会おう。東の出口だ、コディに向かう途中の。ひとりで来るんだ。それからこのことは誰にもしゃべるな。もししゃべれば、おれにはわかる」

ヴラディは、冷たい手が喉を通っておりていくように感じた。そしてその手にはらわたをつかまれたような気がした。結局のところ、これが現実なのだ。これがアメリカ流のビジネスで、自分はそれに一枚嚙んでいる。タフでいろ、とヴラディは自分に言い聞かせた。

「ぼくにはパートナーがいる」とヴラディは言った。「彼と一緒に行く」

さらに沈黙があった。それからため息が聞こえた。「そいつだけだぞ」とボブは言った。「ほかの人間は駄目だ」

「わかった」

「おれは分岐点のところに黒のサバーバンを停めて、そのなかにいる」

「わかった」もちろんヴラディはその車を知っていた。だがそれは言えなかった。

「もしパートナー以外の人間がいたら、あるいは路上にほかの車があったら、この取引は終わりだ。終わりというのは最悪の意味で終わりってことだぞ。わかったか？」

ヴラディは動けなくなった。汗に濡れた手から受話器がすべり落ちそうになった。石鹼のように。

「わかった」とヴラディは言った。電話を切ろうとすると、手から離れた受話器が激しく架台にぶつかって落ち、もう一度切り直さなければならなかった。

ヴラディとエディは黙ってソファに座り、隣のアパートメントでボブがすさまじい音を立てて動き回るのを聞いていた。何か手がかりを残してしまったのだろうか？　エディは怯えた様子で、グリップの壊れた二二口径の銃を膝のうえに載せていた。一時間すると音はやんだ。ヴラディとエディはチェリーの家のドアを見つめ、ボブが自分たちに気づいてこのドアから押し入ってくるようなことがありませんようにと祈った。

「大丈夫だと思う」とうとうヴラディが言った。「誰が盗んだかはわかってない」

ヴラディは冷たい窓に頰を押しつけていた。バンはイエローストーン国立公園を出たところだった。小さな出口を通るバンの揺れを感じながら、ヴラディは少しのあいだ眼を閉じた。眼を開けると標識に気づいた。〈ショショニ国有林入り口〉と書いてある。

エディはまだしゃべっていた。まだマリファナ煙草をふかしていた。ずっとまえにフロントシートに移動し、いまは運転手の隣に座っていた。二本目のマリファナ煙草がいったりきたりしていた。運転手は民主主義と社会主義の話をしており、彼自身は社会主義の信奉者らしかった。ヴラディは運転手のことを馬鹿だと思った。決してうまく機能することのなかった忘れ去られた社会システム——ヴラディの軽蔑するシステム——を希求するなんて。だがヴラディは何も言わなかった。エディのおしゃべりがやみそうになかったから。エディが絶えず運転手に同意していたから。三人はオレンジ色の環境光に照らされたトンネルを三つ抜けた。ヴラディは窓から外を見つめていた。足もとをショショニ川が蛇行し、月の光を反射している。三人は橋を渡った。

「ここで降ろしてほしい」とヴラディは言った。最後のトンネルを抜けたところだった。右手には月光を受けてきらめく貯水池が見渡すかぎり広がっていた。

運転手はスピードを落とし、運転席にかけたまま振り向いた。「ほんとうに?」と彼は尋ねた。「ダム以外何もない場所だぞ。コディまであと三十分はかかるし、あまり車も通らない」

「ここが目指してた場所なんだ」とヴラディは言った。

「乗せてくれてありがとう」

バンはブレーキをかけて止まった。

「ほんとうに?」と運転手は尋ねた。

「彼に金を渡すんだ、エディ」とヴラディは言って、金属製のブリーフケースを持ったままドアのほうへとシートの上を移動した。金はいらないという運転手の声と、運転手のポケットに二十ドル札を詰め込もうとするエディの声を、ヴラディはぼんやりと聞き流した。最終的にはエディが押し切り、バンはコディへ向かう道に戻った。コディの町は遠くに、クリーム色の染みのように見えた。暗い東の空に浮かぶ半月が鏡に映ったようだった。

「で、お次は?」とエディが尋ねた。ヴラディとエディは靴の下の砂利を踏みしめながら、暗い道を路肩に沿って歩いた。

「次?」とヴラディは英語で言った。「わからない。銃はズボンのポケットにあるんだろ? 脅しに使うかもしれない。あるんだろう?」コートのなかを探るあいだ、エディは傾きながら歩いた。「あったよ、ヴラディ」とエディは言った。「だけど小さいな」

道路脇の駐車スペースに近づき、サバーバンが見えると、ヴラディの歯が鳴りだした。車は駐車スペースの向こう端に、ダムの手すりを背にして停めてあった。車内は暗い。

「びびってるのか?」とエディが尋ねた。まだハイだった。

「寒いだけだ」ヴラディは嘘をついた。

脚に力が入らなかった。ヴラディは大きな車へと向かってまえに進むことに集中した。

ヴラディは言った。「相手に笑みを向けるな。タフに見えるようにするんだ」

「タフにね」とエディ。

ヴラディはエディに言った。「プロらしく見えるようにしてくれって言ったのに、エミネムにしか見えない」

「スリム・シェイディはおれのヒーローだから」エディは訴えるように言った。

あと二十ヤードのところで、ヘッドライトがついてふたりの眼をくらませた。ヴラディは眼を覆うために腕を持ちあげた。するとヘッドライトが消え、車のドアが開く音、続いて乱暴に閉められる音がした。ヴラディには何も見えなかったが、砂利道を急ぎ足でやってくる足音が聞こえた。

ヴラディの眼がふたたび闇に慣れると、ちょうどボブが銃をあげてまっすぐにエディの額を、毛編み帽の下の額を撃つところが見えた。エディはまるで脚の部分が体の下から抜けてしまったかのように、まっすぐにくずれ落ちた。そして地面のうえで塊になった。

「たいした悪夢だな」とボブは言って、ヴラディに銃を向けた。「おまえたち、どこから来た?」

ヴラディは本能的にあとずさりをした。後退しながら金属製のブリーフケースを持ちあげ、手と腕を通して弾丸がケースに当たる衝撃を感じた。地面に転がったヴラディに悲鳴が聞こえた。自分の内側から発せられた声だとわかった。ヴラディは手足をばたつかせて転がった。ボブは悪態をつくと、轟音を響かせてもう一発撃った。弾丸はヴラディの耳のそばの地面に当たった。

ヴラディはまえに飛び出して思いきりブリーフケースを振りまわした。それがボブの膝頭を強打したのはまったくの偶然だった。ボブはうなり声をあげてまえに倒れた。ヴラディにかぶさりそうなほどそばだった。暗がりのなかで、ボブの銃がどこにあるかヴラディにはまったく見当がつかなかったが、ヴラディはなんとか立ちあがり、ブリーフケースでボブを打った。

ボブは「やめろ！」と言ったが、ヴラディの眼に見えていたのは、銃口の放つ光――ほんの少しまえにエディの顔に反射していた光――だけだった。

「やめろ！　おれはちゃんと――」ヴラディはありったけの力でブリーフケースを振りおろし、ことばを途切れさせた。ボブは横たわったまま動かなくなった。

ヴラディは荒く息をつき、ブリーフケースを落としてボブのうえに倒れこんだ。ボブの服を引き裂いて、エディを撃った銃を見つけた。ボブがうめいたので、ヴラディはその銃でボブの眼を撃った。

ヴラディは涙を流しながらエディとボブのベルトを一緒にして留め、ふたりを転がしてダムに落とした。何回か岩にぶつかる音がして、それから死体ははねをあげながら貯水池に落ちた。ヴラディは銃をできるかぎり遠くに投げた。ポチャン、と音を立てて銃は水に沈んだ。ブリーフケースもそれに続いた。

サバーバンのフロントシートでヴラディはビニール袋を見つけた。二千ドルの現金で膨らんでいる。一瞬とまどったが、次の瞬間にはヴラディにも理解できた。ボブはライトをつけて誰がブリーフケースを奪ったかを確認したのだ。ヴラディとエディのような――とくにエディだ――場ちがいなふたりが見えたので、金を払わないことにしたのだろう。

ヴラディはサバーバンを運転してイエローストーン国立公園へと戻った。エディのことを考え、自分がしたことを考えた。新しい服を買わなくては。新しい靴も、それにフリースのベストも。もしかしたら野球帽も。

イエローストーン湖の北岸にある駐車スペースでヴラディは車を停め、太陽が昇るのを眺めた。土手の温度の高い場所から蒸気があがり、V字を描くカナダガンの群れがゆったりと優雅に湖面に降りたつ。

自分もやっとこの自然の一部になったような気がした。

これぞ夢のような大自然の舞台だ、とヴラディは思った。

バグジー・シーゲルが
ぼくの友だちになったわけ
Why Bugsy Siegel Was a Friend of Mine

ジェイムズ・リー・バーク　加賀山卓朗訳

ジェイムズ・リー・バーク（James Lee Burke）は二十五冊以上の長篇小説を発表し、一九九〇年には『ブラック・チェリー・ブルース』（角川文庫）で、一九九八年には『シマロン・ローズ』（講談社文庫）で二度にわたってアメリカ探偵作家クラブ（MWA）賞の最優秀長篇賞を受賞している。他の邦訳作品には『ネオン・レイン』（一九八七年）、『天国の囚人』（一九八八年／共に角川文庫）などがある。《サザン・レヴュー》に掲載された本作は、《ミステリマガジン》二〇〇七年三月号に訳載された。

一九四七年、ニック・ハウザーとぼくがこの世で好きなものはふたつしかなかった——野球と、チェリオ・ヨーヨー・コンテストだ。それがきっかけで、ベニーと知り合った。春の夜、ガルヴェストン・フリーウェイ沿いのバッファロー・スタジアムで、ダブルヘッダーが終わったあとのこと。ベニーの真新しいフォードのコンバーティブル——ぴかぴかの栗色の車体に、真っ白なルーフ、ホワイトウォール・タイヤ、青い点のテールランプ——が、観客席の裏のぬかるみで動けなくなっていたのだ。ベニーは車のバンパーを持ち上げようとしていた。ガールフレンドが運転席でアクセルを踏みこみ、タイヤを空回りさせ、泥水とちぎれた草を彼の顔に勢いよく跳ね飛ばしていた。

ベニーは格子縞のスポーツコート、ラベンダー色のシャツ、手染めのネクタイ、ツートンカラーの靴という恰好で、そのすべてに泥のギザギザがついていた。けれど記憶に残ったのは服装ではなく、眼だった。その眼はまばゆいほど青く、文字どおりきらめいていた。

「そこのガキ、二ドルずつ稼ぐ気はないか?」彼は言った。

「誰がガキだって?」ニックが言った。

ベニーが答えるまえに、ガールフレンドがギアをバックに入れ、泥をとらえて、彼の足にタイヤを乗り上げた。

ベニーは痛みをこらえようと、片方の向こうずねを抱えてぴょんぴょん跳んだ。眼が天を向き、唇が静かに動いていた。

「またぬかるみに沈むまえに、さっさとなかに入って!」ガールフレンドが叫んだ。

ベニーは足を引きずりながら助手席に入った。一瞬ののち、車はぼくらの眼のまえを、尻を振って走り去った。窓の外に流れるガールフレンドの髪は長く、フラミンゴのようにピンクがかった赤だった。彼女は火のついた煙草を闇のなかにはじいた。

「おい、あの胸、見たか？　ワオ！」ニックが言った。

しかしその夜、ベニーと彼のガールフレンドに会ったのはそれきりではなかった。ぼくたちはフリーウェイの路肩に立って、ダウンタウンまで乗せてくれる車を待っていた。街灯の下でヨーヨーを光らせながら、上級の技――世界一周、シュート・ザ・ムーン、揺りかご、原子爆弾――を次々とくりだしていると、栗色のコンバーティブルがエンジン音を轟かせ、埃と新聞紙をぼくたちの顔に吹きつけて走りすぎた。

突然、それが二車線を横切り、Uターンして戻ってきた。フリーウェイじゅうでクラクションが鳴り響くなか、もう一度Uターンして、ぼくたちの眼のまえで停まった。

「おれが誰だか知ってるか？」ベニーが言った。

「知らない」ぼくが答えた。

「ベンジャミン・シーゲルだ」

「ギャングだね」ニックが言った。

「わかってるみたいよ、ベニー」運転席の女が言った。

「どうして知ってる？」ベニーが訊いた。

「〈ギャングバスターズ〉で名前を聞いたことがある。ニックとぼくは土曜の夜、かならずあの番組を聞くんだ」ぼくは言った。

「〝手裏剣〟はできるか？」彼が訊いた。

「寝っててもできるよ」ニックが言った。

「乗りな」ベニーが革張りの座席を倒しながら言った。

「家に帰らなきゃならない」ぼくは言った。

「送っていってやるよ。さあ、乗れよ」彼は言った。

サウス・メインに入り、ライス大学と、公園のような場所を通りすぎた。オークの木が密生し、数本からサルオガセモドキが垂れていた。南のメキシコ湾の上で、稲妻が走った。ベニーは〈ビル・ウィリアムズ・ドライブイン〉で、フライドチキンとアイスクリームを買ってくれた。ぼくたちが食べるあいだ、彼のガールフレンドは運転席で煙草を吸いながら、ラジオを聞いていた。考えていることは本人にしかわからない。ダッシュボードの光が当たるその顔は、とても女らしくてきれいだった。ちらっと見ただけで、ぼくの胸のなかに何かが落ちた。

ベニーはグローブボックスを開き、売られているなかで最高の黄緑色のチェリオ・ヨーヨーを取りだした。その奥に、セミオートマティック拳銃のスティールの銃身が見えた。「さあ、〝手裏剣〟をやってみせてくれ」彼は言った。

ベニーはドライブインの駐車場のまんなかに立ち、ニックとぼくが、ヨーヨー・コンテストでいちばんむずかしい技の入り組んだ模様を作るのをじっくり眺めた。そして自分でやってみた。彼のヨーヨーは斜めに傾き、内側が紐をこすり、くるくる回って、動かなくなった。

「こつはロウソクのロウなんだ」ぼくは言った。

「ロウソク?」彼は言った。

「そう。ロウソクのまわりに紐を巻いて、左右に引く。それでロウがついて、星の形を作れるだけの回転と時間が得られる」

「考えてもみなかった」彼は言った。

「こんなの簡単さ」ニックが言った。

「ベニー、もういいでしょう」ガールフレンドが車のなかから言った。

十五分後、車は袋小路に建つニックの家のまえで彼をおろした。そこはかつてぼくが隣に住んでいた場所だった。街路樹と、花と、古い煉瓦造りの家からなる美しい通りで、袋小路を囲む籐の茂みの向こうには、点々とオークが生える馬の放牧場がある。でも父さんが亡くなると、母さんとぼくは立ち退きを迫られ、ウェストハイマーを横断して、地平線から太陽が昇るたびに、おまえは敗者だと念を押されているような場所へ引っ越したのだった。

ベニーのガールフレンドがぼくの家のまえで車を停めた。ベニーは壊れたポーチと、網戸についた赤錆を見た。「ここに住んでるのか」と訊いた。

「そう」とぼくは答え、眼をそらした。

ベニーはうなずいた。「しっかり勉強して、自分で何かなしとげないとな。カリフォルニアに行くとか。あそこはそういう場所だ」彼は言った。

うちの隣はダンロップ家だった。その家族はそろって豚の皮のような肌をして、頭は筋の立ったココナツの殻のようだった。五人兄弟のいちばん上は、ハンツヴィル刑務所で処刑された。ひとりはシュガーランド・ファームで服役中。家長はサザン・パシフィック鉄道の操車場で警備員をしていた。家と、ガレージと、道具小屋の外壁すべてに、会社から盗んできた黄色のペンキを塗りたくっていた——一家で使う車にさえ。ところが、誰も予想すらしなかった幸運で、彼らは大金持ちになった。

娘のひとりが、リヴァー・オークスの石油商のモルヒネ中毒の息子と結婚していた。その娘と夫がオースティン・ヒーリーに乗っていて、サンアントニオの郊外でバスに頭から突っこみ、ダンロップ家に、二十万ドルの遺産と、家のまわりの広大な賃貸不動産が転がりこんだのだ。原始人に核兵器を与えるようなものだった。

裏庭じゅうに犬の糞がたまった、二階建ての木造のぼろ家を引き払うのだろうと思っていたら、ダンロップ家は引っ越すかわりに、葬儀場から中古のキャディラックを買い、遊園地で仕入れたぴかぴかの白い動物像や聖像で玄関ポーチを埋め尽くし、あいかわらず毎朝、屋根裏部屋の窓からうちの母さんの車に小便をかけた。車は皮膚病にかかったみたいな色になっていた。

地主として新たな権力を手に入れたダンロップ家の面々は、誰に対しても容赦しなかった。所有する家の修繕はいっさいせず、大恐慌のころから住んでいるメキシコ人家族を追いだした。そしてミスター・ダンロップはここぞとばかりに、ふたりの息子を退学にした、ニックとぼくがかよう教区学校に仕返しをした。

感情を表に出せないせいか、厳しい規律にがんじがらめにされているせいか、それとも気温が三十二度でも着ている黒い僧服のせいか、学校にいるかなりの数の尼僧は教師に不向きで、底意地が悪かった。が、シスター・フェリシーは例外だった。背が高く、銀縁眼鏡をかけ、長身をとても支えられないのではないかと思うほど小さな、黒い靴をはいていた。ぼくがリウマチ熱で一年近く寝こんだときにも、一日おきに一マイルの距離を歩いて、うちまで教材を届けてくれた。一年でいちばん暑い時期には、横切ってきた焼け野の灰が僧服に降りかかっていることもあった。

なのに、シスター・フェリシーは不運にみまわれた。聞いたところでは、陸軍の高級将校だった父親がオキナワで戦死した。死んだのは父親ではなく、修道院に入ったときに別れた婚約者だと言う人もいた。ともかく戦争が終わるころ、彼女に大きな悲しみが訪れたようだった。

一九四七年のその春学期、シスターは理科の担当で、近所を散歩しては、木々や草花の名前を教えてくれた。いつも三時少しまえに〈コステンズ・ドラッグストア〉まで戻ってきて、日除けの下のベンチでぼくたちを休ませてくれた。そこで学校が終わる日は最高だった。チェリオ・ヨーヨーのプロがちょうど三時五分に現われて、店のある角でコンテストを開くことがあったからだ。

けれどある日、終業ベルが通りの向こうから聞こえてきたすぐあとで、ぼくはシスター・フェリシーがドラッグストアと〈コブズ酒店〉のあいだの路地に入り、片方の眼窩に穴の開いた黒人の男に金を与えるのを見た。数分後、シスターは、浮浪者が〝ショートドッグ〟と呼ぶ小さな壜に入った強化ワインを飲み干し、こっそりゴミ箱に入れた。

そして振り返り、ぼくが一部始終を見ていたことに気づいた。シスターはふたつの古い煉瓦の壁のあいだをこちらに歩いてきた。ベールの下で顔をまだらに赤らめ、小さな靴で砂利や瓶の蓋や割れたガラスを踏みながら。「コンテストの準備で紐にロウを塗るんじゃないの?」と彼女は訊いた。

「まだ始まらないんです、シスター」ぼくは彼女の視線を避け、微笑もうとしながら答えた。

「急いだほうがいいわ」彼女は言った。

「大丈夫ですか、シスター?」思わずそう言って、自分の舌を嚙み切りたくなった。

「もちろん、大丈夫よ。どうして?」

「別に。何も。ときどきうまくものが考えられなくなるんです、シスター。ぼくのこと、知ってますよね。ぼくはただ――」

しかし彼女はもう聞いていなかった。ぼくのまえを通りすぎ、角の赤信号に向かっていた。僧服とロザリオが揺れてぼくの腕をかすめた。ナフタリンと、酒と、小さな靴が剝がした路地のコケのにおいがした。

二日後、同じ儀式がくり返された。ただ今回シスター・フェリシーは、ショートドッグ一本を空にして修道院に戻っただけではなかった。黒人を〈コブズ〉に送りこんでさらに二本買ってこさせ、路地の奥の錆びた鉄の椅子に腰かけて、読書でもしているかのように、本を一冊、膝の上に開いていた。僧服の裾のあいだから、地面に置いた壜がまる見えだった。

ミスター・ダンロップと息子のヴァーノンが現われたのはそのときだった。ヴァーノンは十七歳で、法によって学校に行かされることはない。それはヒューストン南西部の教育システムにとって、神の贈り物だった。ヴァーノンの指の関節には半月形の傷があり、上腕は小さなマスクメロンほどの大きさだった。猿を思わせる窪んだ眼は、電気ドリル並みの道徳心と同情心でほかの子供を睨みつける。

ミスター・ダンロップは心から愉しんでいた。まず声の届く範囲にいる者全員に、ドラッグストアも含め、この一画はまるごと彼の所有地であると宣言した。チェリオ・ヨーヨーのプロに、消え失せて二度と戻ってくるなと命じ、子供たちに、店でものを買わないならベンチでうろうろするなと言った。

路地から出てくるシスター・フェリシーを見ると、彼の顔はハロウィーンのカボチャ提灯のように輝いた。シスターはまっすぐ立とうとしたが、あまりうまくいかず、ドラッグストアの煉瓦の壁に片手を突いていた。汗がひと筋、ベールの上の端から小鼻まで流れた。

「少々聞こし召してるようだな、シスター」ミスター・ダンロップは言った。

「子供たちに何を言っていたの？」彼女は訊いた。

「ほう、修道女さまもお知りになりたいわけか。神父も交えて徹底的に話し合うってのはどうだね？」ミスター・ダンロップは言った。

「お好きなように」とシスターは言い、揺れる船に乗っているような慎重な足どりで、赤信号のほうへ歩いていった。

ミスター・ダンロップは火をつけていない煙草を口の端にくわえ、五セント玉を公衆電話に入れた。剃りあげた頭に、しわの寄った額。相手が出ると、落ちくぼんだ眼を喜びで輝かせた。「神父さん？」彼は言った。

息子のヴァーノンは自分の股間をつかみ、大きくなったいちもつをぼくらに見せつけた。

チェリオ・ヨーヨーのプロは店に戻ってこなかった。シスター・フェリシーは一週間、学校に姿を見せず、翌週月曜の朝、授業に出てきた。まるで雹の嵐のなかを歩いてきたみたいにくたびれて、眼に生気がなかった。

その日の午後、ヴァーノンと兄弟たちが屋根裏部屋の窓から放ったゴミを、ぼくが片づけていると、ベニーとガールフレンドが私道に入ってきた。「〝原子爆弾〟がうまくできない。乗ってくれ。途中でおまえの友だちも拾っていく」ベニーは言った。

「どこへ行くの？」ぼくは訊いた。

「〈シャムロック〉だ。泳いで、なんか食べるってのはどうだ？」

「母さんに書き置きをしていく」ぼくは言った。

「いっしょにどうぞと誘ってくれ」

母さんが行くわけないと思ったけれど、口には出さなかった。

ベニーはヨーヨーの〝原子爆弾〟ができないと言った。が、実際には〝犬の散歩〟もろくにできなかった。正直なところ、彼ほど金持ちで、悪党の名を轟かせている男が、なぜこれほど子供の遊びに夢中になっているのかわからなかった。ニックとぼくは泳いだあと、シャムロック・ホテルのクローバー形のプールを見おろす、ベニーのスイートのバルコニーに坐り、〝原子爆弾〟のやり方を説明しようとした。でもてんでお話にならなかった。ベニーは指のあいだに紐を広げ、まちがった場所にヨーヨーを落とし、紐をからませ、駄目にしてしまう。イライラしながら踵に体重をのせて、踊るように膝を曲げ伸ばししていた。

「このヨーヨーはどこかおかしいな。売ったやつのところへ行って喉に詰めこんでやる」彼は言った。

「気をつけて。その人、くそったれだから」開いたバスルームのドアの向こうから、彼のガールフレンドが言った。

「真に受けるなよ。おまえらの眼のまえにいるのは、ムッソリーニを吹き飛ばしかけた男だからな」ベニーが言った。そしてフランス窓越しに部屋のなかに叫んだ。「おれはくそったれだともう一回言ってみろ」

「あんたはくそったれよ」彼女が叫び返した。

「こういうのに耐えなきゃならない」彼は言った。「さあ、〝原子爆弾〟を教えてくれ」

青黒い雲が地平線にわきあがって、空のてっぺんまで届き、木々に音のしない稲妻の花を咲かせた。通りの向こう、エメラルドグリーンの牧場で、油田採掘機が石油を汲みあげ、五、六頭の馬が天候の急変に怯えている。ベニーのガールフレンドがバスルームから出てきた。真新しいジーンズをはき、ポケットに銀色の雄馬が描かれた、黒と栗色のカウボーイ・シャツを着ていた。ウォッカ・コリンズを飲んで、グラスをおろしたあと、彼女の唇は冷たく引きしまってきれいだった。

「お腹が空いてる人いる?」彼女は言った。

ぼくは思わず唾を飲んでいた。そして、なぜかはわからないけれど、彼女とベニーに、ミスター・ダンロップがシスター・フェリシーにした仕打ちについて話した。ベニーはハンサムな顔を曇らせ、からまったヨーヨーの紐を指であちこち引っぱりながら、熱心に耳を傾けた。「もう一度、最初から話してくれ。そのダンロップってのが、チェリオのプロを追い払ったって?」彼は言った。

イースターが近かった。つまり学校では、十字架の道行き(キリストが十字架にかけられるまでの道のりを表わす十四の像のまえで祈りを捧げる)があり、不誠実とは何か、人の失敗とは何かについて毎日、教理問答がおこなわれる。キリストがもっとも必要としていたとき、弟子たちは彼を見捨て、彼ひとりに重荷を背負わせた。その春、ぼくは裏切りというものをいくらか深く理解するようになっていた。

ミスター・ダンロップがシスター・フェリシーとチェリオのプロにした嫌がらせの話で、ぼくはベニーを味方につけたと思った。ベニーは、翌日の夜にうちに来てミスター・ダンロップの根性を叩き直してやると言った。子供やヨーヨーの先生をいじめるやつは、誰だろうと赦さない。そういう連中はナチスだ。油で煮て、石鹼の型に流しこんでやると。「心配するな。おまえらには借りがある。〝原子爆弾〟と〝手裏剣〟を教えてくれたからな」

　翌日の放課後、庭の落ち葉を熊手でかいていると、ヴァーノンがパチンコでぼくの背中にビー玉を当てた。痛みが冷たい鑿（のみ）の刃のように骨まで達した。

「引きつったか?」ヴァーノンは言った。

「ああ」ぼくは口答えするどころではなく、肩をぎゅっとつかみ、眼を閉じて言った。

「痛みを消すのに、もう一発当ててやろうか」ヴァーノンは言い、シャツのポケットからまたビー玉を出した。

「おまえはベニー・シーゲルを怒らせた、ヴァーノン。トイレの便器に突っこまれると思っとけよ」

「ほう? ベニー・かもめ（シーガル）って誰だ?」

「親父さんに訊いてみろよ。あ、忘れてた。親父さんも字が読めなかったんだ」

　ヴァーノンのこぶしが空から飛んできて、ぼくを地面に叩きつけた。巨大な掃除機に吸われたように、胸のなかから空気がなくなった。台所の窓越しに、母さんが皿を洗っているのが見えた。顔は流しに向けたままだ。ヴァーノンはぼくのベルトをはずし、ジーンズのいちばん上のボタンをはずして、引きおろしながらぼくを地面に引きずった。雲や木、ガレージ、路地、犬の糞までもが、まわりでぐるぐると回った。ヴァーノンはぼくのズボンの片脚を裏返しにして、そこで鼻をかんだ。

　その夜、ベニーとガールフレンドはうちに来なかった。ぼくはシャムロック・ホテルに電話をかけ、彼の部屋につないでほしいと言った。

「その名前で宿泊されているかたはおられませんが」係が言った。

「チェックアウトしたの?」

　間ができた。「その名前で宿泊された記録がありません。申しわけありません。シャムロックにお電話ありがとうございました」係は言って、電話を切った。

翌日の休み時間、教会の裏庭に生えたオークの木陰で、シスター・フェリシーが石のベンチに坐っていた。黒い僧服に陽の光が散り、彼女は開いた手にロザリオをのせ、風が集中力を奪い去ったかのように放心していた。顔は磁器のようになめらかで、薄いピンクに染まり、どこか浮世離れしていた。石鹸のにおいがした。短く切った髪に残るシャンプーのにおいだったのかもしれない。その髪は、夏にはたぶん耐えがたいほど暑くなるベールに覆われている。

「運動場にいるはずでしょう、チャーリー」彼女は言った。

「ミスター・ダンロップがあなたにしたことを、ベニー・シーゲルに話したんです。助けてくれるって言ってました。でも昨日の夜は来なかった」ぼくは言った。

「なんの話をしているの?」

「ベニーはギャングの仲間です。ニックとぼくは彼にヨーヨーの技を教えているんです。彼はネヴァダ州にカジノを作った」

「あなた、いつかきっと大作家になれるわ」と彼女は言い、何週間かぶりに微笑んだ。「あなたはいい子よ、チャーリー。もう二度と会うことはないかもしれないけれど——少なくともしばらくは——わたしはあなたのために祈っています」

「もう会えないって?」

「さあ、お行きなさい。あまりギャングとつき合わないようにね」

シスターはぼくの頭を軽く叩き、頬に触れた。

ベニーはニックとぼくに、砂漠に建てたリゾートホテルとカジノのカラー写真を見せてくれた。モンタナ州西部の山小屋のまえで、例のガールフレンドと雪だるまを作っている写真も。写真のなかのガールフレンドは微笑み、ずっと若々しかった。冬の光をまとった常緑樹に囲まれて、どこか無邪気に見えた。ふわふわのピンクのセーターを着て、クリスマス模様の縫いとりのある、膝までのブーツをはいていた。

ぼくはベニーが電話をかけてくるか、訪ねてくると信じたかった。でも連絡はなかった。砂漠に建つカジノの夢を見た。外壁でネオンの光が渦巻き、片側に草の生えた池があって、フラミンゴの群れが立ち、首をそらしたり、羽毛のなかの虫をついばんだりしていた。

ぼくはヨーヨーをしまいこみ、バッファロー・スタジアムの野球中継も聞かなくなった。ものも食べなくなり、なぜかはわからないが、昼の弁当も通学途中でゴミ箱に捨て、ヴァーノン・ダンロップを痛めつける夢想にふけった。

「あいつの家に火をつけよう」ニックが言った。

「まじで?」ニックの家のガレージで磨いていた靴の箱から眼を上げて、ぼくは言った。

「ひとつの案さ」ニックは答えた。

「もし誰か死んだら?」

「それが白いくずの運命さ」ニックは言って、茶目っ気たっぷりににやっとした。髪を短くギザギザに刈っていて、天井の明かりが頭皮に反射した。ニックはボクシングがうまく、闘っているときに口が切れても血を飲みこみ、怪我をしていることを誰にもわからせない。ニックのようにタフになれたらと、ぼくはいつもひそかに思っていた。

ぼくたちは靴磨きの出前をしていた。近所の家という家をまわって靴を集め、一足十セントで磨く。靴墨の色は茶色だけ。配達は無料。ニックはミルキー・ウェイの包み紙をはがし、かじった。考えごとをしながらゆっくりと嚙み、キャンディバーをぼくによこした。ぼくは要らないと首を振った。

「食わなきゃ」彼は言った。

「誰がそう言った?」

「見てると悲しくなるぜ、チャーリー」彼は言った。

ぼくの父さんは昔ながらのパイプライン職人で、第一次世界大戦の最後の日に、親友を自分のすぐ横で失った。古典文学を読み、何があろうと芝は刈らず、ビールの店で必要以上の日数をすごし、教会に不規則にかよい、神についてはえておくべきことはふたつしかないと言い張っていた——まず、神にはユーモアのセンスがある。そして紳士たる神は、決して約束をたがえない。

その二番目は、ぼくの心にも染みついていた。

ベニーはつまるところ、嘘つきのろくでなしだった。彼にいいように使われたという思いが日々強まった。母さんはどうしてもぼくに食べさせることができなかった——空腹が募って、飢えた体内の器官が生き残るためにみずからを消費しはじめたあとも。朝起きると部屋がぐるぐる回り、自転車で学校に行くときにもめまいがして、車のあいだを揺れながら走った。空も、まわりの木々や建物も、原子の渦巻きのなかに溶けこんだ。

母さんはケーキを焼いて、ぼくを絶食から誘いだそうとした。翌日はカフェテリアから買ってきたタラ料理だった。魚はアルミホイルに包まれ、オーブンから取りだしたばかりで、まだ熱いジャガイモからはバターのいいにおいが漂ってきた。

ぼくは家を飛びだし、ニックの家まで自転車をこいだ。ぼくたちはなじみの通りの突きあたりにある籐の茂みにもぐりこんだ。外は涼しくなり、西の空に宵の明星が輝いていた。ぼくの口のなかには、亜鉛のペニー硬貨を噛んだような苦みがあった。

「親父さんが恋しいのか？」ニックが訊いた。

「もうあのことについてはあまり考えない。あれは事故だった。事故のことをずっと嘆いても意味ないだろ？」ぼくは言い、彼の顔から眼をそらして、地表をなぞるターコイズブルーの空を眺めた。

「おまえの親父は骨があるって、うちの親父はいつも言ってた」

「おれたち、ベニー・シーゲルに舐められたな、ニック」ぼくは言った。

「ベニー・シーゲルのことなんて誰が気にする？」

答えはわからなかったし、自分のそのときの気持ちを説明することもできなかった。

黄昏のなか、ぼくは自転車で家に帰り、路地で大きな石を見つけて、ダンロップ家の壁めがけて放り投げた。石は羽目板を直撃し、窓ガラスがガタガタと鳴った。ヴァーノンがフライドチキンをかじりながら、裏のポーチに出てきた。台所の明かりに体が黒く浮かびあがった。ランニングシャツを着て、ベルトをはずしている。バックルがズボンのチャックの上にだらりと垂れていた。

「運がいいな、ざこ野郎。今晩はデートがある。明日、仕返ししてやるから待ってろ」とヴァーノンは言い、チキンの骨をぼくのほうに振った。


その夜、ぼくは眠れなかった。翌朝ヴァーノンと対決する、ひどい夢を見た。家を攻撃するなんて、どうしてあんなばかなことをしたんだろう。いっそあの場で殴られていればよかったと思った——恐怖に震えているのではなく、血がたぎっているときに。夜中の二時に眼が覚め、トイレで吐き、胃のなかが空っぽになっても戻しつづけた。ベッドに横になり、頭を枕の下に押しこんだ。小惑星が近所に衝突して、二度と陽が昇りませんようにと祈った。

五時ごろ、眠りに落ちた。やがて風が屋根をガタガタ鳴らし、ドアを叩く大きな音がした。ドアをくり返し叩きつけるように閉めているのかと思うほど、大きな音だった。窓の網戸から外を見ると、通りには霧がかかり、ダンロップ家のまえに、ホワイトウォール・タイヤのついた栗色のコンバーティブルが停まっているのが見えた。グリースでエナメルのように固めた髪をまんなかで分け、しわの寄った白いシャツに蝶ネクタイをつけた、オリーブ色の肌の男が、助手席に坐っていた。ぼくは眼をこすった。チェリオ・ヨーヨーのプロだ。ミスター・ダンロップが〈コステンズ・ドラッグストア〉の駐車場から追い払った、あの人だ。ダンロップ家のポーチに立ったベニーの声が聞こえた。

「わかったか。人をあんなふうに扱うもんじゃない。ここはアメリカだ。ムッソリーニヴィルじゃない。だから出てきて、この人に謝って、学校の隣の店に戻ってきてもらうんだ。謝るのは得意だろ?」

独白に間ができた。やがてまたベニーの声が聞こえた。

「得意じゃない? 子供たちがチェリオ・ヨーヨー・コンテストに出るのは認めない? 大勢の兵士が戦死したのは無意味だった? そう言いたいのか。おまえは罪もない人々をいじめるナチスか? おれが話してるときはこっちを向け」

ベニーとミスター・ダンロップがコンバーティブルに近づき、ヨーヨーのプロと話していた。しばらくしてベニーは運転席に乗りこみ、車は霧のなかに消えていった。

ぼくは濃紺のひんやりした部屋のなかで、ぐっすりと眠った。世界に対する自信をすっかり取り戻していた。戦争が終わり、ケイト・スミスの《ゴッド・ブレス・アメリカ》の歌声が近所のあらゆる家のラジオから聞こえたとき以来だった。

眼が覚めると、外は明るく暑かった。風に埃と溶けたタールのつんとくるにおいがかすかに混ざっていた。ぼくは母さんに、ベニー・シーゲルがダンロップ家に来たよと言った。

「夢を見てたのよ、チャーリー。母さんは早くから起きてたけど、聞こえなかった」と彼女は言った。

「ちがうよ。ほんとにベニーだった。ガールフレンドはいなかったけど、かわりにヨーヨーのプロがいた」

母さんは弱々しい笑みを浮かべた。眼には同情が満ちていた。「あんまり何も食べないから。母さん、胸が張り裂けそうよ。誰も来なかったわ、チャーリー。誰も」

ぼくは道端に出てみた。ダンロップ家のまえに車が停まった様子はまったくなかった。下水溝が詰まっているので、雨が降るたびに青緑がかった泥があふれだし、溝に沿って固まる。ダンロップ家の敷地に入らないように、通りのなかに出て、アスファルトと溝の継ぎ目のあたりを見ていった。最後の雨が残した灰色の泥の膜に、タイヤの跡はなかった。ひざまずいて、指で泥に触れた。

ヴァーノンが玄関のドアを開け、閉まらないように押さえた。上半身裸で、スウェットパンツがへその下に引っかかっていた。「おはじきでも落としたのか、お嬢ちゃん？」彼は訊いた。

昼ごろには、不安と恐怖で肌がむずむずしてきた。さらに悪いことに、またしてもみずからの虚栄心と、他人に寄せる愚かな信頼で痛い目に遭ったという恥ずかしさにつきまとわれた。ヴァーノンに殴られようが、殴られまいが、もうどうでもよかった。むしろ自分が痛めつけられるのを見たい気分だった。台所の窓から、ヴァーノンが物干しにかかったカーペットを壊れたテニスラケットで叩き、埃を出しているのが見えた。ぼくは裏の階段をおり、彼の庭へ入っていくと、「ヴァーノン」と呼びかけた。

「あほたれの相手をするのは昼飯のあとだ。今、忙しい。待ってるあいだ、ドアノブにフェラチオでもしてよがってろ」ヴァーノンは答えた。

「時間はかからない」ぼくは言った。

ヴァーノンは怒ってこちらを向いた。ぼくは彼の口の端を思いきり殴った。ニック・ハウザーが誇りに思うような右のクロスだった。ヴァーノンの唇が歯に当たって切れ、顔がびしっと横を向き、持っていたラケットが落ちた。ヴァーノンは頬によだれと血を流しながら、信じられないというようにこちらを見つめた。彼が手を上げるまえに、また殴った。今度は鼻のまんなかを。鼻がつぶれ、こぶしの向こうで血が飛んだ。ぼくは彼の眼と喉にパンチを浴びせた。顔の横を一発殴られ、肩をかすめる一発が来たが、すでに相手の胸元に飛びこんでいたので、もう一度口を殴った。これはヴァーノンも耐えられないほどの痛さだった。

ヴァーノンはあとずさった。切れた唇から血が流れ、歯は真っ赤、顔はショックでゆがんでいた。ぼくは視界の隅に、裏のポーチに出てきた彼の父親をとらえた。

「入ってこい、ヴァーノン。さもないと今よりもっとこてんぱんにするぞ」ミスター・ダンロップが言った。


その日の午後、ニック・ハウザーとぼくはバッファロー・スタジアムに野球を観にいった。家に帰ると、ぼくに長距離電話があったと母さんが言った。当時、長距離電話は、愛する人が亡くなったことを家族に知らせるときにだけ使われるものだった。オペレーターを呼びだすと、すぐにシスター・フェリシーにつながった。彼女は、教師になるためにかよったサンアントニオのカレッジ〈アワー・レディ・オヴ・ザ・レイク〉に戻ったと言った。

「お友だちが努力してくれたことには感謝してるわ。でも、もう大丈夫だと伝えてくれる？　もうわたしをかばってくれなくてもいいって」シスターは言った。
「お友だちって?」ぼくは訊いた。
「ミスター・シーゲルよ。大司教に二度も電話してくれたの」電話の向こうで笑って、咳払いするのが聞こえた。
「伝言をお願いね、チャーリー」

しかしぼくはベニーにも、ガールフレンドにも、二度と会わなかった。六月の終わり、新聞にベニーの記事がのっていた。ビヴァリーヒルズのコテージで《LAタイムズ》を読んでいたところ、外からM1カービン銃で撃たれたという。弾は木の枝のあいだを抜け、ベニーの顔に直接当たって、片方の眼を頭から十五フィート先に吹き飛ばした。

何年か経って、彼のガールフレンドの記事も読むことになった。〝フラミンゴ〟の愛称で呼ばれた彼女は、オーストリアの雪の吹きだまりで自殺した。人生最期の瞬間に、モンタナ州西部でベニーと雪だるまを作った、あの冬の写真の光景を思いだしただろうかと、ぼくはときどき考える。

ヴァーノン・ダンロップに煩わされることは二度となかった。むしろ彼が送らざるをえなかったああいう人生に、ぼくはある種悲しい敬意を抱くようになった。ヴァーノンは朝鮮戦争の仁川の戦いで殺された。ニック・ハウザーとぼくは、学校の教師になった。ぼくたちふたりが育った時代は詩の一篇で、バグジー・シーゲルはぼくの友だちだった。

訳者追記

ベンジャミン・〝バグジー〟・シーゲルは一九〇六年生まれ。ストリート・ギャングからマフィアの殺し屋となり、ラスヴェガスにカジノホテルの草分けとなるフラミンゴ・ホテルを建設したが、愛人のヴァージニア・ヒル（女優時代の愛称〝フラミンゴ〟）が組織の金を持ち逃げしたことから、一九四七年、ビヴァリーヒルズの自宅で射殺された。

生まれついての悪人
Born Bad

ジェフリー・ディーヴァー　池田真紀子訳

リンカーン・ライム・シリーズ最新作『ウォッチメイカー』（文藝春秋社）が邦訳紹介されたばかりのジェフリー・ディーヴァー（Jeffery Deaver）は、相変わらず評価の高い作品を次々と発表し、いまや世界的なベストセラー作家となった。またその一方で、短篇作家としての評価も高まっており、次々と雑誌やアンソロジーに作品を発表している。短篇集『クリスマス・プレゼント』（二〇〇三年／文春文庫）も好評だったが、二〇〇六年には第二短篇集 *More Twisted* も発表された。本作は「まえがき」でも触れられている、オットー・ペンズラー編のアンソロジー *Dangerous Women* に収録された作品で、《ミステリマガジン》二〇〇五年四月号に訳載された。

眠りなさい、我が子よ
安らぎがあなたを包むでしょう
夜が明けるまで

子守歌が、耳の奥で繰り返し鳴っている。それは屋根や窓をぱたぱたと叩く、いつやむとも知れぬオレゴンの雨のようだった。

ベス・アンが三歳か四歳だったころに歌い聞かせた歌は、彼女の頭にどっかりと腰を据え、果てしなくこだましていた。二十五年前、二人きりのひととき。母と娘は、デトロイト郊外の家の台所に座っていた。あの日、つましい年若き母親にして妻だったリズ・ポールマスは、フォーマイカのテーブルに身を乗り出すようにして背を丸め、家計を支えるための手仕事をしていた。

そして、向かいの椅子に座って母親の器用な手もとを食い入るように見つめている娘に、子守歌を聞かせていた。

愛しい子よ
ずっと寄り添っていましょう
夜が明けるまで
優しく静かな時間が流れ来る
丘も谷もまどろんで
右腕に引き攣れるような痛みが走った。最後まできちんと治ることのなかった腕。激痛にふと我に返って、たったいま意外な報せをもたらした受話器をまだきつく握り締めていたことに気づいた。娘がこれから訪ねてくるという驚くべき報せ。
三年を越えてひとことも言葉を交わしたことのない娘。

寝ずの番をしていましょう
夜が明けるまで

ようやく受話器を置いた。腕に血が通い始める。くすぐったいような、ぴりぴりした感覚が駆け抜けた。使いこまれた刺繡入りのソファに腰を下ろし、肘から手首のあたりをさすった。ぼんやりして頭がまともに働かない。いまの電話は現実のものなのか、あるいは夢のはかない断片なのか、その区別さえおぼつかない心地だった。

だが、これは安らかな眠りのなかの出来事ではない。ベス・アンがやって来るのだ。あと三十分もしないうちに、娘がこの家の玄関を訪れる。

窓の外では、雨の音が絶え間なく聞こえていた。庭に密に茂るマツの葉を優しく叩いている。ここで暮らしてそろそろ一年になるだろうか。一番近い町から何マイルも離れて建つ、こぢんまりとした一軒家だ。世の中の基準に照らし合わせれば、小さすぎ、さびしすぎる家だろう。しかしリズにとってはオアシスだった。五十代半ばのほっそりとした体つきの未亡人リズの日常は忙しく、家事に割ける時間はわずかしかない。だがこの家なら、手早く掃除をすませて仕事に戻ることができる。決して世捨て人というわけではないが、近隣の人々との緩衝帯の役割を果たす森の存在はありがたかった。それにこの手狭さは、異性の友人が、〝そうだ、いいことを思いついたぞ。きみの家で一緒に暮らすことにしようか〟と言いだしたとき、やんわりと断わる口実にもなる。寝室が一つだけの家を見回し、こんな窮屈な家で二人の大人が暮らそうものなら頭がどうかしてしまうだろうと説明するだけでいい。夫が亡くなったあと、再婚はしないし、新しい男性と一緒に住むこともしないと決めていた。

ふとジムを思い出す。家を出た娘は、ジムが亡くなる前に音信を断った。父親の死後、娘が葬儀に参列しなかったばかりでなく、電話一つよこさなかったことを思うたび、胸が痛んだ。その娘の冷淡さを示す好例が脳裏に蘇ったとたんに怒りが心を震わせたが、リズはそれを押しのけた。

娘の今夜の訪問の目的が何であれ、まるで墜落した飛行機の残骸のように母と娘の間に横たわる苦い記憶の、たとえたった一つの破片ですら、掘り起こしている時間はないだろう。

時計を確かめる。驚いたことに、電話からすでに十分が矢のように過ぎていた。

不安な心持ちで、リズは裁縫室に入った。家で一番広いこの部屋には、リズ自身やリズの母親が刺したニードルポイントが飾られ、糸巻きラックが一ダース据えられている――なかには五〇年代、六〇年代のものも含まれていた。そこに並ぶ糸は、神のパレットのあらゆる色彩を映していた。《ヴォーグ》やバタリック社の標準型紙がぎっしり詰まった箱もいくつもある。そして、裁縫室の主役を占めるのは、〈シンガー〉の旧式の電動ミシンだ。新型が備えている装飾ステッチカムはない。手もとを照らすライトも、複雑なゲージやノブも付いていない。リズのミシンは、四十年前の型式の、黒いエナメル仕上げの頑丈なもの、母親が使っていたのと同じものだった。

裁縫は十二歳のころから続けている。辛い日々も、裁縫があったからこそ乗り越えられた。そのプロセスのすべてが好きだった。生地を買う――板に巻きつけた生地をどすん、どすん、どすんと転がして長さを測る販売員の様子を見守る（販売員が完璧と言える寸法感覚を備えているかどうかは、ある程度まで生地が伸ばされたところで判別がつく）。ぱりぱりと軽やかな音を立てる半透明の紙を、生地の上に広げて待ち針で留める。ぎざぎざの断ち跡を残す、ずっしりと重たいピンキングばさみで生地を切る。ボビンに糸を巻き、針に糸を通して、ミシンの用意を整える……。

針仕事をしていると、不思議と心が穏やかになる。材料――大地が育んだコットン、動物から採られたウール――を合わせて、まったく新しいものを作り出す作業。数年前に怪我をしたとき何よりも閉口したのは、右腕の自由が利かなくなったことだった。おかげで三カ月という堪えがたい長期にわたって〈シンガー〉から遠ざかるはめになった。

リズにとって縫い物はセラピーに似ていたが、それ以上に、生業の一部でもあり、裕福な暮らしを築き上げる一助となったものでもあった。すぐそこでは有名デザイナーのドレスが、リズの熟練した手で最後の仕上げを施されるのを待っている。

リズは時計を見上げた。十五分。ふたたびパニックの塊が喉もとにこみあげて、息が詰まった。

二十五年前のあの日が鮮明に蘇る――フランネルのパジャマを着たベス・アン。がたのきたキッチンテーブルに向かって座り、母親の鮮やかに動く指先を一心に見つめる娘に、リズは子守歌を聞かせた。

眠りなさい、我が子よ
安らぎがあなたを包むでしょう……

その記憶がほかの何ダースもの記憶に命を吹きこんで、リズの内心の動揺は、家の裏を流れる川の、雨で上昇した水位のように高まった。何かしなさい――リズは断固として自分を叱りつけた。ぼんやりしていてはだめ……手を動かしなさい。忙しくしていなさい。リズはクローゼットから紺色のジャケットを選び出し、裁縫台に歩み寄ると、かごをかき回して、同じ色味の端切れを探した。この端切れを使ってジャケットにポケットを作ろう。さっそく仕事に取りかかった。布地を平らに広げてチャコで印をつけ、はさみで丁寧に切る。目の前の作業に集中しようとしたものの、やはりまもなく訪れる客人のことが頭から離れなかった。それに、何年も前の記憶も。

たとえば、あの万引き事件だ。娘が十二歳の年の出来事だった。

あの日、電話が鳴って、リズが出た。近くの百貨店の警備責任者からの、ベス・アンがざっと千ドル相当の宝飾品を紙袋に隠し持っているのを見つかったという知らせだった。リズとジムは衝撃を受けた。

警察には届け出ないでくれと百貨店の支配人に懇願した。何かの間違いに決まっていると訴えた。

「そうおっしゃられましても」警備責任者は疑わしげな口調で言った。「お嬢さんは腕時計を五つ持っていました。それにネックレスも。この紙袋に入れてね。何かの間違いだとはとても思えませんな」

ほんの出来心からしたことだと何度も繰り返し、娘を二度とこの百貨店に来させないと約束したあと、支配人はようやく今回は警察に通報しないと了承した。

百貨店を出て家族だけになるや、リズはベス・アンをにらみつけた。「いったいどうしてこんなことをしたの？」

「いけない？」娘はこともなげにそう返した。その顔には見下したような笑みが浮かんでいた。

「愚か者のすることよ」

「だから？」

「ベス・アン……どうしてあなたはそうなの？」

「そうって？」娘はいかにも困惑したような表情を作って訊いた。

リズは娘と親子の会話を——トーク番組や心理学者が奨励するような会話を——持とうと何度か試みはしたものの、ベス・アンは退屈そうな顔をするばかりで、まともに耳を貸さなかった。だから、漠然とした、そしてその後に生かされることのなかった説教をしただけであきらめた。


いま、つくづく考える。ジャケットやワンピースなら、充分な労を払えば期待どおりの服が仕上がる。そこに神秘は何もない。しかし、子育てには、たとえその一千倍の努力を注いだとしても、期待し夢見たものとは正反対の結果がもたらされる。それはあまりにも理不尽に思えた。

リズは鋭敏な灰色の目をウールのジャケットにじっと注ぎ、ポケットに皺が寄っていないこと、適切な位置に待ち針で留められていることを確かめた。ふと手を止めて顔を上げ、窓の外に視線を凝らして、マツの尖った葉の黒いシルエットを見つめた。だが、リズの目に映っているのは、ベス・アンにまつわる苦い記憶だった。まったく、あの子の口の悪さときたら！　ベス・アンは母親や父親の目をまっすぐに見てこう言い放った。「あたしはあんたたちの言いなりになんかならないからね」あるいは、「何にもわかってないくせに」と。

もっと厳格にしつけるべきだったのかもしれない。リズの育った家では、汚い言葉を使ったり、大人に口答えをしたり、親に頼まれたことをせずにいたりすれば、鞭のお仕置きが待っていた。リズにしてもジムにしても、ベス・アンに手を上げたことは一度もなかった。たまにはお尻をぴしゃりと叩くくらいのことはすべきだったのかもしれない。

あるとき、家業――ジムが親から継いだ倉庫――の従業員が病欠し、ジムがベス・アンに手伝ってくれるよう頼んだことがあった。するとベス・アンは荒っぽい口調で言い返した。「あんな肥溜めにまた連れていかれるくらいなら、死んだほうがまし」

ジムはおどおどと引き下がったが、リズはかっとなって怒鳴りつけた。「お父さんにそんな口をきくものじゃありません」

「へえ、そうなの？」娘は皮肉な口調で訊いた。「じゃあ、どういう口をきけばいいの？　父親の言うことを何でも聞く従順なかわいい娘みたいな口？　パパとしてはそういう娘が欲しかったのかもしれないけど、おあいにくさま」そしてハンドバッグをつかむと、玄関に向かった。

「どこに行くの？」

「友だちに会うの」

「いけません。話はまだ終わってないのよ！」

娘の返事は、ドアを叩きつける音だった。ジムは後を追おうとしかけたが、そのときには娘は二カ月前に降り積もったミシガンの灰色の雪を踏みしめて歩み去っていた。

しかも、娘の〝友だち〟ときたら。トリッシュにエリックにジョーン……リズやジムとは百八十度違う価値観を持った家庭の子どもたち。会うのを禁じようとはした。しかし、言うまでもなく、何の効き目もなかった。

「友だちの選びかたにまで口出ししないで」ベス・アンはものすごい剣幕で言った。十八歳になっていた娘は、背が伸びて母親と同じくらいになっていた。娘が険しい目をして迫ってくるのを見て、リズはおずおずと後ずさりした。娘は続けた。「だいたい、ママはあの子たちのことを何一つ知らないじゃない」

「お父さんや私を嫌ってる――それだけ知っていれば充分よ。トッドやジョーンの子どもたちのどこがいけないの？　ブラッドの家の子どもたちは？　お父さんも私も、あの子たちなら昔からよく知ってるわ」
「あの子たちのどこがいけないか？」娘は辛辣な口調でつぶやいた。「そうね、負け犬なところかしら」そしてこのときはハンドバッグと、その少し前から吸い始めた煙草のパックをつかんで、騒々しく出ていった。

右足で〈シンガー〉のペダルを踏む。モーターが独特のぎいという音とともに回転して、まもなく針が軽やかに上下し始めた。かた、かた、かた。針の先が布地の下に消えるたび、ポケットの縁に沿ってきれいに整った縫い目が伸びていく。

かた、かた、かた……

中学校時代、娘の帰宅はいつも夜の七時か八時だったし、高校に上がったあとはいっそう遅くなった。そのまま帰ってこない晩もあった。週末もどこかへ出かけたきりで、両親といっさいの関わりを持とうとしなかった。

かた、かた、かた。〈シンガー〉のリズミカルな回転音は、リズの気持ちをいくらか落ち着かせてくれたが、それでも時計を確かめると、またしてもパニックに襲われた。

娘がそろそろやって来る。

彼女の娘、彼女の愛おしい娘……

眠りなさい、我が子よ……

何年もリズを悩ませてきた疑問が、ふたたび頭をもたげた——何がいけなかったのだろう？　娘の幼いころの記憶を何時間も何時間も頭のなかで再生し、ベス・アンがこれほどまでに完全に母親を拒絶するようになった理由を自分の行動のなかに探そうとしたことがよくあった。自分は愛情深く献身的な母親だった。首尾一貫していて公平だったし、家族のために毎日食事を作り、娘の衣類を洗濯してアイロンがけをし、必要なものは何でも買い与えた。思い当たるのは、信念が強すぎたこと、育児に関して確たる方針を貫いたこと、ときに頑固すぎたことくらいだ。

しかし、それが罪に該当するとはとうてい思えない。それにベス・アンは父親にも同じくらい強い怒りを抱いていた——両親のうち温和なほうだったジムに対しても。おおらかで、甘やかしていたと言っていいほど娘を溺愛したジムは、申し分のない父親だった。娘や娘の友だちの宿題を手伝い、リズの仕事が忙しければ娘たちを自ら車で学校に送っていき、夜になれば本を読み聞かせて寝かしつけた。あるいは、〝特別ゲーム〟を編み出してベス・アンと遊んだ。あれだけの愛情を注がれれば、たいがいの子どもは親に感謝の気持ちを抱くだろう。

　ところがベス・アンは、ジムにも怒りの矛先を向け、あれやこれやと口実を探しては、ジムと一緒に過ごすのを避けようとした。

　何もない。過去に目を凝らしてみても、ベス・アンを反逆児に変えるような暗い出来事は、一つも見つからなかった。トラウマも、悲劇も。最後には、何年も前に達した結論に戻ることになる――どうにも不公平で残酷なものと思えるが、娘は単に生まれつきリズとは根本的に違っているのだという結論に。頭の配線に何か手違いがあって、娘はあのような裏切り者になったのだ。

　生地を見つめ、長くなめらかな指先で皺を伸ばしながら、リズはふと別の可能性を考える。反抗的な娘であるというのは、そう、確かな事実だ。だが、果たして怖れるべき相手でもあるだろうか。

　今夜、こうして不安に駆られているのは、つむじ曲がりの娘といざ対面するときが迫っているからというだけではない。娘がおそろしいからでもあった。それは否定できない。

　ジャケットから目を上げて、窓ガラスをそっと叩く雨を見つめた。右腕がきりきりとうずいて、数年前のあの災難の一日を思い出させた。リズがデトロイトに見切りをつけるきっかけとなった、いまだに悪夢に出てくることがある出来事。その日、一軒の宝石店に足を踏み入れたところで、リズは衝撃に凍りついた。銃口がこちらに向けられようとしていた。男が引き金を絞った瞬間に炸裂した黄色い閃光は、いまもまざまざと目に浮かぶ。耳をつんざく爆発音、腕に銃弾がめりこむしびれるような衝撃。リズはタイル張りの床に手足を投げ出して倒れた。苦痛と狼狽の叫びが口をついた。

　もちろん、その悲劇と娘には何の関係もない。それでも、あの強盗の際のあの男と同じように、ベス・アンならためらいなく引き金を引けるだろうと思った。娘は危険人物であるという証拠もある。何年か前、ベス・アンが家を出ていったあと、リズはジムの墓参りに出かけた。綿のなかを歩くような霧の日だった。夫の墓までもう少しというところで、墓石の前に誰かが立っているのが見えた。驚いたことに、それはベス・アンだった。リズは霧にまぎれてそっとその場を離れた。心臓が破れんばかりに打っていた。長いこと迷ったものの、娘と顔を合わせる勇気は集められず、代わりに車の窓にメモを残しておこうと決めた。

　しかし、ハンドバッグをかき回してペンと紙を探しながらシェヴィに近づき、何気なく車内に目をやった瞬間、リズの胸は恐怖に震えた。ジャケット、何枚かの紙、そしてその下になかば隠れるように、銃とビニール袋があった。ビニール袋には、白い粉が入っていた。あれはおそらくドラッグだろう。

　いまあらためて思う。リズの娘、愛しいベス・アン・ポールマスは、何の躊躇もなく人を殺せる人間だ。

　リズの足がペダルを離れ、〈シンガー〉のモーター音がやむ。クランプを押し上げて余り糸を切った。ジャケットを着て、ポケットに二、三の物を入れ、鏡に映った姿を確かめる。よし、いいだろう。

　それから、ぼんやりした自分の鏡像をじっと見つめた。ここを出なさい！　頭のなかで声が聞こえた。あの子はおそろしい人間よ！　ベス・アンが来る前に逃げなさい。

　だが、つかのまの逡巡をへて、リズは溜め息をついた。そもそもここに越してきた理由の一つは、娘が北西部に腰を落ち着けていると知ったからだった。ずっと娘の行方を調べようとは思っていたものの、なぜか気が進まなかった。だめだ、逃げるわけにはいかない。ベス・アンと会おう。しかし、愚かな真似はできなかった。あの強盗の教訓を生かすべきだ。リズはジャケットをハンガーに掛けると、クローゼットに歩み寄った。一番上の棚から箱を一つ下ろし、なかをのぞく。小型の銃が入っていた。「ご婦人用の銃さ」何年も前にそれをくれたとき、ジムはそう言った。銃を取り出し、まじまじとながめる。

眠りなさい、我が子よ
夜が明けるまで

次の瞬間、嫌悪を感じて体が震えた。自分の娘に銃を向けるなどできない。できるわけがない。

娘を永遠の眠りにつかせるなど、考えるだけでおぞましい。

しかし……自分と娘の命の二者択一を迫られたら？　娘の内にたまった憎しみが、娘を狂気に走らせていたら？　ベス・アンを殺して、自分の命を救うことができるだろうか。

どんな母親でも、こんな選択を迫られていいはずがない。

長いこと迷ったのち、銃を箱に戻そうとしかけた。そのとき、一条の光がひらめいて、リズは手を止めた。ヘッドライトの明かりが前庭にあふれ、黄色い猫の目のような光の輪が二つ、裁縫室のリズの傍らの壁を照らした。

リズはふたたび銃に目を落とし、クローゼットに片づけるのはやめにしてドアの脇のドレッサーの上に置き、刺繡入りのナプキンを上に載せて隠した。それからリビングルームに戻り、私道に停まった車を窓越しに見つめた。車はじっと動かない。ヘッドライトは点いたままで、ワイパーは猛烈な勢いで左右に動いていた。娘は、車を降りるのをためらっている。ためらう理由は、悪天候ではないだろう。

長い、長い間があって、ようやくヘッドライトが消えた。

前向きに考えること――リズは自分に言い聞かせた。あれから娘は変わったかもしれない。今夜の訪問の目的は、長年にわたる裏切りの償いをすることかもしれない。ふつうの母と娘の関係を育むための第一歩をついに踏み出すことができるかもしれない。

それでもリズは銃を置いた裁縫室のドレッサーを振り返った。そして胸のなかで自分に命じた。銃を取りなさい。ポケットに持っておきなさい。

次の瞬間――いいえ、クローゼットに戻すのよ。

リズはそのどちらもしなかった。銃をドレッサーの上に残したまま、決然とした足取りで玄関に向かうと、ドアを開けた。冷たい霧が頬に張りついた。

ほっそりとした若い女性のシルエットが近づいてきて、リズは家のなかへと下がった。ベス・アンは玄関をくぐったところで立ち止まった。短い空白があって、娘がドアを閉める。

リズはリビングルームの真ん中に立ったまま、不安な気持ちで両手を握り合わせて待った。

ベス・アンがウィンドブレーカーのフードを下ろし、雨に濡れた頬を拭う。その顔は、やつれて赤らんでいた。化粧はしていない。二十八歳のはずだが、もっと老けて見える。髪は短くなっていて、耳もとに小さなイヤリングがのぞいていた。どういうわけか、ふとこんな考えが頭をよぎった。あれは誰かにもらったものなのだろうか、それとも自分で買ったものなのだろうか。

「いらっしゃい、ハニー」

「お母さん」

一瞬のためらいののち、短い乾いた笑いがリズの唇から漏れた。「むかしは〝ママ〟と呼んでたのに」

「そうよ。忘れたの？」

ベス・アンは覚えていないと首を振った。しかしリズは思った——ちゃんと覚えているのに、その記憶を受け入れたくないのだ。リズは娘を丹念に観察した。

ベス・アンはこぢんまりとしたリビングルームを見回した。その視線は、自分と父が並んで写った写真の上で止まった。ミシガンの自宅近くのボートデッキで撮った一枚だ。

リズは尋ねた。「さっき電話をくれたとき、私がここに住んでいることは人から聞いたんだと言っていたわね。誰なの？」

「そんな話はいいわ。とにかく人から聞いたの。ここに越してきたのは……？」ベス・アンの言葉は尻切れになった。

「二年くらい前よ。お酒でも飲む？」

「いらないわ」

十六歳のとき、ベス・アンがこっそりビールを持ち出したのをとがめたことを思い出す。あのころからお酒を飲み続けていたのだろうか。いまはもう手を出すまいとしているのだろうか。

「じゃあ、お茶は？　コーヒーは？」

「けっこうよ。ねえ、あたしが北西部に移ったことを知ってたの？」ベス・アンが訊いた。

「あなたはむかしからこの辺に住みたいと言ってたでしょう。ほら……ミシガンはもういやだ、こっちに来たいって。あなたが家を出たあと、郵便が届いたのよ。シアトルの人から」

ベス・アンはうなずいた。同時に、軽く顔をしかめたように見えなかったか。まるで、自分の行方を探る手がかりを与えた自分の不注意に腹が立ったかのように。「で、あたしのそばにいたくてポートランドに越してきたわけ？」

リズは微笑んだ。「そうね、そうとも言えるかもしれないわね。あなたがどこで暮らしてるのか、調べようとはしたのよ。でも、やっぱり勇気がなくて」目の端に涙の粒が盛り上がった。娘はまだ室内のあちこちに視線を巡らせている。確かに、ちっぽけな家には違いない。だが家具や電化製品や調度は一級品だった。ここ何年来の勤勉の賜物だ。リズの胸で二つの感情がせめぎ合った。リズがどれだけ裕福であるかを見て取って、娘が母親とのきずなを取り戻したいと望んでくれることをなかば祈る反面、物質的な豊かさを恥ずかしくも思った。服装や安物のファッションジュエリーを見れば、娘が経済的にさほど恵まれていないことはわかる。

沈黙は、まるで炎だった。それはリズの皮膚と心を焼き焦がした。

ベス・アンが握っていた左手を開いた。ささやかな婚約指輪と質素な金の結婚指輪がはめられていた。リズの目から、ついに涙がこぼれ落ちた。「もしかして——？」

娘は母親の視線をたどって指輪を見つめた。それからうなずいた。

義理の息子はどんな人物なのだろう。ジムのように優しい人だろうか——じゃじゃ馬のベス・アンを御せるような。それとも気難しい男だろうか——ベス・アン当人のように。

「子どもは？」リズは尋ねた。

「いたらどうだっていうの？」

「あなた、働いてるの？」

「あれからあたしは変わったのかと訊きたいの、お母さん？」

リズはその質問に対する答えを知りたくはなかった。だから急いで話題を変えた。「実はね、考えてたのよ」つい懇願するような口調になる。「シアトルに引っ越したらどうだろうって。あなたとたびたび会って……そう、一緒に仕事をするのもいいかもしれないわ。パートナーになるの。対等なパートナーに。きっと楽しいわよ。むかしから思ってたの。あなたとならうまくやっていけるはずだって。夢だったのよ――」

「一緒に仕事をする？」娘は裁縫室にちらりと目を向け、ミシンやドレスの並んだラックにうなずいた。「性に合わないわ。いまでもそれは変わらない。絶対にお断わりよ。いまになってもまだそれがわからないわけ、お母さん？」娘の言葉と冷ややかな口調が、リズの質問にきっぱりと答えていた――娘は少しも変わっていない。


リズの声にとげとげしさが混じった。「じゃあ、どうして来たの？　何が目的なの？」

「わかってるはずよ。そうでしょ？」

「いいえ、ベス・アン、わからないわ。復讐でもしに来たの？」

「そういう言いかたもできるわね」ベス・アンはふたたび室内を見回した。「行くわよ」

リズの呼吸が浅くなった。「どうしてなの？　お父さんやお母さんがしたことは、どれもあなたのためを思ってのものだったのに」

「〝あたしのためを思ってしたこと〟というより、〝あたしにしたこと〟だわね」娘の手には銃が握られていた。黒い銃口がリズのほうを向いた。「外に出て」ささやくような声。

「やめて！　やめなさい！」リズは息を呑んだ。宝石店で撃たれた記憶が鮮烈に蘇った。右腕がちりちりと痛み、涙の粒が頬を転がり落ちた。

ドレッサーの上の銃を思い浮かべる。

眠りなさい、我が子よ……

「私はどこにも行きませんよ!」リズは涙を拭った。

「いいえ、来てもらうわ。外に出て」

「何をする気なの?」声に焦りがにじんだ。

「ずっと前にすべきだったことをよ」

リズは椅子にもたれて体重を支えた。娘の目が、電話のほうへそろそろと伸びる母親の左手をとらえた。

「だめ!」ベス・アンが噛みつくように言った。「電話から離れて」

リズは絶望の視線を受話器に向けたあと、命令されたとおりに電話から離れた。

「一緒に来て」

「これから? この雨のなか?」

娘がうなずく。

「コートを取って来るくらいはかまわないでしょう?」

「コートなら玄関にあるじゃない」

「あれでは寒いわ」

娘はためらった。これから起きることを考えれば、コートが暖かいかどうかは問題にならないとでも言いたげに。だが、ほどなくうなずいた。「ただし、電話をかけようなんて考えないことよ。見張ってるから」

裁縫室の戸口に立ち、ついさっきポケットを仕立てた紺色のジャケットを取った。ゆっくりと袖を通す。目は刺繡入りのナプキンとその下の銃が作るふくらみに注がれていた。リビングルームのほうをちらりと確かめる。娘は、父母と並んで写った十一歳か十二歳のころの自分の、額に入った写真を見つめていた。

急いで下に手を伸ばして銃を握った。素早く振り返れば、銃口を娘に向けることができるだろう。銃を捨てなさいと叫ぶこともできるだろう。

母よ、あなたをそばに感じます、夜が終わるまでずっと……

父よ、この声が聞こえているでしょう、夜が終わるまでずっと……

しかし、もしベス・アンが銃を捨てようとしなかったら？

発砲する気で銃口を持ち上げたら？

そうしたら、自分はどうするだろう。

自分の命を守るために娘を殺せるだろうか。

眠りなさい、我が子よ……

ベス・アンはまだこちらに背を向けて写真に見入っている。やれるだろう――振り向いて、即座に引き金を絞ればいい。銃の感触を確かめた。ずきずきとうずく右腕にずっしりと重かった。

だが次の瞬間、リズはふっと息をついた。

答えは〝ノー〟だ。耳を聾するような〝ノー〟だ。娘を傷つけることなど絶対にできない。外の雨のなかで自分の身にどんなことが起きるにしろ、娘を傷つけることなどできない。

銃をもとの場所に置いて、リズはベス・アンのところに戻った。

「行くわよ」娘は言い、母親のジーンズのウエストに銃口を突きつけると、乱暴な手つきで腕をつかみ、先に立って玄関に向かった。それはこの四年間で初めての身体的な接触だった。

二人はポーチに出たところで立ち止まった。リズは娘のほうを振り返った。「こんなことをして、きっと一生後悔することになるわよ」

「いいえ」娘は言った。「やらなかったことのほうを後悔するでしょうね」

頬を伝う涙に雨の滴が加わった。娘を見やる。娘の顔も濡れて赤く染まっていたが、それは純粋に雨のせいだった。娘の目に涙は一粒も浮かんでいない。リズは小声で訊いた。

「なぜそう憎むの？　私が何をしたの？」

答えが返ることはなかった。パトロールカーの最初の一台が前庭に入って停まったからだ。赤と青と白の光が、二人に降り注ぐ雨の大きな粒をまるで独立記念日の花火のように輝かせた。黒っぽいウィンドブレーカーを着て首にバッジを下げた三十代の男が先頭の車を降り、州警察の制服を着た二人を従えてこちらに歩いてくる。男はベス・アンに軽くうなずいた。「オレゴン州警察のダン・ヒースです」

ベス・アンは男と握手を交わした。「シアトル市警刑事課のベス・アン・ポールマスです」

「ポートランドへようこそ」男が言った。

娘は皮肉めいた表情で肩をすくめると、男が差し出した手錠を受け取って、母親の両手にしっかりと掛けた。

寒さのせいで――それに再会によって感情がかき乱されたせいで――硬直したまま、ベス・アンは、母親に向かって逮捕状を読み上げるヒースの声を聞いていた。「エリザベス・ポールマス。殺人、殺人未遂、傷害、強盗および贓物故買の容疑で逮捕する」続いてヒースは容疑者の権利を読み上げ、オレゴン州内で犯した罪状に関する認否手続は当地で行なわれるが、殺人容疑を含めた多数の罪状で指名手配されているため、まもなくミシガン州に引き渡されることになると説明した。

ベス・アンは、空港で自分を出迎えた若い制服警官を手招きした。制式拳銃を州外へ持ち出すための申請書類をそろえる時間がなく、武器はオレゴン州警察から借りていた。その拳銃を制服警官に返したあと、別の制服警官が母親の身体検査をする様子を見守った。

「ハニー」母親が口を開いた。みじめな、懇願するような声だった。

ベス・アンは黙殺した。ヒースが若い制服警官にうなずく。制服警官はリズをパトロールカーのほうへ引き立てようとした。だが、ベス・アンは彼を呼び止めた。「ちょっと待って。もっと念入りに検査したほうがいいわ」

制服警官は驚いたように目をしばたたかせ、子どものように善良に見える華奢で小柄な容疑者を見やった。しかしヒースは一つうなずくと、女性の警察官に合図した。女性警察官が慣れた手つきで容疑者の服の上から身体検査をする。やがてその手がリズの腰に触れた瞬間、警察官は眉間に皺を寄せた。紺色のジャケットの裾を持ち上げると、背中の内張に小さなポケットが縫い付けられているのが見えた。母親が娘に鋭い一瞥をくれる。ポケットのなかには、小型の飛び出しナイフと、どんな手錠も開けられる鍵が入っていた。

「驚いたな」ヒースがつぶやいた。それから女性の警察官にうなずく。ふたたび身体検査が行なわれた。それ以上は何も出てこなかった。

ベス・アンは言った。「その人が昔からよく使ってた手よ。服に秘密のポケットを作っておくの。万引きしたものを入れたり、武器を隠したりするためにね」冷ややかな笑い声。「裁縫と強盗。その人が得意なのはその二つ」笑みは消えた。「それに人殺しも」

「自分の母親によくもこんなことができたものね」リズが悪意に満ちた声で言い捨てた。「この裏切り者」

ベス・アンは、パトロールカーに引き立てられていく母親を冷めた目で見送った。

ヒースとベス・アンは家のリビングルームに入った。こぢんまりとした家を埋め尽くした何十万ドル分もの盗品にふたたび視線を巡らせていると、ヒースが言った。「感謝しますよ、ポールマス刑事。あなたには実につらい任務だったでしょう。だが、何としても怪我人を出さずに彼女を逮捕したかった」

リズ・ポールマスの逮捕は、流血の惨事に転じるおそれがあった。それには前例がある。数年前、愛人のブラッド・セルビットと組んでミシガン州アナーバーの宝石店を襲ったとき、リズは店の警備員に遭遇した。警備員はリズの腕を撃った。しかし重傷を負ってもなおリズはもう一方の手で銃をつかみ、警備員と店の客を殺害したあと、さらに駆けつけてきた警察官の一人を撃った。そして現場から逃走した。まもなくミシガン州を離れてポートランドに移り住んだが、そこでもまた強みを生かしてブラッドと一緒に事業を展開した——宝石店やブランドものの服を扱うブティックを襲い、裁縫師としての技量を発揮して奪った服を仕立て直し、他州の故買人に売った。

やがてある密告屋がオレゴン州警察に情報をもたらした——北西部でこのところ相次いでいる強盗事件の黒幕はリズ・ポールマスで、偽名を使ってこの小さな家で暮らしていると。捜査を担当した州警察の刑事たちは、リズの娘がシアトル市警の刑事課に勤務していることを知り、さっそくベス・アンをヘリコプターでポートランド空港へ呼び寄せた。ベス・アンは、武力沙汰を起こすことなく母親を州警察に引き渡すために、一人で車を運転してこの家に来た。

「お母さんは二つの州の最重要指名手配者リストに載っている。カリフォルニアでも名を揚げているようですね。しかし、ひどい話だな——母親が凶悪犯罪者だなんて」ヒースの声は尻すぼみになった。無思慮な発言だと気づいたのだろう。

しかしベス・アンは何とも思わなかった。そしてしみじみと言った。「それが私の子ども時代だった——強盗、窃盗、マネーロンダリング……父は倉庫を持っていて、そこで盗んだ品物を売買していました。表向きはふつうの倉庫を経営していたんです——父方の祖父から継いだ倉庫を。ちなみに、祖父も同じ商売に手を染めていました」

「おじいさんも？」

ベス・アンはうなずいた。「あの倉庫……いまも目に浮かぶわ。匂いも覚えてる。寒々とした雰囲気も。あそこに行ったのは一度だけです。八歳くらいのころだったかしら。なかは盗品の山でした。父は私をしばらく一人きりでオフィスに残したの。ドアの隙間から外をのぞくと、父と仲間の一人が、誰かを暴行している最中でした。その人を死なせる一歩手前まで殴ってたわ」

「あなたに内緒にしようとはしなかったようですね、ご両親は」

「内緒にする？　内緒にするどころか、ありとあらゆる手を使って私を商売に引きこもうと躍起になっていました。父なんか、いろんな〝特別ゲーム〟を考え出したりして。そう、友だちの家に遊びに行って、金目のものがあるかどうか、どこにしまってあるか偵察するように言われてたし、学校のテレビやビデオデッキの保管場所やドアの錠の種類を確かめるように指示されていたんです」

ヒースはあきれたように首を振った。それから尋ねた。

「しかし、あなたはいっさいの犯罪行為に手を染めなかった――?」

ベス・アンは笑った。「実は一度だけあります――万引きで捕まったことが」

ヒースはうなずいた。「私も十四歳のとき、煙草をくすねたっけ。お仕置きとして父にベルトで尻を叩かれましたよ。その痛さはいまも覚えてます」

「いいえ、違うの」ベス・アンは言った。「母が盗んだ品物を返そうとして捕まったんです」

「え?」

「母はカムフラージュとして私をお店に連れて行きました。ほら、女一人より、親子連れのほうが疑われにくいでしょう。それで母が腕時計やネックレスを盗むのを見たんです。だから家に帰ったあと、盗品を紙袋に入れてお店に持って行きました。でも、いかにもやましそうな顔をしていたんでしょうね。品物を返す前に警備員に捕まってしまったの。私は罪をかぶった。だって、両親を密告するなんてできないでしょう?……母は激怒したわ……うちの両親には、私が同じ道をたどろうとしない理由がまるで理解できなかったのね」

「《ドクター・フィルの親子カウンセリング》でも受けたほうがよさそうですね」

「カウンセリングには通ったわ。いまも通ってる」

次々と記憶が蘇って、ベス・アンはうなずきながら続けた。「十二歳か十三歳のころから、家にいる時間をできるかぎり短くするようにしていました。課外活動には手当たり次第に参加したし、週末には病院でボランティアをしました。いつも友人たちが支えになってくれた。本当に友だちには恵まれていました……彼らを友だちに選んだのは、たぶん、両親の犯罪仲間とは百八十度違っていたからです。奨学金で大学に行くような優秀な生徒や、討論クラブやラテン語クラブの人たちとつきあっていました。きちんとしたふつうの人たちと。私は決して優等生ではなかったけれど、図書館にこもったり友だちの家で勉強したりして、全額給与の奨学金をもらって大学を出たの」

「大学はどこへ？」

「ミシガン大学。刑事法を専攻しました。公務員試験に合格して、デトロイト市警に採用されて。しばらくはそこにいました。ほとんどずっと麻薬課にいたわ。そのあとこっちに移って、シアトル市警に入った」

「そして刑事試験に合格した。スピード昇進だったと聞いていますよ」ヒースは家のなかを見回した。「お母さんは一人で暮らしていたのかな。お父さんは？」

「死にました」ベス・アンは淡々と答えた。「母が殺したんです」

「え？」

「ミシガン州発行の引渡令状をお読みになればわかります。もちろん、直後には誰もそうとは気づきませんでした。当初の検死報告書では、事故死とされています。でもいまから何カ月か前、ミシガン州刑務所に服役中のある男が、父の殺害を幇助したと告白したんです。母は、父が盗みで得たお金をごまかして愛人に渡しているのを知った。そこでその男を雇って父を殺し、事故で溺死したように見せかけたんです」

「心中お察ししますよ、ポールマス刑事」

ベス・アンは肩をすくめた。「いつも考えていました。いつかあの二人を許せるだろうかって。一度こんなことがあったわ。まだデトロイト市警の麻薬課に勤務していたころの話です。シックス・マイルで有力な売人を逮捕して、大量の麻薬を押収した直後の話です。その押収物を署の証拠保管室に運ぶ途中で、父が埋葬されている墓地を通りかかりました。それまで一度もお墓参りをしたことがなくて。そこで車を停めてお墓の前まで行って、父を許そうとしてみました。でも、やっぱり許せませんでした。そのとき悟ったの――決して許せる日は来ないだろうと。父のことも、母のことも。ミシガンを離れようと決めたのは、そのときでした」

「お母さんは、そのあと再婚したんでしょうかね」

「何年か前にセルビットと男女の関係になったようですけど、結婚はしませんでした。ところで、セルビットは逮捕されたのかしら」

「いや、まだですね。この近くにいるのはわかっていますが、行方がつかめていません」

ベス・アンは電話のほうにうなずいた。「今夜、私が来たとき、母は電話をかけようとしました。セルビットに連絡しようとしていたのかもしれないわ。通話記録を調べてみたらどうかしら。ひょっとしたら、セルビットの居所を割り出せるかもしれません」

「妙案ですね、ポールマス刑事。今夜のうちに令状を手配しよう」

ベス・アンは降り続く雨を、ほんの数分前まで母を乗せたパトロールカーが停まっていた場所を見つめた。「何より皮肉なのは、母は私のために最善を尽くしているつもりでいたことね。同じ道を歩ませるのが私のためだと信じていたんです。母は根っからの悪人だった。私も同じだと決めてかかっていた。母と父は、悪人に生まれついたんです。だから娘の私が善良な人間に生まれついたことを最後まで理解できなかったのね。その性質が変わることはないということも」

「いまのご家族は？」ヒースが尋ねた。

「夫は青少年課の巡査部長です」それからベス・アンは微笑んだ。「もうじき子どもが生まれるの。初めての子どもです」

「それはおめでとう」

「仕事は六月まで続けます。そのあとは二年くらい育児休暇を取って、母親業に専念するつもり」こう付け加えずにはいられなかった。「だって、子どもは人生の最優先事項だもの」話の流れを考えると、それ以上の説明を加える必要はないように思えた。

「このあと鑑識課がこの家を封鎖します」ヒースが言った。「その前に見て回りたいなら、いまのうちにどうぞ。写真とか、取っておきたいものがあるかもしれませんからね。身の回り品の一つや二つ、持っていっても誰もとがめないでしょう」

ベス・アンは自分の頭を指先で叩いた。「思い出なら、ここにいやになるほど詰まっていますから」

「なるほど」

ウィンドブレーカーのジッパーを締め、フードをかぶる。また乾いた笑いが漏れた。

ヒースがいぶかしげに片方の眉を吊り上げた。

「私の一番古い記憶は何だと思います？」ベス・アンは訊いた。

「さあ、何だろう」

「デトロイト郊外に両親が初めて構えた家のキッチンでの出来事。私はテーブルに向かって座ってるの。きっと三つくらいのときね。母は歌を歌っていました」

「歌を？　まるでふつうの母親みたいだ」

ベス・アンは記憶をたどるように言った。「何の歌だったかまでは思い出せない。ただ、母が私の気をそらすために歌っていたことだけは覚えています。母はテーブルで仕事をしていて、その材料を私がいじらないように歌っていたんです」

「仕事？　裁縫かな」ヒースはミシンや盗んだドレスの並んだラックがある部屋のほうにうなずいた。

「いいえ」ベス・アンは答えた。「銃弾に火薬を詰めていたんです」

「本当に？」

ベス・アンはうなずいた。「あのとき母が何をしていたか思い当たったのは、もっと大きくなってからでしたけど。そのころはまだあまりお金がなかったので、両親は銃の展示会で真鍮製の空のカートリッジを買ってきて、火薬を詰めて使っていました。私が覚えているのは、弾がぴかぴか光っていたこと、それで遊んでみたかったことだけ。母は、触らないでいるなら歌を歌ってあげると言ったの」

会話はそこでふと途切れた。二人の刑事は、屋根を叩く雨の音にじっと聴き入った。

悪人に生まれついた……

「さてと」しばらくして、ベス・アンは言った。「私は帰ります」

ヒースが外に見送りに出て、二人は別れの挨拶を交わした。ベス・アンはレンタカーに乗りこみ、ぬかるんだカーブの多い道を州のハイウェイに向けて走りだした。

　ふいに、記憶のひだの底から、一つのメロディが流れ出た。ベス・アンは数小節を低くハミングしてみたが、何の歌だったかやはり思い出せない。どことなく落ち着かない気持ちになった。そこでラジオの電源を入れ、ヒップホップ専門FM局〈95・5ジャミン〉に合わせた。〝きみの夜を埋め尽くすベストヒットのオンパレード。さあ、のっていこうぜ、ポートランド〟……音量を上げ、ビートに合わせてステアリングホイールを叩きながら、ベス・アンは空港に向けて北へと車を走らせた。

エーデルワイス
Edelweiss

ジェーン・ハッダム　堀川志野舞訳

ジェーン・ハッダム（Jane Haddam）は、一九九六年に他界した作家ウィリアム・L・デアンドリアの夫人であり、オレイニア・パパゾグロウのペンネームでも知られている。パパゾグロウ名義で発表した、作家探偵ペイシャス・マッケナを主人公としたシリーズ作品『ロマンス作家は危険』（一九八四年）、『クイーンたちの秘密』（一九八六年／共にハヤカワ・ミステリ）が邦訳紹介されている。一九九〇年代からは主に本名で作品を発表し、二十冊以上の長篇作品のほか、短篇も精力的に執筆している。現在はコネチカット州ウォータータウン在住。アンソロジー *Creature Cozies* に収録された作品。

今のあの子の様子からは、エーデルワイスがかつて捨て猫だったなどとは思いもよらないことでしょう。コネチカット州ノーガタックにあるペットショップ〈ノーギー・ドギー〉の裏口に、もらい手のなさそうな一腹の子猫たちと一緒に捨てられていたなどとは。今ではエーデルワイスは丸々と太り、柔らかい毛皮に身を包み、横柄な態度を示し、〈ゴールデン・ドア・リゾート&スパ〉のメインメニュー並みの食事を要求してきます。残念ながら、写真を撮られるのはあまり好きではなくて――カメラのフラッシュを無礼千万なものと思っているらしいのです――、また、幼い少年に対して懐疑的で、特にわが家の男の子が苦手なようです。この写真を撮るのにもフィルムを丸一本使い切り、何人かの友人に協力してもらい、末の息子を子供部屋に追いやる必要がありました。写真撮影が終わると、エーデルワイスはわたしのコーヒーテーブルの下に引っ込み、オーブンの中のターキーが焼きあがるまで、出て来ようとはしませんでした。いっそグレタ・ガルボに改名させるべきかもしれませんね。

――ジェーン・ハッダム

中央フロリダの冬に特有の、息苦しくなるほど蒸し暑いその朝、ミス・キャロライン・エドガートンは飼い猫を職場に連れて行こうとしていた。午前七時四十五分、シェリー・アルトマンはひとりと一匹がミス・エドガートンの家の正面玄関から出てくるところを見た。これまでシェリーが見てきた中では、ミス・エドガートンの出勤時間としては最も早かった。新聞配達の少年が呼ぶところの〝ミス・キャロライン〟について、シェリーはいまや知るべきことはすべて知りつくしていた。下着のサイズから、〈ヴィクトリアズ・シークレット〉の下着のデザインの好みまで。ミス・エドガートンが〈ヴィクトリアズ・シークレット〉で買い物をすることを考えると、おかしな感じがした。彼女は間違いなく六十歳を過ぎているはずだし、おまけに処女かもしれなかった。ここ最近で三回シェリーが家の中を調べた限りでは、三回とも避妊薬の類のものは見つかっていなかった。シェリーは特に避妊薬を探していたのだ。知っておかなきゃいけないことだわ、とアマンダが断固として言い張ったからだ。ミス・エドガートンは果たして処女なのか？　それとも、レズビアン？　彼女は、昔の自分より可愛くて今の自分より若い女の子たちを、惨めな目に遭わせることに人生を捧げている、すっかり干からびたプルーンのような醜い老婆というだけではないのだろうか？　これは重要なことよ、とアマンダは言っていた。その結果次第では、ふたりが実行しようと決めたことを変更する可能性もあるからだ。日光と空気の無駄遣い以外の何者でもない女を殺すのと、運命に翻弄された悲劇の犠牲者を殺すのとでは、話が違ってくる。ミス・エドガートンにはかつて戦争で——ベトナム戦争だか第二次世界大戦だか知らないが——命を落とした恋人がいたのかもしれない。ミス・エドガートンはこれまでずっと恋人が欲しいと願い続けてきたのに、あまりに貧しく醜いせいで恋人ができなかったのかもしれない。ミス・エドガートンは今まさに職場の若い男に恋焦がれているというのに、彼女のほうがずっと老けているためにまったく見向きもされないのかもしれない。彼女が殺害対象としてふさわしい候補者でもなんでもなかったということにならないよう、どんな事情であれ、シェリーとアマンダは知っておく必要があった。だからといって、ふたりは死に値する人間に手を下すことを躊躇しているわけではなかった。マタハッチーの町は、そんな人間で溢れていた。アマンダはぱっと思いつくだけでも六人の名前を挙げることができた。それもここからメインストリートまでの範囲内にいる人間の中から。

隣家の私道ではミス・キャロライン・エドガートンが、いつものように後部座席の足元に固定するため、実に慎重な手つきで猫をペットキャリーに入れていた。スイスに生育するつまらない花のように真っ白だという理由からエーデルワイスと名付けられたこの猫は、いかなる理由からか、ペットキャリーに入ることを嫌がった。ミス・エドガートンが猫を毎日職場に連れて行くわけではないということに、いつもシェリーは少しばかり驚かされた。ミス・エドガートンは家にいる時は、それこそ猫と外科手術で縫いあわされているかのように暮らしていたのだから。時々、シェリーが窓の外を眺めていると、ミス・エドガートンはエーデルワイスを羽毛の襟巻きのように首の周りに絡みつかせて、居間の大きなクラブチェアに腰を下ろし、公共放送網（PBS）の退屈極まりない番組を揃って観ていることがあった。ミス・エドガートンが悲劇の人生を送ってきたとしても、シェリーにとってはどうでもいいことだった。彼女はミス・エドガートンを心底嫌っていた。学校の国語教師のミセス・ケラーや、メソジスト教会の青年部を運営しているミセス・パートリーを嫌っているのと同じように。シェリーの両親はメソジスト教会に通っていた。ふたりはシェリーも一緒に教会に連れていった。年に二回、両親はシェリーを青年部の参加する聖書キャンプにも送り出した。聖書の本当に面白い箇所は、これまでに「ナチュラル・ボーン・キラーズ」を観た回数とほとんど同じだけ読んでいた――というのも、シェリーは家で「ナチュラル・ボーン・キラーズ」を観ることを禁止されているからだが。

ミス・エドガートンはエーデルワイスを安全なペットキャリーの中に入れて、車の安全な後部座席の足元に置いた。車が事故に遭った時のことを考えると、そこがエーデルワイスにとって最も安全な場所だった。ミス・エドガートンは前に回って運転席に乗り込んだ。彼女の車はスマートなボルボの小型のセダンで、車体のネイビーブルーが今日着ているビジネススーツの色にマッチしていた。ミス・エドガートンは常に仕事のできる女に見えた。実際にはただの秘書の仕事しかしていないというのに。

シェリーは寝室の窓から離れ、ベッドに腰を下ろした。クローゼットの扉には学校に着ていく服が掛けられていた。顔の欠点やコンプレックスをぱっちり隠すのに便利なはずのメイク道具は、斜めに傾いた鏡の前にある化粧台に並べられていた。爪は明るいグリーンに塗られていた。立ち上がって外に出て行き、マタハッチー高校で一日を過ごさなければいけないなんて、シェリーにはとても我慢のならないことに思えた。高校ではシェリーはただの一年生のひとりに過ぎず、クラスメートの女子からも取るに足らない存在だと思われている。一方、アマンダには大いに存在意義があった。アマンダはチアリーディング部の代表で、生徒会の書記も務め、キー・クラブ（地域社会に関連するボランティア活動などを行うクラブ）の一員でもあった。少なくとも月に一回は、校内新聞の《マタハッチー・エコー》に写真が掲載されていた。アマンダは出来の悪い生徒の個人指導をする内学生スタッフだった。アマンダは〈怒り抑制セラピー〉の内学生カウンセラーだった。アマンダは教会の聖歌隊で歌っていた。シェリーは誰かを殺すことを考えている時に、アマンダこそが殺すのに最もふさわしい相手ではないかと思うことがあった。それからミス・エドガートンのことを思い浮かべ、心を変えるのだ。実行を待っている時間が長すぎて、頭がおかしくなってきているだけだ。まともに頭が働かない時に、そんなことを思ってしまうことがあるというだけの話だ。

シェリーは立ち上がって明るいブルーのホルタートップをハンガーからはずし、それに着替えはじめた。寒さとはほとんど無縁の土地に住んでいるのが喜ばしいことなのか、シェリーにはわからなかった。ホルタートップは大嫌いだった。ホルタートップを着ていると、今にも誰かに皮膚をこすり取られてしまいそうな気がした。

学校はシェリーを死人みたいな気分にさせる。登校前の着替えには永遠にも思えるほどの時間を費やしたし、学校にたどり着くまで六ブロックを歩くのにもやはり時間がかかった。時間をやり過ごすため、シェリーはミス・キャロライン・エドガートンの勤務先である〈カーメス&ブレーン&デヴォー〉のオフィスの、通りに面した窓の奥に、ミス・エドガートンの姿を探した。ミス・エドガートンは受付に坐って何時間も電話の応対をしていることがあった。エーデルワイスが一緒の時は、猫はデスクの上の電話のそばにうずくまり、電話が鳴るたびに毎回顔を上げた。時々、猫は自分が鶏で電話が卵だとでもいうかのように、電話の上に体をのせていることがあった。そんな時に電話が鳴ると、ミス・エドガートンは猫をそっと持ち上げて、受話器を取るのだった。彼女は決して猫に対して怒ったり忍耐をなくしたりはしなかった。たいていの親が子供に対して示すよりも、彼女はエーデルワイスに対して寛容な態度を示した。間違いなくシェリーの両親がシェリーに対して示すよりも、彼女はエーデルワイスに対して寛容な態度を示した。でも今朝は、ミス・エドガートンの姿も猫の姿も、オフィスのどこにも見あたらなかった。受付に坐る女性は若く、大量の付け毛の重みに耐えていた。シェリーは裏に回り、ミス・エドガートンの車が駐車場——ミスター・デヴォーの真っ赤なポルシェの真横——に停まっていないのを確認してから、ヤシの木について考えながら学校に向かって歩き出した。アマンダはニューヨーク州のどこかで生まれた。だから、中学生の頃に両親とフロリダに引っ越してくるまで、本物のヤシの木を見たことがなかった。シェリーとアマンダが出会った日、シェリーの家の裏庭でふたりが初めて交わした会話は、ヤシの木のことだった。

「ヤシの木って、本物の木には見えないわね」とアマンダは言った。それから、裏庭をぶらつこうと裏口から出てきたミス・キャロライン・エドガートンの姿を目に留めたのだった。

シェリーはロッカーに教科書をほとんど全部放り込んだ。彼女は毎日、家に教科書を持ち帰っていた。持って帰らないと両親に、特に母親に怒鳴り散らされることになる。そんなことでは立派な大人には絶対になれないし、いつもセゴヴィア・アヴェニューで夜を明かしているホームレスの仲間入りをするはめになる、と両親はくどくどと説き聞かせた。シェリーは家に教科書を持ち帰り、自分の部屋の机の上に広げてはおくものの、それ以上のことは何もしなかった。宿題が出ていたとしても、それを承知の上で無視した。でも、宿題が出されることは滅多になかった。教師たちは大学進学コースの生徒以外には宿題を出しても意味がないと思っていた。シェリーは授業にはちゃんと出席した。

さぼれば校長から親に連絡がいくのは確実だったし、親からとやかく言われる面倒はなんとしても避けたかった。

シェリーは国語の教科書――退屈そのものの『文学の探検』――を手に、ホームルームの開かれる教室に向かって廊下を歩いていった。できるものならホームルームには出たくなかった。シェリーと口をききたがらない大勢の生徒の中に坐って、シェリーにはまったく関わりのない連絡事項を聞かされるだけなのだ。チェス・クラブ。グリー・クラブ。教員養成プログラム。それでも、ホームルームは絶対にさぼるわけにはいかなかった。ホームルームに出席していなければ、丸一日欠席扱いにされてしまう。

ショルダーバッグの肩ひもを十五回目に調整した時、廊下にアマンダの姿を見つけたが、相手はすぐにはこちらに気づいたそぶりを見せなかった。アマンダは学校ではあまりシェリーと話したがらなかった。いつもふたりは挨拶も交わさず廊下をすれ違い、放課後お互いの部屋でふたりきりになるまで会話は取っておいた。ふたりの家は通りを挟んですぐ向かいにあった。シェリーはそのままアマンダの脇を通り過ぎて一一二番教室の席に着くつもりだったが、アマンダは手を伸ばしてシェリーの肘を摑んできた。

「女子トイレに行って」アマンダは言った。「あたしも行くから」

シェリーはためらった。トイレに行くというのは遅刻の言い訳の常套手段ではあったが、ホームルームに出席しないのは本当にまずいことだ。シェリーは教室のドアにはめ込まれたガラス窓を通してミス・キャロルに視線を向けた。ミス・キャロルはノースリーブのワンピースを着て、十字架を下げていた。彼女が十字架を身に着けるようになったのは、生徒の誰かの父親が、マタハッチー高校には〝悪魔崇拝者〟――それはカソリックを指して言っているらしかった――の教師がいると教育委員会に訴え出てからのことだった。シェリーは自分の髪に手を触れた。校内の冷房は半分しか稼動していなかった。シェリーの髪は汗まみれになっていた。

「早く行って」アマンダは言った。「大事なことなんだから」

ミス・キャロルが顔を上げ、ドアの外に立つシェリーに気づいた。シェリーがトイレに行くということを手振りで説明すると、ミス・キャロルはうなずいた。シェリーの空想の世界――自分とアマンダが支配者として君臨し、必要だと思えばいつでも殺人を実行する世界――では、ミス・キャロルは二番目の殺害対象となっていた。

女子トイレでアマンダは洗面台の前に立ち、口紅を塗っていた。彼女は一日に四、五回は化粧直しをしていた。髪が汗まみれに見えることなど絶対になかった。今日、彼女はキー・クラブの実質的なユニフォーム、キックプリーツのミニスカートを穿いていた。メンバーではない生徒が同じようなスカートを穿こうものなら、キー・クラブの女子たちは校庭でその生徒を寄ってたかって小突き回し、二度と同じことがないようにした。

シェリーは洗面台の隅に教科書を置いた。化粧をしたいとは思わなかった。鏡など見たくもなかった。鏡を見ると、顎のまわりがニキビだらけだということを、いやでも思い出させられてしまう。

「どういうこと？」シェリーは胸の前で腕を組んだ。「学校ではあんたに話しかけちゃいけないんじゃなかったっけ。計画の実現を危うくするからって」

「あんたは人前ではあたしに話しかけちゃいけないことになってるの」アマンダは言った。「計画の実現を危うくしかねないから。あたしたちが友達だってみんなに知れたら、すぐにピンときちゃうでしょ」

「ピンとくるって、ミス・エドガートンのこと？　なんで？　なんでわたしたちが友達だと、ふたりが殺――」

「シーッ！」アマンダは口紅を置いて、今度は何かのパウダーをはたきはじめた。シェリーがメイクをすると、化粧品は肌の上で固まってしまうみたいだった。二、三時間もすれば、顔に漆喰の固まりをつけて歩いているように見える。でも、アマンダのメイクは二、三時間のうちに消えてなくなってしまうだけのようだ。

「本当は、ミス・エドガートンのことなんて関係ないんでしょ。人気者の仲間たちの前で、わたしと話さずにすむように考えた口実に過ぎないのよね。マジで、わかってるんだから。〝あれはなんだ？　スーパーチアガール、アマンダだ！〟」

アマンダはパウダーから眉毛のメイクに移った。「あんただって人気者になれるわよ。もうちょっと努力すれば。四六時中ひとりでいたがるなんて、気が知れないわ」

「四六時中ひとりでいたいわけじゃないわ。アマンダと一緒にいたいのよ」

「状況からして、それは無理な話ね。特に今日は、もってのほかよ。あの女を見た？　学校に来てるのよ」

「来てるって、誰が？」

「ミス・エドガートン」アマンダは答えた。「なんだかわからないけどミスター・デヴォーに学校での仕事があって、彼女も同行してるってわけ。猫も一緒に。猫もミス・ラシオの秘書室にいるわ。ほら、校長室の前のあのだだっ広い部屋。とにかく彼女は学校に来てて、あたしがちょっと秘書室の周りをうろついて仕入れた情報からすると、正午までは学校にいるらしいわ」

「どうして？」

「知らない。たぶん、学校に関係のある法律的な仕事のためでしょ。ミスター・デヴォーは弁護士で、彼女は弁護士の秘書なんだから。それがどうかした？」

「それはこっちのせりふよ」シェリーは言い返した。「それがどうかした？　なんで彼女の居場所や行動を気にする必要があるの？」

アマンダはメイクする手を止めた。「あんた、ふざけてるの？　なんで気にするか、わかってるくせに」

「わたしが言いたいのは、なんで彼女の今日の居場所や今日の行動を気にしなきゃいけないのかってこと」シェリーは言った。「ねえ、わたしだってバカじゃないのよ。長期的に彼女のことを気にかける理由ならわかってる。でも、今日彼女が学校に来てることが、どうしたっていうの？」

「それはね」アマンダは答えた。「あたし、考えてたの。これは絶好のチャンスなんじゃないかって」

「絶好のチャンスって、なんの？」

「あたしたちがやろうとしていることを実行するための。考えてみなさいよ。あんたは彼女の隣の家に住んでるんでしょ？　向こうはあんたのことを知ってる？」

「もちろん、知ってるわよ」シェリーは言った。「彼女はあんたのことだって知ってるわよ。通りを挟んですぐ向かいに住んでるんだから」

「でも、あたしのことはそんなに良く知ってるわけじゃないわ。あたしは引っ越してきてまだ二年にしかならないんだから。あんたのことは生まれた時から知ってるでしょ」

「だから？」

「だから、あんたなら彼女の車に乗せてもらうことができるってわけ。駐車場に行って、ばったり会ったふりをして、どこかに乗せて行ってもらうことが」

「どこに？」

「さあね」アマンダは苛立っているような声で言った。

「適当に考えればいいじゃない。どこでもいいから。グランドビュー・パークはどう？」

「あそこは沼沢地（スワンプ）じゃない」シェリーは言った。

「だったら？」

「なんでわたしがそんなところに行きたがらなきゃならないの？　なんで彼女が寄り道してまでわたしを乗せて行ってくれるの？　そんなの、意味がわからないわ！」

アマンダのメイク道具は洗面台の上の、鏡の下に取りつけられているステンレス製の台にずらりと並べられていた。アマンダは鞄を開いて台の下に持ってくると、ケースやチューブや瓶をまとめて鞄の中にかき入れた。怒っているようだった。その顔にはアマンダだけにできる怒りの表情が浮かべられていた——自分にはやってもらいたいことをさせる当然の権利があり、それを断わる相手は悪人であるとでもいうかのような。

「ねえ」アマンダは口を開いた。「これはあたしだけじゃなくて、あんたの考えでもあるのよ。あんただってあたしと同じぐらい計画の実行を望んでたじゃない。もう興味がないっていうなら、はっきりそう言えば」

「もちろん、興味はあるわよ」

「そう、だったらいいわ。あたしは今日の午後十二時半にグランドビュー・パークに行くから、あんたはミス・エドガートンの車に乗せてもらって、向こうで落ち合うことにしましょう。乗せてもらう口実は自分で好きに考えればいいわ。とにかく、来るのよ。じゃなきゃ全部なかったことにするからね」

「わたし抜きで計画を実行するなんて無理よ」シェリーは言った。「ことが起これば、わたしにはそれがあんたの仕業だってわかっちゃうんだから。警察に行ってあんたが犯人だって言うこともできるのよ」

「向こうで落ち合いましょう」アマンダはもう一度くり返した。それから、髪を後ろに払いのけると、ショルダーバッグを持ち上げて、女子トイレから勢いよく出て行った。スイングドアじゃなければ、叩きつけるように閉めていたところだろう。

アマンダが行ってしまうと、シェリーは鏡の中の自分を見つめた。顎のまわりには実際にニキビが並んでいた。頬は確かにシマリスのように膨れて丸々としていた。ほかの女子たちのシェリーに対する評価は、すべて事実だった。シェリーは実際にはバカではないという一点を除いては。アマンダがひとりで実行できないということは、シェリーにもひとりではできないということだ。シェリーは計画を実現させたいと心から思っていた。諦めるなんて絶対に嫌だった。

それでも、その日の午前中しばらくの間、シェリーは諦めることを考えていた。ともかく、今のところは諦めて、マタハッチーの町から出て行くことのできる歳になって、誰もシェリーのこともアマンダ・マーシュのことも知らない場所に行ける日が来るまで、一、二年の間はおとなしくしておこうかと思った。揃いも揃って《セブンティーン》誌の表紙から飛び出してきたような仲間たちに囲まれているアマンダを学校で一日じゅう見かけるのは、気が滅入った。成績優秀者として今年だけで三回もアマンダの名前がホームルームで読み上げられるのを聞くのは、さらに気が滅入った。世の中にはある種のバランスというものがあってしかるべきだ、とシェリーは思っていた。外見が可愛い女の子は、バカでなくてはならない。たいして可愛くない女の子は、賢くなくてはならない。あまり可愛くないという設定の女の子でさえもシェリーよりは可愛いということはさておき、映画の中ではそういうことになっているし、彼女たちは誰かの関心を惹いたとたんに、美しい少女へと変貌を遂げるのがきまりだった。

シェリーは美しく花開こうとはしていなかったし、三時間目になる頃には、すでに三人の教師との間にトラブルを発生させていた。今週だけで三度目になるが、彼女はビジネス数学の宿題を忘れていた。国語の授業中に先生が詩の朗読をしようとしている時におしゃべりしているのを見つかった。廊下でガムを嚙みながら歩いているところを見つかった。マタハッチー高校では最近、銃、ナイフ、飾りつきのブレスレットに加え、ガムも禁止になっていた。飾りつきのブレスレットはギャングのシンボルとして利用されている可能性があるという疑いから禁止されていた。誰もが記憶する限り、マタハッチーの町にギャングが存在したことは一度もなかったのだが。国語のクラスでのトラブルもくだらないものだった。先生が朗読しようとした詩は「アイスクリームの皇帝」というタイトルの作品で、そんな詩の意味を解する者がいるとすれば、シェリーは喜んで牛の糞でも食べてみせるつもりだった。〝適切な懲罰〟について話し合うため、昼休みに校長室に顔を出すことを意味するピンク色の紙片を手に、西棟の自習室につづく廊下を歩きながら、シェリーは気づけばまたミス・エドガートンのことを考えていた。常にTPOに合わせた服装をしているミス・エドガートン。常にきちんとしていて礼儀正しいミス・エドガートン。常に車はぴかぴかで、常に服にはきちんとアイロンがかかっているミス・エドガートン。自分でも不可解な理由から、シェリーにはミス・エドガートンこそがありとあらゆるトラブルの、シェリーのような人間の抱えるすべてのトラブルの元凶であるように思われた。どういうわけか、ミス・エドガートンは歳をとったアマンダを連想させた。

結局、ピンク色の紙片が決め手になった。シェリーはピンク色の紙片を持って校長のオフィスに行かなければならなかった。ミス・エドガートンはまさにそのオフィスにいて、教育委員会の仕事をしている弁護士のために仕事をしているはずだった。そう、確か教育委員会だったはずだ。よく覚えてないけど。シェリーは校舎の中心を目指して歩いている途中でそのことに気づき、ここ数時間に比べて気分が良くなった。ぼんやりした頭で不安が薄れていくのを感じていた。

ミス・エドガートンはすぐには見つからないとシェリーは思っていた――奥のオフィスにいるか、校長室にこもっているかもしれないと思ったのだ――が、ミス・エドガートンは正面のデスクにミス・ラシオと並んで坐っていて、猫も一緒にいた。正確に言えば、猫は書類の束の上にのって、シェリーの見覚えのないクリスタルのペーパーウェイトを抱えるようにして丸くなっていた。そのペーパーウェイトは、ミス・エドガートンの私物か猫の物かで、ミス・エドガートンが猫を喜ばせるために持参したのかもしれない。ミス・ラシオは明らかに喜んでいた。彼女は時々ミス・エドガートンのデスクに手を伸ばし、エーデルワイスの背中を撫で、エーデルワイスはその手が近づいてくると、体を丸めて指先に鼻をこすりつけた。シェリーは思った。

こんなのって、本当にぞっとする。ふたりは本来子供に対してそうすべきやりかたで、猫に接していた。ふたりとも子供がいないということは、さておいて。どちらも子供を欲しがってもいないのかもしれない。アマンダの言うとおりかも。ミス・エドガートンはレズビアンなのかもしれない。そしてミス・ラシオは彼女の恋人なのかもしれない。シェリーの今日の一日は〝かもしれない〟ことだらけのようだった。これでは話にならない。もう今日の残りの授業には出ないで街で過ごせればいいのにと思った。特にすることは何もなかったが、街でなら誰の眼も気にせず過ごすことができる。

シェリーがオフィスに入って行くと、ミス・エドガートンとミス・ラシオは揃って顔を上げた。ミス・ラシオは顔をしかめて、シェリーの手に握られたピンク色の紙片に視線を向けた。ミス・ラシオはミス・エドガートンほど鬱陶しい存在ではなかった。まだ若かったし、完璧とは言い難かったから。彼女の髪は後ろにまとめようとして使っている髪留めからひっきりなしに落ちてきていた。

「あらまあ」来訪者の待機するスペースとデスクを隔てるカウンターにシェリーが近づいて行くと、ミス・ラシオは言った。「今日は忙しい一日だったみたいね。それを見せてちょうだい」

彼女はデスクから腰を上げ、シェリーの立っているところまで近づいて来た。猫ののったデスクでは、ミス・エドガートンが坐ったまま様子を見守っていた。猫は毛づくろいでもするつもりか体をくねらせていた。その体は真っ白で、比較するとまわりのものがすべて暗い色に見えた。

「あなたのこと、知ってる気がするわ」ついにミス・エドガートンが口を開いた。「お隣に住んでる子でしょう」

「そうです」シェリーは答えた。

ミス・ラシオはピンク色の紙片の一枚一枚に目を通した。「この子を不良少女か何かだと思わないでくださいね」彼女は言った。「どれもこれも些細なトラブルなんですから。シェリーに関しては、いつもそうなんです」

「そうだわ」ミス・エドガートンは言った。「シェリー・アルトマンね。小さい頃は、よくピアノを弾いていたわよね」

「ピアノは五年生の時にやめました」シェリーは言った。

「それは残念ね。ピアノを弾くというのはすばらしい才能なのに。わたしが若い頃は、女の子はひとり残らずと言っていいほど、誰もがピアノを習っていましたよ。もっと向上心を持つべきでしたね」

「あなたの猫、好きです」シェリーは言った。

ミス・エドガートンは顔を輝かせて手を伸ばし、エーデルワイスの鼻をすりつけさせた。彼女たちが一緒にいる光景は、ある種のジョークのようにも見えた——オールドミスと飼い猫。ミス・エドガートンは手入れの行き届いた丸い爪と長い指の持ち主だった。マニキュアは無色透明だった。今日は〈ヴィクトリアズ・シークレット〉のどの下着のセットを身に着けているのだろうか、とシェリーはふと思った。

「これはどうすることもできないわね」とミス・ラシオが言っているのが聞こえた。「シェリー？　聞いてるの？どうすることもできないわ。今日は一日かけて、来年度のカリキュラムを組まなきゃいけないの。提出の必要のある法的書類の作成を手伝ってもらうために、キャロラインに来てもらってるのよ。明日まで、あなたと話し合う時間のある人間はいないっていうわけ。あなたが何か大変な問題を起こしたっていうなら話は別よ。校内の設備を破壊したとか、他の生徒に怪我をさせたっていうんだったら、ボーデン校長と面談させることもできるんだけど。でも、これは――」ミス・ラシオは片手に持った紙片を振ってみせた。「話し合う必要もないような些細なことだわ。明日また出直して、それから誰かと話してちょうだい」

「わかりました」シェリーは言った。

「わたしはその子が設備を破壊したほうが良かったとは思いませんけどね」ミス・エドガートンが言った。

ミス・ラシオは顔にかかる髪の毛を払いのけた。「この件は気にしなくていいわ」彼女は言った。「記録には残さないから。全部忘れてしまいなさい。もちろん、宿題は別だけど。それについては担任の先生にお任せしましょう。あなたたちが宿題をやらない理由が、わたしにはさっぱり理解できないわ。でも、それを言うなら、わたしにはもう理解できないことだらけだけど。わたしが高校生だった頃は、学校にエアコンなんてものはなかったのよ。とにかく暑かったけど、それでもなんとかやっていく術(すべ)を学んだものよ。でも、今の子たちには不自由から学ぶことなんて何もないんだから」

「あなたの猫、好きです」シェリーはくり返した。

ミス・エドガートンはほほえんだ。それから彼女はかがみ込んでエーデルワイスを抱え上げ、肩の上にのせた。猫は喉を鳴らすと、体を伸ばして欠伸(あくび)をした。

「わたしもこの子が好きよ」ミス・エドガートンは言った。「誰だって、心から猫を愛する気持ちを持たずにはいられないものなんじゃないかしら」

昼食の時間は十一時からだった。シェリーは食べなかった。オフィスでの用が済むと、彼女は廊下の脇にあるドアから出て、教員用の駐車場に向かった。車の列を端から端まで見渡して、ミス・エドガートンの車を見つけ出した。

プランターの間を通り抜け、その車の横に立った。最後に見かけた時から、車の様子は変わっていなかった。どこか変わっているかもしれないと思う理由があったわけではない。車は相変わらずダークブルーで、後部座席にはペットキャリーが置かれていた。だが、今はペットキャリーの扉は開け放たれていて、帰りにミス・エドガートンがエーデルワイスをすぐに入れられるようになっていた。車のドアはすべてロックされていて、トランクも鍵がかかっていた。シェリーは開かないかどうか試してみていた。しかし、これから何をするにしても、ミス・エドガートンが帰宅する頃まで後部座席やトランクに隠れていることはできない。

シェリーは車のまわりを二、三周歩いた。二本の白い横線でその内側を駐車スペースと定めているコンクリートの車止めに腰を下ろした。教職員の駐車場にはこの車止めがいくつもあったが、生徒の駐車場にはひとつもなかった。シェリーには、それがなんのためにあるのか見当もつかなかった。彼女は車の運転の仕方を知らなかったし、母親に言わせれば、この先も覚えることはないはずだった。

シェリーは車のまわりをまた歩き回り、それを何度もくり返した。めまいを覚えはじめたが、足を止めたくなかった。彼女は家主が留守で猫だけが家にいる時に、ミス・エドガートンの家に忍び込むことを考えた。シェリーは、アマンダがマタハッチーに越してきて、ミス・エドガートンを殺し、ミス・エドガートンだけでなく死に値する大勢の人々を殺すということを思いつく前に、実際に忍び込んだことがあった。シェリーはアマンダがいなくても、ミス・エドガートンを殺すことを遅かれ早かれ自分でも思いついていたはずだった。ミス・エドガートンの家の中で、静寂と冷えた空気と闇に包まれていると、ミス・エドガートンが床の上やソファの上で死んで、石のように冷たくなって二度と息を吹き返さないという光景が頭に思い浮かぶことがあった。シェリーはその光景を夢に見ることもあった。ベッドで寝返りを打ちながら、彼女は頭の中でミス・エドガートンの家にいるのだった。死体はバスタブの中か、ガレージの中か、どこか別の邪魔にならない場所で冷たくなっていた。シェリーがキッチンのテーブルに腰かけると、エーデルワイスがよじ登ってきて膝の上に坐った。シェリーがクイーンサイズの大きなそり型ベッド――どうしてミス・エドガートンはひとりで寝るのにそんなに大きなベッドが必要だというのだろう？――に寝転がると、エーデルワイスはお腹の上にのってきた。正しい愛しかたをするのであれば、猫を愛するのは愚かな行為ではない、とシェリーは思った。猫を子供のように扱うのが愚かなだけなのだ。エーデルワイスが自分の猫だったら、シェリーは絶対にエーデルワイスを子供のように扱ったりはしないはずだ。唯一の問題は両親だった。両親はペットを家に入れるという考えを気に入らなかった。エーデルワイスのことも気に入らなかった。エーデルワイスがシェリーを探して庭を横切ってくると、母親はシッ、シッと言って追い返した。猫はシラミの運び屋なのよ、と母親はいつも言っていた。それから母親はシェリーに、猫ではなく人間を愛することのほうが、よりキリスト教徒らしく、より重要である理由を説いて聞かせるのだった。

一番いいのは、誰にも見られない場所でミス・エドガートンを殺して、誰にも見つからない場所に死体を隠すことだ、とシェリーは思った。そうすれば、家だか猫だかをどうかしようとする人が訪れるのは、何カ月も先のことになるかもしれない。草が伸び放題になる心配もない。ミス・エドガートンの庭には草は生えていないのだから。何カ月も続く夏の給水制限の期間に枯れて茶色くなった芝を見ないですむよう、多くの人々がそうしているように、庭には装飾的な色合いの小石が敷き詰めてあった。

シェリーは腰を上げてまた車のまわりを歩き回り、また腰を下ろした。手を伸ばしてむっとするような暖かい空気に触れると、エーデルワイスの柔らかい毛が指に感じられるようだった。その毛はあまりにも白く、シェリーのうずめた指は砂のように色濃く見えた。

ミス・エドガートンが校舎から車に向かって歩いてきたのは、十二時十分をまわる頃だった。シェリーはどうすればいいのかさっぱりわからないまま、まだ駐車場にぐずぐずしていたが、ミス・エドガートンはひとりではないかもしれないということに思い至り、一瞬不安になった。ミスター・デヴォーと一緒ということは当然あり得たし、ミス・ラシオが見送りに出てきているかもしれなかった。いかにも大人が取りそうな行動だ。シェリーはあたりを見回したが、駐車場にはひと気がなかった。ミス・エドガートンの背後にも、誰の姿も見えなかった。そこにいるのは猫を抱えたミス・エドガートンだけだった。

「ミス・アルトマン？」ミス・エドガートンが声をかけてきた。

シェリーを〝ミス・アルトマン〟なんて呼ぶのは先生たち——学校の先生たち、あるいは日曜学校の先生たち——だけで、そう呼ばれるのはトラブルの前触れだと決まっていた。彼女は真っ赤になって、エーデルワイスの眼をまっすぐ見つめた。猫はみじめそうな様子をしていた。これからどんな目に遭うのか承知しているとでもいうかのように。実際、エーデルワイスにはわかっているのかもしれない。それぐらい頻繁に、車とペットキャリーに押し込められてきたはずなのだから。

「別に何をしていたわけでもないんです」シェリーは言った。「わたしはただ——ただ——」

「ただ？」

「ただ、車に乗せてくれる人を探してたんです。グランドビュー・パークまで」

「グランドビュー・パークですって？」ミス・エドガートンは眼をぱちくりさせた。彼女は片手にキーを持っていた。反対の手にはエーデルワイスを抱え、一斤のパンのように猫を小脇に挟んでいた。彼女は助手席側の後部座席のドアを開け、ペットキャリーに手を伸ばした。「どうしてグランドビュー・パークなんかに行きたいの？」

エーデルワイスが自分の猫だったら、シェリーは絶対にペットキャリーに入れたりなんかしない。ドライブするのが嫌いだというのであれば、車にだって乗せたりはしない。ミス・エドガートンがエーデルワイスをペットキャリーに入れるのを、シェリーはばかみたいにじっと見つめていた。どうしてグランドビュー・パークなんかに行きたいんだろう？

「シェリー?」ミス・エドガートンが話しかけた。「どうしてグランドビュー・パークに行きたいの?」

「あの」シェリーは口を開いた。「それは、母がそこに来ることになってて。午後に。自然観察のために」

「自然観察を? それは初耳ね」

「ええ。そうなんです。母はいつも自然観察をしてるんです。大学生の頃から。母はアグネス・スコット大学を出てるんです、ご存知でしたか?」

「知らなかったわ」エーデルワイスはペットキャリーの中で背中を丸め、怒っているように喉を鳴らしていた。シェリーは猫を救い出したい衝動を抑えておかなければならなかった。

「ええ」シェリーは言った。「そうなんです。母はアグネス・スコット大学を出てるんです。それで今も自然観察をしてて。今日はグランドビュー・パークに行って、わたしと向こうで落ち合う予定だったんです。でも、迎えの車が来てなくて」

「誰が迎えに来てくれるはずだったの?」ミス・エドガートンは訊ねた。「その人に電話してみましょうか」彼女はバッグの中に手を入れて、携帯電話を取り出した。

「その人の名前を知らないんです」シェリーは慌てて言った。「ママがメソジスト教会で知り合った人で。えっと、ファーストネームは知ってるんですけど。エリザベスっていうんです。苗字のほうは知らなくて。どういう状況かわかってもらえますか?」

「ずいぶんといい加減な計画らしいことはわかりますよ」ミス・エドガートンは言った。「いつもこんなにいい加減な計画を立てているの? あなたのお母様はいつもこんなにずさんなことをなさるの? あんなに立派なお家を守ってらっしゃるのに。いい加減な約束をするかただとは、思いもよらなかったわ」

「これまではなんの問題もなかったんです」シェリーは、前回同じようなことがあったのはいつということにしておこうかと考えながら答えた。最後にシェリーがグランドビュー・パークを訪れたのは、合同メソジスト教会のガールスカウトの一団でハイキングに行った十歳の頃だった。ガールスカウトが無神論者や同性愛者を自由に受け入れるということが判明する前のことで、当時はまだ母親もシェリーをガールスカウトに参加させたがっていた。その後シェリーの母親は、最初からそのことに気づくべきだったと、熱弁を振るうようになった。ガールスカウトなんて、おてんばの集まりなんだから。ハイキングをしたり、ロープを結んだり。女子レスラー並みの子ばかりだわ。

ミス・エドガートンは車の脇に立っていた。手にはキーを持っていた。今日は死ぬほど暑い日などではなく、涼しい一日だとでもいうように、上着を肩に羽織り、陽射しに眼を細めていた。

「あなたが行かなきゃいけないっていうなら、わたしとしては乗せていかない理由はありませんけど」彼女は言った。「でも、お母様がなんておっしゃるか心配だわ。きっと、あなたが知らない相手の車に乗ることを、良しとはしないでしょうから」

「あなたは知らない相手じゃないわ」シェリーは言った。「お隣さんなんだから」

「そうね」ミス・エドガートンは運転席に坐り、閉じたままになっていた二つのドアのロックをはずした。

シェリーはエーデルワイスのペットキャリーの横手のドアを閉め、助手席のドアを開けた。猫がみじめさと怒りを訴え、低いうなり声をあげているのが、後ろから聞こえてくる。自分だって檻に入れられたりしたら、みじめな気分になって怒りたくもなるはずだ、とシェリーは思った。

しばらくすると、シェリーはもはや聞くに忍びなくなった。低い苦悶のうなり声は、ボルボのエンジン音にも、ナショナル・パブリック・ラジオの雑音混じりの低音にもかき消されることなく聞こえてきた。ナショナル・パブリック・ラジオはたいして意味のないことを延々と話し続ける人々の声しか流さないらしかった。これまでシェリーが聴いてきたラジオは、どの局も音楽を流すか、ラッシュ・リンボウ（超保守派のパーソナリティ）のトークを放送していた。ラッシュ・リンボウは熱のこもった勢いのあるトークを展開し、こんなふうにひそひそと不明瞭な話しかたはしなかった。シェリーは話の内容――ガーデニングと、育てるなら野菜と花のどちらがいいかについて――に集中しようとしたが、ついに我慢の限界になった。ミス・エドガートンに車を停めてもらわずにはいられなくなった。

「わたしは猫を苦しめようとしてるわけじゃないのよ」とミス・エドガートンは言った。「こんなふうにペットキャリーを後ろにのせているのは、そこがあの子にとって一番いいからなのよ。そこなら安全なの。シートの上にのせたら、あの子はペットキャリーを揺らして転げ落ちてしまう」

「わかってます」シェリーは言った。フロリダのこの地域の至る所に見られる長く伸びた二車線道路のカーブ付近に、車は停めてあった。両脇の歩道にはヤシの木が並んでいたが、ほかには何もなかった。シェリーはペットキャリーを助手席の自分の膝の上にのせようと運び出しながら、あたりを見回したが、見るべきものは何もなかった。一番近い家からは何ブロックも離れていた。区画と呼べるものもなかったから、本当はブロックという言いかたもできないのだが。一番近いガソリンスタンドは道を下って一キロほど先にあった。シェリーは後ろのドアを閉めて、ペットキャリーを手に助手席に乗り込んだ。シートベルトを締め、両腕でペットキャリーを抱きかかえた。小さな檻のようになっている正面についた格子の隙間から、指を入れることができた。エーデルワイスは痛くない程度に指を噛んできた。

「本当に、その子は後ろでも大丈夫なのよ」とミス・エドガートンは言った。「もちろん、気に入ってはいないけど、やらなきゃいけないことと、それを気に入るかどうかは別の話でしょう。あなただって、やらなきゃいけないことをすべて気に入るってことはないはずよ」

「この子にそんなことがわかるわけないわ」シェリーはそう言い返したが、それは本心ではなかった。エーデルワイスは、ほかの誰よりも物事の道理をわきまえているように思えた。

ミス・エドガートンは運転を再開した。グランドビュー・パークはすぐそこだった。シェリーが鳴き声を無視していたとしても、猫はあとほんの数分だけ辛抱すればよかったのだ。それでも、シェリーは満足していた。エーデルワイスはシェリーの指を嚙むのはやめて、鼻をすりつけはじめた。いまわの苦しみのような鳴き声はやんでいた。

グランドビュー・パークは、常に開放されている高い門と、その上に鉄製の文字で公園の名称を綴った格子造りのアーチとで、自らの存在をアピールしていた。ミス・エドガートンはボルボを乗り入れて、車に乗ったまま入ることのできるところまで一キロ半ほど車を走らせた。グランドビュー・パークは実際には公園ではなかった。連邦政府に指定された〝自然保護区域〟であり、完全にありのままの状態で保存されていた。エバーグレイズ国立公園のように、とにかく存在することにのみ意義があった。シェリーは車を降りて周囲を見渡した。見たところアマンダのいる気配はなかった。スパニッシュ・モスと背の高い草の中へと導く細い道が見えるほかは、なんの気配もなかった。シェリーはどうすべきかわからずに、片足から片足へと体重を移し変えていた。

ミス・エドガートンが車から出て来た。「お母様はいらしてないようね。見た限りでは車は一台も停まっていないようだし」

「反対側に停めてあるのかもしれません」

「じゃあ、そっちに行ってみましょうか」

「いえ、いいんです」シェリーは言った。「その必要はありません。母の行き先ならわかってるし、ここからすぐのところだから。ただ――」

「どうしたの？」

「その、もし良ければ、一緒に行ってもらえませんか？ちょっと怖くて。虫とかそういうものが。それに、ワニもいるし」

「ワニがいるんだったら、そんなところに行くべきじゃないわ」

「違うの、ワニは自由に歩き回ってるわけじゃないんです。つまり、ワニはいるけど、この崖みたいなところの下にいて、わたしたちの歩く場所には絶対に姿を見せないから。母はここにしょっちゅうバードウォッチングや何かをしに来てるし」

シェリーは頬の脇をこすった。自分でも何を言っているのかわからなかった。ここは実際にワニだらけなのかもしれない。どの藪の陰にもワニが潜んでいるのかも。最後にここを訪れた時のことは、ひどくぼんやりとしか思い出せなかった。覚えていることといったら、コカコーラを一本も持ってきていないのがわかって、道に坐り込んで泣いたことだけだった。今日はべつのコークを持ってきておくべきだった。それがベストな考えに思われた。シェリーはあたりを見回した。アマンダがどこにいるのかわかればいいのに。自分だけでやれるだろうか、とシェリーは考え、やるしかないと決心した。今、眼を閉じれば、生い茂った草の中でまたもや死体となったミス・エドガートンにワニが近づいて来る光景が見えるかもしれない。

ミス・エドガートンは右から左へと視線を動かしてから、小道の先を見据えた。が、そこには何も見えなかった。ただ木々が鬱蒼と立ち並んでいた。草が生い茂っていた。スパニッシュ・モスが密生していた。小道の先に視線を向けても、見えるのは闇ばかりだった。

「エーデルワイスも連れて行きましょう」ミス・エドガートンは唐突に言った。「この暑さの中、長時間あの子を車内に置き去りにしたくはないわ。脱水症状を起こすかもしれないし。ペットキャリーを取ってきて、お母様のいる場所まで案内してちょうだい。少し歩いてみて、すぐには見つからないようなら、引き返しましょう。あなたひとりで中央フロリダの沼沢地をさまよい歩くような真似はさせられませんからね」

シェリーはエーデルワイスの入れられているペットキャリーを掴み、車の反対側に回った。ミス・エドガートンはペットキャリーを受け取ると、小道のほうにうなずいてみせた。

「先を歩いて」ミス・エドガートンは言った。「どこに行けばいいのか知ってるのはあなたなんですから。それから、呼びかけながら進むといいわ。お母様が声を聞きつけて、探しにきてくださるかもしれませんからね」

「わかりました」シェリーはペットキャリーの中のエーデルワイスを振り返った。そこに見えたのは、真っ白な毛皮の中の眼、毎年夏の暑い盛りに道路に吸収されるアスファルトの礫のように黒い眼、ただそれだけだった。

彼女は小道に向かって歩き出した。胃がひっくり返り、頭の中に靄が立ちこめているようだった。いざその時を迎えてみると、何も考えることができなかった。アマンダがいてくれないと困るのに、彼女はいなかった。アマンダなら何をすべきかわかるはずだったのに。そんな状況の中でシェリーにできることは、ひたすら歩き続けて、木立の中へ、藪の中へ、そしていつもしているように空想の中へ分け入っていくことだけだった。それなのに、どういうわけか、ミス・エドガートンが死んでいるところを思い浮かべることができなかった——ミス・エドガートンのことを思い浮かべること自体、できなかった。まるで、ミス・エドガートンなどという人物は存在していなかったかのように。シェリーは、エーデルワイスをペットキャリーから太陽の光の中へと連れ出してやった時に、エーデルワイスの顔を照らすであろう陽射しのことばかり考えていた。シェリーは思った。動物を檻に閉じこめるなんて、そんなの良くない。そんなことは絶対にするべきじゃない。いくら車に乗せるためだといっても。車の中ではペットキャリーに入れておかなければ安全じゃないというのなら、シェリーはどこに行くにしてもエーデルワイスと一緒に歩くつもりだった。ミス・エドガートンが死んだら、家にはさっそく歩いて帰ることにしよう。

動物を檻に閉じこめるべきじゃない。シェリーは毅然としてもう一度自分に言い聞かせた。その時、後頭部に何かが強く打ちつけられた。

小道をずっと戻ったところで、ミス・エドガートンは歩くのをやめて、足元にペットキャリーを下ろした。火掻き棒が弧を描き、シェリーの体が崩れ落ちるところは見ていたが、傷の具合をじっくりと見てはいなかったし、見るつもりもなかった。そもそも、だからこそ共犯者が必要だったのだ。汚れ仕事を担当してくれる誰かが。ミス・エドガートンは血が流れる光景を見たいと思ったことは一度もなかった。今、ミス・エドガートンはアマンダが小道をさらに奥へと進み、藪に火掻き棒を投げ捨ててくるのをじっと待っていた。白い木綿の手袋をはずしながら、アマンダが戻ってくるのが見えた。女性たちの誰もがパンティを穿くのと同じように、白い木綿の手袋をはめるのがあたりまえだった時代があったものだが、そんなことは過ぎ去りし時代の話で、ミス・エドガートンにもそれはわかっていた。

「どう?」ミス・エドガートンは声をかけた。

「彼女、全然気づいてなかったわ」アマンダは言った。

「誰も気づきはしないのよ」ミス・エドガートンは話した。

「みんな猫に気を取られてしまうんだから。そろそろお宅に送って行くわ、みんながあなたを探し始める前に」

ミス・エドガートンは踵を返し、車を停めてあるほうに向かって小道を戻りはじめた。アマンダのことを振り返りはしなかったし、振り返ろうとも思わなかった。少女が何をしているのか、おおかたの予想はついていたものの。ミス・エドガートンは車に戻ると、ペットキャリーを元通り後部座席の足元に置いた。彼女は運転席に坐ってアマンダを待った。アマンダは死体を眺め、突っつき、本当に死んでいるのか確かめたいのだろう。なにしろ、アマンダはこれをはじめてから半年しか経っていないし、今回がまだ三度目の冒険だったのだから。

ミス・エドガートンは、彼女自身がこれを始めてまだ半年だった頃のことを思い出すことができた——だが、それは何十年も前の話。当時は彼女も若かったものだ。

テキサス・ヒート
Texas Heat

ウイリアム・ハリスン　花田美也子訳

ウイリアム・ハリスン（William Harrison）は八冊の長篇小説を発表しているが、さらに三冊の短篇集で知られている。なかでも一九七三年の『ローラーボール』（ハヤカワ文庫ＮＶ）は表題作が二度にわたって映画化された。ほかに *The Buddha in Malibu*（一九九八年）と、本作を表題作とした *Texas Heat and Other Stories*（二〇〇五年）がある。また映画脚本も手がけ、先に触れた「ローラーボール」（一九七五年版）では自ら脚色にあたった。他に映画脚本作品（原作も）として「愛と野望のナイル」（一九九〇年）などがある。本作の初出は《テキサス・レヴュー》、《ミステリマガジン》二〇〇七年三月号に訳載された。

その男と最初に会ったのはカーラだった。妙にハンサムで背が高く、大きくて血色のいい手をした明るい笑顔のカウボーイ・タイプ。ブーマー・スミスと名乗り、ハーリンゲンやリオグランデバレーで育ったが、最近は仕事の関係で転々と住まいを変えているという。探しているのは丘陵地帯の快適な家で、プールとすばらしい眺望、そしてできれば畜舎が欲しいのだとか。

カーラは共同経営者のメアリー・ベスに、彼のことを話した。二人は〈ランタナ〉という小さな不動産会社を経営している。オーストゥン西部の二九〇号線沿いにあり、小規模の牧場を専門に扱っている。

「銀行からの紹介状を持ってきたんでしょ？」メアリーが言った。「話ができ過ぎてると思うけど」

「支払いは現金でするんだって。でも自分の預金残高を調べてもいいって言うのよ。やってないけど。どうやらあたしたちの相手は百万ドルや二百万ドルは使おうっていうお客みたいよ」

「彼のことは気に入った？」

「まあね。一、二度、それっぽい目つきをされたけど」

「どんな目つきよ」

「間違いなくあたしのパンツの中に入りたいんだろうなっていう感じの」

「カーラ、今月の売り上げがひどいってこと、わかってるでしょ。あなたの身体を犠牲にしなきゃいけないかもね」

「言ってくれるじゃない」カーラがそう答えると、二人とも吹き出した。

大学時代、メアリー・ベスとカーラは一緒に不動産ビジネスで成功しようと決めたが、それ以来二人とも苦労を重ねてきた。結婚に失敗したり、金銭問題を抱えたり、失恋したり、オーストゥンでもブランコ郡でももっと大きな不動産会社との厳しい競争があったり。二人は事務所の賃貸料を払うのにも必死だった。その建物は、ヒイラギガシや風でドリッピング・スプリングズの方向へ曲がったメスキートの木立に引っ込んでいて、配管工事の音がやかましいくたびれた代物だというのに。メアリー・ベスには喘息持ちの九歳の息子ルークがいて、リトルリーグのチームではベンチを暖めている。カーラには要求が多くて飼い猫を増やしすぎる母親がいるし、自分は下手な美容師に髪を切られすぎることが続いている。それでも、カーラとメアリー・ベスは〈ミゲルズ〉ではサルサ、〈ブロークン・スポーク〉ではテキサス・トゥーステップのダンスを楽しんでいた。六番通りのすぐ近くのクラブでは、電話の架線工事人、企業の管理職、元アメフトのハーフバック、さえない大学教授と、いろいろなタイプの男性に会った。〈スレッギルズ〉や〈オアシス〉で何かあったときは、お互い情報を交換していたが、ただ一つの原則に関しては二人の間で意見が一致していた。ミュージシャンとはつきあわないこと。

それ以外にも二人は用心していた。クラブや仕事の場で、男性には悩まされていたのだ。

周辺から孤立した家や牧場のある地所で男性の顧客と会うときには、二人一組で行くようにし、不必要に言い寄られないよう注意した。互いに監視しあうことを誓い、自分たちが生活しているのは男性社会の中なのだということを理解していた。ビールにバーベキュー、フットボールその他のくだらないもの、キスと暴力、という世界だ。

そういえば、ブーマー・スミスは、内気で無骨でちょっと変わった雰囲気をもった男で、こちらと目を合わそうともしなかった。ステットソン帽のかぶり方がちょっと曲がっていたり、動作がぎこちなくて腰を机や椅子にぶつけたり、まごまごしたり、照れ笑いをしたり、調子のいいときでもやることがかみ合っていなかったりする彼に、カーラは母性本能をくすぐられていた。

「どうやって彼に仕事の取引ができるっていうの？　ろくに話もできないのに！」最初の物件を見せるためブーマーを待っていたとき、メアリー・ベスが言った。

「相手が男性なら大丈夫なのかも」カーラが言った。「たぶん、高校では野暮ったい卒業生総代だったのよ。成績はオールAで、そうね、模型飛行機クラブかなんかに入ってたりして」

彼は一時間遅刻して、パート事務員のマリアが仕事を終えて帰ったあとにやってきた。ドリスキル・ホテルに足止めされてしまった、と言ってとてもすまなそうにしていた。二人に一本ずつバラの花を渡して、おわびにディナーをごちそうしましょうと提案してきたが、それでも二人の顔をまっすぐに見ようとはしなかった。

彼らは車でドリフトウッドの近くにある小さな牧場へ行った。途中でメアリー・ベスに牛を飼うつもりなのかと聞かれて、ブーマーは「いいえ、馬を飼おうと思ってるんです」と言ったが、乗馬はしていないことを認めた。家族はいるのかとカーラに聞かれると、こう言った。「いいえ、独身ですし、このままでいるつもりです」最後の答えはそっけなく、五分ほど沈黙が続いた。そのあとで見た小さな牧場は、草が伸びすぎ、意に添わないもののようだった。

「なんなら、ご予算はどれぐらいをお考えなのか教えていただければ」カーラは慎重に聞いてみた。「つまり、これがちょっと小さすぎるというなら、どんな物件を考えてらっしゃるんでしょう」

「ぼくは注目されたいんです」彼はそう説明したが、そのわけのわからない答え――あとで二人はそう話し合ったのだが――は、言い方も変だった。現にそう言ったとき、彼の口調は変わった。それまでのゆっくりとした話し方は影をひそめていた。場違いな雰囲気がますます強くなり、妙にふざけた話し方をする常軌を逸した異端者のように思えた。

それでも、ソルトリックの農道近くにある大きなバーベキュー施設にやってくると、彼らの緊張も和らいだ。ブーマーはバドワイザーを一ケース買い、初めて声を出して笑って、話を始めた。ひとつは母親の話で、彼女はアルパインの近くに住んでカンガルーをペットにしているという。もうひとつは、アマリロの近くの人里離れた場所でトレーラーハウスがごちゃごちゃと集まったところに住むおじの話。そういった話のときにはゆっくりとした口調に戻り、ものやわらかで誠実な田舎青年になった。

「トレーラーが六台だよ」彼はおじの住まいについてそう言った。「二台は大きくて、幅が二倍あるんだ。ワイヤーロープでつないでいるから、砂塵嵐がきても飛ばされないんだよ！」一緒になって笑っているうちに二人は彼の奇妙な態度を許し、彼のほうも、カーラが作り上げたもとガリ勉高校生のイメージと合う男になってきた。風変わりな家族がいて、自分の手をどこへもっていったらいいのかもわからないような男に。そのあと、コーヒーと一緒にピーチ・コブラー・パイやペカン・パイを食べながら、メアリー・ベスは幼い息子ルークの話をした。ルークは学校になじめず、飲んだくれの父親と一緒に暮らしたいと言ってはめそめそしているという。メアリー・ベスは現実的で自分に自信をもっていて、どんな男よりもりっぱに息子を育て上げるような気がする、とブーマーは請けあった。彼女がこのお世辞に微笑むと、さらに続けてこう言った。心理学者によると小さな男の子には母親が必要だ、もう少ししてティーンエージャーになってもっと強い援助が必要になったら、そのときは父親の出番なのかもしれないが。「でも今のところはね、メアリー・ベス、あなたの直観に自信をもっていいんだよ」彼がそう言って大きな血色のいい手をメアリー・ベスの手に重ねると、彼女の目に陶酔の涙があふれた。

「ブーマーってほんとうにすばらしい人ね」メアリー・ベスはそう言って、いきなりカーラのほうを向いた。カーラはといえば、コーヒーカップを持ったまま一部始終をながめていた。

「彼はいい人よ」カーラは答えた。「だけどあなたがビールを飲むとね、メアリー・ベス、恋に落ちたり、宗教を信仰したり、整形手術をしたくなったりしやすいのよね」

数分後彼らは、月がなく星がくどいほどまたたいている夜空の下、腕を組んで千鳥足になって駐車場を歩いていた。ブーマーがステットソン帽を忘れてきたので、メアリー・ベスが取ってくると自分から言い、カーラと彼を二人きりにした。カーラが柵にもたれて天の川（ミルキーウェイ）――銀河の田舎風の言い方だと彼女は思っていた――をじっと見上げていると、ブーマーが隣にやってきた。一瞬、彼がキスしようとしているのかと思った。いや、何か言おうとしているのかも。しかし彼は沈黙したままで、身動きひとつしなかった。メアリー・ベスがステットソン帽を耳の上まですっぽりとかぶり、にやにやしながら戻ってくると、彼は横へ離れ、ぎごちない動作で退却した。三人ともすぐにまた話し始め、車で戻っていった。

数日が過ぎた。顧客も何人か現われたが、その中に頭金として千ドルしか持っていないという若いカップルがいた。再びブーマーが電話してきたとき、カーラはブランコ郡のはずれにある牧場のことを話した。そこでは耕作用の馬を飼育していて、持ち主は彼に見せてもいいと言っていた。彼はいやだと言った。今住んでいる人とは交渉したくない、カーラとメアリー・ベスの二人以外のだれとも話したくないのだという。

「牧場のそばまで車で行って見てみたら?」カーラはそう勧めた。「行きかたを教えるわ。もし気に入ったら、持ち主がいないときに見に行けるよう手配するから」

彼は同意した。

しかし彼はガルヴェストンで仕事があると言い、再び連絡があったのはさらに一週間たってからだった。

カーラはモーパック大通りから少し入ったところにあるアパートメントに住んでいた。四つの大きな部屋には、マツ材のすっきりとした家具とたくさんの小物や道具がある。エスプレッソ・マシン、アイスクリーム・メーカー、大型のシステムコンポ、四十一インチのテレビ、何十個もの凝った時計、モビール、回転台にのっている彫刻などだ。その週、彼女とメアリー・ベスはまたリトルリーグの試合に出かけ、ダッグアウトにすわらされたあと、勝敗が決まってからライトを守るルークを見ていた。そのあと売店から戻ってくるとき、カーラはブーマーの大きな黒いリンカーン・コンチネンタルを見たような気がしたので、駐車場の中ほどまで行って確認した。それはほかの人の車だった。あとで彼女はその間違いについて思い悩んだ。

戻ってきたブーマーは、友情のしるしだと言ってカーラに指輪をくれた。ガルヴェストンでちょっと買ってきただけだというが、それにしてはあまりにも高価なもので、約〇・五カラットのサファイアがついていた。「あなたがよくやってくれているから、その分の支払いだよ」彼はそう言って、指輪を返そうとした彼女の手を優しく押し戻した。「本当のことを言うと、中古で買ったんだ」ブーマーはカーラのほうを見ないで白状した。「正真正銘の特価品だよ。受け取ってよ、お願いだから」

二人が事務所にいたのはマリアが休みの日だった。カーラはあの若いカップルの契約書をタイプしていたのだが、おそらく彼らは借金を断わられるだろう。廊下の向こうにあるトイレの音がきまり悪かった。

「ブランコ郡の牧場は見に行った?」カーラはそう言いながら指輪をはめてみた。それは目がくらむような贈り物で、かつてしていた結婚指輪よりも大きく、彼女はこの落ち着かない感じを分析することができなかった。

「そこへは行ってない」彼は尋ねられた牧場について、そう答えた。「でもそっちのほうで別の場所を見つけたんだ。一六五号線から少し入ったところに。きれいな牧草地のある、新しそうな空き家だったよ」

「どこが扱っている物件か調べて、予約を入れておくわ」彼女がそう言ったとき、メアリー・ベスとルークが車でやってきた。グリーンのトヨタのフロントガラスが光ったのだ。カーラはめまいがして気分が悪くなり、それがとくにひどくなったのは、少しあとでメアリー・ベスに指輪を見せて、それを受け取ることができなかったわけ、それでも受け取ったわけを説明しようとしたときだった。カーラがメアリー・ベスを追ってトイレに戻っている間、ブーマーは身体をかがめてルークに話しかけていた。トイレでは二人が取っ手を揺すり、にやにや笑い、お互い顔を見合わせて、この顧客への対応を話し合っていた。

「これって明らかに不適切なプレゼントよね」カーラが指輪のことを言った。「彼、どういうつもりだと思う?」

「あなたはもらっとけばいいのよ」メアリー・ベスは言った。「彼が家を決めたら、こんなの売り払って、儲けは手数料として山分けしましょ」

「彼はあたしと寝たいのよ。それだけはわかるの」カーラはため息をついた。

「うーん、たしかにそうね。あなたはすごい美人だけど、向こうはガチョウみたいにあかぬけない。どうしたらいいのかわからなくて、やっとのことでそんな指輪を買ったのね」

二人が出てきてみると、ブーマーはルークにカーブの投げ方を教えていて、ともかくも野球のおかげですべてがもとどおりになった。メアリー・ベスはブーマーに腰をぶつけたりしてちょっかいを出し、みんな笑顔になってハンバーガーを食べに出かけた。〈デイリー・ディップ〉でブーマーはピンボールをし、そのあと湾曲した象牙の柄がついた飛び出しナイフをルークに見せた。しかし何かあったのか、ルークはルートビア・フロートのグラスを持ってやってくると、ブーマーとはもう何もやりたくないというように母親の隣にすわった。

「どうしたの？」メアリー・ベスは尋ねたが、ルークは答えようとしなかった。

「ブーマーに何かいやなことを言われたの？」カーラが重ねて聞いたが、ルークは野球帽——ニューヨーク・ヤンキース風のピンストライプの帽子——を握りしめ、もう空っぽになったグラスの中のストローを吸っているだけだった。一方、ブーマーはピンボール・マシンの横をたたいていて、その顔や無骨な手がゲーム台の光に照らされていた。

「何があったの、ルーク？　言いなさい」母親がさらに聞き出そうとした。

「なるほど、男同士の秘密ね」カーラが決めつけたので、そこはそういうことになった。

週末がやってきたが、カーラは悩み続けていた。信用調査書をとるのは違法だが、彼女はそれも考えた。ブーマーを怒らせると取引がだめになるかもしれないので、彼に身元調査をさせてくれと頼みたくはなかった。うろたえすぎだわ、と自分に言い聞かせたが、とくに指輪を受け取ってしまってから、彼女は疑惑の念に悩まされていた。疑いの気持ちをもったことで、自分で自分を叱っていた。

気温が高くなってきた。

目録の情報によると、一六五号線沿いの家はまわりに十六エーカーの土地があるが、プールも馬小屋もないしすばらしい眺望もない。しかしブーマーがこの週末に見に行きたいと言うので、カーラは手配を進めた。メアリー・ベスはまたルークのリトルリーグの試合に行くことになっているし、カーラは千ドルしか持っていない若いカップルに別の家を見せることになっていた。そこで二人は、土曜日の遅い時間に丘陵地帯でブーマーと落ち合うことになった。

風は強くなってきたが暑かった。砂ぼこりが室内に渦を巻き、木々は屋根の上におじぎをし、南からの風にのって雲がもくもくとわきたっている。湿気もひどかった。カーラのブラウスは背中にはりつき、若いカップルも汗をかいてぶつぶつ言っている。ブーマーがすごく高額の小切手を切ってくれないかしら。そうすれば山地に逃げられるのに。たとえばニューメキシコ。夏でも夜は寒いぐらいだから。

彼女は古いピックアップトラックの後ろを西へ向かってのろのろと走り、なかなか追い越すことができなかったが、やがて立ち上る熱気に逃げ水がゆらめく農道へと曲がった。ギターの弦をはじく音が癇に障っていらいらするので、ラジオを消した。

別の不動産業者に教えてもらったとおりに行くと、その家が見つかった。とがった岩とイトスギ材とガラスでできた奇怪な建物――こんなものを造る建築家がいるとは思えない――が、カシやポプラの木立の中の干上がった小川のそばにある。幹線道路からそう簡単には見えないので、ブーマーはどうやってここを見つけたのだろうと思った。しかしそこで彼は待っていた。石造りのアーチ道と門のわきにとめた大きなコンチネンタルにもたれて、にこにこしながら手を振っている。Tシャツには汗染みができ、ステットソン帽は後ろにずれていた。

「見つけてくれたんだね」カーラが車を降りると、彼はそう言った。

「ええ、一日中運転していたような感じ」彼女はやっとのことでそう答えると無理やり笑顔を作った。熱気が二人にのしかかってきた。

「家にはもう入れるよ」ブーマーが言った。「のぞいてみたんだ」

そこで二人は、石を敷きつめた通路を歩いていった。カーラは若いカップルから解放されて気が楽になっていたし、メアリー・ベスとルークもすぐに来てくれるだろうと思っていた。

「ねえ、ぼくはここが好きだな」居間に入ると彼が言った。

「すてきね」カーラはそう言ったが、まったく同意しているわけではなかった。

高窓からは夕方近くの黄銅色の日差しが入り、その熱気が息苦しい。

「ぼくが欲しいと思っていたような家じゃないけど」彼は認めた。「でもなんだか雰囲気がよくて」

「よくあることよ」二人でキッチンへ移動しながら彼女は言った。「お客のなかには、欲しい家についてかなり具体的な考えをもっているつもりでも、まったくちがう家を買う人もいるわ。ちょうどそれと同じね」

「ぼくはだれかのありふれたお客じゃないよ」ブーマーはそう指摘したが、その口調にはまた例の変化が表われていた。こちらを突き放したような口調に堅さが混じっている。

「いいえ、あなたのことだと言ったつもりはないわ。あなたはあなたよ、ブーマー、ほんとうよ」

「おや、指輪をしていないね」

「バッグに入っているわ。すぐにサイズを直してもらうつもりだったの」

二人はぴかぴかのメキシカン・タイルで装飾されたキッチンと朝食スペースをほれぼれと眺め、そのあと家の裏手にある幅の広いテラスに出た。テラスの隅にはガラスの仕切りに囲まれた屋外シャワーがついていて、排水はポプラの木立を通って干上がった小川へと続く下水溝を使っている。ブーマーはシャワーブースに入り、水が出ることに気づいた。

「見てくれ！　これはいいね」

「屋外シャワーがあるのはいいわね」

「そうだ、シャワーを浴びてさっぱりしようよ」

「どうぞご自由に」カーラはなんとかそう返すと、ひきつった笑いが出た。いつのまにか彼はTシャツを脱ぎ捨て、いきなり木製のベンチにすわりこむとブーツを脱ぎ始めた。「お願いだから、そこにいてくれよ」ブーマーはカーラに言った。「せめて見張っててくれよ。メアリー・ベスが突然やってこないように」彼はにっこりと笑った。手の大きさが意気込みを邪魔しているようで、ベルトと格闘する姿には鬼気迫るものがあり、子どものようにも見えた。

カーラはブーマーを眺めていたが、彼がジーンズを脱ごうとしてよろよろし始めると目をそらし、笑いながら考えた。そうね、たしかにありふれたお客じゃないわ。あなたは間抜けよ。やりすぎだわ。彼がシャワーブースに入るとき、ちらっとむき出しの尻が見えた。そのあと、ガラスの仕切りの上に彼の笑顔とクロムめっきの曲がったシャワーヘッドが現われた。

「わあ！」水が出てくると、彼は叫んだ。「冷たい！」

「きっと気持ちいいわよ」カーラは声をかけた。彼はヤギの鳴くような声を出して、長い指で髪をすいている。

彼女がそこを離れようとすると、また声がかかった。

「ねえ、ぼくはここを買おうと思ってるんだ。馬小屋は作らなきゃいけないけど、小さいのでいいし。飼うのは二頭だけだからね」

カーラはいつのまにか彼とのこんなばかなやりとりにも慣れ始めていた。シャワーを浴びている全裸の男と仕事の話をしているなんて。

「まだ二階も見ていないのに」彼女は言った。

「五つの寝室にそれぞれバスルームがついていて、プライバシーが保てるみたいだね。気に入ったよ。もちろん小切手で支払おうと思ってる」

めまいがしてきた。即金。確実に手数料が入る。それから彼はオーストゥンのアパートメントについても話し始めた。都会で過ごしたくなったときのために、夜の繁華街に近いところがいいという。カーラは木製のベンチに腰かけていたが、彼はなおも自分の考えをシャワーの音に負けない大声で話した。タウン・レイクのあたりで売りに出ている物件はあるかなあ。すてきなコンドミニアムとか。

「カーラ、そこにいる？」

「いるわよ」彼女は向こうから見えるように、また立ち上がった。「言われたとおり、見張りをしていたわ」

「ちょっと仕切りの上にTシャツをかけてくれないかな」彼は言った。「それで身体をふくよ。よかったらぼくのジーンズもかけてほしいんだけど」

彼が服を着る間、家の値段は交渉するべきだと言ってみたが、それは拒否された。いや、提示された値段は妥当だと思うよ、と彼は言い、二人はコンドミニアムの話に戻った。大学の近くもいいかもしれない、と彼はつけ加えた。若い人たちが行き来するのを見るのが好きなんだ。

彼が服を着てシャワーブースから出てくるころには、二人は自然に笑いあうようになっていたので、きみも冷たい水を浴びてきたらと言われたとき、カーラは考えてみる気になっていた。

「見たりしないよ、約束する」彼は言った。「それよりぼくは車から大きなビーチタオルをとってくるよ。ガルヴェストンで買ったんだけど一度も使ってないから、終わったらそれを使うといい」

「うーん、そうね」彼女は言った。このときにはどういうわけか、ブーマーの予測不可能な行動のすべてが魅力の一部になっていた。

「こうしよう。ぼくがタオルをもってくるまで待っててよ。それからぼくはまたここを離れる。メアリー・ベスとルークが来るのを待ってるから、きみが終わったら二階を見せてもらうよ。敷地内の他の場所に出てみてもいいし。どうだい？」

「いいわ」彼女は言った。「あなたが戻るのを待ってる」

ブーマーが急いで行ってしまうと、彼がいない間、カーラは空き地のほうから聞こえてくる聞きなれたハトの声に耳を傾けていた。太陽はポプラの木々や残り少ない野生の草花――春には青々と茂って丘の斜面を覆っていた――の向こうに傾き、今は一日が終わっていくときの静かな時間が流れている。もしかしたら、ブーマーのような人があたしの運命の人なのかも。風変わりな男だし、決していいタイミングとはいえないけど。たしかにお金をもっていることは重要だし、お菓子についているおまけのようにサファイアが簡単に手に入る生活についても少しは考えた。愛情を示す不器用な行為もロマンスではなく日課になってしまうということはわかっていたが、どうせロマンスなど何にもなりはしない。それでも彼女は愛する人、世話をする相手が欲しかった。母親は娘の人生にぽっかりあいた穴を感じとっていたからあれこれ注文をつけるようになったのだし、彼女のアパートメントで動くものといえば、機械仕掛けの彫刻だけなのだ。そんなことを考えていたら――そして暗い森のほうから聞こえてくるハトの合唱のおかげで――ビーチタオルを持ってブーマーが戻るまでの時間をつぶすことができた。彼はニッと笑い、足をひきずって後ずさりしながら離れていこうとしていた。

「ゆっくりしていいよ」彼は言った。「ぼくは表に出てるから。きみの用意ができたら、家の残りを見せてくれればいいよ」

彼の姿が見えなくなってから、カーラはすばやく服を脱いでそれを仕切りの上にかけ、ブースに入って蛇口をひねった。冷たい水が肌にあたると思わず小さな悲鳴が出た。しばらくして冷たさに慣れてくると、ビーチタオルに〝ビロクシー（ミシシッピ州の小都市）へようこそ〟と書いてあることに気づいた。ブーマーはなぜそんなものをガルヴェストンで買うことになったのだろう。

彼女は石鹸があればいいのにと思った。それから、何も考えずに顔を上向けてしぶきを受けていたとき、自分の身体に腕がまわされるのを感じた。

「ブーマー！」そう叫ぶと、また思わずひきつった笑いが出た。「嘘をついたのね、ひどいわ！」そして心の中でこう言った。〝いいわ、やってみなさいよ、おばかさん。お尻の青いいくじなしのくせに〟

もう一度ブーマーに話しかけたが答えはなく、彼の裸の身体が後ろから押しつけられるのを、興奮した息づかいで彼の胸が上下するのを、そしてたしかに彼の陰毛が腰に触れているのを感じた。彼は巨大な手で片方の乳房を包み、何も言わずに少しだけ彼女の身体の向きを変えた。張り詰めていた糸が緩んだように、彼は震えている。

しばらくして彼女は優しく言った。「そうよ、ブーマー、そのまま」彼が自分をだましたことも、いったん出ていったのに戻ってきてもう一度服を脱いだこともなかったことにして、母親のような、彼を助けてやれるような、妙な気持ちになっていた。両手で彼の空いているほうの手をとると震えているのを感じた。こんなに大胆なことをしていても彼は性的に臆病なのだと気づき、それがわかったので彼女自身の不安も小さくなった。

「ブーマー?」彼女はもう一度ささやいて、何か言ってくれるよう優しく促した。しかし彼は黙ったままだった。あたしの気持ちがじゅうぶんに伝わっていないんだ。だから彼は一線を越えてこんなに濃厚な性的手段に出ても、そこから先に進めないんだ。これまで何度も、カーラはこのようなことを経験してきた。ほんとうに悲しいことだ。強引に性行為をしようとする男は、大胆に突っ込んでいっても性的不能になってばつの悪い思いをし、慰めを要求してくることも多い。

「ブーマー、そうよ、それでいいのよ」彼女は思わずそう言っていた。

「わかってる」彼は苛立ったような声で言った。再び口調が妙によそよそしくなり、テキサスなまりも消えていた。

「触ってくれ」

不思議なことにそうしなければという気持ちになって、彼女はこの要求に——というより命令に——従うことにした。彼がシャワーからの水に頭をくぐらせて前かがみになると唇が彼女の肩に触れ、彼女は指を彼の身体にすべらせた。彼は弱々しく哀れでまったく存在感がなく、冷たい水に打たれているからいけないのだと考えた彼女は、シャワーブースから出ようとした。無理に笑顔をつくって自分の裸体を見られるがままにしていたとき、服がなくなっているのに気づいた。「ねえ、ブーマー」彼女は優しく相手を気づかいながら言った。「あたしの服はどこ?」それはたしかに少し異常なことではあったが、彼女はなんとかまだ平静を保っていた。

「裸のきみはとても美しい」彼の口調は、きちんとしたことばを使い慣れた別人のものだった。「そんなことはわかっていたけど」

「ねえ、タオルを取らせて」仕切りの上からタオルを取ったとき、彼に手を引かれた。二人は濡れた足跡がつくのもかまわずテラスを歩いていき、タイル張りのキッチンを通って奥の小部屋に入った。彼はタオルを取ってフラシ天のカーペットの上に広げた。いいわ、わかった。自信を取り戻したのね。彼女は心の中でそう言った。そしてついにそういうことになるのね。彼女は自分の性遍歴に思いをめぐらせ――何人だったかしら。十五人？　夫と二人の恋人が重なってた時期もあったし、ほかにもいろいろ――それでも、そんなにだれとでも関係をもったわけではないと結論づけた。十六人から二十人だったかも。みんな、そんなものでしょ。冒険したりやけになったり。彼女はタオルの上に横たわってブーマーを引き寄せた。彼に身体を押しつけたが、まだ相手は決心がつかないようだ。そこでキスをしようとした――いいのよ、という意思表示のために――が、彼は受け入れようとしなかった。

ところでメアリー・ベスはどうしたんだろう。聞こえるのは、遠くで三部合唱をしているハトの声と、低くて耳障りな彼の苦しそうな呼吸だけだ。彼はカーラを横向きにして彼女の太ももをとらえると、自分自身を激しくこすりつけ始めた。ちょっと待って、手伝ってあげたほうがいいのかしら。すると彼の口から低いNの音がもれ、その息づかいが思いもよらない陰気で気味の悪いものになった。「んー、んー」彼女は下唇がわななくのを感じ、自分が泣き出しそうになっているのだとわかったが、じっとこらえた。

彼は勃起していないのに、彼女の太ももに向かって性行為の動きを夢中でやっており、彼女は自分のほうが泣きたいのに相手に同情していた。彼女は壁を向いて祈った。ああ、神さま、お願い、彼をこんなふうにしないで。実際、自分でも何を言っているのかよくわからなかったが、その祈りはすすり泣きとともにもれた。手で口をしっかりとおさえたので泣き声を聞かれることはなく、彼の動きは延々と繰り返された。相変わらず歯を食いしばり、長く逃れられない苦痛に耐えているような「んー」という声を出しながら。

ようやく彼は自分の中で何かを終え、そのまま腕を彼女の胸の上にだらりとおいて横たわった。彼女は必死で自分をおさえて気持ちを立て直し、やっとのことでこう言った。

「ブーマー、落ち着いたのなら、服を返してほしいんだけど。どこなの？　もう教えてくれてもいいでしょ」親が子どもをなだめるような話し方だと気づいたが、それが間違いだったようだ。彼はばかではない。これでは相手を見下していることが明白だ。

「その窓から外を見てごらん」彼は冷静にそう言った。奇妙で聞きなれない声だ。

「どの窓？」

「きみの目の前にある窓だよ。何が見える？」

彼女は腕で胸を隠しながら立ち上がって窓のほうへ行き、外から見えないように身体をかがめた。沈む直前の赤い夕日が木々にかかっていて、一瞬その景色に心が癒された。

「なに？」彼女は外を見ながら尋ねた。「何が見えるっていうの？」彼がやってきてそばに立った。

「さあ、これをはめて」彼が言った。振り向くと彼はサファイアの指輪を持っていた。彼女は素直に、指輪を人差し指にはめさせた。

「ほら。ぼくの署名だよ」彼はにっこり笑ってそう告げた。練習を積んだ俳優のような口調だと彼女は思った。はっきりとした声も出せるし、トーンを落としたささやき声も出せる、そしてその効果もよく理解しているという口調だ。

「あなたはテキサスの出身じゃないのね、ブーマー」彼女の声は疑いのあまり震えていた。

「間違いなくテキサス生まれだよ」彼は言った。「ボウイーナイフと同じさ。夏の旱魃や冬の猛吹雪もそう。自然のエネルギーがあるんだ。トルネードもそう。ガラガラヘビやサソリも。目をくらます砂塵嵐も。それがまさにぼくで、ぼくが生まれたところだよ」

それは練習を重ねたスピーチのようで、奇妙な外国人がしゃべっているように思えた。彼女は無意識のうちに口をひきつらせ、急いで逃げ出したくなったが、あらためて窓の外を見つめた。日没前の最後の光が、丘の斜面にあるポプラの木立の中に何か金属のものをとらえた。車だ。あんな森の中に。彼女はさらに目をこらしてみて、それが彼の見せたかったものだと知った。だれかの車。グリーンの。

やがて彼女にはわかった。

「さあ、きみの服をとりにいこうか」彼はそう言って、彼女を連れていった。彼女はそのことばを受け入れながらも、かなわない望みを抱いていた。何もかもがよくできた道化芝居であってほしい、ブーマーがピンボール・マシンのところにいた大柄で不器用な男であってほしいという望み。しかしそうではないとわかっていた。この指輪はあたしの前の女性のものだ。彼の署名。たくさんの祈りや記憶が襲いかかってきた。そして、ずっしりとのしかかってきた。

　主寝室を通って連れてこられたのはとても大きなバスルームで、そこにはメアリー・ベスとルークの残骸が広がっていた。奥の隅のほうに、血まみれになって無造作に投げ捨ててあるのは、ピンストライプの野球帽だった。なぜ？　彼女は自問した。なぜあたしなの？　あたしはこんなことをされる覚えはない。だれだってそう。あたしはほんとに善良な人間で、少し孤独で、一生けんめいがんばっている。なのに彼はブーマーという名前ですらなくて、他人の名前を使っていた。テキサス出身だなんて絶対に信じない。彼は嘘をついている。あたしたちと同じ人間じゃない。

平和を守る
Peacekeeper

アラン・ヒースコック　操上恭子訳

シカゴ生まれのアラン・ヒースコック（Alan Heathcock）はこれまでに数作の短篇を発表している。本作は《ヴァージニア・クォータリー・レヴュー》に掲載され、二〇〇六年のナショナル・マガジン・アワードを受賞した。現在はアイダホ州のボイジー州立大学で教えている。

一九九三年　春

乾燥した丘の上に立つオッドフェローズ・ホールに直接向からルートはほかにもあった。だが、洪水であふれた泥水の下が見えない状態で、ボートを木や煙突や電柱にぶつけて難破する危険をおかすことは、ヘレン・ファラリーにはできなかった。水面のすぐ下になにがあるのかわからないのだから。街路に沿って植えられた古いオーク並木の葉の茂った先端部分が、まるで大きな灌木のように水から突き出していた。並木のあいだの水路に、ヘレンはボートを進めた。船の上のほかの人たちは、二階の窓まで水に沈んでいるスレート葺きのヴィクトリア朝風の家々を通り過ぎるあいだ、じっと黙って坐っていた。ヘレンは、街のメインストリートであるオールドセインツ通りのはるか上をゆっくりと進んでいった。谷に向かって土地が傾斜するにしたがって、水面から出ている木は減っていった。

スーパーアメリカのガソリンスタンドを通り過ぎた。看板のSの字の上のカーヴとAの字の頂点だけが見えていた。みんな、まるで水底にガソリンポンプか店でも見えるかのように泥水を見つめていた。流れに浮いているのは、ばらばらになった材木や木の枝、はがれた化粧板、バーのスツールが二脚、それに細長い金属の箱だった。ヘレンは学校のロッカーか飼い葉桶だろうと思った。やがて、〈フリーリーの食堂〉と〈フリーリーのスーパー〉のところまで来た。道をはさんで建つ三階建てのブラウンストーンの建物は、ホワイトストーンの化粧板まで水に沈んでいた。屋根はまるで長方形の船着き場のようだった。ボートは、フリーリーと書かれたネオンサインのすぐそばを通った。いつもは明るい赤色に輝いているネオンサインは、いまは暗く水面のすぐ上にぶら下がっている。黄色の防水ズボンの上にシャンブレー織りのドレスを着たフリーダ・ローソンが、ふたつめのEの字に指を走らせた。ヘレンは、フリーダの腕を強く引っ張ってそれをやめさせた。

「それは電線よ」鋭く言ってから、ヘレンはフリーダのひじを優しくつかみ、口調をやわらげた。「お願いだから、気をつけてちょうだい、ね」

ボートは、貨車を改造した〈フォックス酒場〉とファースト・バプティスト教会のずっと上を通り過ぎた。曲がった尖塔が、沈んだ船のマストのように水から突き出していた。

「おれたちのものは、なにもかも盗まれてしまうんだ」舳先に坐ったジェイク・ティルネンが言った。妻を腕に抱いていた。「なんでも好きなものを持って行ってしまうのよ」

フリーダはドレスの裾を手に巻きつけていた。「漏らしてしまったわ」彼女は泣きながら、ヘレンにそう囁いた。

「誰もなにも盗んだりはしないわ」ヘレンはそう言って、フリーダのほうへ身をかがめ、聞いていたことを示した。

「本当に」とジェイクは言った。「盗まれないといいんだが」

一九九二年　クリスマスイヴ

〈フリーリーの食堂〉の窓からもれる灯りが雪の積もった歩道を照らし、パトロールカーの中まで差しこんでいた。ヘレンは、バックミラーで自分の顔を確認した。左眼がひどく腫れていたので、帽子を眉毛のところまで引き下ろして隠そうとする。このまま走り去ってしまおうと思った。だがそのとき、フリーリーが食堂の窓の中に立っているのが見えた。老人は痩せて背が曲がっていて、両手で包むようにしてグラスを持っていた。ヘレンはパトロールカーを降りて、寒さの中に立った。彼女が車のまわりをまわっているあいだに、フリーリーは店の入り口まで来ていて、ドアをわずかに開いた。

「ペカンのパイがあるよ」と老人はドアの隙間から言い、ヘレンがそばまで行くとドアを大きく開いた。

ヘレンは中へ入り、フリーリーは腕をまわしてヘレンを抱きしめた。クラフトンの最初でただひとりの法執行官になるまで、ヘレンは十年間〈フリーリーのスーパー〉で働いていた。本物の町には警察官が必要だと決め、ブーンヴィル市の警察から中古のパトロールカーを買う資金を集め、ファースト・バプティスト教会で町民集会を開いたのは、長いあいだクラフトンの町長を務めたフリーリーだった。スーパーマーケットの主任をしていた、中年のヘレンが警察官候補に推薦されたのは、一種のジョークだった。ところが彼女が当選してしまい、抗議が巻き起こったとき——「彼女に投票するのも面白いと思ったんだ。当選するなんて思ってもいなかった」——選挙結果に従うことが洗練された民主主義だと宣言したのはフリーリーだった。

ちょうどディナーの客たちが、去ったところだった。ハムとジャガイモの匂いがした。「お腹はすいてないの」とヘレンは言った。「灯りがついているのが見えたから」

「いや、いや」と老人は言って、ガラスのカウンターの後ろへいそいだ。彼はデザートのケースにふたつ残っていたパイの片方を取り出し、箱に入れた。「クリスマスの夕食会には来るかね？　マリリンはあんたが来るかもしれないと言っていたが」

ヘレンは店の前面の窓をじっと見た。ジョシー・デンプシーの写真が、すべての窓に張られていた。中学校で撮影したもので、ポニーテールに赤いリボンを結び、歯列矯正器をつけ、わし鼻にニキビがひとつあった。一番上に『行方不明』の文字。下には『懸賞金』とあった。「まだ、わからないわ」とヘレンは言った。

老人がヘレンの前に戻ってきた。パイの入った箱を持ち、毛皮の裏地のついたコートを着ていた。そのコートは、彼にはひどく大きすぎるように見えた。「眼をどうしたんだい？」

ヘレンはドアのほうを向いた。「氷で滑ったのよ」

「そそっかしいな」とフリーリーは言って、ヘレンの腕をとった。「家まで送ってくれるかね？」

ふたりは歩道に出た。老人の手は震えていて、鍵穴に鍵を差しこむのに苦労した。フリーリーの家は、道をくだって小さな丘を登ったところにあった。窓からは暖かな光が漏れ、玄関の階段のわきの大きなトウヒの木には色電球が巻きつけられていた。「ほら、あそこだ」とフリーリーは言って、通りの向こうを指さした。暗いプレーリーのかなたに色鮮やかな火花がはじけ、流れて、夜の空に消えた。はるか遠く、おそらくは何マイルも向こうから、音が聞こえてきた。ポンという花火の音は、息を吐き出す音のようにヘレンの耳には聞こえた。

一九九二年　十二月十九日

パトロールカーのヘッドライトに照らされた路上の新しい雪を足跡が横切っているのを見つけて、ヘレンは路肩に車を止めた。空には灰色の雲がたれこめ、ペントランド通りをへだてた森は、雪でほとんど見えなかった。足跡は、灌木の藪のあいだに消えていた。ジョシー・デンプシーという少女が学校から帰宅せず、丸一日帰らなかった。町の誰も彼女を見ていないし、行方も知らなかった。家族は、ジョシーはよく森を散歩していたと言っていた。ヘレンは助手席に置いてあったホルスターと銃を手にとった。パトロールカーのスポットライトを森に向けたが、降りしきる雪の向こうを見ることはできなかった。ヘレンはエンジンをきった。モーターは乾いた音をたてて静かになり、フロントガラスに湿った雪が積もった。

一九九二年　クリスマスイヴ

ドアにはまったガラスに映ったヘレンの腫れた眼は、まるで石のように盛り上がっていた。雪は、玄関の階段とヘレンのブーツの上を渦巻いていた。ドアが開き、コニー・デンプシーが立っていた。銀の糸で雪の結晶を刺繍した、赤いセーターを着ていた。彼女は歓迎の言葉は言わなかったが、わきによけてヘレンを通した。

玄関ホールはポップコーンとシナモンの匂いがした。お腹のところに笑顔のクマの模様があるパジャマを着た小さな女の子が、コニーの脚の後ろに隠れていた。ジョシーの小さな妹で、彼女によく似ていた。キッチンから漏れる暖かな光が、玄関ホールを満たしていた。その光の中に、デイヴィッドがエプロンで手を拭きながら現われた。ヘレンはどこに立ったらいいのか、わからなかった。ドアマットはなかったが、家の中に足についた雪を持ちこみたくなかった。

「メリー・クリスマス」とヘレンは言った。

コニーはヘレンを見ずに、小さな娘を抱き上げた。

「なにか食べるかい?」キッチンの戸口に立ったまま玄関ホールを見ていたデイヴィッドが尋ねた。

ブーツの下のタイルに水たまりができていた。「お知らせできることはないんです」とヘレンは言った。誰も動かなかった。なにも言わなかった。ヘレンはパイの箱と、緑の包装紙に白いリボンをかけたもう一つの包みを差し出した。「これはフリーリーのところのパイです」とヘレンは言った。「それと、その子にプレゼントを持ってきました。たいしたものではないんですが、プレゼントです」

みんなで居間に行った。部屋の隅にはアップライトのピアノがあり、その横にクリスマスツリーがかざられていて、小さな色電球が瞬いていた。ヘレンはブーツを脱いだが、足が臭わないかと心配だった。もう五日間も、ウールのソックスをはいたままだ。だが、ポップコーンとシナモンの匂いしかしなかった。コニーとデイヴィッドは、女の子をはさんでソファーに坐った。ヘレンは彼らに向きあって、背もたれの高い木の椅子に坐った。ベルトにつるした銃が、ひじ掛けにぶつかった。

女の子は、たいていの子供たちと違って、包み紙を破らなかった。母親の助けをかりてテープを剝がし、注意深く包みをほどいて箱を出した。中身は、小さなピンクのシャツだった。前面に金色の星と『子供警察 インディアナ州クラフトン』という文字があった。コニーとデイヴィッドは顔を見あわせた。コニーのセーターの銀色の糸がかすかに輝いていた。デイヴィッドの脚のあいだにはエプロンがたれ下がっていた。女の子は鼻にしわを寄せて、ヘレンの顔を見つめた。腫れた眼のことを尋ねたがっているのは間違いなかった。

ヘレンはソックスを履いた足を重ね、コニーを見た。「たいしたものじゃないんです」と彼女は言った。「子供にどんなものをプレゼントしたらいいのか、わからなくて」

一九九二年　十二月十九日

ヘレンはペントランド通りを横切り、藪をわけいって森に入った。懐中電灯が光のトンネルをつくり、シオデの蔓や低く張り出した大枝、そしてときどき見えにくくなる足跡を照らし出した。彼女は毛糸の帽子を眉毛の上まで引き下ろした。底知れない静寂を感じていた。ヘレンは重い足取りで、森の奥へと進んだ。目の前に小高い土手が立ちはだかり、灰色の夕闇の中に輝いていた。踏み固められた雪の上に、黒い土の跡がついているのが見えた。ヘレンはそこを登った。よじ登るときに足が滑った。土手の上で立ち止まって、ブーツの足跡を調べた。

西の暗い空の一部が、わずかにピンク色に染まっていた。彼女はためらい、荒い息をついて、谷をじっと見下ろした。黒い流れがまだらになった白色の世界に筋を描き、雪をかぶった木が丘の上にうずくまっていた。プレーリーのはるかかなたで、最後の日の光を浴びてブリキの屋根が輝いていた。

どこかでわずかに動くものがあり、ヘレンの注意をあたりの木に引きつけた。かなり下のほうにまだ秋の葉をつけた大きなホワイトオークの木があり、その枝が静かに揺れていた。葉の隙間から、青白い肌が光っているのがちらりと見えた。一瞬息が止まった。それから、ぎこちない足取りで土手を降りはじめたが、途中で滑って背中を思いきり地面に打ちつけ、そのまま新雪の上を土手のふもとまで滑り落ちた。

オークは目の前にそびえていた。懐中電灯を上に向けると、少女の剝きだしのあばら骨が見えた。腕はだらりとぶらさがり、ロープが首に食いこんで裂けた皮膚から血がしたたって、ふくらみ始めた胸のあいだに曲線を描いていた。ヘレンは横向きになって吐いた。吐瀉物は土の中に流れていった。きれいな雪を口に入れ、彼女は息をついた。立ち上がって、銃にかかっていた留め金をはずし、大枝の下の暗がりに近づいた。

少女のつま先は、地面の数インチ上にぶら下がっていた。

彼女は靴しか身につけていなかった。かかとの四角い、不格好な黒い靴だった。裸の肌が夕闇の中で白く輝いていた。口は開いていて、黄色い枯葉のあいだから射しこんだ光が歯列矯正器に反射していた。ヘレンはコートを脱いだ。それを投げて少女の肩にかけようとしたが、滑ってうまくいかず、地面のこぶの上に落ちた。

探していた少女だった。ジョスリン・デンプシー。みんな、ジョシーと呼んでいた。古い工場のダート・トラックでのオートバイのレースに出ていた。八年生のときにはバスケットボールの選手だった。ムーンパイが好きだった。チェリーコークも。〈フリーリーのスーパー〉に来てはムーンパイとチェリーコークを買っていた。彼女が道端でそれをひとりで食べ、空きビンを返してからバイクで走り去るのをヘレンは何度も見たことがあった。

強い風が吹き抜けていった。ヘレンはつまずいて、オークの切り株の上に坐った。脚を前へ伸ばし、ひざのあいだに銃をはさんだ。夕闇が濃くなっていた。プレーリーは青く染まり、セージの束が揺れていた。

一九九三年　春

ボートを流れにまかせて、彼女はスポットライトで暗い水の上を照らした。水は二階の敷居のところまで来ていた。彼女はもやい綱を窓にかけられた鉢植えに巻きつけ、舳先が壁にあたるようにした。それから、冷たい窓ガラスに額を押しつけた。部屋の赤い布製の壁紙には銀色の縞模様がはいっていて、スポットライトを受けて金属の棒のように輝いた。シングルベッドが部屋のまん中に斜めに置かれ、段ボールの箱がマットレスに窪みを作っていた。ま新しく見える野球のグローブが箱の上に乗っていた。小さなドレッサーの上の壁には、黄色い水着を着たグラマーな三人の女性のポスターが一枚だけ貼られていた。水着にはそれぞれふたつずつ文字が書いてあり、つなげるとYAMAHAと読めた。

ヘレンは力をいれて窓を押し開けた。ホルスターを持ち、ボートを揺らさないように気をつけて部屋の中に降りた。何時間もボートに乗り続けていたので、脚がじんじんした。

濡れたカーペットがスポットライトを反射して光っていた。壁には床から三フィートほどのところに黒い線がついていて、洪水がそこまで来たことを示していた。

部屋は乱れておらず、博物館のように保たれていた。ヘレンは冬に一度、この部屋に来たことがあった。おそまつな芝居を演じて、引き出しの中やベッドの下を捜し、いくつかのものを証拠品ということにしてメモをとった。学校の成績表や、州西部のテレホートにある〈ボストン・コネクション〉から持ってきたメニュー、エヴァンストンのモーターヘッド・パークでおこなわれたモトクロスのイベントの入場券の半券などだ。それが、なんの手がかりにもならないことはわかっていた。州警察に提出する報告書を書かなければならなかったのだ。

ドアは内側から鍵がかかっていた。ヘレンは鍵をあけ、ドアを開いて、ノブをきれいに拭いてから、廊下を歩きはじめた。一歩ごとに水が跳ね上がった。壁はデンプシー家の家族の写真で埋め尽くされていた。とても小さなころのジョシーが男の子のようなぼさぼさの髪で小さなオートバイにまたがっている写真。家族でおそろいのクリーム色のセーターを着て、デイヴィッドが赤ん坊をひざに乗せて干し草のロールの上に坐り、ジョシーとコニーがその後ろに並んでいる写真。ジョシーの中学校での写真もあった。ポニーテールに赤いリボンを結び、歯列矯正器をつけ、わし鼻にニキビがひとつある。

ヘレンは家の奥の主寝室へ行った。部屋は、天蓋つきのベッドでほとんどいっぱいになっていた。ヘレンはベッドの横の窓から外の水浸しの世界を見つめた。黒っぽい屋根が、大きな川に浮かぶはしけのように、広い範囲に散らばっている。なにもかもが、泥と魚の臭いがした。あまりにも多くの水があり、あまりにも多くのものが流された。だがおそらく、新しくやりなおすときには、なにもかもが前よりよくなり、なにもかもが許されることだろう。おそらく神は、あの少女が洪水によって流され、発見されることを許してくれるだろう。少女の両親も気持ちの整理をつけられるだろう。しかも、ありがたいことに、彼女が邪悪な殺されかたをしたことを知らずにすむだろう。

ヘレンは、衣装ダンスに歩み寄って引き出しの中を調べた。ひとつは、スカーフとストッキングでいっぱいだった。もうひとつは、きれいにたたまれたショーツが色ごとに分けて入れられていた。彼女はクロゼットに移動して、懐中電灯で中の服を照らした。端からズボン、ブラウス、そしてドレスの順に掛けられていた。セーターは、ハンガー掛けの上の棚にあった。彼女は、積まれた中から赤いセーターを引っ張り出し、それが探していたものかどうか確かめるために広げてみた。雪の結晶の形に刺繍された銀色の糸が、懐中電灯の光にきらめいた。彼女はセーターに顔を埋めた。かすかにコニーの香水の香りがした。それは衝動だった。この泥だらけの世界で、たとえばもっと清潔で美しいものではなくて、どうしてこのセーターが必要なのか、説明することはできなかった。彼女はセーターを喉に押しつけて、ベッドに横になった。柔らかいマットレスに身が沈んだ。ブーツをはいた足は、水浸しのカーペットの上に残したままだった。

一九九二年　十二月十九日

小屋のブリキの屋根に突き出た細い煙突から、青白い煙がたなびいていた。雪の上の男の足跡は化石のように凍りついていて、ヘレンはそれを追ってプレーリーをここまで来たのだった。その小屋は、ロバート・ジョークスのものだった。ジョークスは月に一度町に出てきて必需品を買い、州南部のジャスパーのコート製造業者にビーバーやアライグマの毛皮を売っていた。ひとつだけある窓からかすかな灯りが漏れていた。小さな四角い窓で、高い位置にあった。ヘレンはかじかんだつま先で立って、窓の中をのぞいた。粗末な作りのテーブルの上にランタンがあり、弱々しい光の輪を投げていた。鉄製のストーヴのそばに、背中をまるめた人影があった。ヘレンは手袋をはずし、銃を手にとった。その重みを感じながら、引き金に指をかけた。長いあいだ、彼女は暗い人影とストーヴの中で燃える薪を見つめていた。やがて、ジョークスは立ち上がって影の中に見えなくなった。

ヘレンは窓の下に身をかがめた。灰色の雲の切れ端が北のほうから流れていた。銃を握る手が、とても冷たくなっていた。半マイル離れた森の中では、ジョシーの体が硬く凍りついているだろう。ヘレンは、自分がなにかとてつもなく大きくて、差し迫ったものの中心にいるような気がした。それは、心に抱えきれないほど大きなものだった。ひどく恐ろしく、腹が立っていた。そしてなによりも、絶望的なまでに孤独だった。はやく逃げ出して隠れなければという強い衝動にかられた。ジョシーはこんなふうに感じたのだ、とヘレンは思い、銃の安全装置をはずした。

彼女は凍ってひびのはいった雪の上を一歩ずつ注意して歩き、屋根まで積み上げられた薪のそばを通り過ぎて、小便の悪臭を放つ金属製のバケツが置かれたドアのそばに近づいた。ドアの内側で犬が吠えた。大きくて激しい吠え声は止まらなかった。

一九九二年　クリスマスイヴ

トラックに牽引されて左右に大きく揺れているタイヤの山に子供たちが乗っているのを見つけ、彼女は安全な距離をおいてついていった。トラックの荷台にはさらに多くの子供たちが体をまるめていて、手袋をした手に火のついた花火を持っていた。トラックがエルム・ロードのカーヴを曲がると、タイヤは大きく外に揺れて、並んだ列の最後のひとつが側溝に落ち、引っ張られて道路に戻った。ヘレンは、パトロールカーの屋根の上の赤と青の非常灯のスイッチをいれた。トラックは路肩には寄らず、ただスピードを落として止まった。タイヤが前に滑り、次々とぶつかった。ヘレンは懐中電灯をつかんで、雪の積もった路上に立った。子供たちは体を伸ばして、タイヤの上で荒い息をしていた。

「おれたち、なんにもしてないよ」一番後ろのタイヤに乗った男の子が言った。仲間たちからナイトと呼ばれている子だ。手袋をはめた手に顎を乗せている。

「そうね、まだなにもしていないわ」とヘレンは言って、相手をいらだたせるだけのために、懐中電灯で彼の顔を照らし続けた。

「クリスマスだってのに、あんた本当に嫌なやつだな」とナイトは鋭く言い、ほかの子供たちが笑った。

ヘレンは子供たちをトラックの荷台に移らせた。花火がシューシューと音をたてて燃え、子供たちの眼に映ってきらめいた。「あなたたち、寒くない？」

「いいえ、大丈夫です」と男の子が言い、「あたしは寒い」と女の子が言った。男の子は女の子に黙れと言った。

ヘレンがトラックのドアのところまで行くと、ウィリー・シャープトンがにっこりと笑いかけた。帽子についた耳当てをおろして耳を覆い、ひげに囲まれた口に煙草をくわえていた。ヘレンはトラックのステップに片足をかけ、窓から身を乗りいれた。

「あの子たちは勝手に乗ってきたんだ」とウィリーは言った。「どこの誰だかも知らないよ」

「投げ縄で飛び乗ったとでも？」

「そんな感じだ」ウィリーは、ヘレンに吹きかけないように後ろを向いて、トラックの中に煙を吐いた。振り向くとヘレンの顔をじっと見て片目をつぶった。「ひどい眼だな」

「わたしたちの結婚写真は恐ろしいものになるでしょうね」

それは古いジョークで、どちらもにこりともしなかった。早くしてくれ、とナイトが後ろから叫んだ。金玉が凍っちまうぜ、と。ウィリーはヘレンの腕をぽんぽんと叩いて、煙草を一口吸った。彼は前方を見つめた。道路の雪にはまだタイヤの跡がついていなかった。

「なにか指示は」と彼は尋ねた。

「ないわ」

ふたりともそれ以上なにも言わず、ヘレンはステップから降りて後ろの子供たちを見た。花火は燃えつきて、荷台は暗くなっていた。横風に側溝から吹き上げられた雪が道路を這っていた。ヘレンは懐中電灯でタイヤの列を照らした。子供たちは、フードで顔を覆っていた。

一九九二年　十二月十九日

足音と犬を叱る声が小屋のドアの中から聞こえてきた。犬は吠えるのをやめた。ヘレンは壁に体を押しつけて、かじかんだ指が銃を強く握りすぎないようにしようとした。

掛け金がはずされ、ドアが勢いよく開いた。彼女はドアの影に身を潜めていた。大きな茶色い犬がプレーリーに走りだし、立ち止まって頭を上げ、イバラの匂いを嗅いだ。ジョークスが雪の上に出てきた。上半身は裸で、長い髪が肩と背中を覆っていた。彼はプレーリーにいる犬をじっと見た。ヘレンは足を踏みだした。ジョークスの黒い頬ひげに覆われた顔に銃を押しつけ、地面に伏せるよう叫んだ。

ジョークスは体を回転させ、ひじでヘレンを打った。彼女は滑ってひざをついた。ジョークスは動きを止め、肩越しに後ろをちらりと見た。犬を探していたのかもしれないし、ほかに誰かいないか確認していたのかもしれない。ヘレンはジョークスの脚に突進し、地面に倒した。そして、彼の顎の下を腕で押さえ、ベルトに装着していた催涙スプレーを眼に吹きつけた。ジョークスは拳を振りまわした。彼女は相手の腕が届かないところまでいそいでさがり、それから前に足を踏みだしてもう一度スプレーをかけた。ジョークスは手で顔を覆い、指や顎から薬がしたたった。犬がかけ寄ってきて、飼い主の匂いを嗅いで吠えた。ヘレンは銃と催涙スプレーを両手に構えて近づいた。犬は歯をむいて、けたたましく吠えながら襲いかかってきた。ヘレンはスプレーを吹きつけた。犬はあとずさり、前足で鼻先をひっかいたが、もう一度向かってきて、ヘレンの脚に荒々しく嚙みつこうとした。ヘレンは銃を撃った。犬はどさりと倒れた。首に穴があいて、熱い血が雪に染みこんだ。

ヘレンはジョークスの背中を片ひざで押さえ、耳に銃を押しつけて、やったことの報いとして彼を殺すことにすると言った。ジョークスは、きつく眼を閉じ、子供のように鼻水をたらして、まったく身動きをしなかった。

一九九三年　春

天蓋の透きとおった布地を見つめていたヘレンは、またその音を聞いた。最初にシューシューという音がして銃声のような音が続く。彼女はデンプシー夫妻のベッドから起き上がって窓に近づいた。また、シューシューという音が聞こえてきた。北の空で爆発があり、金色の火花が広がって流れ落ちた。マーシー・ゴフの家の屋根の上に立っている人影があり、その腕からかん高い音をたてて炎が上昇し、上空で破裂して、緑色の火花がゆらめいて落ちた。

ヘレンは、子供がお気に入りの毛布にするように、クリスマスのセーターを胸に抱いていた。それを上着の中に押しこみ、ファスナーを閉めてから、水浸しの廊下をボートへといそいだ。オールを固定すると、デンプシーの家のまわりをまわって、ゴフの家に向かった。流れは激しかった。ボートを真っ直ぐに保つために、彼女は左のオール一回に対して右を二回の割合で漕いだ。開けた場所の向こうで、銀色のバス釣り用のボートが二階の窓につながれ、にぶい音をたてて家の壁面にぶつかっていた。屋根の上の男は、ジーンズをブーツの中にたくしこみ、袖なしのフランネルシャツのボタンを留めずに着ていた。胸と腹に壁画のような入れ墨が見えた。打ち上げ花火を雨どいに捨てて、ブーツから新しい花火を取り出している。ダニー・マーティンという名前の、露天掘り鉱夫だった。高校生のころは野球選手として活躍し、大学からのスカウトも来るほどだったが、女の子を暴行してすべてを棒に振ったのだった。

頭の上で青い火花がはじけた。ヘレンはオールを中に引き入れて、ボートが進むにまかせた。家の中で、懐中電灯が揺れているのが見えた。彼女は銃を手にとり、ボートのスポットライトを点灯した。部屋の中にいた黒い防水ズボンを穿いた髪の長い大柄な男がこちらを向いた。スポットライトのつくる影が後ろの壁にうつっていた。影は男が眼を覆うと身を縮めて小さくなり、男が窓に駆けよると大きくなった。男はバス釣り用のボートに飛び乗り、舟は揺れて家から離れた。

「ダニー」男は、エンジンのひもを荒々しく引っ張りながら怒鳴った。

「そこから動かないで」とヘレンは叫んだ。

花火が頭のすぐ上をうなりをたてて飛んだ。ヘレンは身をかがめ、スポットライトで屋根の上を照らした。ダニーはつま先で雨どいを蹴り、花火をヘレンに向けた。ヘレンは座席から落ちて濡れた床の上に坐った。花火はジュッと音をたてて、ボートのすぐ横の水に落ちた。「警察よ」とヘレンは叫んだ。バス釣り用ボートの船外エンジンがかかり、スピードを勢いよくあげて去っていった。また爆発音がして、ヘレンは空を見あげた。金色の火花が流れ落ちていた。ヘレンのボートは、小さな渦に捕らえられてゆっくりと回転しはじめた。赤い火花が降り、少しして空が緑に染まった。それで花火がなくなったのだろう。ダニーは家に打ち寄せる波を覗きこんだ。彼はよろめき、両手を高くあげた。そして、屋根から飛び降りた。水についた瞬間、彼の両足が前後に動いた。

一九九二年　十二月二十日

ロバート・ジョークスは、ランタンの弱々しい灯りの中で、椅子に縛りつけられていた。ヘレンがベッドにあったシーツを裂いて、手首と足首、胸、腰、脚を縛り、叫び声をあげられないよう猿ぐつわを咬ませたのだ。

ヘレンは、ジョシーの服が地下食料庫の塩漬けの鹿肉の山の上にあるのを見つけていた。彼女ははしごの段に坐り、少女のジーンズをひざの上に乗せて考えた。殺人に関する法律は、神の法でさえも、心の平穏（ピース）というものを考慮にいれていない。必ずしも考慮しているとはいえない。それでも痛みはある。子供を失った親の心は引き裂かれるだろう。ヘレンが知っていること、あの森の中で見たことは、両親が知るにはあまりにむごいことだ。誰にとってもむごすぎる。

彼女はすべてを隠す計画を立てた。そのためには慎重にならなければならない。もしジョークスが逃げたり、こんなところを誰かに見られたりしたら、あるいは彼が早く死にすぎたら、ヘレンの身は破滅だ。クラフトンの町の人々も、町の外から来た人ならなおさら、彼女のやりかたを慈悲だとは思わないだろう。彼女自身の心の中では〝大いなる平和〟と呼ぶようになっていたが。

一九九三年　春

ダニーが流れの先に現われた。かなり流されていて、渦巻く水に拳を打ちつけ、手足をばたつかせてもがいている。ヘレンは追いかけたが、予測のできない流れの中で、彼の頭にボートをぶつけたり、船外機のプロペラで傷つけたりすることを恐れて、近づくことができなかった。ダニーの動きが緩慢になり、柳の木のロープのような細枝のほうへと流されていって、カーテンのように垂れさがる枝の内側に見えなくなった。

ヘレンはモーターを止めて、舳先へといそいだ。そして、流されはじめたボートがスピードを上げて柳のそばを通り過ぎそうになったとき、何本もの枝をつかんだ。勢いよく船尾まで引き戻される。暗闇の中で、水は勢いを増していた。彼女はもやい綱を握り、立ち上がってバランスをとると、あいている手をボートのスポットライトにかけた。

頭の上では毛糸刺繍のように柳の細枝がからまり、水は茶色の泡に覆われて、下に排水口があるかのように渦巻いていた。ダニーは肩まで水につかり、太い枝に片腕をかけて、幹に顔を押しつけていた。ヘレンは、ボートを柳の枝のカーテンのさらに内側まで引きよせた。ダニーは頭を持ちあげ、枝と幹のあいだになんとか顎をかけた。「犬を捜しているところだったんだ」と彼は喘ぎながら言った。

水にもぐっている枝に邪魔をされて、ヘレンは彼のところまで行けなかった。彼女は枝の上に身を乗りだして、できるかぎり遠くまで腕を伸ばした。ダニーは彼女の手をうつろに見つめた。彼の頭が力なく下を向き、ひじが枝から外れた。片手だけはなんとかつかまっていたが、ダニーは流れに飲みこまれそうになった。ヘレンは全身を枝の上に投げだしてダニーの手首をつかんだ。それから、体重を後ろにかけてダニーの腕を引っ張り、もとのようにひじをしっかりと枝にかけさせた。そして、ボートがあるはずの場所に足を戻した。だが、そこは凍るように冷たい水の中だった。ボートは彼女の下から流されてしまっていた。スポットライトの光がボートの動きを示していた。ロープのような細枝が船体を巻きこんだとき、動きはわずかなあいだ止まったが、細枝がばらばらになって元の場所に戻ると、ボートは流れていってしまった。ヘレンは枝に抱きつき、ダニーをささえた。真っ暗な中、ふたりのまわりでは洪水が渦巻き、コニー・デンプシーのクリスマスのセーターは、ヘレンの上着の中でくしゃくしゃの塊になっていた。

一九九二年　十二月二十二日

うっすらと夜が明けはじめた森をそっと抜けて小屋に忍びこむところを誰かに見られはしなかったかと、ヘレンは凍りついたプレーリーをじっと見張った。後ろでは、椅子に縛りつけられたジョークスが大小便の悪臭をはなっていた。ヘレンは注意深く彼の足首の紐をほどき、それから脚と腰の紐をほどいた。

椅子に坐ったままの姿勢で三日を過ごした彼の足は萎えていて、なかなかうまく立ち上がることができなかった。よろよろとしか歩けない彼を、ヘレンは川がカーヴしているところにある雪の積もった湿地帯まで連れて行った。ヘレンはそこでジョークスの汚れたズボンを引き下ろし、自分で用を足すように命じた。ジョークスは震えながら突っ立っていた。性器を剥きだしにして、口と上半身は縛られたまま、頭を深くたれて。やがて彼はひざをつき、それから横倒しになって、すすり泣きを始めた。朝日が東の丘一面を照らし、森に近いところに切れ切れに残っていた霧を蒸発させた。誰かが彼を眼にするかもしれない、そう考えたヘレンは、ジョークスに駆けより、ズボンを引き上げて立ち上がらせようとした。だが、彼はただ泣きながら首を振るだけで、ヘレンにはどうすることもできなかった。

ヘレンはジョークスのわきの下に両手を差しこんで、少しずつ引きずった。ズボンが足首にまとわりつき、濡れた剝きだしの脚は寒さで赤くなり、踵は雪の上に跡を残した。彼女は彼を引きずったまま、凍りついて氷柱の下がったポンプのそばを通り、野菜かごが積み上げられ雪をかぶっているところを通り過ぎた。かごの中には茶色い鶏たちがいたが、まったく身動きをせず、死んでいるのかもしれなかった。堅くなった犬の死骸が戸口のそばに横たわっていた。それはあるべき姿のようにヘレンには思えた。自分の犬を殺す男は、すべての希望を失ってしまった男なのだ。

ジョークスを椅子に戻すのに三十分かかった。ヘレンは、ジョークスのズボンを取り去って、下半身を厚い毛布で覆った。そしてそのズボンを川まで持っていき、氷に穴を開けて、股の部分が水につかるようにぶら下げた。小屋に戻ると、ストーヴの半分にズボンをかけ、残りの半分で鍋に入れたオートミールを温めた。窓から四角い日光が射しこんで、ジョークスの顔を照らした。催涙剤でやられた眼は涙ぐみ真っ赤になっていて、ひげに覆われていない肌はブリキのような青白い色をしていた。

ヘレンは彼の猿ぐつわをはずして、木のスプーンで唇のあいだにオートミールを押しこんだ。彼がそれを口に含むと、ヘレンはスプーンにもう一杯押しこんだ。ジョークスは充血した眼を日光に細め、ヘレンを見つめた。その瞬間、ヘレンは彼のやったことを思い出し、立ったまま動きを止めた。

ジョークスは、ヘレンの顔にオートミールを吐きかけた。そして、唇を舐めるとかすれ声で言った。「おれはキリスト教徒だ」口の下のあごひげにオートミールがついていた。「おれは許されるんだ」

一九九二年　クリスマス

フリーリーは、暖炉のそばの寝椅子に坐っていた。ひざに毛布をかけて、ときどき眼をしばたいたり閉じたりしていた。ヘレンは炉辺に坐り、暖炉の火で背中を温めていた。制服を着ていないのはずいぶん久しぶりで、古いジーンズがかなり緩くなってしまっているのがとても寂しかった。

クリスマスツリーの近くの床に子供たちが輪になって坐り、ゲームをしていた。さいころを振って、小さな牧場の動物たちの人形をボードの上で動かしている。大人たちは長いテーブルを囲んで、ヘイゼルナッツフレーヴァーのコーヒーを飲みながら、ジャスパーにできる鋳物工場について話しあっていた。ヘレンは足がチクチクと痛むのを感じて、凍傷になっているのではないかと不安になった。腫れ上がった眼のせいで頭痛がして、アスピリンを飲んでも効かなかった。

玄関の呼び鈴が鳴った。フリーリーの妻のマリリンが、手をドレスの背中で拭きながら玄関ホールへ出ていった。ドアが開くと部屋の中に寒さが押し寄せ、坐っていた子供たちは誰が来たのか見ようと背筋を伸ばした。熊のような体型をしたハンビー牧師が、オーヴァーコートを着て戸口をふさぐように立っていた。マリリンは牧師が通れるようにわきによけたが、彼は動かなかった。牧師は前かがみになって、小声でマリリンになにかを言いながら、同時に家の中をちらりと覗いた。するとマリリンも振り返り、ふたりともヘレンを見た。それから、ハンビー牧師は手袋をはめた手でヘレンを手招きした。

ヘレンは注意深くポーチに足を踏みだし、後ろ手でドアを閉めた。フードつきの防寒着を着た四人の男、ファースト・バプティスト教会の役員たちが、階段のそれぞれの別の段に立っていた。トウヒの木に巻かれた色電球の光が、ポーチに残った氷に反射していた。ヘレンはコートを着ていなかったので、片腕で自分の身体を抱くようにしてコーヒーをすすった。

ハンビー牧師の頬は赤く染まり、薄い唇をしっかりと閉じていた。「われわれは、いつものように丘のほうまで施しの贈り物を配りに行っていました」と神父は言って、役員たちのほうを振り返った。

彼らはジョークスの死体を見つけたのだ。彼らの表情から、ヘレンにはそれがわかった。彼女は表情を変えまいとし、心臓を落ちつかせ、自分の中の一部分――罪の意識に苦しみすべてを告白して許されたいと望んでいる部分を黙らせようとした。ずんぐりとした体格で眼鏡をかけたフランク・バーカーがポーチに片足をかけ、前かがみになった。

「クリスマスがつらい季節だという者もいる」と彼は言った。「誰にとっても喜びの季節というわけではないんだ。人によっては、クリスマスは孤独な苦しみでしかない」

一九九三年　春

柳の細枝は、だんだん明るくなる朝の光の中で力なくたれ下がっていた。黒い枝が突き出ているところでは、流れに浮かんだ泡が光を浴びて、七色に輝いていた。ヘレンは一晩中、闇の中で洪水の低いうなりを聞いていた。起きたまま夢も見た。夢の中では、少女の体が採石場の深みから浮かび上がり、暗い流れの中を漂って、やがて町のオークの古木の高い枝に引っかかる。そして、洪水の水が引く時に首が枝のあいだにはまりこんで、オールドセインツ通りの上にぶら下がった少女の姿を、誰もが見ることになるのだ。

いま、ヘレンは柳の高い枝に坐っていた。細い枝は取り去って水の上が見渡せるようにしてある。東のほうには、丘がひとつだけ丸い姿を見せていた。ダニーはどうやら眠っているようだった。ヘレンは彼にコニー・デンプシーのクリスマスのセーターを与えていた。両手は頭上の枝に手錠でつないでおいたので、落ちる心配はなかった。に頭をもたせかけていて、小さすぎるセーターから長い腕が出ていた。

北のほうで、バス釣り用のボートの船体に日光があたってきらめいた。ヘレンは何度も叫んだが、押し寄せる水の音でその声が聞こえないことはわかっていた。彼女は銃を取り出すと、空に向けて撃った。ボートが向きを変えるまでにもう二発撃ち、正しい方向を保たせるためにもう一発撃った。ボートが充分に近づくと、彼女は叫び声をあげはじめた。下のダニーに目をやると、彼は頭をもたげてヘレンを見つめていた。セーターが胸にぴったりとはりついていた。彼も叫びはじめた。ボートを操縦しているのが昨夜の長髪の男であることにヘレンは気づいた。男はモーターをとめ、眼の上に手をかざして木のほうを見た。ボートには死んだ犬がうずたかく積み上げられていた。

舳先が細枝をかきわけた。ヘレンが脚のあいだから見おろすと、長髪の男がじっと彼女を見ていた。ダニーが友達の名前を呼び、ボートは幹にぶつかった。長髪の男は片手で木につかまり、もう片方の手でショットガンを持ちあげてヘレンに狙いを定めた。

「やめろ、レイ」とダニーが言った。「彼女は敵じゃない」そう言ってダニーは彼女を見あげた。「敵じゃないよな」

ヘレンは頷き、彼に見えるように両手を広げた。

「彼女は敵じゃないよ、レイ」ダニーがもう一度そう言うと、ボートの男はショットガンをおろして横に置いた。

ヘレンはダニーの手錠をはずし、ふたりは慎重にボートに乗り移った。犬を避けるため、ふたりは小さな座席に一緒に坐らなければならなかった。ボートは死んだ犬でいっぱいだった。ジャーマン・シェパードの上にコリーが乗っていて、ブルーティックやグレイハウンドといった猟犬の死骸が多数あった。きちんと重ねられていて、頭を片側に尻尾をもう片側に向けて、薪のように積まれていた。ボートが木の下から押し流され、柳の細枝のカーテンを抜けると、日差しが温かく感じられた。

小さな雲がふわふわと流れていた。レイは嚙み煙草を唇の内側に詰め、じっとヘレンを見おろした。「死体を見つけた」彼はそう言うと、背中を向けて船外機のフライホイールにロープを巻きつけた。

一九九二年 クリスマスイヴ

ジョークスは静かにすすり泣いていた。なにかを渇望するかのように唇が小さな音をたてていた。彼は煙草を一本だけ吸わせてくれと頼んだ。ヘレンは少し考えてから、彼の右腕のいましめをほどいた。彼女はランタンを棚まで持ってきて、酢漬けの卵の瓶を押しのけ、薄い木の箱を取り出した。煙草の強い香りがした。ヘレンは、その香りがジョークスの体臭より強くなることを願って、蓋を開けたままにした。箱をジョークスの鼻の下に差し出しさえした。ジョークスは眼を閉じ、その芳香に神聖な喜びを味わっているように見えた。それから、彼は眼を開き、ヘレンに赤い目を据えた。

まるで勢いよく閉じるとらばさみの歯のように、ジョークスがランタンをひったくった。ヘレンは顔に一撃を受けて、床にたたきつけられた。ランタンの火が消えた。小さな窓から射しこむ月の光が、壁の金具に掛けられている毛皮加工用の道具を照らした。ヘレンの眼から頭蓋骨の奥深くまでを鋭い痛みが、貫いた。ジョークスが身動きすると椅子の脚がガタガタと音をたてた。彼は自由になる片手を使って手探りでひもを解こうとしていた。ヘレンの眼は急速に腫れ上がり、何秒もたたないうちに片眼が見えなくなった。彼女はめまいを起こしながらも立ち上がり、銃を取り出した。月の光でジョークスの青白い肌が見えるまで、ヘレンはじっと立っていた。彼女が銃で殴りつけると、ジョークスはかん高い声をあげた。全身の体重をかけて彼女はもう一度殴った。頭が激しく動き、ジョークスは静かになった。

ヘレンは銃をつかんだまま、よろめきながら外に出て、ポンプの取っ手の氷柱を折った。雪の上に仰向けになると、弱々しく光る星がめちゃくちゃに回転し、体の下の凍った地面が回っているようだった。折った氷柱で眼を冷やすつもりだったのだが、彼女が持ちあげたのは銃だった。だが、銃は氷とまったく同じように冷たく、痛みをやわらげてくれた。

一九九二年　十二月二十日

採石場の入り口に駐車したパトロールカーは、エンジンをきると冷たくなっていった。ヘレンは、ペパーミント・シュナップスを飲みながら、自分の意図で世界をつくることを考えていた。わたしの信条は平和を守ることだ、とヘレンは思った。始めからそうだったわけではないし、そんなつもりがあったわけではないが、いまではそれこそがあるべき姿だと思っていた。わたしはスーパーでマネージャーをしていただけだったのに、とヘレンは思った。こんなことは望んではいない。わたしは世界を正しいものにする人間じゃない。彼女はシュナップスをもう一口飲むと、蓋をしてグローブボックスにしまった。

ヘレンは車を降りてトランクを開けた。北風はとまり、空気は暖かくなっていた。かまどの灰のような、大きくて穏やかな雪が降りはじめた。ヘレンは、少女の服をジョークスの地下食品庫から取ってきて、川の水で洗い、少女の体に着せておいた。その上から緑色のキャンヴァス地の防水布で包んである。ヘレンは死体をトランクから苦労して取り出した。だが、胴体を引っ張って車の外に出したところで、道に落としてしまった。ヘレンは橇(そり)を取り出した。フリーリーが使い道を知らずに半額で売ってくれたものだ。彼女はキャンヴァスの包みを回転させて、ロープのついた赤いプラスチックの板の上に乗せた。

彼女は橇に乗せたジョスリン・デンプシーを引きずった。少女の重みで古い雪の層から新しい雪がはがれ、頭のまわりに湿った雪が山を作った。ヘレンは苦労して前に進んだ。寒さに眼を閉じて、吹きだまりの中をゆっくりと重い足取りで歩いた。
採石場の縁まで来ると、ヘレンは立ち止まって防水布を開いた。彼女は少女を見なかった。そして、橇の後ろに移動すると、すべてを一緒に突き落とした。そのままひざをついて、橇と防水布がひらひらと舞い、少女の体が回転して、鈍い音をたてて薄い氷を割り沈んでいくのをじっと見ていた。

雪がひとひらずつ集まって、彼女の腿と手袋の上に積もっていった。採石場はもうすぐ厚い氷に覆われ、その下にあるものは当分のあいだそのまま残るだろう。春になれば、死体は灰色の雪解け水の中に浮き上がって発見されるだろう。町では、この採石場に落ちて死んだ子供たちの話が語られている。ティーンエイジャーは危険なことをしたがるものだ。誰もが、ジョシーは溺れただけだと信じ、そういうことになるだろう。ヘレンは採石場をじっと見つめた。わたしはこの採石場のようになるのだ、と彼女は思った。この凍った穴、この凍てついた季節、この降りしきる雪になるのだ。わたし自身を、ただ凍りつかせてしまうのだ。

一九九三年　春

洪水の水は小山にはさまれた谷間に集まり、丸太や泥、台所の椅子や屋根の一部、プラスチック製の子供の滑り台などでできたダムに堰き止められていた。大量のごみに覆われた深くて茶色い水が、あちこちの隙間に流れこんでいた。空いっぱいにカモメが大騒ぎをしていて、がらくたの山が生きている白い鳥の壁になっていた。レイはボートを草の生えた斜面に乗り上げ、飛び降りると地面にいかりを蹴りこんだ。ヘレンは手袋で鼻を覆い、積み上げられた犬を慎重に乗り越えた。浮遊物で覆われた水が、ダムに激しくぶつかっていた。反対側では、隙間からほとばしった泥水が増水したリトルスクワーレル川に流れこみ、東に向かって勢いよく流れていった。メリーゴーランドのポニーのように見える牝馬の黒い顔が、緑の防水布らしきものの下から突き出していた。ヘレンは手が震えて、どうしてもとめることができなかった。彼女は両手をポケットに突っこみ、きつく握りしめた。エヴァンスヴィルの新聞に載ったジョシーの写真のことを考えていた。ほんの数週間前、フリーリーがそれと同じ写真を食堂の窓からはずしたことも思い出した。

三人は、鉄道の線路が尾根を通っている丘に登り、枕木の上に立った。下の川原には死んだ豚や顔の黒い羊や犬が横たわっていた。ヘレンは、ヘイリー・ウィンターズの牛のことを考えた。あの牛たちはどこへ行ってしまったのだろう?

レイが突き出した岩を指さした。平たい石灰岩の上に、死体が横たわっていた。きちんと服を着ていて、脚が開いていた。死体の肩にカモメがとまっていて、ヘレンには顔が見えなかった。「あの男をオールド・フォックスで見かけたことがある」とレイが言った。「名前は知らない。挨拶くらいしかしたことがないんだ」

ヘレンは斜面を駆け降りたが、勢いがつきすぎてスピードをコントロールできなくなってしまった。風が吹いて、背の高い草を横だおしにした。その草を目で追ったヘレンは、斜面をころげ落ちて、横向きに激しく地面にぶつかった。死体にとまっていたカモメが羽根を持ちあげ、岸へ飛んでいった。それはケラー・ランクフォードだった。町の南で牧草と豆をつくっている農夫で、川からは三マイルも離れたところに住んでいた。顔はオーヴァーオールと同じ青色になり、黒くなった指がフェンスの切れ端をしっかりとつかんで胸元に抱えていた。ダニーがヘレンの上にかがんで、「そんなことはしないで、お願いだからいまはやめて」と懇願する彼女を両腕で抱き起こした。

ヘレンは彼を突き飛ばした。彼女は立ち上がろうとしたが、うまくいかなかった。足首をひどく捻ってしまっていた。眼と顔から汗をはらった彼女は、手のひらに小さな傷がいくつもできて、血が出ていることに気づいた。「そのセーターを脱ぎなさい」と彼女はダニーに怒鳴った。頬に血の筋がついていた。「それを川に捨てて。それはあなたが着ていていいものじゃないわ」

レイは水のふちに立って、小枝を折っては流れに放っていた。「あの犬を捨てなさい」とヘレンはレイに向かって叫んだ。「だれもあんな犬たちは見たくないわ。そのまま流してしまうのよ。わたしの言っていることを聞いているのレイは小枝を勢いよく折ると、口にくわえた。そして、中指を突き立てた。

ダニーはレイのわきを走り抜けて、激しい流れに腿まで入り、赤いセーターを頭から脱ぎ捨てて、カモメの群れに向かって投げつけた。

一九九二年　クリスマスの早朝

ヘレンは、ロバート・ジョークスの腫れた顔にランタンを近づけた。弱々しい呼吸が、唇から漏れていた。彼女は木のスプーンでジョークスの口をこじ開け、スプーンを中へ押しこんだ。彼の頭が後ろに傾いた。彼女は彼に「なぜ」と尋ねようかと考えた。その質問をするかどうか、これまでにも何度も考えてきたのだ。だが、そのかわりに、ショットガンの銃身を彼の口に突っこんだ。口をふさがれたジョークスは、言葉にならない声をだした。彼女は火のついていないストーヴの上にランタンを置き、眼をきつく閉じた。

せまい部屋の中で響いた銃声に、戸棚の鍋がカタカタと震えた。彼女の耳には鼓動が鳴り響いていた。ジョークスは椅子に坐ったままひっくり返って、床に倒れていた。彼女は必要なものしか見ないようにして、素早く行動し、彼の脚と腰、手と胸のひもを解いた。でこぼこした床板の上に血が黒くたまっていた。ほんの一瞬、彼がどちらの手で銃を撃っていたのか気になったが、右手を選んで、親指を引き金にかけさせた。

ひもをゴミ袋に詰めこんで、ランタンは火のついたままテーブルの上に置いておいた。いそいで外に出ると、足跡に注意をして、歩道の吹きだまりの中を歩いた。吹きだまりの雪なら、すぐに崩れてしまって跡は残らないだろう。それから、小屋の後ろの露出した岩の上を歩いて丘を登り、小さな小川の氷を割って水しぶきをあげながら渡ると、切り立った崖をくだり、凍りついた流れに出たところで花崗岩の丸石の上で休んだ。

月は薄くなり、星は消えかけていた。夜明けまで待てば、朝の霧が姿を隠してくれる。彼女は、フリーリーの孫たちがプレゼントのかわいい包み紙を破いたり、教会でクリスマスの賛美歌を歌ったりするところを思い浮かべた。ヒイラギでかざられたテーブルのまわりに大勢の家族が集まるところを想像した。頭の中で、蜂蜜がけのハムやポテトのクリームソース焼き、マカロンクッキーを味わった。だが、夜明けまで待つわけにはいかなかった。彼女の足は濡れていたし、その夜はものすごく寒かった。彼女は自分の襟をつかんで、石でおおわれた川岸をよろよろと歩いた。そして、プレーリーに足を踏みだそうとしたとき、足を滑らせてぼろ切れをいれたゴミ袋の上に倒れ、凍りついた流れの上まで滑りおちた。氷にひびが入る音がしたが、割れはしなかった。足先に刺すような痛みが走った。彼女は割れやすい黒い氷の上に横たわっていた。下を流れる水の音が聞こえた。

一九九三年　春

避難所から出てきた男たちが丘をくだってボートのまわりに集まった。みんな厳粛な顔をしていて、ひげは剃っておらず、シャツはしわだらけで、ハンビー牧師のワイシャツのわきの下には汗のシミが広がっていた。農夫の死体は、さっきまで犬の乗っていたボートに横たわっていて、ヘレンの上着が顔を覆っていた。日は高く昇り、空気は湿っていた。西の空に入道雲がわき起こり、雨雲がひろがっていた。

「みんなに話してもらえますかとヘレンは言った。

ハンビー牧師は頷いた。「あなたのためにできることは？」

「わたしは休まないと」とヘレンは弱々しく言った。疲労のあまり泣き出してしまいそうだった。「少し休ませてください」

急に強い風が吹き、ケラー・ランクフォードにかけてあったヘレンの上着が飛ばされて丘の斜面ではためいた。ふくらんだ青い顔が現われた。ヘレンは上着を追いかけようとした。足首に力が入らず、あきらめて坐りこんだ。すでにボートに乗っていた教会委員のジェリー・ティムリンスンが、死んだ男の顔に自分の上着をかけ、それから近づいてくる雨をにらんだ。風に運ばれてきた雨粒が、日のあたっている歩道に落ちた。ハンビー牧師とフランク・バーカーが、それぞれ片手をヘレンの腿の下にいれ、もう片方の手で背中を支えて、彼女を持ちあげた。雲の列が太陽の前を横切り、丘にまだらな影を落とした。すぐに、激しい天気雨が降りだした。

ヘレンを腕に乗せたふたりは、灯りのついていないホールに入った。雨でシャツが透きとおっていた。「降ろして」ふたりの袖をつかんでいたヘレンは言った。青白い顔が、暗い中から現われた。ウォルト・フリーリーとマリリン。コニーとデイヴィッドのデンプシー夫妻。小さな娘を肩に乗せている。彼女のよく知っているみんなが、真面目な顔で頷き、ズボンをはいた脚に触れ、手首をぽんぽんと叩いた。静かな尊敬をこめて、彼女の名前を呼ぶ者もいた。「降ろして」と彼女がもう一度言ったが、聞いてもらえなかった。ヘレンは泣き出した。雨が石造りの建物を激しく叩いた。嵐が発する光で、ホールの中が緑色に輝いた。ヘレンは泣きやむことができなかった。みんながヘレンのまわりに集まり、薄暗い中でじっと黙っていた。やがて牧師が礼拝の時の声で、彼女をひとりにして、そっとしておくように、と言った。

別名モーゼ・ロッカフェラ
A.k.a.,Moises Rockafella

エモリー・ホルムズ二世　玉木雄策訳

エモリー・ホルムズ二世（Emory Holmes II）はロスアンジェルスを拠点とし、小説家、劇作家、詩人、児童作家、ジャーナリストとして活躍している。その作品は《サンフランシスコ・クロニクル》や《ロスアンジェルス・タイムズ》など多くの紙誌に掲載されている。アンソロジー *The Cocaine Chronicles* に収録された作品。

1

「水をくれるって言ったじゃないか。飲ませてくれよ」ファット・トミーはもう一度頼んだ。

「飲ませてやるよ、モーゼ、全部しゃべったら。いいな？　そういう約束だったはずだ」とヴァーガスは彼に思い出させた。

ファット・トミーはがっしりした肩を落とした。彼にとってはまったく散々な一日だった。商売もおしゃか、財産もおしゃか、ハイな気分も全部おしゃかになってしまった。おまけに警察は彼の話をひと言も信じてくれない。背中を丸めて、両肘をそっと膝の上に置いた。なんとか眠りたいのだが、警官たちはしつこく責めたてる。まぶしい光線に眼を細めて、彼は両腕に視線を落とした。とにかくおれはきちんとした服装(なり)をしてる——こんな状況でも、その点だけは確かだった。

「白人の警官たちに言質を取られないようにね、トミー」と妻のビーは忠告した。「こんなごたごたでわたしたちが貧乏くじを引かされるいわれはないんだから」

ビーは実家の母にクレジットカードを借りて、シアーズで彼のために新しい長袖の白いワイシャツを二枚買った。取調べに——遺憾ながら審問にも——備えて。新しいシャツを着ていれば警官たちの心証もいいだろうという、彼女の優しい心づかいだった。トミーはクウィーン・ビーを愛していた。思えば彼がまだかわいい顔立ちをしたやせっぽちの小学生だった頃から、ビーは彼の恋人だった。セクシーで機転の利く女で、決して彼を裏切らなかった。二番目の子供が生まれたときにトミーは彼女と暮らすようになり、ともに息子たちを育て、彼女への愛を深めた。

トミーの華麗なファッションセンスを徐々に開花させたのはビーだった。縮れた髪にグリースで艶を出したまばゆいばかりのジェリー・カール（クレンショウにある〈ヘレイシャス・カット〉なら四十ドルでやってくれる）。首には、カミソリの刃や十字架、裸の娘たち、握りこぶし、コーク・スプーンなどの飾りをぶら下げたいくつもの金のネックレス。それから色とりどりのジョギング・スーツのコレクションと、最高級のエア・ジョーダンのスニーカー十四足（コンバースのヴィンテージ・シューズ一足とともにふたりの新居の専用収納棚に収まっている）。結婚してからは彼も自粛して、妻以外に関係をもった女性はほんの五、六人だ。そうした情事の相手のほとんどは麻薬欲しさに体を売るアマチュア娼婦、いわゆる〝ストロベリー〟たちだった。

ほんのひとかけかふたかけの質の悪いクラック――たった五ドルの値打ちさえない――と引き替えに街の尻軽に自分のイチモツを擦らせたところで不貞というには当たらない、彼はそう思っていた。それは健康法の一環、あるいはセラピーの一種、心身のバランスを保つために不可欠の行為――いや、むしろ経営上の必要と言うべきだ。ストレスの多い仕事についている連中がアスピリンを買ったりマッサージを頼んだりするように。とはいえ、それも過去の話。娼婦も、取引も、暴力も、ストレスも。六カ月前、彼は悪党暮らしに決然と背を向けたのだ。ペンバートンのせいで例の忌まわしい事件に巻き込まれて、自分のような筋金入りの悪の黒人男でも、懲役刑や殺し屋の攻撃を免れるすべはないのだと悟ったときのことだった。

そういうわけで、あの殺人事件の数時間後、警察が彼に目をつけたことに気づく数カ月まえには、彼は街で売りさばいていたブツの大部分――千八百袋あった――をトイレに流し、悪党暮らしのなごりの品のほとんどを処分した。《プレイヤーズ》、《ハスラーズ》、お気に入りの《ビッグ・ブラック・ティッティ》といったマスかきのおかず雑誌まで。それから、健気にもビーとふたりでひざまずいて（『フィア・ファクター』か『ザ・ソプラノズ』、あるいはレイカーズの試合が放映されている時間帯は避けたが）聖書を読み、父親の命にかけて、ついでに祖父の魂にもかけて、二度と決しておまえを失望させないとビーに約束した。

もうドラッグをさばくのはなし。娼婦もなし。街でぶらぶらするのも、通りで商売するのもなしだ。イエス・キリストに誓って……

「白人は白いものが好きだから」その朝早く、彼が警察に出頭する数時間前にビーは言った。ふたりはウッドランド・ヒルズの平屋建ての新居のベッドルームにいた。ビーは彼の後ろでつま先立ちして、ドレッサーの鏡を見ているトミーの背中に自分の胸を押しつけた。「白い家、白い木の柵、白パン、それに白いシャツ」にこりともせずにつけくわえて、夫の肩越しに鏡の中の彼と自分の姿に見入った。

ふたりともとても悲しげだった。とてもみじめでとても不当なことだとビーは思った。何もかもあの糞袋のペンバートンのせいだ。ファット・トミー自身も同じことを思っていた。あの朝の心が痛む光景——ふたりとも少し泣いていたっけ——を思い出しながら。鏡に映る自分たちの、無垢で悲しげでセクシーな姿に見とれて立ちつくしながら。小柄なビーの姿が鏡から一瞬消えた。ひざまであるナイトシャツと格闘しているトミーを手伝ってそれを脱がせ、彼の太い首を飾る九連の金のネックレスをはずしてやるために。このネックレスをはずしてやるのもこれが最後だ。ダイヤモンドのスタッド・ピアスを耳からはずしてやるのも。ビーは涙ながらに、全部ショッピング・バッグに入れた。あとで質に入れなければならない。トミーがうしろに腕を伸ばしたので、ゆったりとしたワイシャツの袖を通してやった。きれいにマニキュアをした彼女の手が、彼の両肩に沿ってひらひらと動いて新しいシャツのしわをのばした。

作業の結果に満足すると、ビーはすべるように移動してトミーと向かい合い、彼の鼻のラッキー・リングをはずしてやった。レースのテディに包んだなまめかしい彼女の体を彼がもっとよく見られるように。このテディは彼が母の日にプレゼントしてくれたものだ。着る機会はめったになかったけれど。そうして、彼の好色な眼がふたつのメロンに引き寄せられているあいだにすばやく彼の小指をつかんだ。小指の先で伸びるにまかせているおしゃれな鉤爪は、コカインの粉をすくって手っ取り早く品質を確かめるための匙だ。磨き上げられて、粋な漆黒に輝いている。彼が止める隙も与えず、彼女はその爪をすばやく切り落とした。ファット・トミーは捨て猫みたいな泣き声を上げた。

「こうしたほうがいいのよ、トミー」彼女は彼に請合った。切り取った鉤爪を慎重にビニール袋に入れた。それはてかてかしたゴキブリによく似ていた。トミーにしてみれば、わが子の埋葬に立ち会っているような気がしたが。

「これは幸運のお守りにするわ、トミー」そう言って、彼女はそのビニール袋をグッチのバッグの中の小銭入れにしまった。

ビーは袋詰めした五十ポンド入りのマフィンのようにワイシャツのあいだから段になって突き出している彼のおなかを軽くたたいた。シャツのボタンを留めてやり、手描きのマーティン・ルーサー・キング・ジュニアの肖像がついている、下ろしたてのネクタイを締めてやった。彼女がリハビリテーション・ホームで出会った魅力的なキューバ娘に頼んで特別にトミーのために作ってもらったものだ。ビーは彼の大きなかぼちゃ頭を両手で挟んだ。彼のジェリー・カールは、ビーが妹のカレーシャに十五ドル払って手を入れてもらった。そのつやつやと黒い渦を巻く、素敵な長い髪は——グリースをつけているときには——彼の額に、首筋に、官能的な滝となって流れる。

「涼しいところに座っているのよ。ジェリー・カールのグリースが溶けてあんたの新しいシャツに落ちないようにね、トミー」ビーはやさしく言い聞かせた。

「この新発売のプロソフト・スポーツ・カール・ジェルはほかの安物みたいに垂れたりしないんだよ、ビー」ファット・トミーは説明した。「高級品なんだ。おまえの妹に二ドルよけいに払って、一番上の引き出しのを使ってもらったのさ。やっぱり、見てくれが大事だからな」

「そうよね、あんた。でもね、刑務所にいれられたら、生き残るのはとても大変なことなのよ……あんたにはとても——」

彼女の夫は聞くのをやめていた。ビーはもう一度、ファット・トミーの眼をのぞき込んだ。この人は体が大きいだけの赤ん坊なのに。そこに立っている彼を見ていると、彼に出会う前に二年間カトリック系の学校に通っていた頃に大事にしていたホリー・カードの絵を思い出した。聖セバスチャン。哀しく痛ましく、手の施しようもないほど傷ついた殉教者。純真で、虐げられて、何本もの矢に貫かれて。彼女はワイシャツの胸に軽くキスすると、彼を押してベッドの端に仰向けに倒れこませた。

「しっかりしてね、トミー。わたしは子供たちを送ってくるわ」

ファット・トミーは泣いていた。しょんぼりとベッドの端に腰かけたまま。ビーが着替えをすませて、息子たちを連れてトパンガ渓谷にある妹の新しい隠れ家に出かけてからずいぶん時間が経ったあともまだ泣いていた。

2

ビーが家を出たときにはまだあたりは暗かった。陽はすぐに上ったが、彼女はほとんど気づきさえしなかった。フリーウェイを高速で走ると、目覚めゆく渓谷の空がピンクの光の垂れ幕をあげて、彼女の眼前に荒涼と広がった。わき道を飛ばして峡谷の尾根伝いに距離を稼いだ。幾度となく横滑りしては、一寸先は千尋の谷の路肩に砂埃を巻き上げて乗り上げた。幾度となく減速しては、そのたびに考え直してまた加速した。わき見して子供たちを見ずにはいられず、ぶつぶつとペンバートンをこき下ろすのをやめられず、あのろくでなしのせいで自分たちがこんな苦境に陥ることになった経緯を悲しく思い返さずにはいられなかった。カレーシャの隠れ家に着くまでの四十分を、ペンバートン逮捕のニュースが流れるのではないかとビーは空しくラジオに耳を傾けた。そのあいだに幼い息子たちが眼を覚ました。

ビーの車がついたとき、彼女の母は窓辺に立っていた。母がサンタバーバラまで子供たちを乗せていき、今夜のうちにテキサス行きの長距離バスをつかまえることになっていた。三人の女たちと幼い男の子ふたりは泣きつづけた。母の運転でカレーシャのピンクのレクサスが地味な景色の中を遠ざかっていくまで。ちっちゃなトミーとまだ赤ん坊のコービーが車のシートでバイバイと手を振っていた。

母と子供たちが無事に行ってしまうと、いつも冷静で、滅多なことでは動じないカレーシャが、今回ばかりはびくついているのだと打ち明けた。彼女自身が逮捕されるかもしれないこと、彼女の悪名高い元情夫、カット・ペンバートンが投獄——順当にいけば死刑だ——されるかもしれないこと、そうしたすべてのことが、ハリウッドで成功しようという彼女の計画や、上昇志向が強くて高踏的な、彼女の交友関係に及ぼす影響について。

「彼から連絡はあった?」カレーシャが借りた草むした隠れ家の砂利だらけの車道に車をバックさせながら、ビーは訊いた。

「コロンビア人に捕まったってうわさは聞いたわ」とカレーシャは静かに言った。「警察はまだ彼のことは知らない。彼としてはきっとこのままにしておきたいでしょうね。いずれにしろ、わたし、携帯電話は処分したわ」しばし、ふたりは黙った。それからまたカレーシャが言った。「でも、もしあのビョーキ男がここに顔を出したら、わたしがあいつをあの世に送ってやる」Tシャツをめくって、握りに象眼細工が施された二二口径をビーに見せた。婚約の贈り物としてペンバートンが彼女に買い与えたものだ。カレーシャはそれをジーンズのウェストに差していた。

ビーが家に帰りついた頃には、隣近所の人々が表に出て芝生に水をやっていた。ファット・トミーが凶悪な殺人事件の第一容疑者になっていることなど知らないふうを装って。

「調子はどう? ミス・オローク」詮索好きな隣人たちの中でもとりわけ図々しいパール・ステニスが声をかけてき

た。

「おかげさまで。ミセス・ステニス」ビーは冷淡に答えた。

ガレージに車を入れて扉を閉めた。気力を奮い起こすのに一瞬の間をとって車を下りた。ガレージの明かりを全部つけて懐中電灯を探した。それからたっぷり二十分かけて、メルセデスの車内におむつも武器も麻薬を打つ道具もコカインも、犯罪を示す証拠となるようなものは一切ないことを確かめた。それが終わると彼女は家の中に顔を突き出して大声で呼ばわった。「遅れたわ、トミー。きっかり八時には出頭するはずだったのに、もう八時四十分よ。車で待ってるから早く下りてきてちょうだい。もう出かけないとまずいわ」車内で待ちながら、五、六回警笛を鳴らしたが、結局、家の中に戻ってファット・トミーを連れ出さなければならなかった。トミーはベッドに入っていた。服を着たまま、頭まで布団の上掛けをかぶってすすり泣いていた。

「ベイビー、いったいどこへ行ってたんだ?」とファット・トミーは言った。「カットに捕まったのかと思ったじゃないか」

「あん畜生なら、じっと隠れておとなしくしてるほうが身のためね」とビーは言った。「ハリウッドの警察はね、ああいうドジな間抜けを捕まえるのが大好きよ。あんなとんでもないことをやらかしたんじゃ、ロドニー・キングなんてもんじゃない、死ぬまでけつをぶったたかれるわ」

「不公平だな」とファット・トミーはこぼした。

「聞くのよ、トミー」ビーは厳しい口調で言った。「あんたにはこんな告発を受けるいわれはないの。あんたは何も知らないし、何も見なかった。あんたには守らなきゃならない家族がいるんだからね。シンプソンをやったのはろくでなしのカットの仕業。あんたはあの男が警官だということさえ知らなかった。何もかもカットがしくんだことなの。わたしたちにはなんの関わりもない。たとえカットが本当は……」

ファット・トミーはまたすすり泣いた。数分後、彼はバスルームに隠してあったお祝い用のコカインに手をつけたことを告白した。気分を落ち着かせようとしてほんの二、三回。残りの分もやってしまおうかと彼は提案した。いずれにしろ、あと少ししか残ってないんだ。トミーは決してクラックはやらない。クラックの恍惚感は高層ビルから飛び降りるような感じなのだ。あんなものは若い連中がやるものだ。有害な安物。売るためのもので、自分で使うものじゃない。ファット・トミーは保守的な人間だ。コカイン一本やり。〝ホワイトガール〟とか〝パウダー〟とも呼ばれるコカインのほうが〝ロック〟の異名を持つクラックよりも高級で上品だ、彼はそう信じていた。

ビーは生理用ナプキンの箱の底からお祝い用の包みを取り出した。いつもそこに隠しておくのだ。レイカーズの試合がある日や誕生日など特別なときの景気づけに、いつも半ポンド置いてあるコカインのうちの八分の一オンスだけが残っていた。ビーは母のシアーズのカードを使って、ドレッサーの上に気前よく六本の白い粉末の筋をこしらえた。最後の百ドル札を巻いてストローを作り、ふたりは器用にコカインを吸い込んだ。至近距離から後頭部に打ち込まれたショットガンの一発みたいに、粉末の列は鼻腔の奥でかっと燃え広がった。

麻薬はすみやかにその効果を発揮した。極寒の巻きひげをふたりの気道の裏道にそっと下ろして、その上部にある鼻甲介、さらに前頭骨とちょう形骨洞の感覚を鈍磨させ、喉の内側を滑り降りるまえに鼻水の氷河となって軟口蓋を這い、舌神経を凍えさせ、舌の奥の乳頭突起の辛さを感じる部分と酸っぱさを感じる部分を覆ってあふれ、そこから上昇し、群れをなして飛ぶ極北の亡霊のように脳下垂体を、脊髄の壁を、血管をすり抜けて脳の成層圏上層に突入した。ふたりの濃い褐色の眼は瞳孔が拡張してきらきらと輝いた。

「こんちくしょう、えらく効くぜ」とファット・トミーは言った。雪(コカイン)の冷たい一片(ひとひら)、溶けてあふれる鼻水、喉や頭のだだっ広いドームが曇ってかすむのを感じながら。

ファット・トミーは固く眼を閉じた。心の中の暗がりが形を変えながら浮遊するさまざまな色でいっぱいになった。彼の巨体も不定形となって漂っている気がした。彼はドレッサーの上にわずかに残る、こぼれた砂糖のような粉を見下ろした。四百ドル近くするコカインが、力いっぱいの六回の吸入に消えていった。かすれた筋になってドレッサーの表面に残っている粉をトミーが愛でるように見つめていると、ビーが身をかがめて最後の一粒までぺろりと舐めとってしまった。

彼女はさらに、マニキュアをしたきれいな人差し指を自分の舌が残した唾液の跡にそって走らせ、コカイン吸入の最後のなごりをドレッサーからぬぐいさった。そうして指のねばねばを歯と歯茎にすりつけた。いつもなら、ビーが手を出すより先に残った粉を舐めとって得意げな顔をするのはトミーのほうだが、今の彼は悲嘆に暮れていてそれどころではなかった。おまけに鼻のてっぺんからつま先まで麻痺してもいた。ビーのほうもじきに感覚が麻痺して動けなくなった。純度九十パーセントのコーク。まぜものを加えたのはたった一度だけ。チリ産。アンデスでとれた最上の品だ。ビーはやっとの思いでまばたきして夫を見上げた。

「わたしはもうしゃんとしたわ」と彼女は言った。トミーの右の小鼻の下のしわに白い粉が半月型についているのが見えた。「悪事のあとが見えてるわ、あんた」そう言って、鏡に映った彼の姿を指さした。ファット・トミーが鼻をつまんで鼻腔をせばめ、眼を閉じて息を強く吸うと、鼻の下に溜まった白い粉は消滅し、白熱する小球群となって鼻前庭と鼻隔壁を鮮やかに通過した。心臓の鼓動がスピードを上げた。数分のあいだ、ふたりとも無言だった。眼を閉じて、高揚感に身をまかせて。ファット・トミーがついに眼を開けると、ビーは至福の表情を浮かべて彼の顔を見つめていた。

「すてきよ、トミー」とビーは言った。「善良な市民に見える……連中に安くみられちゃだめよ。とにかく、そのシャツとタイだけはつけていて。きっと、キング牧師が守ってくださる。ビジネスのつもりでやるのよ。白人相手のしゃべり方はわかっているわね。間違っても神さまのなさることをこき……ろくでなしのカットが乗り移ったみたいな、罰当たりなたわごとは口走らないようにね。それこそ連中の思う壺だから。最高の演技を見せてやるのよ。そしたら、きっと切り抜けられる。忘れないで。あんたはその場にいなかった。あんたは何も見ていない。あんたは誰も知らない。なんであれ、わたしたちは貧乏くじを引く気はないんだから」

ファット・トミーは車に乗り込んだ。バイブルをしっかりとつかみ、すすり泣き、祈り、ビーと神様への愛を誓いながら。すすり泣きのあいまに、喜んでビーの指示通りにすることを約束し、マントラのようにそれを繰り返した。貧乏くじを引かされる破目になるようなことは絶対に口にしない、と。彼女は彼の間抜けなベニーおじさんが余計なことをしゃべって窃盗罪で五年間フォルサム刑務所に服役する破目になったことを思い出させた。だから、決してしゃべりすぎてはだめ。疑いをもたれそうなことは何ひとつ言ってはだめ。警察はなんの証拠もにぎってはいないのだから。肝心なのはその点。クールでエレガントに振る舞えば短い懲役刑すら免れるかもしれないと、ふたりの意見は一致した。

3

警察は、最初のうちは感じが良かった。自ら出頭して捜査に協力するとは見上げた心がけだとほめてくれた。事情聴取は一日中続いた。「弁護士はいらないんだ」ファット・トミーは彼らに告げた。おれは悪いことはしちゃいないからね。刑事たちは彼のコカイン商売の件についてはさして興味がなさそうだった。最近起きた、潜入警官——シンプソンというのがその警官の名だった——が殺害された事件について、トミーが何を知っているか聞きたがっていたのだ。トミーの縄張りのラ・カジャで捜査を進めていた最中のことだという。「ラ・カジャだろうがほかのどこだろうが、おれにはもう〝縄張り〟なんかないよ」とファット・トミーは請け合った。それに警察官が殺された件についても何も知らないと。

「あんたが人殺しなんかじゃないことはわかっているよ、モーゼ」事情聴取が始まってすぐに、ヴァーガスは言った。

「だが、ラ・カジャ育ちだ。今回の殺しが起きた場所だ。何も知らんってことはないだろう。誰がやったか教えろよ。あんたがコロンビア人とよろしくやっていたのはわかってるんだ。このごろじゃ、ラ・カジャ中で連中の姿を見かけるからな。やつらのひとりなんかあんたのことを例の名前で呼んでたぞ。モーゼってな。そいつの供述は録音してあるんだ。おまえさんをよほど気に入っていたとみえる。あんたは大物なんだとさ。なあモーゼ、協力しないと、ますます立場が悪くなるぞ……われわれに協力してこの人殺しを捕まえるのを手伝ってくれ……悪いようにはしないから……」

ヴァーガスはジャンボサイズのレモネードとジェリー・ドーナツを四個くれた。今朝、窓口でおまえの相手をしたあの美人の警官な、彼女が特におまえのために作ってくれたレモネードだぞ。

ファット・トミーは言った。「すごくいい人だね」

「ああ、オスピーナ巡査はやさしい女だ。飲んじまえよ。これが最後だからな……さて、始めようか」そう言って、ヴァーガスは彼に笑いかけた。

ブラドックが空のカップをつまみ上げて、くしゃっと握りつぶし、壁をクッションにして取調室のすみのくずかごに命中させた。

「お見事」とファット・トミーは言った。「スリーポイント・シュートだね」

ブラドックとヴァーガスは無言だった。ブラドックはトミーの背後のどこかにある椅子に腰をおろした。ヴァーガスがテープレコーダーのスウィッチをいれ、お題目を唱えるようにしゃべり始めた。「ヴァン・ナイズ警察、犯罪捜査部、殺人事件捜査班、マニー・ヴァーガス刑事。同席者、ウィル・ドッケリー刑事及び麻薬取締局（DEA）、ローランド・ブラドック特別捜査官。この事情聴取はすべて録音される。供述者はトーマス・マーティン・オロークこと、〝ファット・トミー〟オロークこと、トミー・マーティンこと、プリティ・トミー・ベインズことスロー・ジェリー・Tこと、ビッグ・ジェリー・ジェイことT－ムースこと、モーゼ・ロッカフェラ……」

「ええと、モーゼはおれの名前じゃないです」ファット・トミーはできるだけ礼儀正しく口をはさんだ。「性質の悪い連中がその名で呼びはじめたんだ。でももう誰にもその名前では呼ばせてないです」ためしに自分の一番セクシーな笑顔を浮かべてみた。

ヴァーガスは無表情に彼を見て先を続けた。「この事情聴取は事件報告番号A－五五五〇三号にかかる殺人事件調査のために行なわれる。聴取日二〇〇五年三月二十八日、聴取開始時刻十三時四十九分」ヴァーガスはファット・トミーの顔を見て言った。「もう一度、今度は自分で名乗ってもらえるかな、記録のために」

「おれはトーマス・マーティン・オロークです」

「住所は？」

トミーは自分の両親の住所を口にした。それが、彼がいつも郵便物を受け取る住所だった。

「年齢は？」

「三十四歳だよ、刑事さん」とファット・トミーは言った。

「勤め先は？」

「〈スウィング・ショップ〉のアシスタント・マネージャーをしていたんだけど……」

「だけど？」

「リストラされたんだ」

「いつの話だね？」

「一九九二年」

ドッケリーとブラドックは天井を見た。ヴァーガスが言った。「そのあとは何をしていた？　その……なんだ……リストラのあとは」

ファット・トミーはキング牧師のネクタイをいじくった。

「あちこちで、半端仕事を……」

「どういう半端仕事だい？」

「教会とか」

「教会だって？」

ファット・トミーは椅子の上で背筋を伸ばした。「おれはクリスチャンなんだよ、刑事さん。主のお役に立つチャンスがあればいつだって――」

「あのゴージャスなメルセデスも教会の仕事で手に入れた？」

「まさか」ファット・トミーは大声で笑った。

「あの辺りで聞きこんだ話じゃ、あんたは大物のコカインの売人だってことだが――そうなのかい、モーゼ？　大物のコーク売人なのかい、モーゼ？」

「そんな、とんでもない、刑事さん。今じゃ、もう。みんなまとめて始末したから……いや、麻薬(スタッフ)は全部始末したってことで……つまり、もうヤクは扱ってないです。コカインの商売はしてない。おれには妻と家族がいるからね……」

「おまえ、ラリってるのか？」

「え、どういうことだい？」

「今、現在、麻薬かアルコール摂取の影響下にあるんじゃないかと訊いてるんだよ」

「違う。とんでもない(ジーザス)、違います」

ファット・トミーは本当に自分がイエス・キリストだったらと願った。

4

長く厳しい取調べのあいだじゅう、何かにつけて刑事たちはこの図体のでかい悪漢に詰め寄ったので、四人の男たちはもう靴の先が触れ合わんばかりだ。トミーには刑事たちを信用させることはできなかった。彼らはもうレモネードをくれるつもりもない。あの婦人警官が彼のために特別に作ってくれたとしても。彼らはドーナツをよこす気もない——もう一個も残ってないと言われた。警察はドーナツを切らしてる！　今では水さえ飲ませてくれない。おそろしく喉が渇いているのに。あのチリ産のコカインに口の中のありがたい唾液をそっくり持ってかれてしまった。一杯だけでいい、水が欲しい。でなけりゃせめて、レモネードを少し。

「もう体の中がカラカラだよ」とファット・トミーは訴えた。

ビーの忠告が頭の中でこだまして、徐々に、彼自身も気づかぬうちに、ファット・トミーの唇の端に至福の笑みが浮かんだ。微笑んだまま眼を細く開けて、上まぶたと下まぶたのすきまから自分の素敵なシャツの袖を見下ろして、光沢のある表面をほれぼれと眺めた。実際、ひざに乗せたがっしりと太い腕の輪郭をポリエステルの布地がなぞって、雪に覆われた小さな山脈のようだった。

イエス様、おれはこのシャツを愛してます！

「おれが何かおかしなことを言ったかい、でぶ公。え、何がおかしい？」ブラドックの怒鳴り声で、トミーの夢想は一瞬打ち砕かれた。

彼はまばたきして、もう一度腕とひざを見下ろした。なんていい腕なんだろう。優しくて善良な腕。それに、立派なひざ——とても、とても、立派なひざ。やがて、ひびのように細く開いた右眼から白熱する涙がにじみ、彼は確信した。自分のひざを愛している、ペニスや尻と同じくらいに愛している、と。おそらく、今やっと、自分は再び神を見出したのだ。彼が尻とペニスに抱くことさらの関心は、今思えばあまりに見当違い、あまりに……異教徒的だ。それにこの両ひざのほうがはるかに彼の姿をよく代弁している。彼の無邪気さ、信心深さを申し分なく。

この両ひざはどこへでも連れていってくれた――ロス・アンジェルスの至るところへ。グランド・キャニオンへ。オーク・タウンにさえ教会のピクニックで一度訪れた。あそこには水がたくさんあった。ビール、レッド・ポップ、レモネード、ポークのバーベキューもあった。あの頃、彼はまだやせっぽちの可愛い顔をした子供だった。どこにでもいるちっちゃな男の子。無邪気で善良な黒人の少年。そのピクニックの目的地はオークランド湾で、バスに分乗して現地へ向かった。道々、みんなでゴスペルを歌いながら。全部で百台はあったにちがいない。カリフォルニア中の青年バプテスト連盟の会員だと、誰かが言っていた。そうしてひざは、バスケットボールやソフトボール、きれいなアルテア・ジャクソンと組んだ二人三脚競争にも参加させてくれた。ふたりとも九歳だったっけ！ あれもこれも人生で最高の一幕だった。そうして彼はあんなにも善良な男、どこにでもいる黒人男だったのに。誰もがそう言っていたのに。ところがここに、この狂った殺人事件だ。そして最低野郎のペンバートン、あの外道が現われて彼の中の血なまぐさい部分を突っついた。未来に向かうはずの人生に立ちはだかる極めつけの悪夢のように。

心に映りゆくやさしい思い出の光景を見つめるうちにファット・トミーの胸は疼いた。ビー、ピクニック、涙――どのイメージも、上に向けた手のひらを越えて流れる川の水のきらめきさながらだった。もうたくさんだ。トミーは眼を閉じた。しかし、イメージの奔流は両眼の奥にほとばしり、頭の中の暗闇に散乱してさらに鮮やかさを増した。テディ・ルーズベルト中学校に入学した日。ラ・カジャ・ボーイズ&ガールズ・クラブのティーン・ダンスコンテストでビーと組んで三位になった夜。それに、彼には親友がいた……いや、腐れペンバートンではない……そう、トレイ－ボーイ。トレイ－ボーイ・ミドルトンだ（彼の魂に平安を）。それがトミーの無二の親友の名だ。トミーが太りはじめてからも、誰も彼もがトミーのことを馬鹿にしはじめたあとでさえ、クールなトレイ－ボーイは親友でいつづけてくれた。そうだ、トレイ－ボーイだけが彼のことを真剣に心配し、彼が独自のスタイルで着飾るのを勇気づけてくれたのだ。

それがトレイ－ボーイだ。人殺しなどではない。クールな黒人野郎。とことん信頼できる仲間。悪党らしい凄みのある表情の作り方を教えてくれたのはトレイ－ボーイだった。誰だろうが通りで出会う相手を例外なく縮み上がらせる、あたりを払うようなゆっくりとした歩き方を身につけられたのもトレイ－ボーイのおかげだ。トレイ－ボーイは煙草の吸い方、マリファナ煙草の巻き方、女、銃の弾の込めかた、マリファナ、コカインの調達方法を教えてくれた。一度など、注射の打ち方まで実演してくれたっけ。

トレイ－ボーイがかっとなるところを見たことがない。オカマ野郎のスティック・ジェンキンスがわざとぶつかってきて、慎重にスプーンに盛った結構な量のヘロインを床にこぼしてしまったときでさえ。トレイ－ボーイはオカマ野郎をバックハンドで平手打ちして「なんだよ、お嬢さん」と言っただけだった。スティックはただ、あばずれにふさわしい笑みを浮かべるしかなかった。東洋系の血が入った黒人に可能な限界まで赤くなって——みんなで笑ったっけ。

彼は、トレイ－ボーイが便座や床に落ちて固まったヘロインの琥珀色のしずくをこそげ取って、もう一度加熱するやり方を思い出した。トレイ－ボーイは腕を縛って静脈の位置を探り出し注射する方法も教えてくれた。量はほんのわずかだったが、二度とやるものかという気になるには十分だった。それはちっともいい気分ではなかった。我慢できずに吐いてしまったものだ。ちょうど今日みたいな感じ、暑い部屋の中で水もなく、白色光に照らされているような。だがおれは惨めなジャンキーじゃない。ヤクのせいでもどしたり、朦朧となって頭を振りつづけたり、よだれを垂らしたりするような人間とは違う。何があろうと、マリファナとコカイン以外には手を出さない。マリファナとコカインだけ。そうとも、おれはジャンキーなんかじゃない。ジャンキーだという証拠があるなら見せてみろ。そんなものありはしない。この殺人と同様に。おれはその場にはいなかった。おれはやってない。誰も見なかった。誰も知らない。

ファット・トミー——この、彼が一番気に入っているニックネームをつけたのはトレイ‐ボーだ。トレイ‐ボーイがそう呼ぶとき、馬鹿にしているような響きはまったくなかった。それは愛と戦いの言葉。トミーは三百七十ポンドのウドの大木だが、トレイ‐ボーイにファット・トミーと呼ばれると、自分は太っているのではなくて大きいのだと感じられた。大物とか、大試合とか、大騒動みたいに。よく考えてみれば、それって大きな違いだ。〝ファット・トミー〟のような通り名を持っていると、なんだか『ザ・ソプラノズ』——彼の一番好きなテレビドラマだ——に出てくるワルになったような気がした。この名前で彼はちょっとした財産をつくった。もちろん、カット・ペンバートンと組んだときのようにではない。あのときは、利益も危険も空恐ろしいほどにでかかった。おまけにコロンビアのやつらまでからんで、トミーは人々に恐れられるようになった。トミーはただ、ペンバートンが彼に押しつけた名でのみ、人々に知られた。モーゼ——モーゼ・ロッカフェラ、すなわちキング・オヴ・ロック・コカイン。トレイ‐ボーイと組んでいた頃は、そんなにでかく稼ぐことはなかった。が、少なくとも殺人罪に問われる心配をする必要はなかったし、暮らしぶりだってそう悪くはなかったのだ。

5

　訊問の途中でヴァーガスはうれしそうに取調室の照明を落とした。おかげで、ファット・トミーが顔を上げて目を凝らしても、黄緑色の取調室と彼がやってもいない警官殺しについて彼を追いつめようとがんばる三人の間抜け警官の姿は見えず、彼には部屋全体が一個の白いスポットライト、満月の表面にはりついて彼をねめつける目玉のように見えた。彼はどうしようもなく疲れて、喉が渇いていた。

ヴァーガスの姿は見えなかったが足音を聞くことはできた。背後のどこかで行ったり来たりしている。彼は目を閉じて、たとえ一瞬でもいい、眠ろうとした。

「いい子だから、もうしばらく我慢しろ。あとふたつ、みっつ質問に答えてくれれば、それですむ」とヴァーガスが言った。

　トミーは次の質問を待った。それまでと同じように、何の期待も抱かずに。そうすることで、この尋問の一部始終をなんとか持ちこたえてこられたのだ。このうえいったい何が知りたい？　モーゼとかいう野郎がどうしたって？　おれはもう金輪際、モーゼなんかじゃないんだ。やつは死んだ。以上。どうして、この豚野郎どもは信じてくれない？　トミーはつくづく自分が哀れになった。おれのせいじゃないのに。悪いのはあのコロンビア人たちと性悪のペンバートンのほうなのに。悪者はペンバートンだ。警察がどうしても極悪人が欲しいなら、やつにすればいい。だが、ファット・トミーが密告して、自ら墓穴を掘るとは思うなよ。モーゼは死んだのだ。

「レモネードをくれ」彼は声を張り上げた。

　ブラドックは彼を無視した。ファット・トミーは自分自身の物思いのなかにいっそう深く沈み込んでいった。刑事たちは彼の話のあらを突こうとしつこく責めたてる。トミーは眼を閉じた。もはや、ただ聞いているふりをしているだけだ。そうです、はい、そうです、ああ畜生、そのとおりですとうなずきながら。でなければただ、悲しげな傷ついた光を眼に浮かべて彼らを見上げるか。

ヴァーガスがテープレコーダーをとめた。ドッケリーとブラドックは椅子を後ろに押して、白色光がつくる円錐形から身を引いた。その光に照らされたファット・トミーは、顕微鏡の下ですすり泣く、ヴェガスのラウンジのハエのようだ。椅子が床をこする音が彼らの嫌悪感を物語るように響いたが、実際その音はそういう気分をかきたてた。刑事たちの背筋に悪寒を駆け上らせ、身も凍る恐怖の雷となってファット・トミー・オロークの背筋を駆け下りた。ヴァーガスは非難するようなドッケリーとブラドックの視線に気づかぬふりをしていた。

「もう遅い」ヴァーガスはそう言って、時計を探して部屋を見まわした。取調べを始めたのは昼の二時前だった。

ブラドックが懐中時計を取りだしてひょいと振り、ぱちりと蓋を開けた。スポットライトの投げる丸い白色光の影がティンカーベルの輝く光輪のようにファット・トミーを取り巻いている。ブラドックは文字盤を読むために時計を光の進路にかざした。文字盤は白く縁取られて、バター色のネオン電球のような弧を描いてきらめいた。

「もうほとんど、午前六時だ。やれやれ、十六時間もかけて、このあほから何ひとつ引きだせんとは」ブラドックはファット・トミーが腰かけた椅子の背もたれを、ぱしっと叩いた。

ドッケリーはタバコを求めてズボンの片方のポケットを探ってから立ち上がった。「もう少しの辛抱だ、なあ、楽勝さ。あとは自分の牢の中でマスでもかいてりゃいいんだ」

「ああ、マスでもかいてりゃいいんだ」ブラドックが同じ台詞を繰り返した。

「小便させてもらいたいんだけど」ファット・トミーはできるだけ下手に出て言った。それから微笑とともにつけ加えた。「それと、たっぷり入ったレモネードを一杯」

「よく言うよ、能天気が。まあ、おれが小便してるあいだにじっくり考えるんだな」ドッケリーはそう言ってヴァーガスを見た。ヴァーガスがうなずくと、彼はブラドックと連れ立って部屋を出ていった。

ファット・トミーはすすり上げた。ブラドックとドッケリーが笑いながら戻ってきたときもまだ泣いていた。ふたりとも、レモネードの入ったばかでかいカップを持っていて、買ったばかりのクリスピー・クリーム・ドーナツをほおばっていた。ブラドックは半分食べただけのドーナツをごみ箱に投げ込んだ。

「お腹が減ったよ、刑事さん。もう、眠りたい。人殺しのことなんか何も知らないんだ」ファット・トミーはもう一度言って、きつく眼を閉じた。

「女々しいやつだ」ブラドックがつぶやいた。「どうしても電気椅子に坐りたいか？　いいかげんに本当のことを吐けよ」

「水を飲ませてくれるって言ったじゃないか。水をおくれよ」ファット・トミーはなおもせがんだ。

「わかっているはずだ、デブ公」背後のどこかで、ドッケリー刑事が口を挟んだ。「いいかげん、うんざりしてきたぞ」

「水はやると言ってるだろ。おまえが、事の次第を全部白状すりゃな。ええ」ヴァーガスは言った。「そういう約束だ」テープレコーダーをオンにした。

ファット・トミーにはわからなかった。際限なく発せられる厳しい質問は、まるで脳天を直接攻撃してくるスズメバチの群れのようだった。眠い。水が欲しい。彼は眼をつむって息を吸うと、千回も繰りかえした台詞をもう一度言った。「お願いだよ、おまわりさん。水かレモネードをくれよ」

「刑事だ」とドッケリーが言った。

「聞いてくれ、刑事さん」トミーはおとなしく訂正した。太い声は不安にしわがれて、消え入りそうだった。「おれはやっちゃいない。何も知らない。何も見てないんだ。守ってやらなきゃならない女房と子供がいるんだ。カットの野郎だよ、シンプソンをやったのは。おれはあの男が警官だってことさえ知らなかった。信じてくれよ。誰がこんな事件に関わりたいもんか。もしもおれが……」

取調室は水を打ったように静まり返っていた。

ファット・トミーはそっと薄目を開けて、涙の筋にそって真下を見下ろした。周囲を歩きまわっている刑事たちの靴が見えないか、せめて足音でも聞こえないかとうかがってみた。何も見えない。ただ、どうやら自分自身の心臓が、みぞおちの辺りまで飛び跳ねているらしい音だけが聞こえた。ドッ、ドドドッ。ドッ、ドドドッ。

「カットだって？　おまえさんの口からその名を聞くのは初めてだな」ややあって、ドッケリーが言った。

ファット・トミーは命が自分の胸から流れ出していくのを感じた。彼はゆっくりと眼を見開いた。過呼吸症が現われはじめていた。ついに、特製ジェリー・カールが溶けて襟に滴った。

「そのカットのことを話してもらおうか」とヴァーガスが言った。「ラストネームはあるのかな？」

ファット・トミーは自分の唇が動くのを感じた。止められなかった。「カット……ああ……カット・ペンバートン……だと思う」と彼の声は言った。

「それから……？」

何か当たり障りのない台詞を言おうとした。時間稼ぎをして、ビーが自分になんと言わせたがっていたか思い出そうとした。「あの男のことは、あまりよく知らないんだ」やっと彼は言った。

「続けろ」とヴァーガスが言った。「外見はどうだ？」

トミーはほかの顔を考えようとした。しかし、眼のまえに思い浮かぶのはにっくきカットの顔だけだった。「傷（カット）がある。耳の上から始まって、まっすぐ上唇まで。まるで顔がふたつに分かれてるみたいなんだ」

「ほお……」

「海兵隊にいた頃に、南部からきた白人野郎と喧嘩してこさえた傷だってことになってる。だがおれが聞いた話じゃ、刑務所でもらった傷だそうだ」

彼は息を詰めて、自分の声がこれ以上しゃべるのを止めようとした。声がしゃべっている内容が信じられなかった。彼の意思を無視して、べらべらと密告している。

「よしよし……それから？」

またしても、口がぱかっと開いた。

「あいつはスペイン語がしゃべれる」とトミーの声が言った。あえぎながら。

「続けて」とドッケリーが言った。「カットは……」

トミーは全身ぐったりしているように見えた。ブラドック特別捜査官に思いきり背もたれをはたかれて、はじかれたように背筋をぴんと伸ばした。「そうさ、あいつ以外には考えられない。カットがやった――」

「続けろ」ブラドックが促した。「カットがどうしたって?」

「え?」

「カットがどうしたかと訊いたんだよ」ヴァーガスが言った。

「ええと……カットは……ジョージア出身の髪の赤い、そばかすだらけの黒人連中のひとりだよ――」

「ほお」

しばらくは、誰も何も言わなかった。それから、ファット・トミーの声が言った。「アフリカ猫みたいに斑点があるんだ。いや、おれはあいつのことなんかよく知らないんだけどね……」

「ふむ」

「編んだ髪(プレイト)を頭じゅうにおっ立ててるよ」

「プレイトを? ほお?」

ファット・トミーはにやりと笑った。自分でも止められなかった。「女房のビーなんかあいつのことを〝カブ男(バックビート)〟って呼んでるよ。子供みたいな頭をしてるんでね。それを言われるとあいつはいつも不機嫌になるんだ。ほら、『ちびっ子ギャング』に出てくるバックウィートみたいだろ、わかるかな?」

「ああ、古い映画だな……それで、カットだが……」

「うん、カットね。おれが初めてやつに会ったのは……二年まえだ……パクストンの先のグレン・オークスにいたころで……あいつとカレーシャ――女房の妹だけどね――と叔父貴のバニーが、クラックをよこせってんで、夜中の二時頃、おれたちが住んでた二世帯住宅のドアをばんばん叩いたのさ」

「おまえが言ってるのはバニー・ホバートのことか――二

階窓専門のこそ泥の」ドッケリーがまた口を挟んだ。

今では刑事たちはテープレコーダーを二台使っていたが、ドッケリーは電子機器をどうしても信用できない男で、ファット・トミーが話すことを黄色いリーガル・パッドに逐一書き留めていた。

「そうさ、ドアを開けるとあいつがいた」ファット・トミーは大きなため息とともに言った。いやな記憶に身震いしながら、彼は金属製の硬い椅子にぐったりともたれかかった。「バニーおじさんはカットが刑務所にいたことを知っていた。出所したばかりで、カレーシャとつきあっていて……あの頃もうカットはクリップスのメンバーみたいな格好をしていたな。全身青ずくめでつまらないことをべらべらしゃべって。あいつが貧乏神だってことはわかってたよ。あの男は喧嘩っ早いギャングの若造たちに慣れていてね、そいつらの扱ってる麻薬ごと手の内に取り込むんだ」

「で、バニーがそいつにおまえのことを大物のコカイン売人だって吹き込んだわけだ」とブラドックが言った。質問ではなかった。

こうしたもろもろを思い返すうちに大波のような悲しみに襲われて、ファット・トミーは静かにすすり泣きはじめた。悲しむ彼の眼のまえを楽しかった日々が通り過ぎていった。光をまき散らす回転花火の列。年ごとの誕生日。素晴らしいダンサーだった若い頃。愛する妻ビー。そして子供たち——小さなトミーと赤ん坊のコービー——可愛い、可愛い、おれの子供たち！　おれが何をしたと言うんだ。それから〈スウィング・ショップ〉のアシスタント・マネージャーだった頃の自分——もう十二年経ってしまった——あの素晴らしいレコードの数々。ツーパック、NWA、ビギー、KRS-One、ソルト・ン・ペパ。マーヴィン・ゲイさえも。彼らのことなら自分の手相のようによく知っている。見下ろした手のひらは、汗に濡れてまだらになっていた。

「おれは商売から手を引くつもりでいたんだ。この商売から」とファット・トミーは打ち明けた。「カットのおかげでそれが何もかも台無しだ。あいつは地元のギャングどもに顔を売りたかったんだ……おれはとりあえず、やつが足がかりを作るまでは商売をつづけることになった」

「地元のギャング？」

「コロンビア人？　それとも、ラ・カジャ・クリップスか？」畳みかけるようにヴァーガスが訊いた。

「カットのやつにシンプソンのことを話したのは、コロンビアのくそどもだよ」とトミーは説明した。「シンプソンを始末しようというのは、カットのアイデアだ。やつの話じゃシンプソンはチクリ屋で――警官だなんてとんでもない！　おれはそんなことはやめようって、説得しようとしたんだ。ものの道理を言って聞かせて……」

「ドクター・フィルがテレビでやってるみたいにな」とブラドックが言った。

「そうさ、刑事さん」ファット・トミーは静かに言った。

トミーは目を閉じた。自分自身が崩壊していくのを感じた。彼はうつむいて、グリースでつやつやと輝く大きな頭を両手でかかえた。ジェリー・カールのてっぺんからサイズ十七のエア・ジョーダンのつま先まで、彼はどこまでも特大サイズで、にぎやかで、派手な男だ。それが今は、消耗しきった不恰好な巨体を金属の椅子に押し込んで、顔にも首筋にも熱い汗とジェルを伝わらせている。自分自身のサイズをなんとか縮めようと無駄な努力をしているかのように。意思の力で自分の巨体を縮められるものなら、その次には、警官たちの頭の中にある自分の最新の罪状記録、その空恐ろしいような罪深さまでも帳消しにしようともくろんでいるかのように。そこに坐っている彼は、白く輝くワイシャツの天幕だ。膨らんだ首を締めつける鉄の環のようにマーティン・ルーサー・キング・ジュニアのネクタイが巻きついている。

「よし、ひと休みしようか」とヴァーガスが言ってテープをとめた。「われらがキング・モーゼにレモネードをお持ちしてはどうかな、ドッケリー刑事？」

ドッケリーが部屋を出ていくと、トミーの心は真っ白になった。それから真っ黒になり、やがて白っぽい灰色になった。今、こうして眼を細めて取調室のライトを見ると、それはもはや明かりですらなく、むしろまばゆい暗黒とでもいったふうに見えた。彼はあたかも輝きの中へまっさかさまに落ちていくような気がした。ビルの百階から投げ落とされた仲間のひとりのように。彼の人生の輝かしい場面がことごとく薄れ、消え去っていく。すべては霧の中でぼやけて遠ざかる幾多の顔のようだ。人生の地平に現われようとしていたすばらしいできごとの兆しまでもが、同じように消え去っていくようだ。ヴァーガスがまた部屋の照明を消して、スポットライトひとつにした。ファット・トミーには、ライトの向こうに揺れる暗闇の海は、どこまでも続く底なしの真夜中に思えた。そして、その無慈悲なまでの深みからファット・トミー・オローク——別名モーゼ・ロッカフェラ、キング・オヴ・ロック・コカイン——の耳に響くのは、甲高く悲痛なすすり泣き、異様なほどに彼自身の声に似た、耳をつんざくような嘆きの声だった。彼はイエス・キリストに祈った。その声が誰かほかの人間の声でありますようにと。

砂嵐の追跡
Dust Up

ウェンディ・ホーンズビー　玉木雄策訳

ウェンディ・ホーンズビー（Wendy Hornsby）は一九八七年の長篇デビュー作 *No Harm* をはじめ、長篇七冊と短篇集を発表している。短篇集 *Nine Sons*（二〇〇二年）の表題作「九人の息子たち」（《ミステリマガジン》一九九二年八月号掲載）で、MWA賞の最優秀短篇賞を受賞している。南カリフォルニア在住。本作はマイクル・コナリーが編纂を手がけたアンソロジー *Murder in Vegas* に収録された。

四月二十日　午前十時
ネヴァダ州レッド・ロック峡谷

パンジー・レイナードは野鳥観察用の迷彩ブラインドの陰に腹ばいになっていた。ツァイスの高性能双眼鏡に両眼をつけ、右耳にデジタル式の音響増幅装置をかけて、観察中のアプロマド・ファルコンの雛のどんな些細な動きもかすかな音もすべて記録しようとしていた。彼女が見守るうちにも、雛は生まれて初めて外の世界へ踏み出す勇気をかき集めるように、全長三十インチに達する翼を広げ、おぼつかなげに二、三回打ち振った。確かに思い切って巣から出て行くには相当な勇気が必要だろう。この雛のために母親が選んだ、打ち捨てられ壊れかけた巣は、砂漠にそびえる断崖の、地上四百五十フィートの高さにある狭い岩棚に乗っかっていた。

「飛ぶのよ、坊や」雛が細い首をうしろに引き、もう一度翼をぱたぱた振るのを見てパンジーはつぶやいた。この巣の監視任務についてから十四時間が経過していた。肩凝りと痙攣と興奮が同時に襲ってきた。一九一〇年以降、ネヴァダ州においてアプロマド・ファルコンが目撃された記録はない。もっとも、どぎついイルミネーションと絶え間ない喧騒のラスヴェガスから東へわずか二十マイルのこのレッド・ロック峡谷にアプロマド・ファルコンのつがいが現われたこと自体、十分に注目に値するニュースではある。ましてそのつがいが営巣し、卵を一個無事に孵したとなると、これはもう熱狂的な猛禽観察者——たとえばパンジー・レイナード自身が自ら任じているような——なら例外なく認める望外の奇跡とでもいうべき大事件なのだ。

幼鳥の観察は快適な作業とは言えない。ことによると、危険ですらある。ごつごつした砂漠の峡谷で、ファルコンの巣と向きあう岸壁の頂きの狭い不安定な鞍部に身をひそめるのだ。おまけに砂漠の天候は極端に変わりやすく荒々しい。しかし、この貴重な幼い鳥を生きのびさせるためには、こうした監視作業は必要不可欠なものだ。巣の監視にあたるのは——パンジーの考えでは——非常に名誉なことだった。そのうえ、信じがたい幸運に恵まれて、雛が初めて巣のへりの高くなった部分に姿を現わす場面に立ち会えるとは、もう感極まって泣いてしまいそうだ。

パンジーは眼のふちに滲んできたものをぬぐうために双眼鏡を下ろしたが、またすぐに持ちあげた。この優美な翼を持つ雛の成長過程を、どの一瞬も見逃したくなかった。夜明けに、餌をねだるしつこいさえずりに起こされて以来、ずっとこの迷彩シェルターの内側から見守っているのだ。と、どこからともなく雛の母親が現われて、子供の様子を見ようと滑空してきた。全長四十インチ、黒と白とに染め分けられた、日本の友禅凧のように気品のある美しい翼を広げて。母鳥の滑空する姿を見ていると、パンジーは、昨夜ライルに待ちぼうけを食わされたことさえもう少しで許せそうな気がした。

ライルを許す——もともと、この監視作業はふたりで当たるべきものなのだ。ライルは魚類野生動物局の病理学者で優秀なバード・ウォッチャーだし、体調も万全であるように見えた。けれども彼はラスヴェガス支局に転入したばかりで、まだ砂漠で一晩を過ごす心の準備ができていないと言うのだ。おまけにとても忙しいと。あるいは本人がそう言っているだけかもしれないが。

わたしにまかせておけば安心よ——ライルを説得しようとパンジーはできるかぎりのことをした。完全装備のサバイバル・キットをパッキングして二組用意した。ひとつは自分のために、もうひとつは彼のために。それに、長く寒い夜をしのぎやすくするために最高級の赤ワインも一本忍ばせた。それなのに、彼は現われなかったのだ。電話すら寄こさなかった。

パンジーはため息をついた。わたしと一緒に過ごす一晩と、砂漠に潜む数多くの危険と、いったいどちらが彼に二の足を踏ませたのだろう。実際問題として、自然の厳しさに直面することになるのは認めないわけにはいかなかった。まだ四月半ばだというのに、すでに、砂漠の気温は朝のうちに四十度近くに達する。太陽が頭上高く上れば、日光は垂直に切り立つ赤色砂岩の岩肌に反射して強烈さを増し、何もかもが白熱して燃え上がるまで――あるいは燃え上がりそうな気がするまで――巨大なオーブンのように熱し続ける。ひょろりとしたユッカの、羽のようにたよりない木陰か、累々と連なる岩の隙間以外には陽から身を隠す影とてない。

さらに厄介なことに、今は砂嵐のシーズンだ。たいていは正午あたりから風が強くなってくる。風はやがて情け容赦のない砂の雲となって疾走し、時速八十マイルを軽く超えるスピードで日没まで吹き荒れる。砂嵐が吹き荒れているあいだは炎熱からも、所かまわず押し入ってくる砂の攻撃からも、まず逃れるすべはない。車内に逃げ込んでも無駄だ。窓を閉めてエアコンを止めていればたちまちフライになってしまう。エアコンを動かせば肺もエンジンもたちまち砂まみれだ。何も見えないまま滅茶苦茶に運転すればエンジンに砂が詰まるまえになんとか嵐から抜け出せるかもしれないが、それはあくまで何も見えないまま滅茶苦茶に運転できれば、の話だ。

パンジーのようにこのあたりの地形に詳しい人間なら、行きあわせた岩場に退避できる隙間を見つけだすことができるだろう。ちょうど、あの雛のいる巣が乗っかっている岩の割れ目のような。あるいは、十分な装備を整えてきた人間――たとえばパンジーのように――なら、砂漠での行動用に製造された米軍規格のファスナー式のシェルターにじっとしゃがんでいることもできる。彼女のサバイバル・キットにいれてあるようなやつだ。衛星を介したデジタル式の全地球測位システム(GPS)を使って走行することだってできる。

確かに初心者向きの環境じゃないわね――それはパンジーも認めざるをえなかった。そうは言ってもライルには結構期待していた。砂漠の空の広大無辺な暗黒の下にふたりきり、あとはファルコンたちがいるだけの夜を楽しみにしていたのだ。きっと、お互いをよく知ることができただろうに。

　自分が初対面の相手に少しばかり反感を持たれやすいタイプだということは承知している。だがこの季節の砂漠は彼女のホームグラウンドだ。ここでなら本領を発揮することができる。ネスト・ウォッチのために彼女が用意した装備はエレガントなまでに――とパンジーは信じていた――シンプルで過不足なく、機能的だ。ひとり用全天候対応軽量迷彩シェルター二組、十分な水、多目的簡易ツール、インスタント食品、ヘビやハゲワシが巣に近づこうとしたときの用心に強力なパチンコをひとつ、高性能双眼鏡、巣に落ちる雨だれの音さえ拾う二チャンネル増幅装置、携帯用GPS、手のひらサイズのデジタル式ビデオ・レコーダー。水を除けばキットひとつの重さは二十七ポンドにもならず、彼女のオフロードバイクにとりつけた防塵・防水仕様のサドルバッグにコンパクトにおさまっている。ワインのボトルとしゃれたグラス二個は車体に取り付けた着脱式のポケットにしまってある。シェルター、食べ物、水、道具、ファルコン、ちょっとしたワイン、何もかもあるのにライルがいない。

　実を言うとライルのために用意したキットは、岸壁の下にある放棄された砂岩採石場の岩陰に置いたバイクに乗せたままだ。

　雛を見守っているうちに、ふと、気が滅入るような可能性に思い至った。もしかして、ライルは少しばかりわたしのことを怖がっているのかも。トライアスロンの優勝者で、二度にわたるアイアンマン・レースのメダル獲得者、パンジー・レイナード中尉。特殊作戦部隊D分遣隊、通称デルタフォースの砂漠生存技能の訓練教官、バーストウ陸軍訓練センターの卒業生。確かに、少々強面(こわもて)過ぎなのは認めざるをえない。

四月二十日　午前十時
ラスヴェガスのダウンタウン

　ミッキー・トグスは最高の気分だった。自分が最高に見えることを承知していたからだ。新しいシルヴァー・グレーのスーツはオーダーメイドで、布地にはたっぷりの絹糸が織り込まれてかすかな光沢を放っている。これ見よがしに派手ではないが趣味がいい。高級感あふれる、ヴェガスの実力者らしい趣味だ。ワイシャツとネクタイもシルヴァー・グレー。同じくシルヴァー・グレーのハンドメイドの靴はサイズ八の幅広、バターのように柔らかい。黒いリンカーン・ナビゲータのぴかぴかの車体に自分の姿を映してチェックした。すでにその日の仕事は請け負っていた。ミッキーはカフスを引っぱり、ウィンザー・ノットにしたシルヴァー・グレーのネクタイの太い結び目をまっすぐに直し、昨日の嵐が巻き上げた砂を靴からはらってにやりと笑った。

どんなもんだ――重厚なSUVのドライヴァーズ・シートにおさまって、彼はひとり悦に入った――どこから見ても最高の男だ。実際、おれは百万ドル（ミリオン・バックス）の仕事を任せられるだけの肝の据わった男だからな。もちろん、報酬は何人かで分けあわねばならなかった。この特別な仕事は彼ひとりではできないからだ。だが、山分けにする必要はない。つまり、彼の取り分が一番大きくなるはずだ。用心棒のビッグ・マンゴーに十万、ドライヴァーのオットー・ザ・バンプに十万、協力的な役人に渡す賄賂としてさらに十万、あとは見張りや情報提供者の報酬など、細かいもろもろの経費があるだけだ。全部あわせたとしても分けまえを払った残りの六十万をまるまる自分ひとりのものにすることができる。午前中のひと稼ぎとしてはなんとも豪勢ではないか。

当然、ミッキー・トグスは自信満々だった。お偉方のために朝のうちに軽くひと働きして、昼食まえにはヴェガス・ストリップに戻る。何か美味い物で軽く腹ごしらえしたあとは、たっぷりの元手を懐にホテル・ミラージュのバカラサロンへ繰り出すとしよう。彼は絹のハンカチを取り出して額の汗を軽くたたいた。この手の仕事をこなすやり方なら、人生の半分をかけて学んできたのだ。どうってことはないさ――彼は自分自身に言い聞かせた――必要な手はずはすべて整えた。どんな不測の事態にも対応できるはずだ。実にシンプルでエレガントそのもののプランなのだ。

サウス・ラスヴェガス大通りの〈砂漠の花ウェディング・チャペル〉の敷地にナビゲータを乗り入れて駐車し、腰をずらして助手席に移動した。このチャペルが建っているのは古びた安モーテルと自動車修理工場が並ぶ一帯で、ミッキーと彼の雇った助っ人たちがいても目立つような場所ではない。街なかで他人の注意を惹かずにすむ場所といえば、カーク船長でもエルビス・プレスリーでもマリリン・モンローでもお望みのままに、花婿と花嫁が好みに応じて衣装を選べるウェディング・チャペルにかぎる。トルコブルーのアロハシャツを着てビーチサンダルを履いた身長七フィート近いサモア人、ビッグ・マンゴーが敷地を横切ってナビゲータのバックシートに乗り込んでも、誰も気には留めなかった。

以前はウェルター級のボクサーだったオットー・ザ・バンプは、カリフラワーみたいな耳といい、大理石のかけらを詰めた袋みたいに曲がった鼻といい、本来なら人目につかずにはすまない男だ。ただ、ヴェガス式の迷彩装備一式——黒いスーツに糊の効いた白いワイシャツ、ブラックタイ、黒光りするごつい革靴（ブローガン）、きれいに剃ったひげとぴっちり撫でつけたバーコード・ヘア——で身を固めている。立つ場所と立ち方さえまちがえなければ、ホテルの支配人でも、カジノのフロア・マネージャーでも、花嫁の父、列席者、あるいは目立たないただの人と言っても通用する。ナビゲータのドライヴァーズ・シートにおさまれば、どこから見ても制服姿の運転手だ。

「で、今回の仕事は？」チャペルの敷地から車を出して交通の流れに乗りながらオットーが訊いた。

「ハリー・コエリョがFBIにタレこんだ」とミッキーは言った。「今朝の大陪審に出て洗いざらいしゃべるらしい。そのあとは証人保護プログラムで身を隠すつもりだ。あいつが証言できないように手を打たなきゃならない。おれたちの仕事はやつをさらってドライブに連れ出して、ジミー・ホッファと同じくらい深く埋めてやることだ」

「タレこみ屋なんざこの世で最低のくずだ」オットーがぶつぶつと言った。「そういうくず野郎は何をされたって文句は言えん」

「そうとも」とミッキーも同意した。ビッグ・マンゴーは例によってひと言も口をきかなかったが、彼が実行に備えて商売道具を組み立てている音が聞こえた。

「それで手はずは？」とオットーが訊いた。

「ＦＢＩはハリーを檻から出して、裁判所まで車で護送する。ごく普通のクラウン・ビクトリア。伴走車は一台だけだ」

「ＦＢＩか」オットーは首を振った。「ＦＢＩと渡りあうのは気が進まんな」

「心配はない。とっくに抱き込んである」ミッキーの返事には、嫌味なひとりよがりの響きがあった。「車が留置所を出た時点でおれに連絡が入ることになっている。経路はメイン通りを走って裁判所のあるボンヌヴィル通りに出るコースだ。あんたはおれたちをボンヌヴィルまで乗せていって交差点の角に停車する。ＦＢＩのクラウン・ビクトリアが近くまで来たらもう一度電話が入るから、連中が交差点を曲がったとたんに、あんたが二台のあいだに車を割り込ませるんだ。ハリーをさらうのはその時だ」

「と言われてもな――」オットーはバックミラーに眼を走らせた。「抱き込んだってのは、どういう意味だ？」

ミッキーは含み笑いをした。「ＦＢＩの連中のことは知ってるだろ。はじきを抜きたくてうずうずしているだけの、ただのドーナッツ好きの役人だよ。〈おまわりと泥棒〉の追いかけっこを楽しんでるのさ。連中はシンプルでストレートな護送計画なんか好きじゃないのさ。わざわざややこしいやり方をする。こんなふうだ。ハリーをまえの車に乗せて留置所を出発するだろ。コースのどこかで二台の車は順番を入れ替える。裁判所に着くときにはハリーはうしろの車にいるって寸法さ」

「連中が順番を入れ替えるって、どうしてわかるんだ？」

「おれは自分の仕事は心得てる」とミッキーは言った。「心配することは何もないというふうにネクタイを直しながら。「向こうにも見張りをおいてあるんだ。車の順番を変えなかったり、ルートを変えたり、囮を乗せてたりしたらすぐにわかるようになってる」彼はマニキュアをした指をぱちんと鳴らした。「こんな具合に」

オットーの表情はあからさまに疑わしげだった。「どうしてそこまでわかる？」

「電話があると言っただろ？」とミッキーは言った。「護送車のなかからかかってくるのさ。捜査官をひとり買収してあるんだ」

「ほんとかよ？」オットーはにやにやした。今度は本当に感心していた。「中も外も手配ずみってわけだ」

「自分の仕事は心得てると言ったはずだ」そう言ってミッキーは肩をすくめた。「そこで段取りだが、オットー、あんたはおれたちをボンヌヴィル通りへ運ぶ。そこで向こうが接近してくる合図の電話を待つんだ。最初の車が角を曲がってメイン通りからボンヌヴィル通りに入ったらすぐにうしろに割り込んで停車しろ。あとはその場を逃げ出すときまで、まえの車を見張っててくれ。誰も車から出すんじゃないぞ。マンゴー、あんたはうしろの車のFBIの担当だ。あんたのいいようにやっていい。もし助手席の捜査官を片づけたら、そいつに払うことになってる金もあんたのもんだ」

「うれしいね」とマンゴーは言った。「ハリーを引っ張りだすのもおれにやってほしいかい？」

「いや。おれが自分でやる。オットー、あんたはいつでも車を出せるようにしておいてくれ。ハリーをあの世行きのドライブに連れだす準備ができたら、すぐに逃げ出せるように。了解？」

「赤ん坊からキャンディを取りあげるより簡単だな」とオットーは言った。バックシートでマンゴーがなにやらつぶやいた。冗談を言ったつもりかもしれないし、相槌を打ったのかもしれない。どちらでもかまわない。マンゴーを雇ったのは仕事をさせるためで、話し相手をさせるためではない。でかい図体に似合わぬ優雅な動きでマンゴーはSUVの後部に移動して、自分の持ち場のバックウィンドウのそばで銃器を組み立てはじめた。音も立てず手際よく。さすがはプロだ――ミッキーは思った。

　最初の電話が入った。ハリー・コエリョがクラーク郡留置所を出て、ミッドナイト・ブルーのクラウン・ビクトリアに乗り込んだという知らせだ。色も仕様も型式もまったく同じ護衛車があとに続いたという。二ブロック先で予定通り順番を入れ替えるので、そこからは後続車が先にたつことになる。そうして、ハリー・コエリョの尻が無防備に風に晒されるわけだ。

二度目の連絡が入ったとき、ナビゲータはボンヌヴィル通りの、裁判所から半ブロックほど手前の予定通りの位置で待機していた。

拉致劇はミッキー・トグスの筋書きどおりスムーズに運んだ。一斉に脚を振り上げるラインダンスのコーラスガールのように、三人とも一糸乱れずに動いた。先頭のクラウン・ビクトリアが角を曲がった。その真うしろにオットーがナビゲータの大きな車体を滑り込ませていきなり停車したので、後続のクラウン・ビクトリアは勢いあまってナビゲータの後部に追突した。ビクトリアのボンネットがSUVの後部バンパーの下で紙のようにひしゃげたが、ナビゲータのほうにはへこみひとつつかなかった。ビクトリアのエンジンが完全に停止するまえに、バック・デッキに陣取ったマンゴーはハッチ・ウィンドウをはねあげ、フロントシートのふたりの捜査官を撃った。プスッ、プスッ。サイレンサーの効果による間の抜けた音。同時にミッキーはビクトリアの後部ドアをぐいっと開けてハリー・コエリョを引きずり出した。うまい具合に彼の両手にかかっていた手錠を引っつかんで。彼がコエリョを連れて車内に戻るとナビゲータはフルスピードでその場を離れた。まえの車のFBIがトラブルが起きたことに気づきもしないうちに。

まちがいなく、オットーは金で買える最高のドライヴァーだ。軽快なターンでマーティン・ルーサー・キング通りに入り、さらにスピードを上げてフリーウェイ九十五号線に乗ると西へひた走り、郊外に新しく開けた超高級住宅街に入った。このあたりではナビゲータのようなSUVの怪物も、ブロンドの赤ん坊を乗せた乳母車を押す髪の黒い子守同様、ありふれた存在なのだ。

尾行を警戒してしばらくその一帯を走り回ってからオットーは州間ハイウェイを下りてレッド・ロック峡谷をめざした。

午前十時五十分
レッド・ロック峡谷

近づいてくるエンジンの轟きがパンジー・レイナードの耳に届いたのは、雛が再び餌をねだって鳴きはじめたときだった。あんなうるさい音を立てられたらわたしのファルコンがおびえてしまうじゃないの――パンジーは苛立って、陣取った崖の稜線越しに眼を凝らした。崖の底の放棄された砂岩採石場は切り立った岸壁に囲まれた天然の増幅装置で、車がたてる音を実際よりずっと大きく響かせていた。もっとも、個人向けに製造された輸送機関としては最大級のその黒い塊りが立てる轟音は、そのままでも十分大音響だった。迷ったのね――ナビゲータの姿を認めて彼女は思った――電子仕掛けの最新式のがらくたをいくら積み込んでいても、本来いるべきフリーウェイに戻る役には立たないってわけだ。

迷彩の目隠しシェルターから這い出して、助けが必要かどうか訊いてみようかとも思ったが、それも一瞬のことだった。この状況には何やらきな臭いものがある。音のない、心の内なる警報システムに耳を傾ける習慣に従ってパンジーは行動に出るのを思いとどまり、双眼鏡の焦点をSUVに合わせて待機した。

フロント・ドア、ミドル・ドア、それにバックのハッチドアが一時に開いて、男が四人飛び出した。スーツを着て革靴を履いた中年ふたり、ビーチパーティ向けのいでたちのサモア系がひとり、それから、うしろ手に手錠をかけられて頭に袋をかぶせられた、やせた小柄な男。袋のせいで男の声はくぐもり、なんと言っているのか聞き取れなかったが、そのボディ・ランゲージは見誤りようがなかった。崖の下で起きようとしているのは、どう考えてもろくなことではない。彼女は手のひらサイズのビデオ・レコーダーを下に向けてズームアップし、進行しつつある事件を録画しはじめた。

袋の男は採石跡の深い穴のそばまで連れて行かれた。連れていった男は穴を背にするように彼の向きを変えて脇に寄った。平然としてなんの感情も見せずにサモア人のビーチボーイがサイレンサーつきの銃を二度撃った。袋の中央に赤い花がぱっと開いた。足元の砂岩にくず折れる間もなく次の銃弾が彼の胸に炸裂し、衝撃で持ち上がった体はそのまま崖の縁を越えて視界から消えた。

〈ケック、ケック、ケック〉おそらく、消音銃の不吉な音かあるいはそれが開放したエネルギーの波動が警戒心を呼び起こしたのだろう。アプロマド・ファルコンの母鳥が甲高く鳴いて、そそり立つ絶壁のあいだを急降下し始めた。侵入者たちを襲撃して、彼らの注意を巣から逸らそうとでもいうように。撃たれた男が落ちていった場所から穴を見下ろしていたスーツ姿のふたりが、体を起こした。ビーチボーイは銃を構えた腕を無駄のない流れるような動きで旋回させて狙いをつけた。プスッ、プスッ――母鳥の急降下は死への落下となった。

その光景を見、その意味を理解したかのように、また雛が鳴き声を上げた。銃を持った腕が再び旋回するのが見えた。今度は銃口は巣へ向けられた。

「だめ！」大声で叫んでパンジーは立ち上がり、今は孤児となった貴重なハヤブサの雛から銃口の先を逸らそうとして自分の姿を晒した。双眼鏡とビデオカメラを彼らの眼につくように高く持ち上げて、崖下に向かって怒鳴った。

「全部ビデオに撮ってやったわ、クズ野郎。欲しけりゃここまで取りにおいで」

シェルターから這い出して、大声で悪態をつき続けながら、パンジーは断崖の裏側を懸垂下降した。悪党どもからは見えないが、しかしもちろん声は届く所を。彼らにあとを追ってこさせなければならない。巣から少しでも遠くへ引き離すために。

峡谷の底につくと岩のあいだの隠し場所からオフロードバイクを引き出してエンジンを吹かし、幹線道路を目指して走った。そこを走っていれば、追っ手たちの眼にもつきやすいはずだ。ライルのためにパッキングしたサバイバル・キット――まったくいまいましい男だ――があいかわらずバイクの車体にぶら下がっている。

あわてふためいたミッキーとマンゴーが、置き去りにされまいとしてナビゲータの入り口で互いに押しのけあっている。その間にオットー・ザ・バンプは運転席に走りこんだ。

「ＦＢＩだ」巨大なＶ８のエンジンを始動しながら、オットーは歯ぎしりするように言った。「FBIの連中と渡りあうのはごめんだと言ったのに」

「あの女がFBIなもんか」ミッキーが嚙みついた。怒りで顔を真っ赤にしてマンゴーを振り向いた。「さっさとその銃を使え、このあほんだら、あのクソ女を撃つんだよ。急げ、オットー、あの女に追いつけ」

　採石場跡はそそり立つ岸壁に囲まれて深い箱のようになっていた。行き止りの小道はナビゲータが方向転換するには狭すぎて、入ってきた道をバックで後戻りしなければならない。やすやすと車を後退させるドライヴァーの技術にパンジーは感心したが、それでも彼女のバイクは採石場の入り口までの距離をナビゲータに先んじていた。警察が到着するまで彼らを拘束しておく手立てがないことはわかっている。パンジーのもくろみはただひとつ、彼女の存在を彼らにアピールしてあとを追うようにしむけ、巣のある場所から遠ざけることだ。腕力でも武器でも自分たちのほうが優位だと連中が考えていてくれるといいのだが。

　敵を観察する時間は十分にあったので、相手の評価はできていた。珍しくもないカジノネズミがふたり。やたらと糊の効いたカフスを袖口からのぞかせて、革靴が汚れると神経質に騒ぎ立て、戸外の気温が四十度を超すようなくそ暑い日でも上着のボタンを留めている、そういう手あいだ。ビーチボーイのほうはプールサイドのカバナに寝そべるにはうってつけだろうが、なんの装備もせずにあんな服を着ているようでは……三人ともヴェガスネズミだとパンジーは考えた。きっと砂漠で干ぼしになってしまうことだろう。

　ルール・ワン。兵員と武器で味方を上まわる敵は自滅させろ。パンジーの見るところ、ちっぽけなバイクにまたがった非力でか弱い女から一度カー・チェイスを挑まれれば、あの車の中にいるマッチョ気取りの男たちには勝つか死ぬかするまで勝負を下りる勇気はなさそうだ。鼻で笑って、彼女はヘルメットのフェイス・ガードを下ろした。自信過剰と地理学上の無知は帝国を滅ぼした。ナポレオンに訊いてみればいい。

　銃声は聞こえなかったが、パンジーは二度、自分の頭をかすめて空気が移動するのを感じた。老練な兵士でも鳥肌立つような感覚だった。上下に体を動かしながらジグザグに走って敵が狙いをつけづらくするのと同時に、さっき眼にした大きな拳銃の射程距離に入らないように気をつけた。それでも、たまたま命中することがあるのはよくわかっていた。自信過剰になるのは――あるいは一般原則に頼りすぎるのは――危険だと自分自身に言い聞かせた。

コースを決めるのは先行しているパンジーだ。犯罪事件に巻き込まれた場合の彼女の対処マニュアル――敵をおびき出す。ちょっとした餌を与えて元気づけてやり、さらに遠くへおびき出す。環境の厳しさと彼女の経験が相手の能力と装備を圧倒する地点まで。楽しませてもらうとしよう。

競争はリー峡谷に発するきちんと舗装された道から始まった。その道がフリーウェイと行きあうまえに、パンジーはまっすぐ北へ向かう石ころだらけのわき道に入った。点在する峡谷群を二分するように走るその道は、やがて水の涸れた河床に変わった。行き止まりの標識を無視してさらにスピードを上げた。ナビゲータがあとを追ってくる。この峡谷群は砂漠に降る水が何億年もの時をかけて形成したものだ。今走っている河床は――雨季を除けば――焼成粘土のように硬いし、ほとんどの地点で二車線道路ぐらいの幅があるのだが、でこぼこの岩が突き出していたり、丸石がごろごろ転がっていたり、あるいは突然川幅の狭まる場所が連続する。バイクなら障害物をよけて走れるが、四輪駆動のナビゲータとなるとそうはいかない。

河床がフリーウェイの下を通過するあたりで、洪水防止対策用の水路として多少の舗装が施された道にコースを変えた。この辺で、どうやら追いつけそうだという期待を追っ手に抱かせてやろうとパンジーは若干スピードを落とした。完全に追いつかれるまえに再びターンして、今度はもはや使用されていない副道に入った。追いすがるナビゲータを引きつけて、彼女は北へ走り続けた。

もちろんいつでも好きなときにスピードを上げて、道の両サイドに広がる小峡谷のどれかに走り込めば、背後のSUVがついてこられないことはわかっている。しかし、追跡者を罠にかけることに全力を集中している今は、その手段は非常事態用の保険にとっておきたかった。

峡谷の数が減ってきた。土地がフラットになり視界が開けて、彼女の姿が眼につきやすくなってきた。太陽に背中をあぶられ、パンジーは背後のエアコンの効いたSUVの車内にいる軟弱者たちに悪態をついた。十一時、予定どおり風が勢いを増してきた。砂塵を巻き上げながら、たちまちのうちに激しい突風になったかと思うと、つぎの瞬間には一寸先も見えない砂嵐に化けた。パンジーはフェイス・ガードの砂よけスクリーンを下ろしたが、それでも砂で喉がつまった。歯を噛みしめると細かな砂がじゃりじゃりとつぶれた。とは言え、この程度の不快さなら彼女にはなじみのもので、苦もなく対処することができる。

あとを追ってくる車のドライヴァーの運転技術と断固たる決意には、終始一貫して感心させられた。彼女の眼から見てさえどこで立ち往生してもおかしくない道を、あの大きい乗り物を転がしてなんとか前進してくるのだ。しかも――彼があと少しのリスクを冒すことを厭わなければ――彼女を圧倒できるチャンスさえ何度かあったのだ。彼はパンジーに戦略を悟られまいとしていた。車の中の男たちは彼女にバイクを放棄させる気だった。どういうふうにでもいい、彼女が転倒するかハンドルをとられるかするのを待つ気だったのだ。その期待を、パンジーは逆手に取ってやった。彼らをだまし、からかい、ときどきは弱ったふりをして、終始スピードを上げながらも、ときには彼らの射程のぎりぎり外側を巧みに走行して気を引いた。鳥のなかにも同じような策略を用いる連中がいる。怪我をしている、あるいは弱っているふりをして、そのことを餌にして捕食者たちを巣から遠ざけるのだ。

峡谷地帯が不意に終わり、地形が平坦になって、不毛な砂漠地帯にはいった。身を隠す場所も休息場所もなく、ただひたすら炎熱と、銃弾のように叩きつける砂嵐が続くばかりだ。もはや行く手に横たわる穴も岩も道路わきに並ぶ標識も、まったく見ることができない。もっとも、道路がまったく見えず、断続的に岩の出っ張りに乗り上げては奥歯ががたがた鳴るような思いをしていても、パンジーはやみくもに運転しているわけではない。彼女が年に三回受け持つサバイバル技術の講義は、まさにこの一帯で実地に行なわれるのだ。追跡者をリトル・スカルとスカル・マウンテンにはさまれた窪地に誘い込み、ジャッカス・フラット——ネリス空軍基地の射撃訓練場の真ん中にある正方形の無人地帯——に向かわせる、それが彼女のもくろみだった。

「あの女を始末しろ」とミッキーはわめいたが、絹のハンカチで鼻を覆っているせいで語尾が不明瞭だった。「今日は予定があるんだ。さっさと仕留めろ。今やれ」

マンゴーはただ、銃を装塡しなおしただけだ。

オットーはエアコンを止め、通風孔を閉めて悪態をついた。砂粒はあまりにも細かくて眼に見えなかったが、まぶたの裏に入ってこすれ、鼻と喉をふさいで息を詰まらせた。数分後、車内は猛烈に暑くなった。流れる汗が眼に入り、向こうずねを伝い、シャツが胸と腹にへばりついた。水はない——あたりまえだ——なぜならこの仕事は手っ取り早くすませられるはずだったからだ。ヴェガスを出て一時間と経たないうちにまた戻るはずだったからだ。熱と渇き以外にもオットーの気分を惨めにする材料にはことかかなかった。たとえば彼はエンジンの重苦しい回転音の中に、砂粒が与える深刻なダメージを聞きとれる気がした。それから、もしもあの女を捕まえられなかったらミッキーが彼をどうするつもりかについて、いやというほど詳しく聞かされた。

こんな凄まじい地獄のなかをどうしてこんな遠くまでくることになったのだろう？ オットーは首をひねった。最初は簡単そのものに思えた。誰にも見られる心配のない人里離れた場所まであの女を追っていき、こしゃくなバイクともどもひき殺してやればいい。よくある野生動物の交通事故死のように。しかし、あと一歩と迫るたびに女はくそいまいましいテクニックを発揮してするりと逃げてしまうのだ。彼の車を横滑りさせたり、あるいは狭い枯れ川の河床に誘い込んだりして——まあ、せいぜいその程度のことではあるが——そのたびに、彼は車を無事走らせることだけに注意を集中しなければならなくなる。ＳＵＶには馬力はあるが、おのずと限界もある。その最たるものが機動性だ。ほとんどないに等しい。

おまけにミッキーだ。やつの際限のない繰言。まるで自分ならもっとうまく運転できるのにと言わんばかりだ。峡谷が終わって平坦な砂漠に出たころには、ミッキーの文句を聞きつづけるのにほとほと疲れ果ててしまった。それに、暑さ、砂、あのイカレ女とあの女の曲芸を相手に奮闘しつづけることにも。もう何がどうなろうと知ったことじゃない。なんでもいいから早く終わってほしかった。自暴自棄と自滅が辞書の同じページに載っていることは知っていた。それでも彼は、この場所から抜け出せるのならたいていの危険は冒していいと思うほどやけくそになっていた。あの女を始末しよう。それからフリーウェイに戻って砂から逃げ出すのだ。今すぐに。

彼女の姿は突風の合間にちらちらと見えていたので、おおよそどのあたりにいるのかは見当がついた。うんざりだぜ。彼は思いきり体重をかけてアクセルを踏み込み、三十二インチの車輪があの女とバイクを噛み砕く振動が伝わってくるのを待ちうけた。

パンジーはSUVのエンジンが急に回転を上げる音を聞いた。同時に、砂が詰まって巨大なエンジンが咳き込む音も。ナビゲータが速度を上げて近づいてくる。彼女はバイクの着脱式のポケットからワインのボトルをすばやく取り出した。バイクをきれいに百八十度ターンさせながら、瓶の細い首をつかんで頭上に振り上げ、投げつけた。ボトルは計算したような放物線を描いて、ぐんぐん近づいてくる敵のフロントガラスの真ん中に命中した。

砂漠を横切って真っ直ぐ道路を目指す彼女の耳にボトルの砕ける音、フロントガラスの崩壊する音、男たちののしり声が聞こえ、急ブレーキでタイヤの焼ける匂いがした。SUVの大きな車体は時速五十マイルから一挙に減速し、わずか六十フィートの幅の穴に突っ込んで息絶えた。深い溝が刻印された巨大なタイヤは砂漠の固い殻を突き破って、タルカムパウダーのように細かく海のように深い砂地に出会った。四輪駆動も役には立たない。回転する車輪はただ砂のシャワーを蹴立てながら、自らをいっそう深く埋めていくばかりだ。SUVの怪物は、牽引でもしてもらわない限り、もはやどこへも行けない。

SUV車の後部ハッチが開く音を聞いてパンジーは疾走するバイクを急停車させた。腰の高さほどの岩の陰に身を潜める。ビーチボーイがハッチから身を乗り出して、彼女がいる方角におおよその見当で一発撃ってきた。パンジーは腹ばいのままパチンコを取り出してストラップを手首に巻きつけた。腰のベルトにつけたポーチから八分の三インチの鉄の玉を何個か取り出し、ビーチボーイのオートマティックの先端のぼんやりとかすむ赤い光に狙いをつけて撃ち返した。鉄の玉がナビゲータの横腹に当たって、ビシッビシッと不規則な音を立てた。

「あの女、銃を持ってるぞ」とオットーがわめいた。パンジーはパチンコを連射して、車の横腹を鳴らしつづけた。確かに銃撃の音に聞こえる。

マンゴーが初めて声を出した。もっと正確に言うと、パンジーの放った鉄の玉に喉と頬をつぶされ、ごぼごぼという音が入り混じった奇怪な悲鳴を上げた。致命傷だ。彼は首をつかみながら前のめりに倒れ、SUVの外へ転げ落ちた。大きな後部窓が開きっぱなしになった。たちまちSUVの車内は黄色く渦巻く炎熱の砂でいっぱいになった。

「マンゴーがやられた」オットーはミッキーに向かって怒鳴った。「逃げよう。おれたちも殺される」

ミッキー・トグスは暑さで眼がまわって息も絶え絶えになりながら、きれいなシルヴァーの上着を頭の上へ——しわや汗染みができないように気をつけながら——引き上げて、携帯電話のシグナル音を確認しようと空しい努力を続けていた。この恥さらしな状況で誰に助けを求めるべきか特に考えがあったわけではないし、仮に電話がつながって——つながりはしないのだが——なんらかの救援を頼めるとしても、たまたま来てしまったこの場所がどこなのか彼にもわからないのだが。

反応しない携帯電話に向かってミッキーが毒づくのが聞こえた次の瞬間、オットーはすんでのところでその携帯電話に直撃されそうになった。怒りに駆られたミッキーが、まだワインの垂れている壊れたフロントガラスにそれを投げつけたのだ。オットーはしかたなく、左足首にストラップで固定した小型のピストルに手を伸ばした。

「おれは逃げる」とオットーは言った。

「どあほう、逃げられると思ってるのか?」とミッキーが言った。「水なしで三十マイルから四十マイル、砂漠を歩いてくんだぞ。クソ砂嵐で何も見えないってのに。おまけに外じゃ、頭の変な女がおまえを殺そうと狙ってる」

「もしもこのくそ車に残るか逃げ出すかしかないんなら、八十対二十で分が悪くても――」とオットーは言った。「おれは逃げるほうがいい」

「九十五対五だ」ミッキーはネクタイの結び目を直した。「行きたきゃ行けよ。おれはここでじっとしてる」

「好きにしろ。だがまだおれに十万ドル払ってないことを忘れるなよ」とオットーは言った。彼は弾倉に弾を込めて車のドアを開け、片腕で鼻を覆うと三フィート下の砂地に飛び降りた。

四月二十日　午後五時
ネヴァダ州ラスヴェガスのダウンタウン

勤務中の職員と形式的な挨拶を交わすために立ち止まって時間を無駄にする気はなかった。パンジー・レイナードは魚類野生動物局の支局事務所の受付デスクをすたすたと通り過ぎてまっすぐ病理学研究室に戻った。すでにシャワーを浴びて、砂漠で汚れた迷彩色の戦闘服一式の代わりにサンダルとカーキ色のミニスカート、それに肌触りのいいノースリーヴの麻のブラウスを身に着けていた。環境への適応こそサバイバルの秘訣。パンジーはそのことをよく知っていた。

研究室のドアを開けて中に入った。ずいぶんと久しぶりに見る気がするライルがデスクの向こうで顔を上げた。ツナサンドを食べている最中だった。パンジーは防水布でくるんだ包みをツナサンドの残り半分の隣に置いた。それから効果的に頭を揺すって、長いつややかな髪が肩にかかるようにした。

ライルはきょとんとして、口いっぱいにほおばったサンドウィッチをなんとか飲みこんで口を開いた。「なんだい、これは?」

「今日の午後、砂嵐がやんだあとで巣に戻ってみたの」パンジーが包みをほどくと防水布の繭から長い優美な二本の翼が広がった。

「ああ、可哀そうに」ライルは青い顔をして立ち上がり、アプロマド・ファルコンの母鳥をそっと持ち上げて実験台に運んだ。鳥の屍骸を調べて、黒い胸に開いた深い真紅の傷口を見つけた。歯を食いしばって彼は言った。「密猟者かい？」

「みたいね」とパンジーは答えた。

「雛のほうはどうなった？」

「あの子は大丈夫よ。でもきっと、お腹をすかせてる」敬意と哀しみを込めて、パンジーは母鳥の滑らかな頭を撫でた。「あと一、二週間あればひとり立ちできるはず。でも当面は誰かが餌を運んでやらなきゃならないわね。でなければ、保護施設に連れていくとか」

ライルは深いため息をついた。この事件に心を痛めているのだ。彼のこういうところはとても素敵だ。

「それでどうするつもりなの、ライル？」

「野生生物の担当チームに頼んでおくよ」と彼は言った。「明日には誰か手の空いたやつが雛を救出にいけるはずだ。それにしても、残念だよ。アプロマド・ファルコンがまた棲みついてくれたかもしれないのに」

「明日ですって？」思わず声に怒りがこもった。「今夜ひと晩くらいなら、雛は大丈夫だよ」

「密猟者が戻ってきたら？」

ライルは乱雑な室内を見まわし、処理が終わっていないペーパー・ワークの山を眼にしてもう一度ため息をついた。それから振り返って、パンジーの大きな茶色い眼を覗き込んだ。

「頼むよ、パンジー」と彼は言った。「今夜巣を見張ってくれないかな」

「わたしが？」パンジーは無邪気そうに胸に片手をあてた。シャワー室で磨いてきたばかりの手は細く、いかにも華奢に見えた。「ひとりで？　ライル、銃を持った連中があのあたりをうろついているのよ」

「そうだった」と、悔いるように彼は言った。「ごめんよ。

もちろん、きみひとりでは行かせられない。昨日の夜だって今朝だってきみをひとりにするべきじゃなかった。地リスに伝染病が出たんじゃないかって騒ぎがあったもんで、ぼくはオフィスに釘づけになってたんだ。噂が広まると困るって、商工会議所の連中が騒ぎたてるんでね」

「地リスは絶滅の危機に瀕してるわけじゃないわ」と彼女は言った。

「悪かった、本当に悪かったよ」とライルは言った。心からそう思っているようだった。「どうだろう、パンジー。どうしても、きみの助けが必要なんだ。もしもぼくが一緒なら、今夜また、巣に行ってもらえるだろうか?」

答えるまえに彼女はゆっくりと息を吸った。この申し出に眼の色を変えて飛びついたとは思われたくない。明らかな期待を込めて見つめるライルをよそに、彼女はゆっくりと十まで数え、それからうなずいた。

「わたしたちふたりなら何が起きても対処できると思うわ」と彼女は言った。「じゃ、五分後に正面玄関で」

「五分だね」実験用の白衣を脱ぎながら彼は言った。「五分」

彼女のご主人さま
Her Lord and Master

アンドリュー・クラヴァン　羽田詩津子訳

キース・ピータースン、マーガレット・トレイシーというペンネームでも多くの作品を発表しているアンドリュー・クラヴァン（Andrew Klavan）。弟との共作ペンネームであるトレイシー名義の『切り裂き魔の森』（一九八三年／角川文庫）と、ピータースン名義の『夏の稲妻』（一九八九年／創元推理文庫）で二度にわたってMWA賞の最優秀ペイパーバック賞を受賞している。一九九九年にはクリント・イーストウッド監督・主演で『真夜中の死線』（創元推理文庫／映画名「トゥルー・クライム」）が映画化された。本作も、オットー・ペンズラー編のアンソロジー *Dangerous Women* に収録された作品で、《ミステリマガジン》二〇〇六年九月号に訳載された。

　彼女が彼を殺したのはまちがいない。ただし、理由を知っているのはわたしだけだ。わたしはずっとジムの友人だったし、彼からすべてを聞いていたからだ。それはなかなかショッキングな話だった。少なくとも、わたしにとってはショッキングだった。彼が打ち明け話をしているときに、何度か首筋や胸に汗が噴き出すのを感じた。鳥肌が立ったし、もっとお上品な時代だったら、「股ぐらが落ち着かなくなる」といっただろう。むろん最近はこうしたことに限らず、どんなことでも、おおっぴらに話題にすることができる。〝最後のタブー〟を破壊すると宣言している本や映画やテレビ番組があまりにも多いので、タブー切れになる危機に瀕するのではないかと思うほどだ。

　まあ、いずれわかるだろう。時間がたてば。

　ジムとスーザンは職場で知り合って、オフィスのパーティーのあとに関係を持つようになった。よくあることだ。ジムは大きなラジオ局でエンターテインメント担当の副部長をしていた。「自分の仕事が何なのか、わからなくなるよ」彼はよくいっていた。「だが、ちぇっ、やらなくちゃならないんだ」スーザンは人事部長の補佐、ようするにスケジュール担当の秘書だった。

　ジムは長身で優雅でハーヴァード大卒で、三十五歳だった。仕事には時間をかけて慎重な態度で取り組み、自分が口にするひとこと、ひとことを熟慮しているように見えた。さらに、相手がしゃべるときに、じっと目を見る癖があった。相手がどんなに退屈な話題を提供しようとも、彼の全神経はそれに魅了されているといわんばかりだった。仕事が終わると、ありがたいことに、もっと皮肉っぽく、もっと冷笑的な人間になった。正直なところ、ほとんどの人のことをまぬけも同然だと考えていたのだと思う。わたしにいわせれば、そのおかげで彼はいかれた楽観主義者になったのだ。

　スーザンははっきりした顔立ちをしていて、肌が浅黒く、活発な二十代だった。わたしの好みからいうと少しやせすぎで、顔が尖っていたが、長くまっすぐな漆黒の髪をしたかなりの美人といえるだろう。おまけに、スタイルがすばらしかった。小柄できゃしゃで優美で、胸と尻はとろけそうな丸みを帯びていた。態度は積極的で、愉快で、挑戦的だった。つまり、あたしをそのまま受け入れてちょうだい、ね、いいわね？　自らのクイーンズ出身の生い立ちや教育、おそらく知性に対してすら、ある種の防衛意識を抱いていたのだろう。そうした態度はその隠れ蓑なのだと、わたしはにらんでいる。いずれにせよ、短いスカートで大股に闊歩したり、長い爪で口にかかった髪の毛を払いのけたりして、男どもに朝勃ちをさせることができた。ウォータークーラー・ファックということで、男性たちの意見は一致した。男たちはウォータークーラーのそばで、さまざまな女性同僚や知人と、どんなふうにセックスしたいかというたわいない話をよくするのだが、スーザンはいつも〝ウォータークーラーに押しつけて、廊下の向こうで夜間清掃員が掃除機をかけている音を聞きながら、立ったまましたい女の子〟に選ばれた。

　したがって、くだらない新経営計画の発足と、必然的なその失敗を祝う二月のパーティーで、ジムとスーザンが親しげにしゃべっていて、やがていっしょに帰っていったのを、わたしたちは好奇と嫉妬の目で眺めていたものだ。そして、その結果二人が寝たことも。その部分は見ていなかったが、あとからすべてを聞かされた。

　わたしは報道記者で三十八歳、バツイチ、七年二カ月十六日前に離婚した。性的には、かなり経験を積んできたと思う。だが、最近は誰も彼もが経験を積んでいるのだ。経験を積んだ人間が世の中にあふれかえっているから、少々交通整理をした方がいいだろうぐらい。というわけで、最初のうちはジムの話を聞いても、せいぜい口の端からよだれが細く筋を引き、目が欲望で多少ぎらつく程度だったのである。

彼女は乱暴にされるのが好きだ。そういう話だった。今だから話そう。われらがスーザンは、セックスのときにときどきぶたれるのを楽しんだ。ジム——安らかに眠りたまえ——は最初のうち、このことに少々狼狽しているようだった。もちろん、彼も経験を積んでいたが、もっと穏当な連中を相手にしてきたのだ。わたしが推測するに、彼はそういう趣味の女性とはつきあったことがなかったのだろう。

話によれば、二人で彼のアパートメントに行くと、スーザンは彼のタオル地のバスローブのベルトを差しだし、こういった。「縛って」ジムはこの単純な命令にどうにか従い、さらに彼女の漆黒の髪の毛をつかみ、脈打ち怒張していたといちおう礼儀から想像しているが、それに無理やり口を引き寄せる、という命令にも従った。ぴしゃりとぶつ部分はそのあとだった。彼が彼女をうつぶせにベッドに放りだし、背後から挿入したあとだった。これも、彼女の特別な要求だった。

「ちょっと異常だよ」ジムはわたしにいった。

「へえ、ご同情申し上げるよ。それできみはどうなるのかな、たんに地上で二番目か三番目に幸運な男か?」

たしかに、刺激的だ、とジムは認めた。それに、これまでジムはそういうことをしなかったわけではなかった。ただ、ジムの経験では、相手の女の子をぶつようになる前に、もっと相手を知らなくてはならなかっただけだ。それは親密で酔狂な行為だから、最初のデートでやるようなことではなかった。

それに、ジムは純粋にスーザンが好きだった。彼女のたくましい生き方や活力、弱さを秘めたけんか腰の生意気な口のきき方を好んだ。彼女をもっと知りたかったし、しばらく、いやかなり長く、彼女とつきあいたいと思っていた。だから、これが二人のスタート地点なら、いったい二人はどこに行き着くのだろう、と彼は不安に思ったのだ。

だが、ぎごちなさは、すべてジムの側だけだということが判明した。スーザンは翌朝彼の腕の中で目覚めたとき、完全にくつろいでいて、「ゆうべはすてきだったわ」とささやき、彼の無精髭にキスをした。それに、着替えのために彼女を家まで送るタクシーを拾うあいだ、彼と手をつないでいた。さらに、彼女流のオフィスでのエチケットで、彼を感嘆させ、魅了した。彼女は二人の変わってしまった関係を世間に一切知られるような真似をせず、彼本人にすら、廊下ですれちがうときに軽くうなずき、「まあ、あたしたちってすっごくプロね」とつぶやくぐらいしか、その片鱗を見せなかったのだ。

その夜二人はコロンバス・アヴェニューのモロッコ料理店でディナーをとったが、彼女ははしゃいで、自分の部署の管理職についてしゃべった。すると、ふだんは目を細め、うっすらと笑みを浮かべるだけのジムが、椅子に寄りかかり、歯をむきだして笑いころげた。おかげで四本の指で、カラスの足跡から涙をぬぐわなくてはならなかった。

その晩、スーザンは彼の革のベルトでひっぱたいてもらいたがった。ジムは異を唱えた。「ねえ、ただ普通のやり方でセックスするわけにはいかないのかな?」

だが、彼女は近づいてくると、彼に怒りの目を向けた。

「やって。あなたにぶってほしいの」

「ねえ、物音のことがちょっと心配なんだよ。近所の耳とかあるし」

たしかに、彼は核心をついていた。彼女はキッチンに入っていって、木製のスプーンを手に戻ってきた。これなら、さほど音は出そうもなかった。常に紳士のジムは、続いて彼女をベッドの支柱に縛りつけた。

「あの女に殺されそうだよ。くたくただ」二週間後、わたしにそんなふうにぼやいた。

わたしは片手をシャツの下に入れ、それを上下に動かした。彼のせいで心臓がドキドキいっていることを示したのだ。

「本気だぞ」彼はいった。「ときどき、こんな真似にうんざりするんだ。たしかにセクシーだし、おもしろい。しかしなあ。ときには彼女の顔を見たいんだ」

「いずれ落ち着くさ。まだつきあい始めたばかりだろう。だから、彼女はこういうことに、のめりこんでいるんだよ。正常位の喜びをやさしく教えてやればいい」

わたしたちはこの会話を上品なウェスト・サイドで堕落していない最後のアイリッシュバー〈マッコード〉のテーブルで交わした。ニュース班が夜になるとよくここに流れてくるので、すでに低い声でしゃべっていた。今、ジムはさらにわたしの方に体を乗りだした。額がもう少しでくっつきそうになり、彼は左右を見回してから口を開いた。

「問題は」と彼はいった。「彼女はどうやら真剣だってことだよ」

「どういう意味だ？」

「つまり、おれが夢に見た相手とかなんとかってことだ。ただ、ふざけているようには思えないんだが」

「どういうことなんだ？」わたしはもう一度いった。声はさっきよりもしゃがれ、耳の後ろに玉の汗が噴き出してきた。

彼らの関係は、家庭内の雑事を分担するところまで進展している、ということがわかった。スーザンは少しずつ家事をしていたのだが、ふいにジムのアパートメントを掃除して、彼の夕食を作り、皿を洗うことを思いついたのだ。

裸で。ジムの仕事は、彼女にこうしたことを強制し、鞭でひっぱたき、彼女が嫌がるそぶりを見せたり、何らかのミスをしたふりをすると、おしりをぶったりレイプしたりすることだった。

男がセックスライフについて文句をいうときは、必ず大ぼらの要素が入っていた。だが、ジムは本気でそのことで悩んでいるようだった。「刺激的じゃないとはいわないよ。それは認める。たしかに興奮するよ。ただちょっと……ここまで来ると下劣だ。そうじゃないか？」

わたしは唇をぬぐい、椅子にもたれた。鼓動がおさまり、口が動かせるようになると、こういった。「わからない。人それぞれだからな。だって、ほら、きみが嫌なら、拒絶しろよ。わかるか？　きみにとって楽しくなければ、ちゃんとそういうんだ」

どうやら、その考えは彼の頭をすでによぎったようだった。彼はそれについて考えこんでいるように、のろのろとうなずいた。

だが、彼は拒絶しなかった。実際、一週間ほどすると、もろもろの目論見からスーザンは彼と暮らすようになった。

このときを境に、わたしの情報は以前ほど微に入り細を穿つものではなくなった。どうやら、誰かと暮らしていると、そのセックスライフについてあまり吹聴しなくなるらしい。局内の全員が、いまや二人の関係が続行中であることを知っていたが、スーザンとジムはあくまでプロに徹し、仕事と私生活を区別していた。二人は手をつないでいっしょに出勤してきた。建物の外で一度だけキスした。そして、そのあとは、いつものように仕事をこなした。廊下でささやきあうこともなければ、部屋のドアを閉めてこもることもなかった。仕事のあとで何度かみんなで飲みに行ったときは、隣りにさえすわらなかった。二人が帰っていったとき、バーの窓越しに、ジムが片腕を彼女に回すのが見えた。それだけだった。

ジムが死ぬ前に最後に二人で話したのは、また〈マッコード〉でだった。ある晩、店に入っていくと、彼が隅のテーブルに一人ですわっていた。そのすわり方で——背筋をまっすぐに伸ばし、目を半眼にして、宙をぼうっと見つめていた——彼が日曜の神様みたいにぐでんぐでんに酔っぱらっていることがわかった。彼の前にすわると、彼は片手をぞんざいに振って、「おれがおごるよ」といった。わたしはスコッチを注文した。

わたしに分別があったら、スポーツの話題に終始していただろう。ニックスは息の根を止められつつあったし、ヤンキースはリーグ優勝後の今季は、ボルティモア・オリオールズと互角に戦うのに苦労しているところだった。そうしたことを話題にできたのだ。そうするべきだった。しかし好奇心がそそられた。好奇心という言葉がふさわしいかどうかはわからないが。「性的関心を刺激された」という方が的確だろう。

そこで、こう切り出した。「で、スーザンとの仲はどんな調子だ?」

すると彼はいった。誰かに真剣になっているときは、みんなこう答えるだろう。「上々だよ。スーザンとはうまくいっている」だが、そこでつけ加えた。「おれは彼女のご主人さまなんだ」背筋をピンと伸ばしてすわりながら。突風にあおられた街灯のように、かすかに体が揺れていた。

スーザンが二人の毎日の行為の脚本を書いたのだが、彼はそれを暗記してしまい、催促されなくても実行するようになった。その方がはるかに効果的だった。というのも、彼女は止めて、と好きなだけ懇願することができたからだ。彼は彼女を縛り、彼女は止めてと訴え、彼は頼んでいる彼女を殴りつける。彼は彼女のアナルを犯し、髪の毛をつかんで引きずり回し、そのあいだ彼女は彼に視線を向けていなくてはならない。「誰がおまえのご主人さまだ？」と彼はたずねることになっていた。すると、彼女はこう答える。「あなたがあたしのご主人さまです。あなたです」最近の彼女は、そのやりとりを全裸か、自分で買ったレースとサスペンダーの衣装を着て行なった。たいてい彼女は何かを落としたり、こぼしたりしたので、彼は彼女を殴った。それによって、また彼女を犯す準備ができるのだった。

この話をわたしにしたあと、彼の目は閉じ、唇が半開きになった。数分ほど眠りこんでいたようだったが、わずかにびくっとして目を覚ました。だが、いつものように背筋はピンと伸びていたし、頭のてっぺんから爪先まできちんとしていた。帰ろうとして立ち上がったときでさえ、彼の姿勢は堅苦しく完璧だった。昔の立ち居振る舞いの先生のように、ドアに向かって滑るように歩いていった。かくのごとく、彼は奇妙な酔っぱらいだった。しらふのときよりもいかめしくなるのだ。控え目で権威を漂わせたしらふのときの姿が、より誇張され、より滑稽になるのだった。

わたしはかすかな笑みを浮かべて彼を見送った。今、彼がいなくなって寂しい。

スーザンはキッチンナイフで、しかも大型のナイフで彼を刺した。衝動的にひと突きしただけだったが、刃はまっすぐ刺さり、大静脈を切断した。彼は血を流しながらキッチンの床に横たわり、天井を見上げていた。かたや彼女は金切り声で電話をかけ、救急車を呼んだ。

ジムはちょっとした有力者だったので、ニュースになった。するとフェミニストがそれに食いついてきた。ボーイフレンドを殺すことを自己表現のひとつの形とみなすような、まさにごろつきの女たちだ。彼女たちは、スーザンを即座に無罪にさせたがった。しかも、多くの人々が、今回は彼女たちも的を射ていると賛同した。スーザンは全身に痣があり、さまざまな開口部から出血していることが判明したのだ。しかも、ジムは彼女がナイフを手にしたとき、セックスショップで買った胸の悪くなるようなパドルを振り回していたことがはっきりした。その日の当局の公式見解によれば、これは長期にわたる虐待と、我慢を重ねた末の自己防衛の典型的な例ということだった。

しかし、なぜか警官たちはすぐに納得しなかった。一般的に警官は、人間の堕落の深淵でうんざりするほど過ごしているので、そこのクロゼットに予備のスーツをぶらさげているほどだった。政治的にきわめて自明の原則でも、こと本物のロマンスに関してはあてはまらないということを彼らは知っていたのだ。

そこでマンハッタンの地方検事局のオフィスは、進退窮まった。すぐにスーザンはいい弁護士をつけ、ぴたりと口を閉ざした。警察はスーザンの過去の人生において、同意の上の暴力的セックスの証拠を見つけられるのではないかと期待したが、これまでのところ成果はなかった。かたやマスコミはスーザンの名前を〝試練〟と結びつけるようになり、性的虐待についての補足記事の横に彼女の記事を掲載した。スーザン側に完全になびいているくせに、これが彼らの〝客観的〟と称する手法だった。ともあれ、地方検事がいちばん望まないのは、その女を留置してから、釈放することだった。そこで、彼は煮え切らない態度をとった。告訴を一日、二日保留し、それ以上の捜査を棚上げにさせた。そして、そのあいだに、容疑者は釈放された。

わたしはといえば、憂鬱と混乱があるのみだった。ジムは弟でも何でもなかったが、いい友だちだった。それに、局内では、おそらくわたしがいちばん親しい友人だったはずだ。いや、たぶん町じゅうでも、世界じゅうでも。ただし、ときどき考えることがあった。テレビでフェミニストを見たり、スーザンの弁護士を見たりするときに。どうしたらわかる？　男と女のいうことは、ときとして食い違うものだ。ジムのいったことすべてがいかれた嘘ではないと、彼が彼女にやっていた非道な行為を正当化するものではないと、どうしてわかる？

もちろん、そうしたことを別にして、わたしは殺人事件の翌日、金曜日に、事件を聞くなり警察に電話した。殺人課の知り合いにかけて、事件について信頼できる情報を持っているといった。電話を切ったときですら、パトカーがサイレンを鳴らしながら迎えに来るのではないかと半ば期待していた。だが、月曜の朝の時間を指定され、署まで来て、担当刑事に話をしてほしいといわれた。

というわけで、週末は暇になった。重苦しい思いを抱えながら、ソファにごろ寝して過ごした。額に腕をのせて、天井をぼんやりと見つめた。涙を流そうとし、自分を責めようとし、そして結局どちらもしないことにした。電話がずっと鳴っていたが、一度も出なかった。友人たちからだった――留守番電話のメッセージで聞くことができた――このことで語り合いたがっているのだ。同情、悲嘆、ゴシップを。全員が、殺人に一枚かかわりたがっていた。わたしはそれにつきあう気力がなかった。

日曜の夜、ついにドアがノックされた。わたしはブラウンストーンの建物の最上階に住んでいるので、地上の入り口のブザーが鳴るはずなのだが、ノックだった。テレビでニュースを見た近所の人間にちがいない、と思った。靴をはきながら、返事をした。ドアに向かいながらシャツをズボンにたくしいれた。ドアスコープをのぞきもせずに、ドアを開けた。

すると、そこにはスーザンがいた。

彼女を見たとたん、さまざまなことが頭をよぎった。彼女はけんか腰で、しかも落ち着かない様子でそこに立っていた。挑戦的に顎をツンと持ち上げている。ただし視線は恥ずかしそうに横に向けられていた。わたしは思った。家にいるとどうして知ったのだ？　どういう態度をとるべきなのか？　腹を立てる？　復讐に燃えている？　よそよそしい？　正義をふりかざす？　高圧的？　同情的？　畜生、頭が働かなかった。結局、わたしはただ後ろにさがり、彼女を家にあげた。彼女は部屋の真ん中まで歩いていき、わたしがドアを閉めると正面からわたしを見た。

それから肩をすくめてみせた。むきだしの片方の肩が持ち上がり、口の片側がつりあがり、こざかしい笑みを形作った。薄手の春のドレスを着ていて、細いヒモが蝶ネクタイのように首に巻きついていた。浅黒い肌をたっぷり露出している。ドレスの裾からのぞく太腿に、三日月形の変色があることに気づいた。

「ここではあまり礼儀作法をあてにしないでくれ」わたしはいった。

「あらそう。〝親友を殺した女性をもてなす〟という項目を調べた方がいいわよ」

わたしは彼女とそっくり同じこざかしい笑みを返した。

「口には気をつけた方がいいぞ、スーザン、いいか？　わたしは月曜に警官に会いに行くつもりなんだ」

彼女は笑いをひっこめ、うなずくと顔をそむけた。「それが――何なの？　たとえば、ジムはあなたにすべてをしゃべっていたの？　あたしたちのことを？」彼女は電話台のメモ用紙をいじった。

わたしは彼女を観察していた。わたしの反応は微妙だが、強烈だった。彼女が顔をそむけた仕草、彼女の言葉、そのせいだった。ジムが話してくれたことが頭に浮かんだ。その話は彼女の背中のラインを、長いあいだじっくりと観察させた。肌をほてらせ、胃を冷たくさせた。興味深い組み合わせだ。

わたしは唇を湿らせ、亡くなった親友について考えようとした。「ああ、そうとも」とぶっきらぼうにいった。「たっぷりと、あらゆることを聞かせてくれたよ」

スーザンは肩越しに振り返って笑った。「そう、ともあれ、ちょっと気恥ずかしいわね」

「おい、ふざけたことをいわないでくれ、いいな？　おれの友だちを殺しておいて、のこのこやって来て冗談口をたたくのはやめてくれ」

彼女はまたこちらを向いた。両手を体の前で気どって組み合わせている。わたしが彼女の顔をあまりじろじろ見つめているので、乳房のことを考えていると気づかれたにちがいない。「ふざけているんじゃないわ。ただ伝えたいだけ」

「何を伝えるんだ？」

「彼がやったこと、彼があたしを殴り、あたしを侮辱したこと。彼はあたしの二倍の大きさなのよ。自分だったらどう感じるか、誰かがそういうことをあなたにしたら、どうしたかを考えてみて」

「スーザン！」わたしは両手を広げた。「きみが彼にやってくれといったんだろ！」

「あら、そう、〝彼女がそうしてくれというんだ〟、そういったんでしょ？　無条件でそれを信じたみたいね。友だちがそういうから、本当にちがいないって」

わたしは鼻で笑った。その説明について考えた。彼女を見た。ジムのことを考えた。「ああ」ようやくいった。「たしかに信じているよ。本当のことだ」

彼女はわたしの言葉に反論しなかった。すぐにこう続けた。「ふうん、まあ、それが本当だとしても、ちっともましにならないわ。わかる？　つまり、それで彼がどんなに興奮したか見せてあげたかった。だって、彼は止めようと思えば止められたのよ。いつでもすべてを変えることができた、そうしたければね。だけど、彼はあれがすごく気に入って……そのうち、ああいうふうにあたしを傷つけて、それで猛烈に興奮するようになったの。それで、あたしがどういうふうに感じたかわかる？」

さほど自尊心が強くないので白状するが、わたしはただ猿のようにまぬけに頭を掻いていた。

スーザンは長い爪で電話のメモ帳をすうっとなでた。彼女はそれに目を落とした。わたしもそれにならった。「本気で警察に行くつもり？」

「ああ。もちろんさ」わたしはいった。それから、いいわけが必要だといわんばかりにつけ加えた。「向こうだって他の人間を探そうとしているんだ。きみが以前こういうことをやった男を。彼は同じことをしゃべるだろうよ」

彼女は一度だけ首を横に振った。「いいえ。あなただけしかいないわ。知っているのはあなただけよ」それで何もいうべきことはなくなった。わたしたちは無言でそこに立っていた。彼女は考えこんでいて、わたしはただ彼女を見つめていた、彼女の体の線と肌の色を見つめていた。

　やがて、ようやく彼女はわたしの方に目を上げて、小首を傾げた。わたしの方に近づいてくることも、胸をそっと指先でなでることもしなかった。こちらに体を寄せてくることもなかったから、わたしは彼女の熱い吐息を感じたり、香水を嗅いだりはしなかった。それは映画に、魔性の女(ファム・ファタール)の映画に任せたのだ。彼女はただそこに立ち、スーザンらしい視線を向けていただけだ。顎をツンと上げ、けんか腰で。彼女の魂は手の届くところにあった、こちらの手の中で震えているかのように感じられた。

「おかげで、あなたはあたしに強大な力をふるえるわね?」彼女はいった。

「だから何なんだ?」わたしはいい返した。

　彼女はまた肩をすくめた。「あなたはあたしが何を好きか知っているでしょ」

「出ていってくれ」また汗をかきはじめるのはごめんだった。「畜生。お願いだから、ここから出ていってくれ、スーザン」

　彼女はドアに向かった。わたしは彼女が歩いていくのを見ていた。ああ、そうとも、と思った。わたしは彼女に力をふるえる。たとえば。彼女が告発されないことが決定されるまで、新聞の見出しが消えるまで、彼女を意のままにできるのだ。そのとき、わたしはどういう立場だろう?そのとき、わたしは彼女のご主人さまだ。まさにジムと同じように。

　彼女はわたしのすぐそばを通りすぎた。わたしの考えが読めるほどすぐそばを。彼女は驚いたように顔を上げた。わたしに笑いかけた。「あら。あたしがあなたまで殺すと思っているの?」

「常に考えないわけにはいかないだろうな」

　それでも笑みを浮かべたまま、彼女は眉毛をおどけてつりあげた。「それで興奮するなら、どうぞ」

　そうなったのは、その冗談のせいだった。彼女の殺人者の顔からその笑いを消してやりたい、という衝動をわたしは抑えることができなかった。わたしは手を伸ばし、彼女の髪をぐいっとつかんだ。黒い、黒い、漆黒の髪を。
それは考えていたよりも、ずっと柔らかだった。

ルーリーとプリティ・ボーイ
Louly and Pretty Boy

エルモア・レナード　上條ひろみ訳

アメリカで最も人気の高い作家の一人であるエルモア・レナード(Elmore Leonard)は、すでに二十年以上にわたってベストセラー・リストの常連となっている。一九九二年にMWA賞の巨匠賞を受賞した。映画化された作品が十八本以上にも及ぶのは、その人気の証明であろう。本作もまたペンズラー編のアンソロジー *Dangerous Women* に収録され、《ミステリマガジン》二〇〇五年四月号に訳載された。

ルーリー・リングの人生には、オクラホマ州タルサで生まれた一九一二年から、ミズーリ州刑務所から釈放されたばかりのジョー・ヤングに会って家出をした一九三一年までのあいだに、いくつかの節目がある。

一九一八年、タルサの家畜倉庫で作業員をしていた父さんが、アメリカ海軍に入隊し、世界大戦中にベローの森で戦死した。母さんは手紙を手にすすり泣きながら、ベローの森というのは、遠いフランスにある森のことだとルーリーに話した。

一九二〇年、母さんはオーティス・ベンダーという名のがちがちのバプティスト派信者と再婚し、母娘はサリソーの近く、タルサの南の、クックスン・ヒルズの斜面にある彼の綿花農場に移り住んだ。ルーリーが十二歳になるまでに、母さんはオーティスの息子をふたり産み、オーティスはルーリーを畑に出して綿花摘みをさせた。彼は、彼女をルイーズというクリスチャン・ネームで呼んだ世界でただひとりの人間だった。ルーリーは綿花摘みが大嫌いだったが、母さんはオーティスに何も言わなかった。人は働ける年頃になったら朝から晩まで働くものだと、オーティスは信じていた。そのため、ルーリーは六年生までしか学校に行かせてもらえなかった。

一九二四年の夏、一家はビクスビーで行なわれたいとこのルビーの結婚式に出席した。ルビーは十七歳で、花婿のチャーリー・フロイドは二十歳だった。ルビーは色黒だったが美人で、その顔を見れば母方のチェロキー族の血を引いているのがわかった。歳が離れていたので、ルーリーとルビーはお互い何も話すことはなかった。チャーリーはルーリーをちびすけと呼び、頭に手を置いておかっぱの髪――母さん譲りの赤っぽい毛――をくしゃくしゃにしたものだ。そして言った。おまえはおれがこれまで見たなかで、一番大きな茶色の眼をしているな、小さな女の子にしては。

一九二五年、ルーリーはチャールズ・アーサー・フロイドについての記事を新聞で読むようになった。彼と仲間ふたりが、どうやってセントルイスまで行き、〈クレーガー・フード〉の事務所から、従業員の給料だった一万一千五百ドルを強奪したかということを。三人はアーカンソー州フォートスミスで買った新車のスチュードベイカーを乗り回していたところ、サリソーで捕まった。〈クレーガー・フード〉の会計責任者は、チャーリーの姿を認めてこう言った。「やつだ、あの赤い頬をした坊や（プリティ・ボーイ）がやったんだ」新聞はこれに飛びつき、それからチャーリーはプリティ・ボーイ・フロイドと呼ばれるようになった。

ルーリーの記憶にある結婚式のときの彼は、ウェイヴヘアのかっこいい男だったが、にやりとする笑い方はちょっと怖かった。何を考えているのかわからなかったからだ。プリティ・ボーイと呼ばれるのはきっといやにちがいない。新聞から切り抜いた写真を見ているうちに、ルーリーは自分がだんだん彼に惹かれていくのがわかった。

一九二九年、チャーリーがまだ刑務所に入っているあいだに、ルビーは自分が放っておかれたことを理由に彼と離婚し、カンザス州出身の男と再婚した。このルビーの裏切りを、ルーリーはひどいと思った。「ルビーがまともになった彼を見ることは、この先二度とないわ」と母さんは言った。「わたしがそうだったように、あの子には夫が必要なのよ。人生の重荷をいっしょに背負ってくれて、幼いデンプシーの父親になってくれるような夫が」デンプシーというのは、一九二四年の十二月に生まれ、ボクシングの世界ヘヴィー級チャンピオンにちなんで名づけられた男の子だった。

チャーリーが妻に捨てられると、ルーリーは手紙を書いて彼を慰めたいと思ったが、どの名前で呼べばいいのかわからなかった。友人たちにはチョクと呼ばれているらしかった。チョクトー・ビールをこよなく愛していたからだ。季節労働者たちとオクラホマやカンザスを放浪していた、十代の頃のお気に入りの飲み物だ。母さんによると、彼が悪い仲間――収穫時に出会ったあの流れ者たち――と付き合うようになったのはその頃で、のちに油田地帯で働くようになってからもつづいていたという。

ルーリーは「親愛なるチャーリー」という書き出しで、あなたがまだ刑務所にいるあいだにルビーが離婚したのは残念だと思う、あなたが出て来るまで待つ神経も持ち合わせていないなんて、と手紙に書いた。いちばん知りたかったのは、「あなたの結婚式で会ったあたしを覚えてる?」ということだった。手紙には自分の写真を一枚同封した。水着姿で斜めに立ち、カメラに向かって肩越しに微笑んでいる写真だ。こうすると、発達しつつある十四歳の胸を横から見てもらえた。

チャーリーは、もちろんおまえのことは覚えている、と返事に書いて寄越した。「大きな茶色の眼をした小さな女の子だ」と。そして、「おれは三月に出所したら、カンザスシティに行ってやることを探すつもりだ。おまえの住所をここの四人仲間に教えた。名前はジョー・ヤング、おれたちはふざけて子取り鬼(ブガー)と呼んでいる。オクマルギ(タルサの南にある都市)出身のやつだが、もう一年かそこらこのごみ溜めにいなくちゃならなくて、おまえみたいなかわいい文通相手をほしがってるんだ」

ばかばかしい、と思った。が、やがてジョー・ヤングから手紙が来て、それには裏庭で撮った上半身裸のその男の写真が同封されていた。大きな耳と、ブロンドっぽい髪をした、やぼったいながらもなかなかハンサムな男だった。彼女の水着姿の写真は、眠りにつく前に見て、朝まで彼女の夢を見られるように、自分の寝棚の横の壁に貼ってある、と彼は書いていた。手紙にブガーと署名することは決してなく、いつも「愛をこめて、おまえのジョー・ヤング」と書いた。

手紙のやり取りがはじまると、暑さとほこりのなかで一日じゅう綿花を摘み、畝(うね)に沿ってあのズックの袋を引きずるのがどんなにいやかということや、萼(がく)から綿花をむしり取るせいで両手がひりひりすること、しばらく手袋をはめてやってみたが少しもよくならないことなどを、ルーリーは打ち明けた。ジョーはこう書いてきた。「おまえは黒人奴隷なのか？　綿花摘みがいやなら、そんなのほっぽって逃げちまえよ。おれはそうしたぜ」

　そのあとすぐ、彼は手紙にこう書いてきた。「次の夏に釈放されることになった。おれたち、会うことにしないか。そうすればいっしょに過ごせる」ルーリーは、カンザスシティとセントルイスに行きたくてたまらない、またチャーリー・フロイドに会えるかもしれないから、と書いた。どうして刑務所に入れられたのかとジョーに尋ねると、彼は「ハニー、おれは銀行強盗なんだ。チョクと同じさ」という返事を寄越した。

　ルーリーはプリティ・ボーイ・フロイドについてさらなる記事を読んでいた。彼は父親の葬儀のために、生まれ故郷のエイキンズに戻っていた。サリソーからエイキンズまではほんの七マイルしかない。父親はひと山の木材をめぐって隣人と口論中に撃たれたのだ。その隣人が姿を消すと、プリティ・ボーイに殺されたのだと言う人びともいた。七マイル離れた場所にいた彼女は、ずっとあとになるまでそれを知らなかった。

　彼の写真がまた載った。〝プリティ・ボーイ・フロイド、アクロンで逮捕される〟。銀行強盗で、オハイオ州刑務所に禁固十五年の刑を言いわたされた。これで彼に会えなくなったが、少なくともまた手紙を出せるようにはなるはずだった。

　数週間後、また写真が載った。〝プリティ・ボーイ・フロイド、刑務所に向かう途中で逃亡〟。彼はトイレの窓を割って列車から飛び降り、警察が列車を停止させる頃には姿を消していた。

　彼の消息を追うことがただもう愉しくて、自分と縁続きの――あくまでも姻戚関係であって血のつながりはない――この有名なアウトロー、自分のこの茶色の眼が好きで、子供の頃に髪をくしゃくしゃにして頭をなでてくれた無法者についての記事を、世界中の人が読んでいるのだと思うと、ルーリーは興奮し、ぞくぞくした。

　またもや写真が載った。〝警官と撃ち合うプリティ・ボーイ・フロイド〟。オハイオ州ボウリンググリーンの床屋の外で。そのあと逃走。ファニータという名前の女がいっしょだった――ルーリーはその名前の響きが気に入らなかった。

ジョー・ヤングは次のように書いてきた。「チョクはオハイオでの仕事をやり終えた。二度とそこには戻らないだろう」が、彼が手紙を書いたいちばんの理由は、「八月の終わりに釈放されることになった。おれたちがどこで会うかについてはすぐに知らせる」と伝えることだった。

ルーリーは冬のあいだ、サリソーにある食料雑貨店〈ハークライダーズ〉でアルバイトをし、週に六ドルもらっていた。そのうち五ドルはオーティスにわたさなければならなかったが、一度たりとも感謝されたことはなかった。残りの一ドルは家出のための積み立てにした。冬から翌年の秋まで、一年のうち六カ月はその店で働いたが、たいして貯金はできなかった。それでも、家は出るつもりだった。顔つきと赤っぽい髪こそ気弱な母さん似かもしれないが、フランスの森の中でマシンガンの並んだドイツ兵の陣地に攻撃をかけて戦死した、父さん譲りの図太さと熱意が彼女にはあった。

十月末、食料雑貨店に入ってきたのは、他ならぬジョー・ヤングだった。スーツを着ていても、ルーリーには彼だとわかったし、向こうも彼女を認めてにやにやしながら、シャツの胸元を広く開けて、カウンターに近づいてきた。彼は言った。「出てきたぜ」

「出てきたのは二カ月前でしょ?」

「銀行強盗をしてたんだ。おれとチョクとでな」

トイレに行かなくちゃ、とルーリーは思ったが、下腹部を襲った不快感はやがておさまった。気を落ち着かせ、チョクと言われてもべつだんどうということもないように振る舞うため、少し時間をとった。そのあいだ、にやにやしながら彼女の顔を見つめているジョー・ヤングが、とんでもないばかのように思えた。だれか別の囚人が彼のために手紙を書いていたにちがいない。彼女はなにげなく言った。「あら、チャーリーもここに来てるの?」

「そのへんにいる」ジョー・ヤングはドアのほうを見ながら言った。「準備はいいか? ずらかるぞ」

ルーリーは「そのスーツ、気に入ったわ」と言って、考える時間を稼いだ。襟の先が肩の方を向くほどはだけたシャツ、頭頂部は長いくせに両サイドは刈り上げてある髪に、突き出した耳。ジョー・ヤングはにやにやしていた。この馬鹿面がふだんの表情であるかのように。「まだ準備ができてないわ」ルーリーは言った。「家出資金を持ってきてないもの」

「いくらためたんだ？」

「三十八ドル」

「それっぽっちなのか、ここで二年間も働いたのに？」

「言ったでしょ、オーティスが稼ぎのほとんどを持っていくのよ」

「そうしてほしければ、おれがやつの頭をかち割ってやるぞ」

「やりたければどうぞ。とにかく、あたしは自分のお金を持たずに行くつもりはないの」

ジョー・ヤングはドアのほうを見ながら、ポケットに片手を入れて言った。「金はおれが出してやるよ、お嬢ちゃん。おまえの三十八ドルなんて必要ないさ」

お嬢ちゃんですって――あたしのほうが、たっぷり二インチは背が高いのに。彼がくたびれたカウボーイブーツを履いていても。ルーリーは首を振りながら言った。「オーティスはあたしのお金でロードスターのモデルAを買ったの。月二十ドルの分割で」

「やつの車を盗みたいのか？」

「あたしの車でしょ？　あたしのお金で買ったんだから」

ルーリーは心を決めていたし、ジョー・ヤングはここから出て行きたがっていた。次の給料日を待って、十一月一日、いや、二日にヘンリエッタのジョージアン・ホテルで彼と落ち合うことにした。そこのコーヒーショップで午ごろに。

家出の前日、ルーリーは母さんに気分が悪いと言った。仕事に出かける代わりに、荷物をまとめ、こてで髪をカールさせた。翌日、母さんが洗濯物を干し、ふたりの弟が学校に行き、オーティスが畑に出ているあいだに、フォード・ロードスターを納屋から出し、旅行用にラッキーストライクを一パック買おうとサリソーの町に入った。ルーリーは煙草を吸うのが好きだったが、男友達といるときに吸ってきたので、自分で買う必要はなかった。森に行こうと男友達に誘われると、彼女は訊いたものだ。「ラッキーストライクある？　まるごと一パックよ？」

薬屋の息子は男友達のひとりで、ラッキーストライクをただで一パックくれて、昨日はどこにいたんだと訊いたあと、からかうようにこう言った。「おまえはいつもプリティ・ボーイ・フロイドのことを話してるから、やつがおまえのところに寄ったんじゃないかと思ってさ」

男友達はみんなプリティ・ボーイのことでルーリーをからかうのが好きだった。たいして気にもとめずに、彼女は言った。「彼が来たら教えてあげるわ」が、次の瞬間、その少年がなにかをぶちまけようとしているのがわかった。

「どうして訊いたかっていうと、やつは昨日、この町にいたからさ。プリティ・ボーイ・フロイドがね」

ルーリーは「あら、そう？」と言った。今度は用心深く。少年がもったいぶっているので、シャツの胸ぐらをつかんでやりたくてたまらなかった。

「ああ、やつはエイキンズから家族を連れてきたんだ。母さんと、姉妹のうちのふたりと、そのほかの家族をね。やつが銀行を襲うのを見物できるように。やつのじいさんは通りをはさんで向かいの畑から見物していた。行員のボブ・リグズによると、プリティ・ボーイはトミーガンを持っていたが、だれも撃たなかったそうだ。やつは二千五百三十一ドル持って、ふたりの仲間といっしょに銀行から出てきた。やつはその金のいくらかを家族にくれてやった。自分で持っているとすぐになくなるから、ということらしい。みんなにやにやしながらやつを見ていた。プリティ・ボーイはボブ・リグズを車のステップに乗せて町外れまで行き、そこで解放したんだ」

彼が近くまで来たのはこれで二度目だった。最初はほんの七マイルしか離れていないところで父親が殺され、そして今度はこのサリソーの町で、いまいましいことに、彼女以外のあらゆる人びとが彼を見ていた。それがつい昨日のことだなんて……

チャーリーはルーリーがサリソーに住んでいることを知

っていた。群がるやじうまたちのなかにあたしを捜しただろうか、と彼女は思った。

もしあたしがそこにいたら、彼は気づいていただろうか、とも考えずにはいられなかった。そして、もちろん気づいていたはずだ、と思った。

ルーリーは薬屋の男友達にこう言った。「チャーリーはあんたがプリティ・ボーイなんて呼んだって耳を貸さないわ。彼はいつも吸ってるラッキーストライクを一パック買いにここに来る。そして、あんたを殺すわ」

ジョージアン・ホテルはルーリーがこれまでに見たなかでいちばん大きなホテルだった。モデルAでホテルの敷地内に入りながら、銀行強盗というのはぜいたくな暮らし方というものを知っているようだわ、と思った。ホテルの正面に車を停めると、ひさしのある帽子に、金ボタンのついた緑色の制服姿の黒人の男が、ドアを開けようと近づいてきた——そのとき、その横の歩道にいたジョー・ヤングが、手を振ってドアマンを追い払うのが見えた。彼は車に乗り込みながら言った。「まいったな、盗んできたのか。いったいおまえはいくつなんだ？　車を盗めるような年なのか？」

ルーリーは言った。「あんたはいくつってことになってるの？」

彼は、このまままっすぐ行け、と彼女に言った。

「あのホテルに泊まってるんじゃないのね？」

「モーテルに泊まってる」

「チャーリーもそこに？」

「どこかそのへんにいる」

「ねえ、あの人は昨日サリソーにいたのよ」ルーリーの口調はひどく興奮していた。「それがあんたの言う〝そのへん〟だとすれば」ジョー・ヤングの表情を見るかぎり、彼女の言ったことは彼にとって初耳だったようだ。「あんたはあの人の仲間なんだと思ってた」

「あいつはバードウェルって名前のやつとつるんでる。おれは気がむいたときにチョクと手を結ぶだけだ」

ジョー・ヤングはうそをついている、と彼女はほぼ確信した。

「あたしはチャーリーに会えるの、会えないの？」

「やつは戻ってくる。そのことで頭を悩ませるな」と彼は言った。「おれたちにはこの車があるから、もう盗む必要もないんだ」ジョー・ヤングは今や上機嫌だった。「なんでチョクがいなくちゃならない？」そう言って、すぐ隣にいるルーリーににやりと笑いかける。「おれたちにはお互いがいるじゃないか」

ルーリーはそれを聞いて、これからどうなるのかがわかった。

モーテルに着いて七号室――ペンキを塗る必要のある、一部屋しかない小さな木造の一軒家のような作りだった――に入ると、ジョー・ヤングはコートを脱いだ。真珠貝の銃把がついたコルトのオートマチックが、ズボンに突っこんであるのが見えた。彼はそれを鏡台の上の、手をつけていないウィスキーの一クォート瓶とふたつのグラスの横に置き、それぞれのグラスに酒を注いだ。自分の分は彼女のより多めに。ルーリーは立ったまま見ていた。コートを脱げと言われるまで。コートを脱ぐと、服を脱げと言われた。今、彼女は白いブラジャーとパンティ姿だった。ジョー・ヤングは彼女を上から下まで見てから、少ない方の酒をわたし、グラスを合わせた。

「おれたちの未来に」

ルーリーは言った。「なにをするつもり？」おもしろがっているような彼の眼を見ながら。

彼は鏡台の上にグラスを置き、引き出しに入っていた三八口径のリヴォルヴァー二挺を持ってきて、一挺を彼女に差し出した。受け取った銃は、ルーリーの手には大きく、重かった。「だからなんなの……？」

「おまえは車の盗み方を知っている」ジョー・ヤングは言った。「たいしたもんだ。だが、拳銃強盗はやったことはないだろう」

「それがあたしたちのすることなの？」

「まずはガソリンスタンドを襲って、それから銀行だ」彼は言った。「おまえは大人の男と寝たこともないだろう」

ルーリーはこう言ってやりたかった。あたしはあんたより大きい——少なくとも背は高い。が、言わなかった。これは新しい経験だ。森の中で同じ年頃の少年たちを相手にするのとは違う。それがどんなものなのか、知りたかった。

ジョー・ヤングはさかんにうめき声をあげ、乱暴で、鼻息が荒く、ラッキー・タイガーのヘアートニックのにおいをさせているというだけで、少年たちとたいして違いはなかった。ルーリーは彼が果てる前にそれが気に入りはじめ、彼の呼吸がふたたび楽になるまで、綿花摘みで荒れた指で背中を軽くたたいてやった。彼が寝返りを打って離れてしまうと、ルーリーはくすねてきたオーティスのスーツケースから膣洗浄器を出して、バスルームに向かった。ジョー・ヤングの声が追ってきた。「おーい……」

声はこうつづけた。「これでおまえがなんになったかわかるか、お嬢ちゃん？　おまえはギャングの情婦と呼ばれるのさ」

ジョー・ヤングはしばらく眠り、目覚めたときもまだ酔っていて、何か食べるものをほしがった。そこでふたりは、ジョーがヘンリエッタでいちばんの店だという〈ピュリティ〉に行った。

テーブルにつくと、ルーリーは言った。「チャーリー・フロイドは一度この町に来たことがあるのよ。彼が町にいるとわかると、人びとはみんな自分たちの家にとじこもったの」

「どうしてそれを知ってる？」

「チャーリーについてこれまで書かれたことは全部知ってるし、聞いただけの話も少しは知ってる」

「カンザスシティでやつが泊まったのはどこだ？」

「ホームズ通りにあるマザー・アッシュの下宿屋よ」

「オハイオには誰と行った？」

「ジム・ブラッドリーの一味と」

ジョー・ヤングは、先ほど自分でひと口分の酒を加えたコーヒーカップを持ち上げて言った。「これからはおれについての記事を読むようにしろよ、お嬢ちゃん」

それを聞いて、彼女はジョー・ヤングがいくつなのか知らないことを思い出し、この機会に訊いてみた。

「来月で三十になる。クリスマスに生まれたんだ。赤ん坊のイエスとおんなじさ」

ルーリーは微笑んだ。赤ん坊のイエスといっしょにまぐさ桶に横たわっているジョー・ヤングを見て、三人の博士が不思議そうな顔をしている場面が頭に浮かび、微笑まずにはいられなかった。新聞には何度写真が載ったのか、とルーリーはジョーに尋ねた。

「ジェファスンシティに送られたとき、さんざん写真を撮られて、そこの新聞に載った」

「あたしが訊いたのは、新聞に載ったのが何回かってことよ。ほかにも強盗はしたんでしょ?」

注文した料理を持ってウェイトレスが来るとジョーは姿勢を正し、ウェイトレスがテーブルに背を向けるとそのお尻をたたいた。ウェイトレスは「失礼ね」と言って、かわいらしく驚いたそぶりをした。ルーリーは、チャーリー・フロイドの写真がどうしてこの一年に五十一回もサリソーの新聞に載ったかを話そうとした。オクラホマで五十一の銀行を襲ったときにその都度載ったのだ。すべてのチャーリーの写真には銀行強盗という説明がついていた。が、それを話したとしても、チャーリーがそんなにたくさんの銀行を襲えたわけがない、一九三一年の途中からはオハイオにいるのだから、とジョー・ヤングは言うだろう。それは事実だった。それでも概算で三十八カ所は襲っているだろう。が、ジョー・ヤングはそれにすら嫉妬して怒りっぽくなるかもしれないので、ルーリーはその話をするのをあきらめ、ふたりはフライドチキン風ステーキ（小さめのステーキ用牛肉のフライ）を食べた。

ジョー・ヤングは代金を払えとルーリーに言った。デザートのルバーブ・パイも含めて、しめて一ドル六十セントを、彼女の家出資金から出せと。モーテルに戻ると、彼は満腹状態のルーリーと鼻息荒くもう一度セックスし、彼女はギャングの情婦でいるのは決して楽なことではないのを知った。

朝になると、ふたりはクックスン・ヒルズを目指してハイウェイ四十号線を東に向かった。ジョー・ヤングは窓からひじを出してモデルAを運転し、ルーリーは風をよけるために襟を立てたコートにくるまっていた。ジョー・ヤングはよくしゃべり、チョクが隠れていそうな場所なら知っている、と言った。ふたりはマスコギを越えてアーカンソー州に入り、川沿いにブラッグズまで行くことにした。

「チョクはブラッグズのあたりが好きなんだ」ジョーはその道中でガソリンスタンドを一軒襲い、ルーリーに強盗のやり方を教えるつもりだった。

ヘンリエッタを出るとすぐにルーリーは言った。「あそこに一軒あるわ」

「車が多すぎる」

チェコタをすぎて三十マイルほど走り、マスコギに向かって北に進路を変えたところで、ルーリーは後ろを見て言った。「あのテキサコのガソリンスタンドのどこがいけないの？」

「なんとなく気に入らないんだ」ジョー・ヤングは言った。「おまえはこの仕事の感覚ってものを身につけなくちゃだめだ」

ルーリーは言った。「あんたが選んでよ」彼にもらった三八口径は、母さんお手製の鉤針編みの黒とピンクのバッグの中だった。

サミットまで来ると、ふたりで様子をうかがいながらゆっくりと町を流し、ルーリーは彼が襲う場所を選ぶのを待っていた。だんだん興奮してきた。町のはずれまで来ると、ジョー・ヤングが言った。「ここにしよう。ガソリンを入れて、コーヒーも一杯飲める」

ルーリーが言った。「襲うの？」

「よく見てろよ」

「かなりしけた店よ」

ペンキがはげ、今にも倒れそうな建物の前にガソリンのポンプがふたつあった。〝お食事〟と書かれた看板には、〝スープ十セント、ハンバーガー五セント〟とある。

腰の曲がった老人がガソリンを入れているあいだ、ふたりは建物の中に入り、ジョー・ヤングは持ってきたウィスキーの瓶——中身はほとんど空だった——をカウンターの上に置いた。カウンターの向こうには、骨と皮ばかりにやせこけ、疲れ果てた様子の女がいて、顔にかかった髪の房を払いのけた。女がふたりの前にカップを置くと、ジョー・ヤングは瓶に残っていた酒を自分のカップに空けた。

ルーリーはこの女から金を奪いたくなかった。

女は言った。「彼女は禁酒してんのね」

ジョー・ヤングは瓶の酒を最後の一滴まで注ぐことに集中していた。彼は言った。「酒はあるのか？」

女は今、ふたりのためにコーヒーを注いでいた。「密造ウィスキーがいいかい？　三ドルくれればバーボンもあるよ」

「二本もらおうか」ジョー・ヤングはそう言うと、コルトを抜いてカウンターの上に置いた。「それと、レジの中身も」

ルーリーはこの女から金を奪いたくなかった。相手がお金を持っているからといって、奪う必要はないんじゃないかい？　彼女はそう思っていた。

女は言った。「なにすんだよ、旦那」

ジョー・ヤングは自分の銃を取り上げ、カウンターの裏にまわって、奥にあるキャッシュレジスターを開けた。紙幣を取り出しながら、女に言った。「ウィスキーで稼いだ金はどこに隠してる？」

「そこにあるよ」あきらめたような声で女は言った。

「たったの十四ドルだぞ？」金を掲げながらルーリーのほうを見る。「この女が動かないように、おまえの銃を向けてろ。じじいが入ってきたら、そいつにも銃を向けるんだ」ジョー・ヤングは戸口を抜け、奥の事務所のようなところに入っていった。

ルーリーは今、鉤針編みのバッグから取り出した銃を女に向けていた。女はルーリーに言った。「あんた、どうしてあんなくずといっしょにいるのさ？　見たとこ、ちゃんとしたうちで育った娘さんだろう。そんなきれいなバッグを持ってんだから……なんか困ったことになってるのかい？　なんてことだろうねえ、あいつといっしょにいるしかないのかい？」

ルーリーは言った。「あたしの親友が誰か知ってる？チャーリー・フロイドよ。誰のことを言ってるかあんたにわかるかしら。彼はあたしのいとこのルビーと結婚したの」女が首を振ると、ルーリーは言った。「プリティ・ボーイ・フロイドのことよ」そして、舌を噛みたくなった。

女は微笑んでいるらしく、隙間だらけの歯を見せて言った。「あの男なら一度ここに来たよ。あたしが朝食をこしらえてやったら、二ドル払ってくれた。そのことは聞いてるかい？　卵二個にベーコン四枚、トーストに飲み放題のコーヒーで、二十五セントだって言ったら、あの男はあたしに二ドル寄越したんだ」

「それはいつのこと？」ルーリーは言った。

女はルーリーを通り越してその後ろに眼を向け、いつだったか思い出そうとしていたが、やがて言った。「二九年だね。あの男の父親が殺されて、そのあとだった」

レジにあった十四ドルと、奥の事務所にあったウィスキーのあがり五十七ドルを手にすると、ジョー・ヤングはまたマスコギに向かうと言い、さっきのガソリンスタンドに行けと命じたのはおれの本能だとルーリーに説明した。こんな場所でどうしてやっていけるんだろう、と思ったのさ。ほんの数ブロック先に、大きなガソリンスタンドが二軒もあるのに。だから、おれはあの瓶を持っていった。それで、なにが手に入るかわかった。「あの女が言ったことを聞いたか？　〝なにすんだよ〟って言いながら、おれのことを〝旦那〟って呼んでたんだぜ」

「チャーリーは一度あそこで朝食を食べたのよ」ルーリーは言った。「そして、彼女に二ドル払ったの」

「見栄っ張りだな」ジョー・ヤングが言った。

彼はブラッグズまで行く代わりに、マスコギに泊まって、そこで休むことに決めた。

ルーリーは言った。「そうね、今日はもうたっぷり五十マイルは走ったものね」

生意気な口をきくな、とジョー・ヤングは彼女に言った。「おまえをモーテルに置いて、おれは知り合いのやつらに会いに行く。チョクの居所を探るためだ」

ルーリーはその言葉を信じなかった。が、口答えしてもなんの意味がある？

今は夕方の早い時間で、日が沈もうとしていた。

ドアをノックしたのはきちんとした身なりの若い男――ドアのガラスのはまった部分から相手が見えた――で、やせて背が高く、ダークスーツを着て、下ろした片手に帽子を持っていた。警察にまちがいないと思ったが、ここに立って彼を見ながら、ドアを開けないでいる理由もなかった。

男は言った。「やあ、お嬢さん」そして、札入れを開いて、身分証と円で囲まれた星の記章を見せた。「連邦保安官代理のカール・ウェブスターだ。きみは？」

「ルーリー・リングですけど？」

彼はきれいに揃った歯を見せて微笑むと、こう言った。

「プリティ・ボーイ・フロイドの妻、ルビーのいとこだね？」

冷たい水を顔に浴びせかけられたように、ルーリーはひどく驚いた。「どうしてそれを？」

「われわれはプリティ・ボーイについての本を作っていて、それには彼の係累や知り合いがひとり残らず書いてあるんだ。最後に彼を見たときのことを覚えてるかな？」

「彼の結婚式のときよ。八年前の」

「それ以来会ってないのか？　サリソーに来たときは？」

「彼には一度も会ってないわ。でも、聞いて、彼とルビーは離婚してるのよ」

カール・ウェブスターは首を振った。「彼はコフィヴィル（カンザス州南東部の町）まで行って、彼女を連れ戻したんだ。ところで、きみは車をなくしたね？　フォードのモデルAだが」

チャーリーとルビーがよりを戻していたというのは、初めて聞く話だった。これまでどの新聞にもルビーが取り上げられたことはなかった。出てきたのはファニータという名前の女だけだ。「車はなくなってないわ。友達が使ってるだけよ」

彼は言った。「車はきみの名義なのか？」そして、オクラホマのナンバーをあげた。

「あれはあたしが稼いだお金で買ったものよ。たまたま継父のオーティス・ベンダーの名義になってるけど」

「ちょっとした誤解があったようだね」カール・ウェブスターは言った。「オーティスはそれが、セコイア郡の自分の土地から盗まれたと言っている。きみが車を貸した友達というのは誰かな？」

ルーリーはためらったのち、彼の名前を言った。

「ジョーはいつ戻ってくる？」

「そのうち帰ってくるわ。飲みすぎて友達のところに泊まってくるんでなければ」

カール・ウェブスターは言った。「ぜひ彼と話がしたい」そして、ポケットから名刺を出して、ルーリーにわたした。名刺には星がひとつついていて、文字が浮き彫りのようになっていた。「あとでわたしに電話するようジョーに言ってくれ。泊まってくるようなら明日のいつでもいい。きみたちはドライブをしてまわっているだけなのかな？」

「観光してるの」

ルーリーがじっと見つめるたびに、彼は微笑んだ。カール・ウェブスター。親指の腹で彼の名前をたどる。彼女は言った。「あなた、チャーリー・フロイドについての本を書いているの？」

「本物の本というわけじゃない。彼が知り合ったあらゆる人の名前を集めているんだ。彼を警察に突き出したいと思う人がいるかもしれないから」

「あたしがそうするかどうか訊くつもり？」

またあの笑顔。

「訊かなくてもわかる」

ルーリーは気に入った。彼女と握手をして、感謝を述べた彼のやり方が。無造作に帽子を被る仕草も、それをちょうどいい具合に傾ける方法を知っていることも。

ジョー・ヤングは朝の九時ごろ、顔をしかめ、口の中のいやな味を追い出そうとつばを吐きながら戻ってきた。部屋に入って瓶からウィスキーをたっぷりひと飲みし、さらにひと口飲んでから大きく息を吸って吐くと、気分がよくなったようだった。彼は言った。「昨日の晩、おれたちはあの腰抜けどもを信じられない目にあわせてやったぜ」

「聞いてよ」ルーリーは言った。連邦保安官代理が立ち寄ったことを話すと、ジョー・ヤングはおどおどしはじめ、じっと立っていられなくなって、こう言った。「おれは戻りたくない。十年もくさい飯を食ったんだ。もう絶対ムショには戻りたくない」今、彼は窓の外を見ていた。

ルーリーは、ジョーと彼の仲間たちが腰抜けどもに何をしたのか知りたかったが、ここから出なければならないことはわかっていた。そこで、彼に言おうとした。あたしたち、ここを出なくちゃ。今すぐに。

ジョーはまだ酔っ払っているか、また酔いはじめたらしく、今はこんなことを言っていた。「やつらはおれを追ってるんだ。きっと銃撃戦になるな。おれは何発か食らうことになるだろう」ジミー・キャグニーを演じていることに気づいてもいないようだ。

ルーリーは言った。「あんたが盗んだのはたったの七十一ドルよ」

「オクラホマ州でほかにもやってるんだ」ジョー・ヤングは言った。「生きてつかまれば、十五年は食らうことになる。おれは絶対に戻るつもりはない」

いったいどうなっちゃってるの？　チャーリー・フロイドを探して車で走りまわっているというのに——この馬鹿は警察相手に撃ち合いをするつもりだ。あたしがこの部屋にいっしょにいるっていうのに。「警察はあたしを追ってるわけじゃないわ」ルーリーは言った。彼に話しかけても無駄なのはわかっていた。それどころではないのだから。とにかくあたしはここから出なくちゃ。鏡台から鉤針編みのバッグを取り、ドアを開けて走らなくちゃ。ドアに向かったが、拡声器を通した声が聞こえてきて立ち止まった。電気を通した声ががなるように言った。「ジョー・ヤング、両手を上げて出てこい」

それに対してジョー・ヤングは——コルトを体の前でまっすぐ構え、ドアにはめ込まれたガラスに向かって発砲をはじめた。ドアの外にいる人びとは撃ち返し、窓を吹き飛ばし、ドアを蜂の巣にし、ルーリーはバッグを抱えて床に伏せた。やがて、拡声器の声が「発砲やめ」と怒鳴るのが聞こえた。

ルーリーが眼を上げると、ベッドの横に立っているジョー・ヤングが見えた。今は両手に一挺ずつ銃を持っている。コルトと三八口径。彼女は言った。「ジョー、いいかげんあきらめなさいよ。あんたが撃ちつづけたら、あたしたち、ふたりとも殺されるわ」

ジョーは彼女を見ることさえしなかった。「やれるもんならやってみろ!」とわめいて、ふたたび発砲しはじめた。両手の銃で同時に。

ルーリーは鉤針編みのバッグに手を伸ばし、強盗の手伝いをさせるために彼がくれた三八口径を取り出した。床にひじをついてジョー・ヤングにねらいをつけ、撃鉄を起こしてバン! と彼の胸を撃ち抜いた。

ルーリーがドアからあとずさると、カール・ウェブスター保安官代理がリヴォルヴァーを構えたまま入ってきた。外の通りに男たちが立っているのが見えた。何人かはライフルを持っていた。カール・ウェブスターは、床の上で丸くなっているジョー・ヤングを見ていた。リヴォルヴァーをホルスターに収め、ルーリーから三八口径を取りあげて、銃口のにおいをかぎ、何も言わずに彼女をじっと見つめてから、片ひざをついてジョー・ヤングに脈があるか確認した。そして、立ち上がりながら言った。「オクラホマ銀行協会はジョーのようなやつらに死んでもらいたがっている。ジョーはそういう男だったんだ。友達を殺したきみに、協会は五百ドルの懸賞金を払ってくれるよ」

「この男は友達なんかじゃないわ」

「彼はもう過去の人だ。心を決めるんだな」

「彼は車を盗んで、あたしを無理やり連れまわしたの」

「きみの意志に反して、だね」カール・ウェブスターは言った。「刑務所に入れられたくなかったら、そういうことにしておくんだ」

「それは事実よ、カール」ルーリーは言った。大きな茶色の眼を見せながら。「ほんとのところ」

マスコギの新聞には、ルイーズ・リングの小さな写真が載った。その上の見出しは、〝サリソーの少女、誘拐犯を撃つ〟というものだった。

ルイーズによると、ジョー・ヤングを止めなければ、自分は銃撃戦のなかで殺されていただろうということだった。

また、自分の名前はルイーズではなく、ルーリーであるとも語っている。現場にいた保安官代理は、少女が自分を誘拐した男を撃ったのは、勇気ある行動だと言った。「ジョー・ヤングは失うものなどなにもない、凶暴な悪党だとわれわれは考えている」保安官代理によると、ジョー・ヤングはプリティ・ボーイ・フロイドのギャング仲間だった疑いがあるという。ルーリー・リングはフロイドの妻の親戚で、伝説の無法者とは面識があった、とも語った。

タルサの新聞には、ルーリーのもっと大きい写真が載り、その上の見出しは、〝少女、プリティ・ボーイ・フロイドのギャング仲間を撃つ〟だった。記事によると、ルーリー・リングはプリティ・ボーイの友人で、元ギャング仲間の男に誘拐され、ルーリーによるとその男は「プリティ・ボーイに嫉妬していて、彼に仕返しをするためにあたしを誘拐した」という。

アーカンソー州フォートスミスからオハイオ州トレドまで、あらゆるところの新聞に記事が載るころには、ルーリーのお気に入りの見出しは、〝プリティ・ボーイ・フロイドのガールフレンド、凶暴な悪党を撃ち殺す〟になっていた。

仕事でサリソーを訪れたカール・ウェブスターは、〈ハークライダーズ〉に立ち寄って、嚙み煙草の〈ビーチナット〉を一袋買った。そこにルーリーがいたので彼は驚いた。

「まだここで働いてるの？」

「母さんにたのまれて買い物をしてるのよ。仕事はやめたわ、カール。懸賞金をもらったから、もうすぐここを出ていくつもり。あたしが家に戻ってから、オーティスはひと言も口をきいてくれないの。あたしに撃たれるかもしれないと思ってるのよ」

「どこにいくつもり？」

「《トゥルー・ディテクティヴ》誌に寄稿してる作家が、あたしにタルサに来てほしいって言ってるの。メイヨー・ホテルに泊まらせてくれて、話をすれば百ドルくれるんですって。カンザスシティとミズーリ州のセントルイスからも、リポーターがうちに来たわ」

「プリティ・ボーイの知り合いだったおかげで、ずいぶん得してるんじゃないか？」

「みんな最初は、あたしがあのジョー・ヤングの馬鹿を撃ったときのことを訊くけど、ほんとに知りたいのは、あたしがチャーリー・フロイドのガールフレンドかどうかなのよ。だから言ってやるの。そんなこと、どこで聞いたのって」

「でも、否定はしないんだ」

「〝信じたいことを信じればいいわ。あたしにはあなたの心は変えられないから〟って言ってる。ねえ、気になってるんだけど、チャーリーはあの記事を読んで、あたしの写真を見たと思う？」

「もちろんだよ」カールは言った。「きっと彼自身、もう一度きみに会いたいとさえ思ってるんじゃないかな」

ルーリーは言った。「ええっ」このときまでそんなことは思いつかなかったとでもいうように。「まさか。ほんとにそう思う？」

クラック・コカイン・ダイエット
（あるいは、たった一週間で体重を激減させて人生を変える方法）

ローラ・リップマン　三角和代訳

The Crack Cocaine Diet
(Or: How to Lose a Lot of Weight and Change Your Life in Just One Weekend)

ローラ・リップマン（Laura Lippman）は、女性記者（から探偵へ転進）テス・モナハンのシリーズで、数多くのミステリ賞を受賞している。近年は『あの日、少女たちは赤ん坊を殺した』（二〇〇三年／ハヤカワ・ミステリ文庫）など単発作品も多く発表し、その評価はますます高まっている。また短篇作品にも力を入れており、多くのアンソロジーに作品を寄稿。本作もアンソロジー *The Cocaine Chronicles* に収録された作品で、《ミステリマガジン》二〇〇七年三月号に訳載された。

わたしはブランドンと、モリーはキースと別れたばかりだから、今度ひらかれるっていうパーティへ行くためにあたらしいドレスが必要だった。でもドレスを買う前に、ふたりとも体重を落とす必要があった。だって、いい女に——それも、〝どうよ、わたしはこんなにいい女なのよ〟ってくらいバージョンアップしなくちゃならないから。〝どうよ、わたしはこんなにいい女であんたのアレは豆粒よ〟と見せつけられるくらいのいい女よ。だって、ブランドンとキースがそのパーティに出席するんだから、あと八日たらずであたらしいオトコが見つからないんだったら、せめてドレスのサイズを落として、ブランドンもキースもその前のオトコたちみんなも、どうしてわたしたちを手放したのか呆然とするくらい磨きをかけなくちゃ。ええ、そうよ、正確にはむこうがわたしたちと別れたんだけど、モリーとわたしはあいつらの長所と短所を並べてチャラにしていったの（長所／あいつらは貢いでくれた。短所／あいつらはお子様だった。長所／エッチの相手にはなった。短所／アレが豆粒、前記参照）。ね、わたしたちは論理的なのに、あいつらは衝動の塊。男ってそういうものよ。そこも、もうひとつの短所かもね——衝動のコントロールが下手。わたし？　わたしはよくよく考えたうえでしか行動しないわ。でね、モリーとキースが別れた理由はよく知らないけれど、わたしはブランドンから、朝から晩まで小うるさく言われたかったら母親の家にもどってるさと言われて、「ふーん、お母さんにまだ洗濯をやってもらって、食事も作ってもらってるんだから、そもそも自立していることにはなってないわよ」と言いかえして、それで終わったの。べつにどうってことはないわ。

　それでも、仲間たちがあいつらの腕をパンチして「おい、おまえら正気じゃないぜ？」と言うくらいのいい女にならなくちゃ。何事も情報操作が大事なのよ、たとえ男と女のつき合いでもね。いつだって振られるより振るほうがいいけれど、もし負け犬になるしかなかったら、どこかで勝てる道を見つけなくちゃならないの。それがわたしにとっては七ポンドの減量で、モリーにとっては十ポンドもの減量だった。わたしのような自制心のないあの子は、この三週間というもの、失恋してヤケ食いに走っていたの。チョコレートとクリームたっぷりのディンドンズに顔を突っ込み、デヴィルドッグズとダンスして、脂肪の塊になった。わたしはヤケ食いに関しては辛党で、二日ほどプリングルズ・ライトの中身を口に流しこむような勢いで食べていたことは認めなくちゃね。

　で、それはそうと、モリーは低炭水化物ダイエットだと言い、わたしはそれじゃ間に合わない、即効性のある方法でなくちゃと言ったら、モリーは前回断食しようとしたときは目の前に光が見えたと言って、キャベツスープ・ダイエットはどうかなと言い、わたしがその方法だとガスが溜まると言ったら、あの子はピルにしようと言ったけれど、わたしは知り合いの医者はみんな処方箋を簡単に書いてくれないし、あの子の勤め先の歯科医だって、あの子がフェラしてやるのをやめてからピルは出してくれないでしょと言ったの。ようやくモリーはひらめいてこう言ったのよ。

「コカイン！」

　これはじっくり考える価値があったわ。モリーとわたしはちょっとした気晴らし程度にコカインをやったことしかなくって、それはいつもこっちを感心させたい彼氏たちがくれたものだったけれど、少ない経験でも、コカインなら効き目がありそうに思えた。ほんのちょっぴりの量で、何時間も元気でいられるし走りまわれるし、お腹がすかないのよ。それどころか、食べ物のことなんか聞いたこともないわよって感じになるの。食事はスクエア・ダンスみたいなむかしの古めかしい習慣にすぎないって。

「いいわ」わたしは言った。「ただ、どこで手に入る？」

だって、わたしたちは女だもの。女らしい女ね。わたしは十六歳の頃から酒を飲んでマリファナを吸ってきたけれど、両方とも自分で買ったことは絶対になかった。それは彼氏のすることよ。長所／ブランドンは飲み物をおごってくれたから、アルコールに現金をつぎ込む必要がなければ、もっとたくさん靴が買える。

モリーは懸命に考えたけれど、モリーが頭を使うのは太った男のランニングみたいなものだった。見るからに大変そうなの。

「ええと、市内とか？」

「でも、市内のどこで？」

「街角とかよ」

「そうだけれどね、モリー。わたしもＨＢＯチャンネルは見てるわ。でも、どの街角で手に入るかと訊いてるわけ。新聞のくだらない週末のイベントガイドに――映画、ライヴ、クラブ、ドラッグを買える場所、なんて載ってる？」

それでモリーは知り合いの男に訊ね、その男がべつの男に訊き、その男がまたべつの男と話をして、市内のはずれで州間道路から遠くない場所で買えることがわかったの。それなら行くのも簡単、帰るのも楽々よ。でしょ？　着ていくものをざっと話しあってから――ジーンズ、Ｔシャツ、サンダルになったけれど、わたしははげたネイルを見てジョギングシューズに履きかえ――わたしたちは出かけた。目立たないように気を遣って。モリーに説明したとおり、危ないまねをするときはそういうものだから。わたしはママに電話してジョギングしてくると言った。モリーは自分のママに電話して、町へドレスを買いに行くと言った。

モリーの友だちの友だちの友だちが道を教えてくれたとおりに行くと、アパートにたどり着いて、なんだかがっかりしたわ。だって、ずらりと並ぶ戸建てを想像していたのよ。絵に描いたように軒を寄せあう家並みを。それなのに、そこはわたしたちが住んでいる場所をもっと汚く、ボロくしたアパートだった。中庭を取りかこむようにして二階建てのタウンハウスがいくつか建てられている小さな団地。わたしたちは周囲をぐるぐると車でまわり、いかにも慣れていて人待ち顔に見せようとしたけれど、そこは暑い七月の午後のごく普通の団地のように見えた。三周目に入ったところでようやく、ひとりの男がぶらぶらと車に近づいてきたの。

「なにがほしい?」

「なにがあるの?」わたしはそう返事をして、かなりいい返事だと思った。何気なく響くけれど、気の利いた答えだと思ったから。もしも彼が警官だったら、厄介なことに巻きこまれるわけにはいかないもの。ほらね、わたしはいつも頭を使ってるのよ。名前は挙げずにおくけれど、あの人やこの人とはちがう。

「《アメリカン・アイドル》と《サバイバー》があるよ。前のやつは、うまく歌えるようになって、辛口審査員のサイモンも言葉をなくす。後のやつは、人生に免疫ができたような気分になれる」

「それでいいわ」モリーは紙幣をひとつかみした手をわたしの横の窓へ伸ばしたけれど、その男は車からあとずさった。

「むこうの男に払ってくれ。そうしたらべつの者が品物を渡すから」

「先に、ええと、ブツを受けとってから、あとで支払うわけにはいかないの?」

男はモリーに生徒からとんでもなく愚かなことを言われた教師のような視線を投げかけた。わたしたちはつぎの男のところへ車を走らせ、四十ドルを手渡し、それから男が指さした場所へ行って待ったの。

「マクドナルドみたい!」モリーが言った。「ドライブスルーだ!」

「ちょっと、マクドナルドなんて言わないで。丸一日、食べてないんだから。ビッグマックのためなら、人だって殺せそう」

「ビッグン・ティスティーは食べた? あれはすごいって」

「それ、なあに?」

「チーズバーガーだけど、ソースが特別で」

「ビッグマックもそうじゃない」

「でも、ソースがちがうの」

「ああ、ポテトは牛脂で揚げていた頃のほうが好きだったな」

三番目の少年（ボーイ）――ボーイ、でいいのよ、彼は十三歳ぐらいだったし、わたしはべつに人種差別主義者じゃないの（ボーイは黒人の呼びかけに使われることがある）――その子から品物を受けとって、わたしたちは走り去ったの。でも、モリーはすぐにコンビニの駐車場に車を入れた。セブン・イレブンやロイヤル・ファームのような本物のコンビニじゃなかったわね。

「どうするつもり?」

「ダイエット前の食いだめ」モリーが言った。「来週食事をしないんだったら、いまのうちに楽しみたいもん」

わたしはその日の朝からきっちりダイエットを始めるつもりだったけれど、モリーの言うことはもっともだと思えた。少し計算してみた。プリングルズ一オンスはだいたい百二十カロリーだから、ひと缶丸々食べても半ポンドも太らないし、半ポンドは体重計には反映されないから、太ったうちに入らない。モリーはピーナッツのM&Mを一ポンドも買ったけれど、いいこと、あの子は無理して食べようとしてるんじゃないの。そのくらいペロリとたいらげる場面を何度も目撃したわ。モリーの食欲はすさまじかった。

わたしたちはその駐車場でピクニックをやったわ。ダイエット・クリームソーダで食べ物を流しこんだ。それからモリーは品物を開けようとしたの。

「ここじゃだめよ!」わたしはあたりを見まわして、注意した。

「質がよくなかったらどうするのよ? 混ぜ物でもしてあって、効き目が弱かったら?」

モリーにはちょっとむかついてきたけれど、たぶんそれはわたしが塩分をとったせいね。指先がむくんで、少し頭痛がしてきたの。「いい品かどうか、あんたに見分けがつく?」

「歯茎につけてみるのよ」モリーは袋を開けた。見ただけでおかしいと思った。記憶にあるより色がオフホワイトに近かったし、細かくカットされてもいなかった。でも、モリーは夢中で指を舐め、袋に突っ込み、歯茎に塗りつけていった。

「へんよ」モリーは言った。「なにも感じない」

「たぶんだけど、すぐには感じないんじゃないの」

「ちがうって。わたしたち、騙されたんだわ。頭にきちゃう。もどるわよ」

「モリー、あいつらは交換してくれないと思うけど。一度靴を履いてからも返品できるような〈ノードストローム〉じゃないんだから。あんた、濡れた指を突っこんだじゃない」

「わたしたちはカモにされたのよ。郊外住まいの白人女だから、弱いドラッグを売りつけてやれと思われたのよ」モリーはますますHBOチャンネルに登場する人みたいな考えかたをするようになった。その効果は《ザ・ソプラノズ》より、おバカな《アリ・G》に近かったと言わなくちゃならないけどね。「返金を要求してやるから」

このとき初めて、雲行きが怪しくなってきたと思ったの。で、モリーはカンカンになってもどり、例の男を見つけて、文句を言ったり、わめいたりを始めたけれど、男は怒ったようには見えなかったわね。どう言ったらいいのかな、モリーのことをおもしろがっていたみたい。好きなだけ怒鳴らせて騒がせて自分はうなずいているだけで、モリーがとうとう失速したところで、こう言ったのよ。「ハニー、ダーリン、あんたが買ったのはヘロインだよ。コカインじゃない。だからハイにならなかったんだ。ヘロインは人を落ち着かせるんだ。そっちの作用も現われなかったようだがな」

モリーはこれだけ怒りを募らせていたから、まだ自分のことを騙された側だと思っていたみたい。「そう、でもそんなこと、こっちにわかるわけないでしょ?」

「おれたち、コカインは色の名前でさばいてるんだ。レッド・トップ、ブルー・トップ、イエロー・トップ。あんたたちはヘロイン・ガールのタイプだと思っただけなんだよ。この手の話には詳しくて、オキシコドンには飽きてさ、本物を欲しがっている子たちに見えた」

モリーはお世辞を言われたみたいに、ちょっと得意気な顔だった。これがモリーについて考えさせられるところなの。客観的に見てわたしのほうがかわいいんだけど、いつもあの子のほうが男にはもてる。きっとセクシー光線みたいなものを飛ばしてるからだと思うの。誰にでもすごいこここでモリーは車を降りて、例の男のほうへずんずんと歩いていったの。この五フィート五インチ、サイズ十――食欲をうまく抑えられたときはサイズ八――の歯科衛生士に、なにかひどい仕打ちでもされると思っていそうな表情をその男は見せて、とても神経質になった。わたしはこう言いたかったわよ。〝そこの人、心配しないの！　彼女にできるのは、あなたの歯茎から血が出てくるまでこすることぐらいよ〟（わたしはモリーのいる歯科医院に通っていてモリーに歯の掃除をしてもらうんだけど、そりゃ乱暴なの。ちょっとした憂さ晴らしをしてるのね、きっと）。

「なによこれは？」モリーは叫んで、ギャングスターたち全員を男の背後に集結させちゃって――この表現、ぴったりだと思う――小瓶を男の顔につきつけた。

男は不安そうに周囲を見まわして、とうとうモリーの手首をつかんで言ったの。「いいか、黙らないと、たいへんなトラブルをしょいこむぞ。そいつは吸うんだよ。やりかたは教えてやるよ……あんた、なにも知らないのか？　ほんとだって、きっと気に入るから」

とをしてあげるって、伝えようとしてるってことよ。

「あんたたちみたいな、きれいな子ふたり連れのためなら、今回にかぎって例外を認めてやるよ。この品物を、うちのゴーディに返してくれ。そうしたら、やつが上物のブルー・トップを渡すから」

わたしたちは言われたとおりにやって、ゴーディとやらも言われたとおりにやったけれど、今回のモリーはほんの数フィートだけ車で離れてから、これ見よがしに品物をたしかめて、青い蓋の小瓶をライトに掲げた。

「なんだか、氷砂糖みたい」

ほんとに氷砂糖みたいだった。祖母がむかし作ってくれたファッジや、いまとなっては食べるなんて想像もできない子ども時代のごちそうを思いだした――ピクシー・スティックス、ナウ、レイターーズ、メアリー・ジェーンズ、ドッツ、ブラック・クロウズ、ネッコ・ウェーファー、それにワックス紙にのせたパステル色のボタンのようなお菓子。チョコレートが好きだったことはないけれど、砂糖菓子なら子どもの頃は大好きだった。

モリーが手招きするから、あまり気が進まなかったけれどわたしは車を降りた。なんて言うか、《スター・ウォーズ》の場面みたいだったのよ。小さな赤い目が洞窟から見つめていて、突然あの気味の悪いサンドピープルが現われて襲ってくる場面。わたしは人種差別主義者じゃなくて、ただ自分がよそ者で、いろんな目がわたしたちをじっと見つめてるとたしかにわかったと言ってるだけ。

「おれの家へ行こう」まるで世界を股にかける謎めいた男が自分のエッチング画を鑑賞に来ないかと招待してるように、とっても洗練された声で彼は言ったの。

「ドラッグをやるたまり場ね？」モリーは大興奮して甲高い声をあげた。「すっごい！」

男はちょっとむっとしたみたいだった。「いつもは、自分のうちじゃ、友だちにドラッグはやらせないよ」

彼はわたしたちをタウンハウスの一室へと案内したの。わたしは自分がなにを期待していたかわからないけれど、レースのテーブル飾りやクッションのきいた古めかしいソファや、キリストや誰か黒人の男（あとになってから、マーティン・ルーサー・キング・ジュニア牧師だと見当をつけたけれど、あのときはとにかく動転していて、きっとパパか誰かだと思った）の絵が壁にかけられた家でなかったことはたしかよ。でも、なによりも驚いたのは、ソファの中央にちょこんと座って膝で手を組んだちっちゃなおばあちゃんだった。背が低くて、まっ白なアフロヘアで、ピンクのTシャツと花柄のスキーパンツ姿で、パンツは細い脚にフィットしないでだぶついていた。スキーパンツ。現物を見たのはひさしぶり——というか、初めてだったかも。

「アントン？」彼女は言ったわ。「あたしの昼食を作りにきてくれたのかい？」

「ちょっと待ってくれよ、ばあちゃん。客が来てるんだ」

「いい人たちかい、アントン？」

「とてもいい人たちだよ」彼はこちらにウインクして言い、そこで初めてわたしは老婦人は目が見えないことに気づいたの。だって、目は白濁してもいなかったし、どう見てもおかしなところはなかったし、茶色で澄んでいて、わたしたちをまっすぐに見ていたように思ってたのよ。近づかないとほんとに見えてないことには気づかないわ。揺らがないあの視線は、じつはどこにも焦点が合ってなかったの。

アントンはダイニングの隣にあるアルコーブ式のキッチンへ行き、トレイにサンドイッチとポテトチップス、ソーダをついだグラス、薬をずらりと並べたわ。そんな彼に好意をもたずにいられる？　とても優しくって、肩が広くて、おばあちゃんと同じように短めに刈ってただ黒いところがちがうだけの髪の男。それから、彼はもう一度ウインクをして、そっとコカインの吸いかたを教えてくれたの。

「アントン、おまえ、ここで煙草を吸ってるのかい？　あたしが煙草には感心しないことを知ってるだろう」

「ただのクローブ煙草だよ、ばあちゃん。クローブなら誰の害にもならないさ」

アントンはモリーにもわたしにも手を貸してパイプを吸わせたんだけど、絶対に必要以上に接近していたの。彼、クローブみたいな匂いがしたわ。クローブとジンジャーとシナモンみたいな匂い。スパイス・クッキー、アントン。彼はモリーの口からパイプを外して、代わりに自分のくちびるを押しつけた。わたしはべつにキスしてほしくなんかなかったけれど、わたしのほうがモリーよりずっとかわいいのよ。言うまでもないけど、あの子より痩せてるし。でもね、黒人の男たちはお尻の大きな女が好きらしいから、モリーならたしかに合格よ。あの子のお尻にビール缶をのせて部屋中を歩きまわらせても、缶は落ちやしないんだから。意地悪を言ってるんじゃないの、ありのままの事実を話してるだけ。一度パーティで退屈したときに、わたしはほんとにやってみたことがあるの。モリーはお尻にバドワイザー・ライトの缶をのせて腰を振って歩きまわったのよね、まるでそんな大きな荷物をもっていることを自慢してるみたいに。

おかしな話だけど、クラックを吸い終えたら、ますますお腹がすいちゃったんだけど、ほんとの意味でお腹がすいたんじゃなかったの。つまりね、お腹がすいたんじゃなくて、口が寂しかったのよ。目の見えないご婦人のトレイにのったポテトチップスがどうしても食べたかった。アッツのソルト&ヴィネガー味だったのよ。アントンがグリーンとイエローの袋から中身を出すところを見ていたの。わたしはアッツのソルト&ヴィネガー味がだぁぁぁぁぁぁぁぁぁぁぁぁぁぁい好きなんだけど、ライト版はないから、めったに食べることはない。だから、一枚だけかすめとったわ。こっそりと一枚だけね。でも、一枚だけじゃやめられないって言うじゃない。うん、そう言われているのはレイズのポテトチップスだけれど、私見では、アッツのほうがあてはまるのよ。それでわたしはチップスを盗みつづけたの。一度に一枚ずつ。

「アントン？　おまえ、あたしのトレイから食べ物をとってるのかい？」

わたしはごまかしてくれることを期待してアントンを見たけれど、モリーの舌がアントンの口の奥まで入ってた。たぶん、舌をフロス代わりにしてたんじゃないの。やっとモリーの舌から口をはずしたアントンは言ったの。「あのさ、ばあちゃん？　おれ、ちょっと横になるよ」

「お客さんはどうしたんだい？」

「帰るところだよ」アントンはそう言って、足音をわざと響かせてドアまで歩くと、ドアを閉めた。

「《裁判官ジュディ》の時間だよ！」彼のおばあちゃんはそう言って、わたしはふしぎに思った。だって、目の見えない人よ、どうやって時間がわかったの？　アントンはリモコンを使ってテレビをつけた。白黒。スミソニアン博物館に展示して。結局はおばあちゃんは目が見えないんだから、白黒でも構わないんでしょうね。

ふと気づくと、わたしは部屋にひとり残されていて、おばあちゃんは判決を吟味してやろうと思っているみたいに《裁判官ジュディ》に夢中になって、わたしはポテトチップスを見つめつづけていると、アントンとモリーが、物音を立てまいとがんばっても、音を出さずにいられないときに出すような物音を立てはじめた。

「アントン？」老婦人は大声で言ったの。「食器洗い機が動いているのかい？　カトラリーが機械に詰まってるような音がしているよ」

おばあちゃんが〝カトラリー〟という言葉を知ってるなんてびっくりしたわ。クールじゃない？

でも、もちろん、わたしは返事ができなかった。そこにいないことになってるのよ。

「そいつは――大丈夫だよ――ばあちゃん」アントンはべつの部屋でうめいた。「そいつの――具合は――ああ最高、に――いいから」

　物音がまた聞こえてきた。おばあちゃんは正しかった。まるで食器洗い機にカトラリーが詰まっているような音だった。でも、突然音が止まったの――アントンの息遣い、マットレスのスプリングの音、モリーがかすかにうめく声――みんな、ぴたりと止まったの。しかも、自然な止まりかたじゃなかったのよ、言いたいことがわかってもらえたらいいけれど。ひどいことを言うつもりはないのよ、でも、モリーはあばずれみたいなもので、あの子がセックスする音を聞いたことは数えきれないほどあって、あの子がいったふりをするときだって、静かにしなければならないときだって、どんなふうに終わるのか、わたしは知っていて、あれはいつものモリーの終わりかたとは全然ちがっていたの。アントンは短く叫んだけれど、モリーは静まりかえってた。

「アントン、おまえ、なにをしてるんだい？」おばあちゃんが訊ねた。アントンは返事をしなかった。数分が過ぎて、ベッドルームからしゃがれた囁き声が聞こえたの。

「ねえ、ケリー？　ちょっとここに来てくれない？」

「いまのは誰だい？」おばあちゃんが訊ねた。

　わたしはリモコンで《裁判官ジュディ》のボリュームをあげたわ。「**わたしが愚かだとでも思ってるんですか？**」ジュディは叫んでいた。「**美しさは衰えますが、愚かさは永遠につづくことを覚えておきなさい。わたしは書面にしていたのかと訊いたでしょう。口頭で同意しただなんて、くだらないことは聞きたくありませんね**」

　ベッドルームへ入るとモリーはアントンの下になっていて、こんなふうに考えたことを覚えているわ――少しハイになってたんでしょうね――彼がいると、あの子はとても痩せて見えるって。彼がモリーの身体を覆っていたからで、あの子はいい脚と素敵な腕の持ち主なのよ。アントンの背中も素敵だった。広くて筋肉質で、それにいいお尻。ブランドンにはお尻らしきものはなかったけれど（短所）、いい脚はしていた（長所）。

一瞬の間があってから、彼のすばらしい背中の中央にハサミが刺さっていることに気づいたわ。

「いやだって言ったのに」モリーは囁いた。アパートメント全体がほんとに揺れているほどテレビのボリュームをあげていたのにね。「本気でいやだったの」

たくさんの血が流れていることに気づいたわ。たくさんよ。

「あんたの声は聞こえなかった」わたしは言った。「つまり、あんたがはっきりと〝言葉〟を話すのは聞こえなかったってことだけど」

「くちびるの動きで伝えたのよ。彼は黙っていろと言ったの。おばあちゃんがいるからって。それでも、わたしはくちびるの動きで伝えたのよ。〝いや〟。〝いや〟って」あの子は信じられないほど醜い魚みたいな口で、実演してみせたの。

「彼、死んだの？」

「ねえ、わたしは彼に口でしてやるだけのつもりだったのよ。こうして余計に親切にしてくれたんだから。でも、彼は、なんて言うか、割礼を受けてなかったんだって。だからできなかったのよ、ケリー、わたしにはできなかった。こんな男を相手にしたことはなかったの。代わりに手でしてあげるって言ったのに、彼、すごく腹を立てて、無理にやろうとしたの」

話が一貫していなかった。わたしはハイになっていたけれど、いくつも穴が見つかったもの。〝どうしてあんたは裸なのよ？〟と訊きたかった。〝悲鳴をあげなかったの？おばあちゃんにあんたがいることが知れたら、アントンは大胆なことはしなかったはずよ〟ってね。彼、モリーに対する気持ちより、おばあちゃんを怖れる気持ちが大きなことは、わかりきっていたもの。

「ここは隠し場所なんだって」モリーが言った。「アントンに見せてもらったの」

「なにを隠してるの？」

「ドラッグ。ここに置いてあるの。全部。もらっちゃおうよ。だってね、こいつはレイプ魔なんだから、ケリー。犯罪人よ。ドラッグの売人だし。手を貸してよ、ケリー。こいつをわたしからどけて」

でも、彼を横に転がしてみると、コンドームがついていたの。モリーも同じものを目にしたわ。

「それ、はずさなくちゃならないよね。話がややこしくなるから。レイプされるとわかって、せめて用心だけはしてと頼んだの」

わたしはそれで納得したみたいに、うなずいてみせた。コンドームはトイレに流して、モリーについた血を拭きとって、家で見つけたものをわたしのバッグに詰めこんだの。だって、あの子はケイトスペードのちっぽけなバッグの偽物しかもってなくて、たいして物が入らなかったから。現金が見つかった。二千ドルぐらい。それで頂くことにしたのよ、それだけの現金が残っていたほうが疑わしい状況になるって理由をつけてね。家をあとにするときに、わたしはおばあちゃんの皿からまた少しポテトチップスを奪ったわ。

「アントン？」おばあちゃんは言った。「また出かけるのかい？」

モリーは低い声でうめき、それでおばあちゃんは鎮まったみたいだった。わたしたちはまるで世界中の時間を独占しているみたいにゆっくりと歩いていったけれど、やっぱり何千もの目がこちらを見ているような気持ちになった。たいへんなトラブルをしょいこんだ。わたしたちがやったことに対して、なんらかの報復があるはずよ。モリーがやったことに対してか。わたしはポテトチップスをちょっと盗んだだけだもの。

「州間道路じゃなくて、採石場の方の道から帰るわよ」わたしはモリーに言ったの。

「どうして？」あの子が訊いた。「遠回りになるけど」

「でも、よく知ってる道でしょ。隅々まで。誰かに尾行されても、あの道ならまけるわ」

家まで二マイルのところで、わたしはあの子に、すごくトイレに行きたくなってがまんできないから、誰かこないか見張っていてと言ったの。むかしからそうやってきたことよ。古い石灰岩の採石場を見おろす高台にいた。ティーンの頃に何千回と車を止めてきた場所よ。わたしの知っているかぎり、モリーが一度も〝いや〟と言ったことのない場所。

「終わった?」あの子がそう言ったときに、わたしは木立の裏から姿を現わしたの。

「もう少し」わたしはそう言って、あの子を強く押し、崖から突き落とした。採石場の道の高台で首の骨を折った子はうちのクラスであの子が初めてじゃなかった。わたしのハイスクール時代の彼氏が、わたしたちが別れた直後に首の骨を折ってるの。あれは恐ろしい事故だった。わたしは一週間も食事をとらずに、体重はサイズ四まで落ちたわ。誰もがわたしを気の毒に思ってくれた――エディを振って、あんなふうに自殺させてしまったからって。エディのほうが別れたがったなんて説明する理由は見あたらなかった。必要のない情報よ。

わたしは丘を越えて、家まで一マイルほどのハイウェイにやってくると、あとはずっと駆けていった。そうすれば、わたしはその午後ずっとランニングしていたんだと、母親が最初に証言してくれるだろうから。モリーはあの子の母親からショッピングに行っていたと話があった。わたしは仮定したのよ、警察がアントンの死体とモリーの殺人を結びつけて、モリーはアントンの復讐として殺害されたと推理するってね。でも、わたしは警察の能力を過信していたの。アントンは朝刊でたった一段落の記事になっただけだった。モリーはじつは妊娠していたとわかって、それは本人も知らなかったことで――きっと父親が誰かも知らなかったはずよ――何週間も過ぎたいまでも、まだ一面に載っている(たぶん、あの子が三日間発見されなかったことが関心をかきたてたのね。だって、あの子は郊外在住の太り気味の歯科衛生士でしかないじゃない――それに前にも言ったとおり、あばずれみたいなものだったし。でもマスコミはとにかく大騒ぎ)。世間ではキースがやったと思われてるみたいだけど、彼の疑いを晴らしてやる理由は見あたらないわね、いまのところ。彼はろくでなしよ。それに、この州では死刑になる人はまずいないし。

それから、キースは先月モリーが何人の男とセックスしたか言いふらして、そのなかにはブランドンも含まれていて、警察はモリーが殺される直前にセックスしていたのは誰か、いまだに必死に捜査しているの（だから、できるだけ早い段階でコンドームをつけなくちゃならないのよ、女性陣。ペニスはしずくを垂らすから。参考までに）。わたしはショックを受けたふりをしたけれど、ブランドンのことはとっくに知ってたの。彼からほかにつき合いたい相手がいると言われた二日後の夜中の二時に、車で彼のアパートメントへ行って、彼がモリーの車にいるところを見た。わたしの元カレと親友が、わたしに隠れてコソコソしてた。誰もがわたしを気の毒に思ってくれるけれど、わたしは気を強くもってるわ。でもあまり食べられなくて、サイズ二まで落ちたけれどね。ちょうどヴェルサーチのドレスとマノロブラニクの靴を買ったばかり。今週末にあたらしい彼氏のロバートとデートするの。以前は服にこんなにお金はかけなかった。でも、以前は、楽しく使える現金二千ドルなんてもってなかったもの。

即興
Improvisation

エド・マクベイン　羽地和世訳

二〇〇五年七月六日に死去したエド・マクベイン（Ed McBain）については多言を要しまい。本作は彼の最後の短篇作品であり、アンソロジー*Dangerous Women* に収録された。

「誰かを殺すっていうのはどう?」と女は提案した。

彼女はブロンドだった。そして当然の如くすらりとしなやかな長身で、裾丈が短く襟ぐりの深い、曲線の美しい黒いカクテルドレスを着ていた。

「それならやったよ」とウィルは答えた。「経験済みだ」

女の眼が大きく見開かれた。鮮やかなブルーの瞳が、ドレスの黒との対照ではっとするほど際立った。

「湾岸戦争だよ」と彼は説明した。

「だったらぜんぜんちがう話だわ」と彼女は言い、飲んでいたマティーニのグラスからオリーブをつまむと、口のなかへ放りこんだ。「わたしが言ってるのは、殺人のことよ」

「ふーむ、殺人ね」とウィルは言った。「誰を殺すつもりだい?」

「あっちのカウンターに坐ってる女の子はどう?」

「ああ、無差別に選ばれた犠牲者ってわけか」と彼は言った。「だけど、それと戦闘とどこがちがう?」

「無差別だけど特定の選ばれた犠牲者よ」と彼女は言った。

「あの子を殺しましょうか、それとも殺さない?」

「だけど、どうして?」と彼は尋ねた。

「いいんじゃない?」と彼女は言った。

ウィルがその女と知り合ってから、せいぜい二十分というところだった。じつのところ、まだ名前も知らなかった。誰かを殺そうという彼女の提案は、それまで何度も功を奏してきたウィルのスタンダードな誘い文句に対する返答だった。すなわち——「さて、今夜のちょっとしたお愉しみに何をしようか?」

それに対してブロンド女は答えた——「誰かを殺すっていうのはどう?」と。

ささやくでもなく、声を低くするでもなく。マティーニのグラス越しにほほえみながら、ふつうの話し声でこう言ったのだ――「誰かを殺すっていうのはどう?」

彼女のいう〝無差別に選ばれた特定の犠牲者〟というのは、茶色のシルクブラウスと濃いめの茶色のスカートに、地味な茶色のジャケットを着た、ぱっとしない女だった。なにやら途方に暮れたファイル整理係か下っ端の秘書のような雰囲気がある。くすんだ茶色い髪に、メガネというよりは眼鏡(がんきよう)と呼びたくなるような代物の奥の真っ直ぐな眼つき、薄い唇にいくらかでっぱり気味の口元。まったくもって目立たない女だ。そんな女がひとりきりでグラスから白ワインをちびりちびり飲んでいるのが少々不思議でもある。

「それじゃ彼女をほんとに殺すとして」とウィルは言った。「そのあとで、今夜のちょっとしたお愉しみに何をしようか?」

ブロンド女はにっこりした。

そして脚を組んだ。

「わたしの名前はジェシカよ」と彼女は言った。

それから片手を差し出した。

彼はその手をとった。

「おれはウィルだ」

女の掌が冷たいのは、冷えたグラスを握っていたせいだろうと思った。

クリスマスまであと三日というこの寒い十二月の晩、カウンターの端に坐っている冴えないファイル整理係を殺すつもりなど、ウィルにはまったくなかった。それを言うならほかの誰かを殺すつもりも。おかげさまで、昔は自分の割り当て相当数の人間を殺したが、それらはみな、敵だということを示すイラク軍の軍服を着ているという点で特定された、無差別な犠牲者であった。それが戦時中にできる可能なかぎりの特定というものだろう。彼らをブルドーザーで無理やり塹壕に追い落としてもかまわない理由はそこにある。それがあるから殺してもかまわない理由ができるのだ。たとえいまジェシカが、殺人と戦闘とのあいだにどのように微妙な区別をつけようとしたところで。

いずれにしても、ウィルにはこれが単なるゲームだということがわかっていた。一年中のいかなる晩も、マンハッタン中のあらゆるシングルズバーで繰り広げられている誘い合いの儀式の変形のようなものだと。気の効いた誘い文句を考えだし、関心を示す反応を得ればさらに先に進める。じつのところ、ジェシカがこれまでいったい何回、いったい何軒のバーで、その「誰かを殺すっていうのはどう？」という文句を使ってきたのだろうとも思った。どう考えてもその誘い文句は大胆な、ことによれば危険なものでさえあった——誰かにその素晴らしい脚をちらつかせ、相手が切り裂きジャックだとわかったときにはどうするつもりだろう？　あるいは、カウンターの向こう端にひとりで坐っているあの若い女を殺すのは面白そうだと、本気で思うような相手をひっかけてしまったとしたら？　おう、そいつはいい考えだな、ジェシカ、やろうじゃないか！　じっさいの話、それは彼が暗にほのめかした答えでもあった。が、もちろん彼女は自分たちがゲームをしているだけだとわかっているはずだ。まさか、ここで本物の殺人を計画しているとは思わないに決まっている。

「誰が最初に声をかける？」と彼女が尋ねた。

「やっぱりおれかな」とウィルは言った。「お願いだから、〝今夜のちょっとしたお愉しみに何をしようか？〟っていう誘い文句は使わないでね」

「おやおや、気に入ってくれたと思ったのに」

「ええ、初めて聞いたときにはね。五年か六年もまえのことよ」

「きわめて独創的なせりふだと思ってたんだが」

「あそこのアリスにはもっと独創的にね、いい？」

「それが彼女の名前だと思うのかい？」

「あなたはなんだと思う？」

「パトリシア」

「いいわ、わたしがパトリシアになるから」と彼女は言った。「やってみてちょうだい」

「失礼ですが、ミス」とウィルは言った。

「なかなかいいわよ」とジェシカ。

「私と友人は、あなたがおひとりなのに気づいたんですが、もしかしてご一緒にいかがかと思ったもので」

ジェシカはあたりを見回して、彼が言っている友人というのがどこにいるのか探そうとしているふりをした。

「どの人のことでしょう？」彼女は眼を大きく見開いて、不審そうに尋ねた。

「あそこに坐っているきれいなブロンドの女性ですよ」とウィルは言った。「名前はジェシカです」

ジェシカはほほえんだ。

「きれいなブロンドの女性、ね？」

「豪華なブロンドの美女」と彼は言った。

「おだてるのが上手ね」と言うと、彼女はバーカウンターのうえの彼の手に自分の手を重ねた。「それじゃ、あのパティ・ケーキちゃんがわたしたちと一緒に飲むことに決めたとしましょう。それからどうする？」

「お世辞とアルコール攻めにしよう」

「それから？」

「どこか暗い路地に連れ込んで、こん棒で殴って殺す」

「ハンドバッグのなかに毒薬の小壜があるんだけれど」とジェシカが言った。「そのほうがいいんじゃないかしら？」

ウィルはやくざのように眼を細めてみせた。

「素晴らしい」と彼は言った。「では、どこか暗い路地に連れ込んで、そこで毒を飲ませて殺そう」

「どこかのアパートメントのほうが犯行現場としてはいいんじゃないかしら？」とジェシカが尋ねた。

ふいに彼の頭に、自分たちは殺人について話し合っているわけではないのかもしれないという考えが浮かんだ。冗談にしろそうでないにしろ。ジェシカの考えているのがトリプルセックスだという可能性はないだろうか？

「さあ彼女に声をかけに行って」とジェシカが言った。「そのあとは即興でやりましょう」

ウィルはバーで女をひっかけるのが得意というわけではなかった。

じつのところ、「今夜のちょっとしたお愉しみに何をしようか？」というあの文句以外にはたいしてレパートリーもなかった。彼は向かいのカウンターに坐っているジェシカの励ますようなうなずきにどうにか力を得つつも、アリスだかパトリシアだか、その名前のわからない女のとなりの空いたストゥールに腰をおろすのに、まだいくらか気後れを感じていた。

彼の経験では、見かけの冴えない女は眼を見はるような美女にくらべてお世辞に反応しにくい。おそらく彼女たちは相手に嘘をつかれるものと身構えていて、またしても騙されたり失望させられたりしまいかと用心深くなっているからだろう。アリスだかパトリシアだか誰だかわからないこの女も、やはりその一般的な冴えない女についての観察結果の例外ではなかった。ウィルは彼女のとなりのストゥールに腰をおろすとそちらに向き直り、「失礼ですが、ミス」とジェシカとリハーサルした通りに言った。が、彼がつぎの言葉を口にするより早く、相手はまるでひっぱたかれたかのように身をすくませた。眼を大きく見開き、不意をつかれた様子でこう言った。「なんですって？　なんでしょう？」

「驚かせてしまってすみません……」

「いいえ、それはいいんです」と女は言った。「なんでしょうか？」

甲高くめそめそしたような声で、どこのものかよくわからない訛りがあった。分厚くて丸いレンズの奥の眼は濃い茶色で、怯えているのか怪しんでいるのか、おそらくその両方で依然として見開かれていた。まばたきもせずに彼を見つめながら待っている。

「お邪魔するつもりはなかったんですが」と彼は言った。

「ただ……」

「それはいいんです、ほんとうに」と女は言った。「なんでしょう？」

「友人と私は気づいたんですが……」

「お友だちですって？」

「ちょうど向かいに坐っている女性ですよ。カウンターの向こう端に坐っているブロンドの女性ですが？」ウィルはそう言ってジェシカを指差し、ジェシカは協力的に片手を挙げて応じた。

「ああ、ええ」と女は言った。「わかりましたわ」

「私たちは、あなたがここに坐ってひとりで飲んでおられるのに気づいたんですよ」と彼は言った。「それで、もしかしたらご一緒にいかがかと思って」

「あら」と彼女は言った。

「どうです？　われわれと一緒に飲みませんか？」

一瞬の躊躇があった。茶色の眼がまたたき、やわらいだ。唇の薄い口元にごくわずかな笑みが浮かんだ。

「そうね、ええ」と彼女は言った。「ご一緒しますわ」


彼らはほの暗い明かりに照らされた隅のほうの、カウンターからいくらか離れた小さなテーブルに坐った。スーザン――というわけでパトリシアでもアリスでもなかった――はもう一杯シャルドネを注文した。ジェシカはマティーニのまま、ウィルはバーボンをもう一杯オンザロックで注文した。

「どんな人だって、クリスマスの三日前にひとりきりで飲んだりするもんじゃないわ」とジェシカが言った。

「ええ、同感だわ、同感だわ」とスーザンが言った。

彼女にはなんでも二回繰り返すというわずらわしい癖があり、まるでこだまが響いているように聞こえた。

「だけどこのバーは帰り道にあるもんだから」と彼女は言った。「ちょっと寄って、一杯だけワインを飲んでいこうかしらと思ったのよ」

「そして暖をとろうと」とジェシカが同意するように言ってうなずいた。

「ええ、まさしくそれよ。暖をとろうと思って」

彼女にはまた他人の言葉を繰り返す癖もある、とウィルは気づいた。

「この近くに住んでるの？」とジェシカが尋ねた。

「ええ。角を曲がってすぐのところよ」

「ご出身はどちら？」

「あらいやだ、まだわかる？」

「何がわかるって？」とウィルが尋ねた。

「訛りよ。いやだわ、まだわかるの？　あれだけのレッスンのあとでも？　どうしましょう」

「どこの訛りですって？」とジェシカが尋ねた。

「アラバマよ。アラバマ州モンゴメリー」と彼女は答えたが、それは「アラバマ州マンガミー」と聞こえた。

「訛りなんて全然わからないわ」とジェシカが言った。

「あなた、何か訛りが聞き取れる、ウィル？」

「っていうか方言ね、正確には」とスーザンは言った。

「まさしくここニューヨーク生まれのように聞こえるけど」とウィルは白々しい嘘をついた。

「ご親切ね、ほんとうに」と彼女は言った。「ほんとうにご親切だわ」

「こちらに出てきてからどれくらいになるの？」とジェシカが尋ねた。

「半年になるわ。六月の末に出てきたから。わたしは女優なの」

女優ね、とウィルは思った。

「わたしは看護師よ」とジェシカが言った。

女優と看護師か、とウィルは思った。

「ほんとに？」とスーザンが言った。「どこかの病院に勤めてるの？」

「ベス・イスラエルよ」とジェシカが言った。

「そいつはユダヤ教会堂（シナゴーグ）なんだと思ってた」とウィルは言った。

「病院でもあるのよ」とジェシカは言ってうなずくと、またスーザンのほうに向き直った。「何かに出演しているあなたを見ている可能性があるかしら？」

「うーん、モンゴメリーに行ったことがなければないでしょうね」とスーザンは答え、にっこりした。「『ガラスの動物園』？　『ガラスの動物園』はご存知？　テネシー・ウィリアムズは？　テネシー・ウィリアムズの戯曲なんだけど？　向こうではわたし、ペイパープレイヤーズ劇団の上演作品のなかでローラ・ウィングフィールドを演じたのよ。こちらではまだ何にも出てないけど。ずっとウェイトレスをしてるの、じつのところ」

ウェイトレスか、とウィルは思った。

おれと看護師は、ニューヨークでもっとも冴えないウェイトレスを殺そうというわけか。

あるいはさらに悪ければ、ベッドに連れ込もうというわけか。

あとになってウィルは、モエ・エ・シャンドンを一瓶買って仕上げの一杯としてスーザンのアパートメントに持っていこうと言いだしたのは、ジェシカだったろうかと思った。そのアパートメントがとても近かったり何やらというので。じっさいのところ、スーザンが言っていたように、それは角を曲がってすぐのところにあった。あるいは、言いだしっぺはウィル自身だったかもしれない。そのときまでにたっぷり四杯のジャック・ダニエルズを飲んでいて、普段よりいくらか大胆になっていたから。それとも、自宅へ彼らを招待したのはスーザン本人だったか。それは劇場地区のど真ん中にあって、フラナガンの店からほんのすぐのところだった。その店で彼女は三杯か四杯のシャルドネを飲み、戯曲のなかで婿候補が小さなガラス製のユニコーンを壊し、ローラがそれをたいしたことではないように振舞うという場面をそっくり全部、彼らのために演じはじめたのだった。彼女は両方の役を演じてみせ、ウィルは、バーテンダーが普段よりゆうに十分は早めにラスト・オーダーをとったのは、明らかにそれが原因だったにちがいないと思った。

彼女はじつに下手くそな女優だった。

しかし、役になりきっていた！

おもての通りに出たとたん、彼女は両腕を空高く突きあげ、掌をいっぱいに広げて、ひどい南部訛りでこう叫んだ。「見てちょうだい！　ブロードウェイよ！　不夜街よ！」それからつまさき立つと、両腕を頭上高くに差しあげたまま、くるくると回るように踊りながら通りを進んだ。

「まったく、こんな女すぐに殺しちゃいましょ」とジェシカがウィルにささやいた。

ふたりは声をあげて笑った。

スーザンは、彼らも自分のあふれんばかりの熱意を共有していると思ったようだった。

ウィルは、これから何が待ち受けているのか彼女は知らないのだろうと思った。

あるいは知っているのか。

夜のそんな時刻ということで、八番街では売春婦たちがぶらつきはじめていたが、誰ひとりとしてウィルには眉毛をあげて見せもしなかった。おそらく、両手にひとりずつ、すでにふたりも相手にしている客だと思われたのだろう。

まだ開いていた酒屋で、彼はモエ・エ・シャンドンではなくヴーヴ・クリコを一瓶買い、それから三人はまた一緒に、腕を組んで通りを歩いていった。

スーザンのアパートメントはワンルームタイプで、九番街四十九丁目にあるエレヴェーターのない建物の三階だった。スーザンを先頭にして彼らは階段をのぼっていった。3Aという部屋のまえにくると彼女は立ち止まり、鍵を見つけようとハンドバッグをごそごそ探り、ようやく鍵が見つかるとドアの錠を開けた。その部屋には、ウィルが〝奮闘する若き女優の倹約〟とでも呼びたいような雰囲気があった。玄関の左側には小さなキッチン。奥の壁際にダブルベッドが置いてあり、その横にあるドアは、ウィルが思うにバスルームらしきところへ続いている。ソファがひとつに、二脚の安楽椅子と鏡のついた化粧簞笥がひとつ。玄関の壁にもドアがあり、開けるとクロゼットになっていた。

スーザンは彼らのコートを受け取るとそのなかに吊るした。

「ちょっと楽な恰好に着替えてきていいかしら？」と彼女は言い、バスルームへはいっていった。

ジェシカが眉を上下させてみせた。

ウィルはキッチンにはいっていき、冷蔵庫を開けると製氷皿をふたつ取り出して、頭上の戸棚に見つけたボウルのなかへ中身を空けた。彼はさらにジュース用グラスを三つ見つけた。それで間に合わせられるだろう。ジェシカはソファに坐って、彼がシャンパンの栓を抜こうとするのを眺めていた。ポンという大きな音が響いたちょうどそのとき、バスルームからもうひとりブロンドの女が出てきた。

彼には一瞬、それがスーザンだということがわからなかった。

「化粧品と衣装は、人物像（キャラクター）の表現におおいに効力を発揮するのよ」と彼女は言った。

いまや彼女はほっそりとした若い女だった。短くて真っ直ぐなブロンドに、赤いブラウスのはっとするような襟ぐりからのぞく素敵な胸もと。ぴっちりとした黒いミニスカートを穿き、見事な脚にはヒールの高い黒のパンプスを履いている。バーでかぶっていたくすんだ茶色いカツラを右手からぶら下げ、左手を開いてウィルに向かって差し出したのを見ると、広げた掌のうえに載っていたのは、彼女を出っ歯に見せていた義歯だった。開いたままのバスルームのドアから、あのむさ苦しい茶色のスーツがシャワーのタオル掛けに吊るしてあるのが見えた。眼鏡は洗面台に置いてあった。

「ウェストの周りにちょっと詰めものをすれば、太めに見えるし」と彼女は言った。「こういった役に立つ小道具はどれも教室にあるの」

もはや南部訛りがないことに彼は気づいた。さらに茶色い眼も。

「だけどきみの眼は……」と彼は言った。

「コンタクト・レンズよ」とスーザンは言った。

彼女のほんとうの眼はブルーで……そう、ジェシカの眼とおなじような色だった。

じっさいの話、彼女たちは姉妹といっても通りそうだった。

彼はその考えを口にした。

「だってわたしたちそうだから」とジェシカが言った。

「すっかり一杯食わされた、でしょ？」

「完全にやられたよ」と彼は言った。

「さあ、あのシャンパンを飲んでみましょうよ」とスーザンが言い、くるくる回りながら、シャンパンのボトルが氷入りのボウルに浸けてあるキッチンへはいっていった。彼女はボトルを取り上げると、ジュース用のグラスにシャンパンを注ぎ、三つのグラスを親指とほかの指とで挟むようにして運んで戻ってきた。ジェシカがグラスのひとつを引き抜いた。スーザンはひとつをウィルに手渡した。

「わたしたち三人に乾杯」とジェシカがグラスを掲げて言った。

「それから即興に」とスーザンがつけ加えた。

彼らはそろってグラスに口をつけた。

どうやら、これはものすごい晩になりそうだとウィルは思った。


「わたしたち、おなじ演劇学校に通ってるのよ」とジェシカが彼に説明した。

彼女は相変わらずソファに坐ったまま、脚を組んでいた。見事な脚だ。ウィルは安楽椅子のひとつに腰をおろしていた。スーザンは彼の向かいの安楽椅子に坐ってやはり脚を組んでいた。やはり見事な脚だ。

「ふたりとも女優になりたくて」とジェシカが言った。

「きみは看護師だと思ってたけど」とウィルは言った。

「ええ、そうよ。スーがウェイトレスなのとおなじようにね。だけどわたしたちの夢は演技することなの」

「わたしたち、いつかスターになるわ」

「わたしたちの名前が出演者としてブロードウェイの照明に浮かびあがるのよ」

「カーター・シスターズ」とジェシカが言った。

「スーザンとジェシカ」と彼女の妹が言った。

「それに乾杯しよう」とウィルは言った。

彼らはまたグラスに口をつけた。

「わたしたち、ほんとはモンゴメリー出身なんかじゃないの」とジェシカが言った。

「ああ、いまならわかる。だけどあの訛りはじつに上手だったよ、スーザン」

「方言よ」と彼女は訂正した。

「わたしたちはシアトル出身なの」

「いつも雨の降ってるところか」とウィルは言った。

「あら、それは全然ちがうわ」とスーザンは言った。「じつは、シアトルのほうがニューヨークより雨の降る量は少ないのよ。ほんとの話なんだから」

「統計的に証明された話なのよ」とジェシカがうなずいてみせ、グラスを飲み干した。「シャンパンはもうないの？」

「あら、たっぷりあるわよ」とスーザンが言い、ぐいと押すようにして安楽椅子から立ち上がった。足をつくときに腿のかなりの部分をのぞかせながら。ウィルも空になったグラスを彼女に手渡した。淑女ふたりがここで飲みすぎないでくれればいいがと願っていた。今晩はこれから専心すべき重大なことがらが待っているのだ。演じるべき重大な即興が。

「それで、きみたちはニューヨークに来てどれくらいになるの？」と彼は尋ねた。「バーで言ってたのはほんとのこと？　じっさいにまだ半年なのかい？」

「そうよ」とジェシカが答えた。「六月の終わりからね」

「それ以来ずっと演技のクラスを取ってるの」

「ほんとに『ガラスの動物園』に出演したのかい？　ペイパープレイヤーズの？　ペイパープレイヤーズ劇団なんて実在するのかい？」

「ええ、もちろん」新たに注いだグラスを運んで戻ってきながら、スーザンが言った。「シアトルに、だけど」

「わたしたち、モンゴメリーに行ったことはないのよ」

「あれはわたしのキャラクターの一部だったの」とスーザンが言った。「わたしがバーで演じていたキャラクターの。のろまで哀れなスージーよ」

女たちは声を揃えて笑った。

ウィルも彼女たちと一緒に笑った。

「わたしはアマンダ・ウィングフィールドを演じたわ」とジェシカが言った。

「『ガラスの動物園』で」とスーザンが説明を加えた。「シアトルで上演したときに。ローラの母親よ。アマンダ・ウィングフィールド」

「じっさいにわたしのほうが歳上だから」とジェシカは言った。「実生活でも」

「姉は三十歳なの」とスーザン。「わたしは二十八よ」

「そして、この悪に満ちた大都会にふたりきりってわけかい」とウィルは言った。

「そう、ふたりきりってこと」とジェシカが言った。

「あれはきみたちが寝る場所？」とウィルは尋ねた。「向こうにあるあのベッドだけど？　悪に満ちたベッドにきみたちふたりきり？」

「あらあら」とジェシカが言った。「このひとわたしたちが寝る場所を知りたがってるわよ、スー」

「気をつけなくちゃね」とスーザンが答えた。

ウィルは、一時的に少しばかり撤退したほうがいいだろうと判断した。ここはもう少しゆっくりやるのだ。

「それで、きみたちが通っている演劇学校はどこにあるんだい？」と彼は尋ねた。

「八番街よ」

「ビルトモアの近く」とスーザンが言った。「ビルトモア劇場をご存知？」

「いや、知らないな」とウィルは答えた。「申しわけないね」

「とにかく、その近くなの」とジェシカが言った。「マダム・ダルブウス、彼女の作品はご存知？」

「いや、残念ながら知らないな」

「あら、彼女はこのうえなく有名なひとなのよ」とスーザンが言った。

「ごめんよ、そういうのには疎くて……」

「ダルブウス・スクールよ？　ダルブウス演劇スクールの

名前を聞いたことがないですって？」

「ああ、残念ながら」

「世界的に有名なのに」とスーザンは言った。

彼女はむっとしたようで、その様子はほとんど不機嫌といってもいいくらいだった。ウィルは自分の旗色が悪くなってきたのを感じた。それも急速に。

「それじゃ……ええと……今晩衣装をつけようというのは、いったいどういうアイデアだったんだい？」と彼は尋ねた。

「あのバーに行くのに、ほらあの……なんて言うか……野暮ったいファイル整理係に扮するっていうのは。おれにはそうなふうに見えたわけだけど」

「上出来だったでしょ、ね？」とスーザンは言ってにっこりした。見せかけの出っ歯がないと、その笑みはじつになかなか素晴らしいものだった。いままでは唇もそれほど薄くは見えなかった。わずかな口紅が女の唇をふっくら見せるさまは驚嘆に値する。彼はその唇が、自分の唇に押しつけられるところを想像した。部屋の向こうのあのベッドのなかで。彼女の姉の唇が自分の唇に触れるところも。三人の唇が絡み合い、もつれ合って……

「あれは稽古（エクササイズ）の一部だったのよ」とスーザンが言った。

「稽古？」

「立場を理解するための」とジェシカが言った。

「登場人物の立場を」とスーザン。

「私的な場面での」とジェシカが説明した。

「私的な場面における、登場人物の立場を理解するための」

「わたしたちはバーがそれにふさわしいんじゃないかと考えたの」

「でもいまは、ここがふさわしいと思ってるわけ」

「というか、ここがふさわしくなるはずなの」とジェシカが言った。「いったん創りだしてしまえば」

彼女たちの話はウィルを当惑させた。さらに困るのは、ついていけないと感じることだった。あのベッド、部屋の向こうに置かれた五メートルと離れていないはずのあのベッドが、手の届かない距離へと遠のいていくかに思われた。なんとか流れをもとに戻さなければ。が、どうやったものかさっぱりわからなかった。とにかく、彼女たちがこうぺらぺらと喋りまくっているうちは……何について喋ってるんだ、そもそも？

「ちょっとごめんよ」と彼は言った。「だけどいったいきみたちは何を創りだそうとしてるんだって？」

「登場人物の私的な場面よ」とジェシカが言った。

「ここを使うことにする？」とスーザンが尋ねた。

「そうね、そうしましょう。それがいいと思わない？ 自分たちのアパートメント。現実の部屋。わたしにはとっても本物らしく感じられるわ。あなたはどう、スー？」

「あら、もちろん。ええ、たしかにすごく本物の感じよ。だけどまだ私的な感じがしないの。あなたは？」

「そうね、まだしないわね」

「ちょっと失礼、淑女たち……」とウィルが言った。

「淑女たち、ですって、ひゃあ」とスーザンが言い、眼をぐるりと回してみせた。

「……だけどおれたち、もっとずっと私的な感じになれるんじゃないかな。きみたち淑女がいま望んでるのがそういうことだとしたら」

「わたしたちが話してるのは私的な場面のことなの」とジェシカが説明した。「誰にも見られていないところで、どんなふうにふるまうかっていうことの話よ」

「おれたちはいま、誰にも見られてないよ」とウィルは励ますように言った。「いまならどんなことだって、やりたいことができる。そうしたところで誰にも……」

「どうもわかってないみたいだけど」とスーザンが言った。

「登場人物の私的な気分や感情、わたしたちが今晩ここで創りだそうとしているのはそれなのよ」

「だからさ、その気分やら感情やらをさっそく創りはじめようじゃないか」とウィルは提案した。

「そういった気分はどれも本物でなきゃならないの」とジェシカが言った。

「完全に本物でなきゃならないの」とスーザン。

「わたしたちが演じる場面に応用できるように」

「なるほど」とウィルは言った。

「どうやらわかってもらえたみたいよ」とジェシカが言った。

「あらまあ、わかったのね」

「きみたちは舞台のリハーサルをしてるってわけだな」

「ブラボー！」

「どんな場面なんだい？」とウィルは尋ねた。

「マクベスのなかの一幕」とスーザンが答えた。

「彼女が、勇気を奮い立たせるように彼に言い聞かせているところ」とジェシカ。

「マクベス夫人よ」

「マクベスに言うの。彼がダンカンを殺すのに躊躇しだしたときに」

「勇気を奮い立たせるのです」とジェシカは繰り返した。今回は自信に満ちた口調で。「そうすればやりそこなうものですか」

それから妹のほうを見た。

「すごくよかったわよ」とスーザンが言った。

ふたたび肝心の話に戻ったようだとウィルは思った。

「勇気を奮い立たせて、ねえ？」と言うと、彼は心得たような笑みを浮かべ、シャンパンをもうひとくちすすった。

「彼女はマクベスに、そんな意気地なしでどうすると言ってるわけ」とスーザンが言った。

「つまりね、彼らは王を殺そうと企てているわけよ、わかるでしょ」とジェシカ。

「これはふたりにとって、私的な場面なの」

「自分たちがやろうとしていることについて、じっくり考える場面ね」

「ふたりは人殺しを計画しているのよ、ねえ」

「それはどんな感じがするものなのか？」とスーザンが言った。

「その頭のなかにあるのはどんなものなのか？」とジェシカ。

「その頭のなかにある私的な場面では」

「じっさいに誰かの死をもくろむときには」

一瞬、室内がしんとなった。

姉妹は互いに顔を見合わせた。

「もっとシャンパンの欲しいひとは？」とスーザンが尋ねた。

「いただくわ」とジェシカ。

「とってこよう」とウィルは言って、立ち上がりかけた。

「いいの、いいの、わたしがやるわ」そう言うとスーザンは彼のグラスを取り、空になったグラスを三つともキッチンへ運んでいった。ジェシカが脚を組んだ。ウィルの耳に、背後のキッチンでスーザンがグラスにおかわりを注いでいる音が聞こえた。彼はジェシカの小刻みに揺れる足を見つめた。半分脱げかかったパンプスがつま先に引っかかっている。

「すると、バーでのあの一連のできごとはすべて芝居の稽古だったわけだね？」とウィルは言った。「誰かを殺そうっていうきみの提案も？　それからきみの妹を犠牲者に選んだことも？」

「まあ、そんな感じね」とジェシカは答えた。

彼女のパンプスが脱げ落ちた。それを拾おうと彼女は脚を広げて身をかがめた。黒いドレスが太腿のうえにずり上がった。片方の脚をもう一方の脚にからめ、パンプスを履き直すと、彼女はウィルに向かってにっこりとほほえんだ。スーザンが満たしたグラスを持って戻ってきた。

「あっちにはまだ残ってるわ」と言うと、彼女はグラスを順に回した。ジェシカが自分のグラスを高く掲げた。

「わかりましたわ」と彼女は言った。「わたくしへの愛情もそんなに頼りのないものなのでしょう」

「乾杯」とスーザンが言い、グラスに口をつけた。

「どういうこと？」とウィルは言ったが、彼も飲んだ。

「舞台のせりふよ」とジェシカが言った。「じつのところ、幕の最初の部分なの。彼が躊躇しはじめるところね。その幕の終わりまでに夫人は彼に、王には死んでもらわなければならないと納得させるの」

「偽りの心のたくらみは、偽りの顔で隠すしかない」とスーザンが言い、うなずいた。

「マクベスの退場のせりふよ。幕のおしまいのところの」

「きみがファイル整理係のような恰好をしてたのはそのせいなのかい？　偽りの顔で隠す……だかなんだか、とにかくいま言ってたことのため？」

「偽りの心のたくらみは、偽りの顔で隠すしかない」とスーザンは繰り返した。「いいえ、ちがうわ。わたしが衣装をつけてたのはそのためじゃないわ」

「それじゃどうして？」

「キャラクターを創りあげるための、わたしなりの方法ってことかしら」

「ねえ、このひとやっぱりわかってないのかも」とジェシカが言った。

「殺しのできるようなキャラクターってことよ」とスーザン。

「野暮ったい女にならなきゃだめだったのかい？」

「そうねえ、誰かほかの人間になる必要はあったわ、ええ。わたしとは全然ちがう人間に。だけど、それだけでは充分じゃないことがわかったの。ふさわしい場所も見つけなきゃならなかった」

「その場所っていうのがここよ」とジェシカが言った。

「そしていまなんだね」とウィルは言った。「それでは淑女たち、誰にも異存がないようなら……」

「あらまあ、またまた淑女たち、よ」とスーザンが言い、ふたたび目をぐるりと回してみせた。

「……そういった演技の話はどれもひとまず置いとくことにして……？」

「あなたの私的な場面はどうなの？」とスーザンが言った。

「おれには私的な場面なんてないよ」

「暗がりでひとりおならをしたことはないの？」とジェシカが尋ねた。

「暗がりでひとり自慰をしたこともないの？」とスーザンが尋ねた。

　ウィルの口がぽかんと開いた。

「そういうのが私的な場面よ」とジェシカが言った。

　どういうわけだか、彼は口を閉じることができなかった。

「どうやら効きはじめたみたいね」とスーザンが言った。

「落っことすまえに、彼の手からグラスを取り上げて」とジェシカが言った。

　ウィルは眼と口を大きく開いたまま、ふたりを見つめていた。

「きっとクラーレ（南米のインディオが毒矢作りに使う樹脂状の物質）だと思ってるはずよ」とジェシカが言った。

「だけどいったいどこでクラーレを手に入れると思う？」

「ブラジルのジャングル？」

「ベネズエラ？」

　ふたりの女たちは声を揃えて笑った。

　ウィルにはそれがクラーレかどうかわからなかった。わかるのはただ、口が利けず、動くこともできないということだけだった。

「まあ、毒薬を手に入れるためにわたしたちがはるばるアマゾンまで行ったわけじゃないってことは、彼にもわかってるわよ」とジェシカが言った。

「そうね。姉さんが看護師だってことは知ってるんだもんね」とスーザンが言った。

「そう、ベス・イスラエル病院」とジェシカ。

「あそこならいろんな薬物が入手可能ってわけ」

「合成クラーレさえも」

「そういうのならいくらでもあるわ」

「ひとつひとつ名前を教えてやりなさいよ、ジェス」

「彼を退屈させちゃ悪いわ、スー」

「クラーレは注入しないとだめなのよ、ウィル、それって知ってた？」

「原住民たちは矢をそのなかに浸すの」

「それからその矢を吹矢筒から射る」

「射られた相手は麻痺状態になるの」

「どうにもならない状態よ」

「そして窒息が原因で死に至る」

「つまり、息ができなくなるわけ」

「なぜなら、呼吸器官の神経筋組織が麻痺するから」

「まだ息をするのが大変になってない、ウィル？」

自分が呼吸困難になっているようには感じなかった。しかし、彼女たちは何を言っているんだ？　毒を盛ったというのか？

「合成薬品は錠剤になってるのよ」とスーザンが彼に教えた。

「粉末状にするのが簡単なの」

「溶かすのも簡単」

「合成クラーレにはたくさんの合法的な用途があるのよ」とジェシカが言った。

「ただし、投薬量には注意が必要なんだけど」

「わたしたちは投薬量にはとくに注意しなかったのよ、ウィル」

「あなたのシャンパン、ちょっと苦くなかった？」

彼はノーと首をふりたかった。シャンパンはきわめておいしかった。それとも、どんな味だかわからなくなるほど酔っ払っていたのだろうか？　が、首をふることも、話をすることもできなかった。

「しっかり見ておきましょうよ」とスーザンが言った。

「反応を観察するのよ」

「どうして？」とジェシカが尋ねた。

「あら、役に立つかもしれないでしょ」

「わたしたちが演じる場面にじゃなくても」

「誰かを殺すという場面でよ」

「誰かを殺す場面ね、なるほど。たしかにね、スーザン」

おれを殺すんだろ、とウィルは思った。

彼女らはほんとうにここでおれを殺そうとしている。

だが、待ってくれ……

ねえきみたち――と彼は思った――きみたちは間違ってるよ。こんなことになるはずじゃなかったんだ。さあ、もとの計画に戻ろうじゃないか。最初の予定ではシャンパンの栓をポンと抜き、三人でピョンと寝床にとび込むはずだった。最初の予定ではこの素敵な夜を一緒に過ごすはずだったのだ。あと三日……いやもう二日だ、とっくに真夜中は過ぎている……したらクリスマスというこのときを。ややこしい話抜きのうっとりするような一夜を共有して、ふたりの女同士とそれに協力する気満々の第三者で繰り広げるお愉しみ。それが今夜の予定のすべてだったはずなのに。それがまた、どうしていきなりこんなに深刻なことになったんだ？　きみたちは芝居の稽古やら私的な場面やらに熱心になることはなかったんだよ。ほんとうに、これはただ、今晩のちょっとしたお愉しみに過ぎなかったんだから。なのにどうしておれのシャンパンに毒を入れなきゃならないんだ？　だってそうだろ、なんでまたいきなりそんなことしちゃうんだよ、おれたちうまくいってたのに？

「何か感じる？」とスーザンが尋ねた。「あなたは？」

「いいえ」とジェシカが答えた。

「感じるかと思ってたんだけど……」

「わたしも」

「なんて言うか……不吉な感じとか何かを」

「わたしもよ」

「だって誰かを殺すのよ！　きっと何か特別なことだろうと思ってた。それなのに……」

「よくわかるわ。これじゃまるで、なんて言えばいいかしら、誰かが散髪されてるところか何かを見てるみたい」

「もしかして、べつの方法を試したほうがよかったかも」

「毒薬じゃなく、ってこと？」

「もっと劇的な何かよ」

「もっと恐ろしいことってわけね、わかるわ」

「彼からなんらかの反応を引き出すような」

「ただこんなふうに坐ってるんじゃなくて」

「死にかけたヤク中みたいに坐ってるんじゃなくて」

女たちは身をかがめてウィルの顔をのぞき込んだ。あまりに間近にあるせいか、ふたりの顔はねじれて見えた。ブルーの眼が顔から飛びだしてきそうだ。

「何かやりなさいよ」とジェシカが彼に命じた。

「何かやりなさいよ、このバカ」とスーザンが言った。

ふたりは彼を見つめていた。

「いまから刺してもまだ遅くないんじゃないかしら」とジェシカが言った。

「そう思う？」とスーザン。

頼むから刺さないでくれ、とウィルは思った。おれは刃物が苦手なんだ。頼むから刺さないでくれ。

「キッチンに何があるか見てきましょうよ」とジェシカが言った。

ふいに彼はひとり取り残された。

女たちはいきなり消えてしまった。

背後に……

彼には首を回してそちらを見ることができなかった。

……背後から、キッチンの引き出しらしきものを掻きまわす音が聞こえてきた。キッチン用具がガチャガチャぶつかりあう音がする……

頼むから刺さないでくれ、と彼は思った。

「これはどうかしら？」とジェシカが尋ねた。

「それじゃ大きすぎるんじゃないの」とスーザン。

「あいつの喉を掻き切るのにぴったりよ」とジェシカは言い、声を立てて笑った。

「それでもヤク中みたいに坐ったままかどうか、見てみましょう」とスーザンが言った。

「なんらかの反応を引き出さなくちゃ」

「わたしたちが何かを感じられるように」

「そういうことよ、スー。大事なのはその点よ」

ウィルは胸が固く締めつけられるようになったのを感じた。息をするのが難しくなってきた。

キッチンでは、女たちがまた笑い声をあげた。

どうして笑っているんだ？

彼には聞こえなかったが、何かを言ったのだろうか？　ふたりはナイフでもっとべつのことをするつもりなのだろうか、彼の喉を掻き切るという以外に？　深呼吸ができればと思った。ひと息でも深く吸えさえすれば、はるかに気分がよくなるのだが。しかし……これでは……息が……

「ちょっと！」とジェシカが言った。「ねえ！　こんなところでへたばらないでよ！」

　スーザンが彼女を見た。

「どうやら死んじゃったみたいね」

「ちぇっ！」とジェシカ。

「何してるの？」

「脈をとってるのよ」

　スーザンは待っていた。

「何もなし」とジェシカは言い、彼の手首を放した。

　姉妹は、安楽椅子に崩れるように坐っているウィルを見つめていた。口はまだあんぐりと開かれ、眼も大きく見開かれている。

「確実に死んでるように見えるわね」とジェシカが言った。

「ここから運びだしたほうがいいわ」

「いいエクササイズになりそうね」とジェシカは言った。

「遺体を処分するのよ」

「そうよね。少なくとも百九十ポンドはありそう」

「いい運動(エクササイズ)になるって言ったわけじゃないのよ、スー。いい稽古(エクササイズ)になるって言ったの。演技のいい稽古よ」

マクヘンリーの贈り物
McHenry's Gift

マイク・マクリーン　木村二郎訳

マイク・マクリーン（Mike MacLean）は、アンソロジーや《エラリイ・クイーンズ・ミステリ・マガジン》（ＥＱＭＭ）誌などに作品を発表している。アリゾナ州テンピに生まれ、現在もそこで教壇に立ちながら暮らしている。教職と執筆以外の時間には自信道（JA-SHIN-DO）なる武道の修行に励み、黒帯を獲得しているそうだ。本作はインターネット上のマガジン *Thuglit* に掲載された。

ドアをノックする音がした。ディロン・リアリーはマットレスの下から四十五口径をつかみ出し、壁に体を貼りつけた。拳銃の安全装置を外し、遊底を引いて、弾丸を薬室へ送り込んだ。小さいアパートメントでは、でかい音だった。

「誰だ?」ディロンが呼びかけた。

「UPSの宅配便です。お届け物があります」

「そこに置いとけ」

「サインが必要なんですよ」

ディロンはのぞき穴からドアの外を観た。外の男は頭のてっぺんから足の先まで茶色ずくめだった。茶色のショーツ。茶色のシャツ。茶色の帽子。〈UPS宅配便〉のユニフォームだ。サインのための電子クリップボードまで持っている。おもちゃの〈エッチ・ア・スケッチ〉のようだが、厖大(ぼうだい)なコンピューター・データベースに名前を記録する類(たぐい)のやつだ。見たところ、その男は本物のようだった。だが、見かけは当てにならない。

深く息を吸うと、自分の小さいアパートメントに漂うカビや埃のにおいが嗅ぎ取れた。土曜日の夜、エレヴェーターはヘドのようなにおいがするし、廊下は小便のようなにおいがする。ディロンはのぞき窓からもう一度外を見た。UPSの男はじっと立っていた。頭を下げ、帽子は目を隠すように深くかぶっている。

ええい、どうとでもなれ。ディロンはそう思った。四十五口径を背中の下のほうにまわし、ドアを一インチあけた。

「クリップボードを寄越せ」

その男は言われたとおりにして、〈エッチ・ア・スケッチ〉のようなクリップボードをドアの隙間から渡した。ディロンはモニター・スクリーンに名前を殴り書きしてから、返した。「失せろ」

　首を横に振りながら、UPSの男は廊下のむこうへ消えた。ディロンは二分半待った。そして、素早くドアをあけて、床から小包をすくい取った。思ったよりも軽かった。そっと揺すってみた。音は立たなかった。

　誰がこんなものを送ってくるんだろう？

　ディロンは居所を隠すために、かなり長い時間をかけた。このむさ苦しい隠れ場所は公営住宅群や質屋や酒屋に囲まれている。住民たちが他人事には関わらず、口を閉ざしているようなところだ。ディロンはこんな地域で育った。地域に溶け込む術や、群衆に紛れて消える術を心得ている。ディロンがここにいることなど誰も知らない。

　じゃあ、UPSはどうやって見つけたんだろう？

　ドアのデッド・ボルト錠をしめると、小包の上面に目を走らせ、差出人住所を見た。左上隅に活字体ではっきりとウィルスン・マクヘンリーという名前が書かれていた。

　ディロンの血が冷たくなり、全身に悪寒が走った。小包がもう少しで手からすべり落ちるところだった。

死人から小包を受け取ったのだ。

　ウィルスン・マクヘンリーは麻薬密売人には見えなかった。痩身長軀で、背中を丸め、ゴマ塩のあごひげを生やしているが、最近はゴマより塩のほうが多い。三十代後半に頭が禿げた。六十歳になった今、トレードマークの黒いフェドラ帽をかぶっていない姿を見ることはめったにない。多くの男たちには似合わない格好だったが、マクヘンリーにはよく似合っていた。

　ディロンがシーダーブルック公園の丘を重い足取りで越えたとき、最初に目にとまったのはその帽子だった。マクヘンリーが湖のすぐそばのベンチにすわって、茶色の紙袋から湖のアヒルに餌をやっているところを見つけた。フェドラ帽のほか、カーキ・ズボンにぼろぼろのツイード・ジャケットという格好だった。プロの犯罪者よりも大学教授のようだ。ディロンはマクヘンリーの隣にすわると、脚を伸ばした。湖は濡れた草のようなにおいがした。

「あれを食べたことがあるかい？」ディロンはアヒルのほ

うにうなずきながら尋ねた。

「おれが子供だったときのクリスマスにな」マクヘンリーが言った。紙袋から一握りのパンくずを取り出して、湖に放った。絹のような緑色のマガモが横取りし、もっとくれと鳴き声をあげた。

「どんな味だった？」

「脂（あぶら）っこい七面鳥みたいだったな。だが、いい意味での脂っこさだ。今度のクリスマスに料理するかもしれない。おまえも食べに来てもいいぞ」

「そうしたいな」

マクヘンリーはパンくずをすべて放り投げたあと、紙袋を丸めて、数フィート離れたところにあるゴミ缶にバスケットボールのフックショットを決めた。その動きには純然たる優雅さがあった。マクヘンリーはスポーツマン・タイプではまったくなかった。今やそうではない。だが、自分の肉体に適応していたし、自分の老骨にも適応していた。フェドラ帽の鍔（つば）を指で押しあげると、陽差しの中で目を細めた。「それで、おれはどうしてここに呼び出されたんだ？」

「おれはエスタバンに遣（つか）わされた。あんたと話をつけてもらいたがってる」

「エスタバンだって？　おまえは今あいつの手下なのか？」

ディロンは押し黙った。

「認めざるを得ないな」マクヘンリーが言った。「こんなことは予想もしてなかったと」

「これは災いの前兆なんだ」ディロンが言った。「あんたはうまく取り仕切ってきたよ、マック。おれの知ってる誰よりも長くな。だが、エスタバンはコロンビア人だ。それに、これはコロンビア人の商売だ」

マクヘンリーは悲しげな笑みを浮かべた。「それに、若い連中の商売でもあるんだろ？」

ディロンは湖の水を見た。灰色の雲がちらちら光る水面に映って、少しの陽差しが雲間からのぞいていた。「エスタバンは三十パーセントほしがってる。それに、あんたは連邦役人（フェデラレス）に払う袖の下を出さなきゃならない。月々さらに五パーセントかもしれない」

「おまえにはこれがまっとうな取引きに見えるか？」

ディロンは肩をすくめた。「これがエスタバンの条件だ」

「おれが嫌だと言ったら？」

「エスタバン・ゴメスの話をしてるんだぞ。以前にメキシコの判事が嫌だと言ったんだ。その判事の死体はまだ見つかってない」

マクヘンリーはベンチの背にもたれた。長いため息をついた。「なあ、おれがこの商売を始めたのは十九のときだったんだ。月に何度かパイパー小型機でメキシコとのあいだを往復した。その頃はマリワナを運んでいて、ときどきコカインも少し運んだ。畜生、おれは生意気なくそガキだった。何よりもスリルのためにやった。今では何から何まで金のためだ。かなり前からそうだ」

「いつも金のためだったんだよ、マック。あんたは気がつかなかっただけだ」

「そうかもしれん」


「じゃあ、なんで引退しないんだ？」ディロンが言った。「あんたには充分な蓄えがある。それに、あんたが商売敵じゃない限り、エスタバンは煩わさない」

「悪いな、おまえ」マクヘンリーが言った。「まだ縄張りを手放すつもりはないんだ」

ディロンは目を閉じて、アヒルたちがむこうへ泳ぎ去る音を聞いた。「じゃあ、それがあんたの答えなのかい？」

「手下どもと話してみるよ。自分たちのことは自分たちで決めさせてやろう。だが、おれはまだおりない」

ディロンは立ちあがると、ジーンズの尻から埃を払い、肩の凝りをほぐした。マクヘンリーのほうを向いて、そのスティール・ブルーの目を見た。フェドラ帽の影になって、暗い色だった。「あんたが気を変えてくれればいいんだが」

マクヘンリーは首を横に振った。「おまえはおれのことをよく知ってるはずだ」

ディロンはうなずくと、丘をのぼりはじめた。ディロンが頂上のむこうへ消える寸前、マクヘンリーが大声で呼びとめた。

「おい、今も操縦してるのか？」
「いいや。地上だけでも忙しすぎる」
「残念だな。おまえはいつも操縦がずいぶんうまかった。たいした才能があったのに」
「才能じゃないよ」ディロンが言った。「先生がよかっただけだ」

夜の帳がおり、アパートメントが灰色の影であふれた。ディロンはほとんど気づかなかった。暗い隅にじっと静かにすわって、キッチン・カウンターの上の小包を見つめていた。一時間以上もその状態ですわっていたのだ。

その小包が届いたとき、もう少しであけるところだった。だが、翌日配達用ラベルに気づいた。小包はこの二十四時間以内に、つまりマクヘンリーが死んだあとに発送された。誰かがマクヘンリーのかわりに発送したということだ。おそらく報復を望む誰かだろう。その場合、小包をあけることはそれほどいい考えではないかもしれない。カチカチという音はしないが、それには何の意味もない。デジタル・タイマーは音を立てないぞ。ディロンは自分にそう言い聞かせた。仕掛けワイアも音を立てない。

暗い隅にすわっていたディロンはついに、動けと自分に命じた。キッチンへ行き、冷蔵庫からバドワイザーを取り出した。ビールびんを手に持ったまま、小包のまわりを数周歩き、中に何がはいっているのか見当をつけようとした。

プラスティック爆弾の小さい塊でも役目を果たすだろう。ディロンはそう思った。もしくは、旧式のダイナマイト一本でも。

いや、マクヘンリーはそんな男ではなかった。マクヘンリーは殺しを必要悪と見なしていたが、何があっても避けるべきものだと考えていた。他人を傷つけることをまったく好まなかった。それに、ディロンの死を命じるような気持ちなどなかったはずだ。そうだろ？

ディロンは二人だけの最後の一瞬を思い出した。マクヘンリーの目に父親の愛情を見て取った。最後の最後でさえも。

ビールびんを置くと、ガス・レンジの上の収納棚にカッターナイフを見つけた。知る必要がある。注意深く小包を固定して、カッターナイフをきつく握った。汗をかいていて、プラスティックの柄が手の中ですべるように感じた。一度切れ目を入れると、もう後戻りはできない。

ナイフの刃を小包の上面に軽く当てて、粘着テープを切ろうとした。そのとき、電話が鳴った。息を大きく吐くと、電話機のほうへ向かった。

「何だ?」

相手の声は半狂乱で、コロンビア訛りのきつい英語で矢継ぎ早にしゃべった。「リアリーか? 悪い知らせだ。べらぼうに悪い。畜生、おまえは信じないだろうよ」

ディロンはその声をすぐに聞き分けた。LAにおけるエスタバンの補佐役の一人、ミグエル・オルティスの声だ。

「ミグエル、ゆっくり話せよ」ディロンが言った。「何の話だ?」

「セニョール・ゴメスの話だ。死んだ」

「何だって?」

「エスタバンが死んだんだ」ミグエルが言った。今度はさっきよりも大きな声だった。「誰かがエスタバンのメルセデスを爆破しやがった。ボスがブレントウッドに買ったあの屋敷の前でだ。聞いてるのか、リアリー? そこにいるのか?」

ディロンは答えなかった。呆然としたまま、受話器を元に戻して、もう一度例の小包を見た。

もしかしたらウィルスン・マクヘンリーのことを誤解していたのかもしれない。もしかしたらマクヘンリーはディロン自身がそうであったように非情なのかもしれない。

ディロンは眠り薬入りのTボーン・ステーキでマクヘンリーが可愛がっているドーベルマン犬たちを眠らせてから、敷地の南塀をよじのぼった。塀のレザー・ワイアがディロンの作業手袋に食い込んだが、皮膚は傷つかなかった。現場に血痕やDNAや指紋を残すつもりはない。

塀の中にはいると、影の中にとどまり、監視カメラを避けながら、注意深く敷地内を横切った。やけにゆっくりと、やけに辛抱強く動いた。やっと母屋にたどり着くと、マクヘンリーが外のデッキに一人ですわって、マルガリータを飲んでいる姿が見えた。そのマクヘンリーはどこか奇妙に思えた。どこが奇妙なのか、ディロンにははっきりと指摘できなかった。しばらくして、マクヘンリーがいつものフェドラ帽をかぶっていないことに気づいた。その帽子がないと、不自然に見えた。手足をもぎ取られたようだ。

「おれの犬を殺さなかっただろうな？」マクヘンリーが尋ねた。

ディロンはフラッドライトのまぶしい光の中にはいった。影が芝生のむこうまで伸びた。「居眠りをしてるだけだ」

「感謝する」マクヘンリーはマルガリータを一口飲むと、ディロンを上から下まで見た。ディロンの手に握られた四十五口径オートマティックの上で一瞬視線がとまった。

「今晩は手下たちに休みをやったから、おまえには何の邪魔もはいらないだろう」

「悪いと思ってるよ」

「その必要はない。ある意味では、ほかのチンピラじゃなく、おまえが来たので嬉しいよ。それで、エスタバンはいくら払ってくれるんだ？」

「充分じゃない。だが、おれには家族がいるんだ。妹がパサディナにいる。エスタバンは妹の住所を知ってる」

「わかった。信じないだろうがな、おれは恨みを抱かないぜ。これも取引きの一部にすぎない」

涼しいそよ風がマクヘンリーの裏庭を横切り、樹々の葉をかさかさと揺るがせた。マクヘンリーは椅子にすわったまま体の位置を変え、マルガリータをデッキの床に置いた。

「おい」笑顔で言った。「初めての運び仕事を覚えてるか？　コロンビアへ行ったやつを？」

「ペルーだった。八年前のことだ」

「そう、ペルーだった。おれたちは山の中にある神に見捨てられたような飛行場にあの古い双発機を着陸させた。しかも、強風の中でな。おまえはいくつだったっけ、二十三か二十四かな？　畜生、おまえが何を怖がってたのかわからないぜ。着陸なのか、おれたちを待っていたやつらのほうなのか」

「自動小銃を持った山の男どものほうだ」ディロンは含み

笑いをしながら言った。「あいつらを見たとき、もうちょっとでションベンをちびるとこだったぜ。『脱出』って映画の場面が頭の中をよぎった」

「だが、あれが終わったあと、どんな感じだった？」

「宝くじに当たったみたいだった」ディロンが言った。

マクヘンリーの笑みが薄れた。「その感じが懐かしいな。その快感が懐かしい。おれにとっては、しばらく前に終わってたんだろう」

マクヘンリーは夜空をぼんやりと見つめたが、とくに何かを見ているわけではなかった。その目からは生気がすべて消え去ったように思えた。「おれはちょっとしたことを手配した」

「遺言書の話じゃないよな？」

「エスタバンは蛇野郎だ。以前からずっとそうだ。蛇と一緒にいたら、遅かれ早かれ、かまれることになる。だが、おれは一人だけではくたばらない。それは手配した」

「何の話をしてるんだよ、マック？」

マクヘンリーはディロンをまともに見た。マクヘンリーの額に年齢の深いしわが刻み込まれていることに、ディロンは初めて気づいた。歳月がカミソリの刃をマクヘンリーの皮膚に走らせたかのようだ。「この稼業じゃ、どんな動きも危険要素だ。何をしても反動がある。それを覚えといてくれ」

ディロンはうなずいた。「覚えとくよ」

「よし」マクヘンリーが言った。「さあ、早くすませてしまおう」

マクヘンリーはまるでこれから昼寝をするかのように、椅子の背にもたれて目を閉じた。その顔は無気味な沈着さを保っていた。

ゆっくりと、ディロンは四十五口径をあげて、慎重に狙いを定めた。拳銃がそれほど重く感じられたのは、生まれて初めてだった。

マクヘンリーの部下たちは忙しく動いた。一時間以内に、ミグエルはディロンのアパートメントに三度も電話をかけてきた。電話のたびに、そのコロンビア人の声がパニックの色をますます帯びていった。エスタバンの補佐役の三人が死んだ。一人は爆死した。ほかの二人は撃たれた。そのあと、電話がまったくかかってこなくなった。ミグエルも殺られたんじゃないかと、ディロンは考えはじめた。

静寂が毒ガスのようにアパートメントの中にたちこめた。冷蔵庫に近づくと、ビールをもう一本取り出し、あおった。四本の空びんがキッチン・カウンターに並んでいた。

いったいここで何をしてるんだ？　とっくにずらかっているべきなのに。それでも、何かが引きとめている。ほとぼりが冷めるのを待っているだけだと、自分に言い聞かせようとした。だが、それは嘘だということを自分でもわかっていた。その小包のせいだ。中に何がはいっているのか知る必要がある。

ビールを飲み干して、そのびんをほかの空びんの横に置いた。両手で小包をつかむと、注意深くカウンターから持ちあげて、手でその重さを計った。軽く感じた。少し揺すってみたが、中身を示すような音は何も聞こえなかった。爆弾なら、すでに爆発してるだろう。ディロンはそう思った。カッターナイフをつかみあげて、その言葉を頭の中で何度も何度も繰り返した。すでに爆発してるだろう。すでに爆発してるだろう。すでに爆発してるだろう。

手を震わせながら、ナイフの刃を小包の上面に走らせ、粘着テープを切った。何も起こらなかった。目を閉じて、素早く小包をばりっとあけた。

爆発物も仕掛けワイアもタイマーもなかった。そのかわり、《LAタイムズ》を細かく切断した紙片が詰まっていた。紙片のあいだにはウィルスン・マクヘンリーの黒いフェドラ帽が収まっていた。

ディロンはまた呼吸を始めた。鍔をつかんで、そのフェドラ帽を持ちあげ、じっと見た。マクヘンリーとの最後の会話を思い出した——マクヘンリーはデッキにすわって、〝手配〟とか〝反動〟の話をしていた。それはある種の脅迫、マクヘンリーが生き延びるための土壇場の抵抗だとディロンは思っていたのだ。もっと分別を持っているべきだった。マクヘンリーはそういう行動を取る男ではなかった。

じゃあ、マクヘンリーの意図は何だったんだ？　その帽子をかぶって鍔を眉毛の前までおろしたときに、その答えがわかった。

マクヘンリーはこの商売に嫌気がさしていた。マクヘンリー自身がそう言った。だが、長いあいだこの商売にしがみついていた。どうやって足を洗えばいいのかわからなかったのだ。ディロンの助けを必要としていた。だから、恨みを抱いていないと言ったんだ。マクヘンリーはこの商売から手を引きたかったし、ディロンがただ自分自身と家族を守っているだけのことだと理解していた。

このフェドラ帽はシンボルなのだ。マクヘンリーはバトンを渡しているのだ。エスタバンとその手下たちを殺させることで、ディロンがあとを継げるように道を開けてくれたのだ。マクヘンリーがしたとおりに、ディロンが取り仕切れるように。

ディロンは笑みを浮かべずにはいられなかった。畜生、マクヘンリーはいかれてる。今マクヘンリーに会って、一緒に酒を飲み交わし、冗談を言い合えればいいんだがなあと思った。だが、マクヘンリーがディロンに残してくれたものはその帽子だけだ。

空っぽになった小包の箱をゴミ箱に放り込むと、新しいフェドラ帽の鍔を横にしごいた。もう誰の子分でも、ブツを運ぶパイロットでもない。これから出世してやるつもりだ。ディロンはそう決心した。マクヘンリーの手下たちと取引きをして、エスタバンの組織の生き残りをまとめる。堂々と外に出て、支配権をつかむ。とにかく、マクヘンリーはそう願っていたのだから。

マクヘンリーの子分の二人が暗い街灯の下に駐車したプリマスの中にすわって、待っていた。二人とも、あごの角張った大男で、肩は石から切り出したようだった。銃身を短く切り落としたショットガンが助手席の男の膝の上に横たわっていた。窓の下にあるので外からは見えない。

「誰かが出てくる」運転席の男がそう言うと、通りの反対側にあるアパートメントのほうにうなずいた。

助手席の男はフロントガラスの外を見て、入口から出てくる人影を認めた。「あいつだ」

「絶対に確かか？」

「おれを信じろよ。あいつだ」

「おれたちは写真も何も持ってないんだぞ。どうして確かなんだ？」

助手席の男はショットガンのフォアグリップを前後に動かした。十二ゲージのスラッグ弾が薬室にはいり、撃つ準備が整った。「ボスは明確な指示を残した」助手席の男が言った。「古くさい変な帽子をかぶってる男を捜せという指示をな」

探偵人生
Karma

ウォルター・モズリイ　坂本憲一訳

『ブルー・ドレスの女』（一九九〇年／ハヤカワ・ミステリ文庫）でアメリカ私立探偵作家クラブ（PWA）賞、英国推理作家協会（CWA）賞の最優秀新人賞を受賞したウォルター・モズリイ（Walter Mosley）も、既にその作品数は二十を超え、すっかりベテランとなった。ロスアンジェルス生まれ、現在はニューヨーク在住。本作も、オットー・ペンズラー編のアンソロジー *Dangerous Women* に収録された作品。

レオニード・マギルはエンパイア・ステート・ビルディングの六十七階で自分のデスクに向かい、爪にやすりをかけながらニュージャージーに目をやっていた。時刻は三時十五分。レオニードはその日の午後こそエクササイズをするつもりだったが、当の時刻が来たいま、気力がなえているのを感じた。

あのパストラミ・サンドイッチのせいだな、と彼は思った。明日は魚とか、とにかく軽いものを食べよう、そうすれば〈ゴードーズ〉に行ってトレーニングができる。

〈ゴードーズ〉は三十一番ストリートのビルの三階にあるボクシングジムだった。いまより三十歳若く、体重も六十ポンドは少なかったころのレオニードは、毎日〈ゴードーズ〉に通った。そしてしばらくのあいだ、ゴードー・パッカーはこの私立探偵をプロボクサーにしたがっていた。

「いつもパンティーのにおいをかぎまわっているより、リングのほうがもっと稼げるぞ」と、いつまでも年をとらないように見えるトレーナーは言った。マギルはその誘いに魅力をおぼえたけれども、一方でラッキーストライクとビールに別れを告げたくもなかった。

「おれは追いかけられてでもいないかぎり、走る気になれないんだよ」と、彼はゴードーに答えたものだ。「それに、おれはだれかに痛めつけられたら、かならずそいつに本気で仕返しをしたくなるたちでね。だから、もしおれをリングでノックアウトした男がいたら、おそらくおれはその夜の興行が終わったあと、タイヤレバーを持ってマディソン・スクエア・ガーデンの裏で相手を待ち伏せするだろうさ」

年月が流れても、レオニードは週に二、三回はサンドバッグをたたきつづけた。ただし、ボクシングを職業とするのは論外だった。ゴードーも有望とみていたレオニードに興味をなくしたものの、ふたりの友情はつづいた。

「黒人が一体なんだって、レオニード・マギルなんぞという名をいただいてるんだ？」あるときゴードーが私立探偵に訊いた。

「親父はコミュニストで、じいさんのじいさんはスコットランド出身の奴隷所有者だったよ」と、レオはすらすらと答えた。「要するに、黒人の家系図は根でつながってるのさ。地表になにが見えようと、そいつは真実のヒントにすぎない」

レオは椅子から立ちあがり、つまさきに触れようとしてみた。指はむこうずねの半ばまでなんとか降りていったが、そこから先は腹がじゃまをしてどうにも進まなかった。

「くそっ」と、私立探偵はもらした。そして椅子にもどり、ふたたび爪をとぎはじめた。

壁にかかった文字盤の大きな時計が四時七分をさすまで、そうやっていた。そのときブザーが鳴った。とぎれずに、長く大きく。レオニードは、ドアの前に立つ人物の姿を映す監視カメラをとりつけていなかったことをわれながら呪った。そんなふうにブザーを鳴らして、だれが押しかけてきてもおかしくなかった。ワイアント兄弟に四千六百ドル余りの借金があった。経費の支払期限が来ており、レオニードとしてはこれから予定外の金を集めてまわる必要があった。ワイアント兄弟は彼が金欠病だと言っても、まったくとりあってくれないだろう。

ドアの外にいるのは、依頼人になりうる人物かもしれなかった。正真正銘の依頼人に。従業員に金を盗まれた雇い主。あるいは、悪い仲間から影響を受けている娘をもつ親。はたまた、浮気を見つけられたことへの仕返しをもくろむ、三、四十人の怒れる夫たちのひとりかもしれなかった。それとも、ジョー・ハラー——あわれな愚か者——か。だが、レオニードはジョー・ハラーと一度も会ったことがなかった。あのできそこないにここを見つけられるはずがないのだ。

ブザーがふたたび鳴った。

レオニードは腰をあげ、長い廊下の先の応接室へと歩いた。そして玄関に出た。

三度目のブザー音が鳴り響いた。

「だれだい?」レオニード・マギルはときどき使う南部なまりでどなった。

「ミスタ・マギルですか?」と、女の声がした。

「彼はいまいないよ」

「まあ。今日おもどりになりますか?」

「いや」と、レオニードは答えた。「もどらない。彼は事件で遠出しているんだ。南のフロリダに。用件を教えてくれれば、おれが彼にメモを残しとこう」

「はいっていいですか?」若くて悪気がなさそうな声だったが、レオニードはだまされるのはごめんだった。

「あのね、おれはビルの管理人にすぎないんだよ」と、彼は言った。「このビルでは、おれはどのオフィスにも人を入れる権限をもたされてないのさ。でもお望みなら、あんたの名前と電話番号をメモして、彼のデスクに置いておくことはしてあげられる」

レオニードはそのせりふをこれまでも使ってきた。それに反対する論拠はなかった。管理人は責任ある立場ではありえないのだから。

ドアのむこうが静まりかえった。若い女性に連れがいるのなら、ふたりして彼の作戦の裏をかく手をひそひそ相談しているのだろう。レオニードは壁に耳を押しあてたが、なにも聞きとれなかった。

「カーメン・ブラウンといいます」と、女が言った。そして、新しい六四六という局番の電話番号をつづけた。たぶん携帯電話のだろう、とレオニードは思った。

「ちょっと待ってくれ。鉛筆をとるから」と、彼はあわてて口をはさんだ。「なにブラウンだっけ?」

「カーメン・ブラウンです」と、彼女がくりかえした。

「Kではじまるカーメン」それから電話番号をもう一度告げた。

「彼のデスクに置いておくよ」と、レオニードは請け合った。「彼が町にもどりしだい、目にとまるだろうさ」

「ありがとう」と、若い女は言った。口ごもったような調子だった。頭のはたらく女性なら、なぜ管理人が私立探偵の居所を知っているのか、不思議に思ったかもしれない。
しかし、すこし間があったあと、彼女のハイヒールが廊下を遠ざかっていく音が聞こえた。彼はオフィスにもどり、若い女と彼女のいるかもしれない連れが、彼が外に出てくるまで待とうと判断した場合にそなえ、しばらく部屋にとどまることにした。

オフィスでぶらぶらしているのは一向気にならなかった。又借りしたアパートメントのほうは居心地よさという点ではほど遠く、静かでもなかったし、ここでは少なくともひとりでいられた。九・一一のあと事務所の賃貸料が急落したので、彼はエンパイア・ステート・ビルの業務スペースを捨て値で手に入れることができたのだ。

とはいえ、三カ月分の家賃を滞納したままだったのだが。でも、レオニード・トロッター・マギルは金のことではさほど思い悩まなかった。いざとなればハットトリックをやってのける自信があったからだ。世のじつに多くの人びとが、じつに多くの秘密をかかえている。そしてニューヨーク・シティーにあっては、そうした秘密はもっとも価値の高い商品たりえたのである。

五時三十九分、またもブザーが鳴った。ただし今回は、二度長く大きく、そのあとに三度短くだった。レオニードは廊下を歩き、だれであるかを問うことなく玄関のドアをあけた。

そこに立っていたのは小柄でスリムな、頭のはげかかった白人男だった。値の張るスーツを着こみ、白いワイシャツのカフスボタンは本物で、シャツの襟と袖口にはしっかり糊がきいていた。

「レオン」と、小柄な白人男が言った。

「警部補。どうぞ、なかに」

レオニードはめかしこんだ小男の先に立って応接室を抜け、廊下を進み（廊下には都合三つの扉があった）、最終的に事務所にはいった。

「かけてください、警部補」

「いいオフィスだな。ほかの連中は？」と、訪問客が訊いた。

「いまのところ、おれしかいません。ちょうど過渡期でね。

その、新たなビジネスを展開しようと考えているところで」

「なるほど」

　ほっそりした白人がレオニードのデスクの正面にあった椅子に腰をおろした。そこからは、ニュージャージーの上に長くのびる影が見えた。男が窓からホストのL・T・マギル私立探偵へと視線を移した。

　レオニードはずんぐりとし、背丈はせいぜい五フィート七インチどまりで、腹がでっぱり、下あごがたるんでいた。肌はにごった青銅色で、濃いソバカスが顔全体に見られた。口の右端に爪楊枝をくわえていた。黄褐色のスーツは着古し、そこここにしみがついている。シャツは黄緑色で、左手の小指にはめた分厚い金の指輪は重さが二、三オンスはあった。

　レオニード・マギルの手はたくましく、息づかいも力強かった。目つきがうたぐり深く、実際の年齢よりたいてい十は老けて見られた。

「用件はなんでしょう、カースン？」と、探偵は刑事に訊いた。

「ジョー・ハラーの件だが」と、カースン・キタリッジが答えた。

「えっ、なんですって？」レオニードはひたいにしわを寄せた。無垢とまではいかないにしても、無知をよそおった。

「ジョー・ハラー」

「聞いたことのない名前だなあ。何者です？」

「ジゴロで暴力常習犯だ。目下の状況は、やつを泥棒と思えと言ってるがな」

「わたしを雇って、彼に関してなにか見つけさせようと？」

「いや」と、刑事が言った。「そうじゃない。あいつはいまトゥームズ（ニューヨーク市拘置所）にはいってる。現行犯で逮捕されたんだ。やつはほかでもない自宅のクローゼットに三万ドルを隠していた。毎日もち歩くブリーフケースに入れて」

「だったら話は簡単じゃないですか」と、レオニードは言った。呼吸のしかたに神経を集中させていた。警察官から質問を受けているときにはかならずそうすべきだと、経験から学んだのだ。

「普通だったらそう思うよな？」と、カースン。

「その事件になにか問題があるんですか？」

「きみは一月の四日にネスター・ベンディクスと話をしていた」

「おれが？」

「そう。わたしがそれを知っているのは、二カ月前にアンバースンズ・フィナンシャルズという会社が強盗に襲われた事件でネスターの名が浮上したからだ」

「へえ」と、レオニードは言った。「それがジョーなにがしと一体どうつながるんです？」

「ハラーだ」と、キタリッジ警部補が言った。「ジョー・ハラー。あいつがバッグのなかに入れておいた金は、現金輸送車がアンバースンズ社に届けたばかりの現金から奪われたものだ」

「現金輸送車はそこで三万ドルをおろしたわけですね？」

「いやいや、三十万ドル近くだ」と、キタリッジが言った。

「ATM用の金だった。アンバースンズ社はその地区でATM事業を手広くやってきたようだな。ミッドタウン一帯に六十台の機械を配置している」

「すごいな。で、あなたは、ジョー・ハラーとネスター・ベンディクスが金を奪ったと考えているんですね？」

カースン・キタリッジがちょっとだまりこみ、灰色の目で粗野な探偵をじっと見つめた。

「きみとネスターはなにを話しあう必要があったのかな？」と、刑事が質した。

「なにも」と、レオニードは片方の肩をすくめて答えた。

「おれの記憶にまちがいがなければ、あれはシーポート近くのピザ屋だった。カルゾーネを食おうと店に立ち寄ると、ネスターを見かけたんです。おれたちはヘルズキッチンがまだ文字通りのヘルズキッチンだったころ、友だちだったんですよ」

「なにを話す必要があったんだ？」

「なんにも。ほんとに。偶然会っただけですよ。おれはたらふく食うあいまに、やつには大学生の子供がふたりと、刑務所にはいっているのがふたりいると聞かされましたね」

「強盗の件を話しあったのでは？」

「その件はいまあなたから教えられるまで、聞いたこともないですよ」

「例のジョー・ハラーだが」と、刑事が言った。「あいつはいわゆる進んだライフスタイルを実践なさってる。既婚のご婦人が好きでな。まさに特技と呼んでもいいかもしれん。まっすぐな女性をひっかけて、ねじ曲げてしまうんだ。やつの持ち物は馬並みらしいぞ」

「ほんとに？」

「ほんとに。彼の手口は自分の職場近くのホテルで女と出会うようにしむけ、なかにつれこんで亭主以外の八インチがいかに活躍するかを彼女らに教えこむ」

「話がよくわからないな、警部補」と、レオニードは言った。「いやつまり、アンバースンズの女警備員のひとりがハラーのカモだったというのなら筋が通るけど」

上品な刑事が頭をわずかに横に振った。

「ちがう、ちがう。わたしの読み筋はこうなんだ、レオン」と、刑事は言った。そして、椅子から身をのりだし、指を組み合わせた。

「ネスターは首尾よく金を奪ったものの、だれかが口をすべらせた結果、われわれが彼のしっぽをつかむことになった。そこで、彼はきみに身代わりになってくれるカモを見つけてくれとたのみ、きみはハラーをさしだした。どうやってかは問うてくれるな。わたしにもわからん。でも、ともかく、きみはあの色男を罠にはめ、いまや彼はアッティカ重罪刑務所で二十年暮らす運命になろうとしている」

「おれが？」と、レオニードは両手を自分の胸に押しあてて言った。「一体全体なぜ、おれにそんなことができると思うんです？」

「きみなら巣ごもっているタカの下から卵をとりだせるし、雌鳥は卵がなくなったことにさえ気づかないでいる」と、キタリッジが言った。「わたしはある男を投獄し、彼のアリバイを証明できるはずのガールフレンドは彼の名前を聞いたことすらないと言う。わたしはみずからの誤りで武装強盗に嘲笑され、自分が過去に逮捕したどんな悪党よりも悪質な私立探偵に面と向かって嘘をつかれている始末だ」

「カースン」と、レオニードは言った。「あのね、あんたはおれを誤解しているよ。おれはたしかにネスターと数分間会った。でも、いいかい。それだけなんだ。おれはそのアンバースンズ社に行ったこともないし、ジョー・ハラーやそいつのガールフレンドの名前も聞いたことがない」

「クリスさ」と、キタリッジが言った。「クリス・スモール。彼女はすでに夫に捨てられた。われわれの捜査が進んでいるのは、現在のところそこまでだ」

「あのね、お役に立ちたいのはやまやまだけれど、でもあなたの言うのは誤解で、犯罪が終わったあとにどこかのお人よしに罪を着せるなんて芸当は、おれには見当もつかないですよ」

カースン・キタリッジは探偵と、暗くなってきた隣の州を静かに見やった。彼がにっこりほほえみ、口を開いた。

「きみはのがれられんぞ、レオン。こんなふうに法を破っておいて、ただではすまされん」

「知らないことはわかりっこないですよ、警部補。もしかすると、あなたが逮捕した男が実際に犯人なのかもしれない」

カトリーナ・マギルは若かりしころ、美人だった。すらりとした身体と漆黒の髪の持ち主で、ラトヴィアかリトアニアの生まれ――レオニードはどちらなのか知らなかった――であった。彼ら夫婦には三人の子供があり、そのうち少なくともふたりはレオニードの子ではなかった。彼は三人を検査したことはない。わざわざそんなことをする必要はなかった。東欧出身の美女は早い時点で彼を袖にし、金融王のもとに走ったのだ。しかし、彼女が太り、パトロンが破産した結果、いまはおおぜいそろって(パトロンは除いて)レオニードの狭苦しい住まいで暮らしていた。

「晩飯はなんだい、カート?」彼はアパートメントのドアまで五階分の階段をのぼったあと、息をあえがせながら訊いた。

「ミスタ・バーチから電話があったわよ」と、彼女が答えた。「金曜までにすっかり払ってくれないと、追い立て手続きを開始するって言ってたわ」

彼女を醜くさせているのは、角張った顔立ちと目のまわりの肉のたるみだった。重力がまだためらっていた若いころ、彼はふたりの仲に幕をおろすべきだったのだ。

子供たちは居間にいた。テレビがついていたが、だれも観ていなかった。いちばん年長の息子、赤毛のディミトリは本を読んでいた。彼は肌が黄土色で、目はグリーン。しかし、口もとはレオニードにそっくりだった。娘のシェリーはほかにどうたとえるよりも、中国人を思わせた。レオニードとカトリーナがスタテン・アイランドに住んでいたとき、近所に中国人がいたのだ。クイーンズにあるインド人の宝石店街で働いていた男だ。シェリーはレオニードのジャケットを繕っていた。彼女は父親を好いていて、母親を疑ったり、鏡に映る自分の顔に疑問をもったりはしなかった。

シェリーとディミトリは十八歳と十九歳だった。ふたりともシティー・カレッジの学生で、自宅から通っていた。カトリーナは彼らが家を出る話には断固として耳を貸さなかった。レオニードとしても、ふたりにそばにいてもらいたかった。子供たちのおかげで自分がなにかに錨でつなぎとめられているのであり、さもないと四十二番ストリートをさまよい歩いてハドソン川に落ちるような気がした。

トゥイルが末の息子。十六歳で、はやいっぱしのワルであった。彼はニューヨーク州ウィングデール近くの少年院に三カ月間収容されていたあと、帰宅したばかりだった。まだハイスクールに籍を置いていたのは、それが出所条件のひとつだったからにほかならない。

レオニードが部屋にはいったとき、トゥイルだけが笑顔で迎えた。

「やあ、パパ」と、彼が言った。「なにがあったと思う? ミスタ・トートリがぼくを店で雇ってくれるらしいや」

「ほう、そりゃよかったな」レオニードはその金物屋に電話をかけ、トゥイルが三週間後には裏口をこじあけて倉庫をからにしてしまう旨、話さなければならないだろう。

レオニードはトゥイルを愛していたけれど、この息子は泥棒なのだ。

「ミスタ・バーチはどうするの？」と、カトリーナが言った。

「おれの晩飯はどうなんだ？」

カトリーナは料理がうまかった。チキンの白ワインソースかけと、レオニードがいままで食べたなかでいちばん皮の薄いギョウザをつくってくれた。ほかにブロッコリーとアーモンド入りのパン、焼きパイナップル、スプーンで食べられる黒っぽい魚のソースも出てきた。

カトリーナにとって、左手が部分的に麻痺して以来、料理はやりづらくなっていた。専門医は、おそらく軽い脳卒中のせいだろうと診断した。彼女は四六時中、いらだちをあらわにした。ボーイフレンドたちが何年もまえから電話をよこさなくなったからだ。

にもかかわらず、レオニードは彼女と彼女の子供たちの面倒をみた。ときどきは彼女にセックスをもちかけもしたが、ただしそれは、彼女がそのことをひどく嫌っているのを知っていたからだった。

「ほかにだれかから電話があったかい？」彼は、大学生たちがそれぞれの部屋にはいり、トゥイルがストリートにもどるのを待って、訊いた。

「アーマンっていう男から」

「なんと言ってた？」

「十番と十七番の角にちっちゃなフランス料理屋があるって。そこで十時にあんたと会いたいそうよ。わたしはあんたの都合がつくかどうかわからないって、そう答えといたけど」

レオニードがカトリーナに歩み寄ってキスをしようとすると、彼女が身をよじってのがれ、彼は笑った。

「なぜおれと別れないんだ？」と、彼は訊いた。

「わたしがそうしたら、わたしたちの子供たちをだれが育てるの？」

それを聞いて、レオニードはさらに声高に笑った。

彼は九時十五分に〈バーベッツ・フィースト〉に着いた。

エスプレッソのダブルを注文し、バーのスツールに腰かけている中年の女性の脚をしげしげと見た。女は少なくとも四十歳にとどいていたが、十五歳みたいないでたちだった。レオニードはここ一週間余りなかった、股間の勃起をおぼえた。

たぶんそのせいだろう、彼は携帯電話でカーメン・ブラウンの番号を押した。ドレスで盛装したような声だったので、電話が通じたとき、彼女が外にいることがわかった。

「もしもし?」

「ミス・ブラウンですか?」

「ええ」

「レオ・マギルです。わたし宛のメッセージを残されましたよね?」

「ミスタ・マギル。あなたはフロリダだと思ってましたけど」エンジン音がうるさく、彼女の声をかき消さんばかりだった。

「すみません。よく聞こえないのでは?」と、彼女が言った。「オートバイが通りを走っていたので」

「だいじょうぶです。ご用件は?」

「わたし、問題をかかえていまして、それで——そのう、ちょっと個人的なことなんですけど」

「わたしは私立探偵ですよ、ミス・ブラウン。いつも個人的な事柄を聞いています。わたしと会いたいとおっしゃるなら、どんな用向きかまえもって教えていただかないと」

「リチャード」と、彼女が言った。「マロリーの件です。わたしの婚約者ですが、どうやらわたしに内緒で浮気をしているようなんです」

「で、わたしにその証拠をつかめとおっしゃる?」

「はい」と、彼女が言った。「わたしは、そんなふうにわたしを裏切るような男と結婚したくありません」

「どうやってわたしの名前を知りました、ミス・ブラウン?」

「電話帳で調べましたの。あなたのオフィスの住所を見て、優秀な方にちがいないと思いました」

「明日なら会ってもいいですよ」

「わたしはむしろ今夜のほうがありがたいんです。この問題がかたづくまで眠れそうにありませんから」

「うーん」探偵はためらった。「十時にひとつ約束があり、そのあとガールフレンドに会いにいくことになっていますので」それは仲間内のジョーク、若いミス・ブラウンにはわかりっこない冗談だった。

「あなたがガールフレンドに会われるまえに、お目にかかるのはどうでしょう」と、カーメンが提案した。「ほんの数分で終わるはずですから」

ガート・ロングマンが住んでいるエリザベス・ストリートから二ブロック東、ヒューストン通りのパブで会うことで折り合いがついた。

レオニードがかぎ形のイヤホンを耳からはずしかけたとき、ちょうどクレイグ・アーマンがそのビストロにはいってきた。やさしげな大きな顔をもつ、白人の大男だった。鼻がつぶれていてさえ、危険なというよりは傷つきやすい印象をあたえた。色あせたブルージーンズをはき、Tシャツの上にゆったりした粗編みのセーターを着ていた。その衣装のどこかに拳銃が隠されているのを、レオニードは心得ていた。ネスター・ベンディクスのストリートの会計係が丸腰で出歩くことはありえない。

「レオ」と、アーマンが言った。

「クレイグ」

レオニードが選んでおいた小テーブルは柱の陰にあり、混みあったビストロのほかの客たちからは離れていた。

「警察(サツ)が金を押収した」と、アーマンが言った。「組織の人間がやつの家に忍び込んで細工をしたんだ、十分間でな。九一一番にタレこみがはいり、やつはトゥームズにくらいこんでいる。おまえさんが言ったとおりに」

「つまりは、おれは家賃を払えるってことだ」と、レオニードは応じた。

アーマンがにっと笑い、レオニードはテーブルの下で自分のももに数オンスの重みがのせられるのを感じた。

「さて、行くとするか」と、アーマンがすぐさま言った。「早寝早起きっていうからな」

「そうだな」と、レオニードも同意した。

ネスターの手下の大多数は、危険度の高い仕事にはあまりかかわらなかった。ネスターが声をかけてくるのは唯一、レオニードが彼の商売に最適だからにほかならなかった。

レオニードは七番アヴェニューでタクシーをつかまえ、ヒューストン通りの〈バーニーズ・クローヴァー〉まで走らせた。

カウンターのいちばんはしにかけていた女性は、往年のカトリーナがそなえていた美点をすべてもっていた。ただしその女性がブロンドで、容貌もけっして衰えないだろうと思われる点を除いて。磁器のようなつややかな顔で、目鼻立ちも小づくりで愛らしかった。色の淡いリップグロスをつけているかなというぐらいで、化粧っけはない。

「ミスタ・マギル?」

「レオです」

「会いにいらしてくれて、とてもほっとしています」と、彼女が言った。

彼女は黄褐色の乗馬ズボンに、サンゴ色のブラウスといういでたち。白いレインコートが折りたたまれて膝にあった。目は画家によっては赤と呼ぶたぐいの茶色。髪は短くカットされていた——ボーイッシュなのにセクシーだった。色の薄い唇は、いまにも赤ん坊のおしりにキスをして笑いだしそうな雰囲気があった。

レオニードは深く息を吸ってから、切り出した。「一日あたり五百ドルいただきます——それに所要経費がプラスされます。出張費、機材のレンタル費、八時間を超えた残業食費ですね」

彼はグレイグ・アーマンから一万二千ドルを受けとったばかりだったが、ビジネスはビジネスだった。

女性が大型のマニラ封筒を渡した。

「彼のフルネームと住所が書いてあります。写真が一枚と彼が働いているオフィスの住所もはいっています。八百ドルもいっしょに。おそらくそれ以上はかからないと思いますわ。だって、ほぼまちがいなく彼は明日の晩に相手の女と会うでしょうから」

「お連れの方、なにを飲みます?」かわいい顔をしたアジア青年のバーテンダーがたずねた。

「炭酸水をもらおうか」と、探偵は答えた。「氷抜きで」

バーテンダーがほほえんだ。あるいは冷笑したか。レオニードにはどちらか判断しかねた。ほんとうはスコッチと炭酸水をもらいたかったが、もしそれを飲んだら胃の潰瘍がうずいて明け方まで眠れないだろう。

「なぜです？」と、レオニードは美しい娘に訊いた。

「なぜわたしが知りたいか、ですか？」

「いや、彼が明日の夜、女に会うはずと、なぜあなたは思うんです？」

「彼がわたしに話したからですわ。カーネギー・ホールにボスと《魔笛》を観にいかなくちゃならないって。でも、オペラの上演予定は全然ないんです」

「あなたはどうやら、ご自分でそこまで調べられたようだ。どうして私立探偵が必要と？」

「ディック（リチャードの愛称）の母親のせいです」と、カーメン・ブラウンが答えた。「彼女はわたしに、わたしが彼女の息子にふさわしくないと、言ったんです。わたしがどこにでもいる下品な女で、息子を利用しているだけだって」

怒りがカーメンの顔をゆがめ、さしものみごとな美貌もいささか醜さに変じたほどだった。

「じゃ、あなたは彼女に思い知らせてやりたいわけですね？」と、レオニードは訊いた。「でも、彼女は息子に別の女ができたことを喜ぶのでは？」

「彼が会おうとしている女は結婚していて、しかも年上。かなり年上だと思います。もしふたりの写真を撮ることができれば、わたしは身を引くにしても、少なくとも彼の母親はそんなに自惚れてはいられないでしょう」

レオニードには、それだけでディックの母親を傷つけるに充分なのかどうか、疑問に思えた。そしてまた、ディックが年上の人妻と会おうとしていることを、カーメンがどうやってかぎつけたのかについても、疑いをもった。質すべき点が多々あったが、彼はあえて問わなかった。金のなる木に疑問を呈してどうなる？　なにしろ、二カ所の家賃を払わねばならないのだ。

探偵が資料に目を通し、特大のクリップではさまれた札束にちらっと目をやっていると、若いバーテンダーがひじのわきに炭酸水のグラスを置いた。

写真には男性が写っていて、それがリチャード・マロリーだと思えた。若い白人で、荒削りの印象をもたせる顔であった。口ひげをもうけているもののいまひとつ濃さがたらず、茶色の髪の毛もいかにもくしの通りが悪そうなもじゃもじゃ状態。ロックフェラー・センターのスケートリンクの正面で、落ち着きなげに立っている。

「よろしい、ミス・ブラウン」と、レオニードは言った。「引き受けましょう。あなたもわたしも運がよければ、明日の夜にはすべてかたづくでしょう」

「カーマです」と、彼女が言った。「カーマと呼んでください。みなさんそうしています」


レオニードは十時半ちょっと過ぎにエリザベス・ストリートに着いた。ガート宅の呼び鈴を押し、インターホンに自分の名を叫んだ。通りかかったオートバイの轟音に負けないよう、大声を張りあげねばならなかった。

ガート・ロングマンは五〇年代に建てられたスタッコ仕上げのビルの、三階の小さなワンルームに住んでいた。天井が低いものの、部屋はけっこう広く、ガートはそこをすてきに整えていた。赤いソファーとマホガニーのコーヒーテーブルが置かれ、奥の壁沿いにガラスドアのはまったサクラ材の戸棚が並んでいた。キッチンはなかったけれど、ひと隅に小型冷蔵庫が据えられ、上にコーヒー沸かしとトースターがのせてある。ガートはCDプレーヤーももっていた。レオニードが部屋にはいったとき、エラ・フィッツジェラルドがコール・ポーターの曲を歌っていた。

レオニードはその音楽が気に入り、そう口にした。

「わたしが好きなの」と、ガートがどういうわけか、レオニードの賛辞をはねつけるような口調で言った。

彼女は黒い肌の女性で、母親がイスパニオラ島のスペイン語圏側の出身だった。でも、ガート自身にはなまりがなかった。スペイン語そのものも話せなかった。実際、ガートは自分の生い立ちについてなにも知らないのだった。彼女は自分のことを、どんなアメリカ革命の娘にも負けないくらいのアメリカ人だと誇らしげに語った。

彼女がソファーの南のはしに腰をおろした。

「もうネスターからお金はもらったの？」と、ガートが訊いた。

「あのな、おれはきみのことを恋しく思っているんだ、ガーティー」と、レオニードは言った。彼女のサテンのようになめらかな肌と、あのフレンチ・ビストロにいたティーンエージャーのドレスを着た四十がらみの女のことを、脳裏に浮かべながらだ。

「もうおしまい、レオ」と、ガートが言った。「とっくの昔に終わったことよ」

「きみはまだ欲望があるはずだ」

「あなたにはないわ」

「きみはまえに、おれを愛してると言ったじゃないか」と、レオニードは言い返した。

「それはね、あなたが結婚してないっていってわたしに話したあとのことと」

レオニードは彼女から数インチしか離れていないところに腰かけた。彼女の指関節に二本指で触れた。

「だめ」と、ガート。

「さあ、おいで、ベイビー。おれのあそこはねぶとみたいにコチコチだぞ」

「わたしのほうは骨の髄まで乾いているわ」

〝……でも、女にとって男は命〟と、エラが歌った。

レオニードはソファーに背をあずけ、右手をズボンのポケットにつっこんだ。

カーメン・ブラウンが〈バーニーズ・クローヴァー〉を去ったあと、レオニードは急いでトイレにはいり、クレイグ・アーマンが太ももに置いていった一万二千のうちからガートの取り分の三千を数えて分けておいた、その札束をとりだした。

「こいつと交換に、せめておれのねぶとにちょいとキスしてくれよ」と、彼は言った。

「ついでにそれを切りとってもいいなら」

レオニードがくすくす笑い、ガートも顔をほころばせた。

ふたりは二度と恋人どうしになることはないだろうが、彼女は彼のやり方が好きだった。彼は彼女の目の表情にそのことを読みとった。

カトリーナと別れるべきだったのかもしれない。

彼はまるめた百ドル札の束を手渡し、訊いた。「きみとジョー・ハラーをつなぐ道を、かぎつけられそうなやつがいると思うかい？」

「ううん、いない。わたしは彼とまったく別の部署で働いていたもの」

「どうやって、あいつの経歴を知ったんだ？」

「会社の可能性のありそうな従業員の名簿をコピーし、二十人くらいの経歴調査をしたの」

「きみのデスクから？」

「公共図書館のコンピュータ・ターミナルからよ」

「そこまであとをたどられることはないよな？」と、レオニードは質した。

「ないわ。ジャッキー・Pから聞き出したビザカードの番号でアカウントを買ったもの。セントルイスから来たさえない男。それで足がつくことはありえない。なにかあったの、レオ？」

「なにもないさ」と、探偵は答えた。「ただ、用心に越したことはないからな」

「ハラーはさかりのついた犬みたいなやつよ」ガートが話をつづけた。「あいつは何カ月もまえから、あのあたりの女たちをつけまわしてた。で、あるときシンシア・アソールの亭主がそれに気づいて彼を追いかけたけど、逆にぶちのめされて入院するはめになっちゃった。鎖骨を折られてね。あいつはつい二週間前にもクリス・スモールをなぐりつけたわ」

ネスターから白昼の犯罪の身代わり犯を見つけるようにたのまれたとき、レオニードはガートに助力を求め、彼女はアンバースンズ・フィナンシャルズ社に臨時職員として勤めはじめた。彼女のねらいはただひとつ、強盗の片棒をかついでもおかしくない前科をもつ男を見つけだすことにあった。ネスターとは縁もゆかりもない男を。

彼女は求められる以上の仕事をした。だれからも嫌われている男をさがしだしたのだ。

ハラーは十二年前、十八歳のときにコンビニ強盗をはたらいたことがあった。そしていまは、その道の黒帯とでもいうべきジゴロだった。彼は自分の筋肉とでかい持ち物を武器に、浅はかなオフィスガールたちを好んでとりこにした。彼女らの夫や恋人に気づかれても平気で、というのも彼は一対一ならたいていの男に勝てると信じていたからだ。

ガートがうわさで聞いたところ、彼は「本物の男をもつ女なら、あんなに簡単におれに身をまかせたりしないさ」と言ったことがあるとか。

「心配無用よ」と、ガートが言った。「あの男はどうなろうと、それに値するやつだし、わたしのところまで警察の手がのびることは絶対にないから」

「わかった」と、レオニードは言った。

彼はふたたび彼女の指関節にさわった。

「やめて」

彼は自分の指を彼女の手首へとはわせていった。

「おねがい、レオ。あなたととっくみあいのけんかはしたくないの」

レオニードの息は浅く、勃起がズボンを押しあげていた。

だが、身を引いた。

「そろそろ帰ったほうがよさそうだな」と、彼は言った。

「そうよ」と、ガートが賛成した。「奥さんの待つ家へね」

エンパイア・ステート・ビルディングで警備員の質問をくぐり抜けるのに、さほど時間はかからなかった。レオニードは少なくとも週に三日は、夜更けまで仕事をしていたからだ。

ガートにはねつけられたあと、家に帰る気になれなかった。

なぜカトリーナをまた家に入れたのか、自分でもわからなかった。

仕事と関係する以外のことを、なぜ自分がしたのかわからなかった。

レオニードが私立探偵になったのは、ニューヨーク市警に就職しうる年齢に達したとき、背丈が低すぎて資格条件を満たさなかったからである。その後まもなく条件が改変されたが、彼はそのときすでに不法侵入のとがで逮捕される前科をつくっていた。

でも、意に介さなかった。民間でやるほうがもうかるし、好きな時間に働くことができたから。

電話帳を調べ、カーメン・ブラウンが婚約者のデータ表にタイプしてあったのと同じ住所のリチャード・マロリーなる人物を見つけた。その番号に電話を入れた。三度目の呼び出し音で受話器がとられた。

「もしもし?」おどおどした声がたずねた。

「ボビー・アンはいます?」と、レオニードは使い分けられる七色の声のひとつで言った。

「えっ?」

「ボビー・アン。彼女はいますか?」

「番号ちがいですよ」

「あ、そう。わかりました」と、レオニードは言い、電話を切った。

壁の大時計が示す十二分間、レオニードはリチャード・マロリーだったかもしれない男の声について思いをめぐらせた。彼は、深い眠りからたたき起こされたばかりの人間と話すことができるなら、その人物の性格を把握できると考えていた。

時刻は午前二時三十四分。そしてリチャードは、あれがリチャードだったとしてだが、実直そうな男、普通の勤め人の声に聞こえた。法(のり)を越えて裏社会に身を投じるタイプではなかった。

このことはレオニードにとって重要だった。ふりむきざま銃をぶっぱなしかねない男を尾行するのは、ごめんこうむりたかったからだ。

三時半に、ガートに電話をした。

「六‐二‐〇‐九です」呼び出し音が五つ鳴ったあと、録音された彼女の声が告げた。「ただいま電話に出られませんので、メッセージを残してくだされればかならず折り返しお電話いたします」

「ガーティー、レオンだ。さっきは悪かった。会いたいんだ、ハニー。明日の晩、ふたりで食事ができないかな。そのう——埋め合わせにおれが払うから」

ガートが聞いていて受話器をとる決心をするのを願い、もう数秒間電話を切らなかった。


ブザーで起こされた。時計の針は九時を過ぎたばかりをさしていた。窓は一面にくもっていた——ふわふわの白い朝もやで、三インチ先も見通せなかった。

ブザーが彼の鈍った頭をふたたびかきみだした。昨日と同じで長く鳴った。しかし今回、レオニードは危惧をいだくほどには充分に目が覚めてなかった。

二十四時間余り着つづけているスーツ姿のまま、よろめく足で廊下を歩いた。

玄関のドアを開くと、ふたりの暴漢が押し入ってきた。ひとりははげ頭の黒人で金縁の眼鏡をかけ、他方は脂じみた髪が濃い白人だった。

ふたりともレオニードより五インチは背が高かった。

「ワイアント兄弟が四千九百ドルをよこせとさ」と、黒人のほうが言った。口のなかが歯肉炎の色を呈していた。レンズのむこうの目は黄ばんでいた。

「四千六百だ」と、レオニードはふらふらしながら訂正した。

「それは昨日までだ、レオ。利息がでっかいんだよ」黒人がドアを閉め、白人がレオニードの左わきに動いた。

白人のごろつきがにんまり笑い、レオニードはコミュニストの父親の父親よりふけこんだ自分の心に、憎悪がわくのをおぼえた。

白人男は、ごわごわの栗色の髪を、カットするというよりむしろたたき切ってあった。目は青と茶に色が分かれ、唇はぎざぎざに荒れており、まるで彼がもっと若いころの人生の一期間、牙をむいたヒョウとフレンチキスをして過ごしてきたかのようだった。

「おれたちが起こしたのかい？」黒人の集金人がようやくマナーを思い出して訊いた。

「ちょっとな」と、レオニードはあくびをかみころしながら答えた。「元気か、ビルコー？」

「元気さ、レオン。おまえさんが金をもっていることを願うよ。さもないと、ぶちのめしてこいって言われてるんでな」

　白人が期待をこめてくすくす笑った。

　レオニードは胸の内ポケットに手を入れ、昨夜受けとった分厚い茶封筒をとりだした。

　四千九百ドル分の札を数えるあいだ、レオニードは慣れ親しんだ感覚をおぼえた。手にはいったと思った金がそっくりない感覚だ。ワイアント兄弟に借金と利息を払ったあと、アパートメントの今月の家賃をかたづけ、妻の家計の出費と彼自身の請求書の支払いをすませると、もはやすっからかんであり、さらに事務所の家賃の三カ月分が未払いで残るのだ。

　そう考えると、彼の怒りはなおさらつのった。どうにか借金をせずにやっていくつもりなら、カーメン・ブラウンの金ではまだ足りないだろう。おまけに白人の馬鹿野郎が、いまにも倒れそうなボウリングのテンピンみたいに頭をゆすりながら、にたにた笑いをつづけていた。

　レオニードがビルコーに金を手渡すと、ビルコーはそれをゆっくり数え、白人のならず者はぎざぎざの唇をなめた。

「ここまではるばる集金に来たんだから、おれたちにチップをはずんでもよいと思うがな」と、白人が言った。

　ビルコーが目をあげ、にやりとした。「レオンはお使いにはチップをやらないんだ、ノーマン。彼なりのプライドがあって」

「そういう態度は、おれがすぐにあらためさせてやるさ」と、ノーマンが言った。

「そいつを拝見してみたいもんだな、白人野郎」と、レオニードは意を決して言った。そして、いっぺんにふたりを相手にしなければならないのかと、ビルコーを見やった。

「おまえらふたりの問題だ」と黒人のやくざは言い、なにももたない手と、レオニードの札束をつかんだもう一方の手をあげてみせた。

　ノーマンは見かけより敏捷だった。たっぷり肉のつまったこぶしをレオニードのあごにたたきこみ、中年探偵を二歩後ろにはねとばした。

「すげえ！」と、ビルコーがはやした。

ノーマンのひび割れた唇がゆがみ、笑みをかたちづくった。彼はその場に立ったままレオニードを見やり、相手が倒れるのを待っていた。

それと同じまちがいを、ゴードーのジムでレオニードのスパーリングパートナーたちがおかした。彼らはみな、でぶがパンチにもちこたえられないだろうと考えたのだ。レオニードが低くすばやく身を寄せるや、白人の大男の胴を三度打った。三発目のパンチでノーマンの身体が前にかがみ、ここぞとばかり放たれたワンツーのアッパーカットをまともにくらった。ノーマンが倒れなかったのは、壁があるからにほかならなかった。壁に激しくぶつかり、次に来るのがわかっている攻撃をかわそうと、両手を反射的にあげた。

レオニードがさらに三発、的確なブローをノーマンの頭にたたきこむのを見て、ビルコーが彼を押しのけた。

「もういいよ、おい」と、ビルコーは言った。「それで充分だ。おれがこいつの両足をつかんで、通りに引きもどすはめになる」

「この馬鹿野郎をさっさとつれだせ、ビルコー！　おれが殺すまえに！」

ビルコーが言われたとおり、半ば意識をなくして血を流している白人男を壁から助け起こした。相棒にドアのほうを指さし、それからレオニードに向きなおった。

「来月また会おうぜ、レオン」と、彼が言った。

「冗談じゃない」と、レオニードは身体の酷使で息を切らせながら言った。「おまえらとは二度と会うもんか」

ビルコーが高らかに笑いながら、ノーマンをエレベーターへとつれていった。

ふたりが去るや、レオニードはドアを音高く閉めた。まだ怒りがおさまらなかった。払うものを払ってしまうと、彼は依然として文無しであり、ビルコーやノーマンみたいな馬鹿者たちからきつい請求を受けるのだ。ガートは彼の電話にいっかな応えようとしないし、彼にはひとり静かに眠れるベッドさえなかった。もしビルコーがいなかったなら、彼はあの醜悪な野郎を殺していただろう。

レオニード・トロッター・マギルはひと声雄叫びをあげるや、存在しない受付係の小部屋の化粧板張りの壁に蹴りを入れて穴をあけた。そのあと電話機をつかんで、三十五番ストリートの〈レニーズ・デリカテッセン〉にかけ、ゼリードーナッツ三個とクリーム入りコーヒーの大を注文した。

もう一度ガートに電話してみたが、彼女は依然として受話器をとろうとしなかった。

それは〈ガイ〉という名の日本レストランが下二階を占めるビルの、三階にある小さな会社だった。エレベーターがなかったので、レオニードは階段を使った。たった二十八段をのぼっただけで息が切れた。もしノーマンがすこしでも反撃していたら、こっちは打ちのめされて金をまきあげられていただろう、とレオニードは実感した。

受付係はきちんと服を着ても体重が九十八ポンドに満たなかったろうが、彼女はきちんとにはほど遠かった。ドレスと言われてもとてもそうは見えない黒いスリップに、かかとの低い紙製サンダルのいでたち。腕には筋肉が全然ついていなかった。すべてが未熟を物語っていたが、目だけは例外で、その目がでぶの私立探偵をいかにもうさんくさそうに見た。

「リチャード・マロリーを」と、レオニードはそのブルネットに言った。

「で、あなたは?」

「リチャード・マロリーに会いたいんだが」と、レオニードは明瞭に言った。

「ミスタ・マロリーにどんな用?」

「あのな、きみの知ったことじゃないのさ。男どうしの話なんだ」

若い女は四オンスしかないあごをぐっと引き締め、レオニードをにらみつけた。

彼は気にならなかった。その女が気に入らなかった。ひどくセクシーな恰好をして、仲間内のような口をきく女。

彼女が受話器をつかんで二言三言、とがった口調でささやいたあと、持ち場をはなれて椅子の背後のドアのむこうに消え、残されたレオニードは腰までの高さの侵入防止デスクの前に立っていた。壁にかかった鏡のなかに自分の背後の窓越しの景色と、さらにはマディソン・アヴェニューを見ることができた。ノーマンになぐられた箇所——右側頭部がはれているのも見えた。

少し待って、薄い口ひげをもうけた背の高い男が大またで出てきた。黒ズボンに黄褐色のリネンのジャケットをはおり、レオニードのポケットにある写真と同じくつろいだ表情をしていた。

レオニードはその男も気に入らなかった。

「なんでしょう?」と、リチャード・マロリーがレオニードに声をかけた。

「リチャード・マロリーにお会いしたいのですが」と、レオニードは言った。

「ぼくですけど」

私立探偵は鼻で深く息を吸った。仕事をうまくはこびたいなら、落ち着く必要があることを承知していたからだ。もう一度、さらに深く吸った。

「あごをどうなさいました?」と、ハンサムな若者がアマチュアボクサーにたずねた。

「水腫なんです」と、レオニードは迷わず答えた。「父方の系統が代々そうで」

リチャード・マロリーが返事につまった。レオニードは、たぶん言葉の意味がわからないのだろう、と判断した。

「あなたとビジネスのお話がしたいんですよ、ミスタ・マロリー。おたがいにもうかる話を」

「おっしゃることが、わかりかねますが」と、マロリーがとびきり感情をおさえた顔で言った。

レオニードは内ポケットから名刺をとりだした。次のように記されていた。

ヴァン・ダー・ジー使用人派遣・家事補助サービス社

代理人　アーノルド・デュボイズ

「どういうことなのか、ミスタ・デュボワ」と、マロリーがマギルの偽名をフランス流に発音して言った。

「デュボイズです」と、レオニードは言った。「わたしはヴァン・ダー・ジー社の代理でうかがいました。わたしどもは現在、ニューヨークに足場を築こうとしておるのです。もともとはクリーヴランドで社を興したのですが。目的はわたしたちの人員を家事奉公人、老人介護人、犬の散歩代行人、そしてベビーシッター等として上流階級のマンションに送りこむことにあります。わが社の職員はみな、非常に身なりがよく仕事に精通しています。きちんと弁償用保険にも入れておりますし」

「それで、あなたはぼくに、あなたがたをなかに入れる手助けをしろと？」

「あなたがわれわれに独占的なプレゼンテーションの場を紹介してくださるたびに、千五百ドルをお支払いしましょう」と、レオニードは言った。彼はもうすでに、受付嬢とマロリーを嫌いなことを忘れていた。もはやノーマンにさえ腹を立てていなかった。

プレゼンテーション（それがなにを意味しようと）のたびに千五百ドルと聞かされるや、ディック・マロリーは行動に移った。

「ついてきてください、ミスタ・デュボイズ」と、彼がレオニードの望みどおりに名を発音して言った。

不動産仲介人は偽の仕事紹介人の先に立ち、ほかの種々のエージェントが事務所にしている小部屋の並ぶ廊下を歩いていった。

マロリーはレオニードを小さな会議室に案内し、ドアを閉めた。松材の丸テーブルと、それと組の椅子が三脚あった。マロリーがすすめ、ともに腰をおろした。

「さて、詳しくお話しいただけませんか、ミスタ・デュボイズ？」

「わたしどもが若い女性をさしむけます」と、レオニードは説明した。「美人を。彼女があなたの紹介してくださる建物のエントリーホールに、小テーブルをしつらえます。そして、入居者の方々に声をかけ、各戸で必要とされるであろう種々のタイプの家庭内の仕事について説明するのです。週に二度、ファイリングやショッピングのためにアシスタントをほしがる人がいるかもしれない。すでにお手伝いはいても、自分が留守のときにペットを散歩させてくれる人手が必要な方々もいらっしゃるでしょう。ひとたびわが社の人間を使われた方は、必要となった場合かならず当社の他の職員を雇われると、これは自信をもって言えます。あなたにお願いしたいのは、若い女性を建物内にさしむける許可をいただくことだけでして、そうすれば当方は千五百ドルをお支払いいたします」

「ぼくがあなたがたを一軒の建物に入れる、そのたびごとにですか？」

「現金で」

「現金で？」

レオニードはうなずいた。

若者が文字どおり唇をなめた。

「もしいま、一軒の高級マンションのロビーを確約していただければ、早速今夜にでもお支払いできますよ」

「そんなに急な話なんですか？」

「わたしはヴァン・ダー・ジー・エンタープライゼズの歩合給の代理人でしてね、ミスタ・マロリー。利益をあげるために、わたしはプロデュースしなければならない。こちらで契約をとるべく努力しているのは、わたしひとりじゃないんです。要するにですね、あなたは好きなときにいつでもわたしに電話してかまわないけれど、あなたが今日中にひとつもロビーを約束できない場合、わたしは接触リストの先に進まざるをえないわけです」

「しかし――」

「いいですか」とレオニードは口をはさみ、リチャード・マロリーがもちだそうとした理屈をさえぎった。内ポケットに手を入れ、三枚の百ドル札をとりだした。それをふたりのあいだのテーブルに置いた。「前金として五分の一。明朝わたしがアーリーンを送りこめるロビーをあなたが見つけてくれることを条件に、三百ドル」

「明日――」

「そのとおりです、リチャード。もしわたしが最初にロビーを用意できれば、ヴァン・ダー・ジー・エンタープライゼズはわたしにマンハッタン作戦全体の指揮権をゆだねるでしょう」

「そこで、ぼくはこの金を自分のものにできるわけですね?」

「さらに千二百ドルとともにね。その千二百は、あなたがわたしのためにロビーを設定してくれれば、今晩八時にあなたの手にはいります」

「八時? なぜ八時なんです?」

「あなたは、わたしが話をもちかけているのはあなただけ、と思っているでしょう、リチャード? じつはわたしは今日の午後、四人と面談する予定なんです。それがすべて終了したあと、夜の八時にわたしと会える人物が、少なくとも賞金の一部を手にすることになります。たぶん全額になるでしょうけれどね」

「しかし、ぼくは今晩デートの約束があって――」

「電話をくれるだけでいいですよ、リチャード。居場所を教えてくれれば、わたしが金と、アーリーンがテーブルを設営できる旨を管理人に保証する手紙をもっていきます」

「手紙ですって?」

「思いちがいをしてもらってはこまりますよ。あなたのサインがある管理人宛の手紙を、わたしがボスに提示できなければ、あなたに週に千五百ドルをさしあげるわけにはいかない」と、レオニードは語気を荒らげることなく言った。「心配ご無用、わたしどもは金のことは絶対に他言しません。ヴァン・ダー・ジー・エンタープライゼズがロビーで業務内容の宣伝をできればいいだけですから」

「でも、苦情がきたらどうします?」

「なにがあろうとあなたは、自分の判断で力になろうとしただけ、そう上司に言えばいい。最悪の場合、われわれは追い出されるでしょうが、それまでに二日はかかるし、アーリーンはパンフレットを配るのにとても手慣れてますので」

「それで、週にキャッシュで千五百ドルなんですね?」

「わたしどもがもうひとりのアーリーンを見つけ、あなたがわれわれと手を組むことができれば、その二倍。わたしはそう命じられています」

「だけど、あいにく今夜は外出する予定だからな」と、マロリーがこぼした。

「だから？　わたしに電話するだけでいいんです。場所を教えてくれれば。そうすれば、わたしが用紙をもって立ち寄ります。十分間の話が終わると、千二百ドル」

リチャードがテーブルの金に指を触れた。それからためらいがちにつかんだ。

「いただいていいんですね？」

「どうぞ。残りは今夜に、それからむこう四、五カ月間、週ごとにまた同額をね」レオニードはにやりと笑った。

リチャードが札を折りたたみ、ポケットにしまった。

「あなたの電話番号は何番でしょう、ミスタ・デュボイズ？」

レオニードは妻に電話を入れ、彼が帰宅するまでに茶色のスーツを出してアイロンをかけておくようにたのんだ。

「わたしはいまや、あんたのメイドなの？」と、彼女が訊いた。

「おれのポケットには家賃と家計費がはいっているんだ」と、レオニードはうなるように言った。「きみにたのんでいるのは、ほんのちょっとした協力じゃないか」

私立探偵は次に、携帯電話の留守番応答サービスを呼び出した。係が出ると、レオニードは新しいメッセージの録音を依頼し、内容を告げた。「はい、こちらはヴァン・ダー・ジー・エンタープライズの雇用代理人、アーノルド・デュボイズです。発信音のあとに、ご用件をお話しください」

家に帰ると、スーツがベッドの上にたたんであり、カトリーナは留守だった。家のなかでひとりきり、浴槽に湯を張り、氷入りの水をグラスに注いだ。煙草がほしかったが、彼の肺はかろうじてニューヨークの空気を吸っていられるのだ、と医者たちから忠告されていた。

旧式のバスタブのなかにゆったりとすわり、つまさきで湯を出したり止めたりした。あごは痛いし、またほとんど文無しにもどっていた。でもまだリチャード・マロリーの線がつながっており、それが探偵の気分をよくさせた。

「少なくとも、おれはやることはきちんとやれる」と、彼はひとりごちた。「少なくとも」

風呂のあと、レオニードはまたガートに電話した。今回、ベルはさえぎられることなくいつまでも鳴りつづけた。とても変だった。ガートは自分が通話中にかかった電話は、留守番サービスにつながるようにセットしていたから。

ガートとはときどき、数カ月つづけて話さないことがあった。彼女はふたりが二度と親密にはなりえないことを、はっきり表明していた。しかし、彼は依然として彼女になにかを感じていた。だから彼としては、彼女に異変がないことを確かめたかった。

レオニードが四時近くにガートのところに着くと、階下のドアがくさびで留めてあけっぱなしになっていた。

彼女の部屋の玄関には、警察の黄色いリボンが十字に張ってあった。

「彼女のお知り合い?」と問う声がした。

廊下の少し先の戸口に、小柄な女が立っていた。年をとって白髪頭であり、灰色の服を着ていた。目を涙でしょぼしょぼさせ、服装に似合わない室内履きをはいていた。右手の人さし指に安物のエメラルド色の指輪がはまり、口の左側の動きがちょっと鈍かった。

レオニードは事態をのみこみ、胃にこみあげてくる恐怖からのがれようとむだにあがいた。

「なにがあったんです?」

「警察は、男が昨日の晩に押し入ったにちがいないと言ってるわ」と、女が話した。「真夜中過ぎだって、管理人は言ってるけど。男は彼女を殺しただけ。なにも盗っちゃいない。おもちゃのピストルほどにも音がしない銃で撃ったらしいわよ、警察の話じゃ。いまはもう、自分のベッドにいたって安全じゃないわね。このあたりの連中は頭のなかがほんとに狂ってるから、まったくわけがわからずに人が殺されてしまうのよ」

レオニードの舌はからからに乾いていた。彼があまりにきびしい目で見つめるものだから、女はおしゃべりをやめ、部屋にひっこんでドアを閉ざしてしまった。彼は涙こそ出さなかったものの気が動転し、戸口の側柱にもたれかかった。

　レオニードは泣いたことがなかった。父親が革命のために家を出たときにも、泣かなかった。母親がベッドに寝にゆき、二度とふたたび出てこなかったときさえ、泣かなかった。一度もなかった。


　その日の午後、〈バーニーズ・クローヴァー〉ではちがうバーテンダーが飲み物を出していた。両の手首にくすんだ藍色のタトゥーがある女だった。やせて、目が茶色の白人で、四十過ぎの年恰好。

「なににになさいます、ミスタ？」

「ライウィスキーをたのむ。次々ともってきてくれ」

　六杯目を飲んでいると、彼の携帯電話が鳴った。着信音は息子のトゥイルがプログラムしたものだった。まっさきにライオンがほえた。

「うん？」

「ミスタ・デュボイズ？　あなたですね？」

「だれだい？」

「リチャード・マロリーです。ぐあいでも悪いんですか、ミスタ・デュボイズ？」

「やあ、ディック。気がつかないで申しわけない。今日、ひどく悪いニュースがはいったものだから。わたしの旧友が死にまして」

「それはお気の毒に。どうなさったんです？」

「長くわずらっていましてね」と、レオニードは言ってその一杯を飲み干し、身ぶりで次のをたのんだ。

「あとでかけなおしましょうか？」

「ロビーを見つけてくれました、ディック？」

「うーん、ええ、まあ。サットン・プレイス・サウスにかなり大きいビルがあります。管理人がぼくの友人で。彼に五百ドルを約束しまして」

「それがビジネスのこつですよ、ディック。富を分け合う。わたしはずっとそうやってきました。いまどこに？」

「西二十六番ストリートにあるブラジル料理店に。〈ウンベルトズ〉という店です。六番アヴェニューとブロードウェイのあいだで、二階にあります。正確な住所はわかりません」

「だいじょうぶ。それだけ聞けばわかります。では九時ごろに会いましょう。われわれはいいビジネスができそうだな、あなたとわたしは」

「うーん、まあ、そうですね。あなたの落胆のほどはお察しします、ミスタ・デュボイズ。けれど、ぼくをディックと呼ぶのはやめてください。その名が嫌いなんですよ」

〈ウンベルトズ〉は、インドの安物装飾品や食料品や衣料の卸売店がぎっしり並ぶ通りの高級レストランだった。レオニードは通りの反対側にとめた彼の一九六三年型プジョーのなかにすわっていた。

　十時をまわっており、でぶの探偵はフロントシートでバーボンの一パイント瓶からららっぱ飲みしていた。頭のなかでは、ガートとはじめて会ったときのことを、そして彼女がまさに的確な物言いをなぜ知っていたのかを、考えていた。

「あなたはそんなに悪い人じゃないわね」と、セクシーなニューヨーカーは言ったのだった。「あなたはとても長いあいだ、自分流のルールで通してきたものだから、ちょっと混乱している、それだけなのよ」

　ふたりはその夜をともに過ごした。彼女がカトリーナのことで気を動転させるとは、彼にはまったくわからなかった。カトリーナは彼の妻だったが、そこには喜びがなかった。とうとうそれに気づいたときのガートの傷ついた表情を、彼は忘れられなかった。そのあと冷たい怒りがやって来て、以来ずっと彼女はその感情で彼に接した。

　ふたりは友人でありつづけたものの、彼女は二度と彼にキスしなかった。彼を心のなかにはいりこませることも、断じてなかった。

　とはいえ仕事の上では、彼らはうまく協力しあった。ガートはふたりが知りあう十二年前から、民間の警備会社にいた。彼女は彼のあつかう、彼女に言わせると〝いかがわしい事件〟に、喜んでかかわった。ガートは法が公平だとは信じてなかったし、それが正しいことであれば、制度の抜け道を見つけることもいとわなかった。

ジョー・ハラーはアンバースンズ社の金を奪わなかったかもしれないが、彼はおのれの変態的な性欲を満たすためならば男女を問わず打ちのめし、恥をかかせてきた。

レオニードは、ネスター・ベンディクスがガート殺しにかんでいる可能性はあるのだろうか、と思った。だが、彼は彼女の名前をだれにも教えたことはなかった。もしかするとハラーが脱出し、どうにかして自分の問題をたどって彼女に行き着いたのかもしれない。もしかすると。

ポケットのなかでライオンがほえた。

「もしもし?」

「ミスタ・マギル? カーマです」

「やあ。いま調査にかかっていますよ。彼はデート中だが、わたしはまだ女の顔を見てないんです。明日の午後までには、あなたに写真をとどけますよ。それはそうと、ここの住所をつかむのに三百ドル使うはめになりましてね」

「いいんじゃないですか」と彼女が言った。「彼のガールフレンドに関する証拠をもってきてくだされば、わたしがその分をお支払いしますから」

「わかりました。じゃ、切りますよ。確かなことがなにかつかめれば連絡します」

レオニードが電話機を折りたたむと、猿の群れが鳴きだした。

「もしもし?」

「きみはガート・ロングマンを知ってたよな?」カースン・キタリッジ警部補の声だった。

レオニードの腸の下のほうに冷水がにじんだ。直腸がぎゅっと締まった。

「ええ」

「それはなにを意味するのかな?」

「あなたはおれがある人間を知っていたかどうかたずね、おれは答えた。ええ、とね。おれたちはしばらくのあいだ親しくしてましたよ」

「彼女が死んだ」

レオニードは自分のタイメックスの秒針が文字盤の四分

の一をなでるあいだ、だまりこくった。そのニュースに彼がショックを受けているのだと思えるだけの、長い間だった。

「どうして?」

「撃たれた」

「だれに?」

「銃身の長い二二口径をもっている男だ」

「容疑者をつかんでいるんですか?」

「きみが使いたがる種類の拳銃だよな、レオン?」

レオニードは一瞬、警部補がでまかせを言ってこっちの反応を見ようとしているだけだと考えた。しかしすぐに、自分がなくした銃のことを思い出した。それは十七年前だった。ノラ・パースンズがひどくおびえて彼のところに来た。彼女の夫が横領罪の裁判の判決が出るまえに保釈で出所し、彼女を殺しにこようとしていると訴えた。レオニードは彼女に自分の拳銃をあたえたのだが、彼女の夫アントンが有罪となったあと、彼女は家に銃を置いておくのはこわいので池に投げ捨てた、と彼に告げたのであった。

それは犯罪と関係のない銃だった。どうってことはなかった。

「それで?」と、キタリッジ刑事がうながした。

「おれはこの二十年間、銃をもったことはないです。それに、かりにおれがだれかを殺したいとして自分の拳銃を使うとは、あなただって思いはしないはずだ」

とは言ったものの、彼はノラ・パースンズに電話をしたほうがいいかもしれないと思った。たぶん。

「任意出頭に応じてもらいたいんだ、レオン」

「いまいそがしいんですよ。あとで電話ください」とレオニードは言い、電話を切った。

ニューヨーク市警の職員にあまり失礼はしたくなかったが、ちょうどリチャードが〈ウンベルトズ・ブラジリアン・フード〉から出てくるところだったのだ。不動産会社の例の横柄な受付嬢をつれて。彼女は今度は赤いスリップを着て、むきだしの肩に薄物のピンクのショールをかけ、黒のパンプスをはいていた。しなやかな茶色の髪をアップに結っていた。

リチャードが、おそらくミスタ・デュボイズをさがしているのだろう、通りをさっと見わたし、それからタクシーに手をあげた。

レオニードもエンジンをかけた。彼が見守るなか、タクシーがさっと寄ってきてふたりを拾った。運転手はシーク教徒のターバンを巻いていた。

彼らは三十二番ストリートを走り、東に曲がってパーク・アヴェニューに向かい、そのあと北の七十番へとのぼっていった。

大きなガラスドアを備え、二名の制服ドアマンが立つビルの前で、彼らがタクシーを捨てた。

ふたりはほとんどポーズをとっているかのように通りに立ちどまり、やおらたがいの唇をからませ長く濃厚なキスをした。レオニードは刑事からの電話を一方的に切って以来、すでに何枚も写真を撮っていた。タクシーのナンバー、運転手、ビルの正面、話しているカップル、腕を組みあっているところ、舌をからませているさま、そして熱い抱擁を、彼は写した。

ふたりの姿はレオニードにガートを思い出させた。自分がいかに彼女を欲しているかを。しかし、彼女はもう死んでしまったのだ。彼はカメラを下に置き、しばしこうべをたれた。

ふたたび顔をあげたとき、リチャード・マロリーと受付嬢の姿はそこになかった。

「起きてるのかい?」レオニードはベッドのなかで隣のカトリーナにささやいた。

彼にとっては早く、まだ一時半だった。しかし、彼女は何時間も眠っていた。彼にもそれはわかっていた。

昔の彼女は、いつも三時や四時を過ぎても外にいた。ときには太陽がのぼるのを待って帰ってきた——ウォッカと煙草と男たちのにおいをさせて。

彼が彼女を捨ててガートのもとに行っていれば、もしかすると。もしかすると、ガートはまだ生きていたろう。

「なに?」とカトリーナが言った。

「話をしてもいいかい?」

「もうすぐ二時ね」

「この十年間いっしょに仕事をしてきた人間が、今夜死んじゃったんだ」

「あなたがトラブルに巻き込まれているの？」

「おれは悲しいのさ」

すこしのあいだ、レオニードは彼女の深い息づかいを聞いていた。

「手をつないでくれないか？」探偵は妻に求めた。

「わたしは手がいたいのよ」と、彼女が答えた。

そのあと長く、彼はあおむけに寝て天井の手前の闇を見つめていた。自分に非のないことは、なにも考えつかなかった。誇りをもって思い出せることを、なにひとつしてこなかった。

一時間たったころか、カトリーナが口を開いた。「まだ起きてる？」

「ああ」

「あなた、生命保険証書をもってるの？　子供たちのことがちょっと心配で」

「それよりもいいものをもってるさ。生命保険哲学ってやつをな」

「なに、それ？」と、カトリーナが訊いた。

「おれが死ぬよりも生きるに値しているあいだは、おれはバナナの皮や腐ったスープに気を使わない主義ってこと」

カトリーナがため息をつき、レオニードはベッドから出た。

彼が小さなテレビ室に歩いたちょうどそのとき、トゥイルが玄関にはいってきた。

「朝の三時だぞ、トゥイル」と、レオニードは言った。

「ごめん、パパ。でもね、こうなったのにはトーチェリ姉妹とビンガムがからんでるんだよ。彼らの両親の車だったから、みんなが家に帰る気になるまで、ぼくは待つしかなかったんだ。ぼくは保護観察中だって言ったんだけど、だれもとりあってくれなくて——」

「おれには嘘をつく必要はないぞ、坊主。こっちへ来て、すわれ」

ふたりは低いコーヒーテーブルにかぶさるように、向かいあってすわった。トゥイルがメンソールの煙草に火をつけ、レオニードは間接的に紫煙を味わった。

トゥイルはやせているうえにちょっと小さめだったが、表には出さない自負をもっていた。もっと身体の大きい少年たちは彼を相手にしなかったけれど、女の子たちはしじゅう電話をかけてきていた。彼の実父は、それがだれであるかはわからないが、黒人の血を引いていたようだ。レオニードはそのことをありがたいと思った。トゥイルは彼がいちばん近しく感じる息子だった。

「どこかぐあいが悪いの、パパ?」

「どうして?」

「ぼくをしかろうとしないからさ。なにかあったの?」

「昔からの友だちが今日死んだんだ」

「男?」

「いや。ガート・ロングマンという女だ」

「葬式はいつ?」

「おれは——おれは知らん」レオニードはそう言い、かつての恋人をだれが埋葬するのか、考えてもいなかったことにいまさらながら気づいた。彼女の両親はこの世にいない。ふたりいる兄弟はどちらも監獄のなかだ。

「ぼくがいっしょに行くよ、パパ。日にちだけ教えてくれれば、学校をさぼるから」

そう言うとトゥイルは立ちあがり、自分の寝室に向かった。入り口で足をとめ、ふりむいた。

「ねえ、パパ?」

「ん?」

「そのあごをなぐったやつは、どうなった?」

「人にかつがれて帰るはめになったさ」

トゥイルが心の父親に両手の親指を立ててみせ、ドアのむこうの暗がりに消えていった。


レオニードは五時に職場にいた。マンハッタンも、川むこうのニュージャージーもまだ暗かった。彼はカトリーナの財布に二千五百ドルを入れ、フィルムを〈クローム・アディクト四時間現像サービス〉にとどけ、バミューダオニオンとアメリカンチーズをはさんだ卵サンドイッチを買ってきていた。明かりはつけなかった。朝が経過するにつれ、夜明けが部屋に侵入してきた。空が澄み、つづいて開けた——しばらくして青くなった。

七時すこしまえに、カースン・キタリッジがあらわれた。レオニードは彼を奥のオフィスに招じ入れ、それぞれいつもの席を占めた。

「きみとガーティーはけんかをしただろ、レオ?」と、刑事が訊いた。

「いいえ、全然。要するに、おれがちょいとなれなれしくしたので、彼女はおれを追い出さざるをえなかっただけで、おれは残念だった。彼女を夕食につれだしたかったもんで。あなたは、おれがガートを殺しただろうと考えるほど、ばかじゃないですよね?」

「きみがジョン・ウィルクス・ブース(リンカーン大統領の暗殺者)とかかわりをもっているとの情報がはいったら、わたしは時間をとってその裏をとるよ、レオン。きみはそのたぐいの男。わたしはそう考えている」

「あのね、いいですか。おれは人殺しなどやったことはない。ひきがねを引いたこともないし、それを人にやらせたこともない。おれはガートを殺してない」

「きみは彼女に電話をした」と、キタリッジが言った。

「きみのデスクのその電話から彼女にかけた。ちょうど彼女が殺されようとしていたころに。その事実はきみの潔白を証明しているが、しかし、その夜のおおよその時刻にきみがなにを彼女に話さなければならなかったか、そこが疑問だ。きみはなにをあやまっていたんだ?」

「言ったじゃないですか——ちょいとなれなれしくしたって」

「それに、たしか、きみには女房がいたはずだぞ」

「よく聞いてくださいよ。彼女はおれの友だちだった。おれは彼女が好きだった——とても。だれが彼女にそんなことをしたのか知らないけど、もしおれが見つけたら、あなたに知らせますよ。それは信じてもらっていい」

キタリッジが音をたてずに手をたたいてはやすしぐさをした。

「おれのオフィスから出てってくれ」と、レオニードは言った。

「もう二、三、質問がある」

「廊下で訊けばいい」レオニードは椅子から立ちあがった。

「あんたとは手を切る」

　刑事がすこし待った。レオニードがまた腰をおろすだろう、と考えたのかもしれない。しかし、壁時計の秒針がカチカチと時を刻むにつれ、レオニードの気持ちがほんとうに傷ついたのだと、彼にもわかりはじめた。

「本気なのか？」と、彼が訊いた。

「心底だ。さあ、ここからとっとと消えて、おれとまた話すつもりなら逮捕状をもって出なおすことだな」

　キタリッジが腰をあげた。

「きみがここでなにをして遊んでいるのか知らんが」と、彼が言った。「警察を怒らせ（プットアウト）ちゃだめだぞ」

「ただし、おれは逮捕状をもってないくそったれを追い出す（プットアウト）ことはできるさ」

　刑事がまたすこし逡巡したが、やおら歩きだした。

　レオニードは彼のあとについて廊下を玄関へと進み、刑事の背後でドアをこれみよがしに閉めた。壁にまたひとつ穴をあけてから、大またでオフィスにもどった。ウィスキーと怒りのせいで胃が痛みはじめた。


「そうです、ミズ・ブラウン」レオニードはその日の午後遅く、電話で依頼人と話していた。「ここに写真があります。あなたが疑っていたような年上の女ではなかったですね」

「でも、女だったんでしょう？」

「むしろ少女に近い」

「ふたりの、そのう……ふたりの関係について、なにか疑問でも？」

「いえ。彼らの関係の親密な性格については、なんら疑いはありません。この写真をどうすればいいですか？　それと費用の精算もしなくちゃなりませんが？」

「写真をもってきていただけます？　わたしのアパートメントに？　あなたに立て替えてもらったお金は用意しておきますし、やっていただきたいことがもうひとつあるのです」

「それがお望みなら、もちろんそちらにうかがいますよ。住所はどこでしょう？」

カーメン・ブラウンは六階に住んでいた。彼が聞いていた番号、六二を押すと、彼女が戸口で待っていた。

上品な若い女性はダークブラウンの革のスカートをはいていて、それは彼女が足を組まずにすわったとしても、慎み深くは見えない代物だった。ブラウスの上のボタンが三つ、かけてなかった。胸の大きな女性ではなかったけれど、彼女のもっているものがほとんど見えた。

美しい顔が真剣だったが、レオニードには失意の表情には見えなかった。

「おはいりになって、ミスタ・マギル」

部屋は小さかった――ガートのところのように。

中央にテーブルがあり、茶色のマニラ紙の封筒が置いてあった。

レオニードもそれに似た封筒を右手にもっていた。

「おかけください」とカーメンが言い、青いソファーのほうに手を振った。

ソファーの前の小さなテーブルに、琥珀色の液体で半分満たされたデカンターと、そのわきにずんぐり形のグラスが二個のっていた。

レオニードは自分の封筒を開き、もってきた写真をとりだそうとした。

彼女が手をあげ、やめさせた。

「さきにごいっしょに飲みません？」と、若い魅惑的な美女が言った。

「そうしましょう」

彼女が酒をつぎ、ふたりともぐいっと飲んだ。

彼女がまたついだ。

強い酒を三杯つづけたあと、さらに満たしたグラスを手にカーメンが言った。「わたしはなにより彼を愛していたんです」

「ほんとに？」と、レオニードは応じた。目が彼女の胸の谷間と組んだ脚のあいだをさまよっていた。「彼はわたしには、一種のできそこないに見えましたがね」

「わたしは彼のためなら死んでもいい」彼女がレオニードの目をしっかり見つめて言った。

彼は一ダース余りある写真をとりだした。

「このくずのためにですか？　彼はあなたも彼女も大切に思っていないですよ」レオニードは目の奥と舌の裏にウィスキーの酔いを感じた。「彼女のドレスの下にこんなふうに手を入れてる彼を見てごらんなさい」

「これを見て」と、彼女が言い返した。

レオニードが顔をあげると、彼女の豊かにもりあがった恥毛が目にとびこんできた。カーメンがスカートをめくりあげ、下にはなにも着けていないことをあらわにしていた。

「これはわたしの復讐だわ」と、彼女が言った。「ほしい？」

「ええ、お嬢さん」と、レオニードは答えた。これが彼女の言う、もうひとつやってもらいたいことなのかと思いながら。

彼はガートに会った最後の夜以来、半興奮状態にあった。セクシーな気分ではなく、性的渇望のとりことといえた。ウィスキーがその欲望を解き放ったのだ。

彼女が青いソファーの上にひざをつき、レオニードはズボンをおろした。これほどセックスに飢えていたのは、いつ以来なのか記憶になかった。まるでティーンエージャーだった。しかし押してはみたが、どうしても彼女のなかにはいれなかった。

とうとう彼女が「ちょっと待って、パパ」と言い、手を後ろにまわして彼の勃起に自分のつばを塗りつけた。

最初に深く突き入れただけで、彼はもうすぐ果てそうなのを感じた。どうしようもなかった。

「やって、パパ！　やって！」と、彼女がわめいた。

レオニードはガートのことを考え、いまさらながら自分がずっと彼女を愛してきたことをさとった。彼が充分にはよくしてやれなかったカトリーナのことを考えた。目の前の娘のことを考えた。男にあまりに恋したがために、彼女の愛を太りすぎの中年探偵にそらすことによって、恋人に復讐せざるをえなくなった娘のことを。そうしたもろもろが彼の頭をよぎっていったが、激しい律動をとめだてできるものはなかった。彼はカーメン・ブラウンのほっそりした腰を打ちつづけた。彼女が叫び声をあげていた。彼もわめき声を発していた。

そして、ことは終わった——あっという間に。レオニードは射精感さえおぼえなかった。すべての感覚が激しい痙攣性の発作のなかに吸いこまれてしまった。

カーメンが床に投げ出されていた。泣いていた。

彼が助け起こそうと手をのばしても、彼女は逃げた。

「ひとりにしといて」と、彼女が言った。「ほっといて」

彼女はスカートを腰のまわりにめくりあげた恰好でうずくまり、てかてか光る精液が太ももについていた。

レオニードはズボンを引きあげた。彼は若い女とセックスしたことに、罪の意識に似たものを感じた。彼女は彼の妻の娘、中国人宝石商とのあいだの娘よりほんのわずか年上にすぎないのだ。

「三百ドルいただかないと」と、彼は言った。

将来いつか、彼はだれかにこう話すかもしれない。彼がやった最高の女は、ごほうびに三百ドル払ってくれたよ、と。

「テーブルの封筒のなか。千ドルはいってるわ。それと、彼からもらった指輪とブレスレットも。どっちも彼に返してちょうだい。それをとって、帰って。出ていって」

レオニードは封筒を引き裂いて開いた。金と、大粒のルビーを埋めた指輪、そして四分の一カラットのダイヤモンドが並んだテニスブレスレットがはいっていた。

「彼になんと言っておきます?」と、レオニードは訊いた。

「なにも言ってほしくない」

レオニードはなにか言い添えたかったが、やめにした。ドアの外に出、エレベーターを待つよりは階段を使うことにした。

最初の一階分をおりながら、セックスをせがんでおきながらあとで激しく泣いたカーメン・ブラウンのことを思った。三階目にさしかかり、ガートのことを考えはじめた。手をのばして彼女に触れたかったが、彼女はもういないのだった。

一階におりたとき、エレベーターのドアの前で待っている入れ墨をした若い男とすれちがった。

レオニードが視線を投げると、若者は目をそらした。

男は革の手袋をはめていた。

レオニードは外に出て、西に向かった。

四歩踏み出し、そして五歩。

そのブロックのはしまで歩きつづけ、どうにも熱くて上着を脱ぎたい気持ちにかられたとき、そのとき彼は不思議に思ったのだ。こんな暑い日に、革の手袋をはめるやつがいるなんて。入れ墨のことを思い出すと、オートバイのイメージが頭に浮かんだ。

オートバイはカーメン・ブラウンのアパートのすぐ表にとめてあった。

彼が一階の壁のブザーを次々と押していくと、だれかが建物のなかに入れてくれた。階段をかけあがる気だったが、ちょうどエレベーターが下にいてドアがあいていた。

上昇しながら、どういうことなのか理解しようとつとめた。

ドアがひらき、彼はカーメンの部屋の方向によろめき出た。

両腕に入れ墨を彫ったあの若者が出てきたところだった。男がとびさがってポケットに手をのばしたが、レオニードは身をおどらせて相手をなぐりつけた。若者は、パンチをまともにくらったものの、拳銃は手放さなかった。レオニードが男の手をつかみ、ふたりは抱きあう恰好でたがいの力と、その拳銃を競って複雑なダンスを踊った。若者がレオニードの手から拳銃をもぎとったとき、重いほうの男が全体重をあずけ、ふたりはいっしょに床にたおれた。銃が発射された。

レオニードは肝臓があるちょうどそのあたりに鋭い痛みを感じた。オートバイ乗りからとびのき、自分の腹に手をあてた。シャツの下半分にべっとり血がついていた。

「くそっ!」と、彼は叫んだ。

彼の頭は一気に一九六三年十一月に飛んだ。彼は十五歳で、ケネディの暗殺にひどいショックを受けた。そのあとオズワルドがルビーに撃たれた。肝臓を撃たれ、耐え難い苦痛のうちに死んだのだ。

しかしそのとき、レオは自分の痛みが去っているのに気づいた。敵のほうをふりむくと、相手があおむけに倒れて息をあえがせているのが見えた。そして空気を吸おうとした息が、途中で切れた。

腹の血は若者の血だったのだと気づき、レオは立ちあがった。

カーメンは部屋の隅の床に、裸で横たわっていた。目が開き、充血がひどかった。のどが絞殺のせいで黒ずんでいた。

だが、彼女は死んでいなかった。

レオニードが彼女の上にかがみこむと、血走った目が彼と気づいた。のどの奥でゴホゴホと鳴り、彼女は彼をぶとうとした。言葉にならない呪いを大声で発し、なんと上半身を起こした。それに力を使いきった。彼女はすわりこんだまま、頭をひざの上にかぶせて息絶えた。

彼女の爪の裏には血は見られなかった。

〝なぜ裸だったのだろう？〟と、レオニードはいぶかった。

バスルームにはいり浴槽を調べた——が、水は張ってなかった。

病院に電話することも考えた。しかし……。

若者が使った拳銃は、銃身の長い二二口径だった。レオニードはそれが、ノラ・パースンズが十七年前に捨てたと言った拳銃であることを確信した。

死んだ女の財布のなかの免許証から、名前がラナ・パースンズだとわかった。

そのとき、レオニードは自分のポケットのなかにある彼女の装身具と現金が熱を発するのを感じた。

殺人犯はバックパックをもっていた。なかには切手を貼った二通の封筒があった。一通はメイザーという弁護士に宛てられ、もう一通はニュージャージー州モントクレアのノラ・パースンズにとどけられるはずのものだった。

母親宛の手紙には、レオニードが撮ったリチャード・マロリーと彼のガールフレンドの写真の一枚がはいっていた。

親愛なるママ

あなたが去年リチャードとバハマに出かけているあいだに、わたしはあなたの家に行き、パパのものだったと思われる物がなにかないかさがしました。ご存じのように、わたしはパパをとても愛していました。わたしはただ、パパのことをわたしに思い出させてくれる物を、あなたがもっているかもしれないと考えただけです。

ガレージのなかで、さびついた金属製の箱を見つけました。あなたはまだ箱の鍵を、金物入れのひきだしに保管していました。あなたが探偵を雇い、パパが彼の会社から金を盗んでいたことを立証させた事実に、わたしは驚くべきではないのだと思います。パパはあなたに打ち明けていたはずで、あなたはパパが刑務所で死んでゆき、自分は彼のお金とあなたのボーイフレンドたちをとっておける、と計算したのです。

わたしはその件をどうすべきか、答えが出るまで長いあいだ待ちました。結局、あなたがパパを殺すために使った男をわたしも利用し、あなたの心を傷つけようと決心したのです。あなたの大切なリチャードと、彼のほんとうのガールフレンドの写真を同封します。あなたが愛していると言う男。あなたが大学を出してやった男。その写真をどう思います？

そしてわたしの手には、レオニード・マギルがパパについて書いた報告書があります。わたしはそれを、わたしの弁護士に送るつもりです。彼はたぶん、ある種の共謀を立証してくれるでしょう。わたしはあなたがパパを罪に落としたと確信しており、もし弁護士がそれを立証できれば、おそらく警察はあなたたちふたりを刑務所に送るでしょう。そしてきっとミスタ・マギルでさえ、あなたに不利な証言をするでしょう。

法廷でお会いするまで

あなたの愛する娘

ラナ

彼女は弁護士に、レオニードがずいぶん昔に書いた黄ばんでぼろぼろになった報告書を送っていた。そこには、ノラの夫が自分に管理を一任された資金から横領した金を秘密口座に蓄えていたいきさつが、つぶさに書かれていた。レオニードはミセス・パースンズとの面接を思い出した。彼女は泥棒を働いている男を信頼できない、と言った。レオは反論しなかった。彼は小切手を受けとりに、そこに来ていたのだから。

ラナは弁護士宛の封筒に、母親に書いた手紙のコピーを同封していた。彼女は弁護士に、彼女の父親の罪を晴らす助けを求めていた。

レオニードは手を丹念に洗ったあと、彼が女のアパートメントにいた痕跡を残らず消した。あらゆるものの表面と自分が使ったグラスをぬぐった。彼がもってきた証拠品と出さずに終わった手紙をまとめ、上着のボタンをきちんと留めて血塗られたシャツを隠し、急いで犯行現場から立ち去った。

トゥイルは淡い黄色のシャツの上に紺のスーツを着、波打つ青い線が中央に円を描くえび茶のネクタイを締めていた。レオニードは息子がこんな上等なスーツをもっているのを疑問に思ったが、問い質すのはやめにした。

小さな斎場には彼らふたりきりで、なかでは蓋のあいた松材のひつぎにガート・ロングマンが横たわっていた。彼女は生前より小さく見えた。硬直した顔が、蠟でつくられているかのように思えた。

葬式費用の五千五百ドルはワイアント兄弟から借りた。彼らは週二パーセントの優遇利息にしてくれた。

レオニードはひつぎの前を去りがたく、トゥイルはわきに立っていた――半歩さがって。

背後には、二列の折りたたみの椅子がおしだまった参列者の群れのように並んでいた。管理者は部屋を礼拝用にしつらえてあったが、レオニードはガートが信仰をもっていたかどうか知らなかった。彼女の友人についても、彼はだれひとり知らなかった。

割り当ての四十五分が過ぎ、トゥイルとレオニードはリトル・イタリー地区の斎場をあとにした。表に出ると、まばゆい太陽がモット・ストリートを照らしていた。

「やあ、レオン」彼らの背後で声がした。

トゥイルはふりむいたが、レオニードは動かなかった。

カースン・キタリッジが、濃いやまぶき色のスーツ姿で近づいてきた。

「警部補、息子のトゥイルです」

「授業のある日じゃないのか、坊や？」と、刑事が訊いた。

「忌引きですよ、お巡りさん」と、トゥイルがすらすら答えた。「刑務所だって、そんなときは仕事が休みになるでしょう」

「なんの用です、カースン？」と、レオニードは言った。

彼は刑事の頭の上をあおぎ見た。空は、ガートがゴージャスなブルーとよく言っていた色だった。ふたりがまだ恋人どうしだったころのことだ。

「きみがミック・ブライトのことを知りたいと思ってな」

「だれです？」

「五日前に、警察に匿名の電話があった」と、カースンが言った。「アッパー・イーストサイドのアパートで起きた騒ぎの件で」

「それで？」

「係官たちが現場に着き、ラナ・パースンズという名の女の死体と、そのミック・ブライト――こっちも死んでいた――を見つけたのさ」

「だれが殺したんです？」と、レオニードは息づかいに気をつけながら訊いた。

「レイプと強盗のようだ。若者は麻薬中毒だった。彼は女のことをパフォーミング・アーツ・ハイスクールのころから、知っていたらしい」

「でも、彼も死んでいたと言ったでしょう？」

「言ったさ、そうだよな？　優秀な探偵なら、若者がハイの状態であり、自分の銃の上に倒れたことが理解できるだろう。銃が暴発して弾は彼の心臓に当たった」

そう話してるあいだ、カースンはマギルの目をじっとのぞきこんでいた。

トゥイルが父親をちらりと見、すぐに目をそらした。

「変なことが起きたもんだ」と、レオニードは言った。

レオニードは、ラナが母親の金属製の箱のなかに拳銃を見つけたことを、とっくに気づいていた。なぜ彼女がガートを殺し、ブライトに彼女自身を殺させたかも、彼にはわかっていた。彼女は彼の心を傷つけ、そのうえ刑務所に送りたかったのだ。彼が彼女の父親にしたように。

それは彼自身が考えついたといってよいほど、よくできた罠だった。弁護士は問題の手紙を警察に渡すだろう。ひとたびレオニードに疑いをいだいた警察は、彼女の体内に残った彼のザーメンを照合するだろう。強盗、レイプ、そして殺人とくれば、彼はジョー・ハラーと同じくらいのお人よしとなったであろう。

〝彼のためなら死んでもいい〟と、彼女は言った。彼女は父親のことを言っていたのだ。

「何日かのあいだに、わたしはその事件のことがわかってきた」と、キタリッジが言った。「女の名前が頭にこびりついていて、やがて思い出したよ。ラナ・パースンズはノラ・パースンズの娘だったんだ。きみはその名におぼえがあるだろ？」

「ええ。彼女の亭主に関する情報を、彼女に渡したから。彼女は離婚を考えていたんです」

「そのとおり」と、キタリッジが言った。「ところが、亭主は浮気などしてなかった。彼は自分の会社から金を横領していた。警察はきみがさぐりだした情報をもとに彼を刑務所に送った」

「ええ」

「彼は獄死した、そうだな？」

「おれが知りっこないですよ」

レオニードはラナが彼に罪を着せようとした手紙を燃やした。

彼がラナの母親のためにやった仕事のせいで、娘は人を殺し、自殺をするはめになった。彼はリチャードとそのガールフレンドの写真をラナの母親に送るかどうか、しばらく思案した。少なくとも、彼女がやろうとしたことのひとつを、なしとげてやれるわけだ。しかし、そうしないことにきめた。彼も同じくらい後ろめたいことで、ノラを傷つけることもあるまい。

ただし写真のほうは、デスクのいちばん上のひきだしにしまった。香辛料のきいたブラジル料理を食べたあと、パーク・アヴェニューでリチャードが受付嬢の赤いドレスの下に手をさし入れているショットだった。その隣に彼がまえに入れておいた、ニューヨーク・ポスト紙から切り抜いた記事があった。ライカーズ・アイランド刑務所のジョー・ハラーという名の囚人に関する、ごみみたいな記事だ。強盗事件で逮捕された男だった。裁判を待つあいだに、その囚人は自分の房で首を吊って自殺したらしい。

ぜったいほんとなんだから
So Help Me God

ジョイス・キャロル・オーツ　井伊順彦訳

本シリーズの前巻『ベスト・アメリカン・ミステリ　アイデンティティ・クラブ』ではゲスト・エディターをつとめたため、作品が掲載されなかったジョイス・キャロル・オーツ（Joyce Carol Oates）だが、ふたたび本巻で登場を果たした。本シリーズでの登場回数ではダントツのトップであり、アメリカ短篇ミステリの第一人者と呼んでもいいのかもしれない。本作は《ヴァージニア・クォータリー・レヴュー》に掲載された作品。

電話が鳴る。わたしの代わりにいとこのアンドレアが出る。

去年の四月、どしゃ降りになった平日の、真夜中のように暗い午後七時少し過ぎのこと。

ここはわたしんちよ、あんたんちじゃないんだからとでも言いたいのか、こちらには知らん顔で、一九三〇年代にウォーカー・エヴァンズ（一九〇三 - 七五。アメリカの写真家）の傑作写真に撮られた移住労働者の妻を想わせるように、幼い娘を左のお尻の位置に移しながら、アンドレアが受話器を取る。

電話が鳴る！　この女の手から受話器をひったくって、なんだかんだ言い合うより先にガチャンと電話を切ってしまいたい。

でもアンドレアは何かとはしゃぎたがる女子高生ふうの声で応対し、発信者電話番号には目もくれない。わたしの夫はセントローレンス郡の法執行官で、今日みたいに自分が夜勤に出ていて若妻が田舎の家に独りでいるときに備えて、この番号通知サービスに加入してくれたのだ。ただこんな具合に、アンドレアにひょっこり子連れで押しかけられると、もうこちらの生活は乱されてしまうが。

「はい。どちらさまですか」

アンドレアは笑い、まばたきし、わたしの背後にじっと視線を送る。相手が誰であれ興味津々という胸の内が察せられる。

デジタル符号が〝ご利用不能〟となっていることをわたしは確認する。ときには同じ意味で〝非通知〟というのも出るが、こんなときには受話器を取らないほうがいい。ともかくわたしは取らない。オーセーブルフォークスの町――わたしの世界の中心であり周縁――では、みな互いに顔見知りだ、それも小学校から。この時間帯に限らず、わたし宛に電話をかけてきそうな人はおよそ決まっていて、覚えのない番号が表示されることはまれだから、〝ご利用不能〟の番号で伝言が残っていても、きっと夫にかかってきたのだと思ってわたしは放っておく。

〝ご利用不能〟だと、相手は誰でもありだ。自宅の戸口の踏み段で、紙袋かスキーマスクをかぶって顔を隠したデカブツと対面するようなものだ。

ドアを開けっ放しのまま、にこにこ笑い、頭を揺らし、「どちらさま？　どなた？」なんて言ってるアンドレアの首をひねってやりたい。昼過ぎにこの女の家へ電話をかけて、今日わたしは独りぼっちだなんて、それとなく教えなければよかった。

外はすごい雨！　悩み事みたいに人の頭を痛めつけるような雨だ。

アンドレアは電話の上に身をかがめ、興奮を抑えたひそひそ声を出す。「この人、名前を言わないけど、ピットマンじゃないかしら」

ピットマン！　我が夫だ。名前はルークだが、みんなにピットマンと呼ばれている。

アンドレアは震える手で受話器をよこす。わたしと結婚する前のピットマンとアンドレアとのあいだには、こんなふうに身が震えるようなことがあった。なんだか疑わしい気がするときなど、わたしがピットマンと知り合った十四歳のとき以前の出来事かしらと思ってしまう。当時わたしは優等生で、死ぬまで人に肌を許さないと心に決めていた。今まで二人に過去の事情を聞きただしたことはない。

おまえ、親父さんから脊椎にレイバーン家の自尊心を注入されたんだろ、だから背中にほうきを入れてるみたいな歩き方をするんだなとピットマンは言う。だからベッドじゃ、いつも堅苦しいんだろ（あの人の単なるからかいだ！）。

「はい。どちらさまでしょうか」わたしはあわてず騒がずでいこうと決める。今朝ピットマンの出がけに、お互い激しい言葉を砂利みたいに投げつけ合ったから。ピットマンはみんなも知るとおりすぐかっとなる人なのだが、気がおさまる――ほんの四、五分後のことだ――と、わたしが笑って許して忘れているかのようにふるまう。まるで夫婦間にはののしり合いなど起きなかったかのように。昔から冗談好きで、電話を使ってわたしをからかうのもこれが初めてじゃないだろう。だからこちらもいつものしゃがれた男の声が流れてくる心構えでいたところ、いきなり耳に飛び込んできたのはこんな親しげな言葉だ――「あなた、一家の主婦のミズ・ピットマン？」卓球さながらすぐわたしは球を打ち返す。「どちらの殿方でしょうか。わたくし、知らない方とはお話しいたしません」

六年もの狂おしい恋愛関係を経て五年以上も同居している男の声なら、電話でも聞き分けられるはずだとふつうは思うだろう。だけどまったく、ピットマンときたら、口に小石（！）か何か入れたり送話口にたっぷり布を巻いたりしたうえ、カナダ人みたいに口を大きく開けて〝アー〟と発音するんだから！　それにわたしも、変なことを言われたので、どきどきしていつもどおりには頭が働かない。こちらをたしなめるような声が聞こえる。「ミズ・ピットマン！　今のはまさに堅苦しいレイバーン家の人間の言い方だね」ここで確信した。これピットマンだわ、どう考えても。顔はほてり、感動したときみたいに目は潤み、全身から汗が噴き出る。憎たらしい、わたしをこんな目に遭わせるなんて。いとこにも見られてしまったし。声がたずねてくる――「そっちは体格も知名度も人並み以上の〝ピットマン〟ですか？」変なこと言うわね。

わたしも言い返す。「宅のピットマンは評判のよろしくない法執行官で、ひどい意地悪男ですので、わたくし、当局に報告しようと考えております」わたしがピットマンをからかうときには、その逆の場合と違って気軽に的を射ることはできない。ベッドであの人相手にくんずほぐれつやるようなものだ。わたしの目方はわずか四十五キロ足らず。あちらの半分だ。声は驚いたようにすぐ返ってくる。「ちょい待ち、なあベイビー、当局って、どこの？」ベイビーですって、ピットマンだわ、相手の口からベイビーって言葉が漏れた、わたしの股間をまさぐってるみたい。互いのあいだに下りていた氷の幕（スクリム）が一気に溶けていく。わたしも口を開く。声が上ずっている。「ご存じのはずよ！　もうおふざけはやめたほうがいいわ」向こうの声は驚いたふりをしている。いや、本気なのか。「当局って、どこだよ。保安官事務所？　警察？」わたしが言う。「ピットマン、もういいかげんにして」でも声はしつこい。「そっちはいつも武器を持ってて危険な男の〝ピットマンさん〟なのかな、ベイビー」なんだか変だわ、こんな問いかけ方なんて聞いたことない、吐き気にも似た不安感に襲われる。これ、ピットマンじゃないわ。のどが締めつけられる。相手の声はわたしをいたぶり続ける。ため息をまじえたしゃがれ声が聞こえてくる。「ピットマンなんかどうでもいいよ、ベイビー――今、どんな服着てる？」わたしは叩きつけるように受話器を置く。

わたしの両手を取ったアンドレアは、氷みたいよと言う。「やだ、ルクレチア、ピットマンじゃなかったのね！　わたし、ぜったいそうだと思ってたのに」

通報しなさいとアンドレアに言われ、わたしはええと答える。ピットマンに話すわ、あの人から伝えてもらいます。法執行官だから処理の仕方は一番よく知ってるはずよ。

恋に溺れているとき自分は何をしでかすか、思い出すと我ながらあきれるものだ。あきれるのは一種の矜持の表われかもしれない。わたしはどうかしてたんだ、ほんとはあんな人間じゃない。

ピットマンと結婚したとき、わたしはパパに勘当された。ピットマンてやつは娘をその気にさせてるだけだとパパは思いこんでいた。おまえはもうパパの子じゃない。しばらく前からそうだった。

父は頑固者だが、わたしも負けずに頑固だ。

ルーカス・ピットマンと結婚したのは十八のときだ。ニューヨーク州の法律では結婚も認められている年齢だが、大好きな父親にあっさり捨てられても平気なほどの大人ではない。わたし、パパのこと憎んでるんだ、間違いない、そう信じていた。でも愛してもいた。許すつもりはなかったが！

母はもちろんピットマンを快く思わなかった。でもあんな男と結婚しちゃだめなんて無理なことは言わなかった。ピットマンがどんな手練手管で娘を恋の虜にしたか、〝その気〟にさせたか、母は見て取っていた。パパよりずっと前から気づいていた。実のところわたしが十四歳のころからだ。オーセーブル・ハイスクールの二年生クラスで一番できる生徒だと、まわりから認められているので、あたしは移動住宅暮らし（トレーラー・トラッシュ）のアディロンダック族の少女とは違うんだ、変な人生は送れないわと思いこみがちな、やせっぽちで淡い金髪をした賢そうな目をした少女。

でも妊娠はせずにすんだ。ピットマンが気をつけてくれた。

わたしと出会ったときのルーク・ピットマンは、セントローレンス郡保安局では最年少の保安官助手で、二十三歳だった。ポツダムの警察学校を出て雇われたのだが、その前には海軍にいた。地元の郡にはピットマンという名字の者があちこちにいて、たいていみな知名度が高い。〝知名度〟があるのもよいことばかりとは限らないのだ、なんのための知名度かがはっきりしているなら別だが——誠実、正直、職業倫理、キリスト教道徳。たとえばわたしの父のエヴェレット・レイバーンは、セントローレンス郡やその先の地域で、〝実直な〟工事請負人兼建設業者として知られていた。エヴェレット・レイバーンは〝信頼できる〟——〝約束を守る〟——〝まともな〟男だと。パパに仕事を頼めるのは裕福な人たちだけで、パパのほうも選り抜きの大工や塗装工や電気工や配管工を雇っていた。本人は建築家ではないけれど、アルゴンキン大通りに、オーセーブルフォークスではとりわけ目を惹く我が家を設計してくれた。〝現代ふう伝統様式〟の中二階付き住宅だ。学校では、一握りの〝豊かな〟子たちと仲よくしないといけないのが、わたしはいやで仕方なかった。移動生活者の子たちとのほうがずっと気が合った。

地元のピットマンのなかにも、移動生活者や崩れかかった古い農家に暮らす者がいた。うちのピットマンはアディロンダック山脈のスターレイク出身だが、十五のときに実家を出た。本人の話では、狭苦しい地域で人と共存していくのが苦痛で、二人の結婚生活を長く続けるためには、おれの〝居場所〟を提供してくれなきゃとのことだった。あなた、わたしにも〝居場所〟を提供してくれるのとすかさず訊いたら、あの人は痛いほど強くわたしのポニーテールを引っ張りながらこう答えた。「そのとき次第だよ、ベイビー」

「あなた向けの決まり事とわたし向けの決まり事があるみたいね」

「ご名答だな、ベイビー」

ピットマンとは話し合いにならない。自分の口でこちらの口をふさいでしまう男だから。話そうとしても息を吸い取られる。こちらは真剣に向き合おうとしてるのに、笑い飛ばされておしまいだ。

今までアンドレアにしか話したことがないが、わたしたちの出あいにもなかなか劇的な経緯があるのだ。

田舎にあるアンドレアの家から、わたしは自転車で帰る途中だった。アンドレア宅は、オーセーブルフォークスから二キロ半ほど離れた町、というより〝村〟にあった。夏になると、毎年アンドレアとわたしはしょっちゅう自転車で互いの家を行き来していた。いわば大切な行事だった。アンドレアはわたし以上に家事を抱えていたし、わたしの自転車はあちらのより新しくて速いうえ、わたしは落ち着かなくてつまらない日々を送っていたので、たいていこちらから出向いた。ゆっくりと、空想にふけりながら、できるときにはペダルをこがずに走り、曲がり角から現われて脇を走り去る車やトラックにも別に目を向けなかった。八月後半の、うだるように暑いある日のこと、わたしは白い短パンをはき、小さな緑の《ギャップ》のTシャツを着て、ビーチサンダルをつっかけていた。見た目ほど幼くはなかったが。淡い金髪のポニーテールが背中の半ばで揺れており、足指の爪は、いつも食事どきになると、おい、その爪は隠せ、靴下をはくか、いっそ靴をはくかしろとパパから言われているほど、きらきら輝く緑色に塗ってあった。我が家の決まり事を娘がほんのちょっぴり破っちゃって、どんなにパパはあわてる（ふりをする？）かしらと考えて、わたしはほくそえんでいた気もするが、そのとき、セントローレンス郡保安官と書かれた車に乗り、後ろからゆっくり近づいてきたのがピットマンだった。わたしはこのパトカーを別に気にも留めなかったが、どこからか男の声が聞こえた。「きみ、そこのお嬢さん――自転車の免許証は持ってるの？」

ピットマンとは初対面だった。だからいわゆるピットマン流の女のいたぶり方についても無知だった。自転車すれすれに寄ってこられてどきっとした。車の窓越しに警察官がこちらをじっと見ているのだから。笑っていない。かけている航空士タイプのサングラスが黒っぽいので、どんな目をしているのかわからないが、優しそうでないのはたしかだ。髪は真っ黒で、横と後ろは短く刈りこんであるが、てっぺんはロックミュージシャンみたいに長く伸ばして房状にしてある。年齢は見当もつかなかった。あんまり怖かったから、まともには目を向けられなかった。

これから迎える展開について、何年かしてピットマンは笑いながら解説した。本人にすればさぞ愉快なことだっただろう！〝自転車の免許証〟を見せなさいと相手が言う。あの、持ってないんですと、わたしがもごもご答える。自転車に乗るのに免許証がいるなんて知らなくて……。十四歳で、ほんの子どもみたいにびくびくして、相手に対して尊敬語を使ったり、おまわりさんと呼んだり。ピットマンは吹き出しそうになりながらも表情を崩さない。あとで聞いたら、わたしが自転車でハンター街道を走る姿を一度ならず見ていたそうだ。上物の自転車にまたがってさ、こんなふうに夢の世界に浸ったような顔して、ほかの車がそばを通っても平気でペダルをこいでたな。こういう金持ちらしい金髪のお嬢ちゃんはちょっと脅してやらなきゃと思ったのさ。

わたしにはとても冗談とは思えなかった。相手はまるで責め立てるように、わたしの名前やパパの名前、パパの仕事、自宅の住所や電話番号を訊いてきた。いちいちメモ帳に書き留めているみたいだ（実際そうだった）。わたしは道路脇で自転車にまたがり、魅入られたように相手を見つめて、泣くまいとがんばっている。地面にぽっかり穴が開き、足を滑らせてなかに落ちてしまいそうだ。こぶみたいなわたしの両ひざが震えているのを相手は目にしただろうに、まだ容赦なく問い詰めてくる。

うちの一人娘をピットマンはその気にさせたと、パパはよく言っていたが、不機嫌なときにはたぶらかしたとさえ言った。それはわたしも認めざるを得ない。若い娘や大人の女にピットマンが及ぼした力にはいやらしい面もあるが、決してそれだけじゃない。その気になっているときのピットマンの目に見えたり、熱い肌に感じられたりした男としての心、これは純粋な炎そのものだ――あの人の全身を電気のように流れる妙に激しい幸福感。触れるのは危ないけれど、触れずにはいられない！

あの人に視線は釘づけになる。かっこいいんだもの。

「ふむ、〝ルクレチア・レイバーン〟か。どう見ても未成年だから、本部へ連れていくのはやめようかな。違反切符を切るだけにしとこうか」

このときにはわたしの顔からはほとんど血の気が失せていて、きっと唇は真っ白だっただろう。手足も震えているが必死に涙はこらえている。ああ、よかった、この人、大目に見てくれたのね。でもこちらが礼を言う前に、ピットマンはふと思いついたようにまた口を開いた。この自転車、新品なのかな、どこで買ったの、いくらした？「ずいぶん高そうだけどさ、ルクレチア、〝マウンテンバイク〟ってやつだよね。なあ、売り渡し証はあるかな、あれば盗品じゃないってわかるんだが」

とたんにわたしはあわてた。持ってないんです、お父さんがうちのどこかにしまったかもしれません。帰っていいですか。ピットマンは重々しく首を振る。そうか、となると自転車を〝押収〟して、きみを本部へ連れてくしかないな。「いいかい、ルクレチア・レイバーン、本部できみの指紋を採取して、そいつをコンピュータで照合しないといけない。名うての重罪犯の指紋と合致するかどうか確かめるんだ。だいいち、きみ、〝ルクレチア・レイバーン〟じゃなさそうだな。名をかたってるんだろ」そんなあ、おまわりさん、お願いしますと、わたしはもごもご言う。でもあいつはパトカーから降りてきて、わたしを見下ろすように立ち、怖そうに顔をしかめる。けっこう若く、身長百九十センチ前後の、体格もがっちりした男で、銀色まじりの青い生地の制服を着て、金色に輝くバッジと革のベルト状ホルスターをつけている。ホルスターには拳銃がおさまっている。耳元でわめかれて、わたしは気を失いそうだ。気がつくと腕を、きつくはないがしっかりつかまれ、車の助手席側まで連れていかれて、まるで幼い娘のように座席に座らせられる。背中の半ばまできれいなポニーテールを垂らして、すらりと長い脚をした十四歳の女の子には不当な仕打ちだ。ピットマンは緑色に輝く足の爪に目を留めるが、あえて感想を述べない。ベルトから大人用の金属手錠を取り外すと、まだにこりともしないまま言う。「これをはめなきゃいけないんだ、ルクレチア。きみ自身を守ることにもなるから」もうわたしは屈辱感でめまいがしそうだ。この悪夢はいつ終わるのか。怖い男を目の前にして鳥肌が立っている両腕をつかまれると、そっと背中に回され手錠に入れられた。ばちんと音がした。この手錠、わたしの手首が二つ入るほど大きい！　それでもまだからかわれていることにわたしは気づかない。レイバーン家はおふざけとはあまり縁がなかった。両親にとっては高齢出産となった一人っ子として、わたしは大事に大事に育てられたので、この娘は病弱なのか、それとも何か障害を持っているのかと思う人もいただろう。のちにピットマンはよく言っていた。おれ、不安になりかかってたんだ、おまえはちょっとおかしいんじゃないかって。そりゃ見た目は正常で、信じられないほどきれいであどけない茶色の目をした金髪のお嬢さんだけどさ。

「手錠にお困りですかな、ルクレチア。逮捕に抵抗しないのか？」

なんとも滑稽な光景だ。制服姿の男に見下ろされてわたしは怯えている。実のところ、背中に回された手首から手錠が外れるのを防ごうとさえしている。

ついにピットマンは笑いだす。あ、本気じゃなかったのね、みんな冗談なんだわとわたしも気づく。この人の笑い方って、あたしと同い年ぐらいの男の子とは違って意地悪そうじゃない。優しくて男っぽいわ、心にぐっと温かく染み込んでくる感じ。思えばこのときからわたしはピットマンに惹かれだしたのだ。死ぬほど脅してくれたこのセントローレンス郡保安官助手は、わたしの救い手に変わり、水に溺れかけた少女をぐいと引き上げてくれた。「手錠の大きさが合わなきゃ逮捕しようがないじゃないか、お嬢ちゃん。釈放したほうがいいかな」

しばしわたしはぼうっとしたまま座り続ける。悪い夢から覚めた感じだ。自由になれたのが信じられない。

男のにおい（整髪料、たばこ、スペアミントガム）が鼻をつく。男の感触（赤の他人にむき出しの腕を触られている！）は長いこと消えないだろう。

最後にピットマンがまじめくさった顔で言い足す。「報告書は作成しないでおくから。二人だけの秘密にしとこうな、ルクレチア」

ピットマンはパトカーに乗りこみ走り去る。でもわたしにはわかっている、バックミラーでじっと見ているのだ、また自転車にまたがり、手足を震わせ人目を気にしつつ後ろからついてくるわたしの姿を。小さめの《ギャップ》のTシャツは汗でぐしょぐしょだ。ペダルをこぐ素足の筋肉は引きつりそうだ。心臓は怖いぐらいにどきどきしている。

何かがわたしに起きた！　わたしは特別な人になったのだ。

手錠事件から三年二カ月十一日後、ピットマンとわたしは結婚した。

パパに勘当された。ああ、せいせいした！――こっちからも縁切りよ。

新妻は夫べったりになり、ほかの者など顧みない。そんな次第だ。ママは傷つき、がっかりし、かんかんになったが、一人娘の結婚生活に我関せずではいられなかった。自分も（ひそかに）保安官助手ルーカス・ピットマンへの好意を抱いた。

ピットマンに好意を示されたら、誰であれ心を動かさずにいるのは難しかった。あの見上げるような大男は、腰をかがめてママのことを〝ミセス・レイバーン〟と呼んだ。こんな立派な女性にお会いするのは初めてですとばかりに（なるほどママは立派な女だろう）。実の息子みたいに自分を〝お母さま〟と立ててくれる男に接しているうち、ママはいつのまにか反対する気持ちをなくしていた。

そうしてついにある日、ママはためらいがちにわたしを抱いて言った。「旦那さまはおまえに夢中なのね。それが何よりかもしれないわ」

「それが何よりなのよ、ママ」

わたしは少しよそよそしく言い返した。この愛情という点では、むしろ妻のほうが深くなる。妻は母親に隠し事をする。夫婦間のことを話せばそれはたちまち告げ口になるから。


わたしたちは新婚家庭を築いた。郊外の防寒設備付き平屋を借りた。ピットマンは口笛を吹きながら外壁を薄緑まじりの青に塗った。乾いた青は見本のものより明るくはっきりした色になった。わたしはへたくそながら部屋の壁を塗った。薄い黄色、象牙色に。寝室は狭くて、田舎の競り市で買ったギシギシうるさい真鍮製ベッドを置くには少し窮屈だ。平均よりそれぞれ大きな男と小さな娘が一緒に寝るこのベッドに、わたしは得意満面きれいなシーツを敷き、ガチョウの羽根入り枕を並べ、紫色と藤色をしたきれいな手製の掛け布団をかけた。これからここに夫婦で日に何度も出入りするのだ、ただ夜に寝るだけでなく。

まったくの偶然だが新居はハンター街道のすぐそばだった。このあたりはオーセーブルフォークスの東にある丘陵地帯だ。ハマー山が遠くに見える。寝室からはオーセーブル川の支流が見下ろせる。この川が突風のような音を立てたときには水位が高いこと、そして夏の終わりが近づき、人をじらすように水が小さくぽたぽた垂れる音を立てだすと、水位が低くなっていることがわかる。我が家から町にあるわたしの実家まではきっかり四・二キロあった。

二人で暮らしはじめて数カ月後、ピットマンの勤務シフトが変わった。遅い時間、離れた場所へと。ピットマンと相棒は、狭い間道を通って、モールヴァンやノースフォーク、チャプロンデール、ストーニーポイント、スターレイクなど山間の町を巡回することになった。夫の不機嫌そうなようすを見て、この人、新しいシフトが不満なのねとわたしは思った。でも本人はこんな軽口を叩いただけだ。

「デカがホシを追いつめるところだな、あんな丘のなかは」

法執行官が妻相手にこんな冗談を言うなんて、つれないことなのだが、それがピットマンの流儀だった。わたしの目に浮かんだ涙を見て、しまったと思ったらしく、あの人は太い両手の親指で目を拭って熱い口づけをしてくれた。

「心配するなよ、ベイビー。誰もおれを襲ったりしないさ」

それはそうだろう。ピットマンは怖いもの知らずだったが、同時に抜け目がなくて用心深かった。

あの晩を迎えた。驚きの出来事だった。わたしもあとで事情がわかった。

ピットマンは真夜中にビールのにおいをさせて夜勤から戻ると、ろくに着替えもせずベッドに入り、あばら骨が折れそうなぐらいぎゅっとわたしを抱いた。わたしは寝ているところを起こされたわけではなかったが、そんなふりをした。妻が寝ないで心配そうに夫の帰りを待つのをピットマンは嫌っていたので、こちらも枕元の電気スタンドやテレビをつけてまでして寝たふりする技を会得した。この新婚の日々では、夫がどこかの異常者に撃たれたり高速道路で轢かれたりせず、帰宅してくれるだけでありがたかった。とにかく許せたのだ、どんなことでも——いや、たいていのことなら。

ピットマンはわたしの首にほてった顔をすりつけ、ハエに悩まされる馬みたいにからだを震わせながら口を開いた。

「スターレイクの事件さあ、ベイビー、ひでえもんだよ」

スターレイク。ピットマンの故郷だ。寄りつかなかった実家がある。スターレイクの先にある小屋で殺人／自殺事件が起きた。保安官事務所の捜査官たちが動いているという。スターレイクに住む男が妻を絞め殺し、何かの銃で自分も死んだと、これはピットマンではなく別の人が話してくれた。事件関係者に〝ピットマン〟がいるとは聞いておらず、実際そうであってほしいとわたしは願った。ピットマンにはわたしが名前も聞いたことのない血縁がたくさんいて、一部は先住民タスカロラ族の保留地に住んでいるそうだ。

夫の仕事や、妻にも知られたくなさそうな生活の部分については、わたしはしつこく訊かないことにしていた。おまえが知らなきゃいけないことは必ず話してやるよと、ピットマンも言っていた。とにかく、わたしにいやな思いを味わわせようと、自分が目撃して不快だった事柄を、というより女が知りたくない事柄をわざわざ話したりはするまい。法執行官には一つの習慣がある――相手の問いには答えない、ただ相手に問うのみ。こちらが問いかけると、でしゃばるなとばかりに目が冷たく光るのがわかる。

ギャロットって知ってるかとピットマンに訊かれて、わたしはすぐ〝ううん〟と首を振った。ギャロットなんて知らない。実は知っていたのだが、数カ月前に高校を出たばかりの十八歳の若妻がそんなことまで知っているのは、夫としてはいやだろう。ピットマンはひじをついてこちらを見下ろすようにからだを起こすと、顔を覗きこんできた。この人は馬を想わせるような、顔の比率からすると大きめな目をしている。じっとこちらに向けられた黒くきれいな目。虹彩の上に白い縁取りがある。歓喜、驚嘆、憤慨を表わす目。見つめられると、こちらはもじもじしてくる。

「ギャロットってのは人の首を絞める道具さ。二つの部分からできてる。相手ののどにコードかスカーフみたいなものを巻いてから、棒か棹みたいなものでそれをねじるんだ。だから自分の手はのどに触れなくていい」

夫はわたしののどに触れているが。力強くて大きな手。のどに五本の指を当てて締めつけてくる。苦しくはないが、怖い。

わたしは笑って夫を押し返そうとした。ピットマン流の悪ふざけをされても怖くなんかない。

スターレイクの女性はこんなふうに殺されたのとたずねたら、ピットマンは何も訊かれなかったかのように無言のままからだを乗り出してきて、わたしを見つめている。結婚式の席でこの人がこちらを横目で見ていたようすを思い出した。目が合うとウィンクしてきたっけ。二人のあいだに心の通じ合いを示す炎がひらめいていた。たぶんピットマンは二人しか知らないあの最初の秘密のことを考えていたのだ、ハンター街道に停めたパトカーのなかで、わたしに手錠をかけたときのことを。

なんたる無茶をしでかしたのだろう、十四歳の少女にあんな危ないからかい方をするとは。職権の乱用だ。今ならセクハラとされる行為だ。二人は出会う運命にあったんだとピットマンは言い張るのだが。あの日かどうかは別として、おれたちはオーセーブルフォークスみたいな小さい町で出会って愛し合ってたさ。

もちろんわたしは両親には黙っていた。我が少女時代の最大の秘密だった。あの出来事のせいで我が少女時代は終わりを告げたのだから。打ち明けた相手はいとこのアンドレアだけだ。そのころにはわたしは十七歳、高校の最上級生になっていたが、それまでの自分の志望や周囲の期待に反して大学には行かないと宣言し、両親や教師を面食らわせた。

すでに（内緒で）ピットマンとは婚約していた。機会があるたび（内緒で）ピットマンとはからだを重ねていた。

ピットマンは思いついたまま、つかえながら言っている。


「ギャロットは手間がかかるんだ。頭を使うんだ。誰かがギャロットで犠牲者を出したら、それは〝謀殺〟だ。あくどい目的があるってことだよ、ルクレチア。見当もつかないだろうが」

そのとおり、わたしには見当もつかない。わたしは取り乱すまいとしながら、のどにかかった夫の両手を押し返そうとする。子どもがやるみたいに、自分の両手で夫の太い親指をつかむ。わたしを脅かそうと、この人が手をかけてくるのはこれが初めてじゃないが、愛し合ってる最中でないときにそうしてきたのは初めてだ。偶然て感じじゃない。

「いいか、誰かをギャロットにかけるときは、そいつが気を失うまでのどを絞めつけて、それからよみがえらせるのさ。そしてまた気を失うまで絞めつける、よみがえらせる。自分の手には力を入れなくていい。手は空いてるのも同然だ。残酷だが効果的な方法だ。かつてスペイン人がこうやって死刑囚を殺したんだ。アメリカじゃめったに見られないが」

ピットマンにしては長いおしゃべりだ。この人、思った以上に酔ってるわ、それに疲れてる。何か不安を抱いても、わたしはそれを口にしないようにしていた。若妻の保護者を自認している夫のご機嫌を損ねることになるからだ。わたしはただおかしそうに笑い、のどにかかった両手をさらに力を込めて外すと、おずおずからだを起こして夫にキスした。

「うーん、ねえ、ベッドに入ってよ。二人とも少し寝ないと」

わたしは残りの着替えを手伝ってやった。大きくて魚みたいにくたっとしている肉体。わたしが手を伸ばして枕元のスタンドを消したときには、ピットマンは早くもいびきをかいていた。

その晩のことだ、初めてある思いを抱いたのは。こんな暮らし、わたしにとってはギャロットだわ。

「ああ、いやな話！　こういう人たちって」

嫌悪や軽蔑の色もあらわに母が言った。〝こういう人たち〟とは、自らを死に至らしめたと地元紙に報じられた人々だ。レイバーン家とは無縁の範疇の人間。

わたしは実家の台所で《オーセーブル・ウィークリー》を読んでいた。今朝なぜか我が家には新聞が配達されなかった。一面には二十キロほど東にあるスターレイクで起きた殺人／自殺の一件が載っている。当事者の名はバードックだ、ピットマンではない。両者には何か関係があるのだろうか、わたしは追求するまいと決めていた。察するところ、スターレイクのような山間の町は狭苦しくてへんぴなところなので、住民はほかの土地の場合よりも互いに行き来する機会が多いのだろう。妻を殺して自殺したアモス・バードックとピットマンとのあいだに何か関係があるなら、わたしとしては何も知らないほうが身のためだ。

「わたしもまだ全部は読んでないんだけど」向かいの席から、何かが入った皿をママはこちらに押して寄こした。昔の幼いころを思い出してもらえるような手作りクッキーをふるまって、我が子の気を惹こうとするのは、母親の性（さが）だ。でもわたしは手をつけない。うちでピットマンと一緒に食べるから、お腹は減らしておきたい。「ピットマンなら事情を知ってそうね。〝捜査〟してるの？」

記事はギャロットについては触れていない。妻は絞殺されたと検死官が判断したとあるだけだ。明らかにギャロットの件は一握りの人間しか知らない秘密情報だ。

「ママ、ピットマンは刑事じゃないのよ。知ってるでしょ。だから、してないわ」

絞めつける、よみがえらせる。絞めつける、よみがえらせる。ハンター街道でピットマンがわたしをいたぶった手口だ。脅しにかかる、次いでいちおう優しくする。また脅しにかかる。心から怖がらせる。次いで優しくする。二人だけの秘密にしとこうな、ルクレチア。

パパの好きな音楽はオペラだ。なかでもお気に入りは『ドン・ジョヴァンニ』で、この作品はわたしも娘時代からずっと聴いていて全曲そらで歌える。実家から半径百キロ以内の場所でおこなわれるシェイクスピア作品の公演や、毎年夏にオンタリオ州ストラットフォードで開かれるシェイクスピア・フェスティバルに、パパは家族を連れていってくれた。

パパにとって『ドン・ジョヴァンニ』とシェイクスピアを楽しむのは、〝外部〟の世界で自分が時間を過ごすことへの報酬だった。世間の人々、顧客、雇用者と付き合うこと。建設資材を扱うこと。金を稼ぐこと。ピットマンはお金への執着心が強いようだ。親父さんは大金持ちだよな、ベイビー。だからおまえもそんなにお高いわけだ。まあ無理もない。

パパを怒らせたいときには、この世はモーツァルトとシェイクスピアじゃないのよ、カントリー・アンド・ウエスタンなんだからねと、よくわたしは言った。現実はケーブルテレビとウォールマートと《ピープル》誌なんだから。わたしのほうが正しいのは明らかだ。パパの顔は決まって赤くなった。わたしは利発な生徒で、パパご自慢の娘で、パパに似て少し知ったかぶりの面もあった。パパは五十代のおじさんにしては男前だが、太鼓腹で、糊の利いた愛用の白い綿Tシャツの下にサッカーボールを入れているふうだ。早くも白髪が目立っていて、二週おきの金曜には床屋で切ってもらっている。毎朝のシャワーと同じようにその金曜の床屋通いも欠かさない。

わたしの言い分のほうが正しいのだが、パパも引き下がらなかった。

「違うよ、ルクレチア。この世は『ドン・ジョヴァンニ』でありシェイクスピアだ。美しくはないが」

違うわ、パパ。この世はすごく美しいの。愛に恵まれればね。

長いあいだ、わたしはそう信じていた。信じていたはずだ。

結婚後ほどなく、夫が警戒を怠らない人であるのをわたしは思い知らされた。

夫は朝から晩まで何度も携帯電話をかけてきた。たいていパトカーのなかから。低いセクシーな声でこう言うのだ。

「かわいいお嬢ちゃん、おれのレーダーからは逃げられないぞ」今どこにいるんだ、何をしてるんだ、何を着てるんだ、どんなことを考えてるんだ。自分のからだを触ってるのか？　どの部分だ。

ピットマンは金髪のお嬢さま妻を自慢していた。自分がたらし込んだ金持ちの甘やかされた娘。高校に通いながら自分とベッドをともにし、十八になるや妻になって父親を蔑ろにした娘。そんな若妻が自分に夢中だからとピットマンは悦に入っていたが、他人の男どもに若妻が見つめられるのはいやがった。いや実は喜んでいたのだが、あまり顔には出さなかった。微妙な力の入れ具合が大事なのだ、露骨な態度は取れない。ピットマンは癇癪持ちだ。酔って怒りっぽくなっているときには、友人たちはそばに寄ってこない。

自分にとってはなじみの山間の町まで、週末になるとピットマンはわたしを踊りに連れていった。結婚後もしばらくは結婚前と同じく。ヤクでラリってるMTVファンの若者みたいにピットマンは踊った。長い脚、長い腕。わたしに負けないほど足を小刻みに動かしながら、ぎゅっと抱いたわたしにのしかかってくる。わたしはハイヒールに小さなTシャツにジーンズという格好だ。ジーンズはぴちぴちだから、しわの寄った生地が股間に食い込む。ピットマンはその部分に指をはわせてくる。すばやく、いやらしく。誰に見られようが気にしない。制服を脱いだ法執行官、貪欲に必死に自分の時間を楽しむピットマン。年下の警官の友だちが何人かいた。ピットマンも友だちも今後あまり職場での出世は望めそうにないことを、世間知らずのわたしは気づいていなかった。ピットマンに首ったけだったから、上官たち——ピットマンにも〝上官〟はいたのだ——のあいだで、わたしにとっては好ましいあの人の生意気ぶりが不評だとは思いもよらなかった。デスクワークや、コンピュータや、自分の足を使わず科学捜査室の報告書に頼るばかりの〝捜査班〟を軽蔑するピットマン。好きなのは制服を着てパトカーに乗ってたえず動き回ること。お気に入りはお尻にぴかぴか輝く四五口径の警官用リボルバー。

ピットマンはアディロンダック族の少年だった。銃とともに成長した。わたしたちのささやかな新婚家庭には〝武器庫〟を設置した——ライフル二挺、二銃身の一二番径スプリングフィールド散弾銃、拳銃数挺。銃を教えてやるよ、二人で猟（オジロジカ、キジ）に行けるだろとピットマンに何度も言われたが、わたしは聞き入れなかった——「どうしてなんの罪もないきれいな生き物をわたしが殺さなきゃいけないのよ」ピットマンはウィンクした。「だからさ、ベイビー、誰かがやらないと」これ、ポーカーの賭けで手に入れたんだぜと、握りがゼブラウッドのスミス&ウェッソン製四五口径リボルバーを、子どもみたいに自慢するピットマンがとてもかわいく思えた。ご自慢の品としてはほかに、艶のあるブルーブラックの銃身部が長く、カエデ材の銃床がついている三〇口径の鹿撃ち用ウィンチェスター銃があり、わたしの実家でママが高い銀食器をぴかぴかにしていたように、ピットマンは取りつかれたみたいにせっせと磨いていた。不法侵入者や強盗に備えてライフルはいつも装填したまま手元に置いていた。そうしてわたしに、収納室の棚に定めた置き場所を示して、これをこんなふうに手に取って構えるんだ、身の危険を感じたらすぐこうして安全装置を外すんだと教えてくれた。でもわたしは大げさに尻込みし、笑いながら両手をひらひら振った。だめだめ、できないわ。誰かに守ってもらわないと。もちろんあなたに。

ジュージュー音を立てているフライパンでわたしが食事の準備をしているあいだ、かたわらのテーブルでピットマンはよくクアーズを飲み、ニール・ヤング――たまにはディー・ディー・ラモーンも高らかに流れる――を聴きながら、銃身の長い警官用リボルバーを分解して掃除し、部品に油を差していた。幼児を風呂に入れる父親には真似してほしい愛情こもった手つきで。銃器に対するわたしの怖がりようをピットマンは自分への敬意の表われと取り、満足そうだった。おれには敬意を払えという気持ちがことのほか強い男だ。ピットマン家や多数の親類は世間から敬われなかった。ほぼ半々の割合で怖がられもし蔑まれもした。おれには畏敬の念を持てとピットマンは周囲に求めた。そう、楽しく笑って時を過ごしながらも、自分としては敬われることのほうが大事なわけだ。魚釣りや猟や銃などくだらないとわたしの父が思っているのは知っていて、わたしにこんな皮肉を言った。「みんなに慕われてる父親エヴェレットさんは、人を雇って自分の代わりに銃を撃たせてるんだよな」わたしは胸を衝かれた。なんだか一瞬ピットマンの脳が切り開かれて、底意地悪さや、階級差にもとづく憎しみや、怒りを目にしてしまった感じだ。でも次の瞬間そういうものは消え去り、ピットマンは楽しげにわたしをからかったり冷やかしたりするのだ。セックスにも似たおふざけ、セックスへの序奏。これまで自分が火器を使ってきた経験について語りながら、訓練してきたとおり銃を抜いて構えた――そうして大声で〝警告〟を発した。「両手をこちらから見えるところに置け！　両手をこちらから見えるところに置け！　ゆっくり歩いてこい！　ゆっくり歩いてこい！」でも結局は撃つしかなかったそうだ。射殺したよ二人、こっちも宣誓したうえで保安官助手の職に就いてる以上、しようがなかったんだ、ほかにも何人か怪我を負わせた。いつもおれ一人でやるわけじゃなくて、相棒やほかの者と一緒のときもある。法執行官が一人で火器を用いるのはまれだそうだ。後悔したことないの？　ないよ全然。過剰な武器の使用を理由に処分されたことは一度もないぞ。撃ったことは調査の対象になったが嫌疑は晴れた。ある事件では、ピットマンは別の保安官助手の命を救ったとして表彰された。おれ、こうして現実に銃を撃とうとは想像もしなかったけど、銃を撃つこと自体は想像してたんだ、何度もな。

ピットマンはいつもどおりにんまり笑いながらそう言った。胸がどきどきしてきた。

セントローレンス郡保安官事務所の必要事項なんだ、保安官助手は的を撃つときには最低でも二発撃たなきゃいけない。

「どうして？　気が変わったときはどうするの」

「気は変わらないな」

「だけど、もし判断が間違ってたら……」

「判断は間違わない」

「保安官助手はぜったい間違わないの？」

ピットマンは笑い声を上げた。当時わたしはこの人に驚かされるふりをしているのか、ほんとに驚かされているのか、自分でもわからなくなっていた。ピットマンは例のとおり目を冷たく光らせて身を乗り出してきて、リボルバーの銃身をわたしの太ももの脇にゆっくりはわせると、おれのあこがれの人の言葉を引用してるんだぞとわたしに知らせるような口ぶりで言った。「四五口径拳銃は機会均等雇用者じゃないんだ、相手かまわずってわけじゃない」

最後に二人で踊りにいったときのこと。

場所はハマーレイクの田舎くさい酒場だ。結婚して三年ほど経っていた。ほかのご夫婦ともよく一緒に行った。ご主人はピットマンの友だちばかりだ（わたしは高校時代の友だちとはめったに会わなかった。みな遠くの大学へ進んだ。向こうが帰省して会おうと誘ってきても、わたしはなんのかんの理由をつけて断わった）。いまだわたしは、ピットマンにとっては、連れ回して人に自慢したい金髪のお嬢さまだった。いまだわたしは、この人のことほんとは愛してないとしたら、それってどういうことなのかしらと怯えつつ、ピットマンを愛していた。ジュークボックスから昔のディスコ音楽が鳴り響いた。思わず笑ってしまうような音楽だ、ひどい代物だが、乗れるビートだ、安っぽい魅力はあるビートだ、なまなましいセックスふうのビートだ、自然に足が動いて踊りたくなる。足元の床が熱く燃えてるみたいに、動きだしたら止まれない。わたしはピットマンの両腕の力をあばら骨に感じ、息や油っぽい髪のにおいを吸った。やがて吐き気にも似た気分をもよおしてきた。ああもう、パパに会いたい、ママに会いたい、アルゴンキン大通りの実家に帰りたい。

目ざといピットマンはわたしの心の動きにいちいち気づいた。

「心ここにあらずって感じだな、ベイビー。ぼんやりしてる」

わたしは酔っていた。立て続けに数杯飲んで酔ってしまった。それに《アイ・ウィル・サバイブ》が大音響で流れている。

わたしはハハハと笑い、ピットマンの胸に顔をうずめ、からだに両腕を回してぴったり抱きついた。大きな心臓がどきどきいっているのがわかる。自分の心臓みたいだわ。

自分の相棒で親友だったリード・ルーミスが亡くなってからだ、ピットマンが朝から酒を飲むようになったのは。四月上旬のことだった。それからほどなくいたずら電話がかかりだした。

何か関連があるのか、うむ、もちろんそうだろう。わたしは深く考えまいとした。

ああ、リード・ルーミスはいい人だったのに！　みんなに好かれていた。とても親しみやすかった。まるまる太った顔、短い角刈りの頭、保安官助手より高校の運動部のコーチがお似合いだった。ピットマンより六歳上で体格も上回っていた。自分の息子の名づけ親(ゴッドファーザー)になってほしいとリードに言われたピットマンは、いたく感激していた。

「〝神(ゴッド)〟と〝ピットマン〟て言葉を同時に聞く機会なんて、今後はもう訪れないよな」

ピットマンにはとても訊けず、ほかの人に教えてもらったことだが、ルーミスの死因は進行の早い膵臓癌だったそうだ。ピットマンは打ちのめされ、取り乱していた。目を守るすべも知らずにまばゆい光を見つめている男のように見えた。「信じられん。リードがいなくなるとは」そうつぶやいていた。実はな、このところたいていおれがパトカーを運転してたんだよ、リードが頭を痛がったり、目の具合がおかしいとか〝なんか変な気分〟がするとか言いだしてたからさ。そんなあるとき駐車場でルーミスの両脚が動かなくなり、白血球が異常な数値を示したという。すぐ診断してもらったが、数週間でルーミスは亡くなった。

ある日からピットマンはふっつり元相棒のことを口にしなくなった。こちらから話題に出したところ、冷たく遮られた。

たまにピットマンはわたしに隠れて朝の飲酒をするようになった。またときにはおおっぴらに。

「そんなことしてもリードは帰ってこないわよ、あなた。からだに毒でしょ」（こういうことをわたしが言ったのだろうか。世間ではよく聞かれる台詞だが）。すると、おれの女房は左巻きだったのか、初めて気づいたよとばかりにピットマンは鼻で笑った。「なにもリードのために飲んでるわけじゃねえよ、ベイビー。おれのためだ」

またピットマンには、わたしが息を吸いこむのを察して、わが身を守らんとする動物さながら、すばやく反応する場合もままあった。わたしは脇へ突き飛ばされた。「あっちへ行けよ！　おれにかまうな」

夫はドアを開けて出ていった。

寒い時期だった。わたしは長袖の服を着てあざを隠した。首に巻いたスカーフ。やせ細った青い顔に厚く施した化粧。人には今にも歌いだしそうに見せるために塗った明るい色の口紅。

アンドレアには黙っていた。もちろんママにも。

パパにもだ。ようすを見守ってくれていた、待ち受けてくれていたらしいパパにも。

結婚生活四年目に入り、まだハンター街道から少し外れた四室付き借家に暮らしていたこの時期、もうパパに許されているのはわかっていた。パパは娘の結婚については沈黙を守った。ずいぶん時が流れた。わたしが一度も金の無心をしなかったので、感心してくれたのかもしれない。逆にクリスマスには、一九八八年型シェヴィー・マリブから新車に乗り換える資金まで、娘夫婦に出そうとしてくれたが、ピットマンもパパに負けず気位が高いのを知っているわたしはすぐに言った。まあ、パパ、ありがとう！　だけどけっこうよ。

ママは日中によく電話してきた。電話が鳴り、発信者電話番号がレイバーン家を示すと、相手はママだった。ときにわたしは独りぼっちの子どもみたいに受話器を取った。ときにはふふんと笑いながら後ずさりした。

まったくママは陽気な人だった！　用心深くはあったが。ピットマンには義理の母としての冗談を意識して口にする知的な女性だった。何事もやたら問い詰めないだけの分別を持っていた。ピットマンのようすはどうなのと訊かれると、あら元気よ、ママもあの人のことはわかってるでしょとわたしは答えた。わたしも元気よ、ママとパパはどうなの。

皮膚に食いこむダニでもあるまいし、〝元気〟とかいうバカな言葉がわたしの語彙に紛れこんだ。むずがゆくて仕方ないが、なかなか放り出せない。ママに打ち明けてしまおうかと思った瞬間、いつもディスコ音楽のビートが耳に響く。ママも実はけっこう知っていたのかもしれない。そう、たぶんそうだ。オーセーブルフォークスは小さな町だ、うわさの流れは速い。

毎日毎日、朝が来て昼になり、いつのまにか夜になる。ピットマンの言葉を借りるなら、ひでえ春だった。どしゃ降りが続き、土の上に厚板を敷かずには歩けなかった。突然の豪雨、雨漏りする屋根。床が濡れないようにと、わたしはアニメのキャラクターよろしく、ポットやフライパンや調理用金属トレーをそこいらに置きまくった。すると雲が切り開かれたようにわかれていき、まぶしい日が差してきた。そうだ、脳は切り開かれるのだ。わたしはゴム長靴をはき、ハンター街道や農家の小道をとぼとぼ歩いて野原に入った。暴走車両さながら泥色の水が押し寄せてくるオーセーブル河口のほとりを歩き回った。ここはニューヨーク州の一部だ、空が人の注意を惹く土地だ。ほとんど木に覆われている山々にではなく空に地元民は魅せられる。はっきり何とは言いがたいが、ほかの場所では決して見られない何かが見られる。ここの空はいつもそんな期待を抱かせてくれる。

当時わたしは、コーネル大学とセントローレンス大学、それにモントリオールのマギル大学から入学案内を郵便で取り寄せて収納室に隠し、上にタオルとシーツと枕カバーをかけておいた。これでピットマンに見られる心配はないだろう。

コーネルはずっとわたしの志望校だった。ピットマンに恋する前からだ。いや、もしかするとそうじゃないかもしれない。わたしはハンター街道で出あったあの日、ピットマンに恋したのかもしれない。それからもいろいろあったが。

将来、自分が老いるとは誰も考えまい。顔が老けることさえも。

おまえの人生で一番楽しい時期じゃないの。もう、ルクレチアったら……。

ママは涙声でうるさく言っていた。オーセーブルフォークス・ハイスクールでの最上級学年。この年わたしは〝課外活動〟の大半をやめた。ずいぶん授業もサボった。記憶がぼやけている。暴走する飲酒運転の車に乗っている感じだ。景色はきれいだが飛ぶように後ろへ流れていくので目が追いつかない。

何を犠牲にすることになるか考えてみなさい。あんな男のために。傷つくのは自分よ、ルクレチア。子どもを産みたがるなんて。

わたしは母を叩いた。実の母を叩いた。思わず手が伸びた、母はたじろいだ。このことはピットマンにも話さなかった。

わたしの心の卑しい部分はピットマンに知られたくなかった。あの人の金髪のお嬢さまだから。

パパは干渉しなくなっていた。最後の数カ月、つまりわたしが実家にいて、まだパパの娘だったあいだは、わたしに対して距離を置いていた。紳士的な距離を。うまく娘に話しかけられる自信がなかったのだ。

負けるもんか、ぜったい泣かないわと、わたしは心に誓った。両親からどんな仕打ちを受けても泣いたりしない。あたしはもうレイバーン家の箱入り娘じゃない。ピットマンの女だ。ピットマンの妻になるんだ。あの人があたしとヤッてるか知りたいのね、ええ、ヤッてるわ。あたし、ヤッてるわよ、あの人から教えられたとおりに。あたしもうあんたたちのために泣いたりしないわ、ピットマンのために泣くの。世界中でピットマンだけがそういう力を持ってるんだ。

ピットマンの同意のもと、ママがしてくれたのは、教会で式を挙げる手配だ。教会での式の実現。こじんまりしているが急いで準備してもらった式。わたしは知らんからなとパパはうそぶいていたが、やっぱり紳士だ、もちろん来てくれた。石みたいに無表情だったが無理やり笑みを浮かべていた。それでも、なんと祭壇で、白いウェディングドレスを着た愛娘の脇腹をルーク・ピットマンがつついて、横目でウィンクしながらチンピラみたいにニヤリと笑う場面を見せつけられるとは。

わたしは浴室を塗りなおしていた。今度は上質のペンキを使って。

笑みを浮かべて。浮かべていたはずだ。正直なところ、高校に通っているときは、早く出たくて仕方ない、牢獄にいる気分だ、憎たらしくなってくる。でもいったん出れば当時を振り返り、いろいろ思い出すのだ。

結局わたしは学校をやめなかった。みんなと一緒に卒業式にも出た。最後の学期の成績は小学校入学以来最低だった。Aが一つもない。父親とすれば、たとえ愛娘がアディロンダック族の下等な移動生活者と結婚しなかったにせよ、そんなひどい成績を取ってきたことで落胆するほかなかっただろう。

浴室を象牙色に塗っていた。電話の呼び出し音は聞こえなかった。

ピットマンが外出している夕方から真夜中にかけて、いたずら電話がかかってくるようになった。相手はピットマンの勤務時間を知っているのだ。またはピットマンの車が私道を出ていくのを見ているのだ。

それとも発信者はピットマンか。得意のおふざけの一環か。

たまにわたしは電話に近寄り、鳴るのを待つ。そうして電話が鳴る。発信者電話番号が〝ご利用不能〟と出ると、わたしは苦笑しながら思う。無理よ。あなたにはもう影響されないんだから。あなたのことは怖くない。

わたしはぜったい出なかった。留守電は聞きもせず消去した。

いや、聞いたかもしれない。一度か二度ぐらいは。憶えている限り、声はしゃがれていて発音はカナダ人ふうだった。夫の同僚の保安官助手だろうかと、わたしは疑わざるを得なかった。それとも夫の親族の誰かか。夫に悪意を持っている者か。いらいらするわ。わたしの側の関係者じゃないのはわかっている。

「おい、いるのはわかってるんだぞ、ベイビー！　聞いてるんだろ。どうして受話器を取らないんだ。怖いのか？」

間が空く。送話口に湿った息を吹き込んでいる。

「一家の主婦のミズ・ピットマン。いや、豚（ピッグ）マンかな？　独りぼっちでブタの飼育をしてるのか？」

また間が空く（笑いをこらえてるのかしら）。

「独りぼっちじゃないよな、あー？　ベイビー」

ピットマンの話し方とは違う気がする。カナダ人ふうに癖のあるあーなんて。それともだましてるつもりか。かけてるやつのとなりにピットマンがいて、耳を澄ましてるのかもしれない。

電話があったあとでピットマンが帰ってくると、二人のあいだに妙な空気が流れた。わたしにはそんな気がする。思い過ごしじゃない。電話があったとわたしが認めるのをピットマンは待っていた（のだろうか）。だけどもう遅い。回数が多くなりすぎた。別人がかけていたのなら、ピットマンは手に負えないほど怒り狂うだろう。考えたくはないがわたしを責めるかもしれない。

学校時代にわたしは何人かと交際した。でも相手はみなただの少年だ。からだの関係はない。それはピットマンも知っているのだが、たぶん忘れているだろう。やきもちを焼きそうだ。疑いそうだ。最初にかかってきたとき、どうしておれに言わなかったんだ。言えなかったのよ、相手はあなたかもしれないでしょ。

たまにピットマンは特定の言葉をしつこく使った。特定の言葉が何度もピットマンの口から飛び出た。そういうのは酒飲みによくあることかしらとわたしはいぶかった。

たとえば〝顔（フェイス）〟だ。

童顔（ベビーフェイス）ちゃんと、よくわたしは呼ばれた。天使みたいな顔のカワイ子ちゃん。

あるいは「おれの前に顔を出すなよ、ルクレチア」

あるいは「おまえ、おれに顔をめちゃくちゃにしてほしいのかよ」

実はバードックはピットマンの縁者だった。仲の冷えていた妻を絞め殺し（ギャロット）、散弾銃で自分を吹っ飛ばした男。もちろんピットマンは教えてくれなかった。自分の親族の話は決してしないから。母親は当時まだ存命だったと思う。ピットマンには、懲役三十年以上の刑を受けてアッティカ刑務所に入っている腹違いの兄もいた。

細胞組織を通って榴散弾がようやく外に出たかのように、ピットマンの怒りが表われた。ピットマンたら！　おかしいな人ね。正気をなくした友人について語る際の、感じ入ったような男の口ぶりといったら。タッパーレイクなんて遠い場所にシェヴィー・マリブを置いたまま、泥酔したピットマンを家まで連れ帰った。朝になったらわたしが運転する車で一緒に車を取りにいかないと。六月のこと、ピットマンは国道三号線沿いのモールヴァンから西へ飲酒運転の車を追跡した。ところがその結果、相手の若い男（タスカロラ族の保留地出身者で二十三歳）は車ごと橋にぶつかり、頭蓋骨の一部を失った。セントローレンス郡保安官は保安官助手を（公的には）擁護したが、（私的には）叱責した。もう仕事はやめるよとピットマンは言った。海軍に入り直すよ。怒りをぶちまけているピットマンは、自分では知らぬ間に三十代半ばのおじさんになっていたようだ。もはやナマイキな十八歳の若者ではない。腰まわりに贅肉がつき、艶やかな黒髪は白髪まじりで薄くなっている。今ではもう、夜中過ぎまで酒を飲んでも三、四時間も眠れば体力は戻り、頭はすっきりし、元気に仕事へ出かけていくなんてことはできなくなっていた。

　パトカーからよく携帯電話をかけてきた。「よおベイビー、なげえ朝だな。まだ正午にもなってねえだろ」

　誰だって病みつきになる可能性がある。怒ることに、だ。LSDでもやってるように、あの人の口は怒りを味わう。ピットマンは異常だなんて、わたしは一度も思わなかった。あの人はいやみなほど鋭敏で几帳面だ。激しい感情はよく表わすが。あのときはリード・ルーミスが亡くなったとき以上の興奮ぶりだった。周辺の山間の町が滅びでもするのか、自分自身が死にかけているのか、何かそんな感じだ。国道三号線で若者が死んだあと、ピットマンは寝具をぐっしょり濡らすほど汗をかきながら、うなったり歯ぎしりしたりした。おれは何も間違いを犯さなかったと言い張った。ちゃんと手順を踏んだんだ、サイレンを鳴らしてライトをつけた。あの若造はお尋ね者だったんだ、だからたぶん時速百三十キロ近くまでスピードを上げたのさ、あんな曲がりの急な山間の街道で。あそこから道が狭くなって一車線の橋につながってくんだ。野郎は酔ってて、こっちをバカにするようなしぐさをしやがった。クソッ、後悔なんかしてねえぞ、こんなことで眠れなくなったりするもんか。ある日曜の午後、ベッドで横に寝ているわたしを両腕で抱えこんだ。まるで一緒に溺れてるようだ。それから四十五分も放してもらえず、とうとうわたしは必死にお願いした、ねえ、おしっこに行かせてよ、ベッドが濡れてもいいの？

「おれを裏切ったりしないよな、ルクレチア。な？」

　パトカーから携帯電話をかけてきた。〝ご利用不能〟ではなく〝無線発信〟と出ている。だから受話器を取ろうと思えば取れる。ベイビー、愛してるよ、きみを傷つけるつもりなんてなかったんだ、このクソみたいな人生じゃ、きみだけが大事なんだ、お願いだからわかってくれ、仲直りしようよ。今おれにとってはすごくつらいときなんだと声は言い、しきりに許してくれと訴えてくる。きみはおれのかわいいお嬢さまだ、おれのレーダーからは逃げられないぞ。

電話が鳴る。反射的にわたしの手が受話器に伸びる。

「はい。もしもし」

マッチを擦るように。すばやく、さっと。〝ご利用不能〟者は生きた声には心の準備をしていない。息を呑んでいる。わたしは驚かしてやった。脅かしてやったかもしれない。相手が気を取り直すまでに一瞬の間があった。

例の低くてしゃがれた慇懃無礼な声。「一家の主婦のミズ・ピットマン？」思わずわたしも声が出る。「誰よ、あなた」意外だったのだろう、向こうは言葉に詰まる。まさか毅然とした女の声が返ってくるとは、というところか。

「きみの友だちだよ、ルクレティア。友だちさ」

一気にからだが熱くなる。このル、クレ、ティアって発音。ピットマンはわたしの名前を呼ぶとき、こんなふうには発音しない。ここ数カ月は名前も呼んでくれなかった。ただベイビーかおまえとだけ。

四月のどしゃぶりの夜以来、初めてわたしは相手の声を聞いた。今は八月下旬。ピットマンは不在だ。わたしはウォータータウンのキャントンにあるケーブルテレビ局のニュース番組を観ていた。いくつもチャンネルを変えた。もう真夜中近くだ。昔の映画、『ロー＆オーダー』の再放送。オペラの『トスカ』――パパのお気に入りの一作――公演を中継している番組の最後の十分間。ぎしぎし音を立てる金属ベッドに横たわって。ふわりとしているが何度も洗って布が擦り切れかかっている手作りの掛け布団は、ベッドの足元にきちんとたたんで置いてある。わたしは淡い黄色の絹のガウンを着ている。やはり柔らかいが洗濯しすぎて布が擦り切れかかっている品だ。結婚したとき夫に買ってもらった。風呂上がりで、からだがほてる。まだいくらか化粧をしたままだ。ピットマンは女のすっぴん状態を嫌っているのだ、言葉の端々からそれがわかる。そんな夫のためにわたしは見栄えに気を遣う。これは習慣だ。手にはプエルトリコ産のラム酒パロットベイの入ったジュース用グラス。この酒は最後に実家へ行ったときパパのチーク材の収納室からくすねてきた。パパはこういうのは飲まない。ほとんど手をつけてないボトルが奥に押しこまれてあった。

ピットマンと違って、わたしは酔うために飲むわけではない。いろいろな状況の尖った角を丸くするためだ。

強い口調でわたしが答える。「友だちって誰よ。誰が友だちなの。わたし、友だちがほしいのよ、友だちが。友だちが必要なの」

言ってしまった！ 爪先が震えてる、ひきつってる。こいつの顔を見てみたいわ。向こうにすれば誰かにいきなり股間を摑まれたような驚きだろう。

さあ始まる。卓球みたいなやりとりが。どうして友だちがほしいのさ。さびしいからよ。どうして結婚してるのにさびしいんだ。そんなのこっちが知りたいわ。今、何を着てるんだ。ああ服ね、わたしが自分の誕生日に買ったやつよ、ボタンが一つついてるだけなの。おかしくて仕方ない、わたしは明るく笑い、金属の頭板をぎしぎし鳴らす。ふんわりした黒のラム酒がお腹にこぼれそうになる。わたしの友だちを自称する相手も笑ってる。ほう、ベイビー、そのバースデースーツを見てみたいな。ほんとはね、お風呂上がりなの。出たばかりでまわりに誰もいないわ。からだを拭くの手伝ってやろうか。だーめ（が返事だったはずだ）。大事なことから順番にさ、ハニー。まずおっぱいだろ。手始めはおっぱいだぞ、ハニー＝ベイビー。乳首だ。胸がどきどきしてきた。わたしは笑う、ナイフで刺されたみたいに脇腹が痛くなるほど。ハニー＝ベイビーだなんて。すてき。おかしいけどすてき。わたし、とんでもない過ちを犯してるわ、まるで黒い氷の張った道を車で飛ばしてるみたい、でも止まれない。相手はまだ何か言ってるが、自分の笑い声で聞こえない。きみ、自分の人生を無駄にしてるぞ、ルクレティアよ、貴重な人生をさ、お袋さんが泣いてたぞ。無駄にしようがなんだろうが、わたしの人生よ、うるさいわね。わたしの人生よ、あんたんじゃない、ほっといてよ。わたしはぴんときた。これピットマンだ、わたしを試してるのね。わたしを殺すつもりなんだ。

こんなことを言った気がする。「ピットマン！ あなたでしょ。まったくもう、ねえ帰ってきてよ、わたしさびしいの」

言葉とは裏腹に電話を叩き切った。視線は爪先に向いたまま。細く青白い足。もう何年も爪を磨いていない。最後にやったときピットマンは見逃していた。わたしの足、なんだかしおれたバアさんの足みたい、若い女って感じじゃない。

ぜったいほんとなんだからという言い方がある。そんな余裕のない物言いを人は笑うかもしれないが、気がつけば自分も口にしている。

あいつから被害に遭うのを防ぐためだった。あいつを遠ざけるためだった。脅して追っ払いたかった。わたしはあいつに傷つけられても仕方ない女だと思ったが、ほんとにやられるのはいやだった。わたしののどを絞める男の指。世の中に窒息ほど怖いものはない。男はわたしの頭を壁にぶつけるだろう。頭をがつんと。わたしは憶えている気がする、以前にもあったことだ。ただ場所は金属の頭板で、わたしが激しくぶつかると耳障りなきしむ音がした。

おれを裏切ったりしないよな、ルクレチア。な？

そっとべそをかいた、怯えている子どもみたいに。後ろめたく思いながらピットマンの武器庫で銃をいじっている子ども。頭上で鎖に吊るされた白熱電球が揺れている。わたしはずっとこの部屋を避けてきた。開けたことがない。ピットマンの武器を嫌い怖れてきた。夫の武器に対する反感。でも今はライフルがいる。あの人の鹿撃ち用ライフルはもう何年も目にしていなかったが、あ、これだ、目の高さの棚にあった。ピットマンご自慢の長く艶のあるブラックブルーの銃身、磨きこんだ木の銃床。装塡したまま手元に。

安全装置は外れている。

あんた、うかつだったわね。過ちを犯したのよ。飲酒するなんてうかつな過ちを。ほかの人は許してくれても、ピットマンは許してくれない。

ライフルは見立てよりずっと重い。ライフルは散弾銃と違ってお上品な武器と思われがちだが、これは扱いづらいし腕にずしりとくる。わたしは酔っていないが、めまいと吐き気がする。心臓が胸郭のなかで狂ったように動いている。呼吸が速くて乱れている。目の焦点がなかなか合わない。

引き金はどこなの。指にうまく合わせないと。

あの人、教えたがってたわ。わたしをなじってた、さすがパパのかわいいお嬢さまだよな、自分の代わりにほかのやつらに撃たせて満足してんだから。

あの人が大好き！　わたしを許してほしい。

何度も訴えよう、本気じゃなかったの、ただのお芝居だったのよ。あなただってわかってたわ、電話をかけてきたお友だちは。ピットマン、わかってたのよ！

以前にも同じことを言った気がする……そしてわたしの頭が壁にがんがん当たった。

あ、だめ、ピットマンが早くうちに着くわ。近ごろは午前二時に酒場が閉まるまで外にいて、二時半過ぎに帰ってくるのに、今夜は車のヘッドライトが一時ちょうどに私道に入ってきた。

だからわかる。否応なくわかる。

わたしは隠れて待つ。生きながら皮をはがされてきた生き物として、わたしは怖いほど落ち着いているが、手が震え、歯が鳴る。ずっと身をかがめているから、ひざに力が入らなくなっている。

なぜ逃げないのか。あの男の妻だからだ。あの男の妻にはほかに隠れ場はない。両親のもとへ身を寄せても見つかってしまうだろう。両親も危険な目に遭いそうだ。

裏口から帰ってきたピットマンは台所に入る。静かにしようなんて気はないらしい。千鳥足で口汚い言葉を吐く。寝室の整理だんすの陰にわたしはひそんでいる。こぼれたラムのにおいが漂うなか、けだものが騒ぎを起こしてるわ、甘い香りの湯気も……浴室からだ。テレビは音だけ消してある。受話器は外してある。枕元の電気が赤々とついているだけ。ベッドの足元には藤色と紫色の模様の掛け布団がきちんとたたんである。夜にピットマンが掛け布団を蹴り飛ばすが、朝になるとわたしが引っ張り上げてベッドにちゃんと広げ直す。ピットマンも認めている、ああ、この掛け布団は〝いい〟よな。わたしがこの家に持ち込んだ品はみなそうだ。物の〝いい〟のが大事だというなら。

わたしが整理だんすの一番上で照準を合わせた重い鹿撃ち用ライフル。銃口が戸口に向いている。この音、不法侵入者かもしれないわ、女が田舎の家に独りぼっちでいる夜は危ない夜だ、危うい夜だ。子どもが切羽詰まって思いついた程度の策に違いないが。途中で魔法の力を借りたい。銃の撃ち方なんてわからない、ただ狙って目をつぶって引き金を引くだけ。これ、ピットマンのわなかもしれないわ、ライフルに弾が入ってなかったらどうしよう。

「よおベイビー、なんのまねだ」

ピットマンが戸口でふらつきながら立っている。顔は黒っぽく輝いているが、戸惑っている。あごは短く刈ってある。昨日の朝六時からひげを剃っていないはずなのに。目はいつもの目だ、馬の目だ、とろんとしているが油断がなく、好奇心も強い。これでほっとした、もう二度とこいつのからだから出るほかの女のにおいを吸わずにすみそうだ。こいつの全身の毛穴から漏れるうっぷんを吸わずにすむわ……ピットマンの顔にゆっくり笑みが広がる。大きな馬みたいな歯がむき出しになり、幸せそうでさえある。いやらしいあざけりの笑みにも見えるが、まあおおよそからかいの笑みだ。

「ベイビー、その代物を扱うときはしっかり狙いを定めろよ。一発撃ってみろ、それがすんだらおまえの上に乗ってやる」

「いいかルクレチア、我々がこれからやることはな――」

わたしを助けようと夜に来てくれたパパ。血の気のない顔で震えているが、率先して動いてくれている。あわてたせいでパジャマの上に服を着ている。何かしゃべり、唇をなめ、うまく発音できないんだとでも言いたげにこう繰り返す、「いいかルクレチア、おまえが話すことはな――」

午前一時十四分、わたしは実家に電話した。警察じゃなく。通話記録が証明するだろう。連絡してからどれぐらいでパパが飛んできたのかは知らない。わたしは暗くなった居間の床に座っていた。耳に残る轟音のせいでパパの言葉がよく聞こえない。パパは娘の両肩をつかみ、優しく揺さぶらざるを得ない。やつれた蒼白な顔はいつもの男前の顔とは言いづらいが、もちろん本人はエヴェレット・レイバーンだ。いつごろからこんなに髪が薄くなったのか。パパはわたしを浴室へ連れていき、顔を洗えと言った。乱れた髪をくしでとかせと。わたしは口をゆすいだ。ふんわりしたラムの味がする口を。おまえは寝室に戻っちゃいかんぞ。パパはなかに入って服を持ってきてくれた。サンダルもだ、サンダルを見たら笑ってしまった！　パパが来てからわたしは寝室を覗いていなかった。実家から飛んできたパパがすぐ倒れているピットマンのもとへ行ったとき、わたしは狂ったように叫んでいた。「死んでるの、パパ？　死んでるんでしょ」

警察に電話だ。パパがダイヤルを回す。パパはキャントンの顧問弁護士宅にもかける（番号を暗記している）。

「ああ、ハニー。死んでる」

重すぎて、腕に抱えて、狙いを定めることもままならないライフルは寝室の床に落ちている。パパは気づいたが手を触れない。男の遺体を見下ろすように身をかがめ、じっと目を向けたが手を触れなかった。

弾は二発。一発では仕留められなかったからだ。

遠くでサイレンの音が。夜の田舎でこの音を聞くのはまれだ。全身の皮がはがれた状態、自分には純粋で崇高に思える状態で、わたしは居間のソファに腰かけている。かつて娘として食事の際に両親からしつけられていたように。申し分ない姿勢だ。頭を高く上げなさい。誇りを持ちなさい、背中が丸まらないように。ぜったいにな。

パパが足を向けようとしなかったこの家に、わたしたちは二人だけでいる。パパは居心地悪そうだ、そわそわしている。息が荒い。わたしの両手をつかんでいる。建設業者として財を成すまで家具職人だったパパは、いまでもたまに手作業をする。手は力強い。たこがたくさんできている。パパの手の感触がわたしは好きだ。ただ指は昔の記憶と違って温かくない。わたしの手よりずっと大きな手。

サイレンが聞こえると、パパは息を思い切り吸いこみ整えようとしながら言葉を継ぐ。おまえ、起きたことを正確に話すんだよ、命を守るためにライフルを撃った理由をな。

それから、こういう事態に至った事情を全部な。全部だぞ。

「真実を話すんだぞ、ルクレチア」

そのつもりよ、ぜったいほんとなんだから。

彼女のお宝
A Temporary Crown

スー・パイク　遠藤真弓訳

スー・パイク（Sue Pike）はトロント生まれ。カナダの女性ミステリ作家のグループである *The Ladie's Killing Circle* の創設メンバーであり、同グループのアンソロジーやＥＱＭＭ誌などに作品を発表している。一九九七年には“Widow's Weeds”でカナダ推理作家協会（ＣＷＣ）の最優秀短篇賞を受賞した。アンソロジー *Murder in Vegas* に収録された作品。

　ドロレスは看護師が薬を配るのに使う紙コップを探そうと、足を引きずりながら日光浴室に入って行った。縦に溝の入った、小さな紙コップを集めるのが彼女の趣味で、その中に宝物を入れ、自分の病室の窓辺にずらりと並べておくのが好きだった。

　レナードはソファーにだらしなく腰かけ、テレビを見ながら頭を掻きむしっていた。レナードはいつも頭を掻きむしっている。これは彼の趣味みたいなものだとドロレスは思った。トランプ用テーブルの上に拾い集めたカップを四つ並べ、またひとつに集めていると、テレビの映像が彼女の注意を引いた。夕陽に照らされ、ピンク色に輝いているネバダ砂漠を背景に、ブライスと若い女が一台の大きな黒いバイクに乗って走っている姿が映し出されていた。ドロレスは息を呑んだ。横滑りさせてバイクを停めると、二人はヘルメットを取り、カメラに向かって手を振った。女が頭を動かすと、長い髪が広がってブライスの顔を舐めた。彼はその髪を払うと、金髪の女の肩を抱き寄せ、顔をほころばせた。レナードが声を立てて笑い始めた。ドロレスはナレーションが聞こえるように、両手を振って彼を黙らせなくてはならなかった。

「《かけ離れた世界》に出演したことでもっともよく知られている、ブライス・キャンピオンと、全米で話題沸騰中、メンバー全員がパリ出身の女性バンド〈ジャズ・ホット〉の一員、マリー・フランス・レイピンの二人が近いうちに結婚する、と本日ラスベガスで発表しました。ブライスは最近スリー・クラウンズ・ホテルで始まったばかりのショーの主役を務めており……」

　膝が震え、ドロレスは崩れ落ちるように椅子に座ると、紙コップを床に払い落とした。それがレナードをさらに笑わせた。もう一度黙らせようとしたが、ドロレスは思いとどまった。彼の眼には、何か常軌を逸したことが頭の中で進行中であることを示す、あの輝きが宿っていた。気をつけたほうがいいと彼女は思った。

代わりにテレビの方に身を乗り出した。「結婚式は来週、ラスベガスでもっとも有名なチャペルのひとつ、リトル・ホワイト・ウエディング・チャペルで行なわれるということです」

ドロレスは二つの音階だけを使って、繰り返し、繰り返し鼻歌を歌った。これは、鼓動が激しくなっているのを感じたときによくやることだった。これから何をすべきか決めなくてはならなかったが、テレビがあり、頭を掻きむしりながら、笑うところではないところで大声で笑うレナードがいる、この場所では考えられなかった。ドロレスはうめきながら体を曲げ、床からコップを拾った。体を起こすと、むくんだ足を引きずって、できるだけ急いで部屋を出た。

病室に戻ると、ブラッドフォード医師が最初の診察のときにくれたスパイラルノートの一枚を破り取った。そのノートは日記帳として使い、怒りを感じたり、悲しいと思ったときのことをすべて書くように言われていた。しかし、ページのほとんどは空白のままだった。診察のたびにそのことを訊かれたが、彼女はほんの少し鼻歌を歌うだけで、あとは床を見つめていた。医師はそのあいだずっと、指が白くなるほど強く机をつかんでいた。

マットレスとベッドのスプリングのあいだに手を入れ、銀のペンを取り出した。前にブラッドフォード医師が彼女のカルテを読んでいたときに、机の上で見つけたものだった。そのペンで紙に走り書きをすると、今度はオイルヒーターの下の割れ目に手を突っ込んだ。そこには数週間前、婦長がトイレに立っているときにナースステーションで見つけた、切手は貼ってあるが宛て先は書かれていない封筒が隠してあった。彼女はその封筒に「ネバダ州ラスベガス／スリー・クラウンズ・ホテル／ブライス・キャンピオン様」と書くと、バッグのファスナー付きポケットに押しこんだ。明日からはグループホームでの生活が許されていた。ソーシャルワーカーの話が終わってしまえば、ちょっと抜け出して、手紙を投函するぐらいはできるはずだった。ほんの数分、ベッドの端に腰かけていたが、再度、オイルヒーターの後ろを探り、今度は隠しておいた金を調べた。彼女はその金を〝虎の子の金〟と考えるのが好きだった。クッキーの缶に入れ、冷蔵庫の上の高い棚にしまっておく金のことを、祖母がそう呼んでいたのだった。ある日、てっきり祖母は隣の部屋で横になっていると思ったドロレスは、椅子の上に立ち、その缶に手を伸ばした。が、缶は指からすべり落ち、小銭が床で派手な音を立てた。祖母は飛んで来ると、ドロレスの乗っている椅子を力任せに引っ張った。椅子から落ちた彼女はテーブルに頭を激しく打ちつけた。当時のソーシャルワーカーにどうして怪我をしたのか訊かれたが、彼女は何も言わなかった。そのときも。それからも。

涼しいグレーハウンドのバスターミナルからサウス・メイン・ストリートへ足を踏み出したドロレスは大きく息を吐いた。喧騒と暑さと燦々と降り注ぐ太陽の光が頭の中で渾然一体となり、物事をきちんと考えられなくなった。足を引きずりながら数ブロック歩くと、荷物を歩道に下ろし、ビルの壁に寄りかかった。両手を背中に回し、指が漆喰に喰いこむかと思うほど壁を強く押しながら、それがまるで点字であるかのように、壁面の隆起を読もうとした。深呼吸をし、ブラッドフォード医師が教えてくれたマントラについて考えようとしたが、その響きも概念も彼女の心の中を落ち着き無く、ぐるぐると動き回っていたので、出だしの言葉すら思い出せなかった。やがてバッグの中をかき回すと、水筒代わりのジャムの瓶を探し出して水を何口か飲んだ。ようやく、壁から自分の体を引き剝がし、もう一度バッグを拾い上げられるぐらいには元気になった気がした。しかし、もう少しそこに立ったまま、自分が今どこにいるのかを考えようとした。彼と落ち合うことになっているドーナツ店のことは、手紙で説明してあった。前の年に一緒に来ようと思って、目星をつけておいた店のひとつだった。

しかし、そのときのことは考えたくなかったので、とても大きな声で鼻歌を歌って、前の年に起こったことを頭から締め出さなくてはならなかった。ただひとつ問題なのは、ドーナツ店の場所までも同じように頭から締め出してしまったことだった。が、店はストリップと呼ばれる界隈にあった、そのことだけは思い出せたので、彼女はさっきよりも大きな声でハミングしはじめた。鼓動と痛む足首のことから気持ちをそらせるために。

グループホームに着くと、荷物をほどき、畳んだ物を化粧ダンスの引き出しにしまっているドロレスの様子をソーシャルワーカーが見ていた。そのときのことを思い出して、ドロレスはほくそ笑んだ。翌日すべてをカバンに戻し、窓から外に落としておくのは、しごく簡単なことだった。キッチンで昼食を作っているステラに、ちょっと散歩に行ってくると声をかけ、正面玄関から出て行った。ホームをぐるりと回って、荷物を拾うと、歩いてバスターミナルへ向かった。そして虎の子の金のほとんどを費やして、片道切符を買ったのだった。

ドロレスは時折よろけながらも歩き続けた。転んでしまうかもしれないと思ったときには、建物の壁に手をついた。彼女はブラッドフォード医師のことを、どんな話をしているときでも、子どもに話しかけているように聞こえてしまう彼の喋り方のことを考えていた。「ドリス」と彼は言った。何度も何度も誤りを指摘してきたにもかかわらず、彼はいつも彼女のことをそう呼んだ。「ドリス、人っていうのはね、今まで一度も会ったことがないのに、その人と自分は結ばれている、そう思ってしまうことがあるんだよ。特に有名人とね。自分は名の知られている人と、例えばブライス・キャンピオンと結婚しているって信じてしまう人もいるんだ」そう話す彼の顔は悲しげだった。それがまるで世界で起きている重大な悲劇のひとつであるかのように。「きみは彼と結婚をしていないってわかっている、そうだよね？」医師は口にくわえた鉛筆をねじって、ネズミの鳴き声のような音を立てていたが、やがて湿り気を帯びた、ポンという音をさせて引き抜くと、身を乗り出し、彼女と眼を合わせようとした。「こんな妄想からは自由になれるんだよ、ドリス。きみにはもっと良くなれるだけの力があるんだから」彼女はその晩、枕に顔を埋めたまま、激しく鼻歌を歌わずにはいられなかった。歌いながら、医師の顔に刻まれた、眉間の小さなしわを思い出していた。Vの字を上下逆にしたようなそのしわは、祖母の家にあった鶏小屋の急勾配な屋根を思わせた。しかし、実のところ、彼女はブラッドフォード医師を責めてはいなかった。彼は何もわかっていないのだから。あの夜、ブライスが映画館で彼女に見せた表情を見てはいないし、ブライスが彼女に結婚を申しこんだあの夜、あの場にいなかったのだから。彼女は今でもあの日のことをはっきりと思い出すことができた。前から二列目に座っていたドロレスを、白く光る、目の粗いスクリーンから彼が見下ろしていた。彼の顔には、彼女に断わられることを恐れるような、切なそうな表情が浮かんでいた。「ドロレス」と彼は言った。「結婚してくれ、ドロレス。お願いだ」彼女はその場で、はい、と大きな声で答えた。観客の何人かが笑ったが、気にしなかった。大人になってからずっと聞きたいと待ち望んでいた言葉を、彼が言ってくれたのだから。その後、彼が出演する映画はすべて観た。図書館へ行き、彼の写真が見つかりますようにと願いながら、あらゆる映画・芸能関係の雑誌に眼を通したものだった。ミュージカル映画の制作が中止になると、彼はラスベガスで仕事を得て、比較的小さなホテルのひとつで歌いはじめた。そして去年、彼女は彼と一緒にいるためにラスベガスまで出かけて行った。が、今、そのことを考えるのは辛かった。

ストリップという名前で知られている界隈に彼女は足を踏み入れようとしていた。無秩序に動き交錯する数々のライトと耳をつんざくような音楽が、ドロレスに頭痛をもたらす地域だった。荷物で体が擦れたので歩道にバッグを置くと、その上にどさりと腰かけ、脚を投げ出した。

「ちょっと、気をつけてよ」若い女の子が彼女を避けるようにまわり込んだ。ドロレスの履き古したビニールサンダルからほんの数インチしか離れていない歩道で、インラインスケートが悲鳴をあげた。少女の髪が飛び跳ね、髪留めが歩道に落ちた。

「おまえが気をつけろ」と怒鳴り返すと、ドロレスは髪留めを拾い上げ、その表面を指で撫でた。カバンに入れてきた紙コップに、ちょうど収まる大きさだった。彼女はバッグの脇ポケットに髪留めを押し込むと、苦労して立ち上がった。まずはドーナツ店を見つける必要があった。ブライスを待たせるわけにはいかなかった。心臓がドキドキしないよう鼻歌を歌いながら、ストリップの大通りを見つめた。通りは店やレストランを冷やかす人たちでごった返していたが、彼女に注意を向ける人はいなかった。それで良かった。疲れと混雑のせいで少しよろめきながらも彼女は歩き続け、やがて細い脇道をちょっと入ったところに、アダルトビデオショップと新聞販売店に挟まれるようにして立っているドーナツ店を見つけた。

店内は素晴らしく涼しかった。ボックス席にバッグを置き、ポケットに残っている虎の子から数ドル抜き出した。左腕にワニのタトゥーを入れたにきび面の若者に、チョコレートがかかったドーナツ三つとLサイズのコーヒーを注文した。バランスを崩さないようにトレイを両手で持って運ぶと、型抜きの椅子とテーブルのあいだに体を割り込ませ、食べるという大事な仕事に取りかかった。今の彼女をブラッドフォード医師が見たら激怒するに違いなかった。最後のほうの診察のときに、彼は食事療法について書いた紙を渡し、目を通すことを約束させたのだった。そこに書いてある、彼女にとっては聞いたことすらないものが半分以上を占めている野菜や果物を食べるのは、彼にとって何の造作もないことなのだろう。福祉からもらうわずかな金で生活をしなくてはならないわけではないのだから。

「相席してもいいかしら?」後ろに撫でつけた黒い髪を、幅広の赤いリボンでまとめた若い女性にびっくりして、ドロレスは飛び上がった。店内を見回したが、テーブルのほとんどは空いていた。

ドロレスが肩をすくめると、チョコレートのかけらがプラスチック製の白いテーブルにこぼれ落ちた。

「まったく」若い女性がくすくすと笑いながら言った。「今日は本当に暑いわね」ボックス席に置かれたドロレスのバッグの隣りに自分の荷物を無造作に置くと、その上にコットンのジャケットを乗せた。

「コーヒーがもう一杯いるみたいね」女は立ったまま言った。香水の香りが漂った。「ほかには何かいる？」

ドロレスは顔を上げずに、もう一度肩をすくめた。女はジャケットと荷物を残したまま、大股で歩いて行った。ドロレスは一番上に置いてあるものを盗み見た。ニーマン・マーカスと書いてあった。ああ、そういうこと。じゃあ、わたしが怒って口を固く結んだとしても仕方ないわよねとひとりごちた。

「さあ、どうぞ。ドーナッツもいくつか選んできたわ」またくすくすと笑った。「ところで、わたしはジェニファー。あなたのお名前は？」

ドロレスは新しい袋を自分の方に引き寄せ、中を数えた。チョコレートがけドーナッツが四つ入っていた。ずいぶんお金を使ったわねぇ。頭の中で計算しながら、そう思った。

「ドロレスよ」

「そう。どうぞ召し上がれ、ドロレス！」長椅子の食べかすを払い、端っこに恐る恐る腰を下ろしながら、ジェニファーは明るく微笑んだ。テーブルにナプキンを山のように積み重ね、キャロット・レーズン・マフィンをその真ん中に置いた。マフィンの上のほうをほんの少し崩して一片を口に入れるまでに、何度もナプキンの山の向きを変えた。マフィンのかけらがいくつかテーブルに落ちた。「うーん」と言うと、再びくすくす笑いながら、ドロレスがこれまで見た中でもっとも長く、これ以上ないほどピンク色をした爪で口の端に触れた。ドロレスは向かいに座る女を観察しながら、噛んで短くなった自分の爪を思い、両手を脚のあいだに挟んだ。ジェニファーは鼻にしわを寄せるような笑い方をした。トイレの鏡の前にいる女子高生たちが、ドロレスに見られていることに気づいてから彼女を追い出すまで、ずっと浮かべているような笑い方だった。忍び笑いが好きな少女たちなら、絶対にするような類の笑い方だ。

「それで」ジェニファーはほとんど口をつけていないマフィンをじっと見ていたが、顔を上げた。「どこから来たの？」

かまをかけているのかもしれないと思い、ドロレスは口ごもった。「なんで？　どうして、わたしがここの人間じゃないって思うの？」

「ああ、わからないけど。ここらへんで出会う人で、本当にラスベガス出身の人なんていないから。だいたいが観光客だもの」ジェニファーは二人で悪事を企もうとしているかのように、身を乗り出した。「ここへは飛行機で来た、でしょ？」

ああ、そうね。予算があればね。「ううん。シカゴからバス」

ジェニファーはピンク色の爪をした手を顔の前で振り、口がいっぱいだということを示したが、几帳面に積み重ねられたナプキンの上のマフィンは、ほとんど形を変えていないように見えた。「シカゴ？」マフィンを飲みこんでから、ジェニファーが言った。「シカゴ、大好き！」

「そう……」ドロレスは袋の中をのぞきこみ、チョコレートがかかったドーナツをもうひとつ選んだ。シカゴのことは話したくなかった。ブラッドフォード医師と屋根の形をした小さなしわのことを思い起こさせるからだ。


「お母さんはきみのことを何て呼んでたのかな、ドリス？」最後の診察のときに彼はそう尋ねた。

「言ったでしょ。母親はいないの」

「じゃあ、おばあさんは？　おばあさんは何て呼んでた？」

「えっと」彼女は口ごもった。ドリス・ドリトルの韻のことを話すんじゃなかったと後悔した。

「えっ？」質問を聞き逃したことに気がつき、ジェニファーの方に顔を上げた。

「泊まるところはあるのかって訊いたのよ」

ドロレスは肩をすくめた。

「もし良かったら、居心地のいいモーテルを探すのを手伝って、そこまで乗せて行ってあげるわよ」

ドロレスはドーナツ店のほかのテーブルをもう一度ざっと見回した。「ありがとう。でも人に会うことになってるから」

「まあ！」ジェニファーが笑顔を見せた。「恋人。きっとそうね」彼女は空席ばかりが目立つ店内をぐるりと見回した。「恋人でしょ、ドリス？」

「わたしの名前はドロレスよ」おなじみの怒りがふつふつと湧きあがり、眼に涙がにじんだ。

「あら、ごめんなさい」ジェニファーはにこっと笑った。「きっと、魅力的な人よね。彼は魅力的？」

ドロレスは肩をすくめた。「もうそれほど若くないから」

「洗練された大人の男ね。一番いいじゃない。きっと、素敵な人よね。彼って素敵？」

ドロレスは彼を最後に見たときのことを考えていた。接近禁止命令、そして彼女の腕を後ろに捻りあげ、パトカーのボンネットに押さえつけた警察官のことを思い出した。

「どうかな。そんなに素敵じゃないと思う」

「ふうん、そう？」彼女の眉間のしわはブラッドフォード医師のとよく似ていた。「じゃあ、彼はあなたに会いにここに来るのね、もちろん」そう言うと、バッグの中をかき回し、携帯電話を取り出した。「彼に電話して、ここに来てもらいましょうよ」まるで蝶がとまる場所を探しているかのように、ピンク色の長い爪がダイヤルボタンの上を舞った。「何番？」

「わたし……番号を知らないの。たぶん電話帳にも載ってないと思う」呼吸が速くなりつつあるのがわかった。鼻歌を歌いたかったが、そうしない方がいいと思った。「ともかく、ただ忙しいんだと思う」ブライスがスリー・クラウンズのショーに出演していることを、何もかも放り出してすぐにここに来るわけにはいかないことを、ジェニファーに説明したいと思った。が、彼女は恐れていた。そう、恐れていた。ジェニファーがブラッドフォード医師と同じような表情を見せるのではないかと。妄想だとか、ストーカー行為だとか、ブライスと彼女のことを理解していない人々が言うような、そういったことをジェニファーも言うのではないかと。

しかしジェニファーは彼女を見てもいなかった。自分の頭の中の何かを見つめているようだった。眼からは輝きがすべて消え失せていた。レナードの心に何か恐ろしい考えが浮かんでいるときとよく似ていた。「男には身のほどを教えてやる必要がある、そう思わない？　好き勝手なことをしていいと思ってるんだもの」笑い方も少しレナードに似ているようだった。「わたしの恋人って言っていいと思うんだけど、彼がある日言ったのよ。別な女と結婚することにしたからって。きみにはテレビで最初に知ってほしくなかったって。信じられる？」ピンク色の指先であまりにも激しくテーブルを叩いていたせいで、中指の爪の先が折れてしまったが、ジェニファーは気がついていないようだった。「わたしは彼の秘書兼恋人で、洗濯だってしてあげてたのよ」嫌悪感も露わに鼻を鳴らした。「おつむの弱い彼のファンからきた、何千通ものファンレターに返事だって書いてきたわ。それなのに今になって、金髪の尻軽女に子どもができたから彼女と結婚するって言うのよ。信じられる？」

「あの……」ドロレスは爪のことを伝えたかったが、ジェニファーは突然、鼻をすすると、またくすくすと笑い出した。「まあ、わたしのことはもういいわ。ちょっと腹を立ててるだけだから」彼女はマフィンの端っこをちぎり、ひょいと口に入れると、勢いよく嚙みはじめた。が、急に眼を見開き、あごを押さえた。「なんてこと」左手の親指と人差し指で口の中を探っていたかと思うと、何か白いものを取り出した。

ドロレスは怖くなった。それが歯のように見えたからだ。これまでに何本も歯を抜いたことがあったから、抜歯がどれほど痛いものかは彼女も知っていた。が、ジェニファーの顔を見ると、痛みを感じているというよりは、腹を立てているようだった。彼女はそれを一度口に含み、しゃぶってから灰皿に落とすと立ち上がった。ドロレスは灰皿の中をじっと見つめた。

「歯が抜けたの？」

「このくそみたいなのは間に合わせの歯（テンポラリー・クラウン）よ。明日にならないと、ちゃんとしたのを入れてもらえないのに」舌で口の中をまさぐっていたが、やがてドロレスに背を向けた。「トイレで口をゆすいでくるわ」

ドロレスは灰皿の中の仮歯を転がして、あちこちの角度から見つめ、その姿形に感心した。どこで作られたのか、これが間に合わせの歯だというなら、本物の歯冠はどんなものなのか、想像しようとした。

ジェニファーは戻ってくると、ボックス席から自分の荷物を集めた。マフィンはテーブルの上に置きっぱなしになっていた。「さてと、あなたの恋人がいるところまで、連れて行ってあげたほうがいいみたいね」

「ううん、大丈夫。もう少しここで待ってみる」

「彼は絶対に来ないわよ」くすくす笑いも、鼻にしわを寄せる笑みも消えていたが、眼だけは輝いていた。「彼と心ゆくまで話す必要があるでしょ、ドリス。最後のチャンスよ」ジェニファーは自分の荷物とダッフルバッグをつかむと、出入り口に向かった。ドロレスは少しのあいだ、席についたまま静かに鼻歌を歌っていたが、あたりを見回し、女と自分のバッグがドアの向こうに姿を消そうとしているのを見ると、仮歯をつまみ上げ、ナプキンに包んでスラックスのポケットに突っ込んだ。ピンク色の爪の欠片はなかなか見つからなかった。爪は、ほとんど手をつけていないマフィンが鎮座している、ナプキンの山の下に隠れていた。ドロレスはすべてを一緒にすると、シャツのポケットにしまった。

暑さと通りの喧騒の中に足を踏み出すと、助手席のドアを開けたまま、黒いオープンカーの横に立っているジェニファーの姿が眼に入った。ドロレスはやっとのことで助手席に腰を下ろし、それからむくんだ脚を中に入れなくてはならなかった。

車が動き出すと、コンソールボックスをじっと見つめた。

「この車は何？」

「冗談でしょ？」ジェニファーは顔をしかめた。「今までに一回もジャガーを見たこと無いの？」

「うん……」ドロレスは小さな声で鼻歌を歌っても、エンジンの音がかき消してくれることに気がついた。

ほどなくして、二人の乗った車はスリー・クラウンズ・ホテルの業務用出入り口に着いた。女はドロレスの体越しに手を伸ばし、助手席のドアを押し開いた。「降りて。こいつを停めてきたら、フロントで鍵をもらうから」彼女は首をねじって後ろを見て、車を出すタイミングをうかがっていたが、気が変わったらしく、もう一度腕を伸ばすと、今度はグローブボックスを開けた。ドロレスは呆然とした。中にはこれまでに見たことがないほどたくさんの二十五セント硬貨が入っていた。ジェニファーはふたつかみほどすくい上げると、ドロレスの膝の上に強引に置いた。

「待ってるあいだ、スロットマシーンで遊んでて」そう言うと、少し乱暴にドロレスを押した。「行ってて。でもロビーにいてよ、いい？　そうすれば見つけられるから」

ドロレスは硬貨をスラックスのポケットに突っ込みながら、よろけるようにして車を降りた。硬貨が何枚か歩道に転がり落ち、彼女は拾い集めるために体をかがめた。再び体を起こしたときには、車も女もドロレスの荷物も姿を消していた。

しばらくのあいだ、ドロレスはその場にじっと立っていた。黄色いニットのスラックスが硬貨の重さで下にひっぱられるのを感じながら、これまでに起こったことを理解しようとした。壁にもたれかかり、眼を閉じていたいと思った。が、ジェニファーの眼の輝きが好きになれなかったので、気を取り直し、足を引きずってホテルの正面玄関へ向かった。

ドロレスは息を呑んだ。ブライスのショーを宣伝する大きなポスターが、建物の正面をほとんど占領していた。彼がドロレスの眼をまっすぐ見つめているような気がした。彼女は手で髪を梳かし、身なりを整えようとした。たった今、バスから降りたばかりみたいだ、と彼に思われたくはなかった。背の低い木が植えられたセメントのコンテナーが、車寄せに沿って並んでいた。その中のひとつの陰に立ち、少しのあいだ、赤と黒の制服を着たドアマンを眺めていた。弧を描いた車寄せに一台のリムジンが停まった。ドアマンは上着を整えると、運転席のドアを開けるために駆け寄った。ドロレスは我が眼を疑った。《ラスベガス・ナイト》に出ているジョナサン・フィンが車から降りてきて、ドアマンにキーを渡していた。彼は入り口への階段を一段抜かしで上がると、中に入る直前に振り返り、ドロレスに微笑みかけた。「愛してるよ、ドロレス」彼は唇の動きでそう伝えている、と思った彼女は小さな木の一本につかまり、深呼吸をしなくてはならなかった。レナードが聞いたら何て言うだろう？　彼はあの番組のファンなのだった。ドアマンがリムジンに乗って走り去るのを待って、彼女は回転ドアをこっそりと通り抜け、スリー・クラウンズのロビーに入った。ジョナサン・フィンの姿はどこにも見えなかったが、さっき眼にしたことが何を意味しているのかはわかった。彼は彼女を愛している。新しくわかったことを胸に抱きながら、小さな声でハミングをした。

絨毯の色合いや、信じられないぐらい柔らかいソファーや椅子を立ち止まって見つめたかった。しかし、もしホテルの支配人たちに見つかったら、出て行くように言われるであろうことは去年の経験からわかっていた。壁に沿って並ぶスロットマシーンを一台、一台見ていき、大きな鉢植えの影に隠れた、誰も使っていない台を見つけた。隣の男がスロットマシーンに二十五セント硬貨を入れるのを見ていると、やかましい音が鳴り響いた。彼女はひどく驚いた。その音は彼女が落ち着こうとするときにハミングする旋律と、とてもよく似ていた。

どのくらいの時間、スロットマシーンに二十五セント硬貨を投入したり、点滅するライトを見つめたりしながらそこに立っていたのか、ドロレスにはわからなかった。絵が揃ったときには、洪水のように出てくる硬貨に驚くと同時に、機械が立てる大きな音にぎくりとした。その音に引き寄せられた人々に、こんな高級な場所にお前がいるなんて、いったい何を考えているんだ、そう言われることを恐れていた。胃が痛くなるほどお腹が空いたのと、ジェニファーと自分のダッフルバッグのことが心配になり、その不安を打ち消すためにポケットに入れておいたマフィンを食べたのだが、もう空腹を感じていた。

ドーナツ店のときと同じように、ジェニファーは突然現われ、横に立っていた。ただ、今回はスカーフをかぶり、濃い色のサングラスをかけ、手には黒いレザーの手袋をしていた。ジェニファーが片面に細長い磁気のついたプラスチックカードを差し出した。

「あなたの恋人が泊まってるスイートルームの鍵よ」彼女はサングラスを頭の上に押し上げた。何か馬鹿なことをしようとしているときのレナードの眼よりもずっと、彼女の眼のほうが輝いていた。「あそこから上がっていったほうがいいと思うわ。あなたの気持ちを彼に話しなさい」

ドロレスはカードを手に取り、表面を指で撫でた。小さな紙コップには入りそうになかったが、どっちにしても取っておくつもりだった。「わたしのバッグは……？」

「まだ車の中よ。あなたが部屋に行ってるあいだに取ってくるから」

「わたしはどこに行くの？」あまりにも多くのことが起こり、ドロレスは混乱していた。壁に寄りかかって、眼を閉じる。彼女が今、本当にやりたいのはそれだけだった。

「彼は一番上の階の大きなスイートにいるわ。エレヴェーターはこっち」彼女はサングラスをかけ直すと、ドロレスの肘を持った。彼女を押すようにして厚い絨毯の上を歩かせ、豪華なソファーの横を通り、両方の壁にエレヴェーターが並んでいる、大理石のロビーに連れて行った。「エレヴェーターを降りたらまっすぐよ」ジェニファーは何かを思い出しているようだった。「この鍵の使い方はわかる？」

ドロレスは床を見つめた。

「いい？　ドアのレバーハンドルの上にある細長い隙間に、磁気を上にしてこのカードを差しこんで。もう一度取り出すと、小さなライトが緑色に光るから、そうしたらドアを開けられるわ」

「でもわたしのバッグは？　どこにあるって言ったの？」

「あなたのバッグを持って、ここで待ってるわ」ジェニファーはとても小さな、ささやいていると言ってもいいぐらいの声で喋った。「あなたが前に彼と話したとき……ううん、何でもない。彼に言いたいことを言ったら、ここに戻ってきて。そうしたらバッグを渡すから」手袋をした指で何かを押すと、エレヴェーターの扉がすっと開いた。

ためらっているドロレスの背をジェニファーが押してうながし、手を伸ばすとエレヴェーターの中のボタンを押した。

エレヴェーターが止まると、ドロレスは辺りをうかがい、廊下に誰もいないことを確かめた。ジェニファーが鍵と呼んでいたカードを手に持っていたが、エレヴェーターの向かいにあるドアはすでに開いていた。ドアを押して少し広く開けると、できるだけ大きな声で二つの音階をハミングしながら、顔を中に入れた。誰にも呼び止められないことがわかると、薄緑色の玄関に足を踏み入れた。右側の壁にはサボテンと砂漠が描かれた大きな絵がかかっていた。彼女はおずおずと、小さな声で呼びかけた。「ブライス?」彼に言うことを練習しておけばよかったと思った。返事は無かった。淡いベージュの絨毯が敷かれ、豪華なソファーが置いてある居間に入って行った。コーヒーテーブルの上には、溶けかかった氷と何か液体が半分ぐらい入ったグラスがあった。キッチンを見たが、やはり誰もいなかった。居間と繋がっている部屋のドアが半分開いていた。彼女は近寄ると、思い切り押し開けた。

ドロレスは最初、二人は眠っているのだと思った。ブライスは仰向けで、裸の体をシーツで少し隠し、若い女は枕の上にブロンドの長い髪を大きく広げて。が、血とブライスの額に開いた穴に気がついた。そこは本来、穴が開いているような場所ではなかった。もっとよく見ようと体をかがめると、ブロンドの髪の下に、赤い果肉のようになった、血だらけの女の頬が隠れているのがわかった。

枕の上には一挺の拳銃があった。一瞬、手に取ろうかと考えたが、彼女のお宝コレクションとしては大き過ぎたので、そのままにしておいた。ブライスのことが、そしてかわいらしい若い女のことが可哀想だった。しかし心の奥底では、ブラッドフォード医師の言っていたことが正しいことをわかってもいた。彼女とブライスは、本当は婚約などしていなかった。それは彼女の夢のようなものだったのだから。

サイレンの音が次から次へと聞こえてきた。窓から外を見ると、ホテルの入り口に数台のパトカーが停まろうとしているところだった。ドアマンは襟を正してから、両手を大きく振った。

ドロレスは階段で下りることにした。そうすれば各階ごとに足を止め、ジョナサン・フィンのいる形跡がないかどうか見ることができる。彼女はどこに行ったんだろう、彼はそう思っているに違いなかったし、彼を待たせたくなかった。

立ち去る前に、もう一度、ベッドの二人を見た。二人のために何か贈り物を残したかった。祖母が亡くなったときに、人々が置いていった思い出の品のようなものを。しかし、お宝はジェニファーの車の中だった。彼女はスラックスのポケットにナプキンに包まれた仮歯があることを思い出した。それを取り出すと、ブライスの手の近くに落とした。ピンク色の小さな爪も落ち、シーツのしわに引っかかった。白いシーツとのコントラストがとても好ましかったので彼女はそれもそのまま残していくことにした。

スマイル
Smile

エミリー・ラボトー　堀川志野舞訳

二〇〇五年の *The Professor's Daughter* で注目を浴びたエミリー・ラボトー（Emily Raboteau）は、このアンソロジーに作品が選ばれたことに驚いたという。二〇〇三年には、同じホートン・ミフリン社の『アメリカ短編小説傑作選』（The Best American Short Stories）に作品が収録されており、文芸志向が強いようである。《ゲティスバーグ・レヴュー》に掲載された作品。

「漕げ！」と父親は命じるが、ちびのポールの腕はゼリーみたいで、まるきり力が入らない。丸木舟の船首を向いて坐っている父親の背中は、筋肉の塊だ。「腕を動かすんだ、このタマなしのしょんべんたれ。漕げ！」ふたりの間の板の剝がれかけた船底には、ボウレグの息子のスマイルが頭を潰されて横たわっている。「漕げ！」父親のオールはナイフのように黒い水の中に滑り込み、船はバイユー（アメリカ南部の低湿地帯）を次第に闇の濃くなる奥深くへと下り続け、やがては岸辺の明かりも見えなくなり、影さえも影をつくり始める。ポールは喉を締めつけられるような感覚を覚える。ウシガエルが喉を震わせ「げえっ、げえっ」と鳴いている。

ランタンの灯りの中に浮かび上がる、リコリスキャンディーのように黒い友の顔を前にして、ちびのポールはオールを動かすことができない。スマイルの血は、船底から一センチほどのところまで溜まった沼地（スワンプ）の水と混じり合っている。スマイルの眼は、その顔に貼りついている鈍い色の二枚の銅貨だ。

「漕げ！」船は直進することなく、静寂の中、苔の垂れ下がるイトスギの間を、トカゲの尻尾のように曲がりくねって進む。それも、漕いでいるのは父親だけだから、ゆっくりとしか進まない。「漕がねえか！」

「無理だよ、父ちゃん」ちびのポールは泣きごとを言う。腕がやっぱりゼリーみたいなのだ。蚊の一匹を叩き落とす力も残っていない。

「なんだと？」父親は唾を吐いて振り返る。ウイスキーのにおいのする息と、狂犬のような顔つき。

「気分が悪いんだよう！」ポールは丸木舟から顔を出して、アチャファラヤ川にも負けず劣らず濁った液体を吐き上げる。

バシッ！　父親は手にしていたオールを伸ばし、息子の頭に強い一撃をくれる。ワニの商売で稼いだ金を盗もうとしたスマイルを、ドアのあおり止めにしている石で殴りつけた時と同じように。今、ちびのポールはおびえている。衝撃が彼を凍りつかせている。恐怖が彼を動かしている。父と息子はラードのような航跡を残し、沼地を進んでいく。

　悪臭が立ちのぼる。死後痙攣でスマイルが脱糞したに違いない。「臭くてたまらねえ」父親が言う。ハエがたかりはじめた頃、父親はスマイルの体を錨にくくりつけ、絞め殺し植物（ストラングラーツリー）が根を張っているであろう沼底へと投げ落とす。沼はみるみるスマイルを飲みこんでいく。まずは尻を、最後に頭を。父親はわずかに体をふらつかせ、ポールに言う。「いいか、うすのろ。あいつは悪い泥棒のニガーだったんだ、あいつはな。それだけのこった。おれたちとは違ったんだ」

　長い帰り道に、ポールは考えている。今頃どんなふうにスナガニがスマイルの顔を弄り回し、眼球をえぐり出していることだろう。あるいは、死体はワニに食べられてしまうのかもしれない。

　沼地に支柱で持ち上げられた掘っ立て小屋に帰り着くと、シルクハットをかぶったハーモジンがうずくまって、罠にかかっていたビーバーの皮を剝いでいる。ちびのポールの目的はただひとつ、彼女に害を為すものから引き離し、ふたりで密かに大きな川舟に乗り込むに足るだけの金を貯めることだった。彼はハーモジンを背負って逃げることが出来たはずだった。彼女は病的なまでに痩せていて、棒切れのようだった。ナイトガウンに包まれた薄っぺらい体。額には青筋が脈打っている。

「まだ起きてたか、ちびっちょ（べべット）」外反母趾の足をブーツから解放しながら、父親は不満そうに言う。「もう寝ろや」コーヒーを飲むかとハーモジンは訊ねるが、父親はすでにべつの液体に手を伸ばしている。

　火曜日はハーモジンの誕生日だ。ふたりは彼女の体をキルトでくるむと、馬車に乗せてニューオーリンズの町へと連れて行き、プレゼントを選ばせる。

　あの人形にするか？　それとも、エプロンを縫うのに良さそうな、あの格子柄の黄色い布を一ヤードばかり買おうか？　このフランス製の飛び出す絵本はどうだ？　いいや、彼女はザリガニの樽の上に吊り下げられた、青リンゴ色のつがいのボタンインコを欲しがっている。あの鳥を買ってやれるかな？　ああ、いいだろう。

　父親は取り返した金で支払いを済ませる。ちびのポールはその金の中から、一度につき五セント硬貨を一枚ずつ盗んでいた。ひと冬の間、ポールは盗んだ金を友だちの釣り道具入れの中にしまっておいた。父親が絶対に覗こうとはしない場所に。スマイルはその中にいくらあるかをずっと数えてくれていた。ふたりは釣りざおを泥だらけの地面に置いて、道具入れに貯まった硬貨の枚数を確かめたものだ。「もうすぐだなあ」スマイルはいつも、そう言ってにっこり笑うと、オーバーオールの胸ポケットからハーモニカを取り出すのだった。「けどさ、おめえがいなくなると、さびしくなるな」充分な金が貯まり、ポールは逃げるつもりだった。妹を背負って、北を目指すつもりだった。妹を救いたかった。

　その硬貨はいま、カウンターの上で鎖のような音を立てている。ハーモジンは鳥籠の格子の隙間から、ボタンインコに口づけしている。軽い口づけ（アン・プティ・ベック）。インコは羽を毟り取られている。嘴はもげかけている。眼球はまるで爬虫類のようだ。だが、その値段は安いものではない。

「おれが何ひとつ親切なことをしてこなかったなんて言うんじゃねえぞ、ジン＝ジン」ふたりの父親は、ハーモジンではなく、ポールのほうを見ながら言う。父親の眼はオポッサムの鼻の頭のようなピンク色になっている。

「見て！」服地店の床板の軋むポーチに立ち、ハーモジンが声をあげる。強烈な陽射しが降り注いでいる。「ボウレグさんだわ、ザディコ（ルイジアナ州発祥の黒人ダンス音楽）奏者の！　アコーディオンはどこかしら？」

　ボウレグは太鼓腹のラバを牽きながら通りを歩いている。「おおい！」と彼は呼びかけてくる。「あんたら、うちの息子を見てねえか？」

　ちびのポールは妹の腕の中の錆びついた鳥籠を見つめている。指がかすかに動くが、たとえ扉をあけて逃がしてやろうとしても、二羽のインコは鳥籠から飛び立ってゆきはしないことが、ポールにはわかっている。扉をあけても、鳥たちは糞のように床板に落ちるだけだ。乾いた唇を舐めながら、ポールは父親に肩を強く摑まれるのを感じる。

「うちの息子、スマイルを見てねえか？」

アイリッシュ・クリーク縁起

Ina Grove

R・T・スミス　山西美都紀訳

R・T・スミス（R. T. Smith）はヴァージニア州ロックブリッジ在住。文芸誌の編集や詩作をしている。本作は黒澤明監督の映画「羅生門」や、その原作である芥川龍之介の「藪の中」に触発されて書いたという。現在は本作に登場するブレイン・シャーバーン保安官が登場する長篇小説を執筆中。本作は《ヴァージニア・クォータリー・レヴュー》に掲載された。

《ロックブリッジ・カウンティ・ガゼット》紙
一九〇四年六月二十八日

アイリッシュ・クリークのならず者ペインター法廷に召喚さる

リース・プレスコット

レキシントン発 本日、ロックブリッジ郡巡回裁判所において、治安判事団は二時間に及ぶ審議の末、〝アイリッシュ・クリークのならず者〟の名で知られるブローディ・ペインターによる婦女暴行ならびに殺人事件につき、被疑者を正式起訴する決定を下した。近郊で物議をかもしたこの事件には、アイナ・グローヴという名の十四歳の少女に対する性的な暴行も含まれている。少女に加えられた危害と、彼女の伯父が刺殺された蛮行とに鑑みて、訴追者のスタンスフィールド警部は犯人を絞首刑に処すため、アームブラスター判事を要請する予定だ。

証言によると、ペインターは三十五歳。がっしりした体格をしており、人種は不明。これまでに何度も法の手を免れてきている。一年以上前にペドラー川の上流で隣人のキャッシュという男を喧嘩の末に殺害しているが、その時は目撃者がいなかったため、アムハースト裁判所に召喚されたものの罪には問われなかった。ペインターの最新の犯行の舞台は郡内、アイリッシュ・クリークのサウス・マウンテン。被疑者は誰もが認める悪党で、誰も知らない土地へ逃亡したとか、あるいは当てもなくサウス・マウンテンの密集した奥地に潜んでいるのではないか等と長いこと様々に噂されていた。ムーア州検事は、ペインターの逮捕に賞金を掲げるようモンターグ知事に嘆願。リッチモンド市は百ドルの非差押動産取戻し権を提示した。

これら一連の手続きは秘密裏に進められた。B・R・シャーバーン保安官が、警告を発することも逃亡した被疑者に追っ手の動きを悟らせることもなく逮捕を進めたいからという理由からだった。地元警察は以前、ペインターがかつての雇い主であるノーフォーク&ウェスタン鉄道を使って逃げ出していたらしいことを知り、やり場のない思いを抱えていた。犯人を徹底的に追い込むため、保安官はバッファロー地区のジョン・ピンク治安官の協力を得ることに成功した。ピンクはその筋では危険を好むことで有名な男だった。

ピンク自身、ブルー・リッジ山脈の東にあたるアムハースト側——逃亡犯を受け入れていることから、よく〈自由国〉と呼び称される地域だ——の出身で、地元民にも顔が利き、ペドラーリバー郡を抜ける道にも精通している。実は今回、密かに罠を張って最終的に弟のダールの近辺にいたペインターの居どころを掴んだのもピンクだった。シャーバーン保安官は彼の情報に基づき民兵隊を召集し、生憎の雨の中、ホワイツ・ギャップ・ロードを使ってブルー・リッジ山脈に分け入っていった。

間違いなく法大全を効果的に活用した良例として賞賛されるであろう適確さで、罠は仕掛けられた。保安官たちとその部下たちは険しい山々を馬に乗って移動した。二日間、ひどい悪天候の中を進んだ後、ペインターの家の敷地の付近にある打ち捨てられた農場に到着すると、一行は住人には黙って、何もない馬小屋に馬を繋いで隠すことにした。泥と濃い藪の中、何マイルもの道のりを苦労して通り抜けると、彼らはペインターの弟と一族の女たち数人が動き回っているのを発見、見張り番を配した。保安官は家の陰で寝ずの番をし、その間、名誉と報奨を手に入れるべく、彼の部下たちが着々と前進した。警戒態勢を万全に整え、武器はいつでも使えるよう構える。何しろペインターは米西戦争で戦った経験もある元軍人だ。まもなく、兄に保安官たちの存在を知らせようとして窓をよじ登って出てきたダール・ペインターを、捜索隊に加わっていたヘイゼルウッド警察署長が不意打ちにした。

すぐさま家の中を捜索する必要があるという判断が下さ

れ、被疑者の荷物は何一つ見つからなかったものの、ピンクの情報が実質的に正しかったと判断された。民兵隊はペインター宅に密かに奇襲を仕掛けた。シャーバーン保安官によれば、夕暮れが近づいた頃、コルト・ネイビーを手にぶら下げたブローディ・ペインターが現われた。同時にヘイゼルウッド警察署長がショットガンをペインターに突き付けると、保安官が報告したように、逮捕はそれ以上何事もなく行なわれた。一行は隠しておいた馬の元へ急いで戻り、山中の家で夕食をとると、レキシントンへと戻っていった。

審問の間中、スペンサー弁護士は、自分の依頼人が悪意に満ちた、虐待のような扱いを受けたのだと主張したが、審問官たちは事件の事実関係を明らかにするよう強く迫った。被疑者は、自分のナイフがリーフ・ポーグの命を奪った可能性を即座に認めた。ただし、あくまでも自分の身を守るためだったのだと付け加えて。だが、少女暴行の件についてはこれを断固として否定した。

法廷で被疑者は大声をたてて黙らされたためにそれ以上何も言えなくなり、アームブラスター判事が主要な関係者以外の全員を法廷から退出させるまでそれは続いた。被害者による供述書が朗読されると、ペインターの必死の弁明に矛盾があることがすぐに証明された。本人は出廷していなかったものの、グローヴ嬢は次の通り、正式に証言した。父親が亡くなって――ちなみに、母親は彼女を生んだときに亡くなっている――以来後見人を務めてきた伯父が夕食を食卓に並べようとしていたとき、ほとんど面識のない男が肉切り包丁を振り回しながら入口から突然侵入して現われた。彼女の供述では、被疑者のことが具体的に述べられており、浅黒い肌の色、腕に彫られた青いヘビの刺青、それに血なまぐさい乱闘のあらましが説明されていた。言葉にするのもはばかられるような行為の話がそれに続いた。傷つけられショックを受けていた気の毒な被害者は、翌朝、通りかかったケイト・フェル未亡人に助けられたが、卑劣な行為による傷は一生残るのではないかと懸念される。

治安判事団――中には南部連合の退役軍人ひとりと地元の著名な市民数名が名を連ねていた――は、婦女暴行と第一級殺人の罪でペインターを正式起訴。また、証言の中でその他の行ないについても明るみに出たことから、有罪判決が期待される。ペインターのささやかな恐怖支配の後では、その憶測がアイリッシュ・クリークに平穏をもたらすことだろう。

公判は、八月十日に予定されている。財産権と家畜をどうするかについてアイリッシュ・クリークの住人たちの間で長期間にわたって論争になるであろうことから、世間の多大な関心が集まることが予想される。ペインターの身内による厄介事はないと思われるが、リーシャ・ジャクソン看守は、二十四時間体制で通常の倍の監視を配し、ならず者相手にどんな危険も冒さないと語った。

ブレイン・シャーバーン保安官の日記より

一九〇四年四月十三日

肌寒い夜だ。外はまだ雨が降っている。アーカンソー州の旅行記に感銘を受け、とても事務所から動くことのできる状態ではなかったのだが、私の腹の調子が悪いからといって法律事務は待ってはくれない。今朝、アイリッシュ・クリークでまた殺しがあったとの報告をビル・ブルースターから受けた。あの辺りの連中は荒っぽく、殴り合いの喧嘩もしょっちゅうだ。ごろつきや粗野な輩がそこかしこに住んでいるようなところでは珍しくもない。だが、私としてはあの悪漢どもが自分たちの法律――どれほど屈折したものでもかまわない――を作って、それを守ってくれないものかと思う。今回の事件はひどい。少女への性的暴行も含まれているうえに、私は犯人と目されるブローディ・ペインターという男を多少見知っている。昨秋、隣人のシンク・キャッシュという男を殺害したものの、不利な証言がなかったために無罪放免となった男だ。明日は限界を超えて捜査に乗り出さねばなるまい。頻発する犯罪は撲滅しなければならない。

事件が起きたのは昨日もしくは一昨日らしい。被害者アイナ・グローヴとその伯父リーフ・ボーグには他にほとんど親戚はなく、従って、ブルースターの報告によれば、少なくとも死刑の話は今のところまだ囁かれているだけにすぎない。私はペインターのことは米西戦争で知っていた。常にやつは、自分の手を自分のポケットにしまっておけないような、自分の一物をズボンにしまっておけないような黒ヘビ野郎だった。聞くところによると、最近では気が向いたときに喧嘩や盗みに明け暮れているらしく、相手が抵抗すれば刃物や拳銃で脅すのだという。あの一帯は詐欺師やメランジェン族（白人・黒人・北米インディアンの混血人を祖先に持つ小部族）、近頃ではモルモン教徒の群れがはびこっているため、あそこからの報告は戦場からの通信のようだ。

アイリッシュ・クリークの田舎者ひとりのために応援を要請しなければならないのは、これでもう四度目だ。〈紳士倶楽部〉に出入りする輩の中には、あんな連中は他の多くの頭のイカレた連中同様、逮捕して撃ち殺し、家を焼き払い、サウス・マウンテンとウェットストーン山脈中に塩を撒けばいいという考えの者がいる。私も彼らの意見に賛成したくなってきた。悪魔の所業の証拠がこれほどはびこっていることを考えると、役人の声たることは日に日に困難になってくる。カレンダーを一枚めくる毎に、アデアの父親の嘆願——今の任期を務め上げたらバッジを返上し、貸し馬事業を手伝ってほしいと言われている——がどんどん魅力的に思えてくる。もっとも、エリザベス・ブラウニング夫人の詩を絶えず暗誦する男と毎日一緒に働くというのは、私の人生の目標ではないのだが。孫がほしいという気持ちが余計に義父にそう提案させているのではないかと思う。

この雨が止めばミミズがとれるだろうから、そうしたら釣り道具をまとめて、ジャンケット（味付けした牛乳を凝固させた甘いデザート）を何匹かの鱒に変えられるよう努めよう。ランプの芯からは、灯りよりも煙が多く立ち昇っている。思い切ってタット社の丸薬をもう一度飲み、ベッドに入る際には愛しいアデアを起こさないようにしよう。ポンプアクション式散弾銃なしにアイリッシュ・クリークへ出向くなどと考えないようにしなければ。それに、それほど危険で恐ろしい場所に何の用心もなく攻め込もうなどと思ってはならない。今日のところはひとまず、神よ、ヴァージニアを守りたまえ。私はそろそろ休むとしよう。

四月二十二日

今朝、ケイト・フェル婆さんが、うちにバターを届けに来るついでにあの気の毒な孤児（みなしご）を連れてやってきた。婆さんとは二日前に話をした。その時の話では、事情聴取はできれば事務所ではなく居間で行なってほしいとのことだった。そのほうが少女が落ち着いて話ができるからと。アデアはいつもの朝食で見せるのと変わらぬ輝きでコーヒーを注ぎ、裁縫部屋に下がった。私がまず気が付いたのは、アイナ・グローヴがとても〝少女〟には見えないということだ。もっとも、本人は八月でようやく十四歳になると言っているが。顔つきや体つきはすっかり女のそれだし、猫のような緑色の眼は、動いていないのにこちらの動きを追ってくる。絹の黒髪はまるで喪服のようだ。ただ、恥ずかしそうに振る舞っているし、もっとも簡単な質問に答えるのでさえ時間がかかる。一瞬、精神的におかしくなってしまうほどの性的暴行を藪に覆われた丘陵で受けたせいで反応が鈍いのかと危惧したほどだ。だが、すぐにそれが意図的なものだと知り、ほっとした。

アイナは、彼女のようなタイプによくある暗い感じの声で証言を語ってくれたのだが、その内容はケイト婆さんがすでに私に話してくれた内容とまったく矛盾がなかった。ブローディ・ペインターという名の男——様々な機会で見かけたことはあったが、ちゃんとした面識もなかったし名前もそれまで知らなかったらしい——は、事件当日、夕食の席に着いた彼女とポーグを突然襲撃したのだそうだ。グローヴ嬢が頑なに主張したところによれば、被疑者は開いていたドアから無言で中に突入してくると伯父を床に殴り倒し、大きな包丁で二度伯父に切りかかったのだそうだ。その間、彼女は言葉を失って凍りついたように座っていたらしい。ひとたび伯父が動けなくなると――この時、ポーグにはまだ息があり、呻いていたのだそうだ――侵入者は彼女を床に放り投げ、スカートをめくり上げて下着を剝ぎ取った。その時叫んだかどうかを私が尋ねると、彼女は叫ばなかったと思うと答えた。まるで事の一部始終をもう一人の自分が外側から見ているような気分だった、と。これは、あるいは深いショックによるものかもしれない。彼女が覚えていたのは、ペインターの濁った眼と、浅黒い腕に描かれていた青もしくは緑色のヘビだった。

こうしてわたしは忌まわしいことに身体を奪われ、汚されてしまったのです。そう言って彼女は、床の赤っぽい木節をじっと見つめては、履いていたブロガン靴の底でそれを擦っていた。まるで、まだ誰もやったことのない方法でそれを剝がせるものなら剝がし、どかしてしまいたいとでもいうように。当時の出来事の詳細については、私は彼女を深く追及しなかった。男の体格（彼女によると六フィート以上はあったらしい）と服装、外見の特徴、それから刺青のことを除いては。聴取――と言っても、時間にして四十五分を少し回る程度にしかならなかったが――の中でグローヴ嬢は何度か、犯人の肌が異様な色をしていたと言っていた。時々、眼を瞑ると青い肌をした男の姿が見えるのだと。フェルの婆さんは彼女を連れて帰った。どうかこの子が法廷に呼ばれることのないように祈っている、と私に打ち明けて。

あの少女が外見の美しさに欠けているとは思わないし、ほかの者たちが言うほど奔放な娘だとも思えない。だが、深く傷ついた者特有の何かが彼女の表情と震えた声に表われていた。彼女の話に矛盾や間違いがないことは現場を調べたときに分かったので、私は彼女を証人として信頼できると判断し、ペインターの逮捕状を請求する準備を整えることにした。アデアは、あの少女にはどこかふしだらな印象が絶対にあると言っていたのだが。

ペインターが奇襲に弱いかどうかはまだ分からないが、私は未だにこの状況が多大な関心を集め、かつ少なからぬ費用をかけねば解決しないのではないかと疑っている。牧草地に放牧場、荷車を引くための家畜、それにサリー型馬車（ドアのない二〜四人乗りの軽量四輪馬車）を所有している者ならばこのような事柄には眼を瞑り、暑すぎる天候に合わせて昼下がりのゴイルドブロイ・ビールを楽しむこともできよう。しかし、私のような立場では、現実逃避などしている場合ではないのだ。

アデアが、今夜ブエナ・ヴィスタ・オペラハウスで上演される『愛しのメアリー』を一緒に観に行きたがっているが、今夜はジョーダンズ・ポイントのモンロー氏による横領事件の書類を片付けさせてもらうことに決めている。世の中には知らないほうが幸せな演劇というものもあるのだ。

五月一日
縄を水に浸し、新しい頭巾を縫う時が来た。ただし、ブローディ・ペインターを逮捕するのは、ビングバッファー（伝説上の生き物）を捕まえるのと同じくらい困難だ。個人的には後者を追いかけたほうがまだマシだ。何しろ存在しないのだから、捕まえられなくても言いわけが立つ。その点、ペインターは、同じ名前を共有するピューマ、ペインターキャットのように捕らえどころがない。自然の中で巧みに動ける男として有名で、それゆえに私たちはやつがまだ〈自由国〉でウィスキーを密造したり女を追い掛け回したりジャガイモの芽をとったりしている、面倒な軽罪を犯した者にすぎなかった時は、たまたまパトロールしている最中にやつを逮捕しようとは思わなかった。だが、今やすべての証拠はあの男がリーフ・ポーグと少女に対する卑劣な行ないの犯人だということを示している。それに、町にいるキャッシュの仲間たちとて、あの事件をそのまま放っておくはずがない。
料金の不払い、暴行に少額の盗みと、令状はたっぷり用意した。もっとも、こんなことだから代理官が増える一方なのだが。ペインター逮捕に繋がる情報には賞金が支払われるという州都からの公式文書が今朝、郵送されてきた。
私が危惧しているのは、シャーバーンの管轄区域の中で好き勝手に動き回ったのでは自分の身が危ないと感じて、あの男がすでに行方をくらましているのではないかということだ。だが、私は再び小川を辿り、ネトル山やヤンキー・ホース山脈に何が潜んでいるかを明らかにしていきたい。前回、あの山猫野郎の帝国に赴いたときは、まったくの無駄足に終わった。小川がどこで分岐するかということから、やつの弟の家同様、樹皮加工場にペインターが滞っていたかどうかということまで、あらゆることについて山の無能なタカどもにガセネタを掴まされたのだ。あそこの連中が林業の好況と硝石鉱泉が底をついたことを受けて傷付いたのは知っているが、与えられた種は蒔かなければならないし、生えてきたトウモロコシは挽かなければならない。それに対してキャッシュもペインターも、アイゼンハワーもグリフィンも、起こしたスズメバチの一刺しのように自然に、そしてあっという間に災いに転じた。ラフ・ライダーズ（米西戦争時の米軍の義勇騎兵隊）にこの地域を一掃してほしいくらいだ。

この地域一帯の陰鬱な性質だけでは収まらず、シルヴェスターのたてがみの陰で私はすっかり出し抜かれてしまい、振り落とされそうになった。シルヴェスターの鼻も私同様、スカンクのやつに気分を害された。予想していた雨がその屈辱をある程度洗い流してくれるのではないかと思うかもしれないが、その理屈には無理がある。事務所に戻るとリッシュ・ジャクソンが異臭を察知し、窒息しそうになるほど大笑いしていた。今の私は、この裏切り行為に苛立っている。ペインターを法廷の前に引きずり出し、結果的に絞首台に送ってやることに迷いはない。神もお喜びになるだろう。今度も私が手ぶらで戻ってくるとしたら、それはあの男が地図に載っていないどこかで処刑される確証を得られてからだ。

責任は袖がいくつもあるジャケットのようなものだ。そろそろローズ牧師と彼の若い奥方を我が家に迎える準備をしなければならない。今夜、私たち夫婦は彼らと一緒に軽い食事をするのだ。アデアは朝からずっと家の中を片付けていた。私は礼節を守って、教会の新しい会衆席や聖歌隊のロープをどうするかといった話題に関心のあるふりをしなければ。中国に兵を送り込むのか。畑地は誰が耕すのか。こういったことは平穏な心を保つためにあるようなもので、満州での戦争やその他世界で起きている主要な問題で無理な訓練をしすぎるためにあるのではない。そこで、あと一時間くらいはピアノラのそばに佇んでいることにしよう。アデアが情熱と高潔さをこめて弾いている。だが決して得意になることはない。それが、裁判所や刑務所から持ち帰る知らせに対する彼女なりの鎧なのだ。そのような対策を導き出した彼女の才能に感謝する。

五月六日

今日、ジョン・ピンクがふらりとやってきた。本業がなめし皮工のこの男は、今までにも時々密偵として役立ってくれていて、アイリッシュ・クリークにおける様々な派閥に顔が利いた。あそこの連中は彼をからかって〝ピンク治安官〟と呼んでいるが。ピンクは荒っぽいタイプの男だが、善良で柔軟な考えの持ち主でもある。治安を守る側の人間だと安心して思える。高い上背と顎鬚のせいで、あの辺りに出る猪のように見えるが、公平な判断力と節度を守る才能がある。眼はビリヤードのキュー先に塗るチョークのような青色だ。私もこの男とは上手く付き合えるようになったものだ。彼は射撃の名手であり、嚙みタバコを二度嚙むような男ではない。

ふたりで、フラスコの中で味を軟らかくしたコーヒーをポットいっぱい分飲み、測量図を入念に確認した。彼の集めてくるだろう噂を頼りにできる十字路や農場を指で指しながら。それから彼を義父の馬小屋へ案内し、良さそうな馬を貸してやった。D・D・ムーア本人の鹿毛だ。名家出身の我が隣人たちの実に多くは、移動を痩せ衰えた老いぼれ馬と難治性の非節内腫にかかった馬に頼っているので、私は喜んで彼に良馬を提供した。ピンクは自分のレバー式ライフルを持っている。私はカートリッジを一袋渡し、幸運を祈ると言って食事代に一ドル渡した。彼は、私の家畜商人と彼らの領地に溶けこむだろう。私の限界を超えるほど長い時間をかけるだろうが、彼がこの仕事に打ってつけの男だと私は信じている。

　これ以上報告できることはあまりない。今日は、あとは午後を重々しい裁判所の椅子にずっと座って、いくつかの民事訴訟で証言を行なっていたくらいだ。これもまた有難い話だ。いつまでもだらだらとよく続く。退屈は人をうんざりさせる。だが、藪から発砲してくることもない。

五月九日

　朝からずっと書類を片付けているが、カラスどもは今日も納屋の屋根の上に降り立ち、議論を繰り広げている。近くで見てみると絹のように見える。今日みたいな日には、普段空に生きているカラスが羨ましく思える。ピンクからの伝言を告げる電話があった。それによると、彼は二枚舌な連中の中から密偵として信頼の置けそうな男をひとり見つけたらしい。ペインターが自身の仲間の間を渡り歩いているだろうことは誰の眼にも明らかだった。ただし、迷子のように行ったり来たりはしていても、必ず安酒のボトルと女が手に入る範囲内にはいる。再びスペインとの戦争を思い出す。あのとき、モノクルの中佐殿（のちに米国第二十六代大統領となるセオドア・ルーズベルトのこと）――帽子に羽根を差し、無闇やたらと拳銃をぶっ放していた――をサンファン・ヒルへ先導したときのことを。その場しのぎの作戦で戦術などほとんどなく、勇敢さを感じることもなく、計画よりも血が流れることのほうが多かった。そのような行動のせいで〝兵士〟の報奨金をブローディ・ペインターのようなやくざ者に支払う羽目になったことがメイン号の一件（一八九八年、ハヴァナ港での米戦艦メイン号の爆破事件。米西戦争の引き金になった）に汚点を残すのだ。大体、キューバから何を得ようというのか。我が国でもちゃんとした煙草を栽培しているというのに。

　私がこんなに憤慨している原因は、間違いなく、まもなくアイリッシュ・クリークへ戻って、獲物を探すために引っかけ鉤を引きずっていかねばならないことを知っているからだ。どうりであの辺りから伝説や物語詩が誕生するわけだ。腐敗と膿みの気配は当たり前だし、近親結婚の構図はスズ炭鉱者やその他の荒くれ者どもから援助を受けている状態だ。米国南北戦争における南軍の将軍、ストーンウォール・ジャクソンが坑夫として、また、ピンクが元々は毛皮ハンターとしてこの辺りにやってきたことを知っているからといって、樹皮加工場や皮なめし工場の悪臭が軽減されるわけではない。それに、これまでに二度、リーフ殺害について別の説が密かに囁かれているのを私は耳にしている。だが、それを歓迎するつもりは毛頭ない。いずれにしろ、リーフは死んだ。殺したのはペインターだ。ぐずぐずしている暇はない、作戦を練るとしよう。ターナーやドクター・クラヴィッツみたいな連中が毎日、事件が無事解決するよう幸運を祈っていると言いに事務所にやってくる。だが、彼らの言葉に含みがあることくらい分かっている。

かつて私ほどウェブリーを磨こうとも皮製のホルスターにワックスをかけようともしない男がいただろうか。危険を冒す代償として報酬を受け取るためにある私のこのバッジは、そんなときはわずかな光しか放たない。だが今週は、どの建具屋に教会の会衆席を入れる仕事を任せるかを決める投票が重くのしかかる。雑念を甘んじて受け入れ、うまくいくことを願うのみだ。せめて日々の奔流が何かを洗い流してくれることを祈る。さて、今日は薪を割ってもう休もう。神の祝福とご加護とその他諸々があることを祈りつつ。

五月二十八日

まったく、よく降る雨だ。モーリー川がまた氾濫してしまったため、素早く動き回るのはほぼ不可能だ。この自然を相手にしなければならない仕事が私に重くのしかかってくる。今日はお祭り騒ぎだった。原因はボブ・ダヴだ。あいつがスター・ダイナーで悪ふざけをはじめたため、昨夜私は叩き起こされた。結局、あいつの身柄を拘束しなければならなかった。普段は人当たりのいい、無害な男なのだが、昨夜は軍の士官候補生どもにからかわれたことの何かがあいつの癪に障ったらしく、グラスを壊したり、小麦の種をばらまいてやると言って脅し回ったりしていた。もっとも、今日のあいつの罪は調子外れの声で喚いていることだけだが。

新たに作戦を練らなければならない。どうもアイリッシュ・クリークの連中は進んで賞金を受け取ろうという気があまりないようだ。ピンクの手先――クレーティスという名前しか知らない――は、逃亡者の習慣や隠れ家についてはまったく詳細を摑めていなかった。噂を信じるなら、我々の獲物はどこにでもいるし、それと同時にどこにもいない。ブラウンズバーグのパーティーでリールを踊っているると思いきや、十分後にはアムハーストで誰かを拳銃で殴っている。さらにピンクの報告によれば、ペインターは、あるなめし皮工場に、州知事殿自身の上質な生皮に二ドルの賞金を出すという貼り紙をしていったらしい。これが冗談のつもりなら、下品すぎて私の趣味には合わない。

今日は、先月初めてポーグの家に足を運んだときのことを頭から追い払うことができない。フェルの婆さんはすでに被害者の少女を自分の元に引き取っていたので、家には誰もいないだろうと思っていた。だが、山の、朝日の昇る側の小さな谷を上り、せいぜいが堀のような水路を越えると、血色の悪い少女がショットガンハウス（すべての部屋が前後にまっすぐ繋がった家）の傾いたベンチにちょこんと座って、気怠そうに、ぼうっとした様子で白い鶏の羽根を抜いていた。家はみすぼらしく、窓には割れたガラスがぶら下がり、銃弾の弾痕と、誰かがかつていたずらでつけた焦げ跡があった。時刻はちょうど黄昏時に差し掛かったところで、トネリコにハナミズキ、ハナズオウ、そして早咲きのクロイチゴが花開きはじめていた。大きなローズオークは枝が空洞で、たくさんの鉤爪で空を摑もうとしているようだった。夜の最初の音がチューニングを始めていた。雨の精霊はしばし休憩中だった。

シルヴェスターを低木に繋ぎ、ハリネズミのように刺々しい少女に近づくと、彼女はこの世でもっとも不自然で生気のないピンク色の眼で私と視線を合わせ、私には意味をなさない、訳の分からない言葉で静かに歌い出した。彼女はごわごわした粗い麻布に身を包み、片方の手で鶏の羽根を勢いよく摑み、むしり取った羽根を、口ずさんでいたぎこちない子守唄のリズムに合わせて右に左に放っていた。ボブ・ダヴのひどいセレナーデを聴かされていたらあの場面を思い出してしまった。神経質な少女を宥めるように話しかけてみたのだが、そうすると彼女は死んでいる鶏を肩に掛け、バネ仕掛けの人形のように立ち上がると入り口らしい隙間から北の部屋の中へ駆け込んでしまった。走る彼女の背中では鶏の頭が赤い鶏冠もろとも跳ねていた。その眼は鱗で覆われたようだった。

板を渡しただけの階段を上がって家の中に入ってみると、部屋にはほとんど何もなかった。多分、その家に誰も住んでいないことを知っている連中が盗んでいったのだろう。料理用のレンジの横には厚板を渡したテーブルが打ち捨てるように置いてあり、ずたずたに引き裂かれたパッチワークのキルトが床に落ちていた。窓は正面のひとつを除いてすべてガラスがなくなっており、家の中はいわゆる廃墟のようだった。あたりに散乱した、斑点模様のついたホウロウ加工の歪んだコップや鍋、空缶、風で運ばれてきたらしい木片、生ゴミ用のスロップバケツ。壁には釘で留められた革砥がぶら下がっている。粒のようになった虫――忙しなく這いずり回っている類のものだろう――が壁のそこかしこに張り付いていて、すべてがみすぼらしく見える。少女の姿はどこにも見当たらず、私はずぶ濡れだったので、事件当時の様子をゆっくり考えてみることにした。被害者二人が夕食のテーブルにつく。気の早い月が昇っている。犯人が、手にナイフを握って雨の中から家に突入してくる。二人の男がもみ合いになって床に倒れたのがここで、少女が震えながら座っていたのがそこ。それから少女は服を摑まれて床に放り投げられ、乗りかかられ、凌辱された。私は頭の中のその光景から眼を逸らした。そして、開いているドアをくぐった。

南側の部屋はさっきの部屋よりも小さく、ずっと奇妙だった。何しろ、ドアの代わりに、剝いだ革に様々な種類の鳥の羽根を縫い付けたカーテンが吊るされている。部屋の調度品は、壊れた寝台架がふたつと大人の雄鹿の枝角よりも若干大きい程度のロッキングチェアがひとつ。ただ、羽目張りされたパイン材に浮き彫りの施された壁だけが傷だらけで、ぎょろりとした眼をした人間の顔が描かれていた。家が無人になるより以前に描かれたものだろう。今振り返ってみると、そこにあるべきものがどう見ても明らかにないのが分かるときがあるものだ。あのときもその中のひとつだったのかもしれない。そういえば、今となっては記憶の中で形が朧気（おぼろげ）になってしまったあの銅版画について、フェルの婆さんやピンクに訊いてみようなどとは思いつきもしなかった。

外には家と同様に無人の豚小屋と納屋があったが、少女の姿はなく、羽根を広げている小鳥以外には何者の姿も音もなかった。もっとも、向こうの峰のほうで積乱雲が集まって嵐の準備をしていたが。第一報を受けた段階で、家が遠隔地にあるということから、現場で事件の証拠を集められる可能性を排除するだろうことは明らかだった。私には、故人の行動について教えてくれることのできる唯一の人間すら捕まえておくことさえできていないようだった。私は誰か居はしまいかと辺りに大声で呼び掛けてみたが、帰ってきたのは自分の声の残響だけだった。あの銅版画は少女の描いた豚の絵とポーグが所有していたらしい、ブリンドル模様の獣のエンボスの中に埋もれてしまったのだろうか。私は少しも疑ってはいなかった。そういう獣は永遠に失われ、春の氷のように消えてなくなってしまうだろうことを。

日がとっぷり暮れて雨が降り出す前に山を下りるのは無理だったが、私は殺しのあった現場で一晩過ごす気にはなれなかった。また、かの殺人犯は土地勘のある人間だった。私は様々な状況でやつに偶然出くわす可能性をとりたかった。山のふもとの家を知っていたので、急いでそこへ移動した。夕食と藁布団を提供してもらい、その他にも飲み物と、パイプ用に上等のたばこも分けてもらった。眠気はすぐに訪れたが、昼間ちらりと見かけた少女と奇妙な絵の夢に悩まされた。アデアの脇腹の温もりと彼女の安定した寝息の心地良さを感じていたい思いに駆られた。他の誰かが穏やかな気持ちと、信頼よりも明らかな楽しみを提供してくれるかもしれないということを思い出すだけでも十分魅力的だ。だが、こんな廃墟のような所で、しかもこのような状況でリスクに縁取られたものや闇に包まれているものにメリットを見出すのは愚か者のすることだ。

私の暗い空想――という言い方が適当だろうか――は、急ぎの伝言が入っていると告げるリッシュ・ジャクソンの声に追い払われてしまった。なんてことはない、伝言はアデアからのもので、牧師館でのガーデンパーティーに招待されていることを忘れないようにと念押ししてきただけだった。ボブの声をエスカレートさせるにはこの騒ぎだけで十分だった。

《ロックブリッジ・カウンティ・ガゼット》紙の若い編集者がしきりに賞金を掲載したがっているので、承諾を与えねばなるまい。ペインターと月人をみんな地獄へ送らなければならないのだとしたら、六月のまだ日が浅いうちにこのブローディ事件を片付けて忘れてしまいたいものだ。今はとりあえず、そろそろパーティーへ行く仕度をしなければならない。そういう訳で、頭をあれこれ悩ませた一日はこれにて終了。これで乾いた服に着替えられる。その点だけは、有難い。

六月四日

今日、ブラウン鍛冶工場の前をふらりと通りかかったときのこと。重い足取りで泥の中を歩いているアイリッシュ・クリークの少女を見かけた。どう見てもフェルの婆さんのお使いで牛乳を運んでいるようだった。彼女はネルソン通りのマクラム薬局の前でぴたりと足を止め、苦々しい色を浮かべた眼で私のことを睨みつけてきた。と、彼女がチョウセンアサガオで視線を暗くし、木の実を唇に塗っていることに気づいた。そのとき私の耳に入ってきたのは、ミューズ・ブラウンのハンマーがシルヴェスターの左後脚につける蹄鉄を打ち鳴らす音だけだった。私の視線に気づくと、グローヴ嬢は牛乳瓶の入ったケースを揺らしながら、またふらふらと歩き出した。やがて、瓶ががちゃがちゃ鳴る音が金属を打つ音と同じくらい大きくなった。彼女はそのまま通りを歩いていった。午後の空は姿を変えていた。この春いっぱい我々を洗礼し続けた裁きの雨が間違いなくまた降り出すだろう。しばしば、気がかりな彼女の様子と不安定な空には何か繋がりがあるような気がする。

依然として市民からの問い合わせは絶えない。まもなくペインター捕獲のための罠を張りに行かなければならない。実は、やつは今ロックブリッジ郡にはまったく足を踏み入れておらず、母方の親類がかつて住んでいたというロアノークに身を隠しているらしい。信頼できる目撃情報が入り次第、騎馬隊を召集し、付近の一掃にかかる予定だ。こそこそするのも中途半端な対策もなしだ。アリ地獄を巣からおびき出すようなことも、祈禱会で強く祈ることも、終わりだ。この町で、大きな採土杖で穴を掘り続けるならば、結果はすぐに明らかになるだろう。

六月十五日

フェアフィールドに向かう鉄道で発生した列車事故のおかげで情報が舞いこんできた。ペインターをよく知る制動手の男によれば、やつは確かにこのあたりにいるらしい。この手の情報は無視できない。何もないところから人の考えを突き止め、蛇のように脱皮するという占い師が今夜、ブエナ・ヴィスタに現われるのだそうだ。はたしてそのような人物はつかみ所のない無法者のことを尋ねるに値するだろうか。

フェアフィールドから戻る道中、私は父と母が眠るゲッセマネの古い教会の前で立ち止まりたい思いに駆られた。だが、今の緊迫した状況では、道路からひと目見ることしかできない。野原はしっかりと草を刈ってあるし、イチイの木が斜面に影を落としていて穏やかな雰囲気を醸し出しているのがせめてもの救いだ。メモリアル・デーにアデアと二人で来よう。新鮮な花を供え、墓石を掃除するために。

六月二十日

ここ数日、じめじめとした騒々しい日が続いた。ようやくあの悪党、ペインターの逮捕を報告できる。逮捕は私たちが望んでいたほど簡単には行かなかったが、相手がロアノークからスタウントン一帯におけるもっとも名の知れた獲物だけに、私の安堵もひとしおだ。

やつが幽霊のように我々の法域を出入りしているとの知らせが入った。はじめは女に成りすましていたそうだが、今は弟のダールを訪ねたり、他の親類の間を渡り歩いているらしい。ただし、動くのは常に夜、人の目を盗んでのことだという。そこで私は、有志の一団を集め、食糧をたっぷりと積んだロバとともに切り立った崖へと向かった。ジョン・ピンクと、マッドという名の馬――〈泥〉とは、上手く名付けたものだ――に乗ったピンクの従兄弟のサトックがいた。全速力の馬に乗って追跡ができるというデニンと、その他にも二人いた。見覚えのない、まだら模様の馬に跨ったヘイゼルウッド署長とはホワイツ・ギャップ・ロードで落ち合い、ペインターの家までの道のりを、大きな弧を描くようにして辺りを見回しながら進んだ。相変わらず雨は私たちについて回った。

私たちはまず、犯人がよく入り浸っているという〈ブラッド・タヴァーン〉に足を運んでみたが、やつは見当たらなかった。そこで、我々は諦めてレキシントンへ引き返すという旨を地元の騎馬警備隊に伝え、それから引き上げると見せかけるために南西に向かってから、来た道に平行したルートで移動した。初日の夜は、計画に自信を持ったまま、ターキー・ホロウに辿り着き、野宿することにした。見つからないよう月桂樹の茂みの陰で眠ったが、露営は決して心地良いものではなかった。今まで追いかけたどの山猫より、この二本足の山猫はもっとも用心深い獲物だ。サウス・マウンテンの洞窟も溜まり場もすべてやつを匿ってしまえる状況では、成功を保証されたと言うにはほど遠かった。

翌日、私たちはゆっくりと移動していた。ダーク・ホロウにビッグ・ダーク、そして目指すネトル山のふもとにそっと足を踏み入れた。ここの森は色鮮やかで一見華やかだ。何羽ものアカオタテガモが赤い羽根を見せびらかすように広げながら藪から飛び出してくる。驚くことに、真昼間にこの状態だ。私たちは二度、丸太の陰で小さくとぐろを巻いているガラガラヘビを見つけたが、彼らとは大きく距離を取ることにした。この辺りの田舎者どもがいかにして税金を逃れ、月桂樹農場を経営したり山猫の群れを飼いながら田舎暮らしをしているかが容易に分かった。噂通りだ。この辺り一帯はまだ耕作されていない土地だ。ヤマブキショウマとクリスマスローズがツタウルシに囲まれて群生しており、スレート屑でできた下り勾配は足場が不安定だった。馬に乗っていたのは良かったが、話を聞いた相手は誰もが自分たちの目の前にあること以外には何も情報を持っていなかった。地元住民らに少しでも法を尊重する気持ちがあるとしても、彼らはこの件については秘密厳守を誓っているようだった。

シルヴェスターが抗議にいななき、この厳しい状況の中、たてがみを何度も振った。私とて、このような地形を進ませるのは気が引けた。何しろ、シルヴェスターは豚のように太った子馬でも痩せこけた猟犬でもなく、狩りに適した良馬だ。だが、それでも私たちは進まなければならない。ペインターが再び逃亡する前にやつの包囲網を狭めておきたかった。

よそ者を警戒するこの地域の性質については報告を受けていたので、私たちは藪から突然襲われることを常に警戒していた。その緊張のせいで一度、サトックとリチャード・トラヴァースがつまらないことで危うく撃ち合いになるところだった。ペインターはいっこうに姿を見せず、やつの悪行と巧妙な企みにはどんな小さな息も吐くことができなかった。私は再び、あの男は人間というよりも四本脚の山猫のようだと言った。私たちの中の誰一人としてやつの有責性を疑う者はいなかった。私たちはイバラと風倒木の間を縫うように、常に一列に並んで進んだが、多くの場合、ろくでもない道に馬を誘導してしまっていた。辺りには、絡まるようにスイカズラが生えていた。だが、花の香りが漂っているにもかかわらず、アイリッシュ・クリーク一帯は、溢れるように生えた蔦の至るところに、何と言うか、腐敗と自暴自棄の気配が満ちていた。頭上の空には雲が立ちこめ、すぐにも天気が崩れそうだ。雨で土が押し流されてしまった跡には、ありとあらゆる種類の毒キノコが仕返しとばかりに姿を現わしていた。ある土砂降りの時など、背中の尖った野豚が転げ回ってできた窪みを熊のそれと勘違いして、全員が慌てて武器を引っ摑むほど仲間たちを驚かせてしまった。この地域一帯は、墓場並みのもてなしの雰囲気を醸し出している。

断崖絶壁沿いの最後の一マイルはとても道とは呼べなかった。ペインターが一族の本拠地と呼んだ場所を見通せる場所に到達するために、私たちは仕方なく馬を家畜小屋に隠し、深い緑の中を掻き分けて進まなければならなかった。先へはなかなか進めず、日中は水でも浴びたかのように汗が噴出すほどなのに空は今にも泣き出しそうだったが、私たちはできる限り先を急いだ。夕暮れ間際にようやく目的のものを見つけることができた。皮を干している枠がいくつかと、情けない顔の間引かれた豚でいっぱいの一画が見えた。罠に蜜蜂の巣箱、ゆっくりと燃える薪、種々様々なガラクタが敷地内に散乱し、様々に立ち並ぶ木には骨のチャイムのようなもの——顎骨、肋骨、背骨、それにまだ血で濡れている頭蓋骨——がぶら下がっていた。あれは幽霊をおびき寄せるためのものなのか、あるいは天使を追い払うためのものなのか、誰にも推し量ることはできない。板石張りの煙突から青い煙がひょろりと立ち昇ったが、人の動く気配はなかったので、私たちは危険と栄誉を手にするべく小競り合いに備えて持ち場につき、誰かが現われるのを待った。最後の太陽の光は、木の葉の隙間から覗く紅色の刃のようだった。だが、私はそれをあまり美しいとは思えなかった。何度も繰り返し時計とリボルバーを確認した。

神よ、しっかりと見張っていたまえ。表向きは法の力に身を包んでいるとはいえ、私はこれから危険に足を踏み入れるのだ。

それから二十分と経たないうちに、地中にいた七年分を吐き出すかのように蟬どもが鳴く中、暗い家の裏側にある窓が開き、ぼんやりとした人影が現われた。ダールだった。どうやって家が包囲されていることに気づいたのか、彼は兄にそれを知らせるために並木に向かおうとした。

だが、それは叶わなかった。ダールの意表を突いて、スペンサー銃を平行に構えたヘイゼルウッド署長が麦藁の山を回って姿を現わした。ヘイゼルウッドはダールを家の正面へと向かわせた。と、かかしのように痩せこけたダールは突然駆け出した。その報いに、彼は膝の裏に銃床の一撃を食らう羽目になった。

すると、私たちの仲間のサム・ワッツが、ペインター家の女たちが身を寄せ合っていた家の中に突入し、少しでも音を立てたら男も女も子どももみんな殺すぞと言い放った。私がいがみ合いの間に足を踏み入れると、そこにはナタか何かで切ったような髪をして同じ生地で作ったワンピース・ドレスを着た四人の女がいた。そのとき、ワッツは猟犬のように歯を剝いて唸っており、女たちが吠え返していた。女たちは四人ともスズメのような眼をしていて歯が出ていた。いちばん下はまだ子どもで、いちばん上は、しゃがれた声の皺くちゃな婆さんだった。婆さんのほうは乳房がかろうじて服に覆われているだけで、私をずっと冷笑していた様子から、私のバッジにもライフルにも微塵の敬意もないことが明らかだった。一部屋しかない小屋の中は、何もかもが灰色で汚れており、魚の臭いと変質したラードの嫌な臭いが充満していた。この世のどんな食器洗い場でもかまわないがあの部屋だけはごめんだと思ったほどだ。まもなく、私たちの一行は異臭を放つ家とその外に立っていた。部下たちが、ペインターが通れるようピケを張るように並んで待った。カンテラの明かりを灯した家の中では、女たちに夕食の準備を始めて火をかき立てるよう身振りで伝えた。

まもなく、この捜索の目的の人物が浮かれた牧師のような顔をして低木性の松の立ち木の陰から現われた。手にはコルトのネイビー・モデルをぶら下げてはいたが、足取りは陽気で軽やかな駆け足だった。軍人だった頃に比べるとずいぶんと変わったが、私はひと目見てやつだと分かった。ペインター家の人間の中でもっとも色が浅黒く――ダールとは恐らく母親が違うのだろう――夕暮れの中に浮かぶ姿は正に暗紫色と言っていい。やつが接近してくると、ピンクはその名を大声で呼び、私たちも全員それにならった。やつを完全に包囲したことを知らしめるためだ。女どもはペインターに投降する気がないことを知っていたらしいが、これだけ多くの銃器を振りかざされているのを見るや、愛する親族の命はどうか取らないでほしいと泣き叫んで懇願しはじめた。ペインターは、まるで平和的にお縄を頂戴しようというかのように両手を挙げた。私はほっと溜め息を吐いた。やつの顔がすべての感情を抑えて無表情になっているのを見て、あるいはこの男も私と少しも変わらない――疲れ果てて神経が高ぶっている――のではないかと考えたほどだ。このまま大人しく逮捕されてくれればと願った。

だが、そういうわけにはいかなかった。ヘイゼルウッドが銃を手に大股で一歩踏み出したちょうどその瞬間、ペインターは自分の作戦を放棄し、拳銃の撃鉄を起こして膝をつき、署長に向けて発砲しようとした。だが、薬室が空だったのかあるいは湿気（しけ）ていたのか、私たちにはそう想像するしかないが、カチッという乾いた音がしただけだった。その時にはサトックが、斧のようにウィンチェスター銃でペインターを横から殴りつけた。呆然とこめかみから血を流しながらも、がっしりとした体格で背も高いペインターは手錠をかけられることも手荒く扱われることも嫌がり、暴れた。とうとう私は、警棒でやつの首に一撃お見舞いして大人しくさせなければならなかった。やつのダストコートとシャツの袖をめくり上げると、蛇が腕に描かれているのが見て取れた。もっとも、浅黒い肌の上ではほとんど見えないも同然だったが。両端が自転車のハンドルのような形に跳ね上がった口ひげを生やし、いつどこでこしらえたのか判らない傷をいくつも負ってはいたが、確かにこの男が私たちの探していた被疑者だった。

手首に手錠をかけて意識を回復させ、令状を読み上げてもなお、ペインターはいかれた狐程度の協力しか示さず、私たちに罵声を浴びせて脚をばたつかせていたので、私は頑固な子馬と同じようにやつの両足を縛ってやった。それでもやつは私の名前を吐き出し、私を肝の小さい悪魔の息子と呼んだ。私はそこでうんざりし、もう一度やつを殴って気を失わせた。その間中、サム・ワッツはペインターの身内に銃を向けたまま、彼らがどんな肖像写真家も満足するほどじっとしているのを横目に彼らを嘲った。ダールは不安そうに眼をきょろきょろさせていたので、私はこいつは何か良からぬことを企んで先の尖ったものを探しているに違いないと確信し、やつにも手錠をかけておくのが得策だと判断した。

すっかり縛り上げられた状態でペインターは意識を取り戻した。その耳に届いたのは、こいつをこの場で撃ち殺し、そのまま古いスズ鉱の煙突に投げ捨てて行こうというヘイゼルウッドの言葉だった。郡の金の無駄だし、その方が哀れな被害者も不愉快な思いをせず心の傷も小さくて済むだろうから、と。これは仲間の何人かに笑い飛ばされてしまったが、ピンクなどは今回の任務中いちばんの提案だと大賛成した。私自身としては、こう言っては申しわけないが、その提案にはメリットがないわけではないものの、これだけの人数がいたのでは眼と口が多すぎて、そのような行動を秘密にしておくのが困難だという印象をすぐさま受けた。だが、私たちのこのおふざけはペインターにはしっかりとした効果があったようで、以降、やつはすっかり大人しくなった。ただし、軍帽については別で、ドクニンジンの中に建っている小屋から取ってきてくれとやつはしつこく言い張ったのだが、それは無駄に終わった。カンテラの明かりの中で大人しく下山するペインターの巻き毛を見ていたら、この仕事はつくづく腐った仕事だと思わずにはいられなかった。きれいではないし管理する価値もない。

翌日に被疑者がレキシントンへと移送されると、民兵隊は解散された。ロックブリッジ郡までの犯人追跡劇にかかった費用は、三十ドルを超えた。食料に馬用の穀物、それに有志ひとり当たり三ドルの報奨金を含む。捜索のために移動した距離――その大半は険しい山道だった――は少なく見積もっても最低百マイル。地図上ではレキシントンからペドラー川の上流までの往復はわずか四十二マイルと記されているのだが。アイリッシュ・クリーク地区の裁判権を治安官に委ねるよう郡に要請を続けねばならない。何しろ、あの辺りではしょっちゅういざこざが起きていても、町からそれを鎮圧しに出向くと人員も費用も法外だ。私はまだまだ元気だが、今回の事件のような災難に立ち向かうだけの財源は持ち合わせていないし、それを楽しむつもりもない。

今夜は小さな満足感とともにペンに蓋をして、肩の荷が少し軽くなった気分で大人しくベッドに入ろう。私の予想通りに裁判が展開したら、このまま今の仕事を続けてもいいし、あるいは秋から貸し馬事業を始めてもいい。広くみんなの協力を得られる保証もあることだし、何よりアデアが喜んでくれている。それだけで気力を取り戻すのには十分だ。

一九〇六年九月七日　ブローディ・ペインター最後の証言

伯父さんは出掛けていて戻らないからと彼女が言ったんです。針金ひと巻きと相欠けはぎ用のノコギリを取りに水平坑道まで行っているからと。その話を弁護士のスペンサー先生に打ち明けたんですが、先生はそれじゃあ法廷で信じてもらえないと思うと言いました。俺をよく思わない連中は俺に対して偏見を持っている。だから自分で何とかしなけりゃならないんです。絞首台に送られる日はもうすぐそこまで来ているから、これがあの出来事のことを話す最後のチャンスなんです、ミスター・プレスコット。だからお願いです、どんな小さなことでも、どうかすべて記録に残してください。

さっきも話したとおり、アイナと俺はお互いにまったく知らない仲じゃなかった。それまでに何度か話をしたこともあったし、果樹園で初めて彼女にばったり出くわしたとき、彼女は俺にその胸を見せてくれました。以来、俺たちは会うたびにたっぷり愛し合った。何しろ、俺は彼女の恋人になりたいとずっと憧れてましたからね。俺は仕事の手を抜くことや、尻の軽い女どもに気持ちイイことすることや口で気持ち良くさせてやることにかけちゃ名人だったけど、彼女はこちらの判断力を鈍らせるタイプの女でした。他の女のことを全部忘れて彼女ただひとりに気持ちを向けさせるような女です。俺は、彼女も同じ気持ちだと思ってました。ふたりで抱き合う——主導権を持ってたのは俺です——と、お互い火のように燃えました。彼女といると血が騒いだんです。

俺は二カ月間、彼女には礼儀正しい態度で接し、エナメルの靴と真っ赤なドレスを贈っていました。ところがポーグがその贈り物に気づいて彼女から取り上げてしまったんです。彼女の年齢を理由に、来るたびに俺が一ドル置いていけば伯父さんはふたりが会うのを許してくれると彼女は言いました。ポーグは豚といっしょにどこぞへと姿を消したり、リスを追って出掛けたりもしましたが、それよりも外の藪の中からハーモニカを吹いている音が聞こえることのほうが多かった。あいつが吹いていたのは幽霊の声のような音楽で、愛の営みを盛り上げる役をまったく果たさず、俺はいささか腹立たしく思いました。それでも、俺はアイナと楽しい時間を過ごし、彼女に会いに行ったときは一ドルを小さな樽の上に置いていきました。

それが俺たちの間の取引だったし、俺はそれでいいと思ってました。彼女がポーグからも関係を迫られてると俺に小声で打ち明けるまでは。俺からしてみれば、それはどう考えても不自然でしたけどね。でも、ポーグならやりかねません。必要に迫られれば自分の母親とだってやりかねない男です。それに、そういう連中は南のほうに行けば山ほどいる。わたしを連れてどこかへ逃げて、と彼女に言われました。彼女はポーグが金を隠している場所を知ってましたし、ケンタッキー州に親戚か何かもいたので、ポーグが心を入れ替える——〝心を入れ替える(新しい葉をひっくり返す)〟と言うと彼女はくすくす笑いました。ほら、ポーグの名前がリーフ(葉)だから——
——までそこに匿ってもらってのんびり畑仕事をすることもできる。俺はあの男と取引を結び、それに唾を吐きかけました。でも、それは何も知らなかったときの話であって、俺は自分の縄張りにそんなふうに無断で踏みこんでくるやつは容赦しない。そんなのは我慢できなかったんです。

その日の午後、沼地から彼女の家へ行ったとき、俺は酒を二、三杯飲んで、骨の髄まで彼女を貫いてやることしか考えてませんでした。実際、それはしっかりとうまくやりましたよ。アイナはキューバの洗濯女のように身体を揺すって呻き声を上げるんです。そりゃあもう激しく絡み合いました。その後、小屋の中でふたりで横になってオークの森の高いところで鳴いている鳥の声に耳を傾けていると、彼女のイイ所を撫でている俺に彼女はすり寄ってきました。彼女はその蜂蜜のように甘い声で披露宴のスピーチを囁き出しました。それから俺たちは計画を練り、一週間後にケンタッキーへ発(た)つことにしました。ちょうどそのときはポーグがその芳醇なウィスキーを売るために出掛ける予定になっていたからです。俺の弟のダールが間違いなく貨物用の馬車でこっそり逃がしてくれるはずだし、その後は普通列車に潜りこめば、彼女がどこへ行ったのか誰にも気づかれることはない。素晴らしい考えだと思いました。でも、それを楽しむあまり、俺は警戒を弱めてしまったんです。とんだ馬鹿でした。完全に眼が眩んでいたんです。

他のこと――たとえばキャッシュのやつを殺ったこととか、他にもいろいろと細かいこととか――について俺を裁こうとするのにはそれなりの理由があるんでしょう。それは分かります。己の中に見晴らし窓が必要な人間がいるとしたら、それはキャッシュだ。家畜用の岩塩を置くことでたった一度揉めただけで、あいつは弟の畑から二度も穀物をすっかり持って行きやがったんです。おまけに、俺の母親のことを中傷した。ページ切れだったんです、やつのカレンダーは。あの男は他人の不幸を喜ぶような人間でした。確かに俺は親父のでこぼこになった古い三二・二〇口径であの男に弾をぶちこみました。でも忘れないでください、やつはライフルを持っていたんですよ。

報復のためだけに俺みたいなアパラチアの人間に傷をつけたがる連中が必ずいるもんです。俺は射撃の腕もいいし、馬に乗るのもものすごく上手いし、計算だって稲妻よりも速くできる。俺のウィスキーはいつだって上物だし、蹄鉄投げだってお手の物だ。羊の毛も刈れるし、皮をはぐことも獲物を追い詰めることも水脈を当てることもできる。俺はいつも他の人間の一歩先に立っていたのに、酔っ払ったクソどもはそれが気に食わなかったんです。

罪に問われている行動のほとんどについて、俺は無実です。でも、腹を抉られた駄犬がハエを呼び寄せるように、俺も中傷を引きつけてしまったようです。これだけ多くのことについて罪を着せられるのも、俺の中に流れるメランジェン族の血のせいに違いない。スペインとの戦争の時でさえ、朝の幕を切って落とす前にすでに山のような責任を積まれて責め立てられました。今日お話ししたことの半分でも俺が有罪なら、俺は地獄の一番熱い炎で焼かれてやりますよ。俺は、俺たち有色の人間を悪党に仕立て上げたがっている黒人排斥者を黙らせてきたし、喧嘩もしたし、声を大にして対抗してきた。自分にぶつかってくるやつらを叩きのめしてきたし、金持ちの飼ってる牛を、酒を飲むための金に換えたこともある。でも、あの女も他のどんな女も、犯したことは一度もありません。そんなことする必然性もない。ポーグのことは自業自得です。あの男がいなくなって悲しむ人間はそうそういないでしょう。特に、本物の音楽を愛する人間は悲しんだりしないでしょうね。

もう山に入った頃かと考える間もなく、あの男は足を踏み鳴らしながらポーチを上がってきて、彼女の名前をオスの熊のように大声で呼びました。アイナはキルトを身体に巻いて部屋から飛び出し、俺はその間にズボンを引っ摑んで穿きました。ポーグは彼女を怒鳴りつけていました。あの男の手が彼女の頰を打つ音が聞こえたので、俺は羽根のカーテンから飛び出し、ブーツを手に台所に駆けこみました。その時、やつは俺を見て、彼女を人形のように脇へ放り投げました。そして、生肉のような色の顔をして、大声で叫んだんです。ペインターキャットのペインター、貴様は俺の家で好き放題に振る舞いすぎた、と。その時です、やつは針金の束を首にかけ、剃刀をシャツの胸ポケットから取り出しました。刃がこぼれていて厄介そうでした。錆びていて、長いことひげ剃りには使っていないようでしたが、それはポーグのひげが冬ごもりのあとのようだったことからも分かりました。

ポーグが円を描くように歩き出したので、俺はそれとは反対方向に動きました。すると、皿に紛れている肉切り包丁が目に止まり、俺はそれを引っ摑んでやつの攻撃をかわせるよう身を屈めました。やつが跳び上がり、俺も跳び上がり、一瞬、腕も脚も絡まっている状態になって、やつがどこへ行ったのかも自分がどこにいるのかも分からなくなりました。ただ、やつの歯が自分の首に食いこんでいるのは分かりました。鋭いひと突きで俺はポーグの腹から出血させてやりました。やつがよろめきながら後退りすると、俺はナイフを持った手を闇雲に振り回しました。その時、やつの喉を切りつけたんだと思います。俺はすっかり酔っ払ってはいましたが、だからといって俺に絡んでもいいことにはなりません。豚を捌くのを見たことがあれば、あの血しぶきに見覚えがあるでしょうけど、見たことがないのなら想像することもできないでしょうから、俺はやったんでしょうね。やつは膝をつき、顔からばったりうつ伏せに倒れました。アイナは山猫のような悲鳴を上げていましたが、頭上にあった何かがその声を捕らえて投げ返してきました。すると彼女は意識を失い、床にどさりと倒れてしまいました。

床板と床板の間には隙間が空いていて、その下に若芽が顔を覗かせているのが見えました。俺は、ミントの新芽の強い香りを嗅いでいるのかもしれないと思いました。ふたりでこの場から逃げ出すためにアイナを起こそうと思って、身を屈めて彼女を揺り動かした時、俺は床に流れていたらしいポーグの血で滑って、背中を床に強く打ち付けてしまいました。どうしようにも笑うしかありませんでした。これまで数々のいざこざや小競り合いを経験してきましたが、人の命を奪ったのは初めてだったんです。もっとも、キューバとキャッシュは別ですけどね。でもキャッシュの件については、俺は罪に問われなかったんです。人を殺すと、自分の一部も失ってしまうものなんです。渦巻く潮に飲みこまれたようでした。それなのにその時、俺は烏色の髪をした、腰の小さな少女の上に屈んでいたんです。彼女は、どんな言葉をかけてもどんなに心配しても擦り落とすことのできない類の問題にがんじがらめになっていました。そして今、俺はこうして最後の階段を上ろうとしているわけです。

倒れている彼女の顔色は真っ青でした。俺はストーブの中の石炭に牛糞とハナミズキを足して、やかんを火にかけ、何かお湯に溶かすものはないかと探し回りました。ウィスキーのせいでまだ視界がぼやけていて探すのに苦労しました。見つけたのは蜂蜜の入った壜でした。中の蜂の巣の下には鼠が沈んでいました。俺は上澄みを取り出し、それと沸かしたお湯を混ぜてとろみを出し、それを彼女の口に運びました。純粋な気遣いからです。でも目を覚ました途端、彼女はポーグの味方をしたんです。泣きながら、まるで俺が悪者みたいなことを言ってました。彼女が不機嫌な表情も露わに嚙みついてきたので、俺はひと言も口を挟むことができませんでした。その時点でふたりで旅立つ計画は実行できる見こみがないことが分かったので、俺みたいな男はさっさと立ち去ったほうがいいと思いました。彼女がどんな話を仕立てて世間に聞かせるか分かったもんじゃないですからね。俺にとっていい結果に繫がるはずがありませんでした。それは確かでした。どこに行っても狩られる立場なんです、俺は。

あなたが俺の立場だったら、あのごたごたの中、どういう行動をとりましたか。脚のもげたコガネムシの上のアヒル同様、法律が俺の上に伸し掛かってくるんでしょう。それは想像がつきました。そこで、あの家の中を探ってうろうろしていたら、こじ開けた後なのか、壁の羽目板が歪んでいるのを見つけました。豚が鼻を鳴らしながら土を掘って食い物でも見つけ出すのと同じです。確かに奥には金の入った袋がありました。アイナも金が必要だろうと思い、俺は袋の中の一ドル金貨を半分だけ持って行きました。それから俺は後ろを振り返ることなく、急いでその場を立ち去りました。

裁判所で聞いていて不思議だったのは、これに続く数週間の俺の行動だといって語られた話です。本当のところ、俺はヴェスヴィウスまで逃げて、崖の上でオリオン座と大小のクマ座の下、機関車が上り坂に備えて給水するために停車するあたりで待っていたんです。いったん乗りこむと、俺はどこまでも機関車に乗って移動しました。途中、食い物を調達したり眠るために降りたりもしました。でも、グリーンコーヴからダマスカス、バンソックからルレイ、リシアからもう一度北上してセカンドピジョンへ列車で揺られる間も、レキシントンとその周辺だけは避けました。ノーフォーク&ウェスタン鉄道に乗り、山の中を行ったり来たりしながら、昼は洗濯物に影を落とす煙を吸いこみ、夜には仰向けに寝転がって、煙が夜空をバックに銀色に輝くのを眺めました。N&Wのかつての同僚たちが昼飯を食っているところや線路脇でトウモロコシの堅焼きパンを焼いているところに顔を出して彼らを驚かせました。彼らは俺が今ここで話したことを信じてくれて、食い物を分けてくれました。でも、ここで彼らの名前は言わないでおきます。法の悪意はそう簡単には消えないものですから。

これが、不運な男がいかにして無法者に仕立て上げられたかということの嘘偽りのない真実です。あの連中は死体に群がるハゲタカのように黒い上着を着て追いかけてきて、火のそばで眠っていた俺にこっそり近づいてきたんです。そして、俺のことを殴ったり蹴ったりして、ニガーと呼び、顔に唾を吐きかけました。それから俺の家族のことも小突き回し、全員に手錠をかけたんです。

こうして自分に不利な証拠がひとつもない男が賞金稼ぎの一団に追い詰められたんです。しっかり書き取っておいてくださいね。そして、真実を見極める眼のある人にそれを見せてあげてください。俺の命が助かるのには間に合わなくても、市民は知る必要があるんです。どんな人でなしが自分たちの法律を管理しているかを。聖書にかけて誓い、嘘偽りのない真実しか口にしなかった人間がいかに悪に苦しんだか。俺は明日、大勢が押しこめられている悪魔の監獄で今と同じことを悪魔に言ってやりますよ、ミスター・プレスコット。手錠を嵌められた人間と絞首台の影にいる人間は、嘘を吐く必要がないんです。

一九六四年　ヴァージニア州スタウントンにおいて
アイナ・グローヴ・フェルによる口述記録

意識を取り戻すと、雨の中、女の人が叫んでいるのが聞こえました。そう思ったのでございます。自分がどこにいるのか、はっきりとは分かりませんでした。部屋の中が霞んで見え、変な臭いもしておりましたので。ただ、怒りでいっぱいのその女性の声は耳に響いていたのでございます。林檎の木の枝の合間を縫って光が差しこんでおりました。すると窓から緑色の光が差してきて、わたしはそれが、ふるいにかけられている小麦粉のように自分の身体の中を通り抜けていくのではないかと思いました。喉の渇き、それしかほとんど感じませんでした。あの叫び声にまた闇の中へと振り落とされるかと思いました。わたしは震えておりました。それから気づきました。女の人だと思っていたのは家の北にあるサンザシの木の中に巣を作っているアオカケスだと。不快な臭いがしていて、肌の荒れた顔の人物がわたしと緑色の光の間を動いているのが見え、それから体中が痛み出しました。脚の間の奥を突くような鈍い痛みでございます。下着はすっかりなくなっておりました。服も全部です。わたしは聖書に出てくる女の人のようにローブに包まれておりました。ただし、わたしのローブはキルトの毛布でございましたが。それから少しずつ記憶が甦ってまいりました。先ほどの人物はまだ動き回っておりました。わたしの脚には赤錆色をした何かと、それから別の何かが乾いてべっとりと貼り付いておりました。この感覚は以前にも経験したことがありましたが、これほど強いものではございませんでした。死んでしまうかと思いましたし、死んでしまいたいとも思いました。あのカケスの声に叫ぶのをやめてほしかったのだけれど、わたしはその声に負けないほどの大声で泣き叫んでおりました。いっそせせらぎのように歌う、スズメのような鳥が今すぐにでも林檎の木に降り立ってさえずり出して、わたしの気分を高揚させてくれるか、永久に潜ったままにしてくれればいいのにと思いました。あるいは、いっそそれを飲んで酔っ払って、起きたときには幽霊のように透明になっていて、悩みを全部捨ててしまいたいと思いました。ああ、なんて悲しいのでしょう。

でも、それはもう遠い昔の話でございます。わたしはまだ鏡の中に映るクロウタドリと猫の目が見えるような子どもでございました。誤って記憶していることもあれば、ちらちらと光って分裂してしまうものもございます。たしか父は、人は過去に置いていきたい物事を忘れるために話をするのだとよく申しておりました。でも、わたしはこの話は誰にも話したことがございません。裁判中は出廷をほとんど免除していただいておりましたから。その時わたしが誓ったのは、当時わたしの考えていたことでございました。確かにわたしは多少奔放な娘ではございましたが、だからと言ってあのような仕打ちをしておいて逃げていい人間がいるはずがございません。リーフ伯父さんは死んでしまったので、彼のそれまでの罪や無作法な振る舞いは許してあげて先へ進むのが一番いいように思えました。実際、そうしました。わたしは先へ進みはじめました。ペインターはわたしを押して、わたしが屈服するまで押し続けました。わたしはスズメバチが風倒木に穴を開けている音を聞いておりました。視界は、頭上の赤い実のように真っ赤でございました。事が終わると、わたしは別人のような気分でした。服には悪臭が染みつき、眼には涙が浮かんでおりました。けれど、あの男は優しさなどこれっぽっちも見せず、女はみんな尻の軽い淫売だと言いました。それからあの男は起き上がると、また来ると言いました。こちらを見もせずに。わたしは、二度と来なければいいと願いました。

血溜の中で仰向けに倒れているリーフ伯父さんを見ると、伯父さんは眼をかっと開見いていて、恐ろしい眼つきをしておりました。怖い眼で睨んでいて、生きているのか死んでいるのか分かりませんでした。わたしを呪うのはやめて！　わたしはそう叫びました。もうひとりの人物はまだわたしの周りや家の中をうろうろしていて、その声はわたしを落ち着かせようとする言葉を口にしていたのですが、わたしは落ち着くことなど出来ませんでした。

何もしゃべりたくないときというのはあるものでございます。でないと、せっかくせき止めていたのに、聞くに堪えない言葉が溢れ出てしまいます。これまでに抱いていた恐怖がすべて押し寄せてきて、口をつくたびに舌がひりひりする感覚。わたしは神経がすっかり参ってしまい、傷ついておりました。たったひとりの肉親——その眼がどんなに怒りに満ちていようとも、生きている間にどんなに同情を示してくれなかったとしても——は、死んでしまったようでした。部屋の中にいたもうひとつの存在はいなくなっておりましたが、口の中に蜂蜜の味が残っておりました。監視鳥は叫んで青から赤へと色を変えると、落ちてしまいました。わたしは再び気を失い、暗闇の中へと滑るように落ちていきました。

その夜、仮面のようなイオメダマヤママユがわたしの部屋の窓へ飛んで来ました。トチの実のような翅の模様がわたしの身体に穴を開けているようでございました。わたしはよく戯れの恋をするとか着飾っている等と非難されて参りましたが、これはそれまでまったく経験したことのないもので、わたしにとっては全く不快なものでございました。

数年間、名前に傷がついたままケイトおばあちゃんの下で働きました。その間、大抵の人はわたしに優しかった。わたしはおばあちゃんから牛乳を搾る方法や、それをかき回してバターを作る方法を教わりました。ハエが牛の糞に止まり、それからバケツの縁に止まるのですが、みんなはそんなことを気にすることなくバケツの水を飲んでおりました。そんなことは誰も気にしてはいなかったのでございます。おばあちゃんはわたしに、チドメグサ属などの丸い葉の草で作った、チチェスター社の調合薬とおばあちゃん自身の調合した練り粉をくれました。すると、ある晩、腫れがすっと引きました。地獄のような苦しみを伴いはしましたけれどね。おばあちゃんはわたしに薬と毒の作り方と、その材料を森で集める方法を教えてくれました。それから文字を読むことも。事件から四年経ったある日、クリスマスの大雪の後、わたしは石油を入れた水差しを持ってかつての家へ行き、廃墟となっていたその家にそれを撒きました。マッチで火を点けて後ろに下がり、壁板から煙が出て、火が燃え移り、一気に燃え上がるのを金色の月の下で震えながら見ておりました。幽霊たちを焼き出す時だったのでございます。壁を飾っていたわたしの子どもっぽいエッチング――かつてはわたしの唯一の本当の友だちでございましたのに――も、元来た所へ返してやる時がきたのでございます。壁の蜂の巣は動いていなかったでしょうから、蜜蠟の中で眠っていた蜂たちは何も感じることはなかったでしょう。

窓の外から覗いていた林檎の木にだけ火が燃え移りました。冬の空を背に蜘蛛のように広げていた大枝が燃え上がりました。家は悲鳴を上げて崩れ、黒い煙が夜を急かすように広がりました。屋根が崩れ落ちると、わたしの中で何かがふっと軽くなり、わたしを解放したようでございました。もう以前ほど迷いはございませんでした。

わたしは森の中で草を集めて暮らすようになりました。乳棒とひき臼とやかん、それに貯蔵室いっぱいの調合薬。でも、ケイトおばあちゃんが、母はわたしを生んだときに死んだのだと教えてくれたとき、おばあちゃんはわたしにツグミ魔女――鳴き鳥から名前をとったのでございます――になるといいと言い、それがわたしの仕事になりました。わたしはアカネグサを切り、ヤクヨウニンジンの根を抜きました。ガラックスを集めました。猫を飼い、夜の闇を歩くようになり、金色の蜂の世話をしました。裁縫も子守りもできたし、けが人の治療も、心臓めがけて釘を打ち込むこともできました。わたしは独りでございました。それでもなんとか生きていくことはできたのでございます。

他に誰もいなかったとは申しません。第一次大戦の折には何度か肌を許したこともございましたが、そのことを悔やんではおりません。ただ、当時、わたしはすでに心を閉ざして扉に錠を下ろしておりました。あちらこちらで自分を手放し、それからペットたちの元へ帰りました。気取って歩く孔雀のいる、自分の牛小屋に。シャクナゲの下に横たわり、アツモリソウを見つめました。ランやフクロウがわたしの友だちでございました。

　あの年は雨がいつまでも降り続いていた年でした。わたしを探しに来たおばあちゃんは雨に濡れて身体も冷えていたのを憶えております。わたしもすっかり冷えて濡れておりました。何しろ屋根板に隙間が空いておりましたから。あの年は蟬たちが七年間の求愛期間のために地中から這い出てきた年でもありました。あれは甘やかされただめな娘だ、という声が町の中でまで聞こえてきました。みんな、不思議に思っていたようでございます。伯父と、土色の肌をした男――初めは闇の手本のように見えました――が、なぜわたしを巡って殺し合いになったのかと。その頃には誰もわたしと係わり合いになりたくないようでございました。それが男の方の限界なのでございましょう。

　サウス・マウンテンを下りて道に出るのは大変な道のりでございましたが、おばあちゃんはわたしを支えて、わたしが思い出したあの日の記憶を伝えようとするたびに「静かに」と言いました。木に止まっている鳥や道端の花の名前を言っては、わたしの記憶があの血なまぐさい場面へと戻らないようにしておりました。一晩休んで、スープを何杯か飲み、強いブランデーを垂らしたミントティーをいくらか飲み終えた頃にようやくおばあちゃんは言いました。さあ、今お話しなさい、と。伯父たちが激しく争う光景が目の前に蘇りました。弱い光に反射する刃、性的な興奮に笑い声、赤い波に林檎、緑色の光の中に響くカケスの甲高い鳴き声、それからわずかな蜂蜜の味。やがて、心の中にあった記憶の断片がパズルのように繋がりはじめました。また雨が屋根に打ちつけていて、わたしはあの日の目まぐるしさと流血に引き戻され、自分の知っていることを知ったのでございます。

一九六五年四月七日《ロアノーク・オルターナティヴ》誌に掲載された、不可解な霊の出現に関するシスター・スーラ・ソーヤーの話

降霊会が無事に終わり、呼び出していたプリンス・アキラの霊を解放しようとした時でした。聞き覚えのない声が割りこんできて、不可思議な告白を始めたのです。その内容は、現世のことを語っているものではなかったようなのですが、無視してよさそうな内容でもありませんでした。以下に申し上げますのは、私の思い出せる限りにおける、テーブルの上の中空を漂っていた——苦悩している霊というのは、往々にしてそのような姿で現われるものなのです——ひげを生やした〝何者か〟の独白です。

妹のシーラが子供を生んで死んだとき、俺はあいつの亭主がその子供を大切に育てられるよう手を貸してやることを誓った。何しろ、アイリッシュ・クリークは地を這うマムシと歩くマムシだらけだったからな。可哀相な妹は、アンダース・グローヴにすっかり惚れちまってて、死ぬまでその恋の熱から醒めることはなかった。あいつはバイオリン弾きに滅法弱かったんだ。アンダースはペドラー川沿いを巡ってはパーティーや街頭演説で弦楽曲を弾くやつで、それに合わせて未亡人や人妻や若い娘たちがシャッセで踊ったり微笑んだりした。俺は彼を気に入り、そのバイオリンに合わせてリール曲を弾くのを楽しんだ。確かに彼は妹を溺愛していたが、ひとつ所に納まる男じゃなかったようで、家族を連れて旅をして回っていた。だから、シーラが亡くなる以前から、俺はあいつと生まれてくる赤ん坊のことが心配だった。彼が家に留まることも家族を養うこともしないのではないかと。柱身用の木材が倒れてアンダースがすっかり弱っちまったとき、アイナを一番まともに育て

られるのは俺しかいないと確信した。盗みを働く癖はあるし、畑仕事をするのは気が進まなかったが、自分なりにあの子を受け入れる術は持っていた。

なぜ今になってこんな話をするのか。それはあの子にひどいことをしてしまったということを言いたいからだ。俺はあの子の世話などせずにほったらかし、蒸留器のらせん管の手入れをし、手押し車で運べないほど雨が降っているときは林檎の搾りかすの入った樽を手で運んでいた。いいウィスキーのおかげで俺たちは屋根のある家に暮らせたし、テーブルの上にはいつも食い物があったが、あの子は自分で大きくなったようなものだった。俺の中で醜い何かが少しずつ顔を出しはじめるまでは。

俺たちの暮らしていたような狭い家では、気づかないわけにはいかなかった。アイナはクリームのようになめらかで柔らかい五月の林檎のように花開いた。それまでは人形のような子供がぬいぐるみの人形を叱っているみたいだと思っていた。なのに、次の日には、俺は息を気にしてモミジバフウを嚙み、髪をきちんと整えていた。あの子は飢えた男を嘲る、肌のなめらかな小さな〝女〟だった。俺は飢えていた。だから食った。

これほど血縁の近い身内と月明かりの下で話すことでさえ罪だ。それは俺も承知しているし、あの子と抱き締め合った後は、硬いブラシで自分の身体をゴシゴシと擦りたくなった。俺は神に、激しい危害を加えることが癖になる前に俺を止めてくれと頼んだ。神様、俺はこれ以上あの娘と今の関係を続けたくない、でも続けたい。こんなに心を揺さぶられたのは初めてなんだ、と。

あの歌には続きがある。アイナはいたずらが好きで、いつも俺に見つかるようなところに隠れた。俺たちは一年間、川を渡ることなくこの遊びを続けた。そこへ、ペインターの野郎がこそこそと隠れては覗きはじめた。最初は、張り込みをしているどこかのスパイだと思い、雨の中から家をじろじろ見ている姿を見て安心した。やつは警察が俺たちを見張るために飼っている混血野郎だと当たりをつけた。ということは、やつは怠け者だということだ。蔓だけでイモはなし、怠け者のスパイには俺がどこでマッシュポテトを食っているのかも砥石で薪の束を切断しているのかも判るわけがない。暗くなる頃には、どこぞの風よけからあの野郎がこちらを窺っていれば、アイナに言って油ランプの芯に火を点けて家畜小屋や堆肥小屋を見に行かせた。気がついたあいつはあの子に付いて行き、俺は開き窓をするりと乗り越えて自分の仕事をしに出かけた。

だが、あの野郎には別の考えがあったんだ。アイナが嫌な笑みを浮かべながら丘陵の果樹園から戻ってきた時、俺があの野郎の様子を尋ねると、あの子はキツツキが二羽、ホワイトオークに巣を作っていたのとチェッカーベストが鍬を打ち下ろしながらキクイムシを追いかけていた以外には何も見なかったと言った。まだイースターかその辺の時期だったので、鳥が飛び回るにはまだ肌寒い。それに、あの子の顔には人形のような笑みが縫い付けられたように貼りついていた。牧師どもが言うように、嫉妬は人を不安定にさせるものなんだな。あのインディアン野郎が、何層にも積み上げたパンケーキにシロップをかけるのだとしても、俺の戸棚からはそのシロップを提供してやらないのは確かだった。

ある朝、俺はアイナに、今日はウィスキーを瓶に詰めに行くから一日家を空けると言って出掛けたが、ふたりがお楽しみ中のところを押さえてやろうとすぐに戻った。案の定、ふたりとも素っ裸で、俺が入っていくと顔を赤くしていた。まるでアダムとイヴだ。ただし、男のほうは悪魔のように真っ黒だったがね。俺の目に映ったのは激しい怒りだった。あの子の頬を思いっきり引っ叩くと、俺は剃刀を取り出した。ペインターの野郎と俺は、交尾しているアカオノスリのように腕を振り回し、息を切らしながら部屋の中をぐるぐると回っていたが、あの野郎のほうが運が良かった。俺は腹を切られ、戦意をほとんど搾り取られてしまった。それでも、怒りに任せてアイナを突き飛ばしていた分、俺のほうが優勢だった。ペインターはあの子の様子を見に行き、鍋で湯を沸かしはじめた。まるであの子を介抱しようとしているみたいだった。自分の弱さのおかげで、俺はあの野郎の注意をすべて削いでやることができた。

その時さ、俺がライフルに手を伸ばそうとしたのは。最初からそうしていればよかったんだ。重大な瞬間が迫っていた。俺が今までずっと欲しかったものが永遠に俺のものになるかもしれない。だが、この機会を逃したら二度と手に入らない。だから俺は銃の台尻に手を伸ばした。すると、それが覆いかぶさってきた。夜の風のように暗くて絹のような何かが迫ってきた。喉が子羊の喉のように痛み出し、赤い泉が喉の奥から湧き上がってきた。

揺れる闇に向かう自分の命の飛沫が、俺の眼に映った最後だった。以来、誰かが耳を傾けてくれる時はいつでもこの話をするようになったというわけさ。

《ニュース・ガゼット》紙　一九六八年三月四日

アイリッシュ・クリークの土地、オマリー林業へ売却

かつて〈ポーグ農場〉と呼ばれた土地が、ロックブリッジ郡よりフェアフィールドのオマリー林業へと売却された。二十四エイカーに及ぶ森林は、未払いの財産税の担保として、郡により三年間保管されていた。先週火曜日の夜、郡委員会がマイケル・オマリー氏への売却を可決した。

取引はほとんど世間に知られずに進行するはずだったのだが、フェルトン・ニューディイ氏がどうしてもかの土地の簡単な歴史を記録に読み込むべきだと言い張った。何しろ、ポーグ農場は六十四年前、凶悪な殺人と少女への暴行の舞台となった場所なのだ。また、盗賊や密猟者の溜まり場としても有名で、殺害されたリーフ・ポーグ自身も長年、違法ウィスキーの密売人として名が知れていた。財産税はしばらくの間、一九五四年から一九六六年まで、毎年春にミズ・フェルという人物から密かに支払われていた。支払日は、ブローディ・ペインターという男が有罪判決を受けて絞首刑に処された、かの事件が起きたと言われている日である。ペインターは犯行後にポーグ宅に火を放ったが、納屋だけは一九五〇年代後半まで、今にも倒れそうな状態ながら、事件当時の名残として残った。旅行者やハンターたちはその納屋を避難所としてよく利用していた。地元住民の中には、雌鳥を連れた、幽霊のような少女が地域一帯を彷徨っていたという言い伝えを子どもの頃に聞いたのを思い起こす者も多いだろう。

　オマリー氏は、木は伐採し、土地はいずれキッシングリッジという名の地区の分譲住宅地として売りに出す計画だ。この地域は、レキシントンと並んで、何とも堂々としたホワイトオークやハリエンジュ、ヒッコリーを擁している。それらが荒廃していくのを見るのは忍びないが、これ以上税金が滞納されれば地域の負担になると議会は全会一致で決定。町の大物、シャーバーン氏が言うとおりだ。「ペインターやポーグのようなならず者どもの時代は終わった。商業的な企業が悪名高いアイリッシュ・クリークの一帯を二十世紀へと導いてくれればひと安心だ」

釣り銭稼業
Ringing the Changes

ジェフ・サマーズ　操上恭子訳

ジェフ・サマーズ（Jeff Somers）は、すべての作品を酒場で紙ナプキンにフェルトペンで書くという。二〇〇一年の処女長篇 *Lifers* は《ニューヨーク・タイムズ・ブック・レヴュー》で絶賛されるなど好評で、二〇〇七年には第二作 *The Electric Church* が刊行された。アンソロジー *Danger City* に収録された作品。

ヘンリーは、以前は陽気で楽しい男だった。だが、禁酒の誓いをたてると、酒を手にしていないときにはひどくつまらない相手であることがわかった。話すのは、彼が得た救い——つまり禁酒のことばかりで、退屈な内容だった。同じ啓示を受けて酒をやめる愚かな人間は、彼より前にも何百万人もいたし、彼の後にも何百万人も列を作っている。そういう奴らはみんな、実際には特別なことでも何でもないのに、自分の経験についてくどくどと話し続けるのだ。まるで、神が手を差しのべて、ほかの誰でもなく、自分を指さして諭してくれたかのように。

いずれにしても、おれはまだ仕事をしていたし、ヘンリーはいい隠れみのになった。それに、ヘンリーはまわりで起こっていることを、ほとんどなんでも知っていた。頭脳明晰でいるときには、彼は間違いなくいろいろなことをよく聞いていた。だから、いつか情報が必要となったときのためにも、彼とうまくやっていくのは悪い考えではなかった。おれたちは以前から親しくしていたし、ヘンリーはそれを楽しんでいたので、おれも少しは彼の話に耳を傾けた。おれはヘンリーがクラブソーダをとぎれることなく飲み続けられるように奢ってやった。彼はクラブソーダを、かつて酒を飲んでいたときとまったく同じように飲むのだった。グラスをずっと手に持ったままで、身ぶりを交えるときも指のかわりにそのグラスで指し示し、何万回にも分けてほんの少しずつすする。禁酒に関する彼の終わりなき説教を聞いていなければ、グラスの中身はウォッカトニックかギムレットに見えたことだろう。

彼の飲みかたはひどくゆっくりだったので、あまり優しい気分ではなかったおれは、ヘンリーを急(せ)かした。手を振ってバーテンダーに合図をしてから、酒をやめた古い友、ヘンリーを見た。

「もう一杯飲むか？」

「もちろん。なあ、おまえもあまり飲まないほうがいいぞ。ほんとうに」

おれは頷いて、バーテンダーをちらりと見た。「バーボンをもう一杯くれ」バーテンダーは、バーカウンターに置いてある札束とその上に載せた新品の五十ドル札を見てから、空になったおれのグラスを手にとった。おれはバーテンダーを片眼で追いながら、少しずつ手を動かして、五十ドル札を一番下にあったおれの札と入れ替えた。

これがおれのやったことだ。おれが見せたいと望むものを人に見せること。ヘンリーでさえも、おれがほとんど飲んでおらず、グラスの中身の大部分は溶けた氷で、酒というより水に近いということに気づいていなかった。

バーテンダーが酒を持ってきて、おれの前に置いた。

「ソフトドリンクをもっと高くするべきだな」とバーテンダーの目を見て、おれは言った。「禁酒主義者に、気を変えさせるためにさ」

彼は肩をすくめ、おれのほうを見たまま一番上の札を取った。「いやあ。どっちにしても、うちはそんなに高くありませんから」

彼は札に眼もやらずにレジスターまで運んで、釣り銭を取り出し、本物の四十六ドルを持って戻ってきて、バーカウンターに勢いよく置いた。おれはそれをしばらくそのままにして、見もしなかった。少ししてから、おれは釣り銭をしまって、もとの五十ドル札を一番上に戻した。しばらくのあいだ、おれはヘンリーをじっと見ていた。まるで、彼が世界で一番面白い人間であるかのように。

「どのくらいローウェイにいたんだ？」

ヘンリーはまるで抑えがきかなくなったかのように、グラスを振り動かした。「三年だ。おれの一生の中で一番いい出来事だったよ」

ヘンリーは刑務所で酒をやめた。最初は、もちろん、自分の意志だったわけではないが、やがて薬物中毒者更正会の連中の仲間にはいるようになり、禁酒の誓いをたてた。彼は四年間酒を飲んでいなかった。——みじめな、抜け殻のような日々を積み重ねるだけの四年間だったが、それにもかかわらず、彼はその四年間を誇りにしていた。

「刑務所では、考える以外にすることがないんだ」と彼は続けた。「すくなくとも、おれにとっては。なかには別の気晴らしを見つけるやつもいるが、おれは酒を飲む以外なにもしたことがなかったんだ」

その言葉がどれほどの真実を言い当てているかヘンリー自身よくわかっていないのではないか、とおれは思いながら、彼の白髪と酒の抜けた生気のない様子を眺めた。

「最初は、考えるのは酒のことばかりだった。刑務所の中でも酒がまったく手に入らないわけではないが、おれには無理だった。支払うものがなにもなかったからだ。自分のケツ以外には。そんなことはとてもできなかった。それで、いろいろなことを考えた。そして、牢に入れられたのは酒のせいだということに気づいたんだ」

おれはこの話をよく知っていた。ヘンリーは酔っぱらっていたせいで逮捕されたのだ。人を素面（しらふ）でいさせるのは、純粋なプロ意識だ。彼は二度とへまをするつもりも、刑務所のような退屈なところへ戻るつもりもなかった。ヘンリーはケーブルテレビが大好きだったのだ。

おれは聞くのをやめて、ヘンリーの言葉がただ頭の上を通り過ぎていくままにした。

おれの暮らしは贅沢なものではない。家賃を払い、なんとかやっていけるぶんを稼いでいるだけだ。大きな金額を稼げる稼業ではない。それはわかっているが、うまくたちまわれば殺されたり逮捕されたりする可能性はまずない、というのも確かだ。注意をひいてはならない。偽造した金は出所を探られるし、見抜かれる場合もある。何度もやれば、五十ドル札をよく使う男だと記憶されてしまう。毎回別の場所へ行って、別の人間を相手に仕事をしなければならない。同じ場所で二度やろうとすれば、捕まってしまうかもしれない。

今回の獲物のバーテンダーはこのバーで一番頭が切れるというわけではないが、それでも、もう一度か二度おれの五十ドル札を使っても大丈夫だと考えるわけにはいかなかった。ヘンリーはまだ、「自分がいかにして戦いに勝ったか」という物語の第一章を話していて、やっと調子が出てきたところだった。そこで、おれは自分の金を集めると、気前よくチップを置いて立ちあがった。ヘンリーは気にしなかった。彼は息継ぎさえせずに、すごい勢いで、どのようにして酔っぱらいから自分に満足できる禁酒主義者へと改心したかをまくしたてている。この話の行き着く先はわかっていた――酒を飲み続けるおれはいかに愚かかという説教になるのだ。

うんざりする話だった。おれは飲んでいなかったのだから。

おれは彼の話を遮って言った。「わかったよ、ヘンリー。おれはもう引き上げるよ」

気を悪くしたヘンリーは、話をやめて顔を背けた。「ああ、わかった」

店を出ていきながら、寂しさを覚えた。そこはいいバーだった。うす暗く、煤けた店内は、なにもかもが木でできていて、文句ばかり言う客はあまりいなかった。それに、いいジュークボックスがあった。

ウォレス・ホテルはふたつの世界――中産階級の客とおれと同じような人間――のあいだで、どっちつかずの状態を保っていた。金のない旅行者はほんの数日間滞在するだけだ。五十年間変わっていない古風な設備を好む上品な旅行者も。

そしてさらに、おれと同じような人間がいた。おれたちは仕事、つまりちゃんとした仕事をしてはいなかった。金を持っていて、質問されることを嫌がった。おれは、このホテルに二年と数週間住んでいたが、同じホテルの住人と口をきいたことは一度もなかった。おれたちはみんな申し分のない客だった。なぜなら、おれたちならば住んでいるところで面倒は起こさないからだ。フロントに残された伝言を受け取り、人とつきあわず、期日どおりに家賃を払った。もっと犯罪者が越してくることをウォレス・ホテルが望んでいたことは間違いない。

おれは三部屋あるスイートに住んでいた。安いが清潔な部屋で、ベッドの下の床下に金の詰まった金庫を隠してあった。そこには、一度にほんの少しずつ、こつこつと貯めた金が三万三千ドル入っていた。それは財産というよりは、保険証書のようなものだった。粗雑な紙きれによっておれにもたらされたわずかな金だった。すべては些細な、危険の少ないペテンによって稼いだものだった。おれは、注意深く、ゆっくり、着実に仕事をしていた。

食器棚には二千ドルの入ったコーヒーの缶が置いてあった。この部屋を見た人間は、おれが持っているのはせいぜい二千ドル程度だと考えるだろう。もし誰かがここで家捜しをすれば、ものの五分でコーヒーの缶を見つけ、それで全部だと考えることだろう、とおれは思ったのだ。

おれは近所で大きめの札——二十ドル札と五十ドル札をカラーコピーしていた。あまり精巧なものではなく、自分の国の貨幣を知っている人間の眼をごまかすことはできなかっただろうが、偽札を見抜く訓練を受けていないレジ係がうわの空でいるときなら十分通用した。それでも見抜かれてしまうことはときどきあったが、たいていの場合、おれ自身が彼らと同じくらい驚いてみせることで、うまく相手を騙して窮地を脱することができた。カラーコピーで偽造した金は、たとえリネン紙（本物の紙幣にはリネン繊維が含まれている）にコピーしたとしても、本物の札らしくはなかったし本物の札のような匂いもしなかったが、それでも貪欲にさえならなければ、なんとかうまく通用させることができた。おれはいつも五千百ドルぶんだけ印刷していた。それには両面あわせて三十四回のコピーが必要だった。うまいこと店員を騙してコピー代を無料にさせない限り、セルフサービスのカラーコピー機は一回につき二ドルかかる。つまり、おれはだいたい七十ドルをかけて、価値のない五千百ドルの金を手に入れていたわけだ。それを部屋に持って帰って、注意深くカットする。それから、おれは買い物に出かけるのだった。

たいていの店では、少額の商品の支払いに五十ドル札を出して釣り銭をもらおうとすると拒否される。だが、おれとしては一枚の偽札でできるだけ多くの本物の金を手に入れたかった。おれはいつも、まず最初に一ドルか一ドル五十セントのコーラか何かを買おうとした。拒否されたときには、小銭が必要なのだと説明した。四十八ドル手にできることもあったし、四十ドルという場合もあった。作った偽札を全部使うことができれば、最低でも週に四千ドルを得ることができる計算だったが、偽札を使う店を一週間に百軒見つけるのはむずかしかった。それに、どの店でも時間がかかった。相手を魅了したり、取りつくろったり、優柔不断に品物を手にとっては戻したり、いろいろと質問をしたり、急いでいるふりをしたり――レジ係がおれの金をよく見ないようにするために、あらゆることをしなければならなかった。

おれの仕事には、簡単なルールがひとつだけあった。請求書には偽札で支払いをしないということだ。なんといっても、おれの偽札は出来が悪く、簡単に見破られる代物だ。――退屈したうわの空の人間が疑問を持たずに手にとってくれることを期待したものだ。それとは正反対の銀行に支払ったりしたら、おれはすぐにとっつかまってしまうだろう。

沈みかけた夕陽がブラインドの隙間から差しこんで埃を照らし、おれの部屋の淀んだ空気を暖めた。おれは安っぽいマットレスの乗ったベッドに近づいた。もともとこの部屋にあった、ごく普通のシングルベッドだ。おれがした唯一のことは、薄っぺらなグレーのマットレスを、新品の薄っぺらなグレーのマットレスに取り替えたことだ。おれは金を使わないことで金を稼いでいるが、以前の住人の皮膚病にさらされて眠ることだけはしたくなかったのだ。実を言うと、おれがウォレス・ホテルで内容のあることをしゃべったのは、マットレスを購入することを伝えたときだけだ。

おれはポケットの中身を取り出した。

ときには、おれ自身でさえ、その日一日で稼いだ金額に驚くことがある。おれは札をベッドの上に投げた。汗ばんで、大きな束になっていた。小銭は、そのうち数えることにして、別に貯めておいた。それから、ベッドに腰をおろして、札を種類ごとにわけながら数えた。札だけで、三百七十三ドルあった。ヘンリーの禁酒講義で終わった午後にしては、悪くない額だった。札を輪ゴムできれいに束ねてから、金庫を取り出した。その瞬間、成功へと続く金色の光が部屋を満たした。家具が立派になり、雨漏りの染みが消え、壁のひび割れがなくなった。おれは金を金庫に入れた。新しく稼いだぶんをすばやく帳簿に書き加え、すべてを注意深く元に戻して、金庫をボルトと鎖で固定した。

部屋は、落ちぶれる一歩手前の、何の変哲もない場所に戻った。

おれは中央の部屋の、ウイスキーのボトルと埃っぽい水の入ったピッチャーしか置いていない棚のところまで行った。グラスにツーフィンガーの酒を注ぎ、汚れた窓のそばに立った。黄色い光が、空中の埃を照らしていた。

ひどく疲れて、だるかった。生きていくだけでも、とてつもない努力が必要な気がした。そこで、ディナーにステーキを食べることにした。カジュアルなスーツに着替え、近くにある《アンディの店》へ行った。《アンディの店》のウエイターは、全員愛想がよくて、いつもおれの払う気前のいいチップを競いあっていた。ロビーに降りたとき、伝言をふたつ受け取った。ひとつは別のペテン師からの借金の申し込みだったが、おれにはもっといい金の使い道があったし、自分が人に貸せるほど金を持っていると考えたことはなかった。もうひとつの伝言は、警察にいる情報提供者からで、「ミスター・ブルー」とサインされた当たりさわりのないメモだった。おれは両方をポケットに入れて、食事に出かけた。

おれの生活は、電話を借りることで成り立っていた。部屋の電話はおれの名義で、時間がかかっていらいらするし、証拠にもなってしまう。そのうえに、言うまでもなく収入の証明になるので、使っていなかった。《アンディの店》で、おれは飲みものを注文してメニューを検討し、電話器を持ってこさせて警官に電話した。彼は五回目のコールで、息を切らせたような様子で電話に出た。

「はい？」

「あんたの秘密の友達だ」

「いまどこにいる？」

「三丁目の《アンディの店》だ」

「これから行く。三十分くらいで。待っていてくれ」

彼はそう言って電話を切った。ポール・ウィルソン刑事は、不満そうな顔をした中年の男で、副業で数ドル稼ぐことを遠慮しないタイプだった。重要なことを漏らすわけではなく、ちょっとした内部情報、気の弱い詐欺師のわずかばかりの安全策に協力するだけだ。彼がそれで眠れなくなるようなことは、絶対にない。これまでにも何度かちょっとした取引をしたことがあり、おれたちはいい関係を保っていた。

おれは先に食べることにして、食事を注文した。ポールは、ステーキを半分ほど食べたころやって来た。彼は静かにおれの前の席に腰をおろし、挨拶がわりに頷いた。

「今日、あんたの名前が出てきた」と彼は言った。ポールはずんぐりした体格で、いつも息を切らしていた。

「どんなふうに?」

「捜査中に出てきたんだ。古い事件だが、凶悪なやつでね。あんたのところに、警官が訪ねて行くはずだ。いろいろと質問をするだろう。知らせておいたほうがいいと思ったんだよ」

「古い事件ってのは?」おれは食事を続けた。劇的な展開になる見込みはまったくなかった。

「おれが知っているのは、犠牲者の名前がマリーだってことだけだ。十五年ほど前の事件で、まだ解決していない」彼は椅子の上で身じろぎした。「おれが知っているのはそれだけだ。あんたに知らせるべきだと思ったんだ、友達としてね」

おれはこのことの意味をじっくりと考えた。彼はおれからもっと金を巻き上げようとしているのだろうか。それともなにか泥棒同士の仁義といったたわごとでおれを出し抜こうとしているのか。あるいは本当にただの誠意なのか。それを見きわめようとした。

「わかった」とおれは言った。「ありがとう」

彼は一瞬なにかを待っているようだったが、はっきりとはわからない。すぐに立ち上がった。「いいんだ。知らせておくべきだと思っただけだ」

おれはもう一度頷いて、彼が店を出て行くのを見ていた。マリーという名は知っていて、それには問題があった――もう二度と対処する必要がないと思っていた相手だったのだ。それに、おれの友人たちは犯罪者だ。彼らがどういうつもりでいるのかは、絶対にわからない。誰かがひどい窮地から逃れるためにおれの名を出したのかもしれないし、以前そのマリーとおれが同じ場所にいたことがあるのをたまたま思い出したのかもしれない。何本か電話をかけなくてはならないことはわかっていたが、先に食事を終わらせてしまうことにして、コーヒーを飲んだ。そして、犯罪などとは縁のない人間のようにくつろいだ。

それが間違いだった。警察は、いつになく迅速で、ウォレス・ホテルでおれを待っていた。電話をかけるチャンスはなかった。ホテルに入っていくなり、質の悪いスーツの下に拳銃を隠した屈強なふたりの男がおれに近づいてきた。ふたりは、フロントデスクのコンシェルジェの前で、ロビーの古ぼけたフラシ天の椅子におれを無理やり坐らせ、前に立ちはだかった。

「ウォルター〝ポピー〟ポップヴィッチか？」と左の警官が言った。

右の警官は返事を待たなかった。「どこへ行っていたんだ、ポピー？　われわれはお前を待っていたんだぞ」

おれは脚を組んで、落ち着いているふうを装いながら、ふたりをじっと見た。「ディナーを食べに行っていた」

「ああ、なるほど、なるほど」左のやつは頷き、あたりを見まわした。「少し質問をさせてもらっていいかな？」

おれは頷いた。「もちろん。どういうことなのか訊いてもいいか？」

なにもわからなくて困惑しているというふりをしたが、あまりうまくはいっていないようだった。警官たちは顔を見あわせた。右のやつが、おれを軽く小突いた。「さあ、行こうか。署まで来てもらおう。逆らうなよ」

「おれは逮捕されたのか？」

今度は、憤慨してみせることにした。まったく効果はなく、もう一度小突かれただけだった。さっきより少し強く、だがまだ乱暴だと苦情を言うほどではない。「逮捕はまだだ。だが、おれたちを満足させておいたほうが、身のためだぞ、ポピー」

不愉快だった。おれはポピーなどと呼ばれたことはない。「あんたたちは、あまり幸せそうには見えないな」とおれは言った。

右の警官が相棒をちらりと見た。『ほらな、こいつは協力的にはならないと言っただろう』と言っているかのようだった。彼は、おれの脇の下に手を差しこむと、乱暴に引っ張って立たせた。

「さあ、来い、タフガイ」と彼は唸るように言った。

令状はなかったし、逮捕されてもいなかったが、おれはおとなしくついて行った。善良な市民のように。質問はふたつだけしかなかったが、彼らはそれを大いに利用した。ふたつの質問を何度も何度もくり返したのだ。

「アンドルー・マリーを知っているか?」

「いいや」

「彼の殺害になにか関係していたのか?」

「いいや」

ふたつの質問をくり返すあいまに、彼らは早口で残酷な犯行の詳細をほんの少ししゃべり、おれが関与していた証拠を握っていることをにおわせた。だが、そんなものはなかった。あれば、おれは逮捕されていたはずだ。そんなわけで数時間後には、彼らはよく考えるようにと言っておれを解放し、尾行をつけた。だが、おれは気にしなかった。隠すことなどなにもなかったのだから。まあ、それほどは。おれは《アンディの店》に戻り、バーで電話を借りて何本か電話をかけた。ビールを半分飲み、呼び出し音をずいぶん聞いたころ、おれはやっとヘンリーをつかまえることができた。ここに来て知恵を貸してくれればディナーをご馳走するとおれは言った。ヘンリーがただで食事できる機会を断わることは絶対になかったし、彼は、あらゆる人間に関するあらゆることを知っていた。

十分後にヘンリーが現われた。おれはすぐにもマリーのことを訊きたくてしかたがなかったが、まずは礼儀正しく彼のお説教を聞かなければならなかった。前に会ったときにおれは彼をないがしろにしていたし、近づいてくる彼は、傷ついた本物の殉教者そのものだったからだ。それも、禁酒に身を捧げた最悪の種類の殉教者だ。だが、それも無理はなかった。酒によって得ていた度胸を失って以来、ヘンリーは生活費のほとんどを、情報を集めて売ることで稼いでいた。だから、彼がいろいろと話をしたがるのは当然のことだったし、おれは彼の話の途中で席を立ったのだ。それでも、情報を必要としているときに、ヘンリーが機嫌を直すのを待つのは、ひどく苛々させられる苦行だった。彼のとても役に立つ頭が転げ落ちるほど揺さぶってやりたかった。

おれはヘンリーにソーダを奢り、おれがちびちびと飲んでいる薫り高いスコッチのオンザロックについての仰々しいお説教をおとなしく聞いた。彼が〝上品な社会のルール〟についてとか〝自分がしてもらいたいように他人にも接しなければならない〟といったお説教をしているあいだ、おれは鼻の下でグラスをゆすり、太い指を伸ばして耐えた。ようやく彼が悲しげにため息をついておれに飲みものを奢ってくれると、ヘンリーがこのところ長い熱弁の締めくくりに好んでいるいつもの大いなる力についてのお説教を始める気力をかき集める前に、おれは大急ぎで事件の話を持ち出した。

「最近、ある古い事件のことをよく聞くんだよ、ヘンリー。だけど、細かいことを思い出せないんだ」

「どの事件のことだ？」と彼は尋ねた。体の位置を少し低くしたので、カウンターからぶら下がっているように見えた。

「マリーという名前のやつだ。何年か前に殺された」

ヘンリーは目を閉じて、椅子の上で動きを止めた。彼が考えているところを見るのは、思っていた以上に面白かった。彼はトランス状態になり、小刻みに揺れ始めた。写真のように精確な記憶を走査しているあいだ、眉毛がぴくぴくと震えたり、上へあがったりした。

「わかった」と彼は言って、急に眼を開いた。「聞いたことのある事件のようだ」

「よかった。思い出すのにどのくらいかかった？」

「そうだな――十くらいだ」
おれは頷いた。百ドルなら安いものだ。それに、それは彼がその情報にたいした価値はないと思っていることを意味する。だから、安く教えてくれるのだ。「いい数字だ」

ヘンリーはまた眼を閉じた。「アンドルー・マリー。スリ。おもにイーストサイドで仕事をしていた。専門は特になし。大きな獲物は偶然手に入ったときだけで、つかんだものをなんでも盗んだ。腕もよくはなかった。何度も捕まっているが、起訴歴はなし。数回は叩きのめされている。七年前、グランドセントラル・ステーションの公衆便所で死体になって発見された。死因は、鈍器での撲殺。スリに失敗して、通報されることなく殺された、と警察は考えている。事件は未解決だ。

街の連中のあいだでは、やったのは犯罪者仲間だろうと言われている。具体的な名前は出ていない。そんな噂があるだけだ。堅気の人間がやつを捕まえ、証拠を残さずに便所で始末することができるとは思えない――それだけの技術があるやつのはずだ、というわけだ。やつにはたくさんの敵がいた。やつが金を借りていた相手なら誰が犯人でもおかしくない。そんな相手は大勢いた。やつは酒飲みだったし、ギャンブルもした。娼婦を連れ歩くのが好きだった。収入はごくわずかなのに、派手な生活をしたがり、悪質な高利貸しから多くの借金をしていた。友人としてやつに金を貸すようなマヌケから借りまくっていたことは言うまでもない。大酒を飲み、そのせいでどん底まで落ちた。誰もが持っているブラックホールだ。おれたちはみんなやつのことを知っていて、近づかないようにしていた。おれも以前はやつと同じだった」

ヘンリーは意味ありげにおれを見て、なにかを伝えようとした。おれの中にも小さなブラックホールがあると言いたいのは間違いない。おれは、まじないがわりにグラスの中の氷をカラカラ鳴らして頷いた。驚いていた。もし脳みそを三十年間もアルコール漬けにしていなかったら、ヘンリーにはとてつもない可能性があったのではないか、と少しのあいだ考えた。だが、おれは満足していた。彼の話に予想外のことはなにもなかった。

「あんたも知っているとおり」とヘンリーは少ししてから続けた。「この件に関して、あんたの名前が出てきている」

　おれは動きを止め、驚きを見せないよう注意した。酒をひとくち飲むと、おれは頷いた。

「それについて話をしよう」

　眼を開けることなく、ヘンリーは両方の眉毛を持ちあげた。「なるほど。話をしよう。直接の関係はない、とおれは思う。どの程度離れているかが問題だが。マリーと最後に会ったと警察が考えているのはマイルズ・タッカーだ。タッカーはこの数年行方がわからなくなっていた。やつはニューヨークを離れていて、やつの居場所や数多くの偽名――どれもさえないやつだが――を突きとめようという努力は、実を結ばなかった。一週間前にやつが古い馴染みの店にふたたび現われて、機嫌よく酒を飲むまでは。うんざりしていたレジ係たちに通報されて、やつは自由を手に入れるためにあんたの名前を出した」

「ああ、くそっ」おれはそう言って、グラスの酒を飲みほした。タッカーのことをぼんやりと思い出した。やつのことはよく知らなかったし、あの夜やつがあそこにいたのかどうかも思い出せなかったが、いたのかもしれない。その可能性はある。おれは可能性のあることを現実にすることで、ここまで生きてきた。それがどういうことなのか、おれにはわかっていた。

「がっかりしたか、ウォルター？　これがやつの作り話じゃなければ、あんたにとって困ったことになったな。どちらにしても、警察は間違いなくあんたにつきまとうようになる」

　おれは頷いて、おかわりを持ってくるようバーテンダーに合図した。あの警官たちは、タッカーのことについておれには何も言わなかった。だがそれは、警察はタッカーをあまり信頼していないということを意味しているだけだ。それでも警察は、何か出てこないか試そうとしている。

　おれは百ドル札をもう二枚取り出して、ヘンリーのほうへ滑らせた。彼はおれを見た。

「タッカーの本名」とおれは言って、バーテンダーから新しいグラスをありがたく受け取った。「それと、やつの居場所だ」

ヘンリーは札をしまった。「なんてことだ」と彼は言った。かろうじて金を稼ぐことへの不快感を口にしたように装っていた。

ヘンリーと別れると、おれは警官に監視されたまま家に帰った。コーヒーをいれ、キッチン・テーブルについて、それを飲みながら一時間ほど考えた。マリーのようなつまらないやつのことなど誰も気にはしていない。警察はなにか手っとり早い解決を望んでいるのだろう。連中は裁判所に提出する名前が必要なだけで、真実にあまり関心があるとは思えない。そんなときに、おれが登場した。警官たちは、何が出てくるか確かめようと嗅ぎ回っている。それはあまりにも明白だ。おれは、自分の名前をリストから消すことに決めた。

コーヒーを飲み終わると、古いスーツに着替え、バスルームの窓を開けて、這い出した。そこから登っていくと、隣のビルの屋上に出ることができる。危険だが、前にもやったことがある。屋上を走って横切り、別のビルの屋上に飛び移る。さらに三回飛んで、いくつかの非常階段を伝い降りると、何ブロックも離れた道に出る。おれはタクシーをつかまえて、ヘンリーに教わった住所から数ブロック離れた場所を運転手に告げた。それから、追跡されていないことを確かめるために、何度か後ろの窓から外を見た。誰もつけては来なかったので、おれはリラックスして、通り過ぎる街を眺めた。

タクシーを降りたのは、荒廃してうすよごれた界隈だった。おれはこの場所を知っていた。どこでおれの金を安全に使うことができたかも、どこでおれが厄介な羽目になって両手の骨を折られたかも覚えていた。おれは怒りにかられて、勢いよくタッカーの住んでいるところまで歩いた。くそ野郎のことを思い出したのだ。おれたちのあいだにはなにもない、とおれは考えていた。それなのに、やつはここに帰ってきて、おれを陥れようとしている。そのことにひどく腹が立った。

やつの風雨にさらされ崩れかけたブラウンストーンの家は、ブロックの中ほどにあった。街灯は壊れていて、家のあたりは暗かった。これはおれがいつもやっていた仕事とは種類が違うが、しなければいけないことをするまでだ。

おれは玄関まで行って、呼び鈴を鳴らした。そこから先は素早く進んだ。

ドアが開き、見慣れない人影が戸口に立っていた。おれは止まって確かめたりはしなかった。ナイフを手にして、身を乗りだした。ナイフを前に突き出し、上へ持ちあげ、引き抜いて、もう一度やつに突き刺した。やつは体を後ろに反らせて、ナイフを避けて起きあがろうとしたが、反りすぎてひっくり返った。おれは家の中に入り、後ろ手でドアを閉めた。おれはタッカーを見おろした。やつがおれの足を引っ張るようなくそ野郎でなければよかったのに。だが、とにかく、やるべきことはやった。素早く、なにも考えずに。

ときどき、おれは四枚の二十ドル札から角を一カ所ずつ切り取り、それを一枚の一ドル札に貼りつける。レジ係が忙しかったりいらいらしていたりすると、これが驚くほどうまく通用する。これは、百ドル程度の金を素早く稼ぐ簡単で悪質で危険な方法だ。そこにないものをあると、相手に思わせるのだ。

これがおれのやったことだ。おれは素早く家の中を歩きまわり、ほかに誰もいないのを確かめると、ナイフを台所の流しに残して、バスルームの窓から外に出た。それから一時間かけて、歩いて家に帰った。自分の身体に血がついているようには見えなかったが、家に帰るまでは確かだとは言えなかった。出かけたときと同じ方法で部屋に戻り、自分の体を点検してから、服を脱ぎ、すべてをゴミ箱に投げこんだ。

すごく熱くしたシャワーを浴びて、バスローブを着ると、気分がよくなった。窓から外をのぞいて、警官がいるのを確かめる。空の太陽のように、頼りになる存在だ。おれはコーヒーをいれ、警官たちはおれが彼らに見せたいと思ったものを見る。これがおれのやっていることだ。

密告者
Vigilance

スコット・ウォルヴン　七搦理美子訳

デビュー以来これで五年連続本シリーズに登場を果たしたスコット・ウォルヴン（Scott Wolven）。二〇〇五年に刊行した処女短篇集『北東の大地、逃亡の西』（ハヤカワ・ミステリ）も好評で、ますますその評価を高めている。本作はその短篇集のラストを飾った作品であり、同書に収録されたものと同一であることをお断わりしておく。

捜査官に話したこととの繰り返しになるが、それはこういうことだった。

アイダホ州ポトラッチの、寝室が一つきりの彼の家を借りるまで、カール・ラーソンとは知り合いでも何でもなかった。アイダホ大学の掲示板に貼られていた手書きの広告を見て、公衆電話から市内番号にかけた。電話に出た年配の女性は、自分と夫はカールの隣人で、鍵を預かっているだけだと答えた。中を見せるのは別にかまわないけれど、その前にカールと話してちょうだい。彼女はローズと名乗り、カールの連絡先の市外番号を読み上げた。おれはさっそく電話した。

電話に出た女性にカール・ラーソンと話したいと言うと、どういう用件かと聞かれた。貸家の件でと答えると、男性が電話を代わり、カール・ラーソンだと名乗った。契約だの規定だの細かいことは言わなかった。書類にサインする必要もないとのことだった。彼から名前を聞かれたときは、エド・スナイダーだと嘘をついた。彼は続けて言った——電気や電話といった公共料金の名義は変えない。電話は市外電話をかけられないようにしてあるし、請求書は直接おれに届く。電気料金も同じだ。あんたがやらなければならないことは、最初の一カ月分の家賃五百ドルを郵便為替でおれに送ること、それだけだ。ガレージは好きなように使っていい。詳しいことはローズと彼女の旦那のダンが説明してくれる。暖房は居間に薪ストーブ、地下室に練炭ストーブがある。ガレージの薪ストーブも使えるはずだ。水道は圧力タンク給水方式になっている。元栓の開け方は隣人に聞いてくれ。冬のあいだ留守にするときは、タンクを空にしておかなければならないが、それについても彼らに聞いてくれ。水道管を破裂させないよう、くれぐれも気をつけてくれ。

おれがかけた市外局番九〇七はアラスカ州のもので、彼が告げた郵送先はフェアバンクス（アラスカ州中東部の都市）の住所だった。すべてL・マシューズ気付で送ってくれ、と彼は言った。今教えた住所は、遠い親戚の女性のものだ。町にはできるだけ寄りつかないようにしている。森の中に自分で建てた丸太小屋で、狩りや釣りをしながら一年の大半を過ごしている。アラスカ半島にいる友人はみな漁師で、それで生計を立てている者もいる。彼は太く低い声でゆっくりと話した。そのうち、市外局番が一つしかない州で、どこがいちばん狩りや釣りに適しているかという話になった。モンタナ、アイダホ、アラスカが上位三位を占めるだろう。東部だとヴァーモント、ニューハンプシャー、メインだな。おれたちのどちらも、東部へは何年も行ってなかった。カールは西部の人間のほうが好きだと言い、おれもそれに同意した。かなり昔の話だが、と彼は続けて言った。ニューハンプシャー州東部のメイン州との境で、見事な枝角をしたオジロジカを撃ったことがある。あのときは、あれほど大きな牡鹿に出くわすとは思っていなかったから、持っていたライフル銃は口径の小さなもので、獲物は射程距離より遠くにいた。それでもかなりの手傷を与えたようで、おれは鹿が森の中に残した血の跡をたどり、州境を越えた。しばらく行くと、伐採跡地と搬出道路が見えた。おれがそこにたどり着いたときには、メイン州の猟区管理官三人がピックアップトラックの荷台に立ち、鹿の解体を半分ほどすませていた。残念だったな、と管理官の一人がおれを見て言った。あんたがニューハンプシャー州で撃った鹿は、メイン州で死ぬことを選んだ。まったく、いかにも東部の人間らしい言い草だろう？

ずいぶん脱線してしまったが、家の鍵は隣人のダンとローズに預けてある、とカールは言った。わからないことがあったら彼らに聞いてくれ。もっとも、聞かなくても向こうからあれこれ言ってくるだろうがな。それから、家具を動かしたり剝製をいじったりしないと約束してくれ。約束する、とおれは答えた。ポトラッチに長くいるつもりかと聞かれたときは、わからないと答えた。そうだろうな、と彼は言った。先のことを今から考えたって仕方ないもんな。とにかく、隣人に家の中を見せてもらい、あんたを見てもらうがいい。ダンとローズは礼儀や身なりにうるさいから、嫌われないよう気をつけろ。借りると決めたら為替を送ってくれ。そいつがフェアバンクスに着いたときから、あんたはその家の住人だ。それから、金に困ったときはダンに相談するといい。何か仕事を回してくれるはずだ。最後に彼は幸運を祈ると言い、おれも同じ言葉を返した。電話を切ると、モスコーのダウンタウンを横切り、大通りから一ブロックはずれた郵便局から為替を送った。受取人の欄には〝持参人〟、支払人の欄には〝スナイダー〟と記入した。

おれと弟はネヴァダ州でやっていたスクラップ業を廃業した。だから多少の金は持っていたが、たいした額ではなかった。三千五百ドルの現金とくたびれたトラック、それがおれの全財産だった。弟は女を追ってシアトルへ行った。たとえその女とうまくいかなくても、シアトルでなら代わりはいくらでも見つかる。そのうち、相手のラストネームを聞こうとも思わなくなる。なぜなら、そうすることにたいして意味はなく、ラストネームが気になるほど長く付き合わないことがわかるようになるからだ。ポトラッチで暮らすということは、二つの大きな大学、すなわちワシントン州立大学とアイダホ大学が生活圏内にあることを意味する。どちらも南へ二十分ほどの距離にあり、そうしたければいくらでもデートの相手は見つかるだろう。だが、今はそういうことに関心がなかった。今望んでいるのは、地道に金を稼ぎ、まっとうに生きることだった。それを心の底から望んでいた。

おれはその家が気に入った。寝室が一つきりのその家は、幹線道路から五十ヤード引っ込んだところにあった。隣人のダンとローズは、セコイア材の玄関ポーチがついたトレーラーハウスで暮らしていた。家とそのまわりを見せてくれたのは、ダンのほうだった。明るい色のフランネルシャツを着て、オーストラリア製のつばの広いカウボーイハットをかぶっていた。特に問題はないと見たようで、おれに鍵を渡してくれた。

「家賃はカールに送るんだろう？」

「ああ、彼と話した一時間後に送った」

おれたちは家のポーチに立った。カールが言っていたガレージは、コンクリートブロック造りの建物で、道路に面して建っていた。あのガレージで店をやるつもりだ、とおれはダンに言った。伐採業者が持ち込んだチェーンソーを修理し、チェーンの手入れや販売もやろうと思っている。

「いくらかでも余分に稼ぎたいほうか？」と彼は尋ねた。

「ああ、いつだってそうだ」とおれは答えた。

「それにぴったりの仕事があるんだが、今はシーズンからはずれている。どういう意味かわかるな？　金になるし、さほど手間もかからない」彼はおれをじっと見た。

「ああ、わかる。これまでもそうしてきたから。規則のことはあとで考えることにしている。禁猟期でも一、二頭分の肉は確保していた。いつ捕ろうと味に変わりはないからな」

「確かに」ダンは笑いながら答え、ガレージを指さした。

「あの裏にポンプがあるのが見えるか？」

おれは頷いた。「古いガソリンポンプのようだな」

「あれの鍵も渡しておこう。実を言うと、おれたちは十人から十五人ほどの客を相手にガソリンを売っている。一ガロンにつき一ドル、種類は無鉛ガソリンだけ、宣伝はしていない」

「そのガソリンをどこから手に入れているんだ？」

「数年前、どちらかの大学理事会のお偉いさんが、両方の大学と掛け取引をしているガソリンスタンドに、大学の業務用トラックがひっきりなしに出入りしていることに気づいた。不審に思って調べたところ、大学がそれぞれのトラックに発行したカードで大量のビールを買い、女の子をナンパしている連中がいることがわかった。要するに仕事をさぼっていたわけだ。ワシントン州立大学はミシシッピ川以西でいちばん大きな大学だから、ガソリンとビールの消費量ははんぱじゃなかった」

「面倒なことになったな」

「ああ。二つの大学は解決策を話し合い、積載量五百ガロンの小型タンク車を共同で購入した。さらに、そのタンク車に給油するという、ただそれだけのために、大型タンクが設置された給油設備も購入した」

「なるほど、話の先が読めてきた」

「百台以上あるトラックや乗用車、芝刈り機、混合燃料の原料、それらすべてに、小型タンク車が運んでくるガソリンが使われることになった。細かい記録はとらない。大学は給油設備から送られた請求書を払うだけでいい。それまでのカードシステムに比べたら、手間もかからないし、経費も節約できる」

「つまり、その小型タンク車が時々ここへやってくるんだな？」

「運転しているのが、カールの古い友人なんだ。やつがその仕事を続ける限り、おれたちも安心して暮らせる。非課税の年金のようなものさ」

「そのガソリンをどうやって金にしているんだ？」

「値段は変えない、いつだって一ガロンにつき一ドルだ。常連客以外の者には売らない。相手があんたのメイベルおばさんだろうと知ったことじゃない。彼女には町のガソリンスタンドへ行ってもらうんだな。売り上げが伸びないときは、缶に移して伐採業者に売ればいい。誰かが落としていったとか何か適当なことを言って。いずれにせよ、毎週金曜日には必ず、おれの家のポーチに三百七十五ドル入った封筒を置いてくれ。二十ドルより大きな紙幣はだめだ。客から受け取ってもいけない。もっとも連中はわかっているけどな」

「ついでに、そのドライバーについても教えてくれないか？」

ダンは笑みを浮かべた。「数年前、やつはある女とその夫との三角関係にはまり込み、にっちもさっちもいかなくなった。それをカールと彼の友人が何とかしてやった。ガソリンはそのときの謝礼のようなものさ」そう言って、何か考えるように間を置いた。「ジョージ・ベックを知っているか、図体のでかいやつだが？」

「いや」

「まあ、いずれ会うことになるだろう。とにかく、そいつが片をつけた」

「それで、売り上げの残りがおれの取り分になるんだな？」

「給料と呼んでくれ」

「いい響きだ」

ダンはポーチの手すりを軽く叩いた。「よし、これで話は決まりだな」彼は砂利道を横切って自分の家へ戻った。ローズが窓越しにおれに手を振った。

おれはさっそくガレージで修理屋を開業した。ガレージは車一台停められるほどの広さで、裏に簡易ベッドが置かれた小部屋があり、壁際にスツール三脚と、さまざまな工具、薪ストーブが並んでいた。その中でチェーンの歯を研ぎ、新しいチェーンを売り、チェーンソーを修理した。ガイドバーや燃料油も売った。ガレージにあったエア・コンプレッサーがちゃんと作動するのがわかると、いろんな連中がタイヤに空気を入れるために立ち寄るようになった。家賃を払えるくらいの収入にはなったし、給油の仕事で毎週入ってくる百二十五ドルのおかげで、気分的にも経済的にも余裕ができた。客の伐採業者たちは山火事をたびたび話題にした。モンタナ州では、山火事が頻発する夏に備えて、裕福な地主たちが自前の消防団を設立し、監視塔から二十四時間体制で見張っていたが、たいして役には立たなかったという話だった。

夜は家へ戻り、壁に掛かっている鹿の頭部を眺めながら寝た。カールの小さな家は枝角と剝製であふれていた。家の隣と背後の草地に、みすぼらしい茶色の馬とロバが放し飼いにされていたが、ときおり、毛づやのいい黒馬が現われて草地を駆けまわった。おれはそれぞれにリンゴを食べさせてやった。ダンとローズは愛想がよく親切だった。焼きたてのアップルパイが家のポーチに置かれていたのは、おれが引っ越して二日目のことだった。夜になると、隣のトレーラーハウスの明かりがついたり消えたりするのを眺めた。夜中に目覚めたとき、トレーラーハウスの薄い壁を通して、どちらかの鼾（いびき）が聞こえてくることもあった。たまに届くカール宛ての手紙はアラスカに回送し、毎週金曜日には必ずダンの家のポーチに封筒を置くようにした。

彼女がガレージの隣に車を停めたのは、ある金曜日の夕方のことだった。つばを上げてかぶった茶色のカウボーイハットから、きれいなブロンドの髪がのぞいていた。「この車をガレージに入れて、店じまいして。カールの妹のペニーよ、ルイストン（アイダホ州北西部の都市）から来たんだけど」彼女は少し間を置いた。「カールは家にいる？」

「いや、今はアラスカにいる」

「あなた、ついてるわね」彼女はおれにウインクした。「アラスカにいるのなら、うるさいことを言われずにすむもの」

車のドアを閉めたとき、彼女の胸がデニムのシャツの下でかすかに揺れた。タイトなジーンズと銀色の大きなバックル付きのベルトが、細いウエストをいっそう際立たせていた。うっかり近づくと火傷しかねない女だった。ドライブウェイを歩いて家へ入っていく間、おれがその後ろ姿から目を離せないでいることに、彼女はちゃんと気づいていた。

おれは車をガレージに入れて明かりを消し、錠がきちんとかかったか確かめて、家へ戻った。

「どうしてここへ？」とおれは尋ねた。

ペニーは居間のカウチに座り、カウボーイハットを脱いだ。「ボーイフレンドに追われているの」〝ボーイフレンド〟という言葉は、彼女には似合わないような気がした。彼女は女の子ではなく、女だった。年はおそらく三十代後半だろう。「今夜はここに泊まらせて」

「いいとも。モスコーへピザを食べに行かないか？　もともとそのつもりでいたんだ」

「買ってきて。留守番しているから」

モスコーへ向かう道すがら、彼女とベッドをともにする可能性はどれくらいだろうと考えた。だが、そんなことをすれば、カールのおかげで手に入った今の暮らしがめちゃくちゃになる。契約書なしの借家、給油の副業、ガレージでの商売。大きな胸とキュートな尻と引き換えに、それらを手放すことはできない。注文したピザができあがるのを待つ間、店内にいる女子大生一人一人に目をやった。いずれもペニーとは比べ物にならなかった。助手席にピザを乗せて車を出した。

家に戻ると、玄関ポーチに見知らぬ大男が座り、煙草を吸っていた。男はおれに気づくと、煙草を投げ捨てて立ち上がった。身長は六フィート七インチかそれ以上、体重は三百ポンド近いと見た。この手の男は二度撃たなければ倒せない。おそらくペニーのボーイフレンドだろう。面倒なことになった、と思った。

「ジョージ・ベックだ」と男は言った。「カールとはいい友人だ」

おれたちは握手した。「おれに何か?」

「あんた、エド・スナイダーだろう?」

「そうだ」

「今夜は家にいるつもりか?」

「ああ」

「そうか。おれたちがペニーのボーイフレンドと話をつけるまで、彼女にはここにいてもらう」

「そいつの名前は?」

「ティム・シップマン。知り合いじゃないだろうな? おれたちはシップスと呼んでいるが」

「いや、知らない。どうしてそいつがここに来ると思うんだ?」

「あんたもペニーを見ただろう。彼女がここにいると思ったら、ルイストンから車ですっ飛んでこないか?」

「ああ。とっくにここに来ているだろう」

「おれがすっ飛んできたようにな。ペニーとおれは数年前まで付き合っていた。彼女に見つめられたら、どんな男だって脳味噌がぐちゃぐちゃになる」彼は上着の内側に手を入れて九ミリ口径を取り出し、おれに渡そうとした。「こいつを持っとけ。シップスはかっとなると何をしでかすかわからない。頭を冷やしてやる必要が出てくるかもしれない」床尾をおれのほうに向けて差し出した。

おれは受け取らなかった。「今夜は家にいる。それで十分だ」他人の銃に不用意に触れてはならない。なぜなら、そこから飛び出た銃弾が何に当たったかわからないからだ。

それに、今のおれは銃と縁を切ろうとしていた。

ジョージは銃を上着にしまい、顎を掻いた。「あんたがそう言うのなら。だが、シップスは銃を持ち歩いている、それだけは覚えておけ」思惑どおりにことが運ばないもどかしさが、その仕草から感じられた。

「今夜は家にいる」とおれは繰り返した。

「カールもそれを聞いたら安心するだろう。あんたにもう一つ知っておいてもらいたいことがある。ペニーがシップスから逃げたのは、おそらくやつに隠れて浮気したか、やつのものを盗んだか何かしたからだ」

「十分気をつける」おれは彼の上着の肩に化粧のあとがついていることに気づいた。

「わかった。シップスのことは、ルイストンとこのあたりに住んでいるおれの仲間に任せろ」おれは地面を見つめ、ジョージは話を続けた。「カールがアラスカなんぞへ行かないでいてくれたら、こんなことにはならなかったのにな」おれはどういうことか聞きたかったが、黙っていた。

「おかげでこのあたりで起きた厄介ごとは、全部おれに回ってくる」彼はそう言って立ち去った。おれは家の中へ入った。

その夜、ペニーはおれと一緒にカールの家に泊まった。ジョージが去り、二人でピザを食べ終えると、彼女は明かりを消してくれと言った。おれたちは薄闇の中でカウチに座った。聞こえてくるのは、幹線道路を行き交う車の音だけだった。剝製の獣のつるりとした目が、かすかな光を反射した。一言も言葉を交わさないまま、二時間が過ぎた。おれは裏の草地を眺めた。明るい月光が降り注ぐなか、黒馬が何かに駆り立てられるように走っていた。どちらが馬でどちらが影なのか、見分けがつかず、どちらも生きているように見えた。ペニーに目をやると、座った姿勢でうとうとしていた。おれはかすかな息遣いに合わせて上下する胸と、形のいい鼻と唇を見つめた。

そのとき、ドライブウェイに車が停まる音がした。ドアが閉められ、足音がガレージへ向かい、それから玄関に近づいた。ドアの取っ手が揺さぶられた。

「カール？」あたりをはばかるような低い声がした。「カール、おれだ、シップスだ。ペニーはそこにいるのか？」少し間があいた。「ペニー？」

彼女はすでに目を覚ましていた。男の声を聞くとおれを引き寄せ、耳元に唇を近づけて囁いた。「カールのふりをして。太くて低い声で話せば、彼にはわからないわ」そう言っておれの膝に手を置いた。

おれは電話で聞いたカールの声をできるだけ真似ながら言った。「誰だ？　何の用だ？」

「カール」その声にはほっとしたような響きがあった。「カール、ペニーはいるのか？」

おれはカールの声で答えた。「ペニーがどうした、シップス？」

「彼女はおれに借りがある。そのうえ、あのことを町中に言い触らしている」

「あのことって？」

「言ってはならないことさ。おれとあんたとジョージ・ベックのことだ。何とかして彼女を黙らせないと、大変なことになる」彼は咳払いをして言った。「おれはあんたらとは何の関係もない。彼女だってそれはわかっているのに、町のあちこちで嘘を言い触らしているんだ」

ジョージが差し出した銃に触れなくて正解だったとわかったのは、そのときだった。「それで、妹は今どこにいる？」

「ここにいると思って来たんだ。なあ、中に入れてくれないか？」

「シップス、おれをうるさがらせるな」

「彼女がそこにいるのなら、馬鹿なことはやめろと言い聞かせてくれ。そこにいないのなら、おれが見つけてそうする。あれがどういうことだったのか、彼女もわかっているくせに、なぜ嘘をついているのかわからない。ジョージをびびらせるのが目的なら、話は別だが」砂利を踏んで遠ざかる音がした。やがて車のエンジンがかかり、ドライブウェイから出ていった。

おれはペニーを問い質そうと振り向いたが、彼女はすでにシャツのボタンをはずし、立ち上がってジーンズを脱ごうとしていた。おれの決意はたちまち崩れ去り、彼女と体を絡ませながら寝室へ向かった。ベッドに倒れ込むと、彼女はおれにまたがった。なめらかで引き締まった体が、すぐ目の前にあった。

歓喜の瞬間はついに訪れることなく終わった。おれたちはしばらく試みたが、ほぼ同時に見切りをつけ、動きを止めた。実は妊娠しているの、と彼女は言った。最も安全な避妊法ってわけ。ファックしたくなったのは、そのせいかも。だが、そのときそれぞれの頭を占めていたのは、まったく別のことだった。束の間の快楽で忘れられるようなことではなかった。

彼女はベッドの端に座り、髪を梳いた。「こんなことになったのはそもそも、ティムからもらった時計のせいなの。本当に気味の悪い時計だったわ。彼がそれをくれたのは、わたしがいつも約束の時間に遅れたから。男物だったけど、それは別にかまわなかった。気味が悪いというのは、見るたびに同じ時刻をさしていたことなの。五時四十分。その時間に止まったとかそういうことじゃなく、わたしがその時計を見るのが、なぜかいつも五時四十分だったの」

彼女は化粧を直しながら話を続けた。「それからしばらくして、お金に困ってその時計を質に入れた。その頃にはティムと別れていたから、別にかまわないと思った。たぶん、そのとき借用証に書いた住所からたどったのね。一週間後、刑事二人と制服警官一人が、時計のことで聞きたいことがあるって家を訪ねてきた。時計は、パンハンドルで暮らしていたエルマー・クーリーという老人のものだった。彼は一カ月ほど前から行方不明になっていて、連中は、わたしがどうやってその時計を手に入れたのか知りたがった。そしてわたしにこう言った――クーリーには服役中の息子がいる。そいつが面白いことに、山で暮らす男たちが結成したミリシャ（連邦政府の権威の否定、銃規制反対、白人優位主義などを掲げる民間武装組織）の元リーダーなんだ。ところで、ジョージ・ベックがどこにいるか知らないか？　ある殺人事件のことで話がしたいんだが、なかなかつかまらなくてね。ついでに、あんたの兄さんはどこにいる？　って。だからこう答えたの――時計はティム・シップマンからもらったもので、それ以外のことは何も知らないって」

　つまりおれは、殺人犯かもしれない男と関わりのある女と中途半端なセックスをしたわけだ。おれにも警察にも嘘をつき、今も警察にマークされている女と。彼女はジーンズをはくために立ち上がった。その素晴らしい体にあらためて目を奪われたが、あらゆることが悪い方向に動きはじめたのはわかっていた。「巡り合わせが悪かったのさ。あまり気にしないほうがいいんじゃないかな」嘘をつかれたときはすぐそれとわかるくらい、おれも嘘を重ねていた。チャンスが訪れ次第、ここを去るつもりだった。

「それでも頭から離れないの。ティムはどうやってあの時計を手に入れたのかしら?」

「さあね、おれには見当もつかない」月明かりに照らされた草地とは対照的に、部屋は薄闇に包まれていた。

「男たちからしつこく迫られそうなときは、結婚してるって言うことにしているの」

「それで引き下がるのか?」おれは体をずらして肘で体重を支えた。

「ううん」彼女は間を置いた。「昔は遠巻きに見ているだけで、わたしがいなくなると話題にしたものよ。これでも昔はきれいだったの」

「今でもそうだ」

「ジョージ・ベックだけだったわ、男たちを遠ざけておいてくれたのは」彼女は窓の向こうの草地を眺めた。「だけど、彼がやっていることがどうしても好きになれなかったの」

　そのとき突然、ある考えが頭に浮かんだ。ジョージ・ベックはクーリーという男の失踪と何らかの関わりがあり、そのことで警察に追われているのではないか。時計はおそらくジョージからもらったのだろう。自分だけは助かろうとしているシップマンからではなく。

「ルイストンに帰るわ。わたしがどこにいるかジョージに伝えて。でも、あたしたちのことは話さないで」

「話せることなんか、たいしてないからな」

「そうね。でも、今夜はタイミングが合わなかっただけよ。もう一度試してみましょう。わたしはそうしたいって思ってる」彼女は偽りの笑みを浮かべた。「ただし、ジョージには気づかれないようにね」

おれには彼女がジョージと顔をあわせたとたん、話してしまうとわかっていた。自分がへまをやらかして、ひどく厄介な立場に追い込まれたことも。「そうだな。ジョージには知られないようにしないとな」

「知られたら大ごとよ。嘘じゃない、本当なんだから」

翌朝、目覚めたときには、彼女はいなくなっていた。

翌日、カール・ラーソンと初めて会った。ドアがノックされて開いたとき、おれはカウチに座ってコーヒーを飲みながら、ここから去ることを考えていた。

「よお」と男は言った。「カールだ。あんたがエドだな」

「ああ、そう、そのとおりだ」とおれは答えた。「あんたが帰ってくるなんて知らなかったな」

「片付けなければならない問題があってな」カールは曖昧に手を振った。

「大変だな」

「ガレージの脇のあの黒いトラックはあんたのものか？」

「ああ」

「どうしてあんなふうになった？」

「あんなふうって？」

「四輪ともタイヤがぺちゃんこになってるぞ」

おれはポーチに出た。ガレージの脇に停めておいたトラックは斜めに傾き、タイヤのリムが地面についていた。あれでは当分どこにも逃げられそうにない。おれは中に戻った。

カールは家の中を見てまわった。おれが何か動かしていないか確かめているのだろうが、何も動かしていなかった。やがて居間に戻り、ドアの横の椅子に座った。

「ジョージ・ベックから電話があった。妹のペニーが面倒なことになっているそうだな」

「そのとおりだ」

「あんたから電話がなかったのはなぜだ？　あるいは手紙が届かなかったのは？」

おれは肩をすくめた。「そんなことをする立場になかったからさ。ジョージは自分が何とかすると言ってた。それに、そういうことになったのはつい最近なんだ」

カールは首を横に振った。「二度と勝手に判断するな。妹からあんたに連絡があったら、すぐにおれに知らせろ」

「わかった。これからはそうする」

「そうしてくれ」

「あんたに妹がいることすら知らなかった」

「別に悪気はなかった」と彼は言った。「これからルイストンに行ってくる。妹に会っておれにできることをやってみる」

「わかった」

「数日中に戻るつもりだ。この家のことだが、これからどうするかはそのとき決めよう」

「おれのほうはガレージでもかまわない。家賃を半分にしてくれるのなら」

「じゃあそうするか」とカールは答えた。「おれがこの家で寝泊りする間は、半分の家賃でいい。一カ月くらいそういうことになると思うが」

「わかった。その分は今、現金で払う」おれは前ポケットから丸めた紙幣を取り出し、彼の目の前で二百五十ドル数えて渡した。

「それじゃ、数日中にまた会おう」

彼の車が走り去ると、さっそくタイヤを修理しに行った。だが、空気を入れ直しても無駄だとわかった。何者かが鋸のようなもので、すべてのタイヤのサイドウォールを切り裂いていた。何者であれ、そいつが体力に自信のある大男であるのは間違いなかった。


翌日電話が鳴り、留守番電話に応答を任せていると、ルイストンにいるカールの声が流れた。

「さっさと出ろ、カールだ」

おれが受話器を取り上げると、彼は尋ねた。「妹はそこにいるのか？」

「いや」

「彼女とやったのか？」

「いや」自分の耳にも嘘のようにしか聞こえなかった。

「ジョージ・ベックはそうだと言っている。その件はおれが戻ったときに話そう。手紙が届いてないか調べてくれ」

確かにペニーから手紙が届いていた。消印はオレゴン州ポートランドになっていると伝えると、封を開けて中身を読み上げてくれと言われた。内容はティム・シップマンに関するものだったが、おれが聞かされた話とはずいぶん違っていた。シップマンが誰かを殺したかもしれないと彼女が言い触らしたのは、本当はどういうことなのか、よくわかっていたからだった。ジョージ・ベックは、アンフェタミンの密売で競合しているグループのメンバーを殺した。さらに、一カ月前にも、コロンビア川沿いの森の中で、クーリーという老人を殺し、奪った時計を彼女に与えた。彼女自身は、何らかの見返りを得られるなら黙っているつもりだが、シップマンは警察に捕まれば、ジョージとクーリーと時計について知っていることを洗いざらい話してしまう恐れがあった。

「それで全部か?」とカールは尋ねた。

「ああ」とおれは答えた。

「近いうちにそちらに戻る。それまでおとなしくしていろ」彼はそれだけ言って電話を切った。

一時間後、ジョージ・ベックがドライブウェイに車を乗り入れた。二人の男が乗った車がそれに続いた。おれのトラックはタイヤをぺちゃんこにされたまま、同じ場所に停まっていた。そのとき、給油の常連客であるマックのトラックも、ドライブウェイに入ってきた。マックはジョージ・ベックをちらりと見た。

「明日また来てくれないか?」とおれは言った。「明日まで待ってくれたら、いつもどおりにやるから」

マックは声をひそめた。「明日という日がやってくるとは限らないぞ。ああいう連中がこのあたりをうろついているようじゃな。あんたも気をつけろ。連中がいないときにまた来る」そう言って道路に引き返した。

「さっさと店じまいしろ」とジョージ・ベックは言った。

「おれたちと出かけるんだろう?」

「いや。カールはそんなことは一言も言ってなかった」

「おれたちと出かけるか、さもなければ、二度とどこにも出かけられなくなるかだ」

「わかった」とおれは答えた。


おれたちが出かけた先は、モンタナ州のトラックサービスエリアで、アイダホとの州境を越えて七マイル行ったところにあった。ブース席に座ると、ジョージ・ベックと二人の男はコーヒーを飲みながら食べ物を注文した。カールが現われたのは、おれたちが食事をしている最中だった。

ジョージはカウンターに座っているトラック運転手を手で示した。「あいつがスピーディーだ。あんたは彼のトラックに乗れ、おれたちはそのあとからついていく」

「どこへ行くんだ?」とおれは尋ねた。

「ティム・シップマンを訪ねて今回のごたごたに片をつけるのさ。このあたりのモーテルに隠れていることがわかったんだ」

「そのことにスピーディーはどう関わっているんだ?」

ジョージ・ベックはブース席に座ったまま、身を前に乗り出した。「さあね、おれは間抜けだからな。まわりからは、間抜けなことばかりやってると思われているんだ。たとえば、あんたがペニーと寝たということも、間抜けだから、今この瞬間まで気づかなかった。それでだ、これからあんたを駐車場に引きずり出して話をつけてもいいんだ。ところが、そのさなか、地元育ちの間抜けなジョージはついかっとなり、自分の女と密かに寝ていた男を撃ってしまう。ジョージは警察に捕まり、裁判にかけられるが、陪審員はすべて地元の人間で、おれがどういう人間でどういう連中と仲がいいか知っている。そしておれには二年の刑が下される。そうなったからといって、おれががっくりすると思うか? 二年後には、今よりさらに友人を増やして刑務所から出てくるだろうよ」彼はコートの前を開き、ショルダーホルスターに納められたステンレススティール製の銃をおれに見せた。「こいつは小さな穴を開けて入り、大きな穴を開けて出ていく。もう一度言わせてもらうが、おれはただ、あんたにスピーディーのトラックに乗ってくれと頼んでいるだけなんだ」

こうなっては言われたとおりにするしかなかった。全員ブース席から立ち上がり、おれはトラックで丸太を運搬している男と一緒に外に出た。そして、荷台の大きなキングキャブの助手席に乗り込んだ。スピーディーは何度もギアを入れ替えながら、かなりガタのきたトラックを駐車場から出した。

「ろくでもないやつさ、あのジョージってのは。そう思わないか？」と彼は尋ねた。

おれは何とも答えなかった。

トラックはカーブの続く山道を走りつづけた。おれはときおりサイドミラーを覗き、ジョージとカールとほかの二人が後ろからついてくるのを確かめた。一棟ずつ独立したキャビンタイプのモーテルが見えてくると、スピーディーはトラックのスピードを落とし、その前を通り過ぎてから停めた。エンジンはかけたままだった。

「ラッキーナンバーの七号室だ」とスピーディーは言った。「シップマンによく言い聞かせてやるんだな」

おれはトラックを降りた。ジョージ・ベックとカール・ラーソンもトラックを停めたが、降りてくる気配はなかった。おれは最後の悪あがきを試みた。

「丸腰でやれってのか？」

スピーディーは肩をすくめた。「座席の下に銃が置いてある。必要なら持っていけ」

おれは座席の下に手を伸ばして九ミリ口径をつかむと、スピーディーに向かって引き金を二度引いた。と同時に、手に伝わる銃の重みから、弾丸が装塡されていないことに気づいた。スピーディーは何度も瞬きしたあと、緊張を緩めて笑みを浮かべた。銃は、ジョージがあの夜カールの家でおれに渡そうとしたのと同じものだった。これでおれの立場はさらにまずくなった。

おれはトラックから降り、銃を手に七号室へ向かった。その間ずっと防犯カメラに自分が映っているのはわかっていた。わずかに開いているドアをつま先で押し広げると、シップマンがベッドに横たわっているのが見えた。側頭部を銃弾で吹き飛ばされていた。撃たれてからまだ一時間も経っていないように見えた。おれはしばらくベッドの端に座り、連中を部屋の中に、せめてカメラの視野に誘い込もうとした。だが、誰も近づく気配はなく、あきらめて外に出た。スピーディーはいなくなっていたが、ジョージ・ベックとカール・ラーソンは、モーテルから少し離れた路上にトラックを停めて待っていた。おれがそこまで歩いて荷台に乗り込むと、トラックはポトラッチへ向かって走りだした。銃をとっておくことを思いついたのは、そのときだった。

　その後、ジョージはペニーと暮らしはじめ、まわりからは結婚したと見なされるようになった。シップマンの遺体は、モーテルから十マイル離れた大型のごみ収集箱から見つかった。新聞によれば、殺害後に動かされたと見て、警察は調べを進めていた。ジョージ・ベックが連邦裁判所の令状に基づいてボイジーで身柄を拘束されたのは、それからしばらくしてのことだった。彼はカナダ騎馬警官隊からも指名手配されていた。容疑は、レスブリッジ（カナダ、アルバータ州南部の都市）における銃の不法所持と、ワシントン州で起きた殺人事件の目撃者殺害の件だった。彼のことを考えるたびに、おれは不安に駆られた。ペニーはその年の春に女の子を出産し、そのあとまもなく別の男と暮らすようになったが、それについては考えないようにした。

　カールはアラスカに戻り、店にはガソリンの常連客以外、誰も寄りつかなくなった。モスコーに燃料油を買いに出かけたある日、顔見知りの伐採人マックを駐車場で見かけた。彼は何人かの男と立ち話していたが、おれに気づくと頷いてみせた。

「何か仕事があれば回してくれないか？」とおれは言った。「たとえば火災監視人とか。国立公園局や民間組織で募集してないか？　いつだったか、モンタナ州の地主がつくった私設消防団のことを話していただろう？」

「いや」と彼は答えた。「悪いが、今のところ人手は足りている。それに、あんたがいようといまいと、火事は起きるからな。ジョージ・ベックにあたってみろよ。独房の掃除とかしてくれる人間を必要としているかもしれないぞ」

おれがガレージに戻るのをダンは見張っていたにちがいない。というのも、トラックを停めたとたん、トレーラーハウスを出てこちらに近づいてきたからだ。

「男が数人、あんたを訪ねてきた。それからおれの家のドアをノックした。ローズを死ぬほど怖がらせた」彼はおれに名刺を渡した。スポーケンの弁護士のものだった。

「どういうことだ？」

「どういうことだと？」と彼は言った。「あんたに用があって訪ねてきたってことだろう。だけど留守だったから、おれのところにやってきた。こっちこそ聞きたいね、どういうことだって」声を荒げはしなかったが、断固とした口調だった。「おれは天国も天使も信じちゃいないが、だからといって地獄も悪魔も信じないってわけじゃない。どういうことか自分の頭で考えろ。自分が何に関わっているかということも。善悪の区別をはっきりつけろ」彼は自分のトレーラーハウスを指さした。「おれはある目的をもって生きている。それはローズを養い、守ることだ。どうやらあんたは悪魔と契約を交わす気でいるらしい。悪い仲間と悪の道を歩きはじめているようだ。つまり、おれとは別種の人間ってことだ。そのうち、バッジを持った連中が訪ねてきて、あんたとジョージ・ベックとカールについてあれこれ質問するようになるだろう」

「そのときは素直に答えるつもりか？」

彼は頭を横に振った。「まさか。法に何と定められていようと、おれの知ったことじゃない。おれはただ、あんたとわかり合えたか確かめたいだけだ。法は何も止められない。どうなるかはそのときにならないとわからないし、わかったときにはもう手遅れなのさ」彼は自宅の裏の囲いを指さした。「弟の農場から犬を分けてもらうことにした。家に置いてある銃はすべて装填して、安全装置をはずしてある。おれとローズにちょっかいを出すやつは、あっという間にあの世に送り出されることになる。もう一度はっきり言っておこう、ローズのせいで、これまで何度も面倒に巻き込まれたが、今でも彼女を愛しているし、何があろうと守り抜くつもりだ。今後は、あんたがうちを訪ねたらレミントンに答えさせる。二挺のライフル銃にな」

「あんたの言いたいことはよくわかった」

「ああ、そのようだな」とダンは言った。「銃弾で体の一部を吹き飛ばされるのは、誰でもいやだろうからな」彼はトレーラーハウスへと歩きだした。「ここで暮らしている人間すべてが田舎者で、いとこ同士で結婚しているわけじゃない。あんたが今やっていることは、どこか別の場所でやってくれ。あんたは親切をお人よしと勘違いしている」肩越しにそれだけ言うと、家に入ってドアを閉めた。

おれはスポーケンの弁護士に公衆電話から電話した。秘書が電話をつないだとたん、あの銃を今も持っているかと訊かれた。ああ、とおれは答えた。あれはおれの命綱だ、エルマー・クーリー殺しに使われた銃だからな。そうかもしれないし、そうでないかもしれない、と弁護士は言った。はっきりさせたければ、銃を警察に提出して弾道テストをやらせればいい。あんたはその結果に命運を賭けることになるが、それはまあ、あんたの自由だからな。おれには彼の言うとおりだとわかっていた。ただ、警察と関わりになるのは避けたかった。

ジョージ・ベックは連邦捜査局の厳しい追及をかわすため、あんたに関する情報の提供を考えている、と弁護士は続けて言った。例のモーテルの経営者は彼の友人で、あんたが銃を手にティム・シップマンの部屋に入り、出ていくのをとらえたビデオテープと、ベッドに横たわるシップマンの遺体のポラロイド写真を持っている。このままだと、あんたはシップマン殺しの容疑者として警察に追われることになる。ただし、あんたがエルマー・クーリーの遺族に関する有益な情報を、ジョージの弁護人であるわたしに提供すれば、ジョージも考え直すだろう。クーリー家の連中は、連邦捜査局が作成した最も凶悪な犯罪者リストの上位に名を連ねている。彼らに関する有力な情報は、司法取引の格好の材料になる。ジョージに対する追及の手を緩ませ、罪状を引き下げさせることもできるだろう。

おれについて、ジョージと弁護士が知らないことが一つあった。それは、指紋を調べられたら、エド・スナイダーでないことがばれるということだ。

おれに罪をなすりつけるというジョージの企みを実行させるつもりはなかった。つかんだ情報を弁護士に伝えたら、さっさと行方をくらますつもりだった。ジョージ・ベックの九ミリ口径は、トラックのダッシュボードの裏側に絶縁テープでしっかり貼りつけ、トラックを離れるときは必ず鍵をかけるようにしていた。ジョージとエルマー・クーリー殺害を結びつける唯一の証拠だが、おれの指紋がついている以上、警察に提出するわけにはいかない。かといって捨てるわけにもいかず、この窮地を脱するには、密告者になるしかほかに手がなかった。おれはトラックを北に走らせてパンハンドルに入り、プリースト湖を通り過ぎてさらに北へ、クーリー家へ向かった。

知り合ってすぐにクーリー家の人間に好意を抱いたことで、おれの脳に混乱が生じた。冬の最初の二カ月間は、生き残れるのは自分か彼らかどちらかだけなのだ、と何度も自分に言い聞かせなければならなかった。近くの森林の伐採を請け負ったというおれの説明を、彼らは特に不審がる様子もなく受け入れた。ポップ・クーリーと何度か一緒に夕食をとり、山で働いて暮らしを立てることの難しさや厳しさについて話し合った。おれは彼もその息子も好きになり、二カ月後には、何かと言葉を交わすようになっていた。

おれが借りた丸太小屋は部屋が三つあり、雪で覆われた裏庭には、グリーンのプラスティック製のローンチェアが置かれていた。その椅子にクーリー家の子供が座っているのに気づいたのは、朝日がようやく差しはじめた頃だった。防寒用の紺色のジャケットを着て、父親にいつも切ってもらう髪をニット帽ですっぽり覆っていた。片足を空(から)のプロパンボンベの上に乗せ、クリスマスに父親からもらったポケットナイフで小枝を削っていた。手元まではっきりとは見えなかったが、奇妙な笑い顔を刻んでいるはずだった。小枝にいきあたるたびにそうしているのか、少しゆがんだ小さな笑い顔と、彼のニックネームの〝ピーラー〟という文字が刻まれた小枝を、いたるところで目にしていた。年は十四歳より上ということはなさそうだった。おれが薪ストーブを叩いて落ちた灰を掻き出していると、裏庭につながるキッチンのドアから入ってきた。やせっぽちだが、背丈と頭の大きさは大人とたいして変わらなかった。

「おや、キッド・クーリーじゃないか」とおれは言った。「太平洋岸北西地区バンタム級チャンピオンの。大事な試合を間近に控えて、今はどんな気分だい、キッド？ ファンに何か一言お願いできるかな？ 大勢の女の子がきみに夢中なのに、まだ独身なのかい？」

彼は笑みを浮かべかけたが、すぐに真顔に戻った。「電気が止まっているんだ、ここもそうなんじゃない？」

おれは壁のスイッチを入れたり切ったりしたが、キッチンの天井灯は消えたままだった。「ほんとだ」クーリー家から借りた丸太小屋で暮らしはじめて二カ月になるが、停電になったことはこれまで一度もなかった。鬱蒼とした森に囲まれた山の中では、それはきわめて珍しいことで、電気の供給は不安定であるのが普通だった。丘の上にあるクーリー家を見上げると、一つだけ明かりがついていた。

「だけど、上のほうは明かりがついているようだな」

「日本製の発電機があるからね。電気の供給を止められた場合に備えて、父さんが一年前に裏庭に設置したんだ」

おれは折りたたみ椅子に座り、カードテーブルに肘をついた。「どうやってコーヒーを淹れたものかな、キッド？」

彼は、今は薪ストーブが置かれている暖炉の上の壁を指さした。そこには青や白や黒色のキャンプ用の古びた鍋が掛けられていた。「今日はあんたの車で送ってもらうしかなさそうだって父さんが言ってた。おれたちは兵士で、彼が指揮官だって」

そのとき、彼の父親がキッチンのドアのすぐ外に現われ、大きな声で言った。「そうは言わなかったぞ。少なくともそういう言い方はしなかった。誰もおれたちを車で送っていく必要はない。今日、彼が仕事に出かけるつもりなら、その前につかまえて都合を聞いてみなさいと言ったんだ。わたしが言ったのは、そういうことさ」彼は咳払いをしながら中に入った。「夜のうちに誰かが侵入した。ジープのタイヤが切り裂かれ、電気が止められている」クーリー家では山地での移動手段として、ステアリングコラムに変速バーがついた古いジープを使っていた。そのリアバンパーで錆びついていないのは、ステッカーが貼られた箇所だけだった――〝海兵隊狙撃兵――逃げるのは勝手だが、くたびれて死ぬだけだ〟ポップはかつて海兵隊の一員としてベトナムで戦った。おれが初めて彼らを訪ね、ステッカーに気づいたとき、本人がそう話してくれた。父親のエルマー・クーリーが大西洋岸北西地区の白人ギャングと関わりがあり、ワシントン州東部のコロンビア川沿いの森の中で殺されたことも。エルマーの遺体は丘の上のクーリー家の地所に埋葬され、家族の家の近くで眠っていたが、生前は、おれが今借りている丸太小屋で暮らしていた。

「夜、何か物音が聞こえなかったか？」おれはポップが常に警戒していることに気づいていた。「犬が吠えたり何かを追いかけたりとか、そういうことは？」

「犬は家の中にいた。最近、でかいクマが家のすぐ近くをうろつくようになってな。キャノンを襲いかねないから、夜は家の中に入れるようにしているんだ」

「なるほど。それで、今日はどこへ行かなければならないんだ？」

「スポーケンの駅だ」

「そこへ何を？」

「弟が帰ってくる」と彼は答えた。「連邦法で十年の刑を食らって服役していたが、刑期を満了したんだ」

「ずいぶん長い間閉じ込められていたんだな」

「どれだけの刑を食らおうと、ジャックはけっして音を上げない。あいつは十八のときにくだらないことで捕まり、州刑務所で五年過ごした。それからさらに十年の刑を務めたわけだが、それでもまだ、八月でやっと四十歳なんだ。どんなやつかは、おれたちと一緒に迎えに行けばわかる。あいつは石造りの家のようなものさ、内面も外見もな。これまでずっとそうだったし、これからもずっとそうだろう」

「ねえ、スナイダー」と息子のほうが言った。「防弾ヴェストをぼくに着せてくれないかな、これから都会に出かけるんでしょう?」

彼は以前にもおれのヴェストを着たことがあり、すっかり気に入っていた。「いいとも。きみにちょっかいを出そうなんて馬鹿なことを考えるやつもいるかもしれない。スポーケンは大きくてタフな町だからな」おれは彼にヴェストを着せてやり、きつく締めすぎていないか確かめた。

それから三人でトラックに乗って南へ向かった。タカとワシに上空から見守られながら森と山を駆け抜けた。スポーケンまでは二時間の距離だった。


電気が止まったのは、おれが送電線に大枝を引っかけたからだ。タイヤがぺしゃんこになったのは、おれがナイフで切り裂いたからだ。ポップがそのことに勘づいているような気がしてならなかった。彼はけっして侮れない相手だ。とりわけ、狩りと釣りと戦場での駆け引きに関しては。めくらまし、おとり、煙幕といった、敵を欺くためのあらゆる方法を熟知している。おれのそうした懸念をよそに、彼はピーラーに狩りの話をして聞かせた。おれを疑っているとしても、表には見せなかった。彼はどうしてもスポーケンに行かなければならず、そのためにはどうしてもおれが必要だった。そうなるよう、おれが仕向けたのだ。パズルの一ピースとして、おれ自身を組み込ませたのだ。冷や汗が肋骨を伝って流れ落ち、Tシャツに染みをつくった。駅にたどり着くまでずっとその状態が続いた。ジャック・クーリーもまた、修羅場をかいくぐってきた男だ。最初に加わった〈ハマースキンズ〉で頭角をあらわし、やがて、精鋭からなる〈エイティエイト・ドラグーンズ〉を率いるようになった。連邦捜査局は、かねてからドラグーンズを犯罪者集団としてマークしていたが、数カ月前、ドラグーンズのアジトと思われるワイオミング州のアンフェタミン製造所を強制捜査した際、銃撃戦となって五人の捜査官が死亡したことから、集中的に捜査していた。おれがジャック・クーリーから引き出した情報ならどんなことでも、ジョージ・ベックに対する追及の手を緩ませるのに役立つだろう。ジョージ・ベックはエルマー・クーリーが殺害された当日、ワシントン州東部の森の中にいた。彼らはジョージが引き金を引いたことを証明できずにいたものの、彼の犯行と見て圧力を加えつづけていた。警官や捜査官といった連中は、自分たちの仲間が殺された場合、全力を上げて徹底的に捜査する。彼らから見れば、仲間以外の人間はいつ何をしでかしてもおかしくない輩で、殺されても仕方ないことに関わっているのだ——今回は尻尾をつかめなかったが、以前やったことであれ、おれたちがまだつかんでいないことであれ、おまえが罪を犯しているのはわかっているんだ。

スポーケンの駅は、新しいものと古いものが混在した煉瓦造りの建物だった。ジャック・クーリーが乗った列車は到着が遅れていた。ピーラーは、エスカレーターの上り下りをしばらく繰り返したあと、父親が座っている木製のベンチに戻ってサイダーを飲んだ。ポップはずっと座ったまま、荷物を持った人々が乗車券を買うのを眺めていた。おれはその隣に座ろうとして、ベンチの表面に小さな笑い顔とピーラーという文字が刻まれていることに気づいた。それをやった本人は、再びエスカレーターを上り下りしていた。やがて列車が到着した。

ジャック・クーリーは、ほかの数人の乗客とともに最初に到着口に姿を見せ、まっすぐおれたちに近づいた。着古したアーミージャケットにジーンズ、ワークブーツといったなりで、肩幅が広く、背はおれより一インチほど高かった。ピーラーが駆け寄って抱きつくと、ジャックも彼を抱きしめた。

「ピーラー、おちびのピーラー、いつのまにこんなにでかくなった?」ジャックは彼をもう一度抱きしめた。

ポップはゆっくりと近づいてジャックと握手し、片腕で彼を抱きしめた。それからおれを紹介した。「こちらはエド・スナイダー、フレリー家の地所のはずれで伐採の請負をやっている。じいさんの家を借りて住んでいるんだ。今日は彼の車に乗せてもらってきた」

ジャックはおれに向けた視線を上から下までゆっくり動かした。「そいつはどうも」そう言ってポップとピーラーを身ぶりで示した。「うちの連中は親切には親切で応えることにしているんだ」

「無事に出られてよかったな」とおれは言った。

「あれだけ長く閉じ込められたあとだと、出たという気がしない」とジャックは答えた。「独房が少し広くなった、その程度にしか思えない」それからあたりに視線を巡らせ、自動販売機と出口の横の公衆電話を見た。「さあ行こう、さっさと山に帰ろう。十年間ずっと山の夢ばかり見ていたんだ。今もちゃんと残っているのか？」

「何も変わっていない」とポップが答えた。「昔のまんまさ」

トラックに乗る前に、ピーラーはトイレに立ち寄った。出てきたときには、さっきとは別のサイダーを手にしていた。彼は缶を振ってからトラックに乗り、プルトップを引き開けて、勢いよく出たサイダーの泡をジャックに浴びせた。ジャックはびしょ濡れの頭を振りながら、大声で笑った。「あとでちゃんときれいにするから」ピーラーはおれに言った。「シャンパンはだめだって父さんに言われたんだ。だからサイダーにしたの」

「ピーラー」とジャックは笑いながら言った。「覚悟しとけよ、これからはぐっすり眠れる日なんか一日もないからな」

おれはクーリー家の三人とともに、アイダホ州パンハンドルの北端へ車を走らせた。帰りついた頃には、小雪がちらついていた。そのなかを三人は丘の上の自分たちの家へ向かい、おれは夜に備えてストーブに薪を入れた。

翌朝、コーヒーを用意しているところに、ジャック・クーリーがあらわれた。そのときもまだ着古したアーミージャケットを着ていた。

「気分はどうだ？」とおれは尋ねた。

「悪くない。いつもと同じさ」と彼は答えた。

「ムショでの暮らしはどうだった？」

「ひどいもんさ」彼はそれだけ言って口をつぐんだ。

「どこのムショに入れられていたんだ？」

彼はコーヒーを啜って答えた。「ケンタッキー。それとペンシルヴァニア」

彼はテーブルを挟んでおれの目の前に座っていた。だから聞かずにはいられなかった。「あんたは誰かに仕返しする気じゃないかって、ポップが言ってた」

ジャックは首を横に振り、顎を撫でた。「ここでは誰にも何もする気はない。自分の人生以外、何にも関わるつもりはない」

「連中もそれを承知しているのか？」

彼はカップをテーブルに置いた。「なんでそう質問ばかりするんだ？　連中って誰だ？」

「いや、特に誰ってわけじゃない」

「ここにいるのはあんたとおれ、ポップ、そしてピーラーだけだ。違うか？」

「気を悪くしたのなら謝る。言い方がまずかったかな」

「山に戻ったのがいつだったかわからなくなるまで、ここから離れるつもりはない。どういう意味かわかるか？」

「ああ」

「ここに隠れているわけでもない。おれはもう釈放されたんだ」

「ああ、そのとおりだ」

「森でヘビの巣を見たことがあるか？　ときには古木の洞や草地の真っ只中にあったりするが？」

おれは頷いた。

「互いに絡み合ってうごめいているだろう？　一匹が別のやつの尻尾に嚙みつき、嚙みつかれたやつはまた別のやつの頭に食らいつき、上になったり下になったりしながら、あたりを這いまわっている。だから、どこからどこまでが自分の体なのか、ヘビ自身もわからなくなっているんだ。人間のなかにも、そういうのが人生だと考えている哀れな連中がいる」彼はコーヒーカップを手に取り、一口飲んだ。そのまましばらく山を眺めた。やがてカップをテーブルに置き、立ち上がってドアへ向かった。「おれは孤独であることは気にならない。逆に、まわりに人がいると煩わしくって仕方がない。これじゃヘビと同じじゃないかってな」

そう言って外に出ると、踵が埋まるほど積もった雪を踏みしめながら、上へ戻っていった。


翌日、おれは一人でスポーケンまで出かけた。ジョージ

・ベックの弁護士とダウンタウンで落ち合い、川辺の公園で話をした。
「何かわかったか?」と彼は尋ねた。

「何も。これまで見たところ、ジャック・クーリーは自分のこと以外、何もする気はなさそうだ」おれたちは脇道に入り、店先の商品に気をとられながら歩いているふりをした。

「そんな報告は聞きたくない。このままだとジョージもあんたもまずいことになるんだぞ。もっと探りを入れて、何でもいいから情報を持ってこい」

「彼らはおれを信用していない。そのうえ、どんなに気分が良くても余計なことはしゃべらない。ジャックなんか、ムショで着ていたアーミージャケットをいまだに着ているんだ」

「そうか、そういうことなら仕方がない。明日から、ティム・シップマンとあんたとラーソンの妹について、ジョージの口から少しずつ語られることになる。そのあとどうなろうと、自分で何とかするんだな」彼はおれとは別の方向へ歩きだした。「銃の話を持ち出しても無駄だ。こっちにはもっと確実な証拠がある」

「待ってくれ。もう少し時間をくれ」

「あと二日だけ待つ。それから」彼はおれにペンとメモ用紙を渡した。「クーリー家の位置を地図に描いて説明しろ。保安官事務所が令状をとる場合、住所を把握しておかなければならないからな」

おれはできる限り正確に描いた。この地図をもとに本気で探せば見つけられるだろう、そう考えながらメモ用紙を彼に返した。

「あんたには二日の猶予が与えられたが、それまでに何もつかめなければ、ジョージはあんたの名前がたびたび登場する供述書にサインして、証言することになる」

丸太小屋に戻ると、キッチンのテーブルの上に、サンドイッチと笑い顔が刻まれた小枝が置かれていた。ストーブに薪を入れようとして、そのうちの何本かにメッセージが刻まれていることに気づいた。ピーラー。どれも同じ文字が刻まれていた。ピーラー。

翌朝、キャノンがドアを引っかく音に気づき、何ごとかと外に出た。丸太小屋から約五十ヤード先の道に何か見えた。最初は、ジャックが雪の上にうつ伏せに倒れているのだと思った。例のアーミージャケットが見えたからだ。上へ向かって走りだしたキャノンを目で追うと、ポップとジャックがこちらに駆け下りてくるのが見えた。

「ピーラーが撃たれた」ポップが誰にともなく大声で言った。

「銃声は聞こえなかったぞ」とおれは答えた。

「ああ、おれたちも聞いていない」とジャックが言った。

ピーラーに近づくと、頭のまわりにうっすらと血飛沫が飛んでいるのが見えた。おれはこらえきれず雪の上に嘔吐した。子供を撃つなんて、そんな話は聞いてなかった。だが、心の底ではわかっていた。ジョージとその仲間は、相手をねじ伏せるためなら手段を選ばない。その相手がおれであれ、ジャック・クーリーであれ。おれはもう一度嘔吐した。

「なぜピーラーが撃たれなければならないんだ?」とジャックが空に問いかけた。

ピーラーがジャックのジャケットを着ていることに、おれはあらためて気づいた。

「何者かに狙われたのは確かだ」とポップが答えた。「昨日の朝、ピーラーがおまえのジャケットを着てうろうろしているのを見かけた。そのときは、おまえがポケットに入れている煙草を隠れて吸おうとしているんだろうと思った」

さらに近づいたとき、ピーラーが鼻から血を流しながら、まだ息をしているのがわかった。

「ピーラー?」

彼は口を開き、何かを引っかくようなかすれ声を出した。「父さん」続いてかすかなうめき声を漏らした。「痛いよ」

ジャックが彼の体を仰向けにしてジャケットの前を開けた。ピーラーはジャケットの下に、おれのケブラー製の防弾ヴェストを着ていた。二度、胸部を撃たれていた。怪我を負っていたが、生きていた。ジャックは彼を抱え上げ、家へ向かって歩きだした。

「何かおれにできることは?」とおれは尋ねた。

「あたりをよく見張っててくれ」とポップは答えた。


おれはジョージ・ベックの銃をトラックから持ち出し、初めて会ったときにポップからもらった薬莢をポケットに入れて出かけた。森に分け入り、怪しい者が潜んでいないか見てまわった。

クーリー家の裏側を少し下ったところに、家族の小さな墓地があった。おれはしばらく立ちどまった。誰がそこに眠っているのか、ポップが家系をさかのぼって話してくれたことがあった。墓地のすぐ外側に、つるはしとスコップが置かれていた。新しい墓をいつでも掘れるよう、ジャックが置いていったように思えた。そのときピーラーも一緒だったのか、刻んだ小枝がいくつか地面に落ちていた。そのなかに一つだけ、十字に組み合わされたものがあり、文字が刻まれていた――〝ジョージ・ベック、クーリー家の者の手で地獄に送られた男〟

おれは丸太小屋に戻った。ジャックは誰が父親を殺したか知っている。塀と看守と友人と敵に囲まれた刑務所で、とにかくその事実を突き止めたのだ。


一時間後、ポップが丸太小屋にやってきた。「一つ頼んでいいか」と彼は言った。「町へ行って、煙草とコーヒーと食料品を買ってきてくれないか?」

「いいとも」とおれは答えた。「これからすぐ行ってくる」ここから抜け出す唯一のチャンスだった。

おれは町を通り抜けてそのまま車を走らせた。今頃、彼らはおれをどこに埋めるか考えているのだろう。これほど広い国なのに、おれのまわりだけ急速にものごとが動いているように思えた。誰のライフル銃から放たれるにせよ、その銃弾が届かないところへ逃れる必要があった。


その年の秋、グレーズハーバー(ワシントン州西部の太平洋に面した入り江)の船積み港の一つで、おれによく似た男が、フォークリフトとローダーの操作係として働きはじめた。男は独りで昼食をとり、誰とも話さず、ビリヤードホールの階上の二間のアパートメントで暮らし、通りを挟んだ向かいのバーで小切手を換金した。職場には歩いて通った。まわりの人間にはトム・ミラーと名乗り、六カ月間、一度も仕事を休まなかった。

ある月曜日、出勤時刻が過ぎ、正午になっても、ミラーのタイムカードがラックに入ったままであることに職場主任は気づいた。彼は作業員たちに聞いてまわった——誰かミラーの連絡先を知らないか？　カリフォルニアに妹がいると言ってたな、と誰かが答えた。おれにはそうは言わなかったぞ、と別の誰かが口を挟んだ。タコマの近くで生まれ育ったと言ってた。金曜日に釣りに行こうと誘ったが断わられた、とまた別の誰かが言った。子供たちも連れていくから一緒にどうだと誘ったんだが、遠慮しておくって断わられたんだ。

終業時刻になってもミラーがあらわれなかったとき、主任は作業員たちに言った——やつは辞めたんだろう。誰か仕事を探している人間を知っていたら伝えてくれ、ローダーを動かせて毎日定時に出勤できるなら、週に四百五十ドル払う。税金は下請け業者として自分で処理すること。組合の話はここでは一切なしだ。彼はオフィスに戻って机につくと、ミラーのタイムカードを半分に切ってごみ箱に捨てた。

トム・ミラーは辞めたわけではなかった。優れた記憶力と観察眼の持ち主に、正体を見破られたのだ。トム・ミラーを自称する男が職場に連絡できなかったのは、捜査官が到着するまで、シアトル裁判所の建物の地下の小部屋に閉じ込められていたからだ。

今話したことすべてを捜査官に話したあとも、数日間拘置された。彼らの話によれば、アイダホ州北部でペニー・ラーソンとその娘と一緒に暮らしていた男が、自宅からさほど離れていない山中で狩りをしていたとき、不運にも誰かの銃で撃たれたが、何とか国境を越えてカナダに入り、騎馬警官隊に助けられたということだった。ジョージ・ベックはすでに釈放され、カール・ラーソンは行方をくらましていた。ジャック・クーリーの生死は定かではないが、ピーラーはまだ生きているということだった。彼らは、おれがしばらくエド・スナイダーと名乗っていたことも知っていると話した。

情報提供者にならないかと持ちかけられたのは、そのときだった。オレゴン州南西部のローグ川流域で、白人優越主義者のグループがアンフェタミンと闘犬と銃を売りさばいている。そいつらの動向を探ってほしい、と彼らは言った。もっとも、あんたに選ぶ余地などなさそうだが。わかった、引き受ける、とおれは答えた。そう答えたのは、とにかくそこから出たかったからだ。だが、外に出て見上げた空は、広大な刑務所を取り囲む頑丈な金網で覆われているように思えた。自分が運に恵まれて今も生きているのだとしても、そうは思えなかった。たいていの男はただ男というだけでなく、何かになる。息子、夫、父、友人。おれはそのどれでもなかった。なろうとしたが駄目だった。あんたにそう話している男、それがおれなんだ。

おれは言われたとおりグループに潜入し、ある程度まわりに馴染んだところで、誰にも見張られていない時間帯に小金を持って逃げ出した。まるで、遊園地のゴーストトレインに乗って不気味な暗闇を駆け抜けるように。

今ではどれだけの人間がおれを探しているのか、見当もつかない。

解説

この『ベスト・アメリカン・ミステリ』シリーズも、本作でポケミスでは五冊目となる。となると、本巻の「まえがき」でペンズラーが述べているように、今さら付け加えることなどは、ほとんどない。今回も前回までと同じく楽しんでいただきたい。

それでもあえて触れておきたいのは、今回は二十一篇（いつもより一篇多い）の作品が収録されているが、そのうち半数を超える十二篇がアンソロジー向けに書き下ろされた作品であることだ。近年、アメリカのミステリ出版では（本シリーズも含めて）アンソロジーの編纂が増加している。本書のシリーズ・エディターであるオットー・ペンズラーをはじめ、M・H・グリーンバーグ、ロバート・J・ランディージといった名アンソロジストだけでなく、マイクル・コナリーらベストセラー作家が編纂にあたることも多い。従来は雑誌媒体が主流であった短篇ミステリの発表形態が変化しているようで、今後も注目すべきアンソロジーが刊行されるだろう。

恒例により、本巻に収録されている作品と同じく二〇〇五年に刊行された作品を対象とした、アメリカ探偵作家クラブ（ＭＷＡ）賞の受賞作品を紹介しておこう。最優秀長篇賞はジェス・ウォルターの『市民ヴィンス』、最優秀新人賞はテリーザ・シュピーゲルの『オフィサー・ダウン』、最優秀ペイパーバック賞はジェフリー・フォードの『ガラスのなかの少女』が獲得。最優秀短篇賞はジェイムズ・Ｗ・ホールの「隠れた条件」（『殺しのグレイテスト・ヒッツ』収録）が、最優秀処女短篇賞であるロバート・Ｌ・フィッシュ賞はエディ・ニュートンの Home（未訳）が受賞した。またこの年にはスチュアート・Ｍ・カミンスキーが巨匠賞を受賞している。（受賞作はいずれもハヤカワ・ミステリ文庫より刊行）

今回のゲスト・エディターはスコット・トゥロー（Scott Turow）。現役の弁護士、元地方検事補であり、一九八七年の『推定無罪』（文春文庫）でミステリ界に颯爽と登場し、リーガル・サスペンスの一大ブームを巻き起こしたことは紹介するまでもないだろう。「序文」で述べているように、自身短篇は苦手のようだが、その選球眼に確かなものがあることは、本書をお読みいただければ明白である。

（Ｈ・Ｋ）

HAYAKAWA POCKET MYSTERY BOOKS No. 1807

この本の型は，縦18.4センチ，横10.6センチのポケット・ブック判です．

検印
廃止

〔ベスト・アメリカン・ミステリ　クラック・コカイン・ダイエット〕

2007年12月10日印刷　2007年12月15日発行

編　者　トゥロー＆ペンズラー
訳　者　加賀山卓朗・他
発行者　早川　浩
印刷所　星野精版印刷株式会社
表紙印刷　大平舎美術印刷
製本所　株式会社川島製本所

発行所　株式会社　早川書房
東京都千代田区神田多町2ノ2
電話　03-3252-3111（大代表）
振替　00160-3-47799
http://www.hayakawa-online.co.jp

ISBN978-4-15-001807-8 C0297
Printed and bound in Japan

ハヤカワ・ミステリ〈話題作〉

1788
紳士同盟
ジョン・ボーランド
松下祥子訳

〈ポケミス名画座〉十人の元軍人が集合。その目的とは、白昼堂々、大胆不敵な銀行襲撃だった！　傑作強盗映画の幻の原作小説登場

1789
白夫人の幻
R・V・ヒューリック
和爾桃子訳

龍船競争の選手が大観衆の目前で頓死。その陰には、消えた皇帝の宝と恐怖の女神という二つの伝説が……ディー判事の推理が冴える

1790
赤髯王の呪い
ポール・アルテ
平岡敦訳

〈ツイスト博士シリーズ〉『第四の扉』以前に私家版として刊行された幻のシリーズ長篇第一作のほかに、三篇の短篇を収めた傑作集

1791
美しき罠
ビル・S・バリンジャー
尾之上浩司訳

戦地から帰郷して目にしたのは、旧友の刑事についての信じがたい記事だった――著者ならではの技巧が冴える傑作、ついに邦訳なる

1792
眼を開く
マイクル・Z・リューイン
石田善彦訳

〈私立探偵アルバート・サムスン〉探偵免許が戻り営業を再開したサムスンだが、最初の大仕事は、親友ミラー警部の身辺調査だった

ハヤカワ・ミステリ〈話題作〉

1793 北雪の釘 R・V・ヒューリック 和爾桃子訳

極寒の商都へ赴任したディー判事たちは、首なし死体の発見を皮切りに三つの怪事件に挑むことに。本格テイスト溢れる、初期の傑作

1794 ベスト・アメリカン・ミステリ アイデンティティ・クラブ オーツ&ペンズラー編 横山啓明・他訳

アメリカには、まだまだたくさんのミステリがある！　文豪と重鎮がタッグを組んで厳選した珠玉20篇を収める、年刊ミステリ傑作集

1795 異人館 レジナルド・ヒル 松下祥子訳

偶然に小村を訪れた二人の男女の言動が、一見穏やかな村に秘められた過去を暴くことになろうとは。巨匠が描く、重厚なるミステリ

1796 ヴェルサイユの影 クリステル・モーラン 野口雄司訳

〈**パリ警視庁賞受賞**〉観光客で賑わう宮殿を舞台に繰りひろげられる連続殺人。夜間立入禁止の現場に入れるのは職員だけのはずだが

1797 苦いオードブル レックス・スタウト 矢沢聖子訳

異物混入事件で揺れる食品会社で、社長の他殺死体が発見された……巨匠が生んだもう一人の名探偵テカムス・フォックス本邦初登場

ハヤカワ・ミステリ〈話題作〉

1798 さよならを言うことは　ミーガン・アボット　漆原敦子訳

兄と結婚した謎の美女。不審を抱いた女性教師は兄嫁の過去を探るが……五〇年代のハリウッドをノスタルジックに描いたサスペンス

1799 上海から来た女　シャーウッド・キング　尾之上浩司訳

弁護士からもちかけられた殺人計画。それは複雑に仕組まれた罠だった。天才オーソン・ウェルズが惚れこんで映画化した、幻の傑作

1800 灯台　P・D・ジェイムズ　青木久惠訳

〈ダルグリッシュ警視シリーズ〉保養施設となっている孤島で、奇妙な殺人が発生。乗りこんだ特捜チームに思わぬ壁が立ちはだかる

1801 狂人の部屋　ポール・アルテ　平岡 敦訳

〈ツイスト博士シリーズ〉昔、恐るべき事件が起きて以来〝開かずの間〟となっていた部屋……その封印が解かれた時、新たな事件が

1802 泥棒は深夜に徘徊する　ローレンス・ブロック　田口俊樹訳

出来心から急にひと仕事したくなってアパートへ侵入したバーニイは、とんでもない災難に見舞われる！　記念すべきシリーズ第十作